本书为2012年度国家社会科学基金项目（12BZW032）

2011年度教育部人文社会科学研究规划基金项目（11YJA751093）

及2011年度浙江省哲学社会科学规划后期资助项目（11HQZW04）阶段性成果

大晟乐府年谱汇考

张春义·著

ZHEJIANG UNIVERSITY PRESS
浙江大学出版社

自 序

　　自宋人以来所载大晟乐府史料,历来以丛杂著称,其中亦不乏讹误。研究者稍不留意,便易失于甄别,困于旧讹而不觉,故偶有疏误亦在所难免。今在前贤基础上,再加剔罗爬梳,略为理董,而径以《大晟乐府年谱汇考》名之,或难免瓦釜之讥。《谱》中以辨史为旨归,考辨问题时,偶有唐突前哲与时贤之处。海内大家,敬请谅恕海涵。拙著乃广泛吸纳前人成果而得以粗成,故藉此以对前辈学者致崇高之敬意。《谱》中考证仍嫌简略,疏误定不少,不值前贤之一哂。若得以指教,则为作者之愿也。是为序。袁州后学张春义甲午重阳识于嘉禾。

凡　例

一、大晟乐府从无《年谱》之作。李文郁《大晟府考略·大晟府大事记》(以下省称《大事记》)、凌景埏《宋魏汉津乐与大晟府·年表》(以下省称《年表》)、李幼平《宋(金)代编钟及新乐议制编年》(以下省称《编年》),始对大晟乐府史料做了系年考证。拙著《年谱》即在三位先生基础上,再加剔罗爬梳,略为理董而成。凡引用三氏之说,皆加说明,以示不忘三氏之功。

二、拙著正文中首列原始史料,凡考证处,一般以按语说明,以清眉目。考证文长者则分段列出,考证过长者则详附拙著《大晟府及其乐词通考》,本谱则概述大意,附于按语中说明。

三、拙著引用宋人史料较多,除将《宋史》"乐志"、"礼志"及"本传"首列外,一般按照著述时间先后排列。宋人史料失载或残缺者,则酌情引用元、明、清人史料以证,或于按语中说明,以示首重原始文献之意。

四、拙著一般不列与当年乐史无关之史事,确有必要引用者,则附于按语中,以省篇幅。

五、史事取于正史、文集、野史笔记者,或径录其文,或节引大概,于谱文中一般不详注页码,以避繁冗。

六、拙著所引史籍名均用省称,如《宋会要辑稿》省称《宋会要》,《续资治通鉴长编》省称《长编》,《续资治通鉴长编拾补》省称《长编拾补》,《皇宋通鉴长编纪事本末》省称《长编纪事本末》,《建炎以来系年要录》省称《要录》。

七、拙著所引古籍、今著版本及出版单位、出版时间等,则附于书尾参考书目,谱文中一般不标出。

八、为省篇幅,拙著所引著者姓名均删除尊称"先生"二字,敬请读者谅解。

目 录

引　言

大晟乐府之设立，与蔡京主政密切相关。据史载，崇宁元年七月戊子，蔡京拜右相；甲午，诏蔡京提举讲议司（《宋会要·职官》五之一二，《长编纪事本末》卷一三二）。考讲议司当时有二，一为中书省讲议司，一为枢密院讲议司。讲议司之设置，乃蔡京"绍述"圣政的主导措施之一。《长编纪事本末》卷一三二：

> （崇宁元年）八月丁巳，尚书右仆射蔡京言："奉手诏提举讲议司，仍令遴选乃僚，共议因革。伏见户部尚书吴居厚、翰林学士张商英、刑部侍郎刘赓，才猷敏邵，练达世务，欲乞差充详定官。起居舍人范致虚、太常少卿王汉之、仓部郎中黎珣、吏部员外郎叶棣，乞差充参详官。臣伏读手诏，如宗室、冗官、国用、商旅、盐泽、赋调及尹牧事，皆政之大者。臣欲每事委官三员讨论，并乞差充检讨文字。有见任者，令兼领；不可兼及在外者，并权罢见任，赴司供职。"

《九朝编年备要》卷二六："未几，枢密院亦立讲议司，请以曹诱为详定官，曾孝蕴为参详官。并从之。"《长编纪事本末》卷一三二："（崇宁三年）三月辛巳，知枢密院事蔡卞言：'昨被旨以讲议司武备房归枢密院，差臣提举……'"据《宋代官制辞典》，讲议司"以禁元祐法、复熙丰法'兴利补弊'为名……其职能近于制置三司条例司，颇侵夺三省之权"[①]。可见，讲议司是党争形态下的产物。蔡京上台之后，立刻设立与"制置三司条例司"性质相似的机构，以推行所谓的"绍述"政策。讲议司存在的时间

---

① 龚延明：《宋代官制辞典》，第190页。

尽管不到三年①,但它对当时的音乐及文学影响深远。大晟乐府的设立与讲议司有着不可割脱的深层次缘源,故大晟乐府虽置于崇宁四年,但探本溯源,却不得不从崇宁元年开始。本书考述,即以崇宁元年为开端。

---

① 黄以周等:《长编拾补》卷二〇:"枢密院讲议司于崇宁三年三月辛巳奏罢,都省讲议司于崇宁三年四月乙丑奏罢。"

崇宁元年(1102)壬午

八月左右,诏宰臣置局议乐,设"讲议司礼乐房"。时议乐人甚众,除讲议司礼乐房详定官张商英、参详官陈旸、检讨文字官刘诜、吴良辅外,还有赵知幾、刘炜、任宗尧、马贲、徐申、朱维等。

《宋史》卷一二八《乐志三》:"崇宁元年,诏宰臣置僚属,讲议大政。以大乐之制讹缪残阙,太常乐器弊坏,琴、瑟制度,参差不同,箫、篴之属,乐工自备。每大合乐,声韵淆杂,而皆失之太高。筝、筑、阮,秦、晋之乐也,乃列于琴、瑟之间。熊罴案,梁、隋之制也,乃设于宫架之外。笙不用匏,舞不象成,曲不协谱。乐工率农夫市贾,遇祭祀朝会,则追呼于阡陌、间阎之中。教习无成,瞢不知音。议乐之臣,以乐经散亡,无所据依。秦、汉之后,诸儒自相非议,不足取法。乃博求知音之士,而魏汉津之名达于上焉。"

刘昺《大晟乐论·第三篇》:"逮崇宁初,上以英明浚哲之姿,慨然远览,将稽帝王之制,而自成一代之治。乃诏宰臣置司命属,讲议大政。顾惟大乐之制,讹谬残阙甚矣。大(太)常以乐器敝坏,遂择诸家可用者。琴瑟制度,参差不同,箫篴之属,乐工自备。每大合乐,声韵淆杂,而皆失之太高。筝、[筑]、阮,秦、晋之乐也,乃列于琴瑟之间;□□(熊罴案),梁、隋之制也,乃设于宫架之外。笙不用匏,舞不象成,曲不协谱。乐工率农夫、市贾,遇祭祀朝会,则追呼于阡陌、间阎之中,教习无素,懵不知音。议乐之臣,以《乐经》散亡,无所据依。秦、汉之后,诸儒自相非议,不足取法。乃博求异人,而以汉津之名达于上焉。"(《宋朝事实》卷一四,《长编纪事本末》卷一三五)

《文献通考》卷一三〇《乐考三·历代乐制》:"徽宗崇宁元年,诏置讲议局,以大乐之制讹谬残缺,太常乐器弊坏,琴、瑟制度,参差不同。箫、篴之属,乐工自备。每大合乐,声韵淆杂,而皆失之太高。筝、筑、阮,秦、晋之乐也,乃列于琴、瑟之间。熊罴按,梁、隋之制也,乃设于宫架之外。笙不用匏,舞不成象,曲不叶谱。乐工率农夫市贾,遇祭祀朝会,则追呼于阡陌闾阎之中。教习无素,瞢不知音。议乐之臣,以乐经散亡,无所依据。秦汉之后,诸儒自相非议,不足取法。乃博求知音之士,而蜀人魏汉津上言……"

按:《宋史》、《文献通考》云云,乃录自刘昺《大晟乐论·第三篇》。"大政"云云,乃指"如宗室、冗官、国用、商旅、盐泽、赋调及尹牧事,皆政之大者"(详上),但"礼乐"一项,或在"七大事"的某一类之中。考《政和五礼新仪》卷首《御笔指挥》:"崇宁二年九月十六日,奉手诏:……夫隆礼作乐,实内治外修之先务。……宜令讲议司官,详求历代礼乐沿革,酌今之宜,修为典训。"(《宋史·乐志三》、《长编纪事本末》卷一三二同)知"详求历代礼乐沿革"乃"讲议司"范围之事。

《宋史》卷四三二《陈旸传》:"既上(《乐书》),迁太常丞,进驾部员外郎,为讲议司参详礼乐官。魏汉津议乐,用京房二变、四清。旸曰:'五声、十二律,乐之正也。二变、四清,乐之蠹也。二变以变宫为君,四清以黄钟清为君。事以时作,固可变也,而君不可变。太簇、大吕、夹钟,或可分也,而黄钟不可分。岂古人所谓尊无二上之旨哉?'"

《九朝编年备要》卷二七:"蜀人魏汉津者,年九十余,献乐议曰(略)。上从之。大乐房参详陈旸曰:'五声十二律,乐之正也。二变、四清,乐之蠹也。二变以变宫为君,四清以黄钟清为君。事以时作,固可变也,而君不可变。太簇、大吕、夹钟,或可分也,而黄钟不可分。岂古人所谓尊无二上之旨哉?'论多不合,遂迁旸为鸿胪少卿。"

《长编纪事本末》卷一三二:"(崇宁元年)九月己丑,少府监丞强浚明为主客员外郎、讲议司参详官,太常丞陈旸为驾部员外郎、讲议司参详官。"

《长编拾补》卷二三:"《编年备要》云:魏汉津献乐议,上从之。礼乐房参详陈旸曰:'五声十二律,乐之正也;二变、四清,乐之蠹也。二变以变宫为君,四清以黄钟为君。事以时作,固可变也,而君不可变;太簇、大吕、夹钟,或可分也,而黄钟不可分。岂古人所谓尊无二上之旨哉?'论多不合,遂迁旸为鸿胪少卿。"

李复《议乐》："臣愿诏天下广求天性自能知音者，敦遣令赴议乐所。多方以试之，是诚不谬，共为讲论，庶几其可矣！"（《潏水集》卷一）

按："讲议司参详礼乐官"、"大乐房参详"、"议乐所"云云，与《宋会要·职官》二二之二五"崇宁初，置局议大乐"（《文献通考·职官考九》同）、《文献通考·乐考三》"崇宁元年，诏置讲议局，以大乐之制讹谬残缺"云云，均提及一个由"讲议司"管辖之下的机构名称。"讲议局"实承太乐局之旧，"议乐所"亦承"详定礼乐所"之旧，而"大乐房"亦为"礼乐房"俗称。今考其正式机构实为"讲议司礼乐房"，因由"中书省提举讲议司"管辖，故全称当为"中书省提举讲议司礼乐房"。

盖议乐"所"或"局"乃属当时中书省讲议司新添，名称初始或未正式确定。但据《长编纪事本末》卷一三二、《长编拾补》卷二〇，知崇宁元年九月己丑之前当有"讲议司礼乐房"的正式名称。考《宋会要·乐》三之二四，则崇宁元年八月左右即已设立"中书省提举讲议司礼乐房"。时议乐人员繁多，可考者如下：

（1）张商英。崇宁元年八月五日丁巳，以翰林学士身份差充讲议司详定官（《长编纪事本末》卷一三二）。据《宋会要·乐》三之二四："崇宁元年八月十六日，翰林学士张商英言：'信州司理参军吴良辅善鼓琴，知古乐。臣为太常少卿日尝荐为协按音律官，使改造琴、瑟，教习登歌，旋以冗官罢。今乞还良辅旧职。'从之。"可知张商英差充讲议司详定官，除负责"宗室、冗官、国用、商旅、盐泽、赋调、尹牧七大事"中的重要政事外，还可能实际负责了"礼乐"方面的工作。据《长编》卷四九三、卷五〇四，张商英绍圣四年十一月丙子至元符元年十二月丁丑曾任太常少卿。《宋史·乐志三》："（元符）二年正月，诏前信州司法参军吴良辅按协音律，改造琴、瑟，教习登歌，以太常少卿张商英荐其知乐故也。"崇宁元年七月，蔡京为相，张商英时为翰林学士当制，颇有溢美之词（《长编纪事本末》卷一三二，《长编拾补》卷二〇）。其推荐吴良辅还旧职"协按音律官"，便在任讲议司详定官期间。

（2）陈旸。崇宁元年八月至二年九月"讲议司礼乐房"的实际负责人，议乐时官职为太常丞、驾部员外郎兼礼乐房参详官（《宋史·陈旸传》、《长编纪事本末》卷一三二、《长编拾补》卷二三），为礼部尚书赵挺之、吏部尚书何执中所荐（《宋史·乐志三》、《宋会要·乐》五之一八）。崇宁元年九月己丑起任讲议司参详官（《长编纪事本末》卷一三二、《长编拾补》卷二〇），崇宁二年"上所撰《乐书》二百卷"非议魏汉津（《宋史·乐志三》），其后不久因与魏汉津"论多不合"，正式调离讲议司参详官而为鸿胪少卿（《九朝编年备要》卷二七，《长编拾补》卷二三）。

（3）刘诜。崇宁元年八月至三年四月任讲议司礼乐房检讨文字官。《宋史·刘诜传》：

"崇宁中,为讲议司检讨官。进军器、大理丞、大晟府典乐。诜通音律,尝上《历代雅乐因革》及《宋制作之旨》,故委以乐事。"郭万程《宋刘太常》:"崇宁元年,置讲议局,以大乐之制不协,博求知音之士。(刘)诜通音律,为讲议检讨官。"(《明文海》卷四一九)"讲议司检讨官"、"讲议检讨官"云云,全称为"讲议司礼乐房检讨文字官"。刘诜在担任"讲议司礼乐房检讨文字官"期间,撰有《历代雅乐因革》及《宋制作之旨》。《大清一统志》卷三二六:"崇宁初,上《历代雅乐因革》及《宋制作之旨》。"

(4)吴良辅。原为"信州司理参军",崇宁元年八月十六日,以"善鼓琴,知古乐"而被张商英荐为"协按音律官"(《宋会要·乐》三之二四)。所谓"协按音律官",《宋史·乐志三》作"按协音律",据《玉海》卷一一〇当为协律郎。吴良辅疑被张商英荐为讲议司礼乐房检讨文字官。

(5)赵知幾。《忠肃集》卷下《傅公行状》:"是时蔡京初辅政用事……遣其子儵与术士协律郎赵知幾等数辈踵至视公。"蔡京"初辅政用事"在崇宁元年七月,赵知幾为"协律郎"当在此时。今据《宋会要·乐》三之二四、《玉海》卷一一〇考知,崇宁元年七月、八月后至二、三年间赵知幾为协律郎。

(6)刘炜。据《文献通考·乐考三》"炜以晓乐律进"、《宋史·刘昺传》"兄炜,通乐律",刘炜当为此时议乐人员之一。

(7)任宗尧。《宋史·魏汉津传》:"汉津密为京言:'大晟独得古意什三四尔,他多非古说,异日当以访任宗尧。'宗尧学于汉津者也。"似任宗尧亦参与议乐。

(8)马贲。《宋史·魏汉津传》:"有马贲者,出京之门,在大晟府十三年,方魏、刘、任、田异论时依,违其间。""任、田异论时"指政和末典乐任宗尧、田为议乐事(《宋史·乐志四》),前推十三年,当在崇宁四年。然此前马贲似即参与议乐。

(9)徐申、朱维参与议乐事详后。

朝臣荐魏汉津之名于徽宗,魏氏献乐议。

《宋史》卷四六二《方技下·魏汉津传》:"魏汉津,本蜀黥卒也。自言师事唐仙人李良,号李八百者,授以鼎乐之法。……崇宁初犹在。朝廷方协考钟律,得召见,献乐议……当时以为迁怪,蔡京独神之。或言汉津本范镇之役,稍窥见其制作,而京托之于李良云。"(《文献通考·乐考四》、《通鉴续编》卷一一、《宋史纪事本末》卷五、《资治通鉴后编》卷九六、《续资治通鉴》卷八八、《长编拾补》卷二三略同)

　　《家世旧闻》卷下："先君曰：蔡京既为相，以为异时大臣皆碌碌，乃建白置讲议司及大乐。然京实憒不晓乐，官属亦无能知者。或言有魏汉津知铸鼎作乐之法。汉津，蜀中黥卒也。自言年九十五，得法于仙人李良，良盖年八百岁，谓之李八百者是也。数往来京师，京师少年戏之曰：'汝师八百，汝九百耶？'盖俗狂痴者为九百。惟京见悦其孟浪敢言。汉津谓：'以秬黍定律，乃常谈不足用，今当以天子指定之。'京益喜。顾以其师李良，特方士，恐不为天下所信，则凿空为言：'汉津所传，乃黄帝、后夔法。'……时好事者言：'京为汉津撰脚色乐。'局官又从而为之说曰：'昔禹以身为度，即指尺也。'其诬伪牵合如此。汉津乃请上君指三节为三寸，三三为九而成黄钟之律。君指者，中指也。"

　　按：正史所述魏汉津本末，所谓"崇宁初"实指"崇宁元年"。考刘昺《大晟乐论·第三篇》："逮崇宁初……而以汉津之名达于上焉。"（《宋朝事实》卷一四，《长编纪事本末》卷一三五）《宋史·乐志三》："崇宁元年……而魏汉津之名达于上焉。"（《文献通考·乐考三》同）据《铁围山丛谈》卷三："刘尚书（赓），法家也。崇宁间为大司寇，一日来诣东府见鲁公。公时在便坐，与魏先生汉津对，因延刘尚书弛公裳，即燕坐焉。刘公立不肯就位，责鲁公曰：'司空仆射，实百僚之仪表也。奈何与黥卒坐对。赓切不取，愿退。'鲁公大笑，亟揖汉津曰：'先生可归矣。'自是刘公不敢与汉津并见。汉津铸九鼎，作大晟，上甚礼听之。"据《宋会要·职官》五之一三："（崇宁元年八月四日）尚书刑部侍郎刘赓为详定官。"《长编纪事本末》卷一三二："（崇宁元年）八月丁巳，尚书右仆射蔡京言：'奉手诏提举讲议司……刑部侍郎刘赓……欲乞差充详定官。'"时刘赓为讲议司详定官，而魏汉津已为蔡京座上客。可见，朝臣荐魏汉津之名于徽宗并魏氏献乐议，均在崇宁元年八月左右。

　　至于荐举魏汉津者，诸史载为大司乐刘昺（《宋史·刘昺传》，《通鉴续编》卷一一，《御批续资治通鉴纲目》卷九，《资治通鉴后编》卷九六，《续资治通鉴》卷八八，《长编拾补》卷二三）。乃非。考刘昺擢大司乐在崇宁二年底（详下），而魏汉津在崇宁元年八月即已至京师言乐，时间上颇难吻合。又据《宋史·乐志三》，陈旸上《乐书》非议魏汉津乐在崇宁二年，则此时魏汉津乐议已形成影响，可见崇宁元年魏汉津已上乐议。刘昺此时官职为秘书省正字、校书郎（《宋史·刘昺传》），无由荐举魏汉津。此其一。又刘昺《大晟乐论》："乃诏宰臣置僚属，令讲议大政。……乃博求异人，而以汉津之名达于上焉。"并未言及自己引荐魏汉津事。又《宋史·魏汉津传》："颁其《乐书》天下。而京之客刘昺主乐事，论太、少之说为非，将议改作。"连刘昺也以"太、少之说为非"，视为"迂怪"，其引荐魏汉津的可能性不大，此其二。其实,魏汉津献乐议的引荐者不是刘昺,而是蔡京本人。《宋史·魏汉津传》:"当时以为迂怪,蔡京独神之。"《宋史纪事本末》卷五:"(崇宁元年)蔡京复荐之,乃得召见,献乐议,曰:'声有太有少……万物可得而理。'当时以为迂怪。蔡京独神之。"按:蔡京崇宁元年七月甲午提举讲议司,其荐举魏汉津当在崇宁元年八月左右。又《铁围山丛谈》崇宁元年八月魏汉津为蔡京座上客与讲议司详定官刘赓事,及《家世旧闻》"惟京见悦其孟浪敢言"、"京益喜"云云,益可考定"引蜀方士魏汉津见帝"者乃蔡京而非刘昺。

魏汉津所献乐议,当与"指律"有关。"局官"或附会"四六之数"或"三八之数",乃非魏氏本说。

《宋史》卷四六二《方技下·魏汉津传》:"崇宁初犹在。朝廷方协考钟律,得召见,献乐议,言得黄帝、夏禹声为律身为度之说,谓:'人主禀赋与众异,请以帝指三节三寸为度,定黄钟之律。而中指之径围,则度、量、权、衡所自出也。'又云:'声有太有少,太者清声,阳也,天道也。少者浊声,阴也,地道也。中声在其间,人道也。合三才之道,备阴阳奇偶,然后四序可得而调,万物可得而理。'当时以为迂怪,蔡京独神之。"

刘昺《大晟乐论·第三篇》:"逮崇宁初……乃诏宰臣置司命属,讲议大政。……乃博求异人,而以汉津之名达于上焉。高世之举,适契圣心,乃请以圣上君(中)指,三节为三寸,三三为九,而黄钟之律成为(焉)。汉津得之于师曰:'人君代天理物,其所禀质(赋),必与众异。然春秋未及,则其寸不足;春秋既壮,则其寸有余。惟三八之数,为人正,得太簇之律。今请指之年,适与时应,天其兴之乎!'前此以黍定律,迁就其数,旷岁月而不能决。今得指法,裁而为管,大(尺)律之定,曾不崇朝。其声中正平和,清不至高,浊不至下,焦急之声,一朝顿革,闻者无不欢欣。调唱和气,油然而生焉。"(《宋朝事实》卷一四,《长编纪事本末》卷一三五)

蔡絛《国史后补》①:"初,汉津献说,请帝三指之三寸,三合而为九,为黄钟之律。又以中指之径围为容盛,度、量、权、衡皆自是而出。又谓:'有

---

① 笔者按:原为"蔡攸《国史补》",据考改回原名。详见拙著《大晟府及其乐词通考》,兹不赘述。

太声、有少声。太者，清声，阳也，天道也；少者，浊声，阴也，地道也；中声，其间，人道也。合三才之道，备阴阳之奇偶，然后四序可得而调，万物可得而理。'当时以为迂怪。"（《文献通考·乐考三》引）

按：以上除"三八之数"云云外，其余当为魏汉津"指律"原说。《路史》卷八："至崇宁之初，魏汉津制指尺。"载在"崇宁初"。《宋史纪事本末》卷五："（崇宁元年）蔡京复荐之，乃得召见，献乐议，曰：'声有太有少……万物可得而理。'当时以为迂怪。蔡京独神之。"则明确云"崇宁元年"。

《文献通考》卷一三〇《乐考三·历代乐制》："徽宗崇宁元年，诏置讲议局……乃博求知音之士，而蜀人魏汉津上言：'臣闻黄帝以三寸之器名为《咸池》，其乐曰《大卷》，三三而九，乃为黄钟之律。禹效黄帝之法，以声为律，以身为度，用左手中指三节三寸，谓之君指，裁为宫声之管。又用第四指三节三寸，谓之臣指，裁为商声之管。又用第五指【三节】①三寸，谓之物指，裁为羽声之管。第二指为民为角，大指为事为徵。民与事，君臣治之，以物养之，故不用为裁管之法。得三指合之为九寸，则黄钟之律定矣。黄钟定，余律从而生焉。臣今欲请帝中指、第四指、第五指各三节，先铸九鼎，次铸帝座大钟，次铸四韵清声钟，次铸二十四气钟。然后均弦裁管，为一代之乐。'诏可。"

按：此乃崇宁三年正月二十九日中书门下省、尚书省送到魏汉津《札子》的内容，详见《宋会要·乐》五之一八、一九，《玉海》卷八、卷一〇五，《宋史·乐志三》。所谓"次铸四韵清声钟，次铸二十四气钟"，实为崇宁二年刘昺改窜后的"中声、正声"理论（详下），而非魏汉津"太声、少声"理论。《文献通考·乐考三》误将其系于"徽宗崇宁元年"。

《文献通考》卷一三一《乐考四·历代制造律吕》："徽宗崇宁三年正月，方士魏汉津言：'禹以声为律，以身为度，用左手中指三节三寸，谓之君指，裁为宫声之管。又用第四指三节三寸，谓之臣指，裁为商声之管。又用第五指三节三寸，谓之物指，裁为羽声之管。第二指为民为角，大指为事为徵。民与事，君臣治之，以物养之，故不用为裁管之法。得三指合之为九寸，即黄钟之律定矣。黄钟定，余律从而生焉。又中指之径围，乃容盛也，

---

① 按："三节"二字原脱，据点校本《文献通考》（第7册，第3991页）增补。

则度、量、权、衡皆自是出而合矣。'又曰：'有太声，有少声。太者，清声，阳也，天道也。少者，浊声，阴也，地道也。中声，人道也。宜用第三指为法。先铸九鼎，诸钟均弦裁管，为一代乐。'从之。"

按：考此实为崇宁元年魏汉津初进的"太声、少声"理论，比勘刘昺《大晟乐书·乐论第三篇》、《宋史·魏汉津传》、《宋史·乐志四》，知《文献通考·乐考四》又误将其系于"徽宗崇宁三年正月"。

《宋朝事实》卷一四："崇宁四年九月，蔡京用魏汉津铸九鼎，作大晟乐。时汉津取身为度之义，以帝年二十四，当四六之数，取帝中指以为黄钟之寸，而生度、量、权、衡以作乐。汉津本剩员兵士，为范镇虞候，见其制作，略取之。而京又使刘昺缘饰之。【原注】：'以上见杨氏《编年》。'"

《长编纪事本末》卷一三五："杨氏《编年》：'崇宁四年九月，蔡京用魏汉津铸九鼎，作大晟乐。时汉津取身为度之义，以帝年二十四，当四六之之（数），取帝中指以为黄钟之寸，而生度、量、权、衡以作乐。汉津本剩员兵士，为范镇虞候，见其制作，略取之。而京又使刘昺缘饰之。'【原注】：'汉津，范镇虞候，惟《编年》云尔当考。'"

按：二史载魏汉津进"指律"在崇宁四年九月，乃误。又言以"帝年二十四"时魏汉津进"指律"之说，铸九鼎。《宋史·徽宗本纪一》："元丰五年（1082）十月丁巳生于宫中。"则二十四岁正为"崇宁四年（1105）九月"。他书亦载。《东都事略》卷一〇："时蔡京用魏汉律铸鼎作乐，汉律取《尚书》身为度之义。以上年二十四，当四六之数，取上中指以为黄钟之寸，而生度、量、权、衡以作乐，而京为缘饰之。"《九朝编年备要》卷二七："（崇宁四年）八月，作大晟乐。初，蔡京用魏汉津，铸鼎作乐。取《尚书》身为度之义，以上年二十四，当四六之数，取上中指为黄钟之寸，而生度、量、权、衡以作乐。京为缘饰之。"均言以"帝年二十四"时"当四六之数"铸九鼎，其实有误。

"以帝年二十四，当四六之数"云云，他书则作"三八之数"。刘昺《大晟乐书·乐论第三篇》："汉津得之于师曰：'人君代天理物，其所禀质（赋），必与众异。然春秋未及，则其寸不足；春秋既壮，则其寸有余。惟三八之数，为人正，得太簇之律。今请指之年，适与时应，天其兴之乎！'"（《宋朝事实》卷一四、《长编纪事本末》卷一三五）《家世旧闻》卷下："因迁就为说曰：'请指之岁，上适年二十四，得三八之数，是为大（太）簇人统，过是，则寸余口不可用矣。'"但以进书之年在"崇宁元年（1102）"，则徽宗才二十一岁。惟有《齐东野语》卷一五："宣和间，妄人方士魏汉津唱为皇帝、夏禹以声为律身为度之说，不以累黍，而用帝指凡中指之中寸三，次指之中寸三，小指之中寸三，合而为九，为黄钟律。又云：'中指之径围为容盛，则度、量、权、衡皆自此出焉。'或难之曰：'上春秋富，手指后或不同，奈何？'复为之说曰：'请指之岁，上适年二十四，得三八之数，是为太簇。人统过是则寸有余，不可用矣。'其敢为欺诞也如此。然终于不可用而止。此事前所未有，于理亦不可诬。小人欺罔取媚，而世主大臣方甘心受侮而不悟，可发识者一笑也。"则时间又误为"宣和间（1119—1125）"，其时徽宗已三十八至四十四岁，均不合所谓"三八之数"。

考魏汉津初献乐议，实为"太声、少声"理论，时人附会"四六之数"或"三八之数"，实非魏汉律"欺诞"，乃"（蔡）京为缘饰之"、"局官又从而为之说"所致。"局官"云云，原指"讲议司礼乐房详定官、参详官、检讨文字官"之类，但因讲议司礼乐房参详官陈旸反对魏汉津乐议，故不可能参与改窜，"局官"当指刘炜等人（详下）。此为崇宁元年第一次改窜魏汉津"指律"之说。到崇宁二年九月以后，刘昺以魏汉津"太、少之说为非"，又改窜为"中、正之说"（详下），此为第二次改窜。魏汉津所献"指律"因多次遭众人改窜，原说已难详考。

魏汉津著《乐书》二篇，叙述"指法"，书成于皇祐间。

《宋史》卷一二八《乐志三》："崇宁元年，诏宰臣置僚属，讲议大政……乃博求知音之士，而魏汉津之名达于上焉。汉津至是年九十余矣，本剩员兵士，自云居西蜀，师事唐仙人李良，授鼎乐之法。皇祐中，汉津与房庶以善乐被荐。既至，黍律已成。阮逸始非其说，汉津不得伸其所学。后逸之乐不用，乃退与汉津议指尺，作《书》二篇，叙述指法。汉津尝陈于太常，乐工惮改作，皆不主其说。或谓汉津旧尝执役于范镇，见其制作，略取之。蔡京神其说，而托于李良。"

《宋史》卷四六二《方技下·魏汉津传》："……皇祐中，与房庶俱以善乐荐。时阮逸方定黍律，不获用。"

刘昺《大晟乐论·第三篇》："皇祐中，（魏）汉津与房庶以善乐被荐，既至，黍律已成。阮逸始非其说，汉津不得伸其所学。后逸之乐不用，乃退与汉津议指尺，作《书》二篇，叙述指法，其书行于世。汉津尝陈其说于太常，乐工惮改作，皆不主其说。"（《宋朝事实》卷一四，《长编纪事本末》卷一三五）

《蜀中广记》卷九一："魏汉津《乐指法》二篇：……皇祐中，（魏汉津）同房庶被荐。既至，黍律已成，为阮逸所非。后(阮)逸乐不用，(房)庶与汉津议指尺，作《书》二篇，叙述指法。汉津尝陈于太常，皆不主其说。"

　　按：关于魏汉津皇祐五年之后讨论"指尺"之事，《宋史·乐志三》、《大晟乐论·第三篇》所述皆谓阮逸，独《蜀中广记》谓"(房)庶与汉津议指尺"，当为节录诸史时，有所误解所致；又云其书名为《乐指法》，虽为揣测之辞，亦相差不远。其书流传于世，后又自陈于太常，不获用而退。

　　如果魏汉津"指律"理论皇祐间(1049—1053)成书之说成立，则其时徽宗尚未出生，魏汉津何能预先知其作乐事。又"崇宁四年九月"乐已成而置府建官，何得此时魏汉津方进"指律"之乐论？可见，"以帝年二十四"云云，盖为附会而加，必非魏汉津原书语。对此，宋人亦有怀疑。《家世旧闻》卷下："久之，或献疑曰：'上春秋富，手指后或不同，则奈何？'汉津亦语塞。然乐亦垂成，所费巨万，因迁就为说曰：'请指之岁，上适年二十四，得三八之数，是为大(太)簇人统，过是，则寸余□不可用矣。'其敢为欺诞，盖无所不至。然初谓汉津皇祐中尝陈指尺，是时仁庙已近四十，则三八之说，不攻自破矣。乐成，实崇宁丙戌秋也。"在陆游看来，不仅刘昺《大晟乐书·乐论第三篇》所述"汉津得之于师曰：'人君代天理物，其所禀质(赋)，必与众异。然春秋未及，则其寸不足；春秋既壮，则其寸有余。惟三八之数，为人正，得太簇之律。今请指之年，适与时应，天其兴之乎'"，这种属于魏汉津乐议原书的内容属于伪造，即便是"皇祐中，(魏)汉津与房庶以善乐被荐，既至，黍律已成。阮逸始非其说，汉津不得伸其所学。后逸之乐不用，乃退与汉津议指尺，作书二篇，叙述指法，其书行于世。汉津尝陈其说于太常，乐工惮改作，皆不主其说"，这些见于正史记载的内容也纯属捏造。按：刘昺《大晟乐书·乐论第三篇》"皇祐中，(魏)汉津与房庶以善乐被荐……皆不主其说"云云，《宋朝事实》卷一四、《长编纪事本末》卷一三五、《宋史·乐志三》均载，《宋朝事实》卷一四、《长编纪事本末》卷一三五当摘录自《长编》，《宋史·乐志三》亦为正史，或录自《长编》原书。今《长编》有关宋徽宗朝史事均已失传，其真实性无从查考。

　　拙见以为，陆游尽管疑之或有过甚，但"局官"对魏汉津乐议进行改窜或润饰，应在事理之中。今查刘昺《大晟乐论·第三篇》，云："汉津尝陈其说于太常……而以汉津之名达于上焉。高世之举，适契圣心，乃请以圣上中指三节为三寸，三三为九，而黄钟之律成焉。汉津得之于师曰……"(《宋朝事实》卷一四，《长编纪事本末》卷一三五)即将皇祐间(1049—1053)、崇宁元年、崇宁三年之事合叙于一处，乃出于其改窜魏汉津"指律"以附会"帝年二十四，当四六之数"及"三八之数"的荒谬用心，故本身即有着许多无法解决的矛盾说法。宋人史料多出自此书，故多在系年上混淆不清。《宋史·乐志三》即取《大晟乐论·第三篇》前半部分，而后半部分论"指律"与前半部分相连，《宋史·乐志三》乃将其割裂为二，一为崇宁元年进言，一为崇宁三年进言。《文献通考·乐考三》："徽宗崇宁元年……乃博求知音之士，而蜀人魏汉津上言：'……禹效黄帝之法，以声为律，以身为度，用左手中指三节三寸，谓之君指……'"《文献通·乐考四》："徽宗崇宁三年正月，方士魏汉津言：'禹以声为律，以身为度，用左手中指三节三寸，谓之君指……'"本为相同内容，但前者系于崇宁元年，后者系于崇宁三年，陷于尴尬的二难境地。《宋会要》《玉海》为便于叙述，又将其合并，移在崇宁三年。《玉海》卷八、卷一〇五："崇宁三年正月二十九日，魏汉津言……从之。"《宋会要·乐》五之一八、一九则把崇宁三年正月二十九日作为"中书门下省、尚书省送到魏汉津札子"的时间。《九朝编年备要》为叙述方便，而将三个不同的时间纽合为一。《九朝编年备要》卷二七"甲申崇宁三年春正月铸九鼎"条魏汉津进"指律"原文后，紧接陈旸非议魏汉津乐文字，从而将魏汉津进"指律"、陈旸非议魏汉津乐及"中书门下省、尚书省送到魏汉津札子"三个不同的时间合叙于崇宁三年，此于撰史笔法"联书体"似无可非议，但于史实、事理均不符。《长编拾补》似乎注意到了这一点，于是在"崇宁三年正月甲辰"下按语云："《编年备要》云：魏汉津献乐议，上从之，礼乐房参详陈旸曰：'五声十二律……'论多不合，遂迁旸为鸿胪少卿。"（《长编拾补》卷二三）

　　至于对魏汉津乐议进行改窜或润饰的人是谁，似亦可考见。据《家世旧闻》卷下："时好事者言：'京为汉津撰脚色乐。'局官又从而为之说曰：'昔禹以身为度，即指尺也。'其诬伪牵合如此。""局官"云云，实指刘炜、赵知幾等人。此当为蔡京一伙第一次改窜魏汉津乐议之事。按魏汉津初献乐议进"指律"之说在崇宁元年，但到崇宁二年九月以后，刘炜、刘昺兄弟以魏汉津"太、少之说为非"，而改窜为"中、正之说"（详下）。

崇宁二年(1103)癸未

四月二十三日辛未,陈旸上《乐书》,非议魏汉津乐议。

《宋史》卷一二八《乐志三》:"(陈)旸之论曰:'(魏)汉津论乐,用京房二变、四清,盖五声十二律,乐之正也;二变、四清,乐之蠹也。二变以变宫为君,四清以黄钟清为君。事以时作,固可变也,而君不可变;太簇、大吕、夹钟,或可分也,而黄钟不可分。岂古人所谓尊无二上之旨哉?'"

《宋史》卷四三二《陈旸传》:"既上(《乐书》),迁太常丞,进驾部员外郎,为讲议司参详礼乐官。魏汉津议乐,用京房二变、四清。旸曰:'五声、十二律,乐之正也。二变、四清,乐之蠹也。二变以变宫为君,四清以黄钟清为君。事以时作,固可变也,而君不可变。太簇、大吕、夹钟,或可分也,而黄钟不可分。岂古人所谓尊无二上之旨哉?'"

《九朝编年备要》卷二七:"蜀人魏汉津者,年九十余,献乐议曰:'人君代天理物(略)。'上从之。大乐房参详陈旸曰:'五声十二律,乐之正也。二变、四清,乐之蠹也。二变以变宫为君,四清以黄钟清为君。事以时作,固可变也,而君不可变。太簇、大吕、夹钟,或可分也,而黄钟不可分。岂古人所谓尊无二上之旨哉?'论多不合,遂迁旸为鸿胪少卿。"(《长编拾补》卷二三同)

按:陈旸《乐书》成书时间,有元祐说、绍圣说、元符二年说、建中靖国元年说、崇宁二年说。苗建华认为陈旸《乐书》成书在元符三年①。据笔者考证,陈旸《乐书》所载徽宗天宁节大宴仪,乃为建中靖国元年实际使用后补撰入书中②。故在元符三年大致成书后,还有陆续补撰,定稿时间当在建中靖国元年十月以后。

关于陈旸《乐书》成书时间,各家多有不同意见。据苗建华统计,学界共有5种不同的看法:(1)成书于建中靖国元年(1101)。《中国大百科全书·音乐舞蹈卷》、《中国音乐辞典》、

---

① 苗建华:《陈旸〈乐书〉成书年代考》,《音乐研究》1992年第3期。
② 详见拙作《〈宋史·乐志〉大宴仪系年考辨》,《浙江大学学报(人文社会科学版)》2002年第6期。

《音乐书谱志》、《新格罗夫音乐与音乐家词典》均持此说。这种说法是以《乐书》所载赵挺之的奏本为依据的。赵挺之在奏本中请皇帝赐陈旸笔札，使其能抄录所著《乐书》。这个奏本写于建中靖国元年元月八日。因此一般认为《乐书》此时已完成。(2)成书于崇宁二年(1103)。王应麟《玉海》称陈旸《乐书》为"崇宁陈旸《乐书》"，并记道："(崇宁)二年九月六日壬午，何执中奏，礼部郎陈旸撰《乐书》二百卷，欲加优奖。"下以小字附录："靖国初给笔札写进。"据清方氏刊本陈旸《乐书》所录何执中奏本，可知陈旸于崇宁二年四月二十三日献书。因此，《玉海》是以陈旸献书期为成书期。(3)成书于元祐年间(1086—1094)。民国张氏影宋刊本宋楼钥撰《乐书正误》，有后人张钧衡所作跋，称："宋元祐中陈旸所撰《乐书》二百卷，庆元己未(1199)使陈岐(杞)刻之。"(4)成书于元符二年(1099)。《古代音乐史简述》(今人刘再生著)称《乐书》成于元符二年，依据不明。(5)成书于绍圣年间(1094—1098)。《中国音乐史学习参考资料》(今人郑锦扬编著)有"附图"标明《乐书》成书于1094—1098年，依据不明①。苗建华经过考证，认为陈旸《乐书》的成书时间在元符三年(1100)②。

考《宋史·陈旸传》："陈旸，字晋之，福州人。中绍圣制科，授顺昌军节度推官。徽宗初，进《迓衡集》，以劝导绍述，得太学博士、秘书省正字。礼部侍郎赵挺之言：'旸所著《乐书》二十卷，贯穿明备。乞援其兄祥道进《礼书》故事给札。'"查《宋会要·食货》七〇之一七七："(元符三年五月二日)诏礼部侍郎赵挺之就户部置司。"陈旸《乐书》成书时间在"元符三年"，这是一条有力的证据。但考赵挺之曾有两次任礼部侍郎，第一次固然在元符三年，第二次则在崇宁元年至二年。③《宋史·陈旸传》所载"礼部侍郎赵挺之言：'旸所著《乐书》……乞援其兄祥道进《礼书》故事给札'"云云，当在赵挺之第一次任礼部侍郎的元符三年，但这仅是朝廷"给札"的时间，"给笔札写进"当还有一段时间。又据笔者考证，陈旸《乐书》所载徽宗天宁节大宴仪，乃为建中靖国元年实际使用后补撰入书中④。故在元符三年大致成书后，还有陆续补撰，定稿时间当在建中靖国元年(1101)十月以后。

关于陈旸上《乐书》时间，有建中靖国元年说。四库馆臣云："(《乐书》)乃(陈)旸建中靖国间(1101)为秘书省正字时所进。"(《四库全书》经部九《乐书》提要)此据宋人说法。《直斋书录解题》卷一四："《乐书》二百卷，秘书省正字三山陈旸晋之撰，建中靖国元年进之。为《礼书》陈祥道者，其兄也。其书雅俗、胡部、音器、歌舞，下及优伶杂戏，无不备载，博则

---

① 苗建华：《陈旸〈乐书〉成书年代考》，《音乐研究》1992年第3期。
② 苗建华：《陈旸〈乐书〉成书年代考》，《音乐研究》1992年第3期。
③ 李之亮：《宋代京朝官通考》，第3册，第462页。
④ 详见拙作《〈宋史·乐志〉大宴仪系年考辨》，《浙江大学学报（人文社会科学版）》2002年第6期。

博矣,未免于芜秽也。旸,绍圣元年制科,终礼部侍郎。"(《文献通考·经籍考十三》同)《玉海》卷一〇五:"(崇宁)二年九月六日壬午,何执中奏:'礼部郎陈旸,撰《乐书》二百卷,欲加优奖。(靖国初,给笔札写进。)旸欲考定中声,更乞送讲议司施行。'"按"靖国初,给笔札写进"云云,《玉海》解释为建中靖国元年朝廷"给笔札"让陈旸"写进"《乐书》,这与四库馆臣所言"乃(陈)旸建中靖国间(1101)为秘书省正字时所进"是吻合的。然建中靖国元年说实有可疑之处。

今考《宋史·乐志三》、《宋史·陈旸传》、《九朝编年备要》卷二七、《长编拾补》卷二三所引,不过是摘录陈旸《乐书自序》原文,如:"臣闻先天下而治者在礼乐,后天下而治者在刑政。三代而上,以礼乐胜刑政,而民德厚。三代而下,以刑政胜礼乐,而民风偷。是无他,其操术然也。恭惟神宗皇帝超然远览,独观昭旷之道,革去万蠹,鼎新百度,本之为礼乐,末之为刑政。凡所以纲维治具者,靡不交修毕振,而典章文物,一何焕欤①!臣先兄祥道,是时直经东序,慨然有志礼乐,求以上副神考修礼文正雅乐之意。既而就《礼书》一百五十卷。哲宗皇帝袛遹先志,诏给笔札缮写以进。有旨,下太常议焉。臣兄且喜且惧,一日语臣曰:'礼乐治道之急务,帝王之极功,阙一不可也。'比虽笼络今昔,上下数千载间,殆②及成书,亦已勤矣。顾虽寤寐在乐,而精力不逮,属臣其勉成之!臣应之曰:'小子不敏,敬闻命矣!'臣因编修论次,未克有成。先帝擢寘上庠,陛下升之文馆。积年于兹,著成《乐书》二百卷。曲蒙陛下误恩,特给笔札,俾录上进。庶使臣兄弟得以区区所闻,得补圣朝制作讨论万一,其为荣幸,可胜道哉!虽然,纤埃不足以培泰华之高,勺水不足以资河海之深,亦不敢不尽心焉尔。臣窃谓古乐之发,中则和,过则淫③,三才之道,参和为冲气。五六之数,一贯为中合。故冲气运而三宫正焉,参两合而五声形焉,三五合而八音生焉,二六合而十二律成焉。其数度数虽不同④,要之一会,归中声而已⑤,过此则胡郑哇淫之音,非有合于古也。是知乐以太虚为本,声音律吕以中声为本,而中声又以人心为本也。故不知情者不可与言作,不知文者不可与言述,况后世泯泯梦梦,复有不知而述作者乎?呜呼,《乐经》之亡久矣!情文本末,湮灭殆尽。心达者虽知而无师,知之者欲教而无徒。后世之士,虽有论撰,亦不过出于先儒臆说而已。是以声音所以不和者,以乐不正也。乐所以不正者,以

---

① "欤",《闽中理学渊源考》卷一〇《侍郎陈晋之先生旸》作"然"。

② "殆",《闽中理学渊源考》卷一〇《侍郎陈晋之先生旸》作"逮"。

③ "淫",《闽中理学渊源考》卷一〇《侍郎陈晋之先生旸》作"戾"。

④ "其数度数虽不同",《闽中理学渊源考》卷一〇《侍郎陈晋之先生旸》作"数度虽有不同"。

⑤ "要之一会,归中声而已",《闽中理学渊源考》卷一〇《侍郎陈晋之先生旸》作"要之会归中声而已"。

经不明也。臣之论载，大致据经考传，尊圣人，折诸儒，追复治古而是正之。囊括载籍，条分汇从，总为六门，别为三部。其书冠以经义，所以正本也。图论冠以雅部，所以抑胡郑也。经义已明而六律六吕正矣，律吕已正而五声八音和矣。然后发之声音而为歌，形之动静而为舞。人道性术之变，盖尽于此。苟非寓诸五礼，则乐为虚器，其何以行之哉？是故循乎乐之序，君子以成焉。明乎乐之义，天下以宁焉。然则乐之时用，岂不大矣哉？繇是观之，五声十二律，乐之正也。二变四清，乐之蠹也。盖二变以变宫为君，四清以黄钟清为君，事以时作，固可变也，而君不可变。太簇、大吕、夹钟，或可分也，而黄钟不可分。既有宫矣，又有变宫焉。既有黄钟矣，又有黄钟清焉。是两之也。岂古人所谓尊无二上之旨哉？为是说者，古无有也。圣人弗论也。其汉唐诸儒传之说欤①？存之则伤教而害道，削之则律正而声和。臣是敢辞而辟之，非好辩也。志在华国，义在尊君，庶几不失仲尼放郑声恶乱雅之意云尔。臣谨序。"②

又按："先帝擢寔上庠，陛下升之文馆。积年于兹，著成《乐书》二百卷"，据《直斋书录解题》卷一四："《乐书》二百卷，秘书省正字三山陈旸晋之撰，建中靖国元年进之。……其书雅俗、胡部、音器、歌舞，下及优伶杂戏，无不备载，博则博矣，未免于芜秽也。旸，绍圣元年制科，终礼部侍郎。"知陈旸绍圣元年制科，建中靖国元年秘书省正字，"著成《乐书》二百卷"的时间当在建中靖国元年（1101）。又"曲蒙陛下误恩，特给笔札，俾录上进"云云，据《宋史·陈旸传》所载"礼部侍郎赵挺之言：'旸所著《乐书》……乞援其兄祥道进《礼书》故事给札'"云云，赵挺之第一次任礼部侍郎在元符三年，但这仅是建议朝廷"给札"的时间，陈旸《自序》"曲蒙陛下误恩，特给笔札"，当在建中靖国元年。《玉海》卷一〇五："靖国初，给笔札写进。"当得其实。又据笔者考证，陈旸《乐书》载有徽宗建中靖国元年实际使用的"天宁节"大宴仪一套③，可以考定陈旸《乐书》的定稿时间当在建中靖国元年（1101）十月以后。"特给笔札，俾录上进"的时间也当在建中靖国元年（1101）十月以后。今考陈旸《乐书自序》及《进乐书表》原文中，有崇宁元年八月以后的事例，胪列如下：其一，陈旸《乐书自序》"《乐经》之亡久矣！情文本末，湮灭殆尽。……后世之士，虽有论撰，亦不过出于先儒臆说而已"云云，乃崇宁元年八月置讲议司后，陈旸"议乐"之论。考《宋朝事实》卷一四引刘昺

①　"其汉唐诸儒传之说欤"，《闽中理学渊源考》卷一〇《侍郎陈晋之先生旸》作"汉唐诸儒之所傅会欤"。

②　陈旸：《乐书自序》原文，见《全宋文》引《皕宋楼藏书志》卷一一，第133册，第312—313页。

③　详见拙作《〈宋史·乐志〉大宴仪系年考辨》，《浙江大学学报（人文社会科学版）》2002年第6期。

《大晟乐论》："(崇宁初)乃诏宰臣,置僚属,令讲议大政。……议乐之臣,以《乐经》散亡,无所据依。秦汉之后,诸儒自相非议,不足取法。""以《乐经》散亡"以下,即与陈旸《乐书自序》《乐经》之亡久矣"云云逼似,所谓"议乐之臣",当指陈旸而言。其二,陈旸《乐书自序》"得补圣朝制作讨论万一"、《进乐书表》"将毕入于形容,宜莫如于制作"①,"制作讨论"、"制作"云云,均指崇宁元年八九月间置讲议司礼乐房以"讨论"礼乐、"制作"新乐而言。其三,陈旸《乐书自序》"五声十二律,乐之正也。二变四清,乐之蠹也。盖二变以变宫为君,四清以黄钟清为君,事以时作,固可变也,而君不可变。太簇、大吕、夹钟,或可分也,而黄钟不可分。既有宫矣,又有变宫焉。既有黄钟矣,又有黄钟清焉。是两之也。岂古人所谓尊无二上之旨哉?"云云,与《东都事略》卷一一四"时有用京房二变、四清论乐者。旸曰"云云,《九朝编年备要》卷二七"(魏汉津)献乐议曰……大乐房参详陈旸曰"云云,《长编拾补》卷二三"魏汉津献乐议,上从之。礼乐房参详陈旸曰"云云,颇相一致;《宋史·陈旸传》"魏汉津议乐,用京房二变、四清。(陈)旸曰:五声、十二律"云云,《宋史·乐志三》"(陈)旸之论曰:'汉津论乐,用京房二变、四清,盖五声、十二律'"云云,则据《东都事略》、《九朝编年备要》而修撰。以上史料明确说是陈旸任"讲议司礼乐房参详官"之后,针对"魏汉津乐议"而发。考陈旸任"讲议司礼乐房参详官"在崇宁元年九月,其所驳论,也是崇宁元年八月后魏汉津所献乐议。据此,知陈旸上《乐书》的时间当在崇宁元年九月任"讲议司礼乐房参详官"后。

又有崇宁二年说。据《玉海》卷一○五:"(崇宁)二年九月六日壬午,何执中奏:'礼部郎陈旸,撰《乐书》二百卷,欲加优奖。'"《宋会要·乐》五之一八:"徽宗建中靖国二年(笔者按:当为"崇宁二年")九月六日,吏部尚书何执中等奏:'近礼部员外郎陈旸所撰《乐书》二百卷,送臣等看详。'"知至崇宁二年九月六日陈旸上《乐书》已有较长的一段时间,故《宋史·乐志三》"(崇宁)二年九月,礼部员外郎陈旸上所撰《乐书》二百卷,命吏部尚书何执中看详"云云,径直将陈旸上《乐书》的时间定在崇宁二年九月,则为"联书体"体例,不可据为实际上书时间。

苗建华考证陈旸于崇宁二年四月二十三日献书,乃据清方氏刊本陈旸《乐书》所录何执中奏本②。其说可为定论。乃知建中靖国元年不过是"给笔札写进"《乐书》,至崇宁二年四月二十三日方才"写定"而献书矣。

---

① 陈旸:《进乐书表》,见《全宋文》引《皕宋楼藏书志》卷一一,第133册,第311页。

② 苗建华:《陈旸〈乐书〉成书年代考》,《音乐研究》1992年第3期。

九月六日壬午,何执中等奏请陈旸《乐书》送讲议司,令知音律人相度施行。

《宋史》卷一二八《乐志三》:"(崇宁)二年九月,礼部员外郎陈旸上所撰《乐书》二百卷,命吏部尚书何执中看详,以谓旸欲考定音律,以正中声,愿送讲议司,令知音律者参验行之。"

《宋史》卷四三二《陈旸传》:"礼部侍郎赵挺之言:'旸所著《乐书》二十卷,贯穿明备。乞援其兄祥道进《礼书》故事给札。'既上,迁太常丞,进驾部员外郎,为讲议司参详礼乐官。"

《宋会要·乐》五之一八:"建中靖国二年九月六日,吏部尚书何执中等奏:'近礼部员外郎陈旸所撰《乐书》二百卷,送臣等看详,臣等欲乞特加优奖。所有旸欲考定音律,以正中声,更乞送讲议司令知音律之人相度施行。'诏陈旸转一官,余依奏。"

《玉海》卷一〇五:"(崇宁)二年九月六日壬午,何执中奏:'礼部郎陈旸,撰《乐书》二百卷,欲加优奖。(靖国初,给笔札写进。)旸欲考定中声,更乞送讲议司施行。'迁旸一秩。旸《乐书》首采《礼记》诸经,言乐处为训义。次取成周至本朝事为之图论,又有《正误》一卷。(旸兄祥道为《礼书》,并行于世。)"

按:建中靖国无二年,当从《宋史·乐志三》《玉海》卷一〇五、作"崇宁二年"。本年四月二十三日,陈旸上《乐书》,至本年九月,何执中等人奏请送《乐书》于讲议司,令知音律人相度施行。《宋史》本传云《乐书》"二十卷",当为"二百卷"之误;又云因上《乐书》而"迁太常丞,进驾部员外郎,为讲议司参详礼乐官",亦误。考其"迁太常丞"在崇宁元年初(《文献通考·郊社考九》),"进驾部员外郎,为讲议司参详礼乐官"在崇宁元年九月(详上)。李文信云:"从崇宁元年开始,由宰相蔡京领导专设机构'讲议司'来讨论进行。中世纪音乐理论巨著《乐书》二百卷,就是在这次音乐学术讨论中,由礼部员外郎陈旸提出来的。"[①]其说可信,今从之。

---

① 李文信:《上京款大晟南吕编钟》,《文物》1963年第5期。

十六日壬辰，诏令讲议司官，详求礼乐沿革，修为典训。时论方右魏汉津，绌陈旸乐议。

《宋史》卷一二八《乐志三》："（崇宁二年九月）壬辰，诏曰：'朕惟隆礼作乐，实治内修外之先务，损益述作，其敢后乎？其令讲议司官详求历代礼乐沿革，酌古今之宜，修为典训，以贻永世，致安上治民之至德，移风易俗之美化，乃称朕咨诹之意焉。'"

《宋会要·职官》五之二一："徽宗崇宁二年九月十六日，手诏：'王者政治之端，咸以礼乐为急。盖制五礼则示民以节，谐六乐则道民以和。夫隆礼作乐，寔治内修外之先务。损益述作，其敢后乎？宜令讲议司官，详求历代礼乐沿革，酌今之宜，修为典训，以贻永世。非徒考辞，受登降之宜（仪）、金、石、陶、匏之音而已。在博究情文，渐熙和睦，致安上治民【之】至德，著移风易俗【之】美化成（按：《全宋文》疑"成"衍文），乃称朕咨诹之意焉。'"

《政和五礼新仪》卷首《御笔指挥》："崇宁二年九月十六日，奉手诏：'王者政治之端，咸以礼乐为急。盖制五礼则示民以节，谐六乐则道民以和。夫隆礼作乐，实内治外修之先务。损益述作，其敢后乎？宜令讲议司官，详求历代礼乐沿革，酌今之宜，修为典训，以贻永世。非徒考辞受登降之仪、金、石、陶、匏之音而已也。在博究情文，渐熙和睦，致安上治民【之】至德，著移风易俗【之】美化成，乃称朕咨诹之意焉耳。'"

按：《全宋文》据《政和五礼新仪》卷首、《宋会要·职官》五之二一、《宋史·乐志三》、《宋史纪事本末》卷五、《续通典》卷九一收作《讲议司详求礼乐制度诏（崇宁二年九月十六日）》。《宋史·乐志三》引此诏书删除"非徒考辞受登降之仪、金、石、陶、匏之音"，遂失原真。

考陈旸非议魏汉津乐议，为蔡党所不容。《宋史·陈旸传》、《宋史·乐志三》载"时论方右汉津，绌旸议"。《御制九鼎记》云："然世俗单见浅闻之士，骇心愕听，胥动以言。朕取成于心，请命上帝，屏斥邪言。"（《宋会要·舆服》六之一四）"世俗单见浅闻之士"、"邪言"云云，疑即针对陈旸而发。陈旸《乐书》二百卷，均为考证乐论、乐政、乐器、乐图、乐仪之文字，于乐理及制造之事无涉，乃为"考辞"之书，其为徽宗所弃已属必然。又，上引陈旸上《乐书》，诏依奏"令知音律之人相度施行"（《宋会要·乐》五之一八）、"更乞送讲议司施行"（《玉海》卷一〇五）、"令知音律者参验行之"（《宋史·乐志三》）云云，所谓"知音律之人"、

"知音律者"，疑指刘炜、赵知幾等人。据《文献通考·乐考三》："蔡攸（絛）《国史【后】补：'初，汉津献说，请帝三指之三寸，三合而为九，为黄钟之律……刘昺之兄炜，以晓乐律进，未几而卒……'"《宋史·刘昺传》："兄炜，通乐律。炜死，蔡京擢昺大司乐。"按刘炜生平不详，当为蔡京亲信，"以晓乐律进"，所谓"知音律之人"、"知音律者"，疑刘炜即为其中之一。又据《忠肃集》卷下《傅公行状》："是时蔡京初辅政用事……遣其子儵与术士协律郎赵知幾等数辈踵至视公。"蔡京"初辅政用事"在崇宁元年七月，赵知幾为"协律郎"当在此后。又崇宁二年太常寺增置协律郎等官（《宋史·职官志八》），今据《宋会要·乐》三之二四、《玉海》卷一一○、《忠肃集》卷下《傅公行状》，可考知崇宁元年七月、八月后至二、三年间赵知幾为协律。疑赵知幾亦为"知音律者参验"之一。

　　陈旸崇宁二年四月二十三日上《乐书》，至本年九月六日，诏依奏"令知音律之人相度施行"（《宋会要·乐》五之一八）、"更乞送讲议司施行"（《玉海》卷一○五）、"令知音律者参验行之"（《宋史·乐志三》），但至崇宁二年九月十六日，即有手诏云"非徒考辞，受登降之仪，金、石、陶、匏之音而已"，疑陈旸《乐书》在崇宁二年九月十六日左右即遭朝廷否决，所谓"时论方右汉津，绌旸议"，或指此而言。

时置大乐府，以窃讲议司礼乐房之权。以刘炜为大司乐。

　　《宋会要·舆服》六之一五："（崇宁四年）七月甲辰，制造大乐局铸帝鼐、八鼎成。……冲显处士、大乐府师、授大乐局制造官魏汉津，为冲显宝应先生。""（九月）乙巳，冲显宝应先生、太乐府师、授制造九鼎官魏汉津，为虚和冲显宝应先生。"

　　《长编纪事本末》卷一二八："（崇宁四年七月）甲辰，制造大乐局铸帝鼐成、八鼎成。……冲显处士、大乐府师、授大乐局制造官魏汉津，为冲显宝应先生。""（九月）乙巳，冲显宝应先生、大乐府师、授制造九鼎官魏汉津，为虚和冲显宝应先生。"

　　按："大乐府"（或"太乐府"）云云，即大晟乐府之前身。考"诏赐名《大晟》"在崇宁四年九月朔（详下），此大乐府则在"崇宁四年七月"。又"赐名《大晟》"之后，亦时有以大乐府称大晟乐府者。《皇宋十朝纲要》卷一六："（崇宁五年）京令其党进言于上，以为：'……若学校、大乐等数事，皆是绍述神考美意……'于是上乃复学校教官及香盐（矾）司官，又复大乐府。"《九朝编年备要》卷二七："（崇宁五年九月）于是上乃复学校教官及香矾司官，又复大乐府。"《长编拾补》卷二五："（崇宁五年）二月，蔡京罢。未几，京令其党进言于上，以为：'……若学校、太乐等数事，皆是绍述神考美意……'于是上乃复太乐府。"

考大乐府乃蔡京、赵挺之党争于乐议领域的体现。崇宁二年九月后，因陈旸与魏汉津论乐不合，蔡京遂另设一机构负责大乐事。时"时论方右汉津，绌旸议"，并以刘炜主管乐事(详下)。此时陈旸虽罢管乐事而主管礼事，但仍任讲议司礼乐房参详官；蔡京为夺议乐权，遂巧立"大司乐"官名以行"礼乐房参详官"之实，而设大乐府以窃"礼乐房"(或"大乐房")之权。其设立初始，与讲议司礼乐房一起，均由中书省直接管辖。崇宁四年九月朔，遂更大乐府名为大晟乐府。详见拙著《大晟府及其乐词通考》，兹不赘述。

"大乐府"官属有大乐府师、同详定《大乐书》、大司乐、典乐、大乐令、协律郎、主簿等。其乐官任员：

(1) 大乐府师。"大乐府师"不常设，仅魏汉津一例(《宋会要·舆服》六之一五、一六，《长编纪事本末》卷一二八)。

(2) 同详定《大乐书》。《宋会要·舆服》六之一六："(崇宁四年九月乙巳)大司乐、兼同详定《大乐书》刘炳(昺)转三官。"《长编纪事本末》卷一二八："(崇宁四年九月乙巳)大司乐、兼同详定《大乐书》刘炳转三官。"按："同详定《大乐书》"在"崇宁四年九月乙巳"之前即已存在，当设于"大乐府"时期。"同详定《大乐书》"存时较短，约始于崇宁二年九月后，终于崇宁四年九月。崇宁四年九月后，因赐名"大晟府"，或更名为"同详定《大晟乐书》"。大观三年六月刘昺上《大晟乐书》(《玉海》卷一○五)，此官即罢。

(3) 大司乐。崇宁二年增置(《宋史·职官志八》)，"大乐府"大司乐可考者有刘炜、刘昺兄弟(《文献通考·乐考三》，《宋史·刘昺传》)。

(4) 典乐。崇宁二年增置(《宋史·职官志八》)，任者有马贲。按：《宋会要·乐》三之二七："(政和三年)六月二十八日，中书省言：'大晟府新燕乐进讫。'诏：'提举官刘炳特转两官……杨戬落通仕大夫，除正任观察留后；……马贲等五人各转行两官。'"翟汝文《马贲大司乐制》，制文作于政和三年，制文中有"典职惟旧，肆命汝为长"云云(《忠惠集》卷三)，知马贲在政和三年正式任命为大司乐之前，还曾充大晟府长贰之职。又《宋史·魏汉津传》："有马贲者，出(蔡)京之门，在大晟府十三年，方魏、刘、任、田异论时，依违其间，无所质正。"考"任、田异论时"指政和末典乐任宗尧、田为议乐事(《宋史·乐志四》)，前推十三年，当在崇宁四年。考崇宁间魏汉津为大乐府师兼大乐局制造官，刘昺为大司乐，能"质正"魏汉津、刘昺者，必为大乐府长贰之职，马贲此时疑为大乐府典乐。

(5) 大乐令。崇宁二年增置(《宋史·职官志八》)，任者未详。

(6) 协律郎。崇宁二年增置(《宋史·职官志八》)，任者有吴良辅、赵知幾。

(7) 主簿。崇宁三年增置(《宋史·职官志八》)，姑附于此，任者未详。

陈旸虽罢管乐事，但仍任讲议司礼乐房参详官，主管太常礼事。

《宋史》卷四三二《陈旸传》："时论方右汉津，绌旸议。进鸿胪……少卿。"

《宋史》卷一二八《乐志三》："时论方右汉津，绌旸议。进鸿胪……少卿。"

《九朝编年备要》卷二七："论多不合，遂迁旸为鸿胪少卿。"

《长编拾补》卷二三"崇宁三年正月甲辰"按语："论多不合，遂迁旸为鸿胪少卿。"

按：有关陈旸罢管乐事的官职和事任，诸书所载各有不同。《宋会要·礼》二五之六六，崇宁二年十一月十七日，礼部员外郎陈旸上议北郊大礼五行、昆仑、神州、五岳帝等神从享之位奏章。又《宋会要·职官》五之一四："（崇宁三年八月七日）奉议郎、礼部员外郎陈旸转一官。"则陈旸仍在讲议司礼乐房任参详官，官职仍为奉议郎、礼部员外郎，不过主要管理太常礼事，乐事则以刘炳主管。崇宁三年八月因罢讲议司时，陈旸方才转为鸿胪少卿。

又，诸史载崇宁二年十一月陈旸议礼事甚详，可证陈旸虽罢管乐事，但仍任讲议司礼乐房参详官，不过主管太常礼事。《宋史·礼志三》："崇宁初，礼部员外郎陈旸言：'五行于四时，有帝以为之主，必有神以为之佐。今五行之帝，既从享于南郊第一成，则五行之神，亦当列于北郊第一成。天莫尊于上帝，而五帝次之。地莫尊于大祇，而岳帝次之。今尚与四镇、海、渎并列，请升之于第一成。'"《宋会要·礼》二五之六五、六六、六七："（崇宁）二年十一月十七日，礼部员外郎陈旸奏：'臣闻天一与地六合而生水于北，其神元（玄）冥；地二与天七合而生火于南，其神祝融；天三与地八合而生木于东，其神勾芒；地四与天九合而生金于西，其神蓐收；天五与地十合而生土于中，其神后土。盖地乘阴气，播五行于四时，当有帝以为之主，必有神以为之佐也。五行之帝，既从享于南郊第一成，则五行之神，亦当列于北郊第一成矣。上辛大雩帝及五时迎气，并以五人神配，而不设五行之神，是取小而遗大也。神宗皇帝尝诏地示之祭，以五行之神从享，以五人神配，然尚列岳、镇、海、渎之间。臣今欲升之第一成。'又言：'地示之祭，先儒之说有二。或系于[昆仑]，或系于神州，皆有所经见。惟《尔雅》曰："西北之美者，有昆仑之球琳琅玕焉。"《河图括象》曰："昆仑东南万五千里，曰神州。"是昆仑不过域于西北，神州不过域于东南也。神宗皇帝尝诏礼官讨论北郊祀典，位昆仑于方丘第一成之西北，位神州于第一成之东南，而其上设地示位焉。昆仑、神州之说，虽出不经，然古人有其举之，莫敢废也，特降于从享之列尔。欲望明推神考诏旨，列昆仑、神州于从享之位。'又言：'三代而上，山川之神，有望秩之祭。故五岳之秩视三公,四渎之秩视诸侯。五岳不视侯而视公,犹未极乎推崇之礼。圣朝始帝五岳而王四渎。窃惟天莫尊于上帝,而五方帝次之。地莫尊于大示,[而]五岳帝次之。神宗皇帝亲祠上帝于南郊,而五方帝列于第一成。然则五岳帝,其可尚与四镇、海、渎而并列乎?今欲升之于第一成。'并从之。"(《文献通考·郊社考九》略同)按:《全宋文》据《宋会要·礼》二五之六六、《文献通考·郊社考九》、《宋史·礼志三》等,分别收作陈旸《乞升五行之神于北郊第一成奏(崇宁二年十一月)》、《乞列昆仑神州于从享之位奏(崇宁二年)》、《请升五岳帝于第一成奏(崇宁二年)》[①]。然《全宋文》据《宋史·礼志三》"又言:'《大礼格》,皇地祇(祇)玉用黄琮,神州地祇(祇)、五岳以两圭有邸。今请二者并施于皇地祇(祇),求神以黄琮,荐献以两圭有邸。神州惟用圭邸,余不用。玉琮之制,当用坤数,宜广六寸,为八方而不剡;两圭之长宜共五寸,并宿一邸,色与琮同,牲币如之。'又言:'常祭,地祇(祇)配位,各用冰鉴一。今亲祀,盛暑,请增正配及从祀位冰鉴四十一。'"收作陈旸《言皇地祇神州地祇荐献奏》、《请增祭地祇配位冰鉴奏(崇宁中)》[②],则误将《宋史·礼志三》"至是,议礼局上《新仪》"云云之后文字收作陈旸奏章。考《宋会要·礼》二六之五,此两段作"政和四年四月二十六日太常寺言"、《长编纪事本末》卷一三四则分别作"政和四年四月二十六日礼制局言"、"政和四年五月丁丑(三日)礼制局言",可证非陈旸奏章。可据校正。

十二月十一日丙辰,诏依元丰旧制,景灵宫、太庙、郊坛登歌,不兼设钟磬。

《宋会要·礼》一四之六〇:"(崇宁二年)十二月十一【日】,诏:'景灵宫、太庙、郊坛登歌,不兼设钟磬,并依元丰旧制。'先是,元符元年十一月已诏:'登歌依元丰四年指挥,不设钟磬。'建中靖国元年,郊庙登歌复兼用之。至是,以礼部、太常寺申请,故有是诏。"

按:《全宋文》据《宋会要·礼》一四之六〇收作《景灵宫太庙郊坛登歌不兼设钟磬诏(崇宁二年十二月十一日)》[③]。

本年底,刘炜卒,蔡京擢其弟刘昺为大司乐,专主魏汉津乐。

《宋史》卷三五六《刘昺传》:"刘昺,字子蒙,开封东明人。初名炳,赐今名。元符末,进士甲科,起家太学博士,迁秘书省正字、校书郎。兄炜,

---

①　曾枣庄等主编:《全宋文》,第133册,第308—309页,第310页,第310页。
②　曾枣庄等主编:《全宋文》,第133册,第309页,第309页。
③　曾枣庄等主编:《全宋文》,第163册,第356页。

通乐律。炜死,蔡京擢昺大司乐,付以乐正,遂引蜀人魏汉津,铸九鼎,作大晟乐。"

《通鉴续编》卷一一:"(崇宁三年正月甲辰)至是,(蔡)京擢其客刘昺为大司乐,付以乐政。昺引蜀方士魏汉津见帝,献乐议。"

《宋史纪事本末》卷五:"(崇宁三年春正月甲辰)至是,京以门客刘昺为大司乐,命魏汉津定乐铸九鼎。"

《长编拾补》卷二三:"(崇宁三年正月)甲辰,用方士魏汉津之说铸九鼎。(【案】《通鉴续编》云:蔡京擢其客刘昺为大司乐,付以乐政,刘昺引蜀方士魏汉津见帝,献乐议,从之。)"卷二五:"【案】'刘炳',《通鉴续编》作'昺',《宋史》赐名与汉津同,崇宁三年正月蔡京擢焉,见前注。"

按:刘昺为大司乐诸史均系于崇宁三年正月甲辰,当为"联书体"。魏汉津进"指律"在崇宁元年而不在崇宁三年,"引蜀人魏汉津"者乃蔡京而非刘昺(详上),而考崇宁三年正月甲辰"中书门下省、尚书省送到魏汉津《札子》"时,刘昺已任大司乐若干时。

据《家世旧闻》卷下:"时好事者言:'京为汉津撰脚色乐。'局官又从而为之说曰:'昔禹以身为度,即指尺也。'其诬伪牵合如此。""因迁就为说曰:'请指之岁,上适年二十四,得三八之数,是为太簇人统,过是,则寸余□不可用矣。'其敢为欺诞,盖无所不至。"考《长编纪事本末》卷一三五:"杨氏《编年》:'……时汉津取身为度之义,以帝年二十四,当四六之之(数),取帝中指以为黄钟之寸,而生度、量、权、衡以作乐。……而(蔡)京又使刘昺缘饰之。'"(《宋朝事实》卷一四同)即明言"(蔡)京又使刘昺缘饰之",可见"局官"云云,诸史乃指为刘昺。史载刘昺主乐事,论"太、少之说为非"而主中声、正声"二黄钟律"说(《宋史·魏汉津传》,《文献通考·乐考四》)。今考魏汉津进《札子》"次铸二十四气钟"云云,即指正声钟12件、中声钟12件之合称,实为刘昺"中声、正声"理论而非魏汉津"太、少之说"(详下)。诸史之说实有根据。

据《宋会要·乐》二之三一、三二及五之一八、一九,崇宁三年正月二十九日甲辰"中书门下省、尚书省送到魏汉津《札子》"(详下),"送到"云云,当指进呈御前审批,而在"送到"之前,尚须讨论,以惯例计之当有一月之久。以此推算,则知魏汉津进《札子》于"中书门下省、尚书省",至早亦当在崇宁二年底。又据《家世旧闻》卷下:"局官又从而为之说曰:'昔禹以身为度,即指尺也。'"即魏汉津《札子》"禹效黄帝之法,以声为律,以身为度"。"局官"当指刘炜、刘昺兄弟。史载刘炜、刘昺兄弟先后主乐,"炜,通乐律。炜死,蔡京擢昺大司乐"(详上),兄弟二人伪造"魏汉津《札子》",皆奉蔡京之令,伪造时间亦当在崇宁二年九月之后至年底。据此,知蔡京擢刘昺为大司乐,时间当在崇宁二年底。诸史系于崇宁三年正月甲辰(二十九日),实为"中书门下省、尚书省送到魏汉津《札子》的时间,乃为"联书体",不可视为刘昺任大司乐的起始时间。

又,大司乐的建置时间,史乘记载较为混乱。《宋史·乐志四》载大司乐置于崇宁四年九月朔,《宋史·职官志八》载大司乐"崇宁二年增置"。今考大司乐在"赐新乐名《大晟》"前已有实任人员。《宋史·乐志四》:"(崇宁四年)八月,大司乐刘昺言。"《宋会要·乐》五之二〇:"(崇宁)四年八月二十四日,大司乐刘炳奏。"《长编拾补》卷二五:"(崇宁四年)七月甲辰,制造大乐局铸帝鼐、八鼎成,大司乐刘炳转一官。"《宋史·刘昺传》:"(刘)炜死,蔡京擢昺大司乐,付以乐正。"《长编拾补》卷二三系"蔡京擢昺大司乐"在崇宁三年正月甲辰。按"赐新乐名《大晟》"在崇宁四年九月朔(详下),而诸史有关刘昺为大司乐则有"崇宁三年正月甲辰"、"崇宁四年七月甲辰"、"崇宁四年八月二十四日"等多处记载,可证大司乐之职在大晟府设立之前已经存在。知在未"赐名《大晟》"之前,大乐府已有大司乐一职的建置。《宋史·职官志八》、《宋史·乐志四》等所载大晟府置官时间的混淆问题,实都与大乐府的设立有关,反映了大晟府乐官建置的"动态过程"。考大乐府始置于崇宁二年九月后(详上),大乐府的第一任大司乐当为刘炜。刘炜主乐后,史料不载其任何官职,因此时陈旸虽罢管乐事,但仍在讲议司任礼乐房参详官,蔡京乃巧立一官名以行"礼乐房参详官"之实。据上引"炜死,蔡京擢昺大司乐"云云,知刘炜主乐后所任官职正是大司乐,时间则当在崇宁二年九月十六日"时论方右汉津,绌旸议"以后。大乐府的第二任大司乐即为刘昺,史料多载刘昺改審"魏汉津乐"(详下),而不言刘炜,实非隐讳而为史传"联书"手法所致。以刘昺任时长且建功著而"牵联书之",其兄炜则仅有"通乐律"、"以晓乐律进"数字,并其任大司乐亦省而略之,致隐晦不明云。

崇宁三年(1104)甲申

正月九日甲申,从蔡京言"广乐"、"备礼",命魏汉津定乐以铸九鼎。

《宋史》卷四七二《蔡京传》:"京每为帝言:今泉币所积,赢五千万,和足以广乐,富足以备礼。于是铸九鼎,建明堂,修方泽,立道观,作大晟乐,制定命宝。"

《东都事略》卷一○一《蔡京传》:"京又言于徽宗,以为内外泉货所积为五千万,和足以广乐,富足以备礼。于是立明堂,铸九鼎,修方泽,建道宫,作大晟乐,制定命宝。"

《通鉴续编》卷一一:"(崇宁三年正月)铸九鼎。……及帝即位,锐意制作,以文太平。蔡京复每为帝言:'方今泉币所积,赢五千万,和足以广乐,富足以备礼。'帝惑其说,而制作、营筑之事兴矣。至是,京擢其客刘昺为大司乐,付以乐政。昺引蜀方士魏汉津见帝,献乐议,破先儒累黍之非,用夏禹以身为度之文,取帝指三节为三寸,三三为九,而黄钟之律成。请先铸九鼎,以备百物之象。帝从之。"

《宋史纪事本末》卷五:"(崇宁)三年春正月甲辰,命魏汉津定乐铸九鼎。时帝锐意制作,以文太平。蔡京复每为帝言:'方今泉币所积,盈五千万。和足以广乐,富足以备礼。'帝惑其说,而制作、营筑之事兴矣。至是,京以门客刘昺为大司乐,命魏汉津定乐铸九鼎。汉津上言曰:'臣闻皇帝以三寸之器名为《咸池》……为一代之乐制。'帝从之。"

《资治通鉴后编》卷九六:"(崇宁三年)帝锐意制作,以文太平。蔡京复每为帝言:'方今泉币所积赢五千万,和足以广乐,富足以备礼。'帝惑其说,而制作、营筑之事兴矣。至是,京擢其客刘昺为大司乐,付以乐政。甲辰,昺引蜀方士魏汉津见帝,献乐议,言:'伏牺以一寸之器名为《含微》……'"

《长编拾补》卷二三:"(崇宁三年正月)甲辰,用方士魏汉津之说铸九鼎。(【案】《通鉴续编》云：蔡京擢其客刘昺为大司乐，付以乐政，刘昺引蜀方士魏汉津见帝，献乐议，从之。)……汉津言：'臣闻通二十四气……'"

按：《御批续资治通鉴纲目》《续资治通鉴》亦载以上史事，时间略有异同。《御批续资治通鉴纲目》卷九作"崇宁三年正月甲申"，《续资治通鉴》卷八八云"崇宁三年正月甲午"，而《宋史纪事本末》卷五、《长编拾补》卷二三云"崇宁三年正月甲辰"。又，诸书为叙述方便，将"魏汉津献乐议"(崇宁元年八月左右)、"陈旸非议魏汉津献乐议"(崇宁二年四月)、"送到魏汉津《札子》"(崇宁三年正月)及"铸九鼎"(崇宁三年二月)四个不同的时间组合在"崇宁三年正月"，乃为"联书体"，考详上。《通鉴续编》《宋史纪事本末》《御批续资治通鉴纲目》《资治通鉴后编》《续资治通鉴》又将《东都事略·蔡京传》及《宋史·蔡京传》与《宋史·乐志》内容混合，则又滥及崇宁四、五年、大观与政和间史事(详下)。又，刘昺崇宁三年之前已为大司乐及非刘昺"引蜀方士魏汉津见帝"，以及魏汉津进"指律"之说先后有崇宁元年、崇宁三年两次，已见上文考证。姑从《御批续资治通鉴纲目》作"崇宁三年正月甲申"，疑非准确时间，附此俟考。

二十九日甲辰，中书门下省、尚书省送到魏汉津《札子》。

《宋会要·乐》二之三一、三二："徽宗崇宁三年正月二十九日，中书门下省、尚书省送到魏汉津《札子》：'臣闻通二十四气，行七十二候，和天地，役鬼神，莫善于乐。伏羲以一寸之器名为《含微》，其乐曰《扶桑》；女娲以二寸之器名为《苇籥》，其乐曰《光乐》；黄帝以三寸之器名为《咸池》，其乐曰《大卷》。三三而九，乃为黄钟之律。后世因之，至唐虞未尝易。洪水之变，乐器漂荡。禹效黄帝之法，以声为律，以身为度，用左手中指三节三寸，谓之君指，裁为宫声之管；又用第四指三节三寸，谓之臣指，裁为商声之管；又用第五指三节三寸，谓之物指，裁为羽声之管。第二指为民，为角；大指为事，为徵。民与事，君臣治之，以物养之，故不用为裁管之法。得三指，合之为九寸，即黄钟之律定(引者按："定"字疑衍)矣。黄钟定，余律从而生焉。又中指之径围，乃容盛也，则度、量、权、衡，皆自是出而合矣。商、周以来，皆用此法。因秦火，乐之法度尽废。汉诸儒张苍、班固之徒，惟用累黍、容盛之法，遂至差误。晋永嘉之乱，累黍之法废。隋时牛洪用万宝常水尺，至唐室田畸及后周王朴，并有(用)水尺之法。本朝为王朴乐声太高,令窦俨等裁损,方得声律谐和。声律虽谐和,即非古法。'汉律(津)又曰:'有大(太)声,有少声。大(太)者,清声,阳也,天道也;少者,浊声,阴也,地道也;中声,人道也。今欲请圣人三指为法(谓中指、第四指、第五指各三节),先铸九鼎,次铸帝座大钟,次钟(铸)四韵清声钟,次铸二十四气钟,然后均弦裁管,为一代之乐。'从之。"

《宋会要·乐》五之一八、一九:"(崇宁)三年正月二十九日,中书门下省、尚书省送到魏汉津《札子》:'臣闻通二十四气,【行】七十二候,和天地,役鬼神,莫善于乐。伏羲以一寸之器名为《含微》,其乐曰《扶桑》;女娲以二寸之器名为《韦(苇)籥》,其乐曰《光乐》;黄帝以三寸之器名为《咸池》,其乐曰《大卷》。三三而九,乃为黄钟之律。后世因之,至唐虞未尝易。洪水之变,乐器漂荡。禹效黄帝之法,以声为律,以身为度,用左手中指三节三寸,谓之君指,裁为宫声之管;又用第四指三节三寸,谓之臣指,裁为商声之管;又用第五指三节三寸,谓之物指,裁为羽声之管。第二指为民,为角;大指为事,为徵。民与事,君臣治之,以物养之,故不用为裁管之法。得三指,合之为九寸,即黄钟之律矣。黄钟定,余律从而生焉。商、周以来,皆用此法。因秦火,乐之法度尽废。汉诸儒张苍、班固之徒,惟用累黍、容盛之法,遂至差误。晋永嘉之乱,累黍之法废。隋时牛洪用万宝常水尺,至唐室田畸及后周王朴,并用水尺之法。本廟(朝)为王朴乐声太高,令窦俨等裁损,方得声[律]谐和。声律虽谐和,即非古法。汉津今欲请圣人三指为法,谓中指、第四指、第五指各三节,先铸九鼎,次铸帝座大钟,次铸四韵清声钟,次铸二十四气钟,然后均弦裁管,为一代之乐。'从之。"

按:《文献通考·乐考三》、《宋史·乐志三》、《长编纪事本末》卷一三五、《玉海》卷八、《宋史全文》卷一四、《宋史纪事本末》卷五、《资治通鉴后编》卷九六、《钦定续通典》卷九一、《续资治通鉴》卷八八所载与《宋会要·乐》五之一八、一九略同,文字有增减,不重录。《文献通考·乐考四》与《宋会要·乐》二之三一、三二略同,但文字有较大差别。

《九朝编年备要》卷二七、《长编拾补》卷二三亦载,但《九朝编年备要》即将魏汉津两次献乐议时间(崇宁元年八月左右、崇宁三年正月)及"陈旸非议魏汉津献乐议"(崇宁二年四月)与"遂迁旸为鸿胪少卿"(崇宁三年八月)"联书"为一,先后时间颠倒。《长编拾补》承《九朝编年备要》之误,不顾《宋史·乐志三》已载陈旸非议魏汉津乐议在崇宁二年九月,遂而将崇宁三年八月"遂迁旸为鸿胪少卿"改写成因"非议魏汉津乐"的结果,一并纽合于"崇宁三年正月甲辰"。

又,魏汉津原先实主太声、少声、中声"三黄钟律"说(《宋史·魏汉津传》)。刘昺论"太、少之说为非"而主中声、正声"二黄钟律"说(《文献通考·乐考四》)。《宋史·魏汉津传》:"刘昺主乐事,论太、少之说为非,将议改作。既而以乐成久,易之恐动观听,遂止。"乃非。"议改作"云云,实已得到实施,并用于九鼎铸造。宋人史料也反复证明,刘昺最终以"中声、正声"说取代魏汉津"太声、少声"说而铸器(《宋史·乐志四》,《文献通考·乐考四》)。考魏汉津《札子》"二十四气钟"云云,即指正声钟十二件、中声钟十二件。据李幼平考证,现存之大晟编钟分正声钟十二件、中声钟十二件、清声钟四件,即按照刘昺"中声、正声"理论而非魏汉津"太声、少声"理论铸器①。因刘昺主张"中声,奏之于初气"、"正声,奏之于中气"(《文献通考·乐考三》),故用"正声之律十二,中声之律十二"所铸钟(《文献通考·乐考四》),即所谓"二十四气钟"。故知魏汉津《札子》"今欲请圣人三指为法……次铸四韵清声钟,次铸二十四气钟"云云,确已摈弃了原先的"太、少议",而只用刘昺"正声之律十二,中声之律十二,清声之律四"理论(《文献通考·乐考四》)。故崇宁三年正月二十九日"中书门下省、尚书省送到"之"魏汉津《札子》",显为被刘昺改窜后的文件。改窜"魏汉津《札子》"始于刘炜而最终由刘昺改成,改窜时间不在崇宁三年正月而在崇宁二年九月之后,详见上文考证,兹不赘述。

有关刘昺改窜魏汉津乐议之事,见于多种史料(详上)。此外,从魏汉津《札子》所传不同文本中,也可发现被改窜的痕迹。《宋会要·乐》五之一八、一九与《乐》二之三一、三二所载,文字有异同,《宋会要·乐》五之一八、一九无"又中指之径围,乃容盛也,则度、量、权、衡,皆自是出而合矣",又无"汉律(津)又曰:'有大(太)声,有少声。大(太)者,清声,阳也,天道也;少者,浊声,阴也,地道也;中声,人道也'",与《宋会要·乐》二之三一、三二所载比勘,实为两个不同的版本。前者系一文意较完整的札子,后者似被人插入"汉律(津)又曰'有大(太)声,有少声。大(太)者,清声,阳也,天道也;少者,浊声,阴也,地道也;中声,人道也'"一段,疑原为小注;又后者"又中指之径围,乃容盛也,则度、量、权、衡,皆自是出而合矣"云云,亦有添加、窜改的痕迹。《全宋文》据《宋会要·乐》二之三一、三二收录为《乐律

---

① 李幼平:《大晟钟与宋代黄钟标准音高研究》,第27页,第34页。

疏》,仅删除"汉津又曰"四字,而中空一行①。《文献通考·乐考三》与《宋会要·乐》五之一八、
一九同。《文献通考·乐考四》与《宋会要·乐》二之三一、三二几乎完全相同,但"今欲请圣人
三指为法(谓中指、第四指、第五指各三节)",乃作"宜用第三指为法"。"第三指"即"中指",
因而魏汉津《札子》原文"今欲请圣人三指为法(谓中指、第四指、第五指各三节)",则被改成
了"宜用第三指为法"即"中指"为法。这种改动,与《文献通考·乐考三》"(刘)昺始主乐事,
乃建白谓:'太、少不合儒书……'因请帝指时止用之中指,又不得径围为容盛"十分吻合。

又《全宋文》据《宋史·乐志四》收录为魏汉津《乐律议》:"黄帝、夏禹之法,简捷径直,得
于自然,故善作乐者以声为本。若得其声,则形数、制度当自我出。今以帝指为律,正声之
律十二,中声之律十二,清声凡四,共二十有八。"②实出刘昺《大晟乐书》(《宋史·乐志四》所
收为节录之文),原非魏汉津"乐律议"内容。考《文献通考·乐考四》:"刘炳主乐事,建白:
'太、少不合儒书……'因请帝指时止用中指,不用径围为容盛之法,遂为正声之律十二,中
声之律十二,清声之律四,凡二十有八。"知刘昺《大晟乐书》"黄帝、夏禹之法"至"则形数、
制度当自我出"云云系隐括魏汉津《札子》,而"今以帝指为律,正声之律十二,中声之律十
二,清声凡四,共二十有八"云云,则完全为"止用中指"的"中、正声"理论,而非魏汉津"太、
少议"理论。故知魏汉津《札子》"又中指之径围,乃容盛也,则度、量、权、衡,皆自是出而合
矣"云云,完全是刘昺所添加、改窜,非魏汉津《札子》的原文。陈梦家云:"崇宁四年
(1105),开始制造大晟乐。《宋史·徽宗本纪》曰八月'辛卯赐新乐名大晟,置府建官'。大晟
乐采用魏汉津的说法,他说'今以帝指为律,正声之律十二,中声之律十二,清声之律四,共
二十八云'。"③疑非。

史载魏汉津对《札子》被刘昺改窜之事深感不满(详下),后制器所用乃刘昺"中声、正
声"理论而非魏汉津"太声、少声"理论,这一点已成为学界共识。但在实际研究工作中,学
者又常误刘昺"中、正"之说为魏汉津"指律",故不惮芜词,详辨如上。

魏汉津议制鼎名以奠八方,并授《上帝锡夏禹隐文》,约在此时。

《宋史》卷一〇四《礼志七》:"郑居中言:'亳州太清宫道士王与之进
《黄帝崇天祀鼎仪诀》,皆本于《天元玉册》、《九宫太一》,合于(魏)汉津所
授《上帝锡夏禹隐文》,同修为《祭鼎仪范》,修成《鼎书》十七卷,《祭鼎仪

---

① 曾枣庄等主编:《全宋文》,第46册,第145—146页。
② 曾枣庄等主编:《全宋文》,第46册,第148页。
③ 陈梦家:《宋大晟编钟考述》,《文物》1964年第2期。

范》六卷。'"

《九朝编年备要》卷二七:"初,汉津议制鼎名以奠八方,曰苍,曰彤,曰晶(晶),曰宝,曰魁,曰阜,曰牡,曰罔,凡八,而中曰帝鼎(鼐),皆以九州水土纳鼎中。"

《宋会要·礼》五一之二二、二三:"大观元年十一月十四日,郑居中等言:'奉诏亳州大(太)清宫王与之进《黄帝崇天祀鼎仪诀》,今(令)臣等参详可与不可施行。臣等窃考其说,皆本于《天元玉册》、《九宫太一》,与魏汉津制度相合。其间论五运、六气胜(盛)衰、胜复,以五行相克制,亦合于(魏)汉津所授《上帝锡夏禹隐文》。乞修为《祭鼎仪范》,时出而用之。今修成《鼎书》十七卷、《祭鼎仪范》六卷,乞颁降每岁祀鼎常典,付有司施行。'"

按:关于魏汉津"授"《上帝锡夏禹隐文》,《宋史·礼志七》、《宋会要·礼》五一之二二、二三均不言其准确时间。考《宋会要·礼》五一之二二、二三:"(大观元年十一月十四日)先是,议者请:'用王与之献《皇(黄)帝崇天祀鼎仪诀》,并《上帝锡夏禹隐文》,同修为《祭鼎仪范》。'"考魏汉津卒于崇宁五年十一月之前,其"授"《上帝锡夏禹隐文》,当在此前。附此俟考。魏汉津"授"《上帝锡夏禹隐文》,当与"鼎乐"有关(详下)。

又,大观元年十二月诏制"逐鼎乐章",有"中央曰帝鼐,其色黄,祭以土王日,为大祠,乐用宫架。北方曰宝鼎,其色黑,祭以冬至。东北方曰牡鼎,其色青,祭以立春。东方曰苍鼎,其色碧,祭以春分。东南曰冈鼎,其色绿,祭以立夏。南方曰彤鼎,其色紫,祭以夏至。西南曰阜鼎,其色黑,祭以立秋。西方曰晶鼎,其色赤,祭以秋分。西北曰魁鼎,其色白,祭以立冬。八鼎皆为中祠,乐用登歌,享用素馔"云云(详下),疑非魏汉津议制鼎名以奠八方之原议,当为郑居中等所上《鼎书》或《祭鼎仪范》内容。

魏汉津上《制造九鼎状》,约在此时。

《能改斋漫录》卷一二:"徽宗崇宁四年,岁次乙酉,制造九鼎。按制造官魏汉津[①]《状》云:'承内降,铸造鼎鼐。内帝座鼐,如天之正、毕之数。外

---

① 吴曾:《能改斋漫录》卷一二,第5编,第4册,第79页。按:"津",《全宋笔记》本原作"律",文渊阁《四库全书》本作"津"(第850册,第773页)。据改。

有六围，若《易》之六爻之象。中叠五重，以应九五之龙，惟上九虚之。其五重，谨按师旨，合用万载松化石并龙牙石，各一尺二寸为一重，用松石一块周围。第二围用龙牙石一块，亦用宝器捧。第三围、第四围各用松石一块，亦高一尺二寸。第五围用龙牙石一块，如《乾》之六爻、上九之爻。所有合用龙牙石并万年松化之石，自皇祐间西川取到，祇备造鼎①。今见在城南玉仙观内，有此石五段，松石三，龙牙石二，并堪充今律鼎中五围使用。伏望详酌，特赐指挥，下所属取索前来应副。'然则崇宁所用松化石五段，乃吕氏所记之石也。据魏汉津《状》称'皇祐间西川取到，祇备造鼎'，乃知仁宗朝已尝议造九鼎矣。"②

按：《能改斋漫录》云魏汉津上《制造九鼎状》为崇宁四年，乃误。《铁围山丛谈》卷一："崇宁甲申，议作九鼎。有司即南郊为冶用。中夜时，上为致肃不寐。至是，于寝望之，焚香而再拜焉。既乃就寝，傍四鼓矣。忽有神光达禁中，政烛福宁殿红赤异常，宫殿于是尽明如昼。迨晓始熄，鼎一铸而成。……先是，方士魏汉津献议，其制各取九州之水土内鼎中。""甲申"为崇宁三年，魏氏上《制造九鼎状》当在进《札子》稍后。

《长编拾补》卷二五移录《能改斋漫录》后，云："《纪事本末》不载此《状》，《长编》于皇祐间亦未载西川取松化石文，今姑附此，俟以备参考。"今据《玉海》卷八八："皇祐五年九月戊寅（【原注】一作丙寅），铸鼎十有二，圜丘用五，宗庙七。……初，贾昌朝侍经筵，帝问：'《鼎》卦："圣人亨，以享上帝。"今郊何以无鼎？'……遂命阮逸、胡瑗铸铜鼎。"（刘敞）《鼎铭》曰：'帝兴神鼎，象天地人。赫赫神鼎，聿维国珍。光润龙变，其德日新。'"《能改斋漫录》卷一二"造九鼎"条："玉仙观，在京城东南宣化门外七八里陈州门是也。仁宗时，有陈道士修葺亭台，栽花木甚盛。……《吕氏家塾记》云：'一日，学院诸生偕往。见石一截，黄色，用木牌标记曰："万年松化石。"金曰："如何对得？"晋之叔曰："三日雨为霖。"'吕氏所记松化石，乃西川物耳。"知称仁宗皇祐五年确已铸鼎十二用于南郊（"圜丘"）与宗庙，而非"尝议造九鼎矣"。

---

① 按："祇"，《全宋文》作"祇"（第46册，第147页），武英殿本（《全宋笔记》第5编，第4册，第79页）、文渊阁《四库全书》本均作"祇"（第850册，第773页）。又，"鼎"，文渊阁《四库全书》本作"萧"（第850册，第773页），武英殿本作"鼎"（《全宋文》，第46册，第147页；《全宋笔记》第5编，第4册，第79页）。

② 吴曾：《能改斋漫录》卷一二，第5编，第4册，第79页。又见《全宋文》，第46册，第147页。

二月，以魏汉津"指法"铸九鼎。

《宋会要·舆服》六之一四："《祭蠳鼎篇》云：'崇宁三年二月，以隐士魏汉津言，备万物之象，铸鼎九。四年三月告成。'"

《宋会要·礼》五一之二二"祭蠳鼎"条："徽宗崇宁三年二月，以隐士魏漢津言，备百物之象，铸鼎九。四年三月告成。"

《长编纪事本末》卷一二八："崇宁三年二月，始用方士魏漢津之说，铸九鼎。"

《玉海》卷八八："崇宁三年二月，以魏汉津言铸鼎。"

《宋史全文》卷一四："（崇宁三年二月）始用魏汉津之说，铸九鼎。"

《灵岩集》卷六《隆蠳铭》："乃崇宁建号之三载仲春之月，用隐士魏汉津言，备百物之象，爰铸九鼎。"

按：铸九鼎在崇宁三年二月，诸史多误为崇宁三年正月。《宋史·徽宗本纪一》："（崇宁三年春正月）甲辰，铸九鼎。"《九朝编年备要》卷二七："崇宁三年春正月，铸九鼎。"《通鉴续编》卷一一："（崇宁三年）春正月……铸九鼎。"《御批续资治通鉴纲目》卷九："（崇宁三年春正月甲申）命方士魏汉津定乐铸九鼎。"《长编拾补》卷二三："（崇宁三年正月）甲辰，用方士魏汉津之说铸九鼎。"据凌景埏考证："《宋史·徽宗本纪》：'（崇宁三年）正月甲辰，铸九鼎。'甲辰为廿六日，汉津札子方送到，不能于同日铸鼎，《本纪》误。"[1]所考甚是。

又有误为"崇宁四年"者。《宋会要·舆服》六之一四"鼎"条："《祭蠳鼎篇》云：'崇宁三年二月，以隐士魏汉津言，备万物之象，铸鼎九。四年三月告成。'与《御制九鼎记》年月不同。蔡絛《国史后补》与《记》同，与《会要》不同。今以《会要》为据，于三年二月未（末）载始铸九鼎，并取《御制九鼎记》及蔡絛云云附此后。《御制九鼎记》其略云：'朕荷天顾諟，相时揆事，庶几有成。然世俗单见浅闻之士，骇心愕听，胥动以言。朕取成以心，请命上帝，屏斥邪言。乃诏有司，庀徒趋事。以崇宁四年乙酉三月戊戌朔二十有一日戊午，即国之南铸之。'"《长编纪事本末》卷一二八："《政和会要·祭蠳鼎篇》云：'崇宁三年二月，以隐士魏汉津，备万物之象，铸鼎九。四年三月告成。'与《御制九鼎记》年月不同。蔡絛《国史后补》与《记》同，与《会要》不同。□今以《会要》为据，于三年二月末载始铸九鼎，并取《御制九鼎记》及蔡絛云云附此后。《御制九鼎记》其略云：'朕荷天顾諟，相时揆事，庶几有成。然世俗

---

[1] 凌景埏：《宋魏汉津乐与大晟府》，凌景埏、谢伯阳校注：《诸宫调两种》附录，第287页。

单见浅闻之士，骇心愕听，胥动以言。朕取成于心，请命上帝，屏斥邪言。乃诏有司，允（庀）徒趋事。□□以崇宁四年乙酉三月戊戌朔二十有一日戊午，即国之南铸之。'"《能改斋漫录》卷四"景钟"条："徽宗崇宁四年，命铸景钟。"《能改斋漫录》卷一二"造九鼎"条："徽宗崇宁四年，岁次乙酉，制造九鼎。"《宋朝事实》卷一四："崇宁四年九月，蔡京用魏汉津铸九鼎。"《宋史·五行志四》："崇宁四年三月，铸九鼎，用金甚厚。"《宋会要辑稿·补编》："徽宗皇帝崇宁四年，命铸景钟。"[①]《长编纪事本末》卷一二八："杨氏《编年》：'崇宁四年九月，蔡京用魏汉津铸九鼎。'……惟《编年》云尔当考。"又有误为"崇宁二年"者《玉海》卷八八："崇宁二年二月，以魏汉津言铸鼎。""二年"当为"三年"笔误。又有误为"崇宁元年"者《文献通考·郊社考二十三》："崇宁元年，方士魏汉津请备百物之象，铸九鼎。"《汴京遗迹志》卷八《九成宫》："崇宁元年，方士魏汉津请备百物之象，铸九鼎。"《钦定续通志》卷一一四："徽宗崇宁元年，用方士魏汉津之说，备百物之象，铸鼎九于中太一宫南，为殿奉安。"《钦定续通典》卷五四："徽宗崇宁元年，用方士魏汉津之说，备百物之象，铸鼎九于中太一宫南，为殿奉安之。"皆为"联书体"，或版刻、传写之误。

徽宗"中指寸"为黄经臣所隐，而制器不能成剂量。

《宋史》卷一二八《乐志三》："其后十三年，帝一日忽梦人言：'乐成而凤凰不至乎！盖非帝指也。'帝寤，大悔叹，谓：'崇宁初作乐，请吾指寸，而内侍黄经臣执谓"帝指不可示外人"，但引吾手略比度之，曰："此是也。"盖非人所知。今神告朕如此，且奈何？'于是再出中指寸付蔡京，密命刘昺试之。时昺终匿汉津初说，但以其前议为度，作一长笛上之。帝指寸既长于旧，而长笛殆不可易，以动人观听，于是遂止。盖京之子絛云。"

《文献通考》卷一三〇《乐考三·历代乐制》："蔡攸（絛）《国史【后】补》：'又谓有太声、有少声。太者清声，阳也，天道也；少者浊声，阴也，地道也；中声，其间，人道也。合三才之道，备阴阳奇耦，然后四序可得而调，万物可得而理。当时以为迂怪，刘昺之兄炜以晓乐律进，未几而卒。昺始主乐事，乃建白谓：'太、少不合儒书，以《太史公书》黄钟八寸七分管为中声，奏之于初气；《班固书》黄钟九寸管为正声，奏之于中气。'因请帝指时止用之

---

①　徐松辑，陈智超整理：《宋会要辑稿·补编》，第244页。

中指,又不得径围为容盛,故后凡制器,不能成剂量,工人但随律调之,大率有非汉津之本说者。”

按:魏汉津初欲请帝指三指为法,而为刘昺所非,乃止用中指寸。刘昺窜改汉津“太、少”为“中、正”而制器,汉津深知而不敢言,后微言于弟子任宗尧(详下);唯请帝指三指为法而止用中指,实因徽宗深讳而托言为黄经臣所误,故佯从魏而实从刘,则汉津亦知之。故制器已非魏汉津之本说,因而不能成剂量,工人但随律调之,汉津亦深知之。而马端临云“汉津亦不知”者,不知何故?

今考马端临于此有大段议论,云:“尝试论之,乐之道虽未易言,然学士大夫之说,则欲其律吕之中度;工师之说,则不过欲其音韵之入耳。今宋之乐虽屡变,然景祐之乐,李照主之,太常歌工病其太浊,歌不成声,私赂铸工,使减铜齐,而声稍清,歌乃叶,而照卒不知。元丰之乐,杨杰主之,欲废旧钟,乐工不平,一夕易之,而杰亦不知。崇宁之乐,魏汉津主之,欲请帝中指寸为律,径围为容盛。其后止用中指寸,不用径围。且制器不能成剂量,工人但随律调之,大率有非汉津之本说者,而汉津亦不知。然则学士大夫之说,卒不能胜工师之说,是乐制虽曰屡变,而元未尝变也。盖乐者,器也,声也,非徒以资议论而已。今订正虽详,而铿锵不韵,辨折虽可听,而考击不成声,则亦何取焉。然照、杰、汉津之说,亦既私为工师所易,而懵不复觉,方且自诡改制,显受醲赏,则三人者,亦岂真为审音知律之士? 其暗悟神解,岂足以希荀勖、阮咸、张文收辈之万一也哉!”(《文献通考·乐考三》)大抵是古而非今,要之以鄙薄宋人为能事,而“议”史与“述”史往往前后不能统一。如马端临书前尚云“(刘)昺始主乐事……因请帝指时止用之中指”,后则云“魏汉津主之,欲请帝中指寸为律”云云,无乃张冠李戴,精于“述”史而拙于“议”史乎? 实“汉津今欲请圣人三指为法,谓中指、第四指、第五指各三节”,而“其后止用中指寸”乃刘昺所为。故端临云李照、杨杰之说“私为工师所易”、“懵不复觉”,而讥其“岂真为审音知律之士”则尚可,用之以责魏汉津,则颇有言过其实,不可全信。

时设中书省提举制造大乐局,以铸九鼎。魏汉津为制造官,杨戬为提举官,黄经臣疑为承受官。

《宋会要·舆服》六之一五:“(崇宁四年)七月甲辰,制造大乐局铸帝鼐、八鼎成……冲显处士、大乐府师、授大乐局制造官魏汉津,为冲显宝应先生。”

《长编纪事本末》卷一二八:“(崇宁四年)七月甲辰,制造大乐局铸帝鼏、八鼎成……冲显处士、大乐府师、授大乐局制造官魏汉津,为冲显宝应先生。"

按:"制造大乐局"当置于崇宁三年正月、二月间,乃在铸九鼎同时稍前。据《宋会要·乐》五之二〇、二一:"(大观)三年八月二十三日,中书省提举制造大乐局所奏:'奉诏制造颁降三京、四辅、二十八帅府等处大乐。官吏、作匠等,及结绝罢局,有劳,可等第推恩。内初补使臣免呈试参部,提举官、承受、主管、制造等官转两官,有资者转两资,内提举、承受官并回授;无资可转者,与将一官改赐章服,一官许回授有服亲。主管文字、主管杂务各转一官,有资者转一资,各更减二年磨勘。前提举官及主管官、杂务、主管文字、监辖造作、点检文字各特转一官,有资者转一资,待诏与改换服色。'"知官属有提举官、承受官、主管官、制造官、杂务官、主管文字、监辖造作、点检文字等。"制造大乐局"之外,专设"中书省提举制造大乐局所",乃管理制造大乐局的机构,多由宦官提举。据《宋史·杨戬传》:"(杨戬)自崇宁后,日有宠,知入内内侍省。立明堂,铸鼎鼏,起大晟府、龙德宫,皆为提举。"知杨戬任提举官。又据前引史料,知魏汉津为制造官,而黄经臣既负责传递"指律",疑为承受官。又,诸书记载"铸九鼎"者不一,有言魏汉津铸九鼎。《宋史纪事本末》卷五:"(崇宁)三年春正月甲辰,命魏汉津定乐,铸九鼎。"又《宋朝事实》卷一四:"崇宁四年九月,蔡京用魏汉津铸九鼎。"《宋史全文》卷一四:"景钟者,魏汉津所铸也。"有言杨戬"铸九鼎"。《宋史·杨戬传》:"(杨戬)自崇宁后,日有宠,知入内内侍省。立明堂,铸鼎鼏,起大晟府、龙德宫,皆为提举。"其实,"铸鼎鼏"有较复杂程序,"九鼎"理论出于魏汉津,实际操持铸务者当为杨戬(《铁围山丛谈》卷五),乐政则归刘昺。时已设立"铸九鼎"的临时机构"制造大乐局"(《宋会要·乐》五之二〇、二一,《长编纪事本末》卷一二八),杨戬任提举官(《宋史·杨戬传》),魏汉津为制造官(《能改斋漫录》卷一二,《长编纪事本末》卷一二八)。详见拙著《大晟府及其乐词通考》,兹不赘述。

"后苑造作所"下辖之"镈作"和"乐器作",为负责铸九鼎的实施机构。

《铁围山丛谈》卷五:"魏汉津,黥卒也,不知何许人。……崇宁中召见,制《大晟乐》,铸九鼎,皆其所献议。初乐制①,一日,与宦者杨戬在内后苑,会上朝献景灵宫还,见汉津立道左观车驾。上望之,喜,遣小阉传旨抚

① 按:"初乐制",冯惠民、沈锡麟点校本(第87页)及李国强整理本(第3编,第9册,第229页)均注:"疑是'初制乐',三本并同,仍之。"当为"知不足斋本"原校。今查文渊阁《四库全书》本,正作"初制乐"(第1037册,第608页)。

问,汉津因鞠躬以谢。及还内,戬至,上曰:'汉津能出观我邪?'戬曰:'不然。早自车驾出,汉津同臣视铸工。方共饮。适闻跸还,臣舍匕箸,遽至于此。然汉津不出也。'上曰:'我适见之,岂妄乎?'因呼小阉共证其故,戬愕然,知汉津能分身。"

按:"后苑"即"后苑造作所",元丰间称"后苑作生活所",哲宗时称"后苑修造所",徽宗时称"后苑作修造所"、"后苑作生活所"(《宋会要·职官》三六之七六,《清波杂志·别志》卷一),《宋代官制辞典》称真宗咸平三年"生活所"与"后苑作"合并,创置"后苑作、制造御前生活所"[①]。"后苑造作所"领八十一作(后又增七作,共八十八作),其中有"镂作"和"乐器作"(《宋会要·职官》三六之七二)。"镂作"为内廷机构,"专掌制造宫廷生活所需及皇族婚娶名物"[②];"乐器作",为专掌制造内廷乐器的机构。据《九朝编年备要》卷二七:"(大观四年十一月丁卯)又内侍杨戬提举后苑作,有劳,除节度使,商英执不可。诏曰:'祖宗法,内侍皆寄资,无至团练使。大有勋劳,则别立宣昭等使以宠之。未闻除节钺也。'戬益衔之。"《东都事略》卷一○二《张商英传》:"商英为相,务更蔡京事,而减省用度。内侍杨戬提举后苑作,有劳,除节度使。商英不可,曰:'祖宗法,内侍皆寄资,无至团练使者。有大勋劳,则别立昭宣使、宁庆使以宠之,未闻建节钺也。'戬衔之。"《名臣碑传琬琰之集下》卷一六《实录·张少保商英传》:"时内侍杨戬提举后苑作,有劳,除节度使。商英不可,奏曰:'祖宗法,内侍皆寄资,无至团练使者。有大勋劳,则别立昭宣、宣政、宣庆等使以宠之,未闻建节钺也。'戬衔之。"《宋宰辅编年录》卷一二:"时内侍杨戬提举后苑兴作,有劳,除节度使。商英不可,奏曰:'祖宗法,内侍皆寄资,无至团练使者。有大勋劳,则别立昭宣、和(宣)政、和(宣)庆等使以宠之,未闻建节钺也。'戬衔之。"知杨戬在崇宁、大观间"提举后苑作",又兼"提举制造大乐局"。又据《宋史·杨戬传》:"(杨戬自崇宁后)铸鼎鼐,起大晟府、龙德宫,皆为提举。"汪藻《徽猷阁直学士左宣奉大夫致仕赠特进显谟阁直学士蒋公墓志铭》:"杨戬建节……帝曰:'自朕即位以来,制作礼、乐,皆其手,亦非小劳。'"(《浮溪集》卷二七)《九朝编年备要》卷二八:"(政和四年五月丙戌)内侍杨戬加节度,赏制乐传宣之劳也。"联系《铁围山丛谈》卷五"与宦者杨戬在内后苑"、"汉津同臣视铸工"云云,可知铸九鼎事务由"提举制造大乐局所"负责,但具体操作铸九鼎之机构则由"后苑造作所"承担。"后苑造作所"下辖之"镂作"和"乐器作",乃为此次专掌铸造九鼎的实施机构。

又有云铸九鼎机构名"铸泻务"或"乐器制造所"。李文信云:"(徽宗)立'乐器制造所'

---

① 龚延明:《宋代官制辞典》,第67页。
② 龚延明:《宋代官制辞典》,第68页。

和制作铜乐器的'铸泻务'，制造景钟八鼎和大晟乐器。……早在至和二年，当时乐官李照将铸乐钟，政府发下大批铜料，铸泻务（铜乐器铸造工场）工人在废铜料中得古编钟一件……到徽宗朝，他本人知音好古，制作大晟乐时，就更加重视古乐钟的搜集和研究。"①李幼平云："崇宁三年正月，魏汉津献指律之法；随后，朝廷设置乐器制造所和制作青铜乐器的'铜泻务'。崇宁四年八月庚寅，乐成，列于崇政殿；九月朔，徽宗下诏赐新乐名曰大晟。"②按："铸泻务"实为宋真宗景德三年由"在京铸钱监"所改。《长编》卷六四："（景德三年十二月甲午）废在京铸钱监，改为铸镉务，掌造铜、铁、鍮石诸器及道具，以供内外出鬻之用。"据《宋代官制辞典》考证，"铸镉务"职掌为按朝廷规定年额铸铜、铁钱交纳京师内藏库③。知"铸泻务"本非"制作青铜乐器"或"铜乐器铸造工场"的机构名称。"铸泻务"与乐器制造发生关系乃在宋仁宗朝而非徽宗朝。然据《宋史·乐志二》"及（李）照将铸钟，给铜于铸泻务"、《长编》卷一八三、《文献通考·乐考三》"及（李）照将铸钟，给铜于铸镉务"，《景文集》卷二七《议乐疏》则作"于杂物库请铜铸之时"，知实为铸造乐器时领铜料于"铸泻务"，而并非由"铸泻务"铸造乐器，仁宗朝乐器实由"锡庆院铸"并有铸造乐器的"造作处"（详见《宋会要·乐》一之二、三及一之三、四）④。另外，"铸泻务"之"泻"，当为"镉"。《康熙字典》戌集上金部："镉，《集韵》：洗野切，音写，范金也。"《宋会要·仪制》七之四、《宋会要·瑞异》一之二三，均载"黄钟太声钟一镉而成"（详下）；《长编》、《文献通考》均作"铸镉务"。"镉"易误为"泻"，即《宋史》亦难避免。当然，研究者擅将"铸镉务"改为"铜泻务"，似缺乏文献依据。不过，"铸镉务"除铸钱的职掌外，是否有"制作青铜乐器"或"铜乐器铸造工场"的职

① 李文信：《上京款大晟南吕编钟》，《文物》1963年第5期。
② 李幼平：《大晟钟与宋代黄钟标准音高研究》，第25页。
③ 龚延明：《宋代官制辞典》，第541页。
④ 按：《宋史·乐志一》："明年二月，（燕）肃等上考定乐器并见工人，帝御延福宫临阅，奏郊庙五十一曲，因问（李）照乐音高，命详陈之。照言：'（王）朴准视古乐高五律，视教坊乐高二律。……愿听臣依神瞀律法，试铸编钟一虡，可使度量权衡协和。'乃诏于锡庆院铸之。既成，奏御。"《宋会要·乐》一之二、三："仁宗景祐元年八月二十三日，判太常寺燕肃等言：'本寺编钟磬年岁深远……欲乞选差臣僚与判寺官员集本局通知音律者，将律准同共考击按试，定夺声韵。所有钟磬声损（韵）瞖损不堪者，欲乞送造作处添修抽换。'诏宋祁与内殿崇班李随同本寺按试，又令祠部员外郎、集贤校理李照参其事。"《宋史·燕肃传》："入判太常寺兼大理寺，复知审刑。肃言：'旧太常钟磬皆设色，每三岁亲祠，则重饰之。岁既久，所涂积厚，声益不协。'乃诏与李照、宋祁同按王朴律，即刬涤考击，合以律准，试于后苑，声皆协。""欲乞送造作处添修抽换"、"试于后苑，声皆协"云云，"造作处"、"后苑"均指"后苑造作所"下辖之"镉作"和"乐器作"。考"后苑造作所"共设监官三人（《宋会要·职官》三六之七二），均以内侍充。内殿崇班李随，当为负责"后苑造作所"的监官之一。

责,似还有待详考。在目前还没有充分史料作佐证的情况下,是不适合将"铸镐务"定为负责铸九鼎的机构。"铸镐务"与"镐作"在名称、职能上都有几分近似,但"铸镐务"为外廷机构,"掌造铜、铁、输石诸器及道具,以供内外出鬻之用"(《长编》卷六四);"镐作"为内廷机构,"专掌制造宫廷生活所需及皇族婚娶名物"[1]。两者性质有别,但都不专为乐器制造而设。根据以上考证,"后苑造作所"下辖之"镐作"和"乐器作",方为此次专掌铸造九鼎的实施机构。另外,"乐器制造所"也不见于徽宗朝史籍,而"制造景钟八鼎"云云,又将"帝鼐"误解为"景钟",疑非。

制造大乐局定大晟新乐"特磬"尺寸,约在此时前后。

《中兴礼书》卷一三:"绍兴十五年闰十一月二十三日,太常寺奏:'准提举修内司承受提辖王晋锡札子:……特磬黄钟为祖,上股一尺五分,长二尺三分,大股阔九寸,长一尺一寸,下各厚一寸六分,约三寸。临时定声,系省记到崇宁年大乐局制造大晟新乐尺寸。'"

按:宋朝特磬乃用于"后庙","若已升祔后庙,遂置而不用"(刘昺《大晟乐书》)。有关特磬的功用,朱熹论之甚详,云:"钟磬有特悬者","器大而声宏","但于起调毕曲之时,击其本律之悬,以为作止之节。"(《晦庵先生朱文公文集》卷五九《答杨子顺》)"众乐未作,先击特钟,以发其声。众乐既阕,乃击特磬,以收其韵。"(《朱子语类》卷九二)所谓特钟"以发其声",特磬"以收其韵"。于是,制造大乐局重新改定特磬的应用制度,所谓《大晟》之制,金石并用,以谐阴阳",知大晟特磬的使用比以往更为广泛。详见拙著《大晟府及其乐词通考》,兹不赘述。

四月十一日甲寅,讲议司乞权借范镇等讲求巢竽、巢笙之书,以造匏部乐器。

《长编纪事本末》卷一三二:"(崇宁三年四月)甲寅,讲议司言:'元丰中,神宗令张□、范镇、刘几、范日新讲求巢竽、巢笙之类,当时曾镂板宣赐大臣。今韩绛家有之,欲权借照使。'诏可。"

《长编拾补》卷二三:"(崇宁三年四月)甲寅,讲议司言:'元丰中,神宗

---

[1]　龚延明:《宋代官制辞典》,第68页。

令张□、范镇、刘几、范日新讲求巢笙、巢笙之类，当时曾镂板宣赐大臣。今韩绛家有之，欲权借照使。'诏可。"

《避暑录话》卷下："大乐旧无匏、土二音，笙、竽，但如今世俗所用笙，以木刻其本而不用匏。埙，亦木为之。是八音而为木者三也。元丰末，范蜀公（镇）献《乐书》以为言，而未及行。至崇宁，更定大乐，始具之。"

按：此当为"讲议司礼乐房"为制造"匏"部乐器，而进奏权借元丰范镇等讲求巢笙、巢笙之书，以便参照使用。《宋史·乐志三》："（元丰三年，范镇）上奏曰：'……又八音无匏、土二音：笙、筝（竽）以木斗攒竹而以匏裹之，是无匏音也；埙器以木为之，是无土音也。八音不具，以为备乐，安可得哉？'不报。"知元丰年间范镇虽有上奏，但并未被朝廷采纳。《长编纪事本末》"当时曾镂板宣赐大臣"云云，知范镇《乐书》当时曾镂板宣赐韩绛等大臣，至崇宁间韩绛子孙仍保存此书。由此可知，崇宁新乐在巢笙、巢笙等乐器制造方面，确实曾借鉴范镇的乐论。

"讲议司"云云，当为"讲议司礼乐房"，但本年四月二十二日乙丑即罢讲议司（《长编纪事本末》卷一三二，《长编拾补》卷二三），"讲议司"当不及制造巢笙、巢笙等乐器。其职事后即归入"大乐府"或"制造大乐局"。刘昺《大晟乐书》："匏部有六：曰竽笙，曰巢笙，曰和笙，曰闰余匏，曰九星匏，曰七星匏。"按大晟乐府有匏部乐器六种，乃刘昺改制的结果。"大晟乐府"前身即"大乐府"，但这个建议是否由刘昺向"讲议司"提供，尚待进一步考证。

考宋旧大乐本无"匏"。《避暑录话》卷下："大乐旧无匏、土二音……至崇宁，更定大乐，始具之。旧又无篪，至是亦备，虽燕乐皆行用。"《铁围山丛谈》卷二："所阙者曰石、曰陶、曰匏三焉，匏则加匏而为笙……谓之燕乐部八音。"刘昺《大晟乐论·第三篇》："笙不用匏，舞不象成，曲不协谱。"《文献通考·乐考三》："（刘昺言）笙不用匏，舞不成象，曲不叶谱。"《宋史·乐志三》："（刘昺言）笙不用匏，舞不象成，曲不协谱。"于是雅乐添置匏部乐器"竽笙、巢笙、和笙、闰余匏、九星匏、七星匏"等六种，至崇宁四年八月之前当已造成（详下）。政和三年后，匏部乐器亦用之于大晟燕乐。

时申范镇之说，而欲增徵音。议补徵调者或始于此时。

《文献通考》卷一八六《经籍考十三》："石林叶氏曰：元（皇）祐中，昭陵命胡瑗、阮逸更造新乐。将成，宋景文得蜀人房庶所作《乐书补亡》三卷，上之以为知乐。庶自言：'尝得古文《汉书·律历志》，言其度起于黄钟之长，用子谷秬黍中者一，黍字下脱之起积一千二百黍八字，乃与下文之实字相接,而人不悟,故历世皆以累黍为尺。当如《汉志》以秬黍中者千二百实管中,为九十分以定黄钟之长,而加一分以为尺。则《汉志》所谓一为一分者,黄钟九十分之一,而非一黍之一也。'又言:'乐有五音,今无正徵音。国家以火德王,而亡本音,尤非是。'范景仁(镇)力主其说,时方用累黍尺,故庶但报闻罢。崇宁中,更定大晟乐,始申景仁(范镇)之说,而增徵音。然《汉书》卒未尝补其脱字,盖不知庶之所自本也。"

按:议补"徵调"之事,当起始于崇宁年间。《避暑录话》卷上:"崇宁初,大乐阙徵调,有献议请补者。"《拙轩词话》:"崇宁中,大乐阙徵调,议者请补之。"[①]考《宋会要·乐》五之二〇:"(大观二年三月三十日)先是,进士彭几进《乐书》,论五音云:'本朝以火德王,而羽音不禁,徵调尚阙。'"《玉海》卷一〇五:"彭几进《乐书》,论五音云:'本朝以火德王,而羽音不禁,徵调尚阙。'"《宋史·乐志四》:"初,进士彭几进《乐书》,论五音,言:'本朝以火德王,而羽音不禁,徵调尚阙。'"《墨客挥犀》卷六:"叔渊材好谈兵,晓大乐。……尝献《乐书》,得协律郎。"疑彭几"进《乐书》",或始于崇宁中,后彭几因进《乐书》而被招为大晟府协律郎,则在大观元年,详后考证。

李复上《议乐疏》,议补"徵调"。约在此时前后。

李复《议乐》:"臣闻治定制礼,功成作乐。此王者甚盛之举,天下熙洽,人心悦豫,发为和声,因其人声之和,而播之八音,又形容其成功之象也。三王不相沿乐,岂苟为异哉?治世成功,各不同也。《记》曰:'大乐与天地同和。'乐岂易知乎?三代之乐,亡已久矣。唐贞观中,命祖孝孙、张文收考定雅正,粗而未备。后累经丧乱,其器与书,今皆不传。载籍所言,虽皆以黄钟为本,上生下生,隔八相生,及其律管径寸短长,但糟粕耳。有能遗其旧说,脱然识其声,别其音者,未之闻也。夫黄钟,律之始也,半之清声也,倍之缓声也,三分其一而损益之,此相生之声也。十二变而复黄钟之总,乃旋相为宫之法也。万物动皆有声,若造乐精微之妙,凡闻其声,则知是何音,合何律,是为正音,是为变音,是为清,是为浊,如此方为知音,可以议乐矣。近者陛下有诏选官定乐,又博求前代之器。夫前代之

① 张侃:《拙轩词语》,唐圭璋编《词语丛编》,第1册,第190页。

器，各一时之用。若得汉、唐之器，乃汉、唐之乐也。若得魏、晋之器，乃魏、晋之乐也。但欲求为多见，则可矣，遽欲用为今日本朝之乐，恐未然也。晋之荀勖，取牛铎为黄钟，出于独见，果合于古乎？乐之作，欲动天地，感鬼神，自汉以还，未之闻也。朝廷昔尝定乐矣，陛下以为未尽美善，亦不能形容祖宗之功业。而又本朝运膺火德，独徵音未明，此固当重为考定也。今闻众议，又只依往昔糟粕而制器，此安足以副陛下所降之诏意？夫知音者闻之于耳，得之于心，自不能传之言，遇其应于心，方可默契。徵音火，南方之音也。火性炎上，音当象之，乃欲就其下而抑之，恐非也。臣愿诏天下广求天性自能知音者，敦遣令赴议乐所，多方以试之，是诚不谬，共为讲论，庶几其可矣！若徒以旧说，尺寸长短广狭重轻而制器，此工匠皆能为之矣。何足以为乐乎？臣愚见如此，惟陛下择之。"（《濂水集》卷一）

按：李复《议乐》"又本朝运膺火德，独徵音未明，此固当重为考定也。……徵音火，南方之音也"云云，《历代名臣奏议》卷一二八《礼乐（统言乐）》载"徽宗时李复上《议乐疏》"，可见李复议补"徵调"，亦在崇宁年间。"近者陛下有诏选官定乐，又博求前代之器"云云，"有诏选官定乐"在崇宁元年九月以后，"博求前代之器"则在崇宁三年初（详上），"臣愿诏天下广求天性自能知音者，敦遣令赴议乐所"，"议乐所"即"讲议司礼乐房"，罢于崇宁三年四月二十二日乙丑。据此，可推知李复上《议乐疏》在崇宁三年二月至四月之间。

又据"臣愿诏天下广求天性自能知音者，敦遣令赴议乐所，多方以试之，是诚不谬，共为讲论"云云推测，李复上《议乐疏》建议补徵调，当为徽宗朝首例，以后议补徵调者尚有彭几、刘诜等人，或在其后，考证详下。又，《避暑录话》卷上："崇宁初，大乐阙徵调，有献议请补者，并以命教坊燕乐同为之。大使丁仙现云：'音已久亡，非乐工所能为，不可以意妄增，徒为后人笑。'"按：崇宁中所议补"徵调"云云，当为"大乐"（即"雅乐"）。《避暑录话》载丁仙现议"徵调"云云，实为"燕乐"，乃在大观二年三月至政和三年五月（详见下文），不在"崇宁初"。

七月，景钟成。

《宋史》卷一二八《乐志三》："（崇宁三年）秋七月，景钟成。"

《宋会要·乐》三之二四、二五："（崇宁三年）十月九日，翰林学士承旨知制诰兼侍讲张康国奉敕撰《景钟铭》，其序略曰：'……钟成于秋七月癸丑。'"

《宋会要·乐》五之一九："张康国奉敕撰《景钟铭》,其序略曰:'……钟成于秋七月癸丑。'"

《玉海》卷一〇九："崇宁三年十月九日,翰林承旨张康国撰《景钟铭》。(铭见《长编》。)其序曰:'……钟成于秋七月癸丑。'"

按:或误景钟铸成在崇宁四年。《能改斋漫录》卷四:"崇宁四年,命铸景钟。"《演繁露》卷六:"崇宁四年,铸景钟。"《云麓漫钞》卷三:"大晟乐用徽宗君指三节为三寸,崇宁四年所铸景钟是也。"又,诸书转录有关景钟制度,文字多有讹误。又,凌景埏云:"《玉海》(卷一〇九)作七月癸丑。按:七月无癸丑,比误。"[①]"丑"疑为"巳"之形误,详见拙著《大晟府及其乐词通考》,兹不赘述。

八月七日戊申,因罢讲议司,陈旸有劳,"转一官",为鸿胪少卿。

《九朝编年备要》卷二七:"(崇宁三年)时朝廷制礼作乐,以文太平,蜀人魏汉津者,年九十余。献乐议曰:'人君代天理物……'上从之。礼乐房参详陈旸曰:'五声十二律,乐之正也。二变、四清,乐之蠹也。二变以变宫为君,四清以黄钟清为君,事以时作,固可变也,而君不可变。太簇大吕夹钟,或可分也,而黄钟不可分,岂古人所谓尊无二上之旨哉?'论多不合,遂迁旸为鸿胪少卿。冬十月,帝鼐成。"

《长编拾补》卷二三"崇宁三年正月甲辰"按语:"《编年备要》云:魏汉津献乐议,上从之。礼乐房参详陈旸曰:'五声十二律,乐之正也;二变、四清,乐之蠹也。二变以变宫为君,四清以黄钟为君。事以时作,固可变也,而君不可变;太簇、大吕、夹钟,或可分也,而黄钟不可分。岂古人所谓尊无二上之旨哉?'论多不合,遂迁旸为鸿胪少卿。"

按:《长编拾补》卷二三引《编年备要》,云陈旸因"论多不合,遂迁旸为鸿胪少卿",时间在"崇宁三年正月甲辰"。此说实误。考陈旸崇宁元年九月己丑官职为太常丞、驾部员外郎兼礼乐房参详官(《长编纪事本末》卷一三二,《长编拾补》卷二三,《宋史·陈旸传》),太常丞从七品,驾部员外郎正七品,可能是因兼礼乐房参详官的缘故,而由从七品的品秩任正七品的职事;崇宁二年九月因上《乐书》而转一官(《宋会要·乐》五之一八),时官职为礼部

---

① 凌景埏:《宋魏汉津乐与大晟府》,凌景埏、谢伯阳校注:《诸宫调两种》附录,第287页。

员外郎,亦为正七品,"转一官"后当为从六品;而鸿胪少卿为正六品,品秩高于陈旸以前所有官职,而"论多不合"而"迁",本为降黜而反升迁,当无此理。

《长编纪事本末》卷一三二:"(崇宁三年)八月戊申(七日),诏:'讲议司官属依制置三司条例司体例推恩。翰林学士承旨张康国、刑部侍郎刘赓、提举洞霄宫蹇序辰、显谟阁待制范致虚、王汉之等三十五人各迁一官。余四人及尚书省都事任充等,支赐银绢、迁官转资、减磨勘年有差。提举洞霄宫张商英系元祐奸党,及会(曾)言盐法并奏盐数未实;管勾仙灵观吴储,系元祐党吴安诗子;监滑州盐酒税李□,昨为不亲诣通、泰等州措置盐事,特冲替,添差岐亭镇酒税;虞防为毁哲宗谥号,系入籍人,更不推恩。'"

按:《全宋文》据《长编纪事本末》卷一三二收作《讲议司官属推恩诏(崇宁三年八月戊申)》,"会言"作"曾言","李□"作"李琰"①,当是;然"系"作"保",乃误。此诏无陈旸"推恩"名字,然据"翰林学士承旨张康国……等三十五人各迁一官"云云,亦只载5人姓名,其余30人皆略去,今查《宋会要·职官》五之一四:"(崇宁三年八月七日)奉议郎、礼部员外郎陈旸转一官。""转一官"与"迁一官"义同,可见,陈旸迁为鸿胪少卿,乃是因罢讲议司有劳而"转一官"的缘故。

十月九日己酉,张康国作《景钟铭》并《序》。

《宋史》卷一二八《乐志三》:"于是命翰林学士承旨张康国为之铭,其文曰:'天造我宋,于穆不已。四方来和,十有二纪。乐象厥成,维其时矣。迪惟有夏,度自禹起。我龙受之,天地一指。于论景钟,中声所止。有作于斯,无袭于彼。九九以生,律吕根柢。维此景钟,非弇非侈。在宋之庭,屹然中峙。天子万年,既多受祉。维此景钟,上帝命尔。其承伊何,以燕翼子。永言宝之,宋乐之始。'"

《文献通考》卷一三四《乐考七·金之属》:"宋徽宗崇宁三年,作大晟乐,铸景钟成。景钟者,黄钟之所自出也。垂则为钟,仰则为鼎。鼎之大终于九斛,中声所极。制炼玉屑,入于铜齐,精纯之至,音韵清越。其高九

_____

① 曾枣庄等主编:《全宋文》,第163册,第380页。

尺,拱以九龙。惟天子亲郊乃用之,立于宫架之中,以为君围。于是命翰林学士承旨张康国为之铭,其文曰:'天造我宋,于穆不已。四方来和,十有二纪。乐象厥成,维其时矣。迪惟有夏,度自禹起。我龙受之,天地一指。于论景钟,中声所止。有作于斯,无袭于彼。九九以生,律吕根抵。维此景钟,非奆非侈。在宋之庭,屹然特峙。天子万年,既多受祉。维此景钟,上帝命尔。其承伊何,以燕翼子。永言宝之,宋乐之始。'"

《宋会要·乐》三之二四:"十月九日,翰林学士承旨、知制诰兼侍讲张康国奉敕撰《景钟铭》,其序略曰:'皇帝践位之五年,崇宁甲申,考协钟律,保和太合(和),以成一代之乐。有魏汉津者,年过九十,诵其师说,以谓今之所作乃宋乐也,不当稽用前王之法。宜以皇帝身为度,自度而为权、量,以数乘之,则声谐而乐成,无所沿袭。其法始于鼎,以量容九斛为鼎之大,取斛之八加斗之一,则鼎变而为景钟。景〖钟〗(引者按:"钟"字衍文),大也。九九之数兆于此,有万不同之所宗也。度高九尺,植以龙虡,其声则为黄钟之正,而律吕由是以生焉。大祭祀、大朝会、大享燕,惟天子亲御则用之,以肃群臣。其下则宝钟,子以承继也。其周则四清之钟磬,奠方隅以拱卫也。平时弗考,风至则鸣,贡(贵)天籁而本自然也。钟成于秋七月癸丑。'"

《宋会要·乐》五之一九:"(崇宁三年)十月九日,翰林学士承旨、知制诰兼侍郎(讲)张康国奉敕撰《景钟铭》,其序略曰:'皇帝践位之五年,崇宁甲申,考协钟律,保合太和,以成一代之乐。有魏汉津者,年过九十,诵其诗(师)说,以谓今之所作乃宋乐也,不当稽用前王之法。宜以皇帝身为度,自度而为权、量,以数乘之,则声谐而乐成,无所沿袭。其法始于鼎,以量容九斛为鼎之大,取斛之八加斗之一,则鼎变而为景钟。景,大也。九九之数兆于此,有万不同之所宗也。度高九尺,植以龙虡,其声则为黄钟之正,而律吕由是以生焉。大祭祀、大朝会、大享燕,惟天子亲御则用之,以肃群臣。其下则宝钟,子以承继也。其用(周)则四清之钟磬,奠方隅以拱卫也。平时弗考,风至则鸣,贵天籁而本自然也。钟成于秋七月癸丑。'"

按：《玉海》卷一〇九："崇宁三年十月九日，翰林承旨张康国撰《景钟铭》。（《铭》见《长编》。）"《宋史全文》卷一四："（崇宁三年十月）己酉，诏翰林承旨张康国撰《景钟铭》。"今查《长编》残缺太甚，不见《景钟铭》原文。其《铭》文见于《宋史·乐志三》、《文献通考·乐考七》。又有史料附载《铭》文与此不同者。翟汝文《景钟铭》作于"维政和乙未五月甲子"（《忠惠集》卷一〇），强渊明《景钟颂》作于"宣和元年"（《挥麈录·后录》卷三）（详下）。

十八日戊午，铸帝鼐成。

《皇宋十朝纲要》卷一六："（崇宁三年）十月戊午，帝鼐成。"

《九朝编年备要》卷二七："（崇宁三年）冬十月，帝鼐成。"

《铁围山丛谈》卷一："崇宁甲申，议作九鼎。有司即南郊为冶，用中夜时，上为致肃不寐。至是，于寝望之，焚香而再拜焉。及既就寝，已仿四鼓矣。忽有神光达禁中，政烛福宁殿，红赤异常，宫殿于是尽明如昼，殆晓始熄。鼎一铸而成。"

《宋会要·舆服》六之一四："《御制九鼎记》：'……以崇宁四年乙酉三月戊戌朔二十有一日戊午，即国之南铸之。中曰帝鼐，金二十二万斤。镕冶之夕，中夜起视，炎光属天，一铸而就。上则日月、星辰、云物，中则宗庙、朝廷、臣民，下则山川、原隰、坟衍。承以神人，盘以蛟龙，饰以黄金，覆以重屋。既而群鹤来仪，翔舞其上，甘露感格于重屋之下。不迁之器，万世永固。'"

按：《铁围山丛谈》"鼎一铸而成"云云，当指帝鼐。《宋会要》所载"一铸而就"者即为帝鼐，而文字稍详。但前者为崇宁三年"甲申"，后者为崇宁四年"乙酉"。据《皇宋十朝纲要》、《九朝编年备要》，当以崇宁三年十月为是。

《长编拾补》卷二五移录《能改斋漫录》载魏汉津《制造九鼎状》后，又录《演繁露》"景钟垂则为钟，仰则为鼎"云云，则直以"景钟"为"帝鼐"。又，李文信云："帝鼐也叫景钟或景阳钟。"①疑非。据魏汉津《制造九鼎状》"帝座鼐""外有六围""中叠五重"云云（《能改斋漫录》卷一二），所言为"帝鼐"而非"景钟"，与刘昺《大晟乐书》论"景钟"文字有别（详下），知帝鼐、景钟实二。考九鼎虽为"律鼎"，然宋人史料罕见有用为乐钟的记载，而景钟则每逢亲

---

① 李文信：《上京款大晟南吕编钟》，《文物》1963年第5期。

祀必用之(详下)。景钟虽"其法始于鬴,以量容九斛为鬴之大,取斛之八加斗之一,则鬴变而为景钟"(张康国《景钟铭》序),但实非即帝鬴。考九鼎为"神器",不可直接用为乐钟。"九鼎以奠九州,以御神奸"(《宋史·礼志七》)、"神像大器"、"不宜处于外"(《宋会要·舆服》六之一五、一六)。崇宁四年三月专设九成宫以奉安九鼎,大观元年十二月有按月分祀九鼎的礼乐制度,政和六年九月又专设"圆象徽调阁"于大内以奉祀九鼎。其中帝鬴尤为"神像大器",史料多有祀帝鬴的记载(详下)。据《宋会要·舆服》六之一五、一六及《礼》五一之二三、二四,连稍"迁移"九鼎赴大内因择日不当都被视为"不祥",可见直接用为乐钟的可能性极小。又考"景钟"铸成于崇宁三年七月,"帝鬴"铸成于崇宁三年十月;又据《文献通考·乐考三》:"(魏汉津)请帝三指为黄钟之律度,铸帝鬴、景钟,谓之雅乐,赐名曰《大晟》。"《宋史·乐志一》:"于是蔡京主魏汉津之说,破先儒累黍之非,用夏禹以身为度之文,以帝指为律度,铸帝鬴、景钟。乐成,赐名《大晟》。"即"帝鬴、景钟"并称,可见"帝鬴"非"景钟"。

本月,得宋公戌"謈钟"于应天府。

《宋史》卷一二九《乐志四》:"先是,端州上古铜器,有乐钟,验其窾识,乃宋成公时。帝以端王继大统,故诏言受命之邦,而隐逸之士谓汉津也。"

《宋会要·乐》五之二○:"时端州上古银(铜)器,有乐钟。验其欸(窾)识,乃宋成公时。"

《九朝编年备要》卷二七:"先是,端州忽上铜器,验其欸识,乃宋成公时物。而端州上兴王之地,故诏文有曰'获《英》、《茎》之器于受命之邦'。"

《广川书跋》卷三《宋公謈钟铭(謈音茎)》:"崇宁三年,应天府得古钟六于崇福院。其一为黄钟之宫,高一尺四寸八分,钮高四寸,两舞距一尺四寸半,横一尺三分;两栾距一尺六寸八分,横一尺有二寸。其二为大吕之角,高一尺三寸四分,钮高四寸一分,两舞距一尺三寸五分,横一尺;两栾距一尺六寸三分,横一尺一寸五分。其三太簇之徵,高一尺二寸八分,钮高三寸九分,两舞距一尺三寸二分,横九寸二分;两栾距一尺六寸。其四夹钟之商,高一尺二寸七分,钮高四寸,两舞距一尺二寸三分,横八寸八分;两栾距一尺四寸,横尺有二寸八分。其五姑洗之羽,高一尺一寸五分,钮高三寸八分,两舞距一尺五分,横八寸;两栾距尺有二寸三分,横九寸三分;其六(缺)。铭曰:'宋公成之謈钟。'按《史记》,平公名成,当周简王时,共公卒，华元、鱼石立少子成，是为平公。立四十四年，当鲁昭公时。见《书》《春秋》。宋本商后，而商出自帝颛顼，当高阳氏之世，乐号六茎。今考于《书》曰韺，乐名，其字与茎同。《列子》以为莹，其实一也。……天子方作《大成（晟）乐》，以绍百王绝业，故尝求钟之制不得。周之旧钟存者众矣，侧口则堕而不应，横贯则扶摇而不得定考击，备设则震掉而或不得尽其音声，有司患之。翌日，制诏丞相、御史，以韺钟为正。故今钟得调焉。乃下诏曰：'得《英》《茎》之器，于受命之邦。'非天相之，其能尽感德之事哉！"

《续考古图》卷四："崇宁三年甲申岁孟冬月，应天府崇福院掘地得古钟六枚，以宋公钟又获于宋地，宜为朝廷符瑞，寻上进焉。刻文六字。按六钟形制文饰皆同，形扁而锐，不垂，六钟各杀一寸为羑。每钟皆刻曰'宋公成之茎钟'，字形漫灭，仅可识焉。按宋自微子开二十六世，平公成立平公钟，此钟故刻曰'宋公成之茎钟'，六茎自是帝颛顼之乐也。第一钟以黍尺校之，钟体高二尺，悬高五寸，舞间径一尺四寸，铣间径一尺七寸。第二钟体高一尺九寸，悬高五寸，舞间径一尺二寸，铣间径一尺五寸。第三钟体高一尺八寸，悬高五寸，舞间径一尺二寸，铣间径一尺四寸。第四钟体高一尺七寸，悬高五寸，舞间径一尺一寸，铣间径一尺四寸。第五钟体高一尺六寸，悬高五寸，舞间径一尺三寸。第六钟体高一尺五寸，悬高五寸，舞间径九寸，铣间径一尺二寸。按周备六代之乐，惟阙六（缺）五英，惟歆武，然则周德既衰，诸侯各备古乐。既有歆武，则宋宜有六茎也。"

《玉海》卷一〇九："《大晟乐书》：'应天得六钟，篆其带曰茎钟。作乐之初，得《英》《茎》之器于受命之邦。'"

《困学纪闻》卷三："说《诗》者谓宋襄公作韺钟之乐。按《博古图》有宋公成韺钟，《大晟乐书》：应天得六钟，篆其带曰茎钟。诏谓：'获《英》《茎》之器，于受命之邦。'此奸谀傅会之言。宋公成亦非襄公，用以说《诗》，陋矣。"

《宋史纪事本末》卷五："先是，瑞州上古铜器有乐钟，验其款识，乃宋成公时，帝以端王继大统，故诏言受命之邦。"

按："宋公戍"，宋人多误为"宋成公"或"宋公成"，而又将"宋公戍之韺钟"误为"宋成公之茎钟"。又，诸史多误"得宋公戌钟"之处为"端州"，实为"应天府"。"南都"、"应天府"、"睢阳"同，为获古钟之所，宋人多误为"端州"，后世误刻或有作"瑞州"。又，据《续考古图》，获古钟在崇宁三年十月；《续考古图》托名于"吕大临"，实在南宋绍兴年间（详见《四库全书总目·续考古图提要》）。

据陈梦家考证："宋徽宗朝所铸造的大晟编钟，其形制取法于当时出土的宋公成（戌）钟。《续考古图》卷四：'崇宁三年甲申岁（1104）孟冬月应天府崇福禅窟掘地得古钟六枚，以宋公钟又获于宋地，宜为朝廷符瑞，寻上进焉。'《广川书跋》卷三曰'崇宁三年应天府得古钟六于崇福院'，并记六钟为黄钟之宫，大吕之角，太簇之徵，夹钟之商，姑洗之羽，□□之□。宋改宋州为应天府，故址在今河南商丘县南，系春秋时宋国所在。宋公六钟的图形、铭文，详载于《博古图》卷二十二，附曰'惟太祖有天下，实起睢阳，故国号大宋。是六钟既出于宋地，而铭文又有曰宋公成，则其于受命之邦出为太平之符者，正其时欤？由是作乐之初，特诏大晟府，取是为式，遂成有宋一代之乐焉。'以上三书，并记六钟大小相次的尺寸，并称为'宋公罂钟'。钟铭六字曰'宋公成（或释为戌）之謌钟'，因第五个字稍残渺，宋人误释为罂，并谓'宋本商后，而商出自帝颛顼，当高阳氏之世，乐号六茎'，故以六钟为六茎，详《广川书跋》（《博古图》略同）。大晟编钟取式于宋公六钟，而六钟出土于宋太祖初起睢阳，故徽宗赐大晟乐名诏曰：'获英茎之器于受命之邦……宜赐名曰《大晟》。'《宋史·乐志》述此诏后曰：'先是端州上古铜器有乐钟，验其篆识乃宋成公时，帝以端王继大统，故诏言受命之邦。'以出土地为端州，以宋公成为宋成公，以端州为受命之邦，都是错误的。"[1]李幼平补云，宋人误释之为"罂"而通"茎"[2]。

又，据李幼平考证，"宋公成"亦当为"宋公戌"之误："大晟钟作为这次新乐改制过程中设计、铸造的青铜乐器，其形制、纹饰，直接取法于当时出土的'宋公戌钟'。在《宋会要辑稿》、《宋史纪事本末》等历史文献中，宋公戌钟也被作为宋公成钟。然而，'吴侃叔云："《左·昭十年传》：'宋公成'。《公羊》作'戌'。《史记》亦作'成'。今观是铭，当以《公羊》为正。是平公器也。颂壶铭：'甲戌'、丰姞敦：'丙戌'文皆作'戌'，与此同。又按《左·昭二十年传》：'公子城'。杜注：'平公子，"城"与"成"同。'若平公名'成'，其子不得名'城'也。"'……《博古图》（即《重修宣和博古图》——引者按）明确记载了大晟钟与宋公戌（成）钟的关系。（附《博古图》中著录的宋公戌钟之一"钟体摹本"与"钟体铭文拓片"——引者按）宋公戌钟六件，形制相同、大小相次……因此，宋徽宗在诏名新乐时称：'获英茎之器于受命之邦……宜赐

---

① 陈梦家：《宋大晟编钟考述》，《文物》1964年第2期。
② 李幼平：《大晟钟与宋代黄钟标准音高研究》，第26页。

名曰《大晟》。'"①李幼平考证资料详实可信。据此，知"宋成公"，当为"宋公成"之误。

又，据李幼平考证："'崇宁三年应天府得古钟六于崇福院……铭六字，铭曰宋公成之罂钟……翌日，诏丞相御史，以罂钟为正，故今钟得调焉。'（董逌《广川书跋》卷三）应天府由宋州而改名，其地望在今河南商丘县南，系春秋时宋国之所在地。'惟太祖有天下，实起睢阳，故国号大宋。是六钟既出于宋地，而铭文又有曰宋公成，则其于受命之邦出为太平之符者，正其时欤？由是作乐之初，特诏大晟府，取是为式，遂成有宋一代之乐焉。'（《宣和博古图》）……然而，《宋史》撰修者在转述此诏之后，称'先是，端州上古铜器，有乐钟，验其篆识，乃宋成公时。帝以端王继大统，故诏言受命之邦……'如此一来，不仅将宋公成说成了宋成公，更以徽宗继承皇位之前曾受封的端王一名，将端州与出土地点联系到一起，并将其作为受命之地进行了错误的解释，致使今人在讨论大晟钟遗物时，将其所法之器宋公成钟的发现地，或误作瑞州——今江西高安，或误作端州——今广东高要。"②"应天府得宋公成钟六件。诏取为式，铸造新乐编钟。【广川】【博古】【考述】/【3】【6】【7】均误作端州与宋成公。""【3】"即"《宋史》"，"【6】"即"《宋史纪事本末》"，"【7】"即"《宋会要辑稿》"③。

任之奇上《宋乐宝钟文》。

刘跂《学易集》卷八《定陶任颖士墓志铭》："颖士讳之奇，姓任氏。……以通仕郎监南京曲院。或发地得铜钟六，验其欹识，曰：'宋公成之罂钟。'人莫能考，颖士叹曰：'当始基之邦，获先世之器，岂偶然哉？'著《宋乐宝钟文》一篇上之，朝学者服其精博。"

按：任之奇《宋乐宝钟文》已佚，或为释"罂钟"之文。

赵佶作《帝鼐铭》，约在此时。

《皇宋十朝纲要》卷一六："（崇宁三年）十月戊午，帝鼐成。上亲为之《铭》。"

《长编纪事本末》卷一二八："（崇宁）四年三月戊午，宰臣蔡京言：'九鼎告成。'……《帝鼐铭》，御制；《八鼎铭》，实京为之。"

---

① 李幼平：《大晟钟与宋代黄钟标准音高研究》，第25—26页。

② 李幼平：《大晟钟与宋代黄钟标准音高研究》，第25—27页。

③ 李幼平：《宋（金）代编钟及新乐议制编年》，《大晟钟与宋代黄钟标准音高研究》，第152页，第143—144页。

《玉海》卷八八：“（崇宁）四年三月戊午，成。……上为《鼒铭》，《八鼎【铭】》命宰臣撰。于中太一宫南为九殿奉安，名曰九成宫。”“《崇宁鼎书》：《书目》：‘一卷，九鼎制度并铭文。《帝鼐铭》，御制；余《八鼎铭》，宰臣撰。’”

《资治通鉴后编》卷九六：“（崇宁四年三月）戊午，蔡京言：‘九鼎告成。’……《帝鼐铭》御制，《八鼎铭》命京为之。”

《续资治通鉴》卷八九：“（崇宁四年三月）戊午，蔡京言：‘九鼎告成。’诏于中太一宫之南，为九殿以奉安。……《帝鼐铭》御制，《八鼎铭》命京为之。”

按：据《皇宋十朝纲要》，知赵佶作《帝鼐铭》在崇宁三年十月，而诸史与蔡京作《八鼎铭》“联书”为崇宁四年三月，实非同时所撰（详下）。

十一月二十六日庚申，有事于南郊，提及铸九鼎之事。

《宋大诏令集》卷一二二《崇宁三年南郊赦天下文》（十一月二十六日）：“……修德锡符，上綮玑衡之政。铸金象物，下隆鼎鼐之基。……”

按：《宋会要·舆服》六之一四“鼎”条：“《祭鼐鼎篇》云：‘崇宁三年二月，以隐士魏汉津言，备万物之象，铸鼎九。’”《宋会要·礼》五一之二二“祭鼐鼎”条：“徽宗崇宁三年二月，以隐士魏汉津言，备百物之象，铸鼎九。”唐士耻《隆鼐铭》：“乃崇宁建号之三载仲春之月，用隐士魏汉津言，备百物之象，爰铸九鼎。”均言铸九鼎“备万（百）物之象”，此为《崇宁三年南郊赦天下文》“铸金象物，下隆鼎鼐之基”云云所本。九鼎铸成于崇宁四年三月，《崇宁三年南郊赦天下文》“下隆鼎鼐之基”，亦与之吻合。

《全宋文》据《宋大诏令集》卷一二二、《宋朝事实》卷五收作《崇宁三年南郊赦天下制（十一月二十六日）》，有校补①。

---

① 曾枣庄等主编：《全宋文》，第163册，第389—390页。

崇宁四年(1105)乙酉

正月十七日丙戌,诏于帝鼐宫立大角鼎星祠。

《宋会要·礼》五一之二二:"(崇宁)四年正月十七日,诏于帝鼐之宫立大角鼎星之祠,以导迎景贶。"

《宋会要·舆服》六之一五"鼎"条:"(崇宁四年)诏于帝鼐宫立大角鼎星祠,以导迎景贶(系正月丙戌)。"

《长编纪事本末》卷一二八:"(崇宁四年)正月丙戌(十七日),诏于帝鼐宫立大角【鼎】星祠,以导迎景贶。"

《东都事略》卷一〇:"(崇宁)四年春正月丙戌(十七日),诏于帝鼐宫立大角鼎星祠。"

《皇宋十朝纲要》卷一六:"(崇宁四年)正月丙戌(十七日),诏于帝鼐宫立大角鼎星祠。"

按:或将"于帝鼐之宫立大角鼎星之祠"系于崇宁元年(1102)。《钦定续通志》卷一一四:"徽宗崇宁元年,用方士魏汉津之说,备百物之象,铸鼎九,于中太一宫南为【九】殿奉安之。……复以帝鼐之宫,立大角鼎星祠。"《钦定续通典》卷五四:"徽宗崇宁元年,用方士魏汉津之说,备百物之象,铸鼎九,于中太一宫南为【九】殿奉安之。……复于帝鼐之宫,立大角鼎星祠。"乃误,考详下。

三月二十一日戊午,九鼎告成。

《宋史》卷四六二《方技下·魏汉津传》:"(崇宁)四年三月,鼎成,赐号冲显处士。"

《宋会要·舆服》六之一四"鼎"条:"《祭鼐鼎篇》云:'崇宁三年二月,以隐士魏汉津言,备万物之象,铸鼎九。四年三月,告成。'""《御制九鼎记》其略云:'……以崇宁四年乙酉三月戊戌朔二十有一日戊午,即国之南铸之。'"

《宋会要·礼》五一之二二"祭鼐鼎"条:"徽宗崇宁三年二月,以隐士魏汉津言,备百物之象,铸鼎九。四年三月,告成。"

《长编纪事本末》卷一二八:"(崇宁)四年三月戊午,宰臣蔡京言:'九鼎告成。'诏于中太一宫之内(南)为九殿以奉安。"

《皇宋十朝纲要》卷一六:"(崇宁四年三月)戊午,蔡京言:'九鼎告成。'诏于中太一宫之南为九殿以奉安,各周以垣,名曰九成宫。"

《玉海》卷八八:"(崇宁)四年三月戊午(二十一日),成。中曰帝鼐,八方曰苍、彤、晶(晶)、宝、魁、阜、牡、冈。上为鼐铭,八鼎命宰臣撰。于中太一宫南为九殿奉安,名曰九成宫。"

《文献通考》卷九〇《郊社考二十三·杂祠淫祀》:"(崇宁)四年三月,九鼎成,诏于中泰一宫之南为【九】殿以奉安。"

《文献通考》卷一三〇《乐考三·历代乐制》:"其年(崇宁三年)七月,景钟成。次年,帝鼐、八鼎成。"

《容斋随笔·三笔》卷一三:"国朝崇宁三年,用方士魏汉津言铸鼎。四年三月,成。于中太一宫之南为【九】殿,名曰九成宫。"

按:以上统言九鼎铸成在"崇宁四年三月",乃为"联书体"。帝鼐"一铸而成"在崇宁三年十月,详上考。又有九鼎成于崇宁四年七月、崇宁四年八月二说。《长编纪事本末》卷一二八:"(崇宁四年七月)甲辰,制造大乐局铸帝鼐成、八鼎成。"《宋史·乐志四》:"崇宁四年七月,铸帝鼐、八鼎成。"《东都事略》卷一〇:"(崇宁四年)八月,九鼎成。"《九朝编年备要》卷二七:"(崇宁)四年八月,九鼎成。"《宋史纪事本末》卷五:"(崇宁)四年八月,九鼎成。"均与其他史事联书,乃为"联书体"。考《灵岩集》卷六《隆鼐铭》:"乃崇宁建号之三载仲春之月,用隐士魏汉津言备百物之象,爰铸九鼎。四年季春,大冶告成。"唐士耻为"宁宗、理宗时人",集中"表、檄、箴、铭、赞、颂诸篇,亦皆拟作"(《四库全书总目·灵岩集提要》),其说当属可信。又《五百家播芳大全文粹》卷二上载张全真《贺九鼎成表》:"王春启节,阳德布和。……窃以文鼎出于山川,甘露零于草木。……故得九牧之金,制器五色之瑞。"既云"王春启节,阳德布和",亦可证九鼎成于春天。李文郁《大事记》:"(崇宁四年)七月,铸帝鼐、八鼎成。"[1]乃从《宋史·乐志四》依样而编。凌景埏"汉津乐之创作"条:"翌年(崇宁四

---

① 李文郁:《大晟府考略·大晟府大事记》,《词学季刊》第二卷第二号(1935年1月),第506页。

年)二月戊午，九鼎成。"原注："《续资治通鉴》卷八九。"又"年表"条："(崇宁四年三月)廿一日戊午鼎成。"①则仅依《续资治通鉴》立说，又未详考宋人史料矣。

关于九鼎名称，诸书多有不同。或云帝鼐、宝鼎、牡鼎、苍鼎、冈鼎、彤鼎、阜鼎、晶鼎、魁鼎(《宋史·礼志一》)；或云帝鼐、宝鼎、牡鼎、苍鼎、冈鼎、彤鼎、阜鼎、晶鼎、魁鼎(《宋史·礼志七》)；或云帝鼐、宝鼎、壮鼎、苍鼎、罡鼎、彤鼎、阜鼎、晶鼎、魁鼎(《政和五礼新仪》卷一，卷二)；或云帝鼐、宝鼎、壮鼎、苍鼎、冈鼎、彤鼎、阜鼎、晶鼎、魁鼎(《宋会要·礼》五一之二二)；或云帝鼐、苍鼎、彤鼎、晶鼎、宝鼎、魁鼎、阜鼎、牡鼎、风鼎(《宋会要·舆服》六之一四)；或云帝鼐、宝鼎、牡鼎、苍鼎、冈鼎、彤鼎、阜鼎、晶鼎、魁鼎(《文献通考·郊社考二十三》)；或云帝鼐、宝鼎、牡鼎、苍鼎、风鼎、彤鼎、阜鼎、晶鼎、魁鼎(《长编纪事本末》卷一二八)；或云苍鼎、彤鼎、晶鼎、宝鼎、魁鼎、阜鼎、牡鼎、风鼎、帝鼐(《长编拾补》卷二三)；或云苍鼎、彤鼎、晶鼎、宝鼎、魁鼎、阜鼎、牡鼎、风鼎、帝鼐(《皇朝编年纲目备要》卷二七)；或云帝鼐、苍鼎、彤鼎、晶鼎、宝鼎、魁鼎、阜鼎、牡鼎、冈鼎(《玉海》卷八八)；或云帝鼐、彤鼎、阜鼎、晶鼎、魁鼎、宝鼎、壮鼎、苍鼎、风鼎(《宋史全文》卷一四)；或云帝鼐、宝鼎、牡鼎、苍鼎、罔鼎、彤鼎、阜鼎、晶鼎、魁鼎(《容斋三笔》卷一三)。

按九鼎名称，帝鼐、宝鼎、苍鼎、彤鼎、阜鼎、魁鼎诸书同。"壮鼎"、"晶鼎"乃为"牡鼎"、"畠鼎"之误，详见《皇朝编年纲目备要》校勘记②。又，"风鼎"，一作"冈鼎"，一作"罡鼎"。《宋史·礼志一》校勘记："冈鼎，《五礼新仪》卷六九《祀八鼎仪》作'罡鼎'，《宋会要·舆服》六之一四、《玉海》卷八八、《长编纪事本末》卷一二八记崇宁四年'制九鼎'，都作'风鼎'。"③《宋史礼志辨证》："另，'冈鼎'，点校本认为有'风鼎'一说，可备参考。"④《长编拾补》卷二三、《皇朝编年纲目备要》卷二七，均作"风鼎"。《全宋文》据《长编纪事本末》卷一二八收作《九鼎记》(崇宁四年三月)，"鼎曰风鼎"之"风"，未作校正⑤。今考"风鼎"，当作"冈鼎"。《宋会要·礼》五一之二二二、《玉海》卷八八、《文献通考·郊社考二十三》、《宋史·礼志七》，皆作"冈鼎"。《九朝编年备要》、《容斋三笔》作"罔【鼎】"，乃为抄手误笔。《政和五礼新仪》卷六九："立春日祀牡鼎。"小注："春分日祀苍鼎，立夏日祀罡鼎，夏至日祀彤鼎，立秋日祀阜鼎，秋分日祀晶鼎，立冬日祀魁鼎，冬至日祀宝鼎，准此。"《宋史·乐志十》载《祭九鼎十二首》：

①　凌景埏：《宋魏汉津乐与大晟府》，凌景埏、谢伯阳校注：《诸宫调两种》附录，第260页，第287页，第279页。

②　许沛藻等点校：《皇朝编年纲目备要》卷二七，第700页。

③　中华书局点校本：《宋史》，第2432页。

④　汤勤福、王志跃：《宋史礼志辨证》，第62页。

⑤　曾枣庄等主编：《全宋文》，第166册，第367页。

"立夏,冈鼎迎神,《凝安》。"凌景埏亦依《续资治通鉴》卷八九作"冈鼎"①。汪圣铎校云:"似作'冈鼎'。"②乃是。李文信云:"(徽宗)立'乐器制造所'和制作铜乐器的'铸泻务',制造景钟八鼎和大晟乐器。"③"制造景钟八鼎"云云,将"帝鼐"误解为"景钟",疑非。

诏于中太一宫南为"九成宫"以奉安。

《宋会要·礼》五一之二二:"(崇宁)四年三月,(九鼎)告成。诏于中太一宫之南为【九】殿以奉安。各周以垣,上施睥睨,墁以方色之上(土),外筑垣环之,名曰九成宫。中央曰帝鼐,其色黄,祭以土王日,为大祠,币用黄,乐用宫架。北方曰宝鼎,其色黑,祭以冬至,币用皂。东北曰壮(牡)鼎,其色青,祭以立春,币用皂。东方曰苍鼎,其色碧,祭用春分,币用青。东南曰冈鼎,其色绿,祭以立夏,币用绯。南方曰彤鼎,其色紫,祭以夏至,币用绯。西南曰阜鼎,其色赤(黑),祭以立秋,币用白。西方曰晶鼎,其色赤,祭以秋分,币用白。西北曰魁鼎,其色白,祭以立冬,币用皂。八鼎皆为中祠,乐用登歌,飨用素馔。其乐舞,帝鼐奏《嘉安之曲》,迎神、送神奏《景安》,初献升降奏《正安》,亚献、终献奏《文安》,文舞[曰]《帝临嘉至之舞》,武舞曰《神娱锡羡之舞》。八鼎皆奏《明安之曲》,迎神、送神奏《凝安》,初献升降奏《同安》,亚献、终献奏《成安》。"(《长编纪事本末》卷一二八同)

按:"九成宫"在佑神观旁,太一宫南,共九室。《铁围山丛谈》卷一:"乃取佑神观旁地立九成宫。随其方为室,成九室以奠鼎。"《玉海》卷八八:"于中太一宫南为九殿奉安,名曰九成宫。"

凌景埏"汉津乐之创作"条:"翌年(崇宁四年)三月戊午,九鼎成。诏于中太一宫之南为九殿以奉安。"原注:"《续资治通鉴》卷八九。"又"年表"条:"(崇宁四年三月)廿一日戊午鼎成,诏于中太一宫之南为九殿以奉安。"④所据"《续资治通鉴》卷八九",乃为清人所编之书。今考宋人所编《长编纪事本末》、《皇宋十朝纲要》、《玉海》,均载蔡京言"九鼎告成"及

①　凌景埏:《宋魏汉津乐与大晟府》,凌景埏、谢伯阳校注:《诸宫调两种》附录,第261页,第287页。

②　汪圣铎点校:《宋史全文》卷一四,第3册,第990页。

③　李文信:《上京款大晟南吕编钟》,《文物》1963年第5期。

④　凌景埏:《宋魏汉津乐与大晟府》,凌景埏、谢伯阳校注:《诸宫调两种》附录,第260页,第287页,第279页。

"诏于中太一宫之南为九殿以奉安"在"（崇宁）四年三月戊午"，但两事未必为同一日，《玉海》即中插叙"上为《鼐铭》，《八鼎【铭】》命宰臣撰"一节，疑为"联书体"。

又据考，"中央曰帝鼐"云云，皆为按月分祀用乐仪制，实为大观元年十二月二十四日以后九鼎"各随其方"的"逐鼎乐章"礼乐制度，其实并未用于崇宁四年九鼎奉安（详下）。诸史载于"崇宁四年三月"条（《宋史·礼志七》、《文献通考·郊社考二十三》、《通鉴续编》卷一一、《资治通鉴后编》卷九六、《续资治通鉴》卷八九，均载相同史料，文字略有异同），乃为"联书体"。凌景埏《宋魏汉津乐与大晟府》"汉津乐之创作"条："翌年（崇宁四年）三月戊午，九鼎成，诏于中太一宫之南为九殿以奉安。"并据《续资治通鉴》卷八九移录"中央曰帝鼐，北方曰宝鼎，东北曰牡鼎，东方曰苍鼎，东南曰冈鼎，南方曰彤鼎，西南方曰阜鼎，西方曰晶鼎，西北曰魁鼎"，而不录其用乐仪制[1]。乃是。

命宰臣蔡京撰《八鼎铭》。

《长编纪事本末》卷一二八："（崇宁四年三月戊午）《帝鼐铭》，御制；《八鼎铭》，实（蔡）京为之。"

《玉海》卷八八："（崇宁四年三月戊午）上为《鼐铭》，《八鼎【铭】》命宰臣撰。""《崇宁鼎书》：《书目》：'一卷，九鼎制度并铭文。《帝鼐铭》，御制；余《八鼎铭》，宰臣撰。'"

《资治通鉴后编》卷九六："（崇宁四年三月）戊午，蔡京言：'九鼎告成。'诏于中太一宫之南，为九殿以奉安。……《帝鼐铭》御制，《八鼎铭》命京为之。"

《续资治通鉴》卷八九："（崇宁四年三月）戊午，蔡京言：'九鼎告成。'诏于中太一宫之南，为九殿以奉安。……《帝鼐铭》御制，《八鼎铭》命京为之。"

按：据《皇宋十朝纲要》卷一六："（崇宁三年）十月戊午，帝鼐成。上亲为之铭。"知赵佶作《帝鼐铭》在崇宁三年十月，蔡京作《八鼎铭》在崇宁四年三月。此处"联书"，实非同时所撰。

赵佶作《九鼎记》，约在此前后。

赵佶《九鼎记》："朕荷天顾諟，相时揆事，庶几有成。然世俗单见浅闻

---

① 凌景埏：《宋魏汉津乐与大晟府》"汉津乐之创作"条，凌景埏、谢伯阳校注：《诸宫调两种》附录，第260—261页。

之士，骇心愕听，胥动以言。朕取成于心，请命上帝，屏斥邪言。乃诏有司，庀徒趋事。以崇宁四年乙酉三月戊戌朔二十有一日戊午，即国之南铸之。中曰帝鼐，金二十二万斤。镕冶之夕，中夜起视，炎光属天，一铸而就。上则日月、星辰、云物，中则宗庙、朝廷、臣民，下则山川、原隰、坟衍。承以神人，盘以蛟龙，饰以黄金，覆以重屋。既而群鹤来仪，翔舞其上，甘露感格于重屋之下。不迁之器，万世永固。万物东作，于时为春，故作苍鼎，以奠齐鲁。万物南讹，于时为夏，故作彤鼎，以奠荆楚。平秩西成，于时为秋，故作晶鼎，以奠秦陕。平任朔易，于时为冬，故作宝鼎，以奠燕赵。西北之区为乾，物以资始，鼎曰魁鼎。西南之区为坤，物以资生，鼎曰阜〔鼎〕。东北之区为艮，艮为终始，鼎曰牡鼎。东南之区为巽，巽以申命，鼎曰风（冈）鼎。于以赞天地之化，协乾坤之用，道四时之和，遂品物之宜，消水旱之变，弭兵甲之患，一夷夏之心，定世祚之永。非上帝博临，宗庙眷祐，何以臻此？"（《宋会要·舆服》六之一四，《长编纪事本末》卷一二八）

按：《全宋文》据《长编纪事本末》卷一二八收作《九鼎记（崇宁四年三月）》[①]。

本月，赐魏汉津号冲显处士。

《宋史》卷四六二《方技下·魏汉津传》："（崇宁）四年三月，鼎成，赐号冲显处士。八月，大晟乐成。徽宗御大庆殿受群臣朝贺，加汉津虚和冲显宝应先生，颁其《乐书》天下。"

《通鉴续编》卷一一："（崇宁四年乙酉八月）定鼎于九成宫。（帝鼐及八鼎成。诏奉安于九成宫，以蔡京为定鼎礼仪使。帝幸宫行酌献礼，赐魏汉津号冲显处士。）"

《钦定续通志》卷五八二："（崇宁）四年三月，鼎成，赐号冲显处士。"

按："帝幸宫行酌献礼"在崇宁四年八月二十一日乙酉，《通鉴续编》云赐号"冲显处士"在此时，疑误。考魏汉津崇宁四年七月九日甲辰赐号"冲显宝应先生"，崇宁四年九月十一日乙巳加"虚和冲显宝应先生"（详下）。似赐号"冲显处士"当依《宋史·魏汉津传》作崇宁

---

① 曾枣庄等主编：《全宋文》，第166册，第367页。

四年三月，或在此后不久。

　　凌景埏《年表》："（崇宁四年三月）赐魏汉津号冲显处士。"未言所据，据其附注："本文征引，除加注外，均见《宋史·乐志》。"①然查《宋史·乐志》，并未载魏汉津赐号冲显处士事，疑其依据《宋史·魏汉津传》或《钦定续通志》。

七月九日甲辰，因铸帝鼐、八鼎成，推赏众官。大司乐刘炳转一官，赐五品服；大乐府师、授大乐局制造官魏汉津，为冲显宝应先生。

　　《宋会要·舆服》六之一五："（崇宁四年）七月甲辰，制造大乐局铸帝鼐、八鼎成，宣成（德）郎、大司乐刘炳转一官，赐五品服，冲显处士、大乐府师、授大乐局制造官魏汉津，为冲显宝应先生。"

　　《长编纪事本末》卷一二八："（崇宁四年）七月甲辰，制造大乐局铸帝鼐、八鼎成，宣德郎、大司乐刘炳转一官，赐五品服。冲显处士、大乐府师、授大乐局制造官魏汉津，为冲显宝应先生。"

　　《皇宋十朝纲要》卷一六："（崇宁四年七月）甲辰，诏冲显处士魏汉津为冲显宝应先生。"

　　《资治通鉴后编》卷九六："（崇宁四年七月）甲辰，大司乐刘昺转一官，赐五品服师（饰）。授大乐局制造官魏汉津，赐号冲显宝应先生。以九鼎成推赏也。"

　　《长编拾补》卷二五："（崇宁四年）七月甲辰，制造大乐局铸帝鼐、八鼎成，宣德郎、大司乐刘炳转一官，赐五品服。冲显处士、大乐府师、授大乐局制造官魏汉津，为冲显宝应先生。"

　　按：凌景埏《年表》："（崇宁四年）七月铸帝鼎。九日甲辰，以鼎成，推赏刘昺、魏汉津。大司乐刘昺转一官，赐五品服饰，授大乐局制造官。魏汉津赐号冲显宝应先生。"②云所据为《续资治通鉴》卷八九。然查《续资治通鉴》卷八九，原文为："（崇宁四年秋七月）甲辰，大司乐刘昺转一官，赐五品服。师授大乐局制造官。魏汉津赐号冲显宝应先生。以九鼎成

────────────

　　①　凌景埏：《宋魏汉津乐与大晟府》，凌景埏、谢伯阳校注：《诸宫调两种》附录，第279页，第286页。
　　②　凌景埏：《宋魏汉津乐与大晟府》，凌景埏、谢伯阳校注：《诸宫调两种》附录，第280页。

推赏也。"知凌氏乃将"赐五品服。师授大乐局制造官"理解为"赐五品服饰,授大乐局制造官",将"师"径改为"饰",其实为臆测而改。今知《续资治通鉴》卷八九即据《资治通鉴后编》卷九六隐括而成。现查《资治通鉴后编》,不过据《长编纪事本末》卷一二八撰成。而《续资治通鉴》又据《资治通鉴后编》,乃将"冲显处士、大乐府师、授大乐局制造官魏汉津,为冲显宝应先生"省略成"师授大乐局制造官魏汉津,赐号冲显宝应先生",后世版刻则又误断为"师授大乐局制造官。魏汉津赐号冲显宝应先生"。凌氏因此又将"大乐局制造官"误为大司乐刘昺所"转"之"官",失考亦甚矣。

鼎乐成,魏汉津颇有微词。

《宋史》卷四六二《方技下·魏汉津传》:"汉津密为京言:'大晟独得古意什三四尔,他多非古说,异日当以访任宗尧。'宗尧学于汉津者也。汉津晓阴阳术数,多奇中。尝语所知,曰:'不三十年,天下乱矣。'"

《铁围山丛谈》卷五:"(魏汉津)尝私语所亲曰:'不三十年,天下乱矣。'鼎乐成,亦封先王号。然汉津每叹息,谓犹不如初议。"

吴莱《张氏〈大乐玄机赋论〉后题》:"然以崇宁之指尺既长,而乐律遂高,虽汉津亦自知之。尝私谓其弟子任宗尧曰:'乐律高,北方玄鼎水又溢出。律高,则声过哀而国乱;水溢出,则国有变,而境土丧没。是不久矣。'"(《渊颖集》卷八)

姚桐寿《乐郊私语》:"然徽庙指寸,视人加长,而乐律遂高。虽汉津亦私谓其弟子任宗尧曰:'律高则声过哀,而国乱无日矣。当今圣人,其身出而身遘之乎?'"

按:史载徽宗终匿其"指寸"(《宋史·乐志三》),又载刘昺以"八寸七分管"替"九寸管"(《宋史·乐志四》),又载乐工铸器时随意添减"剂量"(《文献通考·乐考三》),而终与魏汉津原义不合。

伶人颇讥鼎乐。

《萍洲可谈》卷三:"崇宁铸九鼎,帝鼐居中,八鼎各镇一隅。是时行当十钱,苏州无赖子弟冒法盗铸。会浙中大水,伶人对御作俳。今岁东南大水,乞遣彤鼎往镇苏州。或作鼎神,附奏云不愿前去,恐一例铸作当十钱。

朝廷因治章綖之狱。伶人丁先现者,在教坊数十年,每对御作俳,颇议正时事。尝在朝门,与士大夫语曰:'先现衰老,无补朝廷也。'闻者哂之。"

《避暑录话》卷上:"崇宁初,大乐阙徵调,有献议请补者,并以命教坊燕乐同为之。大使丁仙现云:'音已久亡,非乐工所能为,不可以意妄增,徒为后人笑。'"

按:"丁先现"与"丁仙现"实一人,详赵晓涛、刘尊明《"教坊丁大使"考释》[1]。《避暑录话》载丁仙现议"徵调"云云,实在大观、政和年间(详下)。崇宁中所议疑为"鼎乐",或为其他伶人而非丁先现。

八月二十日甲申,奠九鼎于九成宫,以蔡京为定鼎礼仪使。

《宋史》卷二〇《徽宗本纪二》:"(崇宁四年八月)甲申,奠九鼎于九成宫。"(《皇宋十朝纲要》卷一六、《长编纪事本末》卷一二八、《长编拾补》卷二五同)

《宋史》卷一〇四《礼志七》:"崇宁四年八月,奉安九鼎,以蔡京为定鼎礼仪使。帝幸九成宫酌献。"

《宋会要·礼》五一之二二:"(崇宁四年)八月二十日,奉安九鼎。"

《东都事略》卷一〇:"(崇宁四年八月)甲申,奉安九鼎。"

《容斋三笔》卷一三:"(九鼎)奉安之日,以蔡京为定鼎礼仪使。"

二十一日乙酉,徽宗幸九成宫酌献。至北方宝鼎,鼎忽漏,水流溢于外。

《宋史》卷二〇《徽宗本纪二》:"(崇宁四年八月)乙酉,诣宫酌献。"(《长编拾补》卷二五同)

《宋会要·舆服》六之一四、一五:"《祭齍鼎篇》云:'崇宁三年二月,以隐士魏汉津言,备万物之象,铸鼎九。四年三月告成。'与《御制九鼎记》年月不同。蔡絛《国史后补》与《记》同,与《会要》不同。今以《会要》为据,于三年二月末载始铸九鼎,并取《御制九鼎记》及蔡絛云云附此后。《御制九

---

① 赵晓涛、刘尊明:《"教坊丁大使"考释》,《学术研究》2002年第9期。

鼎记》其略云：'朕荷天顾谌（略）。'诏于帝鼐宫立大角鼎星祠，以导迎景贶（系正月丙戌）。……八月甲申，奉安九鼎于九成宫。乙酉，幸九成宫酌献。（蔡絛《五行篇》："崇宁四年三月，铸九鼎，其制皆以九州水土内鼎中。及奉安于九成宫，翌日，车架幸之，以礼焉。至北方曰宝鼎者，上方焚香再拜，而鼎忽漏，其中水流于外。然鼎金既厚数寸，水又久在其中，不应及上行礼而作。故鲁公私怪之，殊不乐。于是刘炳进言曰：'鼎之水土，皆取九州之地中。独宝鼎取水土于雄州白沟之界，非幽燕之正方也，岂为此乎？'当时尤以为神，然其后终于北方致乱。"）"

《皇宋十朝纲要》卷一六："（崇宁四年八月）乙酉，幸九成宫酌献。至北方宝鼎，鼎忽破，水流溢于外。鼎金既厚寸，水又久在其中，不应及上行礼而破。或以为兵兆，后终北方致乱云。"

《九朝编年备要》卷二七："及奉安，翼日，上幸九成宫酌献。至北方曰宝鼎者，方焚香再拜，而鼎忽漏，其中水流溢于外。蔡京私怪之，殊不乐。于是刘炳曰：'鼎之水土皆取九州之地中，独宝鼎取水土于雄州界北，燕之正方也。或者其为此乎？'当时尤以为神，然其后终于北方致乱。"

《铁围山丛谈》卷一："翌日，上幸之，而群鹤以千余又来，云为变色，五彩光艳。上亦随方入其室，焚香为再拜，从臣皆陪祀于下。先是，方士魏汉津议。其制，各取九州之水土，常内鼎中。及上行礼，至北方之宝鼎也，鼎忽漏水，流浸布地。且鼎金厚数寸，水又素贮鼎中，未始有罅隙，不当及上焚香时泄漏。漏乃旋止，故上深讶焉。鲁公为不乐。于是刘炳进曰：'鼎之水土，皆取于九州之地中。独宝鼎者，取其水土于雄州白沟之界上，非幽燕之正方也。岂此乎？'故当时尤以为神。然厥后终以北方而致乱矣。"①

按：《长编纪事本末》与《宋会要》文字略同。《长编纪事本末》卷一二八："【原注】《政和会要·祭鼐鼎篇》云：'崇宁三年二月……'与《御制九鼎记》年月不同。蔡絛《国史后补》与

---

① 蔡絛撰，冯惠民、沈锡麟点校：《铁围山丛谈》卷一，第12页。按："议"，冯惠民、沈锡麟点校本（第12页）及李国强整理本（第3编，第9册，第157页）均注："别本并云'献议'。"当为"知不足斋本"原校。今查文渊阁《四库全书》本，亦作"献议"（第1037册，第560页）。

《记》同，与《会要》不同。口今以《会要》为据，于三年二月末载始铸九鼎，并取《御制九鼎记》及蔡絛云云附此后。……【原注】蔡絛《五行篇》：'崇宁四年三月……'"知其引自《政和会要·祭鼏鼎篇》。"蔡絛《五行篇》"疑为"蔡絛《国史后补·五行篇》"略称。《政和会要·祭鼏鼎篇》即《宋会要·礼》五一之二二《祭鼏鼎》，原文为"徽宗崇宁三年二月……"，其所载"祭鼏鼎"用乐仪制（帝鼏为大祠，乐用宫架，奏《嘉安之曲》，迎神、送神奏《景安》，初献升降奏《正安》，亚献、终献奏《文安》，文舞《帝临嘉至之舞》，武舞曰《神娱锡羡之舞》；八鼎为中祠，乐用登歌，皆奏《明安之曲》，迎神、送神奏《凝安》，初献升降奏《同安》，亚献、终献奏《成安》），实为大观元年十二月诏九鼎"各随其方"的"逐鼎乐章"。徽宗幸九成宫酌献"至北方曰宝鼎者"云云，乃为笼统祀九鼎，时间均在崇宁四年八月，与诸史载九鼎按月分祀不同。可知，诸史所载九鼎按月分祀及用乐仪制，均系于"崇宁四年三月"条，当为"联书体"。其实并未用于徽宗幸九成宫酌献的崇宁四年八月二十一日，而为补述（详下）。

二十三日丁亥，蔡京上言祥应屡至，乞录付史馆，仍率百官表贺。诏许之。

《皇宋十朝纲要》卷一六："（崇宁四年八月）丁亥，蔡京言定鼎符瑞，率百官贺。"

《九朝编年备要》卷二七："及奉安翼日，上幸九成宫酌献……（蔡）京为定鼎礼仪使，上言曰：'自定鼎于崛殿，至奉安九鼎于九成宫，五色云见，祥应屡至。乞录付史馆，仍率百官表贺。'诏许之。"

《铁围山丛谈》卷一："鼎一铸而成，乃取佑神观旁地立九成宫。随其方为室，成九室以奠鼎，命鲁公（蔡京）为奉安礼仪使。又方其讲事也，辄有群鹤几数千万飞其上，蔽空不散。翌日，上幸之，而群鹤以千余又来，云为变色，五彩光艳。上亦随方入其室，焚香为再拜，从臣皆陪祀于下。"

王与之进《黄帝崇天祀鼎仪诀》，约在此时前后。

《宋史》卷一〇四《礼志七》："崇宁四年八月，奉安九鼎，以蔡京为定鼎礼仪使。帝幸九成宫酌献。九月朔，百官称贺于大庆殿，如大朝会仪。郑居中言：'亳州太清宫道士王与之进《黄帝崇天祀鼎仪诀》，皆本于《天元玉册》、《九宫太一》，合于（魏）汉津所授《上帝锡夏禹隐文》，同修为《祭鼎仪范》。'"

《宋会要·礼》五一之二二、二三："大观元年十一月十四日,郑居中等言:'奉诏亳州大(太)清宫王与之进《黄帝崇天祀鼎仪诀》,今(令)臣等参详可与不可施行。臣等窃考其说,皆本于《天元玉册》、《九宫太一》,与魏汉津制度相合。其间论五运、六气胜(盛)衰、胜复,以五行相克制,亦合于(魏)汉津所授《上帝锡夏禹隐文》。乞修为《祭鼎仪范》,时出而用之。'"

按:王与之上《黄帝崇天祀鼎仪诀》当在"奠九鼎"及"车架幸九成宫酌献"前后。《宋史·艺文志三》:"王与之《祭鼎仪范》六卷。"《宋史·艺文志五》:"王与之《鼎书》十七卷。"考《鼎书》十七卷,《祭鼎仪范》六卷"实为郑居中等人所编(详下),因王与之先进《黄帝崇天祀鼎仪诀》,其书"文字杂揉",乃诏翰林学士、议礼局详议官郑居中等人修改删节,"择其当理合《经》"者,并魏汉津《上帝锡夏禹隐文》,"同修为《祭鼎仪范》",修成《鼎书》十七卷,《祭鼎仪范》六卷(《宋会要·礼》五一之二二、二三,《宋史·礼志七》)。故《宋史·艺文志》又将著作权附于"王与之"名下。

刘昺撰《鼎书》一卷,约在此时前后。

《宋史》卷三五六《刘昺传》:"(刘)昺撰《鼎书》、《新乐书》,皆(魏)汉津妄出己意,而(刘)昺为缘饰,语在《乐志》。"

按:刘昺撰《鼎书》除《宋史》本传外,他书不载。"语在《乐志》"云云,查《宋史·乐志》,只载刘昺撰《乐书》二十卷,而无撰《鼎书》的记载。此殆《宋史》修撰者遗漏所致。《鼎书》作者及卷数,史载有异。《宋史·刘昺传》:"(刘)昺撰《鼎书》。"《宋史·艺文志一》:"蔡京《崇宁鼎书》一卷。"《宋史·艺文志五》:"王与之《鼎书》十七卷。"《玉海》卷八八:"大观元年,郑居中上《鼎书》一卷。"《宋史·礼志七》:"郑居中言:'……修成《鼎书》十七卷,《祭鼎仪范》六卷。'"

据考,《鼎书》有两个版本系统,一为"一卷本",一为"十七卷本"。"一卷本"即刘昺据魏汉津书"缘饰"而成,编撰时间在崇宁年间,卷数为"一卷";内容包括"九鼎制度"、徽宗御制《帝鼐铭》、蔡京撰《八鼎铭》(《玉海》卷八八),因铭文主要由蔡京撰写,故命名为"蔡京《崇宁鼎书》"。"十七卷本"则由郑居中等人编,成于大观元年十一月,卷数为"十七卷";其中采用王与之《黄帝崇天祀鼎仪诀》较多,故又名"王与之《鼎书》"。可知书名同为《鼎书》,但编者、卷数及内容都不相同。详见拙著《大晟府及其乐词通考》,兹不赘述。

刘昺兼"同详定《大乐书》"官,约在此时前后。

《宋会要·舆服》六之一六:"(崇宁四年九月乙巳)大司乐、兼同详定

《大乐书》刘炳转三官。"

　　《长编纪事本末》卷一二八："（崇宁四年九月乙巳）大司乐、兼同详定《大乐书》刘炳转三官。"

　　《长编拾补》卷二五："（崇宁四年九月乙巳）大司乐、兼同详定《大乐书》刘炳转三官。"

　　按：《大乐书》即《大晟乐书》之前身，以其时新乐尚未取名，故名为《大乐书》。此与大乐府后改名为大晟乐府类似。新乐赐名大晟乐及大乐府改为大晟乐府，均在崇宁四年九月一日乙未朔（详下）。据此，可推知刘昺兼"同详定《大乐书》"官当在本年九月一日之前。

又铸帝座大钟及二十四气钟。时制新乐亦成。

　　《通鉴续编》卷一一："（崇宁四年乙酉八月）定鼎于九成宫。（……复于帝鼎（鼐）之宫立大角鼎星祠。寻复铸帝坐大钟及二十四气钟云。）"

　　《宋史纪事本末》卷五："（崇宁四年八月）乙酉，帝幸宫行酌献……又铸帝座大钟及二十四气钟。时制新乐亦成。大司乐刘昺言：'大朝会宫架，旧用十二熊罴案……'"

　　《御批历代通鉴辑览》卷八〇："（崇宁四年八月）九鼎成。（……又铸帝坐大钟及二十四气钟。）时制新乐亦成，赐名大晟……九月，帝受贺于大庆殿。"

　　按："又铸帝座大钟及二十四气钟"当在九鼎铸成之后，疑为崇宁四年三月至八月间。《宋史纪事本末》、《御批历代通鉴辑览》系于崇宁四年八月。

　　又"铸帝座大钟"云云，不知与"帝鼐"、"景钟"有何关系？考"景钟"铸成于崇宁三年七月，"帝鼐"铸成于崇宁三年十月，"帝座大钟"铸成于崇宁四年八月。据《大晟乐书》"景钟为乐之祖，而不常用。惟天子亲郊上帝，则立于宫架之中，以为君围。……其周则四清之钟、磬，莫方隅以拱卫也"，"立于宫架之中，以为君围。环以四清声，钟磬、镈钟、特磬以为臣围，编钟、编磬以为民围，内设宝钟球玉，外为龙虡凤琴"云云，则"帝座大钟"颇似"景钟"。《东京梦华录》卷一〇："坛前设宫架乐，前列编钟、玉磬……又有大钟曰景钟。""大钟"云云，不知即指"帝座大钟"否？

"四韵清声钟"之铸造，约在此时前后。

　　《宋史》卷一二九《乐志四》："宫架环列，以应十二辰；中、正之声，以应二十四气;加四清声,以应二十八宿。"

《文献通考》卷一三四《乐考七》:"大晟乐……以十二枚为正钟,四枚为清钟焉。"

魏汉津《札子》:"先铸九鼎,次铸帝座大钟,次铸四韵清声钟,次铸二十四气钟。"(《宋会要·乐》二之三一、三二,《宋会要·乐》五之一八、一九)

按:现存大晟编钟分正声、中声、清声三组,详陈梦家《宋大晟编钟考述》、李幼平《大晟钟与宋代黄钟标准音高研究》,知有"四韵清声钟"之铸造,与文献记载吻合。其铸造时间约在此时前后。

铸造二十四气钟、四韵清声钟,或传取宋公戌"謌钟"为式。

《重修宣和博古图》卷二二:"右六器铭文,略无小异,皆曰'宋公成之荃钟'。……惟太祖有天下,实起睢阳,故国号大宋。是六钟,既出于宋地,而铭文又有曰'宋公成',则其于受命之邦,出为太平之符者,正其时欤?由是作乐之初,特诏大晟府取是为式,遂成有宋一代之乐焉。"

《广川书跋》卷三《宋公謌钟铭(謌音荃)》:"崇宁三年,应天府得古钟六于崇福院。……天子方作《大成(晟)乐》,以绍百王绝业,故尝求钟之制不得。周之旧钟存者众矣,侧口则堕而不应,横贯则扶摇而不得定考击,备设则震掉而或不得尽其音声,有司患之。翌日,制诏丞相、御史,以謌钟为正。故今钟得调焉。乃下诏曰:'得《英》、《荃》之器,于受命之邦。'非天相之,其能尽感德之事哉!"

《东观余论》卷上《宋荃钟说》:"右宋荃钟六,其铭款曰'宋公成之荃钟'。……是时,帝作《大晟》,即取以为钟法。"

《路史》卷四一:"大晟府有古謌钟六,皆有欵识云宋公成之謌钟。崇宁三年甲申之岁,得诸南都崇福禅窟,锡贡内府。考其文,宋器原其出宋地也。于是诏与大晟,即以为法。……惟此謌钟双螭踆踞,上为平钮,大晟之钟,实所取则。且其垂之也正,而鼓之也和,无复振掉弗安之患。此其所以逖越三代,非五帝之盛乐,渠以及此?"

按:"宋公成"为"宋公戌"之误(详上),又获宋公钟六枚于应天府崇福院在"崇宁三年甲申岁孟冬月"(《续考古图》卷四)。"诏大晟府取是为式"、"作《大晟》,即取以为钟法"云云,正史未见记载。今查《宋史·乐志四》、《宋会要·乐》五之二〇及《九朝编年备要》卷二七、《玉海》卷一〇九,仅载得宋公古钟事,未载大晟府即以此为式。野史之说,以备参考。

时议乐者甚众,或为谏取宋公戌"謌钟"为式而发。

李复《议乐》:"近者陛下有诏选官定乐,又博求前代之器。夫前代之器,各一时之用。若得汉、唐之器,乃汉、唐之乐也。若得魏、晋之器,乃魏、晋之乐也。但欲求为多见,则可矣,遽欲用为今日本朝之乐,恐未然也。晋之荀勖,取牛铎为黄钟,出于独见,果合于古乎?"(《潏水集》卷一)

按:"近者陛下有诏选官定乐,又博求前代之器"云云,或为朝廷取"宋公戌荃钟"为法而言,李复颇有异议。

新乐成,又置议礼局,以刘昺领其事。

《宋史》卷三五六《刘昺传》:"置议礼局,(刘)昺又领之。"

《通鉴续编》卷一一:"(崇宁四年三月)置议礼局于尚书省。……命详议官具礼本末,议定请旨,以给事中刘昺领其事。"

《长编拾补》卷二七"大观元年正月庚子"条:"据《宋史·礼志》云,大观初,置议礼局于尚书省。又云祀礼修于元丰,至崇宁复有所增损。盖初命详议在(崇宁)四年三月,此(大观元年正月)则再命详议。"

按:《宋代官制辞典》:"议礼局大观元年正月十三日设于尚书省。"[①]当为正式设局时间(详下)。《长编拾补》云"初命详议在(崇宁)四年三月,此(大观元年正月)则再命详议",当据《通鉴续编》。今考《政和五礼新仪》卷首《御笔指挥》:"大观元年正月一日,奉御笔手诏:……宜令三省依旧置司,差官讲求闻奏。"又考《宋史·徽宗本纪二》:"(大观元年正月)庚子,复置议礼局于尚书省。"知"崇宁议礼局"曾一度罢废,至大观元年又重新恢复。《长编纪事本末》卷一三四:"(政和四年)三月丙子,礼制局奏:'《崇宁祀仪》:"昆仑地祇设位于坛之第一成。"……崇宁四年有司讲明,已知其非。'""崇宁四年有司讲明"云云,疑即指"崇宁议礼局"而言。又《政和五礼新仪》卷首《本局札子》:"臣等伏以功成作乐,治定制礼。……乃者既成雅乐,于是又置官设局,诏修五礼。……大观元年二月初五日,奉御笔依奏。"知

① 龚延明:《宋代官制辞典》,第191页。

在新乐成后不久,又置官设局议礼,约在崇宁四年三月至八月间。《通鉴续编》所谓"置议礼局于尚书省"在"崇宁四年三月",疑为"联书体"而非准确记时,有待详考。

凌景埏《年表》:"同月(崇宁四年三月)置议礼局,给事中刘昺主其事。"原注:"《御批通鉴纲目续编》卷九。"[①]今查《御批续资治通鉴纲目》卷九:"(崇宁四年三月)置议礼局。……命详议官具礼本末,议定请旨,以给事中刘昺领其事。"知《御批续资治通鉴纲目》实据元人陈桱《通鉴续编》隐括而成。李幼平《编年》从凌氏说,云:"(崇宁四年)三月,置礼仪局,给事中刘昺主其事。"又误书为"礼仪局"[②]。

刘昺奏罢大朝会熊罴案及金镦、箫、鼓、𫗧篥等。

《宋史》卷一二九《乐志四》:"(崇宁四年)八月,大司乐刘昺言:'大朝会宫架,旧用十二熊罴案,金镦、箫、鼓、𫗧篥等与大乐合奏。今所造大乐,远稽古制,不应杂以郑、卫。'诏罢之。"

《宋史纪事本末》卷五:"(崇宁四年八月)时制新乐亦成。大司乐刘昺言:'大朝会宫架,旧用十二熊罴案,金镦、箫、鼓、𫗧篥等与大乐合奏。今所造大乐,远稽古制,不应杂以郑、卫。'诏罢之。"

按:刘昺《大晟乐论·第三篇》:"……□□(熊罴案),梁、隋之制也,乃设于宫架之外。"(详见《宋朝事实》卷一四、《长编纪事本末》卷一三五、《文献通考·乐考三》、《宋史·乐志三》同)又《宋史·乐志十七》引《大晟乐书》曰:"前此宫架之外,列熊罴案,所奏皆夷乐也,岂容淆杂大乐! 乃奏罢之。"当在本年八月二十四日奏请改定二舞之前。

二十四日戊子,从刘昺奏改定二舞。

《宋史》卷一二九《乐志四》:"(崇宁四年八月)又依(刘)昺改定二舞,各九成,每三成为一变。执籥秉翟,扬戈持盾,威仪之节,以象治功。"

《宋会要·乐》五之二〇:"(崇宁)四年八月二十四日,大司乐刘炳奏:'乞改定二舞,各分九成,每三成为一变,执籥秉翟,扬戈持盾,威仪之节,

---

① 凌景埏:《宋魏汉津乐与大晟府》,凌景埏、谢伯阳校注:《诸宫调两种》附录,第280页,第293页。
② 李幼平:《宋(金)代编钟及新乐议制编年》,《大晟钟与宋代黄钟标准音高研究》附录,第152页。

取象治功。'从之。"

《九朝编年备要》卷二七:"(崇宁四年八月)刘炳请改定二舞,名仍分九成,每三成为一变,执籥秉翟,扬戈持盾,取象成功。既成,赐名大晟乐,置府建官。"

《玉海》卷一〇七:"崇宁四年八月二十四日,大司乐刘炳改定二舞,各分九成,每三成为一变,籥翟、戈盾、威仪之节,取象治功。"

《宋史纪事本末》卷五:"(崇宁四年八月)又依(刘)昺改定二舞,各九成,每三成为一变。执籥秉翟,扬戈持盾,威仪之节,以象治功。"

制订"进呈乐制"及"拘集教习乐曲舞仪"制度,约在此时。

《中兴礼书》卷一三:"(绍兴十六年)九月二十二日,段拂、王晋锡言:'……一、崇宁四年进呈乐制,作乐进呈,合差乐工将带乐器入赴射殿内,分认地分,排设祗应。……一、阁门检会旧制,进呈乐毕,提举官以下并乐工谢恩。今来进呈乐毕,制造礼器局官已下并乐工,如有推恩,欲乞依前项礼例。'诏依。"

按:所谓"进呈乐毕,提举官以下并乐工谢恩"云云,乃为"进呈乐制"。"提举官"云云,当非大晟府提举官,因此时尚未设立大晟府,疑"提举官"为派内侍应承,职责或与"钤辖教坊所"之"钤辖官"相似。

《中兴礼书》卷一三:"(绍兴十六年)七月十一日,礼部、太常寺申:'……前期拘集在寺教习乐曲舞仪,委是妨废经营。昨在京日所招乐工、舞师,系免本色行役。今来合用乐工、舞师,与在京事体一同。欲乞并依在京体例,与【免】本色行役。仍乞下临安府照会。伏乞朝廷指挥。'诏依。"

按:拘集教习乐曲舞仪,所招乐工、舞师,免本色行役。亦见《中兴礼书》卷一二:"(绍兴十三年七月十九日)户部言:'……一,契勘昨在京日,额管乐工、舞师分为三等请给,多有产业铺户、良善有行止百姓充。依祖宗条法,放免户下行役。'"又,每遇安设,系差搭材三十人,指画搬运,安立吊挂。《中兴礼书》卷一三:"(绍兴十六年八月)二十六日,礼部言:……昨来在京,每遇安设,系差搭材三十人,指画般(搬)运,安立吊挂。"每遇作乐进呈,合差乐工将带乐器入赴射殿内,分认地分,排设祗应(详上)。

二十六日庚寅，崇政殿试奏新乐。

《宋史》卷一二九《乐志四》："（崇宁四年八月）庚寅，乐成，列于崇政殿。有旨，先奏旧乐三阕，曲未终，帝曰：'旧乐如泣声。'挥止之。既奏新乐，天颜和豫，百僚称颂。"

刘昺《大晟乐论·第三篇》："越崇宁四年八月庚寅，乐成，列于崇政殿。有旨，先奏旧乐三阕，乐（曲）未终，上曰：'旧乐如泣声。'挥止之。既奏新乐，天颜和豫，百执事之臣无不大喜称颂。"（《宋朝事实》卷一四，《长编纪事本末》卷一三五）

赵佶《大晟乐记》："以崇宁四年八月庚寅，按奏于崇政殿庭。八音克谐，不相夺伦。"（《宋朝事实》卷一四，《长编纪事本末》卷一三五）

《皇宋十朝纲要》卷一六："（崇宁四年八月）庚寅，御崇政殿，奏新乐。"

《玉海》卷一〇五："（崇宁）四年八月二十六日庚寅，崇政殿奏新乐。"

《文献通考》卷一三〇《乐考三·历代乐制》："（崇宁四年）八月，新乐成，列于崇政殿。有旨，先奏旧乐三阕。曲未终，帝曰：'旧乐如泣声。'挥止之。既奏新乐，天颜和豫。诏赐名曰《大晟》，专置大晟府。大司乐一员，典乐二员，并为长贰；大乐令一员，协律郎四员。以其乐施之郊庙朝会，弃旧乐不用。"

按：陈梦家云："崇宁四年（1105），开始制造大晟乐。《宋史·徽宗本纪》曰八月'辛卯赐新乐名大晟，置府建官。'大晟乐采用魏汉津的说法，他说'今以帝指为律，正声之律十二，中声之律十二，清声之律四，共二十八云'。政和三年（1113）开始演习，四月'又上亲祠宫架之制，四方各设编钟三，编磬三……设十二镈钟特磬于编架内，各依月律，四方各镈钟三、特磬三。'以上见《宋史·乐志》。……政和七年（1117）十二月，因金军南侵，罢大晟府，见《宋史·徽宗本纪》。新乐的施用以至罢府只有五年。"[①]云"政和三年开始演习"大晟乐，疑非。

又，凌景埏《宋魏汉津乐与大晟府》："八月二十六日庚寅，崇政殿试奏新乐，天颜和豫，百僚称颂。"原注："此据《宋会要稿》。《玉海》作廿六日颁诏。御制《大晟乐记》：'九月朔，百僚朝大庆殿称庆……乃赐名曰大晟，置府建官以司掌之。'则以此诏颁在九月矣。此以八

---

① 陈梦家：《宋大晟编钟考述》，《文物》1964年第2期。

月廿七去九月朔时日不远,又以行文之便,故如此言之。李攸《宋朝事实》称此诏《实录》不
载,《诏旨》亦不载。《本纪》于辛卯日(廿七)书赐乐名《大晟》,置府建官,故以廿七为正。盖
廿六日试乐,翌日颁诏也。"①云"廿六日试乐",乃是;云"翌日颁诏",则非,详下考。

二十七日辛卯,群臣集议新乐名,拟定新乐诏旨。

　　《宋朝事实》卷一四:"(崇宁)四年八月庚寅,崇政殿奏新乐,诏曰:'道
形而下,先王体之,协于度数,播于声诗,其乐与天地同流,雅、颂不作久
矣。朕嗣承令绪,荷天降康,四海泰定,年谷顺成,南至夜郎、牂牁,西逾积
石、青海,罔不率俾礼乐之兴。百年于此,然去圣逾远,遗声复存,乃者得
隐逸之士于草茅之贱,获《英》、《茎》之器于受命之邦,适时之宜,以身为
度,铸鼎以起律,因律以制器。按协于庭,八音克谐,盖祖宗积累之休,上
帝克相,岂朕之德哉?昔尧有《大章》,舜有《大韶》,三代之王,亦各异名。
今追千载而成一代之制,宜赐名曰《大晟》。朕将荐郊庙、享鬼神、和万邦,
与天下共之,岂不美欤?其旧乐勿用。'【原注】《实录》不载,《诏旨》亦不
载,《本纪》于辛卯日书赐新乐名大晟,置府建官。"(《长编纪事本末》卷一
三五同)

　　《宋大诏令集》卷一四九《赐大晟乐名御笔手诏》(崇宁四年八月二十
七日):"道形而下,先王体之。协于度数,播于声诗。其乐与天地同流,
雅、颂不作久矣!朕嗣承令绪,荷天降康,四海泰定,年谷顺成。南至夜
郎、牂牁,西逾积石、青海,罔不率俾。礼乐之兴,百年于此。然去圣愈远,
遗声弗存。乃者得隐逸之士于草茅之贱,获《英》、《茎》之器于受命之邦。
适时之宜,以身为度,铸鼎以起律,因律以制器,按协于庭,八音克谐。盖
祖宗积累之休,上帝克相,岂朕之德哉?昔尧有《大章》,舜有《大韶》,三代
之王,亦各异名。今追千载而成一代之制,宜赐名曰《大晟》。朕将荐郊
庙、享鬼神、和万邦,与天下共之,岂不美欤?其旧乐可更不行用,仍令学
士院降诏。"

---

　　①　凌景埏:《宋魏汉津乐与大晟府》,凌景埏、谢伯阳校注:《诸宫调两种》附录,第
261页,第287页。

按:《宋史·徽宗本纪二》:"(崇宁四年八月)辛卯,赐新乐名大晟,置府建官。"《玉海》卷一六六:"崇宁初议大乐,四年八月二十七日,赐名大晟,置府建官。"《宋会要·乐》五之二〇、《宋会要·职官》二二之二五、《东都事略》卷一〇均作"(崇宁四年八月)二十七日辛卯"。

凌景埏《年表》:"(崇宁四年八月)廿七日辛卯,诏赐新乐名曰大晟,置府建官。"[①]《全宋文》据《宋大诏令集》卷一四九、《宋会要·乐》五之二〇、《宋会要·职官》二二之二五、《宋朝事实》卷一四、《长编纪事本末》卷一三五、《东都事略》卷一〇、《宋史》卷一二九《乐志四》、《宋史新编》卷七、《宋元通鉴》卷四九收作《赐大晟乐名御笔手诏(崇宁四年八月二十七日)》[②]。李幼平《编年》从凌氏说,云:"(崇宁四年)八月,新乐成,列于崇政殿按奏;赐新乐名大晟,置府建官。"[③]然又云:"崇宁四年八月庚寅,乐成,列于崇政殿;九月朔,徽宗下诏赐新乐名曰大晟。"[④]则又主"九月朔"之说。

今考八月二十七日辛卯乃群臣集议新乐名与拟定新乐诏旨之日,非正式诏赐大晟及置府建官的准确时间。《宋朝事实》、《长编纪事本末》均有"《实录》不载,《诏旨》亦不载。《本纪》于辛卯日书赐新乐,名《大晟》,置府建官"云云,《实录》即《徽宗实录》,《诏旨》即汪藻所编《徽宗诏旨》,然均"不载"原诏旨;《本纪》即《国史·徽宗本纪》,乃载"辛卯日书赐新乐,名《大晟》,置府建官"云云,为南宋人编《宋大诏令集》所本。李攸、杨仲良均云未见《徽宗实录》及《诏旨》载原诏旨及时间;佚名乃据《国史·徽宗本纪》补《赐大晟乐名御笔手诏》于"崇宁四年八月二十七日",其实未可据信。

《宋朝事实》卷一四:"(崇宁四年八月)辛卯,大理卿曹调少卿李孝稱(偁)、中书舍人张阁、许光凝,各以本职进对。上谓阁曰:'昨日新乐如何?'阁对曰:'昨日所按《大晟乐》,非特八音克谐,尽善尽美,至于乐,莫不皆应古制。窃闻初按时,已有翔鹤之瑞,与箫韶九成,凤凰来仪,亦何以异?臣无知识,闻此和声,但同鸟兽跄舞而已。'阁因奏:'被旨,以古州等处纳土,差官奏告永昭、永厚陵。'上曰:'古州是古牂牁、夜郎之地。'阁对曰:'牂牁、夜郎,接连南陆,最为荒远,所谓"上仁所不化者"。今不缘征诛

---

① 凌景埏:《宋魏汉津乐与大晟府》,凌景埏、谢伯阳校注:《诸宫调两种》附录,第280页。

② 曾枣庄等主编:《全宋文》,第164册,第7—8页。

③ 李幼平:《宋(金)代编钟及新乐议制编年》,《大晟钟与宋代黄钟标准音高研究》附录,第152页。

④ 李幼平:《大晟钟与宋代黄钟标准音高研究》,第25页。

文告之烦,举国内属。非陛下文德诞敷,何以致此？今告功诸陵,在天之灵,亦当顾享。'次光凝奏云:'昨日按新乐,臣忝侍从之末,得遇荣观。不胜幸甚。'上曰:'八音甚谐。'光凝曰:'此圣德所致,可谓"治世之音安以乐"！至如陛下收复青唐,赵怀德归顺,近古州二千余里尽内附。今正功成作乐之时。'上曰:'尽出谄谋。'光凝曰:'神考厉精庶政,今陛下收其成效。若非陛下善继善述,何以致此？'"(《长编纪事本末》卷一三五、《长编拾补》卷二五同)

　　按:此处除"昨日所按《大晟乐》"之名称为后加补外,余都为群臣集议之内容,与御笔手诏有"南至夜郎、牂牁,西逾积石、青海"云云,正相符合。必群臣集议在前,御笔手诏乃据群臣集议概括而成。考"中书舍人张阁、许光凝,各以本职进对"云云,中书舍人之"本职",乃在拟进"外制"诏书;"进对"云云,因"御笔手诏"为徽宗亲制,但亦与从事"本职"工作的中书舍人张阁、许光凝等商讨而成。因群臣集议在崇宁四年八月二十七日辛卯,故"御笔手诏"必然在"八月二十七日辛卯"之后,而"正式诏书"的下达更应在其后。今《宋大诏令集》载《赐大晟乐名御笔手诏》作"崇宁四年八月二十七日",与此比勘,则群臣集议已有"大晟乐"之名,而《手诏》反在其后,无乃混淆太甚乎?《宋史·乐志四》载"正式诏书"在"九月朔",乃从刘昺《大晟乐论·第三篇》、赵佶《大晟乐记》等原始文献而来(详下),甚为得实。

　　又,"九月朔"以阴阳术数家看来,为一极其重要之黄道吉日。术数极于九而始于一,魏汉津以"帝指"造景钟,也以此为理论依据。刘昺《大晟乐书》云:"乐由阳来,阳之数极于九。圣人摄其数于九鼎,寓其声于九成。阳之数复而为一,则实鼎之卦为《坎》;极而为九,则彤鼎之月为《离》。《离》,南方之月也。圣人以盛大光明之业,如日方中,向明而治,故极九之数则曰景钟,大乐之名则曰《大晟》。日王于午,火明于南,乘火德之运,当丰大之时,恢扩规模,增光前烈,明盛之业,永观厥成。乐名大晟,不亦宜乎?"(《宋史·乐志四》)阴阳术数的理论也体现在"帝指"乐律论中,所谓"三三而九,乃为黄钟之律","得三指合之为九寸,即黄钟之律矣。"(《宋会要·乐》五之一八、一九)又所谓"鼎之大终于九斛,中声所极……其高九尺,拱以九龙"(《文献通考·乐考七》),都与阴阳术数相关。大晟乐既以"九"、"一"为阴阳术数之吉日,故史书记载"九月一日朔"朝廷举行盛大庆贺仪式,亦有此意。故大晟乐命名及置府建官之日当在"九月朔"。

九月一日乙未朔,以九鼎成,御大庆殿受贺,始用新乐,赐乐名《大晟》。

　　《宋史》卷一二九《乐志四》:"(崇宁四年)九月朔,以鼎乐成,帝御大庆殿受贺。是日,初用新乐,太尉率百僚奉觞称寿,有数鹤从东北来,飞度黄庭,回翔鸣唳。乃下诏曰(略)……朝廷旧以礼乐掌于太常,至是专置大晟府……于是礼乐始分为二。"

刘昺《大晟乐论·第三篇》:"(崇宁四年)九月朔,以鼎乐成,上御大庆殿受贺。是日,初用新乐,太尉率百僚奉觞称寿,有数鹤从东北来,飞度黄庭,回翔鸣唳。而下诏罢旧乐,赐新乐名曰大晟。"(《宋朝事实》卷一四,《长编纪事本末》卷一三五)

赵佶《大晟乐记》:"(崇宁四年)越九月朔,百僚朝大庆殿称庆。乐九成,羽物为之应,有鹤十只飞鸣其上,乃赐名曰大晟,置府建官以司掌之。"(《宋朝事实》卷一四,《长编纪事本末》卷一三五)

按:《宋史·乐志》与《宋史·徽宗本纪》载"置府建官"时间不同。考两者撰史之史源,《乐志》多采原始史籍,非如《本纪》转录宋人撮录之书《国史·徽宗本纪》。《乐志》据《大晟乐记》、《大晟乐论》等最原始之文献,均作"(崇宁四年)九月朔"下达"正式诏书",其说当为实录,可以信从。

诸史载赐乐名及置府建官时间,虽各有不同,但明确云"崇宁四年八月辛卯"者,仅《宋史·徽宗本纪二》、《玉海》二书。《宋史·徽宗本纪》史源为《国史·徽宗本纪》,《玉海》所据当亦为《国史》。考《国史·徽宗本纪》为撮录之书,亦非原始史料。故《宋朝事实》、《长编纪事本末》均注:"《实录》不载,《诏旨》亦不载,《本纪》于辛卯日书赐新乐,名大晟,置府建官。"而附原始史料刘昺《大晟乐论》、赵佶《大晟乐记》以俟考信。

又,《皇宋十朝纲要》卷一六:"(崇宁四年八月)庚寅,御崇政殿,奏新乐,赐名《大晟》,于是置大晟府,设大司乐、典乐等官。"《玉海》卷一○五:"(崇宁)四年八月二十六日庚寅,崇政殿奏新乐。诏曰:'……宜赐名曰大晟,旧乐更不行用。'九月朔,大庆殿称庆。大观元年五月九日甲午……(置大晟府,设大司乐一员,典乐一员。)"或载"八月庚寅"赐乐名及置府建官,或将"置大晟府"系于大观元年,均以"联书体"记史事,不可视为准确记时。又查宋人所编《会要》,均未言"辛卯"日置府建官。考《宋会要·职官》二二之二五"乐成,置府建官以司之……徽宗崇宁四年八月二十七日诏"云云,"置府建官"乃在诏赐新乐"名曰大晟"之前;又"其所辖则钤辖教坊所及教坊"云云,实又在政和三年八月之后(详下)。时间错综如此,显为"联书体"。又,以上史料所引诏书,均删除"朕嗣承令绪,荷天降康,四海泰定,年谷顺成。南至夜郎、牂牁,西逾积石、青海,罔不率俾"一段。据《宋朝事实》、《长编纪事本末》,知所删正是"崇宁四年八月二十七日辛卯"大理卿曹调、少卿李孝稱(偁)、中书舍人张阁、许光疑等群臣集议之内容，故致时间先后不明。

凌景埏《年表》："（崇宁四年八月）廿七日辛卯，诏赐新乐名曰大晟，置府建官。"原注："此据《宋会要稿》。《玉海》作廿六日颁诏。御制《大晟乐记》：'九月朔，百僚朝大庆殿称庆……乃赐名曰大晟，置府建官以司掌之。'则以此诏颁在九月矣。此以八月廿七去九月朔时日不远，又以行文之便，故如此言之。李攸《宋朝事实》称此诏《实录》不载，《诏旨》亦不载。《本纪》于辛卯日（廿七）书赐乐名《大晟》，置府建官，故以廿七为正。盖廿六日试乐，翌日颁诏也。"[1]以赵佶《大晟乐记》"又以行文之便，故如此言之"，实属臆测，未有实证，今不取。又，凌景埏云："汉津乐即大晟乐。'大晟'亦作'大成'。刘昺《乐书》云：'大乐之名，则曰《大成》。日王于午，火明于南，乘火德之运，当丰大之时，恢扩规模，增光前烈，明盛之业，永观厥成。乐名《大成》，不亦宜乎？'"[2]云"'大晟'亦作'大成'"，所引刘昺《乐书》即出《宋史·乐志四》。今查《宋史·乐志》中华书局点校本、浙江古籍出版社影印百衲本、文渊阁《四库全书》本，均作"大乐之名则曰《大晟》"、"乐名《大晟》"。不知凌氏所据何本？又考"大成"亦为乐名，乃政和四年徽宗赐孔子殿名"大成殿"，政和六年赐正声乐及乐器一副于阙里，从此祀孔子乐即名"大成乐"。其乐名与"大晟乐"有一定关系，但也不能说"'大晟'亦作'大成'"。大晟乐包括雅乐和燕乐两种，大晟雅乐有中声乐和正声乐，大晟燕乐即"以雅乐中声播入教坊"而成；政和末蔡攸废大晟雅乐的中声乐后而改用"太、少、正"三声乐，可见其乐制较为复杂。而祀孔子乐所用"大成乐"，乃只为"正声乐"，而不包括"中声乐"，可见与大晟乐也不是一回事。大晟府废后，如南宋及元明清三代，祀孔子乐仍名"大成乐"，这些随朝代变迁而乐名仍旧的所谓"大成乐"，则更与大晟乐不是一回事，亦毋庸举证。综考史籍，个别如《宋会要》、《文献通考》、《玉海》等，或有误抄、误刻"大晟"为"大成"，但极为罕见，实均未有证据表明这些书的作者认为"'大晟'亦作'大成'"。《宋史·乐志》作为《国史》，从未见有"'大晟'亦作'大成'"的说法。

大晟府置府建官。以大司乐、典乐为长贰，次曰大乐令，次曰主簿，曰协律郎，又有按协声律、制撰文字等官。

《宋史》卷一二九《乐志四》："（崇宁四年）九月朔，以鼎乐成，帝御大庆

① 凌景埏：《宋魏汉津乐与大晟府》，凌景埏、谢伯阳校注：《诸宫调两种》附录，第287页，第280页。
② 凌景埏：《宋魏汉津乐与大晟府》，凌景埏、谢伯阳校注：《诸宫调两种》附录，第286页。

殿受贺。是日,初用新乐,太尉率百僚奉觞称寿,有数鹤从东北来,飞度黄庭,回翔鸣唳。乃下诏曰(略)……朝廷旧以礼、乐掌于太常,至是专置大晟府,大司乐一员、典乐二员并为长贰,大乐令一员,协律郎四员,又有制撰官,为制甚备,于是礼、乐始分为二。"

《宋史》卷一六四《职官志四》:"大晟府以大司乐为长,典乐为贰,次曰大乐令,秩比丞,次曰主簿、协律郎,又有按协声律、制撰文字、运谱等官,以京朝官、选人或白衣士人通乐律者为之。又以武臣监府门及大乐法物库,以侍从及内省近侍官提举。所典六案,曰大乐,曰鼓吹,曰宴安乐,曰法物,曰知杂,曰掌法。国朝礼、乐掌于奉常,崇宁初置局议大乐,乐成,置府建官以司之,礼、乐始分为二。"

《宋会要·职官》二二之二五:"国朝礼乐掌于奉常。崇宁初,置局议大乐。乐成,置府建官以司之,礼、乐始分为二。府在宣德门外天街之东,隶礼部。序列与寺监同,在太常寺之次。以大司乐、典乐为长贰,次曰大乐令,秩比丞;其次曰主簿,曰协律郎。又有按协声律、制撰文字、运谱等官,以京朝官、选人或白衣士人通乐律者为之。又差武臣监府门及大乐法物库,又有侍从及内省近侍官提举。所典六案,曰大乐,曰鼓吹,曰宴乐,曰法物,曰知杂,曰掌法。其所辖则钤辖教坊所及教坊。吏属则有胥长、胥史、胥佐、贴书。掌官物者则有专知、副知、库子。工属则有乐正、乐师、色长、上工、中工、下工、舞师云。"

按:《九朝编年备要》卷二七、《玉海》卷一六六、《文献通考·乐考三》、《文献通考·职官九》所载略同,文繁不重录。又,大晟府"置府"后的乐官建制,其中有提举大晟府(或称大晟府提举官)、同提举大晟府、大司乐、典乐、大乐令、主簿、协律郎、按协声律、制撰文字等9种大晟府乐官,以及新设下属机构"大晟府制造所"、"大晟府教乐所"、"大晟府编修《燕乐书》所"、"大晟府修制大乐局"等所设乐官,其职官设置时间及任职人员,详见拙著《大晟府及其乐词通考》,兹不赘述。

鼓吹局隶大晟府,当在此时稍后。

《文献通考》卷五五《职官九》:"宋鼓吹局:令一人,丞一人,崇宁后隶大晟府。"

《玉海》卷一六六《崇宁大晟府》："政和七年三月一日，议礼局（引者按：当为"礼制局"）言：'鼓吹惟备警卫，未有铙歌之曲。请诏儒臣撰述。'诏可。崇宁四年，置大晟府总之。"

　　按：鼓吹局隶属大晟府后，划归鼓吹案，实际使用分大晟府前部鼓吹与后部鼓吹。有鼓吹局令、丞、乐工、供官、通引官等5种，鼓吹局令、丞等属乐官，供官、通引官为吏属。实际使用时另设有府史、典事、录事、院官、局长、引乐官、都知、职掌等吏属，歌工等乐人。详见拙著《大晟府及其乐词通考》，兹不赘述。

五日己亥，颁《九鼎赦文》。

　　赵佶《九鼎赦文》："门下：朕承祖宗之烈，宅兆民之上。任大守重，靡敢遑宁。思持盈守成之至艰，念继志述事之攸济。选用众正，共图康功。内则讲修宪章，兴熙、丰既坠之典；外则攘却戎狄，复版图已弃之疆。恢雍泮以宾贤能，招岩穴以收遗逸。隆九庙以尊祖，戢五兵以阜民。荷天降康，方夏绥靖。星轨顺序，年谷屡丰。南至夜郎、牂牁，西逾积石、青海，向风请吏，稽首来庭。永惟天命之至隆，宜有灵承之丕应。若时夏后，幽赞成能，命九州之牧而贡金，贯三才之命而制器。是为大宝，三代奉之，千载已还，百王敢议？乃者，得隐逸之士于草茅之贱，穷制作之妙于范围之先。乃因天之几，以身为度，环大象以立极，兴神物以前民。上承天休，下奠坤载。以笃邦家之庆，以协神人之和。绍百世之宏规，成一代之圣作。式涓吉旦，奉置殊庭。于时日景宴温，龙文光润。卿云上覆，羽鹤来仪。华裔永宁，庙社增重。膺兹丕贶，岂朕敢专？宜大泽之肆均，兴群生而共庆。大赦天下。（云云）于戏！有典有则，缵禹之功。卜世卜年，过周之历。惟天之所祚者厚，则泽之所施者鸿。布告迩遐，宜体朕意。"

　　按：《全宋文》据《宋大诏令集》卷一四九、《宋会要·舆服》六之一五、《长编纪事本末》卷一二八收作《九鼎赦文（崇宁四年九月四日）》，有校改。[1]今查《宋会要·职官》七六之二四："崇宁四年九月五日，九鼎成，赦。"《东都事略》卷一〇："（崇宁四年）九月己亥，大赦天下。"

---

[1]　曾枣庄等主编：《全宋文》，第164册，第9—10页。

《宋会要·舆服》六之一六"鼎"条、《长编纪事本末》卷一二八、《长编拾补》卷二五均作"崇宁四年九月五日"。

群臣上《贺帝鼐成表》《贺安九鼎表》等,约在此时。

王安中《贺帝鼐成表》:"臣某言:鼎鼐告成,肇称缛礼。冕旒受庆,衰对鸿禧。覆帱所临,欢呼咸暨。(中贺。)窃以轩帝聿兴三鼎,是用大亨。夏后爰铸九金,以图百物。自禹而降,莫得其真。逮汉以来,乌睹其瑞。天祚明德,人与成能。灼知一言之孚,深发独智之蕴。作新大器,增重皇基。睿谟俯授于工师,神宝遂隆于国镇。兹为能事,复迈前修。恭惟皇帝陛下,渊懿测灵,圣神用妙。声身中律度之数,制作轶河洛之文。系象具昭,举百王已坠之典;规模特异,承万世无疆之休。涓择令辰,丕膺景贶。龙文光润,本川岳之效珍;日景晏温,宜天地之协应。搢绅耸视,海宇倾闻。臣托备藩维,阻趋朝路。叹周南之滞,莫预盛仪;存魏阙之心,但劳昔梦。"(《初寮集》卷五)

按:"作新大器,增重皇基""涓择令辰,丕膺景贶。龙文光润,本川岳之效珍;日景晏温,宜天地之协应"云云,与赵佶《九鼎赦文》"华裔永宁,庙社增重""式涓吉旦,奉置殊庭。于时日景宴温,龙文光润"相合,当为《九鼎赦文》颁行之后。又"臣托备藩维,阻趋朝路。叹周南之滞,莫预盛仪",乃代大名府知府许将而作,时王安中为大名县主簿。此表当作于崇宁四年九月之后。

李复《贺安九鼎表》:"云物应符,兆启昆吾之瑞;琳宫考吉,庆成郏鄏之安。(中贺。)窃以轩辕开祥,广发三才之象;夏禹图物,毕朝九牧之金。而皆严役阴阳之神,焕成天地之宝。道异升降,势随重轻。周器已空,遂起楚人之问;汉巫语怪,漫迎汾水之祠。旷历世而莫传,俟圣时而有作。恭惟皇帝陛下,睿谟广大,盛德休明。俯收遗逸之言,高举泯绝之典。山林四裔,知永息其阴奸;宗祏万年,见显储其神筴。臣谬持使节,密迩畿封。盛事惟新,激昂兹始。"(《潏水集》卷二)

按:《钦定四库全书考证》卷七九:"《潏水集》卷二《贺安九鼎表》。按《宋会要》崇宁三年二月,用隐士魏汉津言铸九鼎。四年三月,告成。八月,奉安于九成宫,帝亲幸酌献。九月朔,百官称贺。此其贺表也。"又,"臣谬持使节,密迩畿封"云云,李复《书鄜州孟亭壁》:

"予崇宁四年秋九月,将漕畿右。巡按过郡,访旧亭,废已久矣。谕假守钱君劭复立之。明年八月,再至,亭已立,乃以旧名题之。"(《潏水集》卷六)知李复为京西漕时所作。

十一日乙巳,以九鼎成,大晟府诸人推恩转官。

《宋会要·舆服》六之一六:"(崇宁四年九月)乙巳,冲显宝应先生、太乐府师、授制造九鼎官魏汉津,为虚和冲显宝应先生,秩比中散大夫,赐宅一区,田六十顷,银绢各五百匹两。大司乐、兼同详定《大乐书》刘炳转三官。承务郎张皋转承事郎,左藏库使、副俞随等二十二人各转一官,大将王恂等六人授三班借职,皆以九鼎成,推恩故也。"

《长编纪事本末》卷一二八:"(崇宁四年九月)乙巳,冲显宝应先生、大乐府师、授制造九鼎官魏汉津,为虚和冲显宝应先生,秩比中散大夫,赐宅一区,田六十顷,银绢各五百匹两。大司乐兼同详定《大乐书》刘炳转三官。承务郎张皋转承事郎,左藏库使、副俞随等二十二人各转一官,大将作王恂等六人授三班借职,皆以九鼎成,推恩故也。"(《长编拾补》卷二五同)

《皇宋十朝纲要》卷一六:"(崇宁四年九月)乙巳,加魏汉津为虚和冲显宝应先生,秩比中散大夫,赐宅一区,田六十顷。"

《资治通鉴后编》卷九六:"(崇宁四年九月乙巳)赐魏汉津宅一区,田六十顷,银绢五百匹两。刘昺转三官,余皆推恩有差。"

按:关于魏汉津加"虚和冲显宝应先生"的时间,或云崇宁四年八月。《宋史·魏汉津传》:"(崇宁四年)八月,大晟乐成。徽宗御大庆殿受群臣朝贺,加汉津虚和冲显宝应先生,颁其《乐书》天下。"《通鉴续编》卷一一:"(崇宁四年乙酉八月)大晟乐成,帝受贺于大庆殿。(新乐成,加号魏汉津虚和冲显宝应先生,赐乐名大晟,置府建官,谓之雅乐,颁之天下,播之教坊。)"或云崇宁四年九月朔。《宋史纪事本末》卷五:"(崇宁四年九月朔)初用新乐,太尉率百僚奉觞称寿。……乃下诏曰:(略)加魏汉津虚和冲显宝应先生。"或云崇宁四年九月。《御批历代通鉴辑览》卷八〇:"(崇宁四年)九月,帝受贺于大庆殿,加号魏津汉虚和冲显宝应先生。"均不确。当为崇宁四年九月十一日乙巳。

又,张皋以"承务郎"转"承事郎",当为选人转为京官。俞随、王恂则以武臣于大晟府法物案下辖机构大乐法物库任职,疑为"监官"。"大将王恂",唯《长编纪事本末》卷一二八作"大将作王恂","作"为衍文。

以九鼎推恩转官未见于上述名单者,尚有制造大乐局提举官杨戬,疑为漏载。

《宋史》卷四六八《杨戬传》:"(杨戬)自崇宁后,日有宠,知入内内侍省。立明堂,铸鼎鼐,起大晟府、龙德宫,皆为提举。"

《铁围山丛谈》卷五:"崇宁中召见,制《大晟乐》,铸九鼎,皆其所献议。初制乐,一日,与宦者杨戬在内后苑,会上朝献景灵宫还,见汉津立道左观车驾。上望之,喜,遣小阉传旨抚问,汉津因鞠躬以谢。及还内,戬至,上曰:'汉津能出观我邪?'戬曰:'不然。早自车驾出,汉津同臣视铸工。方共饮。适闻跸还,臣舍匕箸,遽至于此。然汉津不出也。'"

按:"铸鼎鼐"始于崇宁三年二月,其时杨戬任制造大乐局提举官。"起大晟府"即"大晟府置府建官"之意,时在崇宁四年九月朔,此乃明载杨戬为首任大晟府提举官。《铁围山丛谈》亦可证杨戬任提举官始于"铸鼎鼐"之时(即崇宁三年二月)。

考大晟府提举官设立时间当在大观三年八月以后(详见拙著《大晟府及其乐词通考》,兹不赘述),此时杨戬任制造大乐局提举官,即大晟府提举官之前身。

颁魏汉津《乐书》于天下。

《宋史》卷四六二《魏汉津传》:"(崇宁四年)八月,大晟乐成。徽宗御大庆殿受群臣朝贺,加汉津虚和冲显宝应先生,颁其《乐书》天下。"

吴莱《张氏〈大乐玄机赋论〉后题》:"迨夫崇宁之世,魏汉津乃以蜀一黥卒,为造大晟乐府,遂颁其《乐书》于天下。盖谓古之制乐者,惟黄帝、夏禹得乐之正。何则?圣主之禀赋,上与天地阴阳为一体,声则为律,身则为度,故夫黄帝、夏禹之制乐,实自其身而得之。臣今请以圣主中指三节三寸,定黄钟之律。中指之径围,又即据而定为度、量、权、衡。乐以是制,则臣将见其合天地之正,备阴阳之和,而得夫金石清浊之宜矣。当是时,惟丞相蔡京最神其说。先铸帝鼐、八鼎,复造金石钟簴,雕几刻镂,盖极后世之选已。"(《渊颖集》卷八)

《钦定续通志》卷五八二:"(崇宁四年)八月,大晟乐成,徽宗御大庆殿受群臣朝贺,加汉津虚和冲显宝应先生,颁其《乐书》天下。"

　　按：加魏汉津"虚和冲显宝应先生"在崇宁四年九月十一日乙巳，颁其《乐书》于天下当在此时或稍后。后世或有误载大观元年颁魏汉津《乐书》于天下者。《御制律吕正义后编》卷八五："大观元年，颁新乐于天下，加魏汉津虚和冲显宝应先生。令大晟府颁其《乐书》于天下。"魏汉津于崇宁五年十二月巳卒，加"虚和冲显宝应先生"乃魏汉津生前事。于史无征，不可据信。

　　《春明梦余录》卷三九："迨夫崇宁之世，魏汉津乃以蜀一黥卒，为造大晟乐府，遂颁其《乐书》于天下。盖谓古之制乐者，惟黄帝、夏禹得乐之正。何则？圣主之禀赋，上与天地阴阳为一体，声则为律，身则为度，故夫黄帝、夏禹之制乐，实自其身而得之。臣今请以圣主中指……"《钦定续通典》卷九一："吴莱《渊颖集》曰：……迨夫崇宁之世，魏汉津乃以蜀一黥卒，为造大晟乐府，遂颁其《乐书》于天下。盖谓古之制乐者，惟黄帝、夏禹得乐之正。何则？圣主之禀赋，上与阴阳为一体，声则为律，身则为度。故夫黄帝、夏禹之制乐，实自其身而得之。臣今请以圣主中指三节三寸，定黄钟之律，中指之径围，又即据而定为度、量、权、衡，乐以是制，则臣将见其合天地之正，备阴阳之和，而得夫金石清浊之宜矣。当是时，惟丞相蔡京最神其说。先铸帝鼐、八鼎，复造金石钟虡，雕几刻镂，盖极后世之选矣。"《钦定续文献通考》卷一〇六："吴莱《张氏大乐元机赋论题后》曰：……迨夫崇宁之世，魏汉津乃以蜀一黥卒，为造大晟乐府，遂颁其《乐书》于天下。盖谓古之制乐者，惟黄帝、夏禹得乐之正。何则？圣主之禀赋，上与天地阴阳为一体，声则为律，身则为度。故夫黄帝、夏禹之制乐，实自其身而得之。臣今请以圣主中指三节三寸，定黄钟之律。中指之径围，又即据而定为度、量、权、衡。乐以是制，则臣将见其合天地之正，备阴阳之和，而得夫金石清浊之宜矣。当是时，惟丞相蔡京最神其说。先铸帝鼐、八鼎，复造金石钟簴。雕几刻镂，盖极后世之选已。"均录自吴莱《张氏〈大乐玄机赋论〉后题》，唯不言颁魏汉津《乐书》于天下之时间。

　　关于魏汉津《乐书》详细情况，见拙著《大晟府及其乐词通考》，兹不赘述。

崇宁五年(1106)丙戌

二月九日壬申,诏省内外冗官,大晟府并之礼官。

　　《宋史》卷一二九《乐志四》:"(崇宁)五年九月,诏曰:'乐不作久矣! 朕承先志,述而作之,以追先王之绪;建官分属,设府庀徒,以成一代之制。二月,尝诏省内外冗官,大晟府亦并之礼官。夫舜命夔典乐,命伯夷典礼,礼、乐异道,各分所守,岂可同职? 其大晟府名可复仍旧。'"

　　《宋史》卷一六四《职官志四》:"大晟府以大司乐为长……(崇宁)五年二月,因省冗员,并之礼官。九月,复旧。"

　　《宋会要·职官》二二之二五、二六:"是年(崇宁五年)二月,尝省内外冗官,大晟府省废,恐亦在是月。"

　　《文献通考》卷五五《职官九》:"(崇宁)五年二月,因省冗员,(大晟府)并之礼官,九月复旧。"

　　《长编纪事本末》卷一三一"崇宁五年二月丙子"条原注:"(赵)挺之《行状》:明年(崇宁五年)春……由是旬日之间,凡(蔡)京所为者,一切罢去。毁朝堂元祐党籍碑、大晟府、明堂、诸置局、议科举、茶盐、钱钞等法。"(《长编拾补》卷二五同)

　　按:崇宁五年二月,蔡京罢相,赵挺之为尚书右仆射,省内外冗官,毁大晟府。《宋史·徽宗本纪二》:"(崇宁五年二月)丙寅(三日),蔡京罢为开府仪同三司、中太一宫使,以观文殿大学士赵挺之为特进、尚书右仆射兼中书侍郎。……壬申(九日),省内外冗官,罢医官兼宫观者。"《九朝编年备要》卷二七:"(崇宁五年二月)赵挺之再相。……由是旬日之间,凡(蔡)京所为者,一切罢去。"《通鉴续编》卷一一:"(崇宁五年)二月,蔡京有罪免。(……时天下久平,吏员冗滥,节度使至八十余员,留后、观察下及遥郡刺史多至数千员,学士、待制中外百五十员。京因睹帑藏盈溢,遂倡为丰亨豫大之说,视官爵财物如粪土,累朝所储扫地矣。……)以赵挺之为尚书右仆射。(蔡京既免,帝召见挺之,曰:"京所为,一如卿言。"复拜右相,挺之与刘逵同心辅政。凡京所行悖理、虐民之事,稍稍澄正之。)"《宋会要·食货》五六之三二、三三:"崇宁五年二月九日,诏:'内外冗官颇多,不能振举职事,徒费禄廪,虚置吏人。可依下项施行：……今来省并减罢官局，合交割诸色钱物等，令户部侍郎许几专切提举。所属官司，勒令省并减罢官吏合干人等，限一月交割数足。其帐状点检别无缩系漏落，即行放罢。仍将交割过钱物等，总计编类成册，申尚书省，及仰御史台逐察取索点检。'"《全宋文》据《宋会要·食货》五六之三二收作《减罢内外冗官诏（崇宁五年二月九日）》①，毁大晟府当在此时。

方轸上书言设九鼎，建乐府，非徒无益，且于礼文经意无补。约在此时稍前。

《宋宰辅编年录》卷一一："（崇宁五年）二月丙寅，蔡京罢左仆射。……蔡京之罢相也，太庙斋郎方轸奏疏论京：'睥睨社稷……若设九鼎，铸大钱，置二（三）卫，兴三舍，建乐府于国门外，祭天地于两郊。若此之类，非徒无益，又且于礼文经意无补。……'上以星文变见，中外并许直言。二月〖十〗三日，京遂罢相。及京复相，上以轸奏示京，奏乞付有司，推究事实。轸竟付诏狱，坐此编管岭南。……同日，赵挺之右仆射。"（《挥麈后录》卷三、《宋史全文》卷一四略同）

按：本年二月三日丙寅，二月十三日丙子，既蔡京罢相与赵挺之复相"同日"，则当在"三日丙寅"。《宋宰辅编年录》卷一一误衍"十"字，《长编纪事本末》卷一三一、《长编拾补》卷二五、《皇宋十朝纲要》卷一六又误为"二月丙子"。方轸上书言"设九鼎、建乐府"云云，又在三日丙寅蔡京罢相之前。《九朝编年备要》卷二七、《宋史全文》卷一四、《宋史纪事本末》卷一一系于"大观元年闰十月丙戌"，当为"联书"。《通鉴续编》卷一一、《资治通鉴后编》卷九七系于"大观元年十二月"，乃误。

按协声律吴仪罢归。

杨时《田曹吴公文集序》："吾郡审律先生，集录其先君遗文数百篇，以书属予为序。田曹吾不及见其人……故其流风余韵，足以遗其子孙，化其乡人，皆可见也。今其子弟之贤者，多隐德不求闻达，而足以文行知名朝廷者二人焉，审律其一也。审律名仪，去年（崇宁五年）以遗逸被召，相君

---

① 曾枣庄等主编：《全宋文》，第164册，第37—38页。

(蔡京)说之,除大成(晟)府审验音律。已而非其好也,浩然有归志,盖有公之遗风也。"(《龟山集》卷二五)

杨时《吴国华墓志铭》:"延平据闽之要津,号称多士。而以学行著闻乡闾者,吴氏有三人焉,曰某字及之,曰某字季明,而审律先生其一也。当嘉祐、治平之间,士方以声律偶俪之文,争名于时。而三人者,独相与切磋,以穷《经》学古为务,不事科举,退老于家,若将终身焉。其能自拔,贤于流俗远矣。其后,季明以经行被召,不赴,授某官。而审律先生晚亦出仕,独及之卒于布衣。予视三人者为前辈,而少得从审律游最厚。先生不予鄙,进而友之。今其亡也,以铭属予,何可辞?乃序焉铭之。先生讳仪,字国华,世为延平人。曾祖讳某,赠某官。父讳某,历任某官。先生为人刚毅笃实,洞见城府,而善善恶恶,无所容贷。其事亲以孝显,交朋友以信义著。自少笃志强学,老益不懈。《六经》、百代之书,盖无所不究。穷探博取,自信不疑。尤深于《诗》、《易》,皆有成说。晚益玩心于象数、音律之学,自为一家。有《文集》若干卷。崇宁五年,诏求天下遗逸,部使者以先生应诏,辞不就。已而敦迫之,乃乘驿就道。今相太师公(蔡京)见而说之,授将仕郎、大晟府审验音律。未几,府罢。先生亦浩然而归,不复出矣。大观元年某月某日,以疾卒于家,享年若干。"(《龟山集》卷三〇)

《闽中理学渊源考》卷一:"吴仪,字国华,世为延平人。自少笃志强学,老益不懈。《六经》、百代之书,无所不究穷探博,取自信不疑,尤深于《诗》、《易》,皆有成说。晚益玩心于象数、音律之学,自为一家。崇宁五年,诏求天下遗逸,部使者以先生应诏,辞不就。已而敦迫之,乃乘驿就道,授将仕郎、太晟府审验音律。未几,府罢,先生亦浩然而归,不复出。先生为人刚毅笃实,洞见城府,而善善恶恶,无所容贷。其事亲以孝显,交朋友以义著。尝渔钓橘溪之上,时或行歌松蹊竹疃,莫窥其际。龟山先生撰先生《墓志》,言:'吴氏以学行著闻乡闾者,有三人焉,曰某,字及之,曰熙,字季明,而审律先生其一也。当嘉祐、治平之间,士方以声律偶俪之文,争名于时。而三人者,独与切磋,以穷经学古为务,不事科举,退老于家,若将终身焉。其后季明以经行被召,不赴,授某官。而审律先生晚亦出仕,独及之老于布衣。予视三人者为前辈,而少得从审律游最厚云。'又龟山尝与先生往复论王氏学,尝题其钓台及咏归堂,豫章罗氏曾师事焉。自号审律,学者称为审律先生。(《闽书》、《杨龟山先生集》)"

按:"去年(崇宁五年)以遗逸被召,相君(蔡京)说之,除大成(晟)府审验音律","崇宁五年,诏求天下遗逸,部使者以先生应诏,辞不就。已而敦迫之,乃乘驿就道。今相太师公(蔡京)见而说之,授将仕郎、大晟府审验音律"云云,知吴仪(字国华)于本年初招为"大晟府审验音律"官。"大晟府审验音律"即"按协声律"。又,"未几,府罢。先生亦浩然而归,不复出矣",盖崇宁五年二月"诏省内外冗官,大晟府并之礼官"(《宋史·乐志四》,《文献通考·职官九》,《宋会要·职官》二二之二五、二六),即遭罢归。

吴仪(? —1107),字国华,世为延平人,一说剑浦人。杨时、罗从彦等师事之。元祐间,受荐于朝,辞不赴。崇宁五年,授将仕郎、大晟府审验音律,罢归;大观元年卒。详见拙著《大晟府及其乐词通考》,兹不赘述。《全宋文》有小传①。

五月十六日丁未,颁《纪元历》。

《宋史》卷三五六《刘昺传》:"改工部尚书。提举《纪元历》,有所损益。"

《宋会要·职官》六八之一六:"(大观二年)六月二十八日,工部尚书刘炳为显谟阁直学士、知陈州。以言者论炳……以私意妄议《新历》,故有是命。"

《御批续资治通鉴纲目》卷九:"(崇宁五年丙戌)夏五月,行《纪元历》。(刘昺所造也。)"

《御批历代通鉴辑览》卷八〇:"(崇宁五年丙戌)夏五月,行《纪元历》。刘昺所造也。"

《资治通鉴后编》卷九六:"(崇宁五年五月)丁未,班《纪元历》,刘昺所造也。"

《全史日至源流》卷二八:"(崇宁)丙戌五年正月癸巳朔,十一月丙午日,酉初三刻十五分内五十一秒冬至。《史》:'七月庚寅朔,日当食不亏。'

---

① 曾枣庄等主编:《全宋文》,第108册,第221页。

此年颁刘昺所造《纪元新历》。"

按:关于"行《纪元历》"的时间,史料记载各有不同。《玉海》卷一〇"崇宁《占天历》、《纪元历》"条:"崇宁五年五月十六日,历成,赐名《纪元》。……自大观元年颁用。"知《纪元历》崇宁五年五月修成,大观元年颁用。又据《宋会要·运历》一之九:"(崇宁)五年五月十六日,诏:'洪造等所定新历,名曰《纪元》,颁之天下。'大观元年十二月二十三日,诏:'圣人之于天道,格其心,合其德,宪其时,稽其数,而著于历象。昨命有司更定历元,以起其数。比阅其书,颇有差舛,未足以遗后。其历局所上《历经》、《历议》,可令改定。'"《玉海》卷一〇:"徽宗时,有司以观天,推崇宁二年十一月朔当为丙子。颁历之后,始悟其朔当进而失进,遂造《占天历》,改十一月朔为丁丑,而再颁历焉。(崇宁三年造,姚舜辅上之。)既而历官言:'《占天》成于私家,不经考验,不可施用。'乃命姚舜辅等复造新历,视崇天减六十七刻半,始与天道相合。崇宁五年五月十六日,历成,赐名《纪元》。御制《序》,自大观元年颁用。(《会要》曰:'洪造等所定。')十二月二十三日,诏:'历书差舛,其所上《历经》、《历议》,可令改定。'"知《纪元历》为姚舜辅等"所造",洪造等"所定",刘昺不过以工部尚书的身份为"提举官"而已。

考《宋史·刘昺传》:"改工部尚书。提举《纪元历》,有所损益。为吴执中所论,以显谟阁直学士、知陈州。"又《宋会要·职官》六八之一六:"(大观二年)六月二十八日,工部尚书刘炳为显谟阁直学士、知陈州。以言者论炳昨在翰苑,制词荒谬,以不称职罢。为工部尚书,其实迁也。今又以私意妄议《新历》,故有是命。"按刘昺为工部尚书在大观元年春至二年六月[①]。"昨在翰苑"指刘昺大观元年正月为翰林学士事,三月因"制词荒谬"而"改工部尚书";翰林学士正三品,工部尚书为从二品,故有不责反迁之议。刘昺贬知陈州,正因提举《纪元历》"有所损益"及"不责反迁"两条罪状所致。考刘昺"提举《纪元历》"的时间,当在大观元年三月"改工部尚书"以后,史载刘昺"提举《纪元历》,有所损益"、"今又以私意妄议《新历》"、"为吴执中所论",均与《玉海》、《宋会要》所载大观元年十二月诏旨"改定"《纪元历》相合,故其"提举《纪元历》"的时间当从《宋史·刘昺传》,在大观元年十二月二十三日至二年六月之间。本年所颁《纪元历》乃姚舜辅等"所造",洪造等"所定",并非"刘昺所造",诸史将其与大观元年由刘昺"提举"而"有所损益"的《纪元历》混淆为一,乃属误会。

九月二十日戊申,诏大晟府名复仍旧。

《宋史》卷一二九《乐志四》:"(崇宁)五年九月,诏曰:'乐不作久矣!

---

① 李之亮:《宋代京朝官通考》,第3册,第806页。

朕承先志,述而作之,以追先王之绪;建官分属,设府庀徒,以成一代之制。二月,尝诏省内外冗官,大晟府亦并之礼官。夫舜命夔典乐,命伯夷典礼,礼乐异道,各分所守,岂可同职? 其大晟府名可复仍旧。'"

《宋史》卷一六四《职官志四》:"大晟府以大司乐为长……(崇宁)五年二月,因省冗员,并之礼官。九月,复旧。"

《宋会要·职官》二二之二五、二六:"(崇宁)五年九月二十日,诏曰:'乐不作久矣! 朕承先志,述而作之。建官分属,设府庀徒,以成一代之制。而近者省废,并之礼官。夫舜命夔典乐,命伯夷典礼,各分所守。其大晟府名可复旧。'"

《文献通考》卷五五《职官九》:"徽宗时置大晟府……(崇宁)五年二月,因省冗员,并之礼官,九月复旧。"

按:李文郁《大事记》:"(崇宁五年)八月,诏(大晟府名)可复仍旧。"[1]则误为本年八月。《全宋文》据《宋会要·职官》二二之二五、《宋史·乐志四》收作《复大晟府名诏(崇宁五年九月二十日)》[2],乃是。

关于恢复大晟府的原因,《皇宋十朝纲要》卷一六:"(崇宁五年二月丙子)赵挺之复为右仆射兼中书侍郎。……由是旬日之间,凡京所为者一切罢去。京令其党进言于上,以为:'京改法度者,皆禀上旨,非私为之。若学校、大乐等数事,皆是绍述神考美意。今一切皆罢,恐非绍述之意。'于是上乃复学校教官及香盐(矾)司官,又复大乐府,复有用京之意矣。""(崇宁五年十二月)己未,中书侍郎刘逵罢知亳州。自星变作,上忧甚,委政于(赵)挺之及(刘)逵,凡崇宁所行事尽罢之……上觉(刘)逵专,后星没,稍悔更张之暴,独郑居中知上意,请对,言:'学校、礼乐、居养、安济等,何所逆天而致谴?'刘正夫继之。上大以为然,遂外(赵)挺之、(刘)逵,而复向(蔡)京。"《九朝编年备要》卷二七:"(崇宁五年二月)赵挺之再相。……由是旬日之间,凡京所为者一切罢去。京令其党进言于上,以为:'京改法度者,皆禀上旨,非私为之。若学校、大乐等数事,皆是绍述神考美意。今一切皆罢,恐非绍述之意。'于是上乃复学校教官及香矾司官,又复大乐府,复有用京之意矣。"《长编拾补》卷二五按语云:"《续宋编年资治通鉴》云:(崇宁五年)二月,蔡京罢,未几,京令其党进言于

---

① 李文郁:《大晟府考略·大晟府大事记》,《词学季刊》第二卷第二号(1935年1月),第506页。

② 曾枣庄等主编:《全宋文》,第164册,第63页。

上,以为……若学校、太乐等数事,皆是绍述神考美意……于是上乃复太乐府。""太乐府"云云,当为"大晟府"之旧称。

二十六日甲寅,诏亲制神宗本室与配位乐章,令大晟府先考定谱、调、声以闻。

《宋会要·乐》三之二五:"崇宁五年九月二十六日,诏:'大乐新成,将荐祖考。其神宗本室与配位乐章,朕当亲制,以伸孝思追述之志。可令大晟府先考定谱、调、声以闻。'"原注:"其词阙。"

按:以大晟乐"荐祖考",当始于崇宁五年九月以后,此乃为大观元年有事于明堂而定(详下)。"其词阙"则指徽宗亲制"神宗本室与配位乐章"在宋时即已失传。所谓"谱、调、声",详见下文"大观元年九月大享明堂"条考证,此处从略。

因考定谱、调、声,刘诜任大晟府典乐,徐申、宋或任大晟府乐令,李遘、吴叔贤任大晟府协律郎。

《宋史》卷四四四《刘诜传》:"(刘诜)崇宁中,为讲议司检讨官。进军器、大理丞、大晟府典乐。"

按:郭万程《宋刘太常》言刘诜为大晟府典乐在崇宁四年(《明文海》卷四一九),未知何据。考崇宁五年二月曾罢大晟府,九月"复旧"(《宋史·乐志四》《宋史·职官志四》《宋会要·职官》二二之二五、二六,《文献通考·职官九》);二十六日,诏大晟府"先考定谱、调、声以闻"(《宋会要·乐》三之二五)。刘诜因"通音律,尝上《历代雅乐因革》及《宋制作之旨》,故委以乐事"(《宋史·刘诜传》),其任大晟府典乐当在崇宁五年九月后。

慕容彦逢《朝散大夫徐申、奉议郎宋或可并大晟府乐令,宣德郎李遘、将仕郎吴叔贤可并大晟府协律郎制》:"敕:具官某等,朕复大晟府名,礼、乐异职,各迪有功,以追治古之盛。尔等咸以通于声文,擢践厥属,钦承无怠,嗣有宠嘉。可。"(《摘文堂集》卷四)

按:"复大晟府名"在崇宁五年九月,徐申、宋或并为大晟府乐令及李遘、吴叔贤并为大晟府协律郎必在此时。"尔等咸以通于声文"云云,疑因考定谱、调、声而任徐申、宋或为大乐令、李遘、吴叔贤为协律郎。

十一月，敕令大晟府乐工教习制度及日支食钱。

《宋会要·职官》二二之二五、二六《大晟府》："（宣和二年八月）十八日，尚书省言：'……内在京乐工遇朝会祠事日，特与支给食钱，仍立定人额。……今措置到朝会祠事日特支食钱下项：上、中、下乐工、舞师各一百文，色长二百文，副乐正、乐师共六人各三百文，乐正共二人各五百文。……检承崇宁五年十一月敕令："诸乐工教习日，支食钱。后稍精熟，免日教。遇大礼、大朝会前一月，大祠前半月，中祠前十日，小祠前五日，教习。各前期在家习学，止赴大寺协律厅草按一日，并台官按乐一日。"'诏：'教习、草、按乐日分，并依未置府以前旧制。遇依旧制合破按乐日分，并特依崇宁五年十一月条支破食钱。'"

按：崇宁五年十一月敕令虽未言"支食钱"数目，但与宣和二年大晟府制度或许相差不远；又据"依未置府以前旧制"云云，知在大晟府崇宁四年置府以前的制度与此不同，可供参考。

凌景埏《年表》："（崇宁五年）十一月，敕令诸乐工教习免日教。令遇大礼大朝会前一月，大祠前半月，中祠前十日，小祠前五日，教习。各前期在家习学，止赴大寺协律厅草按一日，并台官按乐一日。"[1]李幼平《编年》从凌氏说[2]。

置大晟府教乐所，约在此时前后。

《宋史》卷一二九《乐志四》："（宣和）七年十二月，金人败盟，分兵两道入。诏革弊事，废诸局，于是大晟府及教乐所、教坊额外人并罢。"

《三朝北盟会编》卷二五："（宣和七年十二月）二十一日戊午，下《罪己求直言诏》，诏曰：'……罢大晟府，罢教乐所，罢教坊额外人。'"

张知甫《可书》："宣和间，置教乐所、行幸局、采石所、应奉司，皆以执政内侍主之。"

按：学界多据《可书》载教乐所置于宣和间。今据《宋会要·职官》二二之二六"（宣和二年八月）十八日，尚书省言'奉诏在所及诸路乐工'、'在外教习食钱'、'诸乐工教习日支食

---

①　凌景埏：《宋魏汉津乐与大晟府》，凌景埏、谢伯阳校注：《诸宫调两种》附录，第281页。

②　李幼平：《宋（金）代编钟及新乐议制编年》，《大晟钟与宋代黄钟标准音高研究》附录，第152页。

钱'"云云,及前有"诏罢大晟府制造所"、后有"诏罢大晟府及教乐所",则"在所"乐工之"所",不当指"大晟府制造所"而实为"大晟府教乐所"。其设立时间据诏书"依未置府以前旧制"云云,知在崇宁四年以前。又据项阳考证,"教乐所"实在北宋立国之初即已设立①。据笔者披览所及,今存宋人文献虽未见北宋初有"教乐所"之名的记载,但其教习雅乐的性质则一,项先生之说可从。另外,王菲菲亦认为:"'教乐所'并不是南宋才设立的音乐机构,早在北宋崇宁年间宋徽宗大兴音乐,并于此期间设立了'教乐所',直到宣和七年十二月罢。"②所见甚是。

冬,致祠于帝鼐,有双鹤回旋于宫架之上。

刘昺《大晟乐论·第三篇》:"越崇宁四年八月庚寅,乐成……明年冬,致祠于帝鼐,殿有甘露,自龙角鬣下降。有诏令乐府官属排设宫架,备三献、九奏以祇谢。景贶曲再作,有双鹤回旋于宫架之上。后再习乐,群鹤屡至。昔黄帝大合乐,有玄鹤六舞于前,盖和声上达而后鹤为之应。《传》曰:'不见其形,当察其影。'世之知音者,鲜矣,而羽物之祥,可卜其声和也。盖声音之和,上系人君之寿考,下应化日之舒长。焦急之声固不可用于隆盛之世。昔李照欲下其律,乃曰:'异日听吾乐,当令人物舒长。'照之乐固未足以感动和气如此,然亦不可谓无其意矣。自艺祖御极,知乐之声高,历一百五十余年,而后中正之声乃定。盖奕世修德,和气熏蒸,一代之乐,理若有待,寿考、舒长之应,岂易量哉?"(《宋朝事实》卷一四,《长编纪事本末》卷一三五)

赵佶《大晟乐记》:"以崇宁四年……置府建官以司掌之。明年冬,备三献、九奏,奉祠鼎鼐,复有双鹤来仪。"(《宋朝事实》卷一四,《长编纪事本末》卷一三五)

按:《宋朝事实》按语云:"案崇宁四年,铸帝鼐、九鼎成。大观间,御制《大晟乐记》云:明年冬,备三献九奏,奉祠鼎鼐,后有双鹤来仪。不言甘露降,则此特昺之饰说也",是。

---

① 项阳:《轮值轮训制——中国传统音乐主脉传承之所在》,《中国音乐学》2001年第2期。

② 王菲菲:《论南宋音乐文化的世俗化特征及其历史定位》,上海音乐学院博士学位论文2006年油印本,第45页。

王安中《贺甘露翔鹤表（祠于黝鼎之宫，有甘露降。奏乐，致谢。双鹤飞翔于帝霤殿上。）》：“臣某言：作乐告成，先民时若。制器尚象，惟圣为能。宜协气之横流，致嘉祥之并至。（中贺。）恭惟皇帝陛下，高厚配于天地，孝悌通于神明。凡文武齐圣以起治功，皆绪余土苴以为天下。厥有因革，其尽精微。贡九牧以昭神奸，珍符来寓；方一变而致羽物，邃古有稽。共欣不世之逢，是为太平之象。臣任叨紫塞，阻陪鹓鹭之班；目断彤廷，徒结云天之恋。臣无任。”（《初寮集》卷五）[①]

按：“臣任叨紫塞，阻陪鹓鹭之班”云云，当为代作，时王安中为大名县主簿。此《表》当作于崇宁五年冬。“祠于黝鼎之宫，有甘露降。奏乐，致谢。双鹤飞翔于帝霤殿上”云云，与“方一变而致羽物”相合，疑小注为撰《表》时语，非为后加。

王与之上《黄帝崇天祀鼎仪诀》。郑居中等请用以修《祭鼎仪范》，诏从之。

《宋史》卷一〇四《礼志七》：“崇宁四年八月，奉安九鼎，以蔡京为定鼎礼仪使。帝幸九成宫酌献。九月朔，百官称贺于大庆殿，如大朝会仪。郑居中言：‘亳州太清宫道士王与之进《黄帝崇天祀鼎仪诀》，皆本于《天元玉册》、《九宫太一》，合于汉津所授《上帝锡夏禹隐文》，同修为《祭鼎仪范》，修成《鼎书》十七卷，《祭鼎仪范》六卷。’先是，诏曰：‘九鼎以奠九州，以御神奸，其用有法，后失其传。阅王与之所上《祀仪》，推鼎之意，施于有用，盖非今人所能作。去古绵邈，文字杂揉。可择其当理合《经》，修为定制，班付有司。’至是书成。并以每岁祀鼎常典，付有司行之。”

《宋会要·礼》五一之二二、二三：“大观元年十一月十四日，郑居中等言：‘奉诏亳州大（太）清宫王与之进《黄帝崇天祀鼎仪诀》，今（令）臣等参详可与不可施行。臣等窃考其说，皆本于《天元玉册》、《九宫太一》，与魏汉津制度相合。其间论五运、六气胜（盛）衰、胜复，以五行相克制，亦合于汉津所授《上帝锡夏禹隐文》。乞修为《祭鼎仪范》，时出而用之。今修成《鼎书》十七卷。《祭鼎仪范》六卷，乞颁降每岁祀鼎常典，付有司施

---

①　王安中：《初寮集》卷五《贺甘露翔鹤表》。又见《全宋文》，第146册，第266页。

行。'……先是,议者请:'用王与之献《皇(黄)帝崇天祀鼎仪诀》,并《上帝锡夏禹隐文》,同修为《祭鼎仪范》。'内出手诏曰:'九鼎以奠九州,以御神奸,其用其(有)法,后失其传。阅王与之所上《祀仪》,推鼎之意,施于有用,盖非今人所能作。去古绵邈,文字杂揉,可依所请,择其当理合《经》,修为定制,颁付有司。'乃命居中等刊修。至是书成来上,故有是诏。"

按:《全宋文》收作《王与之所请修鼎制手诏》[①],乃误,当为"郑居中所请"。今考诏书所谓"王与之《祀仪》",即"王与之《黄帝崇天祀鼎仪诀》"。又,徽宗手诏"九鼎以奠九州,以御神奸"云云,与王安中《贺甘露翔鹤表》"贡九牧以昭神奸,珍符来寓"相合。《表》作于崇宁五年冬,《诏》既有"阅王与之所上《祀仪》",则上《黄帝崇天祀鼎仪诀》当在此前。

时"祀蕭鼎"作为重要仪式规范,日渐进入议事日程。议者请用王与之《黄帝崇天祀鼎仪诀》、魏汉津《上帝锡夏禹隐文》,同修为《祭鼎仪范》,约在此时之后。大观元年十一月郑居中等已修成"《鼎书》十七卷、《祭鼎仪范》六卷",知"议者请"云云,当在此前。据《宋史·礼志七》"郑居中言'同修为《祭鼎仪范》'"及《宋会要·礼》五一之二二、二三"议者请'同修为《祭鼎仪范》'"推测,知"议者"即郑居中本人。大观元年正月十三日,朝廷"复置"议礼局于尚书省,郑居中为详定官(《政和五礼新仪》卷首《尚书省牒议礼局》,《长编纪事本末》卷一三三)。其请修《祭鼎仪范》即在此前,诏令参详王与之《黄帝崇天祀鼎仪诀》"可与不可施行",或在稍后。

十二月之前,魏汉津卒于京师。

《宋会要·仪制》一三之八:"魏汉津,崇宁五年十二月,赠太中大夫,以尝造九鼎,作大乐,故特褒赠。"

《宋史》卷四六二《魏汉津传》:"(崇宁四年)八月,大晟乐成。徽宗御大庆殿受群臣朝贺,加汉津虚和冲显宝应先生,颁其《乐书》天下。……未几,死。京遂召宗尧为典乐。复欲有所建,而为田为所夺,语在《乐志》。后即铸鼎之所建宝成殿,祀黄帝、夏禹、成王、周召,而良、汉津俱配食。谥汉津为嘉晟侯。"

《通鉴续编》卷一一:"(崇宁四年)九月,以九鼎成,受贺于大庆殿,赐

① 曾枣庄等主编:《全宋文》,第164册,第75页。

方士魏汉津号嘉成侯,作宝成宫。(帝以九鼎成,受贺于大庆殿。诏于铸鼎之地作宝成宫,置殿以祠黄帝、夏禹、周成王、周公旦、召公奭,置堂以祀唐李良及魏汉津。赐汉津号嘉成侯。汉津寻死于京师,年九十矣。)"

《续资治通鉴》卷八九:"(崇宁四年九月乙未朔)赐魏汉津号嘉成侯。于铸鼎之地作宝成宫,置殿以祠黄帝、夏禹、周成王、周公旦、召公奭,置堂以祀唐李良及汉津。汉津寻死于京师,年九十矣。"

《长编拾补》卷二五:"《长编纪事本末》:(崇宁四年)九月乙未朔,以九鼎成,御大庆殿受贺,始用新乐。(卷一二八,又卷一三五)【案】《通鉴续编》云:帝以九鼎成,受贺于大庆殿。诏于铸鼎之地作宝成宫,置殿以祠黄帝、夏禹、周成王、周公旦、召公奭,置堂以祀唐李良及魏汉津。赐汉津号嘉成侯。汉津寻死于京师,年九十矣。"

按:《宋史》本传、《通鉴续编》、《续资治通鉴》、《长编拾补》载魏汉津卒年于"崇宁四年",乃为"联书体",不可视为准确系年。

《全宋文·魏汉津小传》:"(崇宁)五年十二月卒,赠太中大夫,谥嘉晟侯,配食宝成殿昭应堂。著有《大晟乐书》"。①云魏汉津"(崇宁)五年十二月卒",乃据《宋会要·仪制》一三之八而定,当是。然既是"褒赠",当有议"赠"、审批之手续,疑卒于崇宁五年十二月之前。

凌景埏云:"是岁(崇宁四年)冬汉津卒,赐谥'嘉晟侯'。又于铸鼎之地,作宝成宫,置殿以祠黄帝、夏禹、周成王、周公旦、召公奭,置堂以祀唐李良及汉津焉。"原注:"《续通鉴》(卷八十九),谓朝庆日赐号作宫,恐误。"又云:"(崇宁四年)十一月,魏汉津卒,年九十,赐号'嘉晟侯'。"原注:"《御批通鉴纲目续编》卷九。"②今查《御批续资治通鉴纲目》卷九:"(崇宁四年冬十一月)方士魏汉津死,赐号嘉成侯。"凌先生乃据此立论。然未知《御批续资治通鉴纲目》所据何书。

今考"赐嘉成侯"、"作宝成宫"均在魏汉津死后。魏汉津赐嘉晟侯则在其后数年。《宋会要·礼》五一之二四:"大观三年四月,诏:'以铸鼎之地作[作](按:原文衍"作"字)宝成宫,总屋七十一区,中置殿曰神灵,以祠黄帝。东庑殿曰成功,祀夏后氏。西庑殿曰特(持)盈,祀周成王及周公旦、召公奭。后置堂曰昭应,祀唐李良及隐士嘉成侯魏汉津。'"则大观

---

①　曾枣庄等主编:《全宋文》,第46册,第145页。

②　凌景埏:《宋魏汉津乐与大晟府》,凌景埏、谢伯阳校注:《诸宫调两种》附录,第261页,第287页,第280页,第293页。

三年四月魏汉津方才谥为嘉晟侯,获祀于宝成宫昭应堂,其时魏汉津已死后三年。《宋史·魏汉津传》叙其事历颇有次序,云:"未几死……后即铸鼎之所建宝成殿,祀黄帝、夏禹、成王、周、召,而良、汉津俱配食。谥汉津为嘉晟侯。"则魏汉津生前只赐号"虚和冲显宝应先生",秩比中散大夫;死后,方特赠太中大夫;又数年后方谥嘉晟侯。

又,《大晟乐书》亦非魏汉津著,考详下。

以九鼎告成,原翰林书艺局艺学吴端,升为翰林书艺局砑纸待诏。九鼎推恩及定鼎、押乐之类,史臣讥为"滥赏"。

慕容彦逢《翰林书艺局艺学吴端可翰林书艺局砑纸待诏制》:"敕:具官某,九鼎告成,当推庆赏。与兹恩典,于尔为荣。执技翰林,无替勤恪。可。"(《摘文堂集》卷五)

按:慕容彦逢两为中书舍人,一在崇宁二年至三年春,一在崇宁五年至大观元年春(《摘文堂集》附录《慕容彦逢墓志铭》)。又,九鼎告成推恩转官在崇宁四年九月十一日乙巳(详上),知《翰林书艺局艺学吴端可翰林书艺局砑纸待诏制》作于崇宁五年底至大观元年初,盖因九鼎推赏至小官,或较迟之故也。

又,《要录》卷九二:"绍兴五年八月壬寅朔,权吏部侍郎张致远言:'臣窃惟靖康之变,议者追咎异时首祸之由,故于仕进,则有讨论之式;于赏典,则有泛滥之目。中间缘施行过差,武臣特免讨论。往往以宣和之前所得滥赏,陈乞收使,虽泛滥之目仍在,而有司按文摘句,放行已多。如后苑作排办彩山、抚定燕云、定鼎押乐之类,虽不著之事目,然三尺童子,亦知其为滥赏明矣。兼臣向见当时执政大臣,犹有陈乞所得恩例者。或即从其所请,或旋被缴驳,此尤无谓。臣愿特降睿旨,应宣和以前所得上项酬赏,并当时执政大臣所得恩例未经收使者,一切勿行。其敢辄有陈请,重寘典宪。盖国事如许,而臣下尚忍言赏,非所以示训也。'乃诏:'应收使宣和以前酬赏,如后苑作排办彩山、抚定燕云、定鼎押乐之类,令吏部申,听朝旨。'余从之。"考"抚定燕云"在宣和四年(详下),所谓"宣和之前所得滥赏",包括"定鼎押乐之类",实在崇宁四、五年间。就连书艺局小官吴端都以九鼎推恩获"推庆赏"、"与兹恩典",史臣讥为"滥赏",宜矣,至绍兴五年八月臣僚"陈乞收使"云。

大观元年(1107)丁亥

正月十三日庚子,复置议礼局于尚书省,以翰林学士郑居中为详定官,兵部尚书薛昂为详议官,考功员外郎周邦彦、起居郎刘涣、秘书丞胡伸、校书郎俞棁为检讨官。或云刘昺领其事者,乃非。

《宋史》卷二〇《徽宗本纪二》:"(大观元年正月)庚子,复置议礼局于尚书省。"

《宋会要·职官》五之二一:"(大观元年正月十三日,御笔)议礼局依旧于尚书省置局,仍差两制二员详议、属官五员检讨。应缘礼制,可具本末议定,进呈取旨,朕将亲览。"

《长编纪事本末》卷一三三:"大观元年正月庚子,御笔:'议礼局依旧于尚书省置局,仍差两制二员详议、属官五员检讨。应缘礼制,可据(具)本末议定取旨。'"

《政和五礼新仪》卷首《御笔指挥》:"大观元年正月一日,奉御笔手诏:礼以辨上下,定名分,贵不以逼,贱不敢废。自三代以迄于今,宫室之度,器服之用,冠婚之义,祭享之节,卑得以逾尊,小得以陵大,国异家殊,无复防范。在昔神考,亲策多士,命官讨论。父作子述,朕敢忽哉?夫治定制礼,百年而兴,于兹其时,可以义起。宜令三省依旧置司,差官讲求闻奏,朕将观览。因今之材而起之,以追法先王,而承先志。故兹诏示,相宜知悉。"①

按:《宋代官制辞典》:"议礼局大观元年正月十三日设于尚书省。"②据《宋会要·职官》五之二一:"(大观元年正月十三日,御笔)议礼局依旧于尚书省置局。"(《长编纪事本末》卷一三三略同)又据前引大观元年七月议礼局札子所谓"乃者既成雅乐,于是又诏修五礼"(《政和五礼新仪》卷首),知在新乐成后不久,又置官设局议礼,约在崇宁四年三月至八月

---

① 按:《全宋文》收作《令三省置议礼司讲求礼制闻奏诏》(第164册,第77页)。
② 龚延明:《宋代官制辞典》,第191页。

间。《通鉴续编》一一所谓"置议礼局于尚书省"在"崇宁四年三月",又言"以给事中刘昺领其事",《御笔指挥》所谓"(大观元年正月一日)宜令三省依旧置司,差官讲求闻奏"(《政和五礼新仪》卷首),知"崇宁议礼局"曾一度罢废,至大观元年又重新恢复。

又,《全宋文》据《宋会要·职官》五之二一收作《议礼局依旧于尚书省置局御笔》,标点为"仍差两制二员、详议属官五员,检讨应缘礼制"①。乃误。据《宋代官制辞典》:"议礼局大观元年正月十三日于尚书省置。执政官兼领。设详议官、检讨官、承受官、检阅文字官、杂务官。"②知"详议"、"检讨"均为官名,详议官2员,以"两制"兼任;检讨官5员,则为"属官"。

关于议礼局定员编制之形成,《长编拾补》卷二七"大观元年正月庚子"条:"《黄葆光传》:自崇宁后,增朝士兼局多,葆光以为言。乃命蔡京裁定,京阳请一切废罢,以激怒士大夫,葆光言:'如礼制局详议官至七员,检讨官至十六员,制造局至三十余员,岂不能省去一、二,上副明天子之意?'时皆壮之。[案]比定属官为两员、为五员,当日葆光奏而议减七为二,减十六为五也。"认为初始"详议官至七员,检讨官至十六员",经黄葆光"奏而议减七为二,减十六为五"。今按:除《黄葆光传》"礼制局"当为"议礼局"之误外,《长编拾补》所说均可从。考《宋史·黄葆光传》:"自崇宁后,增朝士兼局多,葆光以为言。乃命蔡京裁定,京阳请一切废罢,以激怒士大夫,葆光言:'如礼制局详议官至七员,检讨官至十六员,制造局至三十余员,岂不能省去一、二,上副明天子之意?'时皆壮之。"(《东都事略》卷一〇五《黄葆光传》同)未言其时。《通鉴续编》卷一一:"(崇宁四年乙酉)三月,以赵挺之为尚书右仆射。……罢左司谏黄葆光。(葆光为左司谏,始莅职,即言三省吏猥多,乞非元丰旧制者,一切革去。帝命厘正之,一时士论翕然。蔡京怒其异己,密白帝降内批云:'当丰亨豫大之时,为衰乱减损之计。'徙为符宝郎。)"系于崇宁四年,乃非。高斯得《轮对奏札》:"政和间,谏官黄葆光上疏请裁抑省吏。朝廷方为施行,忽降御笔手诏云:'于丰亨豫大之时,为五季衰乱裁损之计。'诏下,葆光移符宝郎。"(《耻堂存稿》卷一)《宋史纪事本末》卷一一:"(政和七年)十二月,窜侍御史黄葆光于昭州。初,葆光为左司谏,始莅职,即言三省吏猥多,乞非元丰旧制者一切革去。帝命厘正之,一时士论翕然。蔡京怒其异己,密白帝降内批,云:'当丰亨豫大之时,为衰乱减省之计。'徙为符宝郎。"则系于"政和间"、"政和七年",亦非。当从《长编拾补》系于大观元年。

《长编拾补》卷二七"大观元年正月庚子"条:"【案】《宋史本纪》及《东

---

① 曾枣庄等主编:《全宋文》,第164册,第80页。
② 龚延明:《宋代官制辞典》,第191页。

都事略》：正月戊子朔，置议礼局于尚书省。……命详议官具礼本末，议定请旨，以给事中刘昺领其事。"

《长编纪事本末》卷一三三："（大观元年）二月壬戌，议礼局言：'臣等伏以功成作乐，治定制礼……乃者既成雅乐，于是又置官设局，讲修五礼……'从之。己巳，起居郎刘焕、秘书丞胡伸、校书郎俞㮚，并为议礼局检讨官。从详定官翰林学士郑居中等奏请也。"

《宋史》卷四四四《周邦彦传》："周邦彦，字美成，钱塘人。……历校书郎，考功员外郎，卫尉、宗正少卿，兼议礼局检讨。以直龙图阁知河中府。徽宗欲使毕《礼书》，复留之逾年，乃知龙德府，徙明州。入拜秘书监，进徽猷阁待制，提举大晟府。未几，知顺昌府，徙处州。卒，年六十六。赠宣奉大夫。邦彦好音乐，能自度曲，制乐府长短句，词韵清蔚，传于世。"（《东都事略》卷一一六《周邦彦传》略同）

　按："以给事中刘昺领其事"云云，实在崇宁四年三月至八月间（详上）。大观元年正月庚子"复置议礼局于尚书省"，"领其事"者当为郑居中而非刘昺。今考《长编纪事本末》卷一三三，知议礼局详定官为郑居中，以翰林学士兼任；详议官有薛昂，以兵部尚书兼任（《长编纪事本末》卷一三三）；检讨官有周邦彦、刘焕、胡伸、俞㮚等，以小侍从官及馆阁官兼任。此为大观元年任官情况。

《宋会要·职官》五之二二："（大观四年）十二月二十八日，诏：'议礼局编修《礼书》了毕，详议官白时中、姚祐、汪澥、蔡薿、宇文粹中，承受【官】贾详（祥），检讨官周邦彦、胡伸、张邦光、孙元宾、李邦彦、王俣、张淙（潨）、丁彬、郭昭（熙），杂务官段处信，兼管杂务赵彦通，各展两官。内选人及三考，依条改合入官，仍展一官；不及三考，比拟循资，并与堂除差遣一次，仍依旧在局。经修书官详议官刘正夫、薛昂、张阁、强渊明、俞㮚、慕容彦逢、刘焕、沈锡、何昌言、林摅，检阅文字【官】张子谅、李师明各转一官。余专（转）官资、减磨勘、支给有差。内有碍正法改展不行者，并依制回授有官资有服亲属。'"

《政和五礼新仪》卷首《尚书省牒议礼局》："故牒：政和三年四月二十九日牒，通议大夫守右丞薛、大中大夫守左丞侯、少傅太宰太师鲁国公蔡，政和三年四月日进呈。宣教郎、议礼局检讨官臣郭熙,朝奉郎、充权枢密院编修官、充议礼局检讨官臣丁彬,朝散郎、秘书省校书郎、充议礼局检讨官、编修《六典》检阅文字臣王侯,奉议郎、秘书省校书郎、充议礼局检讨官、编修《六典》检阅文字臣莫俦,朝奉郎、八行在、尚书吏部员外郎、充议礼局检讨官臣李邦彦,奉议郎、守符宝郎、充议礼局检讨官、编修《国朝会要》所检阅文字、赐绯鱼袋臣叶著,朝散郎、试秘书少监、《国史》编修官、充议礼局检讨、编修《六典》臣苏恒,朝议大夫、试尚书兵部侍郎、同修《国史》、充议礼局详议官、河南县开国公食邑五百户臣宇文粹中,朝散大夫、试尚书礼部侍郎、同修《国史》、充议礼局详议官、陈留县开国公食邑三百户臣张澋,朝议大夫、试尚书吏部侍郎兼详定司勅令所、充议礼局详议官、东明县开国公食邑五百户臣刘焕,翰林学士承旨、大中大夫、知制诰兼侍读、监修《国史》、充议礼局详议官、虢略县开国伯食邑九百户臣强渊明,中奉大夫、试刑部尚书兼侍讲、充议礼局详议官、河南县开国子食邑六百户臣慕容彦逢,通议大夫、试刑部尚书兼侍讲、充议礼局详定官、南阳县开国伯食邑九百户臣白时中,特进、知枢密院事、荥阳郡开国公食邑四千七百户实封八百户臣郑居中。”

《直斋书录解题》卷六:“《政和五礼新仪》二百四十卷,《目录》五卷。议礼局官:知枢密院郑居中,尚书白时中、慕容彦逢,学士强渊明等撰。首卷祐陵御制序文,次九卷《御笔指挥》,次十卷《御制冠礼》,余二百二十卷,局官所修也。”

按:此分别为大观四年、政和三年任官情况。大观四年“编修《礼书》了毕”时,议礼局详议官为白时中、姚祐、汪澥、蔡薿、宇文粹中、刘正夫、薛昂、张阁、强渊明、俞㮚、慕容彦逢、刘焕、沈锡、何昌言、林摅,检讨官有周邦彦、胡伸、张邦光、孙元宾、李邦彦、王侯、张澋(澋)、丁彬、郭昭(熙)、张子谅、李师明,承受【官】贾详(祥),杂务官段处信,兼管杂务赵彦通。政和三年进呈《政和五礼新仪》时,议礼局详定官为郑居中、白时中,分别以知枢密院事、刑部尚书兼任;详议官有宇文粹中、张澋、刘焕、强渊明、慕容彦逢,分别以兵部侍郎、礼部侍郎、吏部侍郎、翰林学士承旨、刑部尚书兼任;检讨官有郭熙、丁彬、王侯、莫俦、李邦彦、叶著、苏恒,分别以宣教郎、充权枢密院编修官、校书郎、吏部员外郎、守符宝郎、试秘书少监等兼任。但据考,议礼局官皆有定制,如详议官2员、检讨官5员(详上),知大观四年

"议礼局编修《礼书》了毕"时,详议官15员,检讨官11员,远远超过议礼局任官编制,乃为多任官员在书成后的总嘉奖令,其实并非同时任职。政和三年进呈《政和五礼新仪》时议礼局任官亦复如此。

同日,甘露降于帝鼐内。

《宋史》卷二〇《徽宗本纪二》:"(大观元年正月庚子)甘露降于帝鼐内,群臣称贺。"

《续资治通鉴》卷九〇:"(大观元年正月庚子)甘露降于帝鼐中,群臣称贺。"

按:有关甘露降于帝鼐内之事,亦见于崇宁五年冬致祠于帝鼐时。刘昺《大晟乐论·第三篇》:"越崇宁四年八月庚寅,乐成……明年冬,致祠于帝鼐,殿有甘露,自龙角鬣下降。"(《宋朝事实》卷一四,《长编纪事本末》卷一三五)《宋朝事实》按语云:"案崇宁四年,铸帝鼐、九鼎成。大观间,御制《大晟乐记》云:明年冬,备三献九奏,奉祠鼎鼐,后有双鹤来仪。不言甘露降,则此特昺之饰说也。"(卷一四)据此,大观元年正月庚子"甘露降于帝鼐内"云云,亦为"饰说",不足信也。

春社日,祀社稷,用大晟乐。

《宋史》卷一三七《乐志十二》载《大观祀社稷九首》:

迎神,《宁安》　黄钟二奏　惟土之尊,民食资焉。阴祀昭格,牲牢腥膻。有功于民,告其吉蠲。神之来享,云车翩翩。

太簇角二奏　惟穀之神,函育无穷。百嘉蕃殖,民依厥功。严饬坛墠,威仪肃雍。神之来享,祈于登丰。

姑洗徵二奏　猗欤那欤,生养斯民。家给人足,时底熙纯。祗严明禋,于荐苾芳。粢盛丰洁,神乃有闻。

南吕羽二奏　笾豆斯陈,三牲告幽。报本之礼,答神之休。来歆芬香,丰登于秋。仓箱千万,治符成周。

初献升降,《正安》　崇崇广坛,严恭祀事。威仪孔时,周旋进止。锵若环佩,诚通于幽。相于农植,邦其咸休。

奠币,《嘉安》 于嘻阴祀,封土惟崇。于时之吉,歆予鼓钟。柔静化光,人赖其功。陈兹量币,百货是隆。

酌献,《嘉安》 坤元生物,功利相宣。蠲兹祀事,美报致虔。清酤芬如,灵坛肖然。酌尊奠觞,神其格焉。

亚终献,《文安》 荐嘉亶时,洋洋来格。载登兹坛,齐明维敕。神用居歆,顺成农稿。其崇若墉,其比如栉。

送神,《宁安》 尊罍芬香,威仪肃雍。灵心嘉止,洋洋交通。神归降禧,年斯屡丰。仓箱千万,慰予三农。

按:《宋史·乐志四》:"(大观元年五月)又诏曰:'乐作已久,方荐之郊庙,施于朝廷,而未及颁之天下。'"《政和五礼新仪》卷首:"本局札子:臣等窃以国家祈报社稷,崇奉先圣,上自京师,下逮郡邑,以春秋上下(丁)社日行事。然大社、太学献官祝礼,皆以法服。至于郡邑,则用常服。……大观元年七月十六日奉御书,可依所奏。"知大观元年七月前"祈报社稷"即已用大晟乐。《宋史·乐志四》:"三京、帅府等每岁祭社稷、祀风师、雨师、雷神、释奠文宣王,用登歌乐,陈设乐器,并同每岁大、中祠登歌。"(《政和五礼新仪》卷六、《文献通考·乐考十三》同)虽为政和三年所上"登歌乐"仪制,然亦可推知大观间用乐场面。

《政和五礼新仪》载祀社稷用大晟乐节次甚详,如:"次乐工升东阶,各入就位。……《宁安之乐》作,八成止。……次引初献诣社坛盥洗位,《正安之乐》作。(凡初献升降、行止,皆作《正安之乐》。)……《嘉安之乐》作,次引祝诣神位前。……《嘉安之乐》作,执事者以爵授初献。……《文安之乐》作,执事者以爵授亚献。……送神,《宁安之乐》作,一成止。"(卷九三《州县祭社稷仪》)与《宋史·乐志十二》同。

诏令大晟府乐工教习太学、辟雍诸生。

刘昺《大晟乐书》:"圣上稽帝王之制,而成一代之乐。以谓帝舜之乐,以教胄子,乃颁之于宗学。成周之乐掌于成均,乃颁之府学、辟雍、太学,而三京、【四辅】(引者按:原脱,据补)、藩邸(引者按:当为"藩府"之误),凡祭祀之用乐者,皆赐之。于是中、正之声被天下矣。"(《宋史》卷一二九《乐志四》)

赵佶《大晟乐记》:"乃按习于宫掖,教之国子,用之太学、辟雍,颁之三

京、四辅以及藩府焉。及亲笔手诏，布告中外，以成先帝之志，不其美欤？"（《宋朝事实》卷一四，《长编纪事本末》卷一三五）

《宋会要·乐》三之二六："（大观二年八月）十一日，臣僚上言：大观之初，有诏令大晟府乐工教习太学、辟雍诸生，每月习学三日。其已习者曰登歌，逐色名数十有八；其未习者曰宫架，逐色名数三十。近选国子生教习文、武二舞，以备词（祠）祀先圣。"

按：凌景埏云："（大观元年五月九日）又诏令大晟府乐工教习太学、辟雍诸生。""（大观元年）诏令大晟府乐工教习太学、辟雍诸生。"[1]凌氏系"诏令大晟府乐工教习太学、辟雍诸生"于大观元年，乃是，今从之。但查其前者紧接"五月九日，始诏令大晟府颁行天下"之诏书后，后者列入"五月九日甲午，诏令大晟府议颁新乐于天下"之前，两者系年虽同，但具体时间却有异。两者均未加注，不知所据何书？据其书附录："本文征引，除加注外，均见《宋史·乐志》。"[2]今查《宋史·乐志》，实未言大观元年五月九日之前或之后"诏令大晟府乐工教习太学、辟雍诸生"，其所据实为《宋会要·乐》三之二六"大观之初，有诏令大晟府乐工教习太学、辟雍诸生"。李幼平《编年》从凌氏后一说[3]。

《宋会要·乐》三之二六"大观之初，有诏令大晟府乐工教习太学、辟雍诸生，每月习学三日"，据大观元年七月议礼局札子称"然大（太）社、太学献官、祝、礼，皆以法服"（《政和五礼新仪》卷首），又据大观元年十一月强渊明等奏"……乞俟书（《大晟乐书》）成日，颁之庠序，使承学之士得以推求义训"（《宋会要·乐》五之二〇），均为大观元年大晟乐颁之于辟雍、太学的佐证。今考诸史料，知"诏令大晟府乐工教习太学、辟雍诸生"在大观元年五月九日之前。据《大晟乐记》"教之国子，用之太学、辟雍，颁之三京、四辅以及藩府焉"，知颁之辟雍、太学，乃在"三京、四辅以及藩府"前。考大晟乐颁之"三京、四辅以及藩府"在大观元年五月（详下），可推知颁之辟雍、太学及诏令大晟府乐工教习当在此前。

又，刘昺《大晟乐书》"……帝舜之乐，以教胄子，乃颁之于宗学。成周之乐掌于成均，乃颁之府学、辟雍、太学"云云，当为"联书体"。今考"宗学"颁大晟乐在大观元年五月以

---

①　凌景埏：《宋魏汉津乐与大晟府》，凌景埏、谢伯阳校注：《诸宫调两种》附录，第262页，第281页。

②　凌景埏：《宋魏汉津乐与大晟府》，凌景埏、谢伯阳校注：《诸宫调两种》附录，第286页。

③　李幼平：《宋（金）代编钟及新乐议制编年》，《大晟钟与宋代黄钟标准音高研究》附录，第152页。

后，而习大晟乐在"政和初"（详下），"府学"置于大观元年十二月丁酉[①]，知"府学"颁大晟乐当在大观元年十二月之后，至少也应在辟雍、太学之后。刘昺《大晟乐书》"颁之府学、辟雍、太学"云云，于时间先后笔法不够严谨。

五月九日甲午，诏令大晟府议颁新乐，先降三京、四辅及二十八帅府。

《宋史》卷一二九《乐志四》："（大观元年五月）又诏曰：'乐作已久，方荐之郊庙，施于朝廷，而未及颁之天下。宜令大晟府议颁新乐，使雅正之声被于四海，先降三京、四辅，次帅府。'"

《宋会要·乐》五之二〇："大观元年五月九日，诏：'乐作已久，方荐郊庙，施于朝廷，而未及颁之天下。宜令大晟府议颁新乐，使雅正之声被于四海，先降三京、四辅，次帅府。'"

按：李文郁《大事记》："（崇宁五年）诏大晟府礼官议颁新乐。"[②]乃从《宋史·乐志四》依样而编，又添"大晟府礼官"云云，实误。凌景埏云："此诏《宋史·乐志》列入崇宁五年。当从《玉海》及《宋会要》在大观元年五月。"[③]《宋史·乐志四》校勘记："'又诏曰'，据本书卷二〇《徽宗纪》、《宋会要·乐》五之二〇，此系大观元年五月诏，《志》舛入上年。"[④]《全宋文》收作《令大晟府议颁新乐诏》，作"大观元年五月九日"[⑤]。李幼平《编年》作"（大观元年）五月"[⑥]。乃是，今从之。

陈梦家云："崇宁四年，开始制造大晟乐。……政和三年五月三十日'行大晟新乐'……政和七年十二月，因金军南侵，罢大晟府……新乐的施用以至罢府只有五年。"[⑦]乃不知大观元年议颁大晟雅乐于天下，并已先颁于三京、四辅及二十八帅府，且不知政和三年"行大晟新乐"为推行大晟燕乐，而断"新乐的施用以至罢府只有五年"，乃非。

今考诸史言"颁大晟乐于天下"，亦稍笼统。《宋史·徽宗本纪二》："（大观元年五月）甲

---

①　按：《宋史》卷二〇《徽宗本纪二》："（大观元年十二月）丁酉，置开封府府学。"

②　李文郁：《大晟府考略·大晟府大事记》，《词学季刊》第二卷第二号（1935年1月），第506页。

③　凌景埏：《宋魏汉津乐与大晟府》，凌景埏、谢伯阳校注：《诸宫调两种》附录，第288页。

④　中华书局点校本《宋史》，第3025页。

⑤　曾枣庄等主编：《全宋文》，第164册，第95页。

⑥　李幼平：《宋（金）代编钟及新乐议制编年》，《大晟钟与宋代黄钟标准音高研究》，第152页。

⑦　陈梦家：《宋大晟编钟考述》，《文物》1964年第2期。

午,诏班新乐于天下。"《皇宋十朝纲要》卷一七:"(大观元年五月)甲午,诏大晟府颁新乐于天下。"《玉海》卷一〇五:"大观元年五月九日甲午,诏令大晟府颁新乐于天下。"《通鉴续编》卷一一:"(大观元年丁亥夏五月)班大晟乐于天下。"《宋史纪事本末》卷五:"大观元年五月甲午,诏颁新乐于天下。"仔细参校,知实只"颁之三京、四辅以及藩府",而未尝真正颁之天下。上引《宋会要·乐》五之二〇、《宋史·乐志四》"大观元年五月九日,诏:'……宜令大晟府议颁新乐……先降三京、四辅,次帅府'"云云,足可印证。又《政和五礼新仪》卷首载大观元年七月议礼局札子:"今大晟新乐,推行京辅、节镇,而祭服未能如古,臣等窃惑之。……贴黄称:臣等伏观雅乐颁四辅并节镇。今来祭服,欲乞先颁于雅乐去处。其余州郡,候颁乐日,逐旋施行。"赵佶《大晟乐记》:"乃按习于宫掖,教之国子,用之太学、辟雍,颁之三京、四辅以及藩府焉。"均亦只言"颁之三京、四辅以及藩府"、"其余州郡,候颁乐日,逐旋施行",未言"颁之天下"。故华镇《乞颁降州军大乐札子》云:"近者伏见朝廷下大乐局制造三都、四辅大乐,将以播越仁声,通流善教,鼓舞都圻,跻之粹和,此大惠也。某窃以谓今之三都、四辅,即古之乡遂矣。今之州郡,即古之邦国矣。诚以国家之盛,大乐既作,颁之州军,俾岁时以祀享学社,讲修乡射,使四海之内,皆得稔闻仁声,服熟善教,孝恭益明而人伦弥厚,无有内外远近之异,斯民曷胜幸甚。伏惟钧慈,特赐采择。"(《云溪居士集》卷二六)据此,知《玉海》、《宋史·徽宗本纪二》、《通鉴续编》、《宋史纪事本末》"颁大晟乐于天下"云云,不及《宋会要》、《宋史·乐志》"宜令大晟府议颁新乐"严谨。

由"中书省提举制造大乐局所"负责制造颁降三京、四辅、二十八帅府等处大乐。

《宋会要·乐》五之二〇:"(大观)三年八月二十三日,中书省提举制造大乐局所奏:'奉诏制造颁降三京、四辅、二十八帅府等处大乐。官吏、作匠等,及结绝罢局,有劳,可等第推恩。'"

按:据此知"奉诏制造颁降三京、四辅、二十八帅府等处大乐"的具体工作,是由"中书省提举制造大乐局所"负责。这项工作也当在大观元年五月诏"令大晟府议颁新乐"云云(《宋史·乐志四》,《宋会要·乐》五之二〇)同时稍后。

七月十八日壬寅,因大晟新乐推行三京、四辅、二十八帅府,诏颁祭服制度于州郡。

《宋会要·舆服》四之二二:"大观元年七月十六日,议礼局札子:'窃以国家祈谷社稷,崇奉先圣。上自京师,下逮郡邑,以春秋上丁社日行事。然太社、太学献官、祝、礼,皆以法服。至于郡邑,则用常服。岂非因习已久,而未知所以建明欤? 乞诏有司,降祭服于州郡,俾凡祭祀,献官、祝、礼,各服其服。如允所奏,乞降付本局讨论典礼,具合颁名件。'诏以衣服制度颁之,使州郡自制,弊则听其改造,庶简而易成。"

《政和五礼新仪》卷首:"本局札子:臣等窃以国家祈报社稷,崇奉先圣。上自京师,下逮郡邑,以春秋上下(丁)社日行事。然大(太)社、太学献官、祝、礼,皆以法服。至于郡邑,则用常服。岂非因习日久,而未知所以建明欤? 仰惟陛下,若稽前王,绍述先志,百度修明,礼乐备举,太平之功,千载一时。今大晟新乐,推行京辅、节镇,而祭服未能如古,臣等窃惑之。欲望圣明,揆自独断,命有司降祭服于州郡,俾凡祭祀献官、祝、礼,各服其服,以尽事神之仪,以补礼文之缺,以竦动士民之观听,天下幸甚。取进止。贴黄称:臣等伏观雅乐颁四辅并节镇。今来祭服,欲乞先颁于雅乐去处。其余州郡,候颁乐日,逐旋施行。如允所奏,即乞降付本局,讨论典礼,具合颁名件取禀圣裁。大观元年七月十六日奉御书:'可依所奏。以衣服制度颁之,使州郡自制,则听其改造,庶简而易成。'"

按:《宋史·礼志八》:"崇宁,议礼局言:'太学献官、太祝、奉礼,皆以法服。至于郡邑,则用常服。望命有司降祭服于州郡,凡献官、祝、礼,各服其服,以尽事神之仪。'诏以衣服制度放(颁)使州县自造焉。"《文献通考·王礼考八》略同,作"大观中"。《宋史·徽宗本纪二》:"(大观元年七月)壬寅,班祭服于州郡。"汤勤福、王志跃认为,《宋史·礼志八》称"崇宁"有误,又据其核查,《宋会要·舆服》四之二二该条《永乐大典》卷一九七九一仍存,又认为《政和五礼新仪》卷首议礼局札子"春秋上下"之"下"当为"丁"之笔误①。今从之。

又,《政和五礼新仪》诏颁祭服制度于州郡在十六日;《全宋文》据之收作《议礼局奏祭服御笔(大观元年七月十六日)》②。《宋会要·舆服》四之二二议礼局札子在大观元年七月十六日,"诏以衣服制度颁之"则在其后;《宋史·徽宗本纪二》则云大观元年七月壬寅(十八日)"班祭服于州郡",与《政和五礼新仪》不同。

---

① 汤勤福、王志跃:《宋史礼志辨证》,第390页。
② 曾枣庄等主编:《全宋文》,第164册,第103页。

九月二十八日辛亥，大享明堂，用大晟乐。

《宋史》卷一三三《乐志八》载《大观宗祀明堂五首》：

　　奠玉币，《镇安》　交于神明，内心为贵。外致其文，亦效精意。嘉玉既陈，将以量币。肃肃雝雝，惟帝之对。　有邦事神，享帝为尊。内心致德，外示弥文。嘉玉效珍，荐以量币。恭钦伊何，惟以宗祀。

　　配位奠币，《信安》　肇祀明堂，告成大报。颙颙祇祇，率见昭考。涓选休辰，齐明朝夕。于惟皇王，孝思罔极。

　　酌献，《孝安》　若昔大献，孝思惟则。永言孝思，丕承其德。于昭明威，侑于上帝。赉我思成，永绥福祉。

　　配位酌献，《大明》　于昭皇考，大明体神。宪章文思，宜民宜人。严父之道，陟配于天。躬行孝告，有孚于先。

　　按：《宋会要·礼》二四之五七："大观元年九月辛亥，大享明堂，以神宗皇帝配，大赦天下。"小注引《宋史·乐志八》载《大观宗祀明堂五首》，即以此为大观元年九月辛亥大享明堂乐章。乃是。据《宋史·徽宗本纪二》："（大观元年九月）辛亥，飨明堂，大赦天下。"知此乐章五首确为大观元年大享明堂所用。今考崇宁五年九月二十六日诏："大乐新成，将荐祖考。其神宗本室与配位乐章，朕当亲制，以伸孝思追述之志。可令大晟府先考定谱、调、声以闻。"（《宋会要·乐》三之二五）知《大观宗祀明堂五首》当为徽宗亲制，原附"谱、调、声"，《宋史》编撰者删其谱而仅录其文。详见拙著《大晟府及其乐词通考》，兹不赘述。

十一月五日丙辰之前，刘昺受命修《大晟乐书》。

《宋史》卷一二九《乐志四》："（大观四年）八月，帝亲制《大晟乐记》，命太中大夫刘昺编修《乐书》。"

《宋史》卷二〇《徽宗本纪二》："（大观三年）六月甲戌朔，诏修《乐书》。"

《宋会要·乐》五之二〇："（大观元年）十一月五日，大司成强渊明等奏：'伏睹陛下已降睿旨编修《乐书》。乞俟《书》成日，颁之庠序，使承学之士得以推求义训。'从之。"

《通鉴续编》卷一一:"(大观三年己丑)六月,诏修《乐书》。"

《资治通鉴后编》卷九七:"(大观三年五月)丙辰,令辟雍宴用雅乐。六月甲戌朔,诏修《乐书》。"

按:《宋史·乐志四》系刘昺编修《乐书》的时间于大观四年八月,大误。《宋史·徽宗本纪二》言大观三年六月甲戌朔诏修《大晟乐书》,亦与此不合。《通鉴续编》盖从《宋史·徽宗本纪二》,《资治通鉴后编》又从《通鉴续编》,均未加考辨,皆误。

据《宋会要·乐》五之二〇,则大观元年十一月五日前即诏修《大晟乐书》。又《玉海》卷一〇五:"大观三年六月,刘炳上《乐书》二十卷,论八篇,五声、八音、七均、十二律、八十四调、度、量、权、衡、二舞,各有图序,并候气、军律、教乐、运谱四议,共二十卷上之,刊印颁四方。"则大观三年六月奏上《大晟乐书》。

又,《宋史·刘昺传》:"(刘)昺撰《鼎书》、《新乐书》,皆汉津妄出己意,而昺为缘饰,语在《乐志》。累迁给事中。京置局议礼,昺又领之。为翰林学士,改工部尚书,提举《纪元历》,有所损益。为吴执中所论,以显谟阁直学士知陈州。"不叙其"撰《鼎书》、《新乐书》"的时间,然叙此后仕历,皆为大观元年至二年之事。考刘昺"累迁给事中"的时间在崇宁五年[1],"领"议礼局当在此时;为翰林学士在大观元年(《宋会要·职官》六八之一六),大观元年至二年六月刘昺为工部尚书[2]。又,崇宁四年九月乙巳之前,大司乐刘昺就"兼同详定《大乐书》"官(《宋会要·舆服》六之一六),"《大乐书》"即"《大晟乐书》"之前身。故刘昺受命编修《大晟乐书》当在崇宁四年九月设立大晟府后,尤其是崇宁五年九月恢复大晟府建制后至大观元年十一月五日之前的这段时间。

凌景埏、李幼平均定大观元年降旨修《大晟乐书》。凌景埏《宋魏汉津乐与大晟府》云:"(大观元年)降旨修书。"[3]李幼平《宋(金)代编钟及新乐议制编年》从之,云:"(大观元年)降旨修书。"[4]两书定大观元年降旨修《大晟乐书》,均极是。但凌景埏《宋魏汉津乐与大晟府》"年表"条:"(大观元年)十一月十五日丙寅,大司成强渊明等奏:俟《书》成,颁之庠序。

---

① 李之亮:《宋代京朝官通考》,第2册,496页。

② 李之亮:《宋代京朝官通考》,第3册,806页。

③ 凌景埏:《宋魏汉津乐与大晟府》,凌景埏、谢伯阳校注:《诸宫调两种》附录,第293页。

④ 李幼平:《宋(金)代编钟及新乐议制编年》(《大晟钟与宋代黄钟标准音高研究》附录,第152页。

从之。"未言所据,考其附录:"本文征引,除加注外,均见《宋史·乐志》。"①今查《宋史·乐志》未有此段,实为《宋会要·乐》五之二〇,原文为"(大观元年)十一月五日"(详上),凌氏引文又误作"(大观元年)十一月十五日"。

大晟府典乐刘诜上奏补徵调,并参与撰修《大晟乐书》,约在此时前后。

《宋史》卷四四四《刘诜传》:"刘诜,字应伯,福州福清人。中进士第,历莆田主簿,知庐江县。崇宁中,为讲议司检讨官。进军器、大理丞,大晟府典乐。诜通音律,尝上《历代雅乐因革》及《宋制作之旨》,故委以乐事。又言:'《周官·大司乐》禁淫声、慢声,盖孔子所谓放郑声者。今燕乐之音,失于高急,曲调之词,至于鄙俚,恐不足以召和气。宋,火德也,音尚徵,徵调不可阙。臣按古制,旋十二宫以七声,得正徵一调,惟陛下财取。'徽宗曰:'卿言是也,五声阙一不可。《徵招》、《角招》为君臣相说之乐,此朕所欲闻而无言者。卿宜为朕典司之。'他日,禁中出古钟二。诏执政召诜按于都堂。诜曰:'此与今太簇、大吕声协。'命取大晟钟扣之,果应。又曰:'钟击之无余韵,不如石声。《诗》所云依我磬声者,言其清而定也。'复取以合之,声益谐。历宗正、鸿胪、卫尉、太常四少卿。纂《续因革礼》,卒。诜居母丧尽礼,有双芝生墓侧,人以为孝感。"

《重修宣和博古图》卷二五:"是钟与前太簇钟,尝出以命典乐刘诜,扣大晟钟以参验之,与大吕清声适相合,盖六(大)吕之钟也。今考其制作,维声及形,清越而精致,枚甬又特与汉制不同类,其华妙非近世所能为也。"

郭万桯《宋刘太常》:"刘太常者名诜,字应伯,福清县北里人也。……崇宁元年,置讲议局,以大乐之制不协,博求知音之士。诜通音律,为讲议检讨官。三年,罢讲议司,进军器、大理丞。四年,新乐成,赐名大晟,专置大晟府,有典乐官。诜尝上《历代雅乐因革》及《宋制作之音(旨)》,故委以典乐事。又言:'《周官·大司乐》禁淫声慢声,盖孔子所谓放郑声者。今燕乐之音失于高急,曲调之词,至于鄙俚,恐不足以召和气。宋,火德也,于

---

① 凌景埏:《宋魏汉津乐与大晟府》,凌景埏、谢伯阳校注:《诸宫调两种》附录,第281页,第286页。

音尚徵，制不可阙。臣按古制旋十二宫以七声，得正徵一调，惟陛下裁取。'帝曰：'卿言是也，五声阙一不可。《徵招》《角招》为君臣相悦之乐。此朕所欲闻而无言者。卿宜为朕典司之。'大观颁《大晟乐》于天下，及修《乐书》。"（《明文海》卷四一九）

《福建通志》卷四三："崇宁初，置大晟府典乐官，（刘）诜上《历代雅乐因革》及《宋制作之旨》，因言：'今乐音高急，曲鄙俚，恐不足感召和气。宋，火德也，音尚徵。臣按古制，旋十二宫以七声，得正徵一调，似不可缺。'徽宗善其言，即以诜司典乐之职。"

按：《大晟乐书》由工部尚书刘昺领衔撰修，刘诜或为撰写者之一。此事《宋史·刘诜传》失载，除郭万程《宋刘太常》外，亦不见于他书。附此俟考。

彭几因进《乐书》请增徵调，召至大晟府任协律郎。

《宋史》卷一二九《乐志四》："初，进士彭几进《乐书》，论五音，言：'本朝以火德王，而羽音不禁，徵调尚阙。'礼部员外郎吴时善其说，建言乞召几至乐府，朝廷从之。"

《宋会要·乐》五之二〇："（大观二年三月三十日）先是，进士彭几进《乐书》，论五音云：'本朝以火德王，而羽音不禁，徵调尚阙。'时礼部员外郎吴时善其说，建言乞召几至乐府，朝廷从之。"

《玉海》卷一〇五："彭几进《乐书》，论五音云：'本朝以火德王，而羽音不禁，徵调尚阙。'刘诜亦上徵声。大观二年三月三十日，诏：'自唐以来世无徵、角之音，刘诜所上徵声，令大晟府同教坊依谱按习，仍增徵、角二谱。'"

《墨客挥犀》卷六："叔渊材好谈兵，晓大乐。……尝献《乐书》，得协律郎。"小注："渊材，姓彭，名几，即乘之叔也。"

《氏族大全》卷一〇："彭渊材，家宜丰……晓大乐，尝献《乐书》，得协律郎。时洪觉范奇于诗，邹元佐奇于命，渊材奇于乐，号新昌三奇。"

按：彭几为洪觉范（惠洪）之叔而非彭乘之叔（详拙著《大晟府及其乐词通考》）。又，彭几任大晟府协律郎，当始于大观元年，在刘诜上"徵声"之前。因吴时任礼部员外郎实始于大观元年初，而"召（彭）几至（大晟）乐府"则在大观元年，此后一直到政和元年八月左右，彭几都在大晟府任职。又据考，彭几进《乐书》议补徵调当在崇宁末。以上考证，详见拙著《大晟府及其乐词通考》，兹不赘述。

姚公立进《隆韶导和集》一卷，任大晟府按协声律。

《直斋书录解题》卷一四："《隆韶导和集》一卷。保义郎、大晟府案协律姚公立撰。"

《文献通考》卷一八六《经籍考十三》："《隆韶道百和集》一卷。陈氏曰：保义郎、大晟府按协律姚公立撰。"

《通志》卷六四："《隆韶导和集》一卷，姚分立。"

按：四库馆臣云："案《文献通考》题《隆韶道百和集》，误。"见《直斋书录解题》卷一四"《隆韶导和集》一卷"夹注。"姚公立"一作"姚分立"，或为传写之误。王国维《清真先生遗事》云其为"制撰"，未知何据。姚公立任按协声律约在议补"徵调"之后。

时士人求为司乐、协律者甚众。

李新《上许运使书》："某少学书未知用笔法，便谓古人削柎裹粮，盗襄海之虚名。临池柿叶，费汗青之余力。毫童十年，碑下三宿，勤则有之，拙亦甚矣。婉若银钩，飘如惊鸿，微浓疏瘦，自我作古。使为之不已，则今日可籧米元章、李致尧之列。学书不成，去学画，操瓠舐墨，解衣盘礴，十日一水，五日一石，丹青雨露，化洛阳之春，江湖平远，发潇湘之兴。若为之不已，则今日突过贺真、张颜之右。少也多病，九折成医，味黄帝之《灵枢》，绎岐伯之《素问》。于是订浮沈滑，濇以分阴阳，迹阴阳以较虚实，琅玕榆叶，指下有自得之状，张弓操带，意外无可传之法。若为之不已，则今日秦介、曹应，端是流辈。少也不羁，憙习音声，夜月一笛，有牛渚之风流，胡床三弄，得晋人之襟韵。方且求阴山之黍，嶰谷之管，以起黄钟之律，以考子声之妙。使澌钟牛铎，尽入制作，仪凤舞兽，行书简编。若为之不已，则今日司乐、协律，正堪备员。回念太极殿榜，有发白之惊，春菀池鸟，有汗流之辱。巫咸、和缓，与卜祝为伍，则康伯不如货药都市；郑译、阮咸，杂工师并进，则安道不为王门伶人。故退而稽古，以是得官，凡十八年，而官不加进。算计课效，不如前四事之速。奈何底突狂见，得罪流落，闲居八年，寒乞颇堪忍。方崇宁、大观之政，比隆三代。周官之详，讲于太平。芃芃棫朴，成薪槱之材。青青子衿，入俊造之域。以至书画亦有学，医有师，乐有司。某于此时，曾无一长，以窃升斗之禄。他日能事，中道而画，私自惋愤。恭惟某官，以儒缘政，以文起家。卿、云之章，昭回蜀天。甄收人材，亡有遗逸。如某废锢，久溷封部，幸朝廷涵容，漏泉无边，例许叙复。其自新之志，欲涤肠于清，无有滓秽。涪水在此，某不食言。比尝以缪悠之作，为左右赘。其言不根于道，而学不到古，则请复少年之业以求售。脱谓可教，则尽弃其学而学焉。"（《跨鳌集》卷二三）

按："以至书画亦有学，医有师，乐有司"云云，《宋史·徽宗本纪一》："（崇宁三年六月）壬子，置书、画、算学。……辛酉，复置太医局。"《宋史·徽宗本纪二》："（崇宁五年正月）丁巳，罢书、画、算、医四学。壬戌，复书、画、算学。""（大观四年三月庚子）诏：医学生并入太医局，算入太史局，书入翰林书艺局，画入翰林图画局，学官等并罢。"《宋史·徽宗本纪三》："（政和三年十二月）乙卯，诏天下贡医士。""（政和五年正月）己丑，令诸州县置医学，立贡额。"又"故退而稽古，以是得官"云云，李新大观元年遇赦，摄梓州司法参军（详后）。知在崇宁三年（1104）至大观元年（1107）间，士人上书言乐，求为"司乐、协律"者甚众；而李新则"不为王门伶人"、"杂工师并进"，"退而稽古，以是得官"当在大观元年。依此推算，崇宁末、大观初之际，当为士人言乐的高峰期。

《钦定四库全书总目》卷一五五《跨鳌集提要》："宋李新撰。晁公武《读书志》曰：'李新，字符应，仙井人。早登进士第。刘泾尝荐于苏轼，命赋墨竹，口占一绝立就。元符末，上书，夺官，谪置遂州，流落终身。'今考集中《上李承旨书》，称'某叨冒元祐第'，《吊安康郡君词序》称'解褐通籍在元祐庚午'，与公武早登进士之说合。《上皇帝万言书》首称'元符三年五月十一日兴元府南郑县丞李新'云云，《上吴户部书》称'庚辰之初'云云，元符纪元凡三年，止于庚辰，与公武元符末上书之说合。《谢循资启》称'妄投北阙之书，久作南冠之絷'，与公武谪置之说亦合。惟《冯隐士碑阴文》称'崇宁二年，跨鳌居士以言抵罪，羁于武信'，《遗爱碑记》亦称'崇宁初，入遂宁境'，则其谪置在上书后三年。又《与冯德夫手简》称'归来山谷几半岁，时时掖老母登高，指烟云明灭处，正前日羁管所'，则未尝终于谪置。《再与泸南安抚手简》称'祗役新疆，苟摄支邑'，《上郑枢相书》称'陆沉州县三十许年，始以城役改官'。其它转资到任诸《谢启》，虽不能定在何时，而《更生阁记》称'宣和癸卯八月，误恩二郡'，复有《谢茂州到任启》正在是岁，则新斥废以后，仍官至丞倅，亦未尝流落终身，均与公武所记不合。岂宋人重内而轻外，不挂朝籍，即谓之流落耶？新受知苏轼，初自附于元祐之局，故其所上书词极切直。然一经挫折，即顿改初心。作《三瑞堂记》以颂蔡京，《上王右丞书》以颂王安石，《上吴户部书》至自咎前日所言，得疾迷罔，谓白为黑，其操守殊不足道，且所作《韩长孺论》讥其马邑之役，沮前日之议，败今日之功，所以阴解灭辽之失也。作《武侯论》谓其当结魏以图存，所以阴解和金之辱也。无非趋附新局，以冀迁除。公武但记其上书得罪，而不详其后事，亦未免考之未审也。"今考《跨鳌集》除《三瑞堂记》、《上王右丞书》、《上吴户部书》之外，他如《上许运使书》、《上王提学书》、《谢赐大晟乐表》等，亦颇颂大晟乐之制造，"无非趋附新局，以冀迁除"之评，良有以也。所谓"不为王门伶人"，无乃过于高自标树乎？

十四日乙丑，郑居中等修成《鼎书》十七卷，《祭鼎仪范》六卷。诏付有司行之。

《宋史》卷一〇四《礼志七》："郑居中言：'……修成《鼎书》十七卷，《祭鼎仪范》六卷。'先是，诏曰：'九鼎以奠九州……可择其当理合《经》，修为定制，班付有司。'至是书成。并以每岁祀鼎常典，付有司行之。"

《宋会要·礼》五一之二二、二三："大观元年十一月十四日，郑居中等言：'……今修成《鼎书》十七卷，《祭鼎仪范》六卷。乞颁降每岁祀鼎常典，付有司施行。'内出手诏曰：'鼎之为物久矣，其义莫传。比览居中等所上，调（网）罗遗失，稽参制度，合若符契，灿然可观。其论《易》卦，谓应鼎星之象。《易》莫非象也，有取象于天，有取象于地，有取象于人，皆象其一物而已。至鼎则备天、地、人之象，故《易》于鼎独曰象者，此也。可令改正，余依所请。'……至是书成来上，故有是诏。"

《皇宋十朝纲要》卷一七："（大观元年十一月）乙丑，郑居中等上《鼎书》、《祭鼎仪范》。"

十二月九日庚寅，蔡京拜太尉，临轩用乐以《大晟》。

翟汝文《贺拜太尉启》："伏睹制诏，广西蛮峒纳土，置南丹州，幅员万里，司空仆射相公策拜太尉者。临轩用乐，以答元功。告庙册勋，益崇殊典。盖名器以实浮而增重，惟德量故宠至而不惊。戎夏耸闻，神人溢喜。古者天子有道，守在四裔，贤人在朝，折冲千里。维时巨室，必有世臣。使其国势之轻重,系于存亡;人材之盛衰,视其进退。崇堂远地,知廉陛之难攀;猛兽在山,叹藜藿之不采。当今之世,莫我敢承。恭惟司空仆射相公辅翼圣朝,股肱帝室。躬回天之势,而人主不忌;有盖世之略,而天下莫争。乃眷蛮方,悉归舆地。辟国百里,顾争寻常。通道九边,比为狭隘。用能当四辅、三公之冠,专五侯、九伯之征。兼军国之异容,极将相之隆数。来威有克壮之元老,无竞以烈文之辟公。而况今者符贶荐臻,君臣归美,敛嘉祥以敷宏德惠,兴雅颂以文致太平。主上虚己以听公,明公宏度以镇物。协同群后之让,永观晟乐之成,岂如九鼎之安,灵承帝鼐之固。"(《忠惠集》卷九)①

按:《宋史·徽宗本纪二》:"(大观元年)十二月庚寅,以蔡京为太尉。"又"广西蛮峒纳土,置南丹州"云云,《宋史·徽宗本纪二》:"(大观元年十一月)戊寅,南丹州刺史莫公佞降。"

二十四日乙巳后,诏九鼎乐曲各随其方,命学士院撰进逐鼎乐章。

《宋会要·礼》五一之二三:"(大观元年)十二月二十四日,臣僚言:'陛下肇建九宫,增修祀典,迎气用律,以召至和。而逐鼎乐章,尚未修定。乞诏有司,考四时之气候,察五行之盛衰,撰谱制词,各从其方,以镇九州。'内出手诏曰:'九鼎以奠九州,祀事所用乐曲,亦当各随其方,不可概以一律。可依所请,命学士院撰进。'"

按:此在《鼎书》、《祭鼎仪范》颁降之后,又诏修定逐鼎乐章。徽宗此道诏书《宋大诏令集》失收,《全宋文》收作《依臣僚撰九鼎乐章手诏(大观元年十二月)》②。

定祀九鼎用"逐鼎乐章",约在此时前后。

《宋会要·礼》五一之二二《祭鼐鼎》:"(崇宁)四年三月告成。诏于中太一宫之南为【九】殿以奉安。各周以垣,上施睥睨,墁以方色之上(土)。外筑垣环之,名曰九成宫。中央曰帝鼐,其色黄,祭以土王日,为大祠,币

---

① 翟汝文:《忠惠集》卷九《贺拜太尉启》,又见《全宋文》,第149册,第179页。
② 曾枣庄等主编:《全宋文》,第164册,第129-130页。

用黄，乐用宫架。北方曰宝鼎，其色黑，祭以冬至，币用皂。东北曰壮（牡）鼎，其色青，祭以立春，币用皂。东方曰苍鼎，其色碧，祭用春分，币用青。东南曰冈鼎，其色绿，祭以立夏，币用绯。南方曰彤鼎，其色紫，祭以夏至，币用绯。西南曰阜鼎，其色赤（黑），祭以立秋，币用白。西方曰晶鼎，其色赤，祭以秋分，币用白。西北曰魁鼎，其色白，祭以立冬，币用皂。八鼎皆为中祠，乐用登歌，飨用素馔。其乐舞，帝鼐奏《嘉安之曲》，迎神、送神奏《景安》，初献、升降奏《正安》，亚献、终献奏《文安》，文舞[曰]《帝临嘉至之舞》，武舞曰《神娱锡羡之舞》。八鼎皆奏《明安之曲》，迎神、送神奏《凝安》，初献、升降奏《同安》，亚献、终献奏《成安》。四年正月十七日，诏于帝鼐之宫立大角鼎星之祠，以导迎景贶。八月二十日，奉安九鼎。翌日，车架幸九成宫酌献。"

《长编纪事本末》卷一二八："（崇宁）四年三月戊午，宰臣蔡京言：'九鼎告成。'诏于中太一宫之内（南）为九殿以奉安。各周以垣，上施睥睨（埤堄），墁以方色之土。外筑垣环之，名曰九成宫。中央曰帝鼐，其色黄，祭以土王日，为大祠，币用黄，乐用宫架。其北方曰宝鼎，其色白（黑），祭以冬至，币用皂。东北曰牡鼎，其色白（青），祭以立春，币用皂。东方曰苍鼎，其色碧，祭用春分，币用青。东南曰风（冈）鼎，其色绿，祭以立夏，币用绯。南方曰彤鼎，其色紫，祭以夏至，币用绯。西南曰阜鼎，其色黑，祭以立秋，币用白。西方曰晶鼎，其色赤，祭以秋分，币用白。西北曰魁鼎，其色白，祭以立冬，币用皂。八鼎皆为中祠，【乐用登歌】祭飨用素馔。其乐舞，帝鼐奏《嘉安之曲》，迎神、送神奏《景安之曲》，初献、升降奏《正安之曲》，亚献【终献】奏《文安之曲》，文舞[曰]《帝临嘉至之舞》，武舞曰《神娱锡羡之舞》。八鼎皆奏《明安之曲》，迎神、送神奏《凝安之曲》，初献、升降奏《同安之曲》，亚献【终献】奏《成安之曲》。《帝鼐铭》，御制；《八鼎铭》，实京为之。……正月丙戌（十七日），诏于帝鼐宫立大角【鼎】星祠，以导迎景贶。……八月甲申（二十日），奉安九鼎于九成宫。乙酉（二十一日），幸九成宫酌献。"

　　按：《宋史·礼志七》、《文献通考·郊社考二十三》均载，文字与《宋会·礼》五一之二二

《祭蜡鼎》略同，文繁不录。元明清人所编史书，多据此移录。如《通鉴续编》卷一一、《汴京遗迹志》卷八、《御批历代通鉴辑览》卷八〇、《资治通鉴后编》卷九六等。《续资治通鉴》卷八九同《资治通鉴后编》卷九六。《长编拾补》卷二五移录《长编纪事本末》卷一二八及原注。

今考大观元年十二月二十四日后诏命学士院撰进逐鼎乐章，见于《宋史·乐志十》载《祭九鼎十二首》乐章，原文为："帝蜡（土王日祀）降神，《景安》……奉馔，《丰安》……亚、终献，《文安》"、"春分，苍鼎亚、终献，《成安》"、"立夏，罡鼎迎神，《凝安》……亚、终献，《成安》"、"夏至，彤鼎酌献，《成安》"、"立秋，阜鼎酌献，《成安》"、"秋分，晶鼎亚、终献，《成安》"、"立冬，魁鼎迎神，《凝安》……酌献，《成安》"、"冬至，宝鼎奠币，《明安》。"又《文献通考·乐考十六》："祭九鼎：帝蜡，降神《景安》，奉馔《丰安》，亚、终献《文安》。春分，苍鼎，亚、终献《成安》。立夏，罡鼎，迎神《凝安》，亚、终献《成安》。夏至，彤鼎，酌献《成安》。立秋，阜鼎，酌献《成安》。秋分，晶鼎，亚、终献《成安》。立冬，魁鼎，迎神《凝安》，酌献《成安》。冬至，宝鼎，奠币《明安》。（并一章八句。）"亦与此同。《宋史·乐志十》、《文献通考·乐考十六》载《祭九鼎十二首》乐章，其用乐仪制及曲名，实与《政和五礼新仪》卷六八《祀帝蜡仪》载"帝蜡乐舞"、卷六九《祀八鼎仪》载"八鼎登歌乐"完全相同。今比勘《宋会要·礼》五一之二二《祭蜡鼎》载"祭九鼎"曲名及用乐仪制，又与《宋史·乐志十》、《文献通考·乐考十六》、《政和五礼新仪》卷六八、卷六九所载完全相同。故可断定，《宋会要》等所载正是所谓九鼎"各随其方"的"逐鼎乐章"，其用乐仪制非定于崇宁四年而为大观元年十二月二十四日前后。

考《宋会要·礼》五一之二二《祭蜡鼎》载徽宗幸九成宫酌献"至北方曰宝鼎者"云云，在崇宁四年八月二十一日，与其下文宝鼎"祭以冬至"时间不合。据《政和五礼新仪》卷一《序例·辨祀》："冬日至，祀昊天上帝，祭宝鼎。"卷六九《祀八鼎仪》"时日"条："以立春日祀牡鼎于九成宫，关太史局。（春分日祀苍鼎，立夏日祀罡鼎，夏至日祀彤鼎，立秋日祀阜鼎，秋分日祀晶鼎，立冬日祀魁鼎，冬至日祀宝鼎，准此。）"知《宋会要》等诸史所载九鼎按月分祀及用乐仪制，并非崇宁四年八月徽宗酌献九成宫所用，而为修史者采大观元年后所定用乐仪制补入，当为"联书体"。

又据《竹隐畸士集》卷一五《宣和秋分日祭晶鼎六首》："迎神，《凝安》（南吕宫）"、"升、降殿，《同安》（南吕宫）"、"奠币，《明安》（南吕宫）"、"酌献，《成安》（南吕宫）"、"亚、终献，《成安》（南吕宫）"、"送神，《凝安》（南吕宫）"。与《政和五礼新仪》卷六九《祀八鼎仪》牡鼎用乐"迎神，《凝安之乐》三成；初献、升降、行止，《同安之乐》；牡鼎，《明安之乐》；亚献、终献，《成安之乐》；送神，《凝安之乐》一成"完全相同。可知《宋会要》、《长编纪事本末》所载"八鼎皆奏《明安之曲》，迎神、送神奏《凝安》，初献、升降奏《同安》，亚献、终献奏《成安》"，与《宋史·乐志十》、《文献通考·乐考十六》载《祭九鼎十二首》及《竹隐畸士集》卷一五《宣和秋分日祭晶鼎六首》完全吻合。故可考定，所谓九鼎"各随其方"的"逐鼎乐章"，正是《宋会要》、《长编纪事本末》所载。

祀九鼎乐仪，约在此时进呈。

《政和五礼新仪》卷六八《祀帝鼐仪》"奠币"条："次引初献户部尚书，亚、终献俱入就殿庭席位，西向立。礼直官稍前，赞曰：'有司谨具，请行事。'协律郎跪，俯伏，举麾，兴，工鼓柷，宫架作《景安之乐》《帝临嘉至之舞》六成。偃麾，戛敔，乐止。（凡乐，皆协律郎跪，【俯】伏，举麾，兴，工鼓柷而后作，偃麾，戛敔而后止。）赞者曰再拜，在位者皆再拜。……次引初献诣盥洗位，宫架《正安之乐》作。（初献、升降、行止，皆作《正安之乐》。）至洗位，北向立。搢笏，盥手，帨手，执笏，升殿，乐止。登歌乐作，诣帝鼐神位前，北向立，乐止。登歌《嘉安之乐》作，搢笏跪。次引奉礼郎搢笏，西向跪。执事者以币授奉礼郎，奉礼郎以币授初献，执笏，兴，复位。初献受币奠讫，执笏，俯伏，兴，再拜，乐止。初献将降阶，登歌乐作。降阶，乐止，宫架乐作。复位，乐止。"又"荐馔"条："初献既升，奠币。祝史入陈于殿阶下，北向。次引户部尚书诣阶下，搢笏，奉俎，升殿，宫架《丰安之乐》作。诣席爵神位前，北向跪奠。执笏，俯伏，兴。有司设于豆前，乐止，降复位。次引初献再诣盥洗位，宫架乐作。至位，北向立，搢笏，盥手，帨手，执笏。次诣爵洗位，北向立，搢笏，洗爵，拭爵，以授执事者。执笏升殿，乐止，登歌乐作。诣酌尊所，西向立，乐止。登歌《嘉安之乐》作，执事者以爵授初献。……初献以爵授执事者，执笏，诣帝鼐神位前，北向立，搢笏跪。执事者以爵授初献。初献执爵，祭酒，三祭于茅苴，奠爵，执笏，俯伏，兴，少立，乐止。次引诣神位前，东向搢笏，跪读祝文。读讫，执笏，兴，复位。初献再拜，将降阶，登歌乐作。降阶，乐止。宫架乐作，复位，乐止。文舞退、武舞进，宫架《正安之乐》作。舞者立定，乐止。次引亚献诣盥洗位，北向立，搢笏，盥手，帨手，执笏。次诣爵洗位，北向立。搢笏，洗爵，拭爵，以授执事者。执笏升殿，诣酌尊所，西向立，宫架作《大（文）安之乐》、《神娱锡羡之舞》。执事者以爵授亚献,搢笏,执爵。执尊者举幂,太官令酌山尊之醴齐。亚献以爵授执事者,执笏,诣帝豶神位前,北向立。搢笏,跪,执事者以爵授亚献。亚献执爵祭酒,三祭于茅苴,奠爵,执笏,俯伏,兴,再拜,乐止,降,复位。次引终献诣洗,及升殿行礼,并如亚献之仪,降复位。次引太祝撤笾豆,(笾豆各一,少移故处。)登歌《肃安之乐》作。卒撤,乐止。次引郊社令束茅讫,俱复位。礼直官曰:'赐福酒。'赞者承传曰:'赐福酒,再拜。'在位者皆再拜,送神,宫架《景安之乐》作,一成止。"又"望燎"条:"初,《景安之乐》毕,引三献官、户部尚书诣望燎位,宫架乐作。至位,乐止。"

按:《政和五礼新仪》卷六八《祀帝豶仪》用乐,有:降神,宫架《景安之乐》、(文舞)《帝临嘉至之舞》六成;初献、升降、行止,《正安之乐》;帝豶,登歌《嘉安之乐》;奉俎,宫架《丰安之乐》;亚献、终献,宫架《大(文)安之乐》、(武舞)《神娱锡羡之舞》;撤豆,登歌《肃安之乐》;送神,宫架《景安之乐》。与《宋会要·礼》五一之二二、《长编纪事本末》卷一二八所列帝豶乐舞同。又据《政和五礼新仪》卷六八《吉礼·祀帝豶仪》"时日"条:"太常寺预于隔季,以夏土王日祀帝豶,关太史局。"又"斋戒"条:"读《誓文》云:'某月某日季夏土王日,祀帝豶。'"《政和五礼新仪》卷四《序例·册祝》"玉币"条:"帝豶币以黄。"《政和五礼新仪》卷五《序例·斋戒》"祭器(器实附)"条:"帝豶,俎八。"亦与《宋会要·礼》五一之二二、《长编纪事本末》卷一二八所载"帝豶,其色黄,祭以土王日,为大祠,币用黄,乐用宫架"同。

《政和五礼新仪》卷六九《祀八鼎仪》"行事"条:"次引三献官各入就殿,下席位立。礼直官稍前,赞曰:'有司谨具,请行事。'《凝安之乐》作,三成止。……次引初献诣盥洗位,《同安之乐》作。(凡初献、升降、行止,皆作《同安之乐》。)至位立,将笏,盥手,帨手,执笏,诣牡鼎神位前立,乐止。《明安之乐》作,搢笏,跪。……初献受币,奠讫,执笏,俯伏,兴,少退,再拜,乐止。初献将降阶,乐作。复位,乐止。少顷,引初献再诣盥洗,乐作。至位,搢笏,盥手,帨手,执笏,诣爵位立。搢笏,洗爵,拭爵,以授执事者。执笏,升诣酌尊所立,乐止,《成安之乐》作。执事者以爵授初献,搢笏,执爵。执尊者举幂,太官令酌牺尊之泛齐。初献以爵授执事者,执笏,诣牡鼎神位前立,搢笏,跪。执事者以爵授初献,初献执爵,三祭酒,奠爵,执笏,俯伏,兴,少立,乐止。……初献,再拜,将降阶,乐作。复位,乐止。次引亚献诣盥洗位立,搢笏,盥手,帨手,执笏,诣爵洗位立。搢笏,洗爵,拭爵,以授执事者。执笏,升诣,酌尊所立,《成安之乐》作。……亚献以爵授执事者,执笏,升诣牡鼎神位前立,搢笏,跪。执事者以爵授亚献,亚献执爵,三祭酒,奠爵,执笏,俯伏,兴。少退,再拜,乐止,降复位。次引终献,诣洗升殿,行礼,并如亚献之仪,复位。……送神,《凝安之乐》作,一成止。"

按:《政和五礼新仪》卷六九《祀八鼎仪》用乐,有:迎神,《凝安之乐》三成;初献、升降、行止,《同安之乐》;牡鼎,《明安之乐》;亚献、终献,《成安之乐》;送神,《凝安之乐》一成。与《宋会要·礼》五一之二二,《长编纪事本末》卷一二八所列八鼎登歌乐同。又据《政和五礼新仪》卷六九《祀八鼎仪》"时日"条:"太常寺预于隔季,以立春日祀牡鼎于九成宫,关太史局。(春分日祀苍鼎,立夏日祀罡鼎,夏至日祀彤鼎,立秋日祀阜鼎,秋分日祀晶鼎,立冬日祀魁鼎,冬至日祀宝鼎,准此。)"《政和五礼新仪》卷四《序例·册祝》"玉币"条:"宝鼎、魁鼎,币以黑;牡鼎、苍鼎,币以青;冈鼎、彤鼎,币以赤;阜鼎、晶鼎,币以白。"《政和五礼新仪》卷五《序例·斋戒》"祭器(器实附)"条:"八鼎,俎二。"亦与《宋会要·礼》五一之二二,《长编纪事本末》卷一二八所载"北方曰宝鼎,其色黑,祭以冬至,币用皂。东北曰壮(牡)鼎,其色青,祭以立春,币用皂。东方曰苍鼎,其色碧,祭用春分,币用青。东南曰冈鼎,其色绿,祭以立夏,币用绯。南方曰彤鼎,其色紫,祭以夏至,币用绯。西南曰阜鼎,其色赤(黑),祭以立秋,币用白。西方曰晶鼎,其色赤,祭以秋分,币用白。西北曰魁鼎,其色白,祭以立冬,币用皂。八鼎皆为中祠,乐用登歌,祭飨用素馔"同。

又,《政和五礼新仪》"序例"各条多进于政和三年四月十九日,然据《宋会要·礼》五一之二二《祭鼐鼎》,《长编纪事本末》卷一二八所载"逐鼎乐章"及用乐仪制,实在"大观元年十二月二十四日"前后即已定型(《宋会要·礼》五一之二三),知《祀帝鼐仪》、《祀八鼎仪》的制定当在此后不久。

内侍省吴德仁献记里鼓车之制,设木人以击钲鼓。

《文献通考》卷一一七《王礼考十二·乘舆车旗卤簿》:"大观元年,内侍省吴德仁献记里鼓车之制。(其法,车箱上下为两层。上安木人二,身各手执木槌。轮轴共四,内左壁车脚上立轮一,安车箱内。径二尺二寸五分,围六尺七寸五分。二十齿,齿间相去三寸三分五厘。又平轮一,径四尺六寸五分,围一丈三尺九寸五分。出齿六十,齿间相去二寸四分。上大平轮一,通轴贯上。径二尺八寸,围一丈一尺。出齿一百,齿间相去一寸二分。立轴一,径二寸二分,围六寸六分。出齿三,齿间相去二寸二分。外大平轮轴上,有铁拨子二。又木横轴上,关捩、拨子各一。其于车脚转一百遭,通轮轴转周木人各一,击钲鼓。)"

《文献通考》卷一一八《王礼考十三·乘舆车旗卤簿》:"大观中,内侍吴德仁上指南车、记里鼓车之制。天子宗祀大礼用之,始废天圣中燕肃、卢道隆所制。"

谣传魏汉津自陕右附书归其家,仍遣封以示蔡京。

《铁围山丛谈》卷五:"(魏)汉津明乐律,晓阴阳数术,多奇中,尝私语所亲曰:'不三十年,天下乱矣。'鼎乐成,亦封先王号。然汉津每叹息,谓犹不如初议。未久,死几年,忽有人自陕右附汉津书归其家者,仍遣封以示鲁公,始验为尸解去。"

慕容彦逢《故太中大夫魏汉津亲女夫张清可三班借职制》:"敕:具官某,汉津之家,祈恩于尔。锡兹命秩,其往钦承。可。"(《摛文堂集》卷八)

按:慕容彦逢为中书舍人在崇宁五年九月至大观二年,张清任三班借职,必为魏汉津死后推恩之制,时间当在崇宁五年十二月魏汉津赠大中大夫至大观二年之间。"忽有人自陕右附汉津书归其家者"云云,乃在魏汉津卒后近一年后。考魏汉津卒于崇宁五年十二月之前,"死几年"则当在大观元年底。"其家"云云,或指魏汉津亲女夫张清而言。张清推恩而为三班借职,似与魏汉津"尸解"谣言有关,或此即为蔡京、张清一伙所伪造。

大观二年(1108)戊子

正月七日戊午,以受宝礼毕,遣官奏告帝鼐。

《宋会要·礼》一四之七二:"(大观)二年正月七日,以受宝礼毕,遣官奏告帝鼐。"

按:《宋史·礼志五》:"大观元年十二月,以恭受八宝,告天地、宗庙、社稷。"《宋史·徽宗本纪二》:"(大观)二年春正月壬子朔,受八宝于大庆殿,赦天下,文武进位一等。蔡京表贺符瑞。"

三月三十日庚辰,诏令大晟府同教坊依刘诜所上"徵声"谱按习,仍增徵、角二谱。

《宋史》卷一二九《乐志四》:"大观二年,诏曰:'自唐以来,正声全失,无徵、角之音,五声不备,岂足以道和而化俗哉? 刘诜所上徵声,可令大晟府同教坊依谱按习,仍增徵、角二谱,候习熟来上。'初,进士彭几进《乐书》,论五音,言:'本朝以火德王,而羽音不禁,徵调尚阙。'礼部员外郎吴时善其说,建言乞召几至乐府。朝廷从之。至是,诜亦上徵声,乃降是诏。"

《宋会要·乐》五之二〇:"(大观)二年三月三十日,诏:'乐久不作,自唐以来正声全失,世无徵、角之音,五声不备,岂足以适(导)和而化俗哉? 刘诜所上徵声,可令大晟府同教坊依谱按习,仍增徵、角二谱,候习熟取旨进呈。'先是,进士彭几进《乐书》,论五音云:'本朝以火德王,而羽音不禁,徵调尚阙。'时礼部员外郎吴时善其说,建言乞召几至乐府。朝廷从之。至是,诜亦上徵声。"

《玉海》卷一〇五:"彭几进《乐书》,论五音云:'本朝以火德王,而羽音不禁,徵调尚阙。'刘诜亦上徵声。大观二年三月三十日,诏:'自唐以来世无徵、角之音,刘诜所上徵声,令大晟府同教坊依谱按习,仍增徵、角二谱。'"

按:刘诜上徵声事,见于《宋会要》《玉海》《宋史》等,然不言其时。《宋史纪事本末》卷
五:"(大观)二年二月,刘诜上徵声。诏曰:'……刘诜所上徵声,可令大晟府同教坊依谱按
习。仍增徵、角二谱,候习熟来上。'"云为大观二年二月,当有所本。按宋乐缺"徵音",乃
皇祐间即由房庶、范镇言明(详见上引《文献通考·经籍考十三》),崇宁中,李复、彭几再申
其说(详上);至大观二年,刘诜再上徵声,始列于大晟府新乐中。时刘诜为典乐,故能议
定。刘诜所上"徵声"及徵调曲谱创制情况,详见拙著《大晟府及其乐词通考》,兹不赘述。

六月十六日乙未,因臣僚言,大晟府亦隶六察。

《宋会要·职官》一七之一七:"大观二年六月十六日,臣僚言:'……辟
雍、大晟府,礼、乐之所自出,亦不得检视。至于筭学、太官局、翰林、仪鸾
司,其为职局无异于他司,悉皆援例免察,臣所未谕也。乞自今皆隶六
察。'从之。"

《宋会要·职官》一七之三一:"徽宗时,如辟雍、大成(晟)府、等(筭)
学、太官局、翰林、仪鸾司、东西上阁(閤)门、客省、引进、四方馆,皆不隶台
察,……自大观臣僚申请,而殿中六尚、辟雍、大晟府、等(筭)学、太官局、
翰林、仪鸾司皆隶六察。"

《文献通考》卷五三《职官考七》:"徽宗时,如辟雍、大成(晟)府、等
(筭)学、太官局、翰林、仪鸾司、东西上阁(閤)门、客省、引进、四方馆,皆不
隶台察。崇宁间,大臣欲其便已,而南台御史亦有不言事者。自大观臣僚
申请,而殿中六尚、辟雍、大成(晟)府、等(筭)学、太官局、翰林仪鸾司,皆
隶六察。"

《皇宋十朝纲要》卷一七:"(大观二年六月)乙未,诏殿中六尚、大晟
府、辟雍并仪鸾司并隶台察。"

《群书考索·后集》卷六:"徽宗时,如辟雍、大晟府、筭学〔士〕(引者按:
"士"字为衍文)之类,皆不隶台察。崇宁大臣欲其便,已而南台御史亦有
不言事者,自大观臣僚申请,而辟雍之类复隶御史。"

按:《宋史·徽宗本纪二》:"(大观二年)六月乙未(十六日),以殿中六尚、算学、太官局、
翰林、仪鸾司皆隶六察。"据《宋会要》《皇宋十朝纲要》《群书考索》《文献通考》,知《宋

史·徽宗本纪二》误脱"辟雍、大晟府"等,可据校补。

点校本《文献通考·职官考七》仍作"大成府等学",未作校正①。今据《宋会要》、《皇宋十朝纲要》、《群书考索》、《文献通考》、《宋史·徽宗本纪二》,可知当为"大晟府、箅学"之误,"成""晟"、"等""箅"形近而误。可据校正。

本年十月之前,大晟府乐令徐申升任典乐。

杨时《与许少尹》其四:"毘陵苦多雨,麦颇稔,而蚕不收。……旧日志完(邹浩)亦闻此疾,徐典乐传一方,服之立效。当为就其子求此,方便附去。"(《龟山集》卷二一)

程俱《祭徐申典乐文》:"公在毗陵,百废具张。……俱也羁穷,窃禄于市,视价低昂。于公之门,实昧平生,引分自藏。公于众中,惠然察之,以短为长。"(《北山集》卷一七)

《挥麈录·余话》卷二:"(徐伸)政和初,以知音律为太常典乐,出知常州。尝自制《转调二郎神》云:(词略)。既成,会开封尹李孝寿来牧吾郡,李以严治京兆,号李阎罗。道出郡下,干臣大合乐燕劳之,喻群娼令讴此词,必待其问乃止。……李笑云:'且还徐典乐之妾了,来理会。'"

《咸淳重修毗陵志》卷八:"(徐申)大观二年十月,朝请大夫、提点太常寺大晟乐(知常州)。政和元年十二月满。"

按:徐申任典乐时间及为官履历,诸书多承宋人疏误而未加甄别。《诗话总龟》后集卷三一引《挥麈录》同。明清以来如《宋稗类抄》卷一七、《词综》卷九、《词苑丛谈》卷八、《御选历代诗余》卷一〇三、卷一一六、《绝妙好词笺》卷五、《清真先生遗事》、《全宋词》徐伸小传、《宋词三百首笺注》徐伸小传、《宋魏汉津乐与大晟府》、《唐宋人词话》徐伸小传等,莫不因其旧说。

又,诸书引"徐申"姓名作"徐伸",似误。考慕容彦逢《朝散大夫徐申、奉议郎宋或可并大晟府乐令,宣德郎李邈、将仕郎吴叔贤可并大晟府协律郎制》(《摘文堂集》卷四),程俱《祭徐申典乐文》,慕容氏、程氏与徐申同时,当不致误书姓名。又楼钥《资政殿大学士致仕赠特进娄公神道碑》亦云"徐申"(《攻媿集》卷九七)。又《鸡肋编》卷中、《齐东野语》卷四载

---

①　点校本《文献通考》,第3册,第1569页。按:点校本《宋会要辑稿·职官一七》亦作"大晟府等学"(第6册,第3465页)。当为"大晟府、等(箅)学",可校正。

徐申名讳事,亦与此合。

考自《挥麈录》后,诸书皆承其说云徐申出知常州"政和初",实误。当如《毗陵志》载在大观二年十月至政和元年十二月。明乎此,则徐申任典乐时间亦可据相关史料考见。据慕容彦逢《朝散大夫徐申、奉议郎宋或可并大晟府乐令,宣德郎李遵、将仕郎吴叔贤可并大晟府协律郎制》,徐申为大晟府乐令在崇宁五年九月至大观元年春(详上),其为典乐必在任大晟府乐令之后。因大观二年十月徐申即出知常州,故知其为"典乐"当在大观二年十月之前。详见拙著《大晟府及其乐词通考》,兹不赘述。

学士院撰进《祭九鼎十二首》。

《宋史》卷一三五《乐志十》载《祭九鼎十二首》:

帝鼐(土王日祀)降神,《景安》 日号丙丁,方号中央。德惟其时,蠲吉是将。夫何饮之? 黄流玉瓒。夫何食之? 有陈伊馈。

奉馈,《丰安》 粢盛既丰,牲牢既充。展兹熙事,温温其恭。惟明欣欣,燔炙芬芬。保乎天子,繁祉荐臻。

亚、终献,《文安》 工祝致辞,黄流协酲。爰登清歌,载期神享。噫予诚心,精禋是虔。嘉予陈祀,丰盈豆笾。

春分,苍鼎亚、终献,《成安》 法乾刚兮,铸鼎莫方。涓嘉旦兮,齐明迎祥。胡为持币,维箱及筥。胡为和羹,有锜维釜。

立夏,冈鼎迎神,《凝安》 我方东南,我日朱明。爰因其时,鼎以冈名。粢盛既馨,牲牷既盈。佑我皇家,巽令风行。

亚、终献,《成安》 黄流在中,惟馨香祀。于荐于神,爰祗厥事。礼从多仪,以进为文。尊罍三献,昭示孔勤。

夏至,彤鼎酌献,《成安》 牺尊将将,徂基自堂。牲牷肥腯,鼓钟喤喤。肆予醴齐,椒馨飶香。聿来歆顾,天祚永昌。

立秋,阜鼎酌献,《成安》 明德崇享,磬筦锵锵。铿兮佩举,峨冠齐庄。肆陈有序,承筐是将。其牲伊何? 笾豆大房。

秋分,晶鼎亚、终献,《成安》 神宫巍巍,庭燎有辉。声谐备乐,物陈丰仪。清酤既载,酌言献之。惟神醉止,聿来蕃厘。

立冬,魁鼎迎神,《凝安》　时运而冬,乃神玄冥。阴阳相推,丰年以成。越陈嘉肃,牲牢粢盛。来享来依,临于明诚。

酌献,《成安》　罍之初登,其仪昭陈。罍之既裸,其香升闻。神心嘉止,于焉欣欣。贻我有年,穰穰其仁。

冬至,宝鼎奠币,《明安》　秉心齐明,奉牲博硕。匏丝铿陈,冠佩俨饰。其肆其将,明神来格。执奠维何? 猗欤币帛。

按:九鼎虽自崇宁四年八月至大观元年十二月均有祭祀之记载,然其时仍未有"逐鼎乐章"。据《宋会要·礼》五一之二三,"逐鼎乐章"之修定,乃在大观元年十二月徽宗"手诏"命学士院撰进之后,当在大观元年底至二年左右。考"祀帝鼐仪"、"祀八鼎仪"及其"逐鼎乐章"节次,均见于《政和五礼新仪》之"吉礼"部分(卷六八,卷六九)。据《宋史·礼志一》:"(大观)三年,书成,为《吉礼》二百三十一卷,《祭服制度》十六卷,颁焉。……(政和)三年,《五礼新仪》成,凡二百二十卷。"可知,至少在大观三年修成《吉礼》时,已有"祀帝鼐仪"、"祀八鼎仪"及其"逐鼎乐章"之使用。《宋史·乐志十》所载《祭九鼎十二首》,其作年当在大观三年之前,乃由"学士院撰进"。

又,《宋史·乐志十》校勘记云此处脱"立春祭牡鼎之文"[①],是。《政和五礼新仪》卷六九载"立春日祀牡鼎"乐章节次:"《凝安之乐》作,三成止。……次引初献诣盥洗位,《同安之乐》作。(凡初献、升降、行止,皆作《同安之乐》。)……至位立,将笏,盥手、帨手,执笏,诣牡鼎神位前立,乐止,《明安之乐》作,搢笏跪。次引奉礼郎诣神位之左,搢笏跪,执事者以币授奉礼郎。奉礼郎奉币授初献,讫。执笏兴,复位。初献受币,奠讫,执笏俯伏兴,少退,再拜,乐止。初献将降阶,乐作,复位,乐止。……少顷,引初献再诣盥洗,乐作。至位,搢笏,盥手、帨手,执笏,诣爵位立。搢笏,洗爵,拭爵,以授执事者。执笏,升诣酌尊所立,乐止,《成安之乐》作。……次引亚献诣盥洗位立,搢笏,盥手、帨手,执笏,诣爵洗位立。搢笏,洗爵,拭爵,以授执事者。执笏升诣,酌尊所立,《成安之乐》作,执事者以爵授亚献。……送神,《凝安之乐》作,一成止。"可见"立春日祀牡鼎"用乐节次,为"迎神,《凝安》(三变);初献升降、行止,《同安》;奠币,《明安》;酌献,《成安》;亚、终献,《成安》;送神,《凝安》(一变)"。又《政和五礼新仪》:"立春日祀牡鼎。"小注:"春分日祀苍鼎,立夏日祀罡鼎,夏至日祀彤

---

　　①　《宋史·乐志十》校勘记:"《祭九鼎十二首》,按下文只有八鼎,据本书卷一〇四《礼志》,本节当缺立春祭牡鼎之文。"(点校本,第10册,第3189页)

鼎,立秋日祀阜鼎,秋分日祀晶鼎,立冬日祀魁鼎,冬至日祀宝鼎,准此。"(卷六九)则其它七鼎用乐节次同。

又,《宋史·乐志》校勘记云脱"立春祭牡鼎之文",其实其它七鼎乐章多缺。据《竹隐畸士集》卷一五《祭晶鼎乐章》:"迎神,《凝安》(南吕宫)"、"升、降殿,《同安》(南吕宫)"、"奠币,《明安》(南吕宫)"、"酌献,《成安》(南吕宫)"、"亚、终献,《成安》(南吕宫)"、"送神,《凝安》(南吕宫)",每鼎祭祀乐章有六首,九鼎当共有五十四首。其余四十二首均缺。又"帝䴌(土王日祀)降神,《景安》",当脱"六变"二字。据《政和五礼新仪》卷六八:"读《誓文》云:'某月某日季夏土王日,祀帝䴌。各扬其职,不共其事,国有常刑!'……宫架作《景安之乐》、《帝临嘉至之舞》六成。"此处当脱"六变"二字,可据校补。又,"奉馔,《丰安》",当为"奉俎,《丰安》"。《政和五礼新仪》卷六八:"次引户部尚书诣阶下,擂笏,奉俎,升殿,宫架《丰安之乐》作。"又,"立夏,㟃鼎迎神,《凝安》",当脱"三变"二字。《政和五礼新仪》卷六九:"太常寺预于隔季,以立夏日祀罝鼎于九成宫……礼直官稍前,赞曰:'有司谨具,请行事。'《凝安之乐》作,三成止。"此处当脱"三变"二字,可据校补。又,"立冬,魁鼎迎神,《凝安》",当脱"三变"二字。《政和五礼新仪》卷六九:"太常寺预于隔季,以立冬日祀魁鼎于九成宫……礼直官稍前,赞曰:'有司谨具,请行事。'《凝安之乐》作,三成止。"此处当脱"三变"二字,可据校补。

又据赵鼎臣《宣和秋分日祭晶鼎六首》,凡"迎神,凝安之曲"、"升降殿,同安之曲"、"奠币,明安之曲"、"酌献,成安之曲"、"亚、终献,成安之曲"、"送神,凝安之曲",知均用"南吕宫"。知《祭九鼎》乐章乃用当月之律。据此,"帝䴌(土王日祀)降神,《景安》"、"奉馔,《丰安》"、"亚、终献,《文安》",当用"蕤宾宫";"春分,苍鼎亚、终献,《成安》",当用"夹钟宫";"立夏,㟃鼎迎神,《凝安》"、"亚、终献,《成安》",当用"仲吕宫";"夏至,彤鼎酌献,《成安》",当用"蕤宾宫";"立秋,阜鼎酌献,《成安》",当用"夷则宫";"秋分,晶鼎亚、终献,《成安》",当用"南吕宫";"立冬,魁鼎迎神,《凝安》"、"酌献,《成安》",当用"应钟宫";"冬至,宝鼎奠币,《明安》",当用"黄钟宫"。可据校补。

本年,废学士礼用教坊杂手伎,但移开封府呼市人,教坊不复用矣。

《避暑录话》卷下:"太宗敦奖儒术。初,除张参政洎、钱枢密若水为翰林学士,喜以为得人。谕辅臣云:'学士清切之职,朕恨不得为之。'唐故事,学士礼上例弄猕猴戏,不知何意?国初,久废不讲。至是,乃使敕设日举行,而易以教坊杂手伎,后遂以为例。而余为学士时,但移开封府呼市人,教坊不复用矣。既在禁中,亦不敢多致,但以一二伎充数尔。大观末,余奉诏重修《翰林志》，尝备录本末。会余罢，书不克成。"

　　按：叶梦得为翰林学士在大观二年戊子（1108）至三年己丑（1109）四月（《宋史·叶梦得传》，《宋会要·职官》五六之二八、六八之一八），废学士礼用教坊杂手伎当在此期间。"开封府呼市人"云云，实为牒开封府呼勾栏艺人应承（俗谓"唤官身"），非真指市人也。

大观三年(1109)己丑

正月十日乙卯,朝献景灵宫,用大晟乐。

《宋史》卷一三五《乐志十》载《大观三年朝献景灵宫二首》:"奉馔,《吉安》:'威灵洋洋,靡有常向。于惟钦承,来假来飨。博硕芬香,是烝是享。奉器有虔,载德无爽。''尔牲既充,是烹是肆。尔肴既具,是羞是馈。非物之重,惟德之备。神之格思,歆我精意。'"

《政和五礼新仪》卷一一三《皇帝亲祠前期朝献景灵宫仪》:"次引礼部尚书诣馔所,执笾豆、簠簋以入,户部尚书诣馔所奉俎以入,太官令引入正门,宫架《吉安之乐》作。"

按:据《宋史·徽宗本纪二》:"(大观)三年春正月乙卯(十日),祔靖和皇后于别庙。"《政和五礼新仪》卷一一四《皇帝朝献景灵宫仪》:"孟春之月九日、十日,朝献景灵宫。(孟秋、孟冬之日,以十五、十六、十七日。若孟夏之月,则太常寺预于春季关太史局择日,太史局择日报太常寺申奏。)"知本月乙卯(十日)为"祔靖和皇后于别庙"日,或大观三年正月九日、十日朝献景灵宫。

据《竹隐畸士集》卷一五《乐章》,"奉馔,《吉安》",当用"大吕宫"。

二月二日丁丑,释奠文宣王,用大晟乐。

《宋史》卷一三七《乐志十二》载《大观三年释奠六首》:

迎神,《凝安》 仰之弥高,钻之弥坚。于昭斯文,被于万年。裁裁胶庠,神其来止。思报无穷,敢忘于始。

升降,《同安》 生民以来,道莫与京。温良恭俭,惟神惟明。我洁尊罍,陈兹芹藻。言升言旋,式崇斯教。

奠币,《明安》 于论鼓钟,于兹西雍。粢盛肥硕,有显其容。其容洋洋,咸瞻像设。币以达诚,歆我明洁。

酌献，《成安》　道德渊源，斯文之宗。功名糠粃，素王之风。硕兮斯牲，芬兮斯酒。绥我无疆，与天为久。

配位，酌献，《成安》　俨然冠缨，崇然朝庭。百王承祀，涓辰惟丁。于牲于醑，其从予享。与圣为徒，其德不爽。

送神，《凝安》　肃庄绅缨，吉蠲牲牺。于皇明祀，荐登惟时。神之来兮，胊蠁之随。神之去兮，休嘉之贻。

按：春秋上丁释奠用大晟乐，当始于大观三年初。《宋史·乐志四》："（大观）三年五月，诏：'今学校所用，不过春秋释奠。'"《宋史·礼志八》："大观三年，礼部、太常寺请以文宣王为先师，兖、邹、荆三国公配享十哲从祀。……诏皆从之。"知在本年已用大晟乐于"仲春上丁"释奠。《宋史·乐志十二》所载《大观三年释奠六首》，即为这次释奠所用。据《政和五礼新仪》卷首、《宋会要·乐》三之二六，知大观元年七月之前大晟乐已颁于辟雍、太学，大晟府乐工教习诸生习学登歌以备祀先圣，当在此时。故可推知，大观元年七月左右即有一套"释奠乐章"。但《宋史·乐志十二》所载《大观三年释奠六首》，其时间为"大观三年"，是否为大观元年七月左右大晟府乐工教习太学、辟雍诸生习学登歌所用，尚待进一步考证。《幸鲁盛典》卷三："徽宗大观三年，更撰释奠乐章。"认为《宋史·乐志十二》所载《释奠六首》为大观三年"更撰"，或有所据。

又，考《政和五礼新仪》卷一二一《释奠文宣王仪》："太常寺预于隔季，以仲春上丁（仲秋上丁）释奠至圣文宣王。……大晟设登歌之乐于殿上前楹间，稍南，北向。"只有"登歌"，而无"宫架"、"二舞"，与《宋会要·乐》三之二六所载"大观之初""其已习者曰登歌"、"其未习者曰宫架"云云、《宋史·乐志四》"三京、帅府等每岁祭社稷、祀风师、雨师、雷神、释奠文宣王，用登歌乐"相合，知大观三年春秋上丁释奠只用登歌乐。

朱熹《绍熙州县释奠仪图》："按《礼》文：'上丁，释奠至圣文宣王。'上旬丁日也。"黄震《读礼记·月令第六》："上丁，上旬丁日也。仲丁，中旬丁日也。"（《黄氏日抄》卷一六）

释奠文宣王，虽用大晟合乐，然纯用伶官，非颁乐之意也。

《鹤林集》卷三六《送王昌巽序》："古者主位东向，配位南向，而今之先圣先师，则位向皆相背矣。古者席地而坐，用簋而飨，而今之塑象籩簋，则高下不相接矣。大晟合乐，纯用伶官，非颁乐之意也。谒庙焚香，杂用礼物，非燎芗之义也。曾子、子思，不曾侑食，濂溪、横渠诸子不及从祀，而王弼、王安石，其祀犹故也。"

按："大晟合乐，纯用伶官"云云，乃指释奠文宣王用大晟乐情况。考徽宗虽令太学、辟雍诸生习大晟乐以释奠文宣王，但诸生耻于与乐工坐作起居，故诏命诸生习大晟乐亦流于形式，祀孔用乐时仍不得不"纯用伶官"。时贤考"礼乐户"发端于徽宗朝，即以诸生习大晟乐为据，不知曾虑及"大晟合乐，纯用伶官"一节否？

三月六日庚戌，以"制礼作乐"入试礼部奏名进士制策。

《宋会要·选举》七之三二："昔者先王治定而制礼，功成而作乐，以合天地之化。礼之数五，施之七教，形之八政，有典有职，定亲疏，决嫌疑，别同异，明是非，然后小大贵钱（贱）之分定。乐之数六，文之五声，播之八音，有序有政，和邦国，谐万民，悦远人，[作]动物，然后神示人物以和。朕嗣承祖宗休烈，述而作之，以追先王之绪，而继神考之志。子大夫以谓如之何而可以臻此？礼废乐坏久矣，去古悠远，矫拂其俗，非常之元，黎民惧焉。或曰：三王不相沿袭；今乐犹古之乐，无事于改。则先王事神治人，移风易俗，终不可几欤？今乐成而人未化，礼议而制未颁，其考古验今，为朕详言之，毋隐。"

按：《全宋文》收作《试礼部奏名进士制策（大观三年三月六日）》[①]。六年后，即政和五年正月翟汝文知贡举，所撰《省试进士策》（详下），即与大观三年三月六日《试礼部奏名进士制策》前后相承。

四月，诏以铸鼎之地作宝成宫，祠黄帝以下及魏汉津。

《宋史》卷一〇四《礼志七》："又诏：'以铸鼎之地作宝成宫，总屋七十一区。中置殿曰神灵，以祠黄帝。东庑殿曰成功，祀夏后氏。西庑殿曰持盈，祠周成王及周公、召公。后置堂曰昭应，祀唐李良及隐士嘉成侯魏汉津。'太常、礼部言：'每岁欲于大乐告成崇政殿元进乐日，秋八月二十七日举祀事，祀黄帝依感生帝、神州地祇为大祠，币用黄，乐用宫架，祝文依祀圣祖称"嗣皇帝臣名"。其成功、持盈二殿，礼用中祀，币各用白。昭应堂

---

① 曾枣庄等主编：《全宋文》，第164册，第192页。

礼用小祀,并以素馔。'从之。"

《宋会要·礼》五一之二四:"大观三年四月,诏:'以铸鼎之地作〖作〗(引者按:原文衍一"作"字)宝成宫,总屋七十一区,中置殿曰神灵,以祠黄帝。东庑殿曰成功,祀夏后氏。西庑殿曰特(持)盈,祀周成王及周公旦、召公奭。后置堂曰昭应,祀唐李良及隐士嘉成侯魏汉津。'"

《文献通考》卷九〇《郊社考二十三》:"大观三年,诏:'以铸鼎之地作宝成宫,总屋七十区,中置殿曰神灵,以祀黄帝。东庑殿曰成功,祀夏后氏。西庑殿曰持盈,祀周成王及周公旦、召公奭。后置堂曰昭应,祀唐李艮(良)及隐士嘉成侯魏汉津。'又诏:'每岁八月二十五日举祀事,祀黄帝,依感生帝、神州地祇为大祠,币用黄,乐用宫架。祝文依祀圣祖称"嗣皇帝臣名"。其成功、持盈二殿,礼用中祠,币各用白。昭应堂,礼用小祀,并以素馔。'"

《汴京遗迹志》卷八:"宝成宫。(大观三年,诏:'以铸鼎之地作宝成宫,总屋七十区,中置殿曰神灵,以祀黄帝。东庑殿曰成功,以祀夏后氏。西庑殿曰持盈,以祀周成王及周公旦、召公奭。后置堂曰昭应,以祀唐李良及隐士嘉成侯魏汉津。'诏:'每岁八月二十五日举祀事,祀黄帝为大祠,币用黄,乐用宫架。其成功、持盈二殿为中祠,币用白。昭应堂为小祠,并用素馔。')"

按:此二道诏书《宋大诏令集》《全宋文》并失收。《文献通考》"每岁八月二十五日举祀事,祀黄帝为大祠,币用黄,乐用宫架"云云,颇与大观元年相似,盖相承也,乃非同一诏书内容。因前为祀九成宫奉安九鼎,其中祀帝鼐为大祠,乐用宫架;八鼎皆为中祠,乐用登歌,享用素馔。此处祀黄帝为大祠,乐用宫架。其余成功、持盈或为中祠,或为小祠,并用素馔。《文献通考》"每岁八月二十五日举祀事"云云,实为政和三年八月之后诏书,《文献通考》与大观三年"联书"(详下)。《汴京遗迹志》乃从《文献通考》移录,亦作二诏。

诸史载诏以铸鼎之地作宝成宫、祠黄帝以下及魏汉津,有作"崇宁四年九月"者。《资治通鉴后编》卷九六:"(崇宁四年)九月乙未朔,以九鼎成,御大庆殿受贺,始用新乐。赐魏汉津号嘉成侯,于铸鼎之地作宝成宫,置殿以祠黄帝、夏禹、周成王、周公旦、召公奭,置堂以祀唐李良及汉津。"《续资治通鉴》卷八九:"(崇宁四年九月乙未朔)以九鼎成,御大庆殿受贺,始用新乐。赐魏汉津号嘉成侯。于铸鼎之地作宝成宫,置殿以祠黄帝、夏禹、周成王、周公旦、召公奭,置堂以祀唐李良及汉津。汉津寻死于京师,年九十矣。"《长编拾补》卷二五:"(崇宁四年)九月乙未朔,以九鼎成,御大庆殿受贺,始用新乐。【案】《通鉴续编》云:帝以九鼎成,受贺于大庆殿。诏于铸鼎之地作宝成宫,置殿以祀黄帝、夏禹、周成王、周公旦、召公奭,置堂以祀唐李良及魏汉津。赐汉津号嘉成侯。汉津寻死于京师,年九十矣。"均据元人陈桱《通鉴续编》隐括成编而未加考信。《通鉴续编》卷一一:"(崇宁四年)九月,以九鼎成,受贺于大庆殿,赐方士魏汉津号嘉成侯,作宝成宫。(帝以九鼎成,受贺于大庆殿。诏于铸鼎之地作宝成宫,置殿以祀黄帝、夏禹、周成王、周公旦、召公奭,置堂以祀唐李良及魏汉津。赐汉津号嘉成侯。汉津寻死于京师,年九十矣。)"今考《通鉴续编》误将数年之事系于一处。"赐嘉成侯"、"作宝成宫"均在魏汉津死后。魏汉津赐嘉晟侯则在其后数年。据《宋会要·礼》五一之二四、《文献通考·郊社考二十三》,则在其死后三年方才谥为嘉晟侯。《宋史》叙其事历颇有次序,云:"未几死……后即铸鼎之所建宝成殿,祀黄帝、夏禹、成王、周、召,而良、汉津俱配食。谥汉津为嘉晟侯。"(《宋史·魏汉津传》)则魏汉津生前只赐号"虚和冲显宝应先生",秩比中散大夫;死后,方特赠太中大夫;又数年后方赐嘉晟侯①。

凌景埏《宋魏汉津乐与大晟府》云:"是岁(崇宁四年)冬汉津卒,赐谥嘉晟侯。又于铸鼎之地作宝成宫,置殿以祀黄帝、夏禹、周成王、周公旦、召公奭,置堂以祀唐李良及汉津焉。"②所据即《御批历代通鉴辑览》卷八〇:"(崇宁四年冬十一月)方士魏汉津死,赐号嘉成侯。"《御批续资治通鉴纲目》卷九:"(崇宁四年冬十一月)方士魏汉津死,赐号嘉成侯。"又,《全宋文·魏汉津小传》:"(崇宁)五年十二月卒,赠太中大夫,谥嘉晟侯,配食宝成殿昭应堂。著有《大晟乐书》。"③乃据《宋会要·仪制》一三之八:"魏汉津,崇宁五年十二月赠大中大夫,以尝造九鼎,作大乐,故特褒赠。"但查《宋会要·仪制》一三之八并未云魏汉津"配食宝成殿昭应堂"在崇宁五年十二月。今据《宋会要·礼》五一之二四、《文献通考·郊社考二十三》,知"以铸鼎之地作宝成宫"在大观三年四月,魏汉津"配食宝成殿昭应堂"自然不可能在崇宁五年十二月。可据校正。

---

① 按:关于魏汉津谥号,有"嘉晟侯"或"嘉成侯"之异。宋人史料或作"晟",或作"成"。元明清人史料则统作"成"。引文似作"晟"者可依原文,非引文似可作"成"。然魏汉津创大晟乐而获谥,当以"晟"字为确。"嘉晟侯"乃嘉其创大晟乐之义也。下引《宋会要·仪制》一三之八"以尝造九鼎,作大乐,故特褒赠"云云,可证作"嘉晟侯"为是,而"嘉成侯"则为笔手误书云。

② 凌景埏:《宋魏汉津乐与大晟府》,凌景埏、谢伯阳校注:《诸宫调两种》附录,第261页,第293页。

③ 曾枣庄等主编:《全宋文》,第46册,第145页。

五月十二日丙辰,依京西提学曾弼奏请,诏赐宴辟雍用大晟雅乐。

《宋史》卷一二九《乐志四》:"(大观)三年五月,诏:'今学校所用,不过春秋释奠,如赐宴辟雍,乃用郑、卫之音,杂以俳优之戏,非所以示多士。其自今用雅乐。'"

《宋史》卷二○《徽宗本纪二》:"(大观三年五月)丙辰,令辟雍宴用雅乐。"

《宋大诏令集》卷一四九《京西提学曾弼乞赐宴辟雍用雅乐御笔》(大观三年五月十二日):"雅、郑不相为用,而孟轲以为今乐犹古乐,去古愈远,郑亦不可废也。辟雍三代之制,而作郑、卫之音,非所谓称。可依所奏,自今赐宴辟雍,宜用雅乐。"

《皇宋十朝纲要》卷一七:"(大观三年五月)丙辰(十二日),御笔:自今赐宴辟雍,宜用雅乐。"

《玉海》卷一○五:"(大观)三年五月十二日,诏赐宴辟雍用雅乐。"

《文献通考》卷一三○《乐考三·历代乐制》:"又诏:'春秋释奠、赐宴辟雍……悉用大晟乐,屏去倡优淫哇之声。'"

按:《全宋文》据《宋大诏令集》卷一四九收作《京西提学曾弼乞赐宴辟雍用雅乐御笔(大观三年五月十二日)》,文字同。[1]

并宗子上舍与进士同释褐,就琼林苑赐宴(即"闻喜宴"),用大晟雅乐。

《宋史》卷一三九《乐志十四》载《大观闻喜宴六章》:"状元以下入门,《正安》:'多士济济,于彼西雍。钦肃威仪,亦有斯容。烝然来思,自西自东。天畀尔禄,惟王其崇。'初举酒,《宾兴贤能》:'明明天子,率由旧章。思乐泮水,光于四方。薄采其芹,用宾于王。我有好爵,真彼周行。'再酌,《于乐辟雍》:'乐只君子,式燕又思。服其命服,摄以威仪。钟鼓既设,一朝酬之。德音是茂,邦家之基。'三酌,《乐育英才》:'圣谟洋洋,纲纪四方。烝我髦士,观国之光。遐不作人,而邦其昌。以燕天子,万寿无疆。'四酌,《乐且有仪》:'我求懿德,烝然来思。笾豆静嘉,式燕绥之。温温其

---

① 曾枣庄等主编:《全宋文》,第164册,第200页。

恭,莫不令仪。追琢其章,髦士攸宜。'五酌,《正安》:'思皇多士,扬于王庭。钟鼓乐之,肃雝和鸣。威仪抑抑,既安且宁。天子万寿,永观厥成。'"

《宋会要·崇儒》一之三:"政和二年四月庚戌,礼部言:'大观三年贡士,并宗子上舍与进士同释褐,就琼林苑赐宴。今合取旨。'诏:'宴就辟雍,仍用雅乐,差知举蔡嶷押宴。'"

《文献通考》卷一三〇《乐考三·历代乐制》:"……又诏:'春秋释奠、赐宴辟雍、贡士鹿鸣、闻喜宴,悉用大晟乐,屏去倡优淫哇之声。'"

按:据《文献通考·乐考十六》:"大观三年制闻喜燕:状元以下入门《正安》,第一盏《宾兴贤能》,第二盏《于乐辟雍》,第三盏《乐育英材》,第四盏《乐且有仪》,第五盏《正安之曲》(各一章八句)。"知《宋史·乐十四》载《大观闻喜宴六章》,即大观三年五月十二日诏赐宴辟雍所用乐章。

又,《政和五礼新仪》卷二〇三《辟雍赐闻喜宴仪》所载用乐节次:"大晟设特架于庭","押宴官以下及释褐贡士班首初入门,《正安之乐》作","酒初行,《宾兴贤能之乐》作","酒再行,《于乐辟雍之乐》作。酒三行,《乐育人材之乐》作。酒四行,《乐且有仪之乐》作。酒五行,《正安之乐》作。"《宋史·礼志十七》:"赐贡士宴,名曰'闻喜宴'。《政和新仪》:'押宴官以下及释褐贡士班首初入门,《正安之乐》作……酒初行,《宾兴贤能之乐》作……酒再行,《于乐辟雍之乐》作。酒三行,《乐育人材之乐》作。酒四行,《乐且有仪之乐》作。酒五行,《正安之乐》作。'"虽为政和间所上,然亦可以此相印证。《宋史·乐十四》载《大观闻喜宴六章》"三酌,《乐育英才》",《政和五礼新仪》卷二〇三《辟雍赐闻喜宴仪》、《宋史·礼志十七》作"酒三行,《乐育人材之乐》作",《文献通考·乐考十六》作"第三盏《乐育英材》",可以互勘。

《朝野类要》卷一:"(闻喜宴)在京则赐及第进士宴于琼林苑。"考"闻喜宴"即"琼林宴",始于太平兴国八年四月二日(《宋会要·选举》二之一)。《宋会要·选举》二之一八:"旧制,御试进士已唱第毕,赐闻喜宴于琼林院(苑)。舍法行,改赐于辟雍。宣和间复置科举,而琼林之宴亦因以复焉。"

选国子生教习文、武二舞,以备祠祀先圣。

《宋史》卷一〇五《礼志八》:"(政和五年)大晟乐成,诏下国子学选诸生肄习,上丁释奠,奏于堂上,以祀先圣。"

《宋会要·乐》三之二六:"(大观二年八月)十一日,臣僚上言:'大观之初,有诏令大晟府乐工教习太学、辟雍诸生,每月习学三日。其已习者曰登歌，逐色名数十有八；其未习者曰宫架，逐色名数三十。近选国子生教习文、武二舞，以备词（祠）祀先圣。未及施行，有诏令罢。以为士子肄业上庠，颇闻耻习乐舞，与乐工为伍，坐作扰杂，从事于伎艺之末。臣愚以谓即罢二舞，无由更习宫架；若止习登歌，即非全乐，似乎无所用之。所有乐工教习诸生去处，如合减罢，伏望更赐详酌施行。'"

《文献通考》卷一三〇《乐考三·历代乐制》："(崇宁四年)诏赐名曰大晟，专置大晟府，大司乐一员，典乐二员，并为长贰，大乐令一员，协律郎四员，以其乐施之郊庙朝会，弃旧乐不用。又诏：'春秋释奠、赐宴辟雍、贡士鹿鸣【宴】、闻喜宴，悉用大晟乐，屏去倡优淫哇之声，仍令选国子生，教习乐舞。'"

按：《宋会要》原文只有"十一日，臣僚上言"云云，"大观二年八月"为《宋会要》辑校者所误加。考《宋史·乐志四》载国子生罢习二舞诏在大观四年六月。《宋史·乐志四》："(大观四年)六月，诏：'近选国子生教习二舞，以备祠祀先圣，本《周官》教国子之制。然士子肄业上庠，颇闻耻于乐舞与乐工为伍，坐作、进退，盖今古异时，致于古虽有其迹，施于今未适其宜。其罢习二舞，愿习雅乐者听。'"知《宋会要·乐》三之二六"近选国子生教习文武二舞，以备词（祠）祀先圣。……以为士子肄业上庠，颇闻耻习乐舞，与乐工为伍，坐作扰杂，从事于伎艺之末"，即是节述大观四年六月诏书内容，所谓"未及施行，有诏令罢"，所指"罢习二舞"之"诏令"，即指此。据此，《宋会要·乐》三之二六"大观二年"当误（详下）。考"有诏令罢"在大观四年六月，则"近选国子生教习文、武二舞"当在此前。

又，汤勤福、王志跃云："此条(引者按：即上列《宋史·礼志八》"大晟乐成"云云)承上系于政和五年，实有问题。……显然，此是指习大晟乐事，而非制成《大晟乐》时间，故《宋志》将两者混淆，放在一起，实有误。"[1]今考国子学及天下州学生习《大晟乐》事，实较为复杂（详后）。《宋志》"大晟乐成，诏下国子学选诸生肄习"云云，亦非在崇宁四年。《宋会要·乐》三之二六明载"大观之初，有诏令大晟府乐工教习太学、辟雍诸生"，可为印证。今据《文献通考·乐考三》："(崇宁四年)诏赐名曰大晟，专置大晟府……又诏：'春秋释奠、赐宴辟雍、贡士鹿鸣【宴】、闻喜宴，悉用大晟乐，屏去倡优淫哇之声，仍令选国子生，教习乐舞。'"考知释奠用大晟乐在大观三年二月（《宋史·乐志十二》载《大观三年释奠六首》）、赐宴辟雍用大晟乐在大观三年五月十二日（《宋史·徽宗本纪二》，《宋大诏令集》卷一四九《京西提学曾弼乞赐宴辟雍用雅乐御笔》，《皇宋十朝纲要》卷一七，《玉海》卷一〇五）、闻喜宴用大晟乐在

---

① 汤勤福、王志跃：《宋史礼志辨证》，第384—385页。

大观三年(《宋会要·崇儒》一之三,《宋史·乐志十四》,《文献通考·乐考十六》),可推知《宋志》"诏下国子学选诸生肄习"云云,当在大观三年五月之后、大观四年六月之前。

六月,刘炳上《(大晟)乐书》二十卷,刊印颁四方。

《玉海》卷一〇五:"大观三年六月,刘炳上《乐书》二十卷,《论》八篇,五声、八音、七均、十二律、八十四调、度、量、权、衡、二舞,各有图序,并候气、军(运)律、教乐、运谱四议,共二十卷。上之,刊印颁四方。(《书目》卷同。)"

按:《宋史·乐志四》:"(大观四年八月)命太中大夫刘昺编修《乐书》。"《宋史·徽宗本纪二》:"(大观三年)六月甲戌朔,诏修《乐书》。"《通鉴续编》卷一一:"(大观三年己丑)六月,诏修《乐书》。"或云"大观三年六月"诏修《乐书》,或云"大观四年八月"编修《乐书》,均误。

凌景埏《年表》:"(大观三年)六月,刘昺上《乐书》。"原注:"此据《玉海》。《宋史·乐志》谓:'四年八月帝命刘昺编修。'按:大观元年已降旨修书,故知《宋史》误也。"[1]李幼平《编年》从凌氏说,云:"(大观三年)六月,刘昺上《乐书》八论及图十二。阐释指律、中正之声等大晟律理论。"[2]均极是。

李文郁《大事记》:"(大观四年)命大中大夫刘昺编修《乐书》为八论。"[3]乃从《宋史·乐志四》依样而编,实误。杨荫浏《中国音乐史纲》称"徽宗大观四年所编《乐书八论》"[4],则作者、书名及编撰、上书年代均误,乃据《宋史·乐志四》撮录而误:"(大观四年)八月,帝亲制《大晟乐记》,命太中大夫刘昺编修《乐书》,为八论……又为图十二……又列八音之器……又有度、量、权、衡四法,候气、运律、教乐、运谱四议,与律历、运气或相表里,甚精微矣。……凡为《书》二十卷。"实"八论"亦为刘昺《乐书》内容之一,书名并非《乐书八论》而实为《大晟乐书》。

《大晟乐书》原书已佚,惟残文散见于各书中,以《宋史·乐志四》、《宋史·乐志五》撮录文字最多。如《宋史·乐志四》撮录文字:"……命太中大夫刘昺编修《乐书》。为八论:其一曰:'乐由阳来,阳之数极于九,圣人摄其数于九鼎,寓其声于九成。阳之数复而为一,则实鼎之卦为《坎》,极而为九,则彤鼎之卦为《离》。《离》,南方之卦也。圣人以盛大光明之业,

---

① 凌景埏:《宋魏汉津乐与大晟府》,凌景埏、谢伯阳校注:《诸宫调两种》附录,第281页,第293页。

② 李幼平:《宋(金)代编钟及新乐议制编年》,《大晟钟与宋代黄钟标准音高研究》附录,第152页。

③ 李文郁:《大晟府考略·大晟府大事记》,《词学季刊》第二卷第二号(1935年1月),第507页。

④ 杨荫浏:《中国音乐史纲》,第191页。

如日方中,向明而治,故极九之数则曰景钟,大乐之名则曰《大晟》。日王于午,火明于南,乘火德之运,当丰大之时,恢扩规模,增光前烈,明盛之业,永观厥成。乐名《大晟》,不亦宜乎?'其二曰:'后世以黍定律,其失乐之本也远矣。以黍定尺,起于西汉,盖承《六经》散亡之后,闻古人之绪余而执以为法,声既未协,乃屡变其法而求之。此古今之尺所以至于数十等,而至和之声愈求而不可得也。《传》曰:"万物皆备于我矣,反身而诚,乐莫大焉!"秬黍云乎哉?'其三曰:'焦急之声不可用于隆盛之世。昔李照欲下其律,乃曰:"异日听吾乐,当令人物舒长。"照之乐固未足以感动和气如此,然亦不可谓无其意矣。自艺祖御极,和(知)乐之声高①,历一百五十余年,而后中正之声乃定。盖奕世修德,和气薰蒸,一代之乐,理若有待。'其四曰:'盛古帝王皆以明堂为先务,后世知为崇配、布政之宫,然要妙之旨,秘而不传,徒区区于形制之末流,而不知帝王之所以用心也。且盛德在木,则居青阳,角声乃作;盛德在火,则居明堂,徵声乃作;盛德在金,则居总章,商声乃作;盛德在水,则居玄堂,羽声乃作;盛德在土,则居中央,宫声乃作。其应时之妙,不可胜言。一岁之中,兼总五运,凡丽于五行者,以声召气,无不总摄。鼓宫,宫动;鼓角,角应;彼亦莫知所以使之者。则永膺寿考,历数过期,不亦宜乎?'其五曰:'魏汉津以太极元气,函三为一,九寸之律,三数退藏,故八寸七分为中声。正声得正气则用之,中声得中气则用之。宫架环列,以应十二辰;中正之声,以应二十四气;加四清声,以应二十八宿。气不顿进,八音乃谐。若立春在岁元之后,则迎其气而用之,余悉随气用律,使无过不及之差,则所以感召阴阳之和,其法不亦密乎?'其六曰:乾坤交于亥,而子生于黄钟之宫,故禀于乾,交于亥,任于壬,生于子。自乾至子凡四位,而清声具焉。汉津以四清为至阳之气,在二十八宿为虚、昴、星、房,四者居四方之正位,以统十二律。每清声皆有三统:申、子、辰属于虚而统于子,巳、酉、丑属于昴而统于丑,寅、午、戌属于星而统于寅,亥、卯、未属于房而统于卯。中正之声分为二十四宿,统于四清焉。其七曰:昔人以乐之器有时而弊,故律失则求之于钟,钟失则求之于鼎,得一鼎之龠,则权、衡、度、量可考而知。故鼎以全浑沦之体,律吕以达阴阳之情,天地之间,无不统摄,机缄运用,万物振作,则乐之感人,岂无所自而然邪? 其八曰:圣上稽帝王之制而成一代之乐,以谓帝舜之乐以教胄子,乃颁之于宗学;成周之乐,掌于成均,乃颁之府学、辟

---

① 　按:刘昺《大晟乐书·乐论第三篇》作"知乐之声高"(《宋朝事实》卷一四,《长编纪事本末》卷一三五),乃是,可据校正。

雍、太学；而三京、【四辅】、藩邸(府)①，凡祭祀之用乐者皆赐之；于是中正之声被天下矣。汉施郑声于朝廷，唐升夷部于堂上，至于房中之乐，惟恐淫哇之声变态之不新也。圣上乐闻平淡之音，而特诏有司制为宫架，施之于禁庭，房中用雅乐，自今朝始云。又为图十二：一曰五声，二曰八音，三曰十二律应二十八宿，四曰七均应二十八宿，五曰八十四调，六曰十二律所生，七曰十二律应二十四气，八曰十二律钟(中)正声②，九曰堂上乐，十曰金钟玉磬，十一曰宫架，十二曰二舞。图虽不能具载，观其所序，亦可以知其旨意矣：天地相合，五数乃备。不动者为五位，常动者为五行，五行发而为五声。律吕相生，五声乃备，布于十二律之间，犹五纬往还于十有二次，五运斡旋于十有二时。其图五声以此。两仪既判，八卦肇分。气盈而动，八风行焉。颛帝乃令飞龙效八风之音，命之曰《承云》。方是时，金、石、丝、竹、匏、土、革、木之音未备，后圣有作，以八方之物全五声者，制而为八音，以声召气，八风从律。其图八音以此。上象著明器形，而下以声召气，吻合元精。其图十二律应二十八

---

① 按："三京藩邸"当为"三京、四辅、藩府"之误。赵佶《大晟乐记》："乃按习于宫掖，教之国子，用之太学、辟雍，颁之三京、四辅以及藩府焉。"(《宋朝事实》卷一四，《长编纪事本末》卷一三五)《宋会要·乐》五之二○："大观元年五月九日，诏：'乐作已久，方荐郊庙，施于朝廷，而未及颁之天下。宜令大晟府议颁新乐，使雅正之声被于四海，先降三京、四辅，次帅府。'"又《宋会要·乐》三之二五："……奉诏制造颁降三京、四府(辅)、二十八帅府等处大乐……"《政和五礼新仪》卷首："大观元年七月议礼局札子：'……今大晟新乐，推行京、辅、节镇……贴黄称：臣等伏观雅乐颁四辅并节镇。'"华镇《乞颁降州军大乐札子》云："近者伏见朝廷下大乐局制造三都、四辅大乐，将以播越仁声，通流善教。"(《云溪居士集》卷二六)均作"三京(或三都)、四辅、藩府(或帅府，或节镇)。"知《宋史·乐志四》引《大晟乐书》误脱"四辅"二字，又将"藩府"误为"藩邸"，可据校正。

② 按："钟正声"，中华书局点校本据上文补，是；窃以为"钟"乃"中"笔误。《文献通考·乐考四》："刘炳(昺)主乐事……遂为正声之律十二，中声之律十二，清声之律四，凡二十有八。"朱熹《答蔡季通》："近读《长编》，说：'魏汉津、刘炳作《大晟乐》，云：依太史公"黄钟八寸七分之管"作正声之律，依班固"黄钟九寸之管"作中声之律。正声于十二月初气奏之，中声即于中气奏之，故有廿四气钟之说。'"(《晦庵先生朱文公文集·续集》卷二)所谓"二十四气钟"或"廿四气钟"，即指正声钟12件、中声钟12件之合称。据李幼平考证，现存大晟编钟分正声钟12件、中声钟12件、清声钟4件，分别由"候气"而将其中12件正声组钟与4件清声组钟，或12件中声组钟与4件清声组钟编于1簴(李幼平：《大晟钟与宋代黄钟标准音高研究》，第27页，第34页)。又据《宋史·乐志四》："宫架环列，以应十二辰；中、正之声，以应二十四气；加四清声，以应二十八宿。"知"十二律应二十四气"云云，即"中、正之声，以应二十四气"。因"正声之律十二，中声之律十二"合称即"十二律中、正声"，知上述"十二律钟正声"之"钟"乃"中"笔误。如只为"十二律钟正声"，则只有"正声钟"一组，缺乏"中声钟"，不合《大晟乐书》十二律"正声、中声"理论，也与现存大晟钟按"正声钟、中声钟"编组的实际情况不合。

宿以此。斗在天中，周制四方，犹宫声处中为四声之纲。二十八舍列在四方，用之于合乐者，盖东方七角属木，南方七徵属火，西方七商属金，北方七羽属水。四方之宿各有所属，而每方之中，七均备足。中央七宫管摄四气。故二十八舍应中正之声者，制器之法也；二十八舍应七均之声者，和声之术也。其图七均应二十八宿以此。合阴阳之声而文之以五声，则九六相交，均声乃备。黄钟为宫，是谓天统；林钟为徵，是谓地统；太簇为商，是谓人统。南吕为羽，于时属秋；姑洗为角，于时属春；应钟为变宫，于时属冬；蕤宾为变徵，于时属夏。旋相为宫，而每律皆具七声，而八十四调备焉。其图八十四调以此。自黄钟至仲吕，则阳数极而为《乾》，故其位在左；蕤宾至应钟，则阴数极而为《坤》，故其位在右。阴穷则归本，故应钟自生阴律；阳穷则归本，故仲吕自归阳位。律吕相生，起于《复》而成于《乾》，终始皆本于阳，故曰'乐由阳来'，六吕则同之而已。相生之位，分则为《乾》、《坤》之交，合则为《既济》、《未济》之卦。自黄钟至仲吕为《既济》，故属阳而居左；自蕤宾至应钟为《未济》，故属阴而居右。《易》始于《乾》、《坤》而终于《既济》、《未济》，天地辨位而水火之气交际于其中，造化之原皆自此出。其图十二律所生以此。二十四气差之毫厘，则或先天而太过，或后天而不及。在律为声，在历为气。若气方得节，乃用中声；气已及中，犹用正律。其图十二律应二十四气以此。汉津曰：'黄帝、夏禹之法，简捷径直，得于自然，故善作乐者以声为本。若得其声，则形数、制度当自我出。今以帝指为律，正声之律十二，中声之律十二，清声凡四，共二十有八'云。其图十二律钟（中）正声以此。堂上之乐，以人声为贵，歌钟居左，歌磬居右。近世之乐，曲不协律，歌不择人，有先制谱而后命辞。奉常旧工，村野癃老者斥之。升歌之工，选择惟艰，故堂上之乐铿然特异焉。其图堂上乐以此。金玉之精，禀气于《乾》，故堂上之乐，钟必以金，磬必以玉。《历代乐仪》曰：'歌磬次歌钟之西，以节登歌之句。'即《周官》颂磬也。神考肇造玉磬，圣上绍述先志，而堂上之乐方备，非圣智兼全、金声而玉振之者，安能与于天道哉？其图金钟玉磬以此。《大晟》之制，天子亲祀圆丘，则用景钟为君围，镈钟、特磬为臣围，编钟、编磬为民围，非亲祀则不用君围。汉津以谓：'宫架总摄四方之气，故《大晟》之制，羽在上而以四方之禽，虡在下而以四方之兽，以象凤仪、兽舞之状。龙簨崇牙，制作华焕。'其图宫架以此。新乐肇兴，法夏籥九成之数：文舞九成，终于垂衣拱手，无为而治；武舞九成，终于偃武修文，投戈讲艺。每成进退疾徐，抑扬顾揖，皆各象方今之勋烈。文舞八佾，左执籥，右秉翟。盖籥为声之中，翟为文之华，秉中声而昌文德。武舞八佾，执干戈而进，以金鼓为节。其图二舞以此。又列八音之器，金部有七：曰景钟，曰镈钟，曰编钟，曰金錞，曰金镯，曰金铙，曰金铎。其说以谓：景钟乃乐之祖，而非常用之乐也。黄帝五钟，一曰景钟。景，大也。钟，四（西）方之声①，以象厥成。惟功大者其钟大，世莫识其义久矣。其声则黄钟之正，而律吕由是生焉。平时弗考，风至则鸣。镈钟形声宏大，各司其辰，以管摄四方之气。编钟随月用律，杂比成文，声韵清越。錞、镯、铙、铎，古谓之四金。鼓属乎阳，金属乎阴。阳造始而为之倡，故以金錞和鼓；阳动而不知已，故以金镯节鼓。阳之用事，有时而终，故以金铙止鼓。时止则止，时行则行，天之道也，故以金铎通鼓。金乃《兑》音，《兑》为口舌，故金之属皆象之。石部有二：曰特磬，曰编磬。其说以谓：‘依我磬声’，以石有一定之声，众乐依焉，则钟磬未尝不相须也。往者，国朝祀天地、宗庙及大朝会，宫架内止设镈钟，惟后庙乃用特磬，若已升祔后庙，遂置而不用。如此，则金石之声小大不侔。《大晟》之制，金石并用，以谐阴阳。汉津之法，以声为主，必用泗滨之石，故《禹贡》必曰‘浮磬’者，远土而近于水，取之实难。昔奉常所用，乃以白石为之，其声沉下，制作简质，理宜改造焉。丝部有五②：曰一弦琴，曰三弦琴，曰五弦琴，曰七弦琴，曰九弦琴，曰瑟。其说以谓：‘汉津诵其师之说曰：古者，圣人作五等之琴，琴主阳，一、三、五、七、九，生成之数也。师延拊一弦之琴，昔人作三弦琴，盖阳之数成于三。伏羲作琴有五弦，神农氏为琴七弦，《琴书》以九弦象九星。五等之琴，额长二寸四分，以象二十四气；岳阔三分，以象三才；岳内取声三尺六寸，以象期三百六十日；龙断及折势四分，以象四时。共长三尺九寸一分，成于三，极于九。九者，究也，复变而为一之义也。《大晟》之瑟长七尺二寸，阴爻之数二十有四，极三才之阴数而七十有二，以象一岁之候。既罢筝、筑、阮，丝声稍下，乃增瑟之数为六十有四，则八八之数法乎阴，琴之数则九十有九而法乎阳。’竹部有三：曰长篴③，曰篪，曰箫。其说以谓：篴以一管而兼律吕，众乐由焉。三窍成籥，三才之和寓焉。六窍为篴，六律之声备焉。篪之制，采竹窍厚均者，用两节，开六孔，以备十二律之声，则篪之乐生于律。乐始于律而成于箫。律准风鸣，以一管为一声。箫集众律，编而为器：参差其管，以象凤翼；萧然清亮，以象凤鸣。匏部有六：曰竽笙，曰巢笙，曰和

---

①　按：“钟，四方之声”，《中兴礼书》卷一三作“钟，西方之声”，《文献通考·乐考七》亦作“钟，西方之声”。考《说文解字》卷一四上“钟”条：“钟，乐钟也，秋分之音。物种成，从金，童声。”《乐书》卷五〇：“盖钟之为器，于物为金，于方为西，秋分之音也。”《玉海》卷一〇九：“《管子·五行篇》：‘昔黄帝以其缓急作五声，以正五钟，令其五钟。……四曰景钟。’”小注：“景者，大也，应西方之声，以象成功。”据此可知，《宋史·乐志四》“钟，四方之声”，确为“钟，西方之声”之误，可据《中兴礼书》、《文献通考》校正。

②　按：“丝部有五”，中华书局点校本校勘记认为当作“丝部有六”（第9册，第3027页）。乃是。

③　按：“竹部有三：曰长篴”，中华书局点校本《宋史·乐志四》校勘记认为当作“竹部有四”，且“曰长篴”后疑脱“曰籥”二字。（第9册，第3027页）乃是。

笙，曰闰余匏，曰九星匏，曰七星匏。其说以谓：列其管为箫，聚其管为笙。凤凰于飞，箫则象之；凤凰戾止，笙则象之。故内皆用簧，皆施匏于下。前古以三十六簧为竽，十九簧为巢，十三簧为和，皆用十九数，而以管之长短、声之大小为别。八音之中，匏音废绝久矣。后世以木代匏，乃更其制，下皆用匏，而并造十三簧者，以象闰余。十者，土之成数；三者，木之生数：木得土而能生也。九簧者，以象九星。物得阳而生，九者，阳数之极也。七簧者，以象七星。笙之形若鸟敛翼，鸟，火禽，火数七也。土部有一：曰埙。其说以谓：释《诗》者以埙、篪异器而同声，然八音孰不同声，必以埙、篪为况？尝博询其旨，盖八音取声相同者，惟埙、篪为然。埙、篪皆六孔而以五窍取声。十二律始于黄钟，终于应钟。二者，其窍尽合则为黄钟，其窍尽开则为应钟，余乐不然。故惟埙、篪相应。革部十有二：曰晋鼓，曰建鼓，曰鼗鼓，曰靁鼓，曰靁鼗，曰灵鼓，曰灵鼗，曰路鼓，曰路鼗，曰雅鼓，曰相鼓，曰搏拊。其说以谓：凡言乐者，必曰钟鼓，盖钟为秋分之音而属阴，鼓为春分之音而属阳。金奏待鼓而后进者，雷发声而后群物皆鸣也；鼓复用金以节乐者，雷收声而后蛰虫坏户也。《周官》以晋鼓鼓金奏，阳为阴唱也。建鼓，少昊氏所造，以节众乐。夏加四足，谓之足鼓；商贯之以柱，谓之楹鼓；周县而击之，谓之县鼓。鼗者，鼓之兆也。天子锡诸侯乐，以柷将之；赐伯、子、男乐，以鼗将之。柷先众乐，鼗则先鼓而已。以靁鼓鼓天神，因天声以祀天也；以灵鼓鼓社祭，以天为神，则地为灵也；以路鼓鼓鬼享，人道之大也。以舞者迅疾，以雅节之，故曰雅鼓。相所以辅相于乐，今用节舞者之步，故曰相鼓。登歌今奏击拊，以革为之，实之以糠，升歌之鼓节也。木部有二：曰柷，曰敔。其说以谓：柷之作乐，敔之止乐，汉津尝问于李良，良曰：‘圣人制作之旨，皆在《易》中。《易》曰："《震》，起也。《艮》，止也。"柷、敔之义，如斯而已。柷以木为底，下实而上虚。《震》一阳在二阴之下，象其卦之形也。击其中，声出虚，为众乐倡。《震》为雷，雷出地奋，为春分之音，故为众乐之倡，而外饰以山林物生之状。《艮》位寅，为虎，虎伏则以象止乐。背有二十七刻，三九阳数之穷。戛之以竹，裂而为十，古或用十寸，或裂而为十二，阴数。十二者，二六之数，阳穷而以阴止之。’又有度、量、权、衡四法，候气、运律、教乐、运谱四议，与律历、运气或相表里，甚精微矣，兹独采其言乐事显明者。凡为书二十卷。说者以谓蔡京使昺为缘饰之，以布告天下云。”

又《宋史·乐志五》撮录文字：“……时给事中段拂等讨论景钟制度，按《大晟乐书》：‘黄钟者，乐所自出，而景钟又黄钟之本，故为乐之祖。惟天子郊祀上帝则用之，自斋宫诣坛则击之，以召至阳之气。既至，声阕，众乐乃作。祀事既毕，升辇，又击之。盖天者，群物之祖，今以乐之祖感之，则天之百神可得而礼。音韵清越，拱以九龙，立于宫架之中，以为君围。环以四清声钟、磬、镈钟、特磬，以为臣围；编钟、编磬以为民围。内设宝钟球玉，外为龙虡凤琴。景钟之高九尺，其数九九，实高八尺一寸。垂则为钟，仰则为鼎。鼎之大，中

(终)于九斛，[中声所极]，[九数]退藏，实八斛有一焉。'"①

又《宋史·乐志三》："景钟者，黄钟之所自出也。垂则为钟，仰则为鼎。鼎之大，终于九斛，中声所极。制炼玉屑，入于铜齐，精纯之至，音韵清越。其高九尺，拱以九龙，惟天子亲郊乃用。立于宫架之中，以为君围。"

虽未言录自《大晟乐书》，但与《宋史》卷一三〇《乐志五》所引《大晟乐书》文字略同，亦当为撮录文字。按《大晟乐书》第一部分为《乐论》八卷，第二部分《图序》及《四议》共十二卷。除以上所见外，散见于他书的《大晟乐书》残文尚有不少。关于《大晟乐书》卷数、篇目及内容辑考，详见拙作《刘昺及〈大晟乐书〉辑考》、拙著《大晟府及其乐词通考》，兹不赘述。

《大晟乐书》"房中用雅乐，自今朝始云"，包括颁于三京、四辅、藩府及太学、辟雍、宗学、府学之大晟雅乐。

《宋史》卷一二九《乐志四》："（大观四年）八月，帝亲制《大晟乐记》，命太中大夫刘昺编修《乐书》，为八论：……其八曰：圣上稽帝王之制而成一代之乐，以谓帝舜之乐以教胄子，乃颁之于宗学；成周之乐，掌于成均，乃颁之府学、辟雍、太学；而三京、【四辅】、藩邸（府），凡祭祀之用乐者，皆赐之。于是中正之声被天下矣。汉施郑声于朝廷，唐升夷部于堂上，至于房中之乐，惟恐淫哇之声变态之不新也。圣上乐闻平淡之音，而特诏有司制为宫架，施之于禁庭。房中用雅乐，自今朝始云。"

按："藩邸"当为"藩府"之误，又误脱"四辅"二字（详上）。又，李幼平《编年》："（大观三年）六月，刘昺上《乐书》八论及图十二。阐释指律、中正之声等大晟律理论。【3】【9】【10】/房中乐用雅乐，自今朝始云。【3】/"所据为"【3】《宋史》"②。据《中国音乐词典》："房中乐，宫廷音乐的一种。大型的房中乐用于殿堂，设乐悬《周礼·春官》：'磬师：掌教击磬……教缦乐燕乐之钟磬。'注：'燕乐，房中之乐，所谓阴声也。'不设乐悬的'房中乐'，如《仪礼·燕礼》注：'不用钟磬之节也。'房中乐用于燕享宾客，见《仪礼·燕礼》：'若与四方之宾燕，有房中

---

① 按："中于九斛，退藏实八斛有一焉"，当作"终于九斛，中声所极，九数退藏，实八斛有一焉。"《宋史·乐志五》脱"中声所极，九数"六字，又误"终"为"中"。此据《宋史·乐志三》、《中兴礼书》卷一三、《演繁露》卷六校补。详细考证见拙著《大晟府及其乐词通考》，兹不赘述。

② 李幼平：《宋（金）代编钟及新乐议制编年》，《大晟钟与宋代黄钟标准音高研究》，第152页，第143页。

之乐。'用于后宫，即所谓：'房中歌后妃之德。'（《宋史·乐志》）房中乐在传统上从周代开始即采用民间乡乐。《旧唐书·音乐志》：'平调、清调、瑟调，皆周房中之遗声也。''高帝乐楚声，故房中乐皆楚声也。'周代用二南，《诗·周南》前注：'乃采文王之世，风化所及，民俗之诗，被之管弦，以为房中之乐。'《召南》后注：'云"房中"者，后、夫人之所讽诵，以事其君子。'"①考刘昺《大晟乐书》所指"房中之乐"，包括颁于三京、四辅、藩府及太学、辟雍、宗学、府学之大晟雅乐。考大观元年，颁大晟乐于三京、四辅及帅府，令大晟府乐工教习太学、辟雍诸生（"府学"颁大晟乐在大观元年十二月之后，"宗学"颁大晟乐在大观元年五月以后，而习大晟乐在"政和初"，考证详见下文）；大观三年，释奠用大晟乐，诏赐宴辟雍用雅乐，并宗子上舍与进士同释褐就琼林苑赐宴（即"闻喜宴"）用大晟雅乐。徽宗朝"房中乐"用大晟雅乐情况，详见《政和五礼新仪》卷一九七《皇帝养老于太学仪》、卷一九八《皇帝宴射仪》、卷一九九《集英殿春秋大宴仪》、卷二〇一《垂拱殿曲宴仪》、卷二〇二《上巳重阳赐宴仪》、卷二〇三《辟雍赐闻喜宴仪》等。

教坊色长张俣上《大乐玄机赋论》，讥《大晟乐书》非"雅乐"。约在此时稍后。

吴莱《张氏大乐玄机赋论后题》："当《大晟乐书》之行，教坊色长张俣曾制《大乐玄机赋论》：'七音、六十律、八十四调，本不脱乎龟兹白苏祗婆②之旧。正行四十大曲、常行小令、四部弦管，犹或尚循乎大唐、五代黎园法曲之遗，此非俗乐之杂行者乎？宜雅乐之未易遽复也。'"（《渊颖集》卷八）

《春明梦余录》卷三九："元人吴莱《大晟乐论》：……当《大晟乐书》之行，教坊色长张俣曾制《大乐元（玄）机赋论》：七音、六十律、八十四调，本不脱乎龟兹白苏祗婆③之旧，正行四十大曲、常行小令、四部弦管，犹或尚循乎大唐、五代黎园法曲之遗，此非俗乐之杂行者乎？宜雅乐之未易遽复也。"

按：《春明梦余录》引作吴莱《大晟乐论》，均云"张俣《大乐玄机赋论》"。张俣为教坊色长，其书当成于大观三年六月刘昺"上《大晟乐书》"以后。所论大晟乐"七音、六十律、八十四调"，乃为《大晟乐书》相关内容，而又论及"正行四十大曲，常行小令，四部弦管"，则为燕乐内容。张俣《大乐玄机赋论》所谓"犹或尚循乎大唐、五代黎园法曲之遗"云云，知当时燕

---

① 中国艺术研究院音乐研究所编：《中国音乐词典》，第102页。
② 按：《隋书》卷一四《音乐志中》作"龟兹人曰苏祗婆"，此处"白"疑为"人曰"之误。
③ 按："白"疑为"人曰"之误。详上。

乐尚依"唐律"之旧,未尚有所变革。据此,其书当成于政和四年正月以"大晟府十有二月所定声律"阅习教坊乐(《宋会要·乐》五之三六、三七,《宋史·乐志十七》)之前。今可推知张俣《大乐玄机赋论》作于大观三年六月至政和四年正月间。其论大晟乐不脱俗乐之范围,颇讥号称"雅乐"的大晟乐之性质,不过是俗乐的翻版。其书元时尚存,今佚,不可详考。

《宋史·乐志四》:"(蔡)絛又曰:'宴乐本杂用唐声调,乐器多夷部,亦唐律。徵、角二调,其均自隋、唐间已亡。政和初,命大晟府改用大晟律,其声下唐乐已两律。然刘昺止用所谓中声八寸七分管为之,又作匏笙、埙、篪,皆入夷部。至于《徵招》、《角招》,终不得其本均,大率皆假之以见徵音。然其曲谱颇和美,故一时盛行于天下,然教坊乐工嫉之如雠。其后,蔡攸复与教坊用事乐工附会,又上《唐谱徵、角二声》,遂再命教坊制曲谱,既成,亦不克行而止。然政和《徵招》、《角招》遂传于世矣。'"所谓"教坊乐工嫉之如雠"者,乃为"政和《徵招》、《角招》",野史载其名为丁仙现(详上)。考丁仙现熙宁、元丰间即为教坊乐官,大观、政和间非议"徵调"时,年岁已高;疑除丁仙现外,教坊中尚有其他乐工亦"嫉之如雠"。且不仅为"徵调"而发,即对"大晟乐"及"大晟乐书"亦有訾议,今可确考者即有教坊色长张俣。

八月二十三日乙未,制造颁降三京、四辅、二十八帅府等处大乐结绝罢局,等第推恩。

《宋会要·乐》五之二〇、二一:"(大观)三年八月二十三日,中书省提举制造大乐局所奏:'奉诏制造颁降三京、四辅、二十八帅府等处大乐。官吏、作匠等,及结绝罢局,有劳,可等第推恩。内初补使臣免呈试参部,提举官、承受、主管、制造等官转两官,有资者转两资,内提举、承受官并回授;无资可转者,与将一官改赐章服,一官许回授有服亲。主管文字、主管杂务各转一官,有资者转一资,各更减二年磨勘。前提举官及主管官、杂务、主管文字、监辖造作、点检文字各特转一官,有资者转一资,待诏与改换服色。'"

按:《宋会要·乐》三之二五、二六载有相同文字,惟作"(崇宁五年)八月二十三日",乃误,详上。

本年,议礼局上集英殿春秋大宴仪及用乐舞节次。

《宋史》卷一一三《礼志十六》:"大观三年,议礼局集英殿春秋大宴仪:'……酒初行,群官搢笏受酒,先宰相,次百官,皆作乐。皇帝再举酒,(并殿中监、少监进。)群臣俱立席后,乐作,饮讫,赞各就坐。复行群臣酒,饮讫。皇帝三举酒,皆如第一之仪。尚食典[御]奉御进食,太官设群臣食,乐作。赐祗应臣僚酒食,赞拜谢讫,复位。皇帝四举酒,(并典御进酒。)乐工致语,群臣皆立席后,致语讫,赞百官再拜,就坐,乐作。皇帝五举酒,乐工奏乐,庭下舞队致词,乐作,舞队出。东上阁门奏再坐时刻。俟放队讫,内侍举御茶床,皇帝降坐,鸣鞭,群臣退。赐花,再坐。前二刻,御使台、东上阁门催班,群官戴花北向立,内侍进班齐牌,皇帝诣集英殿,百官谢花再拜,又再拜就坐。内侍进御茶床,皇帝举酒,殿上奏乐,庭下作乐。皇帝再举酒,殿上奏乐,庭下舞队前致语,乐作,出。皇帝三举酒、四举酒皆如上仪。如宣示盏,即随所向,阁门官以下揖称宣示盏,躬赞就坐。若宣劝,即立席后躬饮讫,赞再拜。内侍举御茶床,舍人引班首以下降阶再拜,舞蹈,又再拜讫,分班出。阁门官侧奏无公事,皇帝降坐,鸣鞭。'"

　　按:《政和五礼新仪》卷一九九《集英殿春秋大宴仪》所载较为详细,可比勘[①]。又,《宋史·乐志十七》:"每春、秋、圣节三大宴:其第一、皇帝升坐,宰相进酒,庭中吹觱栗,以众乐和之;赐群臣酒,皆就坐,宰相饮,作《倾杯乐》;百官饮,作《三台》。第二、皇帝再举酒,群臣立于席后,乐以歌起。第三、皇帝举酒,如第二之制,以次进食。第四、百戏皆作。第五、皇帝举酒,如第二之制。第六、乐工致辞,继以诗一章,谓之'口号',皆述德美及中外蹈咏之情。初致辞,群臣皆起,听辞毕,再拜。第七、合奏大曲。第八、皇帝举酒,殿上独弹琵琶。第九、小儿队舞,亦致辞以述德美。第十、杂剧罢,皇帝起更衣。第十一、皇帝再坐,举酒,殿上独吹笙。第十二、蹴鞠。第十三、皇帝举酒,殿上独弹筝。第十四、女弟子队舞,亦致辞如小儿队。第十五、杂剧。第十六、皇帝举酒,如第二之制。第十七、奏鼓吹曲,或用法曲,或用《龟兹》。第十八、皇帝举酒,如第二之制,食罢。第十九、用角抵,宴毕。"(《文献通考·乐考十九》、陈旸《乐书》卷一九九《天宁节燕》与此略同)据考证,乃为建中靖国元年天宁节大宴仪所用乐舞,但源于神宗熙宁九年至元丰元年之仪制[②]。徽宗大观三年大宴仪所用乐舞,虽与此差别不大,但亦有所更动。

---

　　①　按:《宋史·礼志十六》"尚食典奉御进食",当为"尚食典御,奉御进食"之误,详见汤勤福、王志跃《宋史礼志辨证》,第654—656页。
　　②　详见拙作《〈宋史·乐志〉大宴仪系年考辨》,《浙江大学学报(人文社会科学版)》2002年第6期。

大观四年(1110)庚寅

正月十四日癸丑,祭风师于西郊,用大晟乐。

《宋史》卷一三七《乐志十二》载《大观祭风师六首》:

降神,《欣安》 羽旗云车,飘飘自天。猗欤南箕,欣嘉升烟。牲饩粢盛,俎笾铏笾。维神戾止,从空泠然。

初献升降,《钦安》 明昭维馨,威仪孔时。锵锵鸣佩,钦荐牲牷。惟恭惟祗,无愆无违。周旋中礼,肃恭委蛇。

奠币,《容安》 吹嘘于喁,披拂氤氲。众窍咸作,潜运化钧。恩大功丰,酬神惟恭。嘉赠盈箱,于物有容。

酌献,《雍安》 牺尊斯陈,清酤盈中。芬芬苾苾,馨香交通。明灵来思,歆我精衷。惟千万祀,品物芃芃。

亚、终献,《雍安》 清酤洋洋,虔恭注兹。条郁敷宣,神用歆之。尊罍静嘉,金奏谐熙。于皇肆祀,休我群黎。

送神,《欣安》 窈冥无穷,肸蠁斯融。来终嘉荐,归返遥空。惟神之归,欣安导和。惟神之泽,于彼滂沱。

按:《政和五礼新仪》卷七六《州县祀风师、雨师、雷神仪》:“州县以立春后丑日祀风师。”《宋史·礼志六》:“兆风师于西郊,祠以立春后丑日。”《大观祭风师六首》不知作于大观何年,附此俟考。

《政和五礼新仪》所载用乐节次甚详,如:“大乐令在雨师坛上乐簴北。……《欣安之乐》作,三成止。……次引初献诣盥洗位,《钦安之乐》作。(凡初献、升降、行止,皆作《钦安之乐》。)……《容安之乐》作,摺笏跪,次引奉礼郎摺笏西向跪,执事者以币授奉礼郎。……诣酌尊所西向立,乐止,《雍安之乐》作……《雍安之乐》作,执事者以爵授亚献。……次引终献诣洗及升坛,行礼并如亚献之仪。……送神,《欣安之乐》作,一成止。”(卷七五《祀风师、雨师、雷神仪》)与《宋史·乐志十二》载《大观祭风师六首》用乐同。《宋史·乐志四》:“(政和)三年四月,议礼局上大祠、中祠登歌之制。"小注:"三京、帅府等每岁祭社稷、祀风师、雨师、雷神、释奠文宣王,用登歌乐,陈设乐器,并同每岁大、中祠登歌。"虽为政和三年所上"登歌乐"仪制,然亦可推知大观间用乐场面。

二月九日戊寅,诏依议礼局所奏取新定律乐之度审校礼器。

《宋会要·食货》六九之五:"徽宗大观四年二月九日,议礼局札子:'臣等伏睹陛下度律均钟,更造雅乐,施之天下,为万世法。至于礼器,尚仍旧制,未闻有所改作。礼乐,有国之大本,而其末起于度数。度数得则权量正,法度一而民不疑。今礼乐异制,不相取法,非所以一民也。臣等欲乞明诏有司,取新定乐律之度,审校礼器。有不合者,悉行改正,以副制作之意。'诏:'律、度、量、衡,先王之制不相袭,而历代亦不同。今以身为度,起律作乐,则于礼制,宜依所奏。'"(《宋会要·食货》四一之三一同)

《政和五礼新仪》卷首:"本局札子:'臣等伏观(睹)陛下度律均钟,更造雅乐,颁之天下,为万世法。至于礼器,尚仍旧制,未闻有所改作。礼乐有国之大本,而其末起于度数。度数得则权量正,法度一而民不疑。今礼乐异制,不相取法,非所以一民之道。臣等欲乞明诏有司,取新定律乐之度,审校礼器,有不合者,悉行改,正以副制作之意。取进止。'大观四年一月初九日,奉御笔:'律、度、量、衡,先王之制不相袭,而历代亦不同。人以身为度,起律作乐,则于礼制,宜依所奏。'"

《长编纪事本末》卷一三三:"(大观四年二月戊寅,议礼局)又奏:'窃惟陛下度律均钟,更造雅乐,施之天下,为万世法。至于礼器,尚仍旧制,未闻有所改作。礼乐者,国之大本,而起于度数。度数得则权量正,法度一而民不疑。今礼乐异制,不相取法,非所以一民也。乞明诏有司,取新定律乐之度,审校礼器,有不合者,悉行改正,以副制作之意。'并从之。【原注】上并因《实录》。"(《长编拾补》卷二九同)

按:《政和五礼新仪》作"大观四年一月初九日奉御笔","本局札子"则在其前,时间不同。今考"一月"当为笔误,应从《徽宗实录》、《宋会要》作"二月"。但此为"御笔"("诏旨")时间,"议礼局札子"当在此前,又应从《政和五礼新仪》。《全宋文》据《政和五礼新仪》卷首、

《宋会要·食货》四一之三一收作《议礼局奏礼器度数御笔（大观四年二月九日）》①，极是。

又诏礼神、祀神分乐而序之。

《政和五礼新仪》卷首："（大观四年一月初九日）御笔：'改正下项：议先奏六乐，后奏黄钟，命用礼神、祀神之礼。先王祀天，各以象类求之。方其求幽，则体其道而象其色。璧以圜，犊以苍，日以冬至，以其幽而远，故备乐而求之。自黄钟阳生之律，至《云门之舞》六变，而后天神始降，可得而礼。其求于显，则体其用而象其色，不以璧之圜（阙）。故分乐而序之，奏黄钟，合大吕，舞《云门》而已。天一也，自其本而求之，则曰天；自其用而求之，则曰帝。其礼其义，其所其事，各异也。礼天者不可以求帝，求帝者不可以祀天。天者，昊天也；帝者，感生帝也。《诗》曰"皇天上帝"，既曰天，又曰帝，体用不同故也。今先礼后祀，先六变后黄钟，先饰以苍，后荐以赤。'"

《长编纪事本末》卷一三三："（大观四年二月戊寅）御笔：'改正七项：《礼书》卷第一议先奏六乐，后奏黄钟，合用礼神、祀神之礼。先王祀天，各以象类求之。方其求于幽，则体其道而象其色。璧以圜，犊以苍，日以冬至，以其幽而远，故备乐而求之。自黄钟阳生之律，至《云门之舞》六变，而后天神始降，可得而礼。其求于显，则体其用而象其色，不以璧之圜而以圭之锐，不以犊之苍而以特之赤，日以上辛，故分乐而序之，奏黄钟，合大吕，舞《云门》而已。天帝一也，自其本而求之则曰天，自其用而求之则曰帝。其礼其义、其所其事各异也。祀天者不可以求帝，求帝者不可以祀天。天者，昊天也；帝者，感生帝也。《诗》曰"皇天上帝"，既曰天，又曰帝，体用不同故也。今【先礼后祀，先六变后黄钟，】先献以苍，后荐以赤。'"

按：《全宋文》据《长编纪事本末》卷一三三收作《改正礼书御笔（大观四年二月戊寅）》②。查本年"二月戊寅"即二月九日戊寅，知《政和五礼新仪》卷首"大观四年一月初九日"云云，"一"当为"二"之笔误。

---

① 曾枣庄等主编：《全宋文》，第164册，第232页。
② 曾枣庄等主编：《全宋文》，第164册，第229页。

本月，祀武成王，用大晟乐。

《宋史》卷一三七《乐志十二》载《大观祀武成王一首》："酌献，《成安》：'凉彼周王，君臣相遇。终谋其成，诸侯来许。洋洋神灵，尊载酒醴。新声为侑，笙箫备举。'"

按："新声为侑"云云，乃指用大晟乐。《政和五礼新仪》卷一二二《释奠武成王仪》："太常寺预于隔季，以仲春上戊（仲秋上戊）释奠昭烈武成王。""大晟设登歌之乐于殿上前楹间稍南，北向。……大乐令于乐虡北，太官令于酌尊所，俱北向。……《凝安之乐》作，三成止。……次引初献诣盥洗位，《同安之乐》作。（凡初献、升降、行止，皆作《同安之乐》。）……升诣武成王位前北向立，乐止。《明安之乐》作，搢笏，跪。……《成安之乐》作，执事者以爵授初献。……《成安之乐》作，执事者以爵授亚献。……送神，《疑（凝）安之乐》作，一成止。"《大观祀武成王一首》不知作于大观何年，附此俟考。

四月十一日己卯，张阁等请颁指尺于天下。

《宋史》卷二〇《徽宗本纪二》："（大观四年）夏四月己卯，班（颁）乐尺于天下。"

《宋会要·食货》六九之五、六："（大观四年）四月十一日，翰林学士张阁等奏：'更制新尺，既已用而未施之四方。欲乞将指尺颁降天下。其应干长短、阔狭之数，并依旧。其有不同者，以今尺计定，即于公私别无增捐（损）。'诏令工部依样先造一千条，取旨颁降。"

《皇宋十朝纲要》卷一七："（大观四年）四月己卯，颁乐尺于天下。"

《玉海》卷八："大观四年四月己卯，翰学张阁请颁指尺于天下。"

按：《宋史·徽宗本纪》、《皇宋十朝纲要》均云"大观四年四月己卯颁乐尺于天下"，乃误，"大观四年四月己卯"为张阁等上奏之时间，非真正"颁乐尺于天下"的时间（详下）。

凌景埏《年表》："同月（大观四年四月）十一日己卯，颁乐尺于天下。"原注："《宋史·徽宗本纪》。"①仅据《宋史·徽宗本纪二》立说，亦有疏误。

李幼平《编年》："（大观四年）四月，颁大晟乐尺于天下。【4】【9】【10】【探微】/""【4】"为《文献通考》，"【9】"为杨荫浏《中国音乐史纲》，"【10】"为凌景埏《宋魏汉津乐与大晟府》，

---

① 凌景埏：《宋魏汉津乐与大晟府》，凌景埏、谢伯阳校注：《诸宫调两种》附录，第281页，第293页。

"【探微】"为丘琼荪《燕乐探微》[①]。从诸说而未辨正。

今考"大观四年四月己卯(十一日)"乃为以"翰林学士张阁等奏"之时间,"班(颁)乐尺"实经过了两个阶段。其一为"颁赐在京侍从官以上及官司库务",时间在大观四年四月二十八日尚书省进札子乞诏颁行之后;其二为"外路诸司、州、府、军、监,欲令诸路转运司依样制造,降付管下诸州,遂(逐)州制造,分给属县",在政和元年五月六日(详见下文所引《宋会要·食货》六九之六、《玉海》卷八、《文献通考·乐考六·度量衡》)。可据《宋会要》《玉海》《文献通考》等校正。

少府监奏请乐尺颁降样式、数量及去处。诏令一百条进纳,余尺颁赐在京侍从官以上及有司库务;外路诸司及有库监各一条,仍令所司依样制造行用。

《宋会要·食货》六九之五、六:"(大观四年四月十一日)诏令工部依样先造一千条,取旨颁降。少府监奏:'上件乐尺一千尺(条),内一百条乌木花星,余一百条紫荆木,并依样制造。未审如何颁降?各若干?付是何去处?'诏:'乌木花星尺一百条进纳,余尺颁赐在京侍从官以上及有司库务。外路诸司及有库监各一条,仍令所司依样制造行用。如无紫荆木,以别木代之。'"

按:此紧接"(大观四年)四月十一日,翰林学士张阁等奏"之后,时间当在此后。姑附于此。

祭雨师于北郊,用大晟乐。

《宋史》卷一三七《乐志十二》载《(大观祭)雨师五首》:

迎神,《欣安》 神之无象,亦可思索。维云阴阴,维风莫莫。降止坛宇,来顾芳馨。侑以鼓歌,荐此明诚。

升降,《钦安》 佩玉璆如,黼黻褕如。承神不懈,讫获嘉

① 李幼平:《宋(金)代编钟及新乐议制编年》,《大晟钟与宋代黄钟标准音高研究》,第152页,第143—144页。

虞。圣皇命祀，臣敢弗恭。凡尔在位，翼翼雍雍。

　　奠币，《容安》　崇崇坛阶，灵既降止。有严执奠，承祀兹始。明灵在天，式顾庶察。泽润以时，永拂荒札。

　　酌献，亚终献，《雍安》　寅恭我神，惟上之使。俾成康年，民俁休祉。折俎既登，斗酒既盈。匪荐是专，配以明诚。

　　送神，《欣安》　牲俎告撤，嘉乐休成。卒事有严，燕虞高灵。蕃我民人，育我稷黍。万有千祀，承神之祜。

　　按：《政和五礼新仪》卷七六《州县祀风师、雨师、雷神仪》："州县以立春后丑日祀风师。"《政和五礼新仪》卷七五《祀风师、雨师、雷神仪》："时日（阙），斋戒（阙）。""行事春用丑时七刻，夏用丑时一刻。""若立夏后申日祀雨师、雷神。"《宋史·礼志六》："元丰详定局言：'……兆风师于西郊，祠以立春后丑日；兆雨师于北郊，祠以立夏后申日。'"知徽宗"祀雨师仪"与神宗元丰仪同。

　　《政和五礼新仪》载祭雨师用大晟乐节次甚详，如："大乐令在雨师坛上乐簴北。……《欣安之乐》作，三成止。……次引初献诣盥洗位，《钦安之乐》作。（凡初献、升降、行止，皆作《钦安之乐》。）……《容安之乐》作，搢笏跪，次引奉礼郎搢笏西向跪，执事者以币授奉礼郎。……《雍安之乐》作，执事者以爵授初献。……《雍安之乐》作，执事者以爵授亚献。……送神，《欣安之乐》作，一成止。"（卷七五《祀风师、雨师、雷神仪》）与《宋史·乐志十二》载《（大观祭）雨师五首》用乐同。《宋史·乐志四》："（政和）三年四月，议礼局上大祠、中祠登歌之制。"小注："三京、帅府等每岁祭社稷、祀风师、雨师、雷神、释奠文宣王，用登歌乐，陈设乐器，并同每岁大、中祠登歌。"虽为政和三年所上"登歌乐"仪制，然亦可推知大观间用乐场面。

　　《（大观祭）雨师五首》不知作于大观何年，附此俟考。

二十四日壬辰，议礼局详议官蔡薿上《乞颁指尺于天下札子》。

　　《宋会要·食货》四一之三一："（大观四年）四月二十四日，朝奉郎、试给事中蔡薿奏：'臣闻虞舜五载一巡守（狩），则必同律、度、量、衡。成王制礼作乐，颁度、量而天下大服。然则度、量、权、衡之致谨者，圣人所以行四方之政也。恭惟陛下与神为谋，以身为度，因帝指之尺，以起钟律之制。奏之郊庙，八音克谐，而天地之和应矣。臣尚愿颁指尺于天下，以同五度、五量、五权之法。区区之愚,以(于)今日所用度之长短,〖知〗(引者按:衍"知"字)量之多寡,权之轻重,非将有所增损也。特因仍其旧,悉使考协于新尺之度数,而定为永法,备成一代之典,昭示无穷。乞诏有司讨论施行。'诏依,令议礼局讨论,申尚书省。"(《宋会要·食货》六九之六同)

　　《政和五礼新仪》卷首:"大观四年四月二十八日,尚书省札子:'朝奉郎、试给事中蔡薿《札子》:"臣闻虞舜五载一巡狩,则必同律、度、衡、量。成王制礼作乐,颁度、量而天下大服。然则度、量、权、衡之致谨者,圣人所以行四方之政也。恭惟陛下与神为谋,以身为度,因帝指之尺,以起钟律之制。奏之郊庙,八音克谐,而天地【之】和应矣。臣尚愿颁指尺于天下,以同五度、五量、五权之法。区区之愚,于今日初用度之长短,量之多寡,权之轻重,非将有所增损也。特因仍其旧,悉使考协于新尺之度数,而定为永法。则自我有作,无骇于俗,备一代之典,昭示无穷,实天下幸甚。如蒙圣慈允俞,乞即诏有司讨论施行,取进止。"四月二十五日,奉圣旨,依奏,令议礼局讨论,申尚书省。'"

　　《九朝编年备要》卷二七:"大观四年,给事中蔡薿言:'陛下因身为度,用帝指之尺,起钟律之制,奏之郊庙,八音克谐。愿颁行指尺,以同五度、五量、五权之法。'从之。"

　　按:《宋会要》作"二十四日",《政和五礼新仪》作"二十八日"。然据《新仪》"四月二十五日,奉圣旨"云云,当以"二十四日"为正。又,时蔡薿为议礼局详议官(《宋会要·礼》五之二二)。

诏以所定大晟乐指尺颁天下。时实仅及于京城而不及外路。

　　《文献通考》卷一三三《乐考六》:"大观四年,诏:'以所定乐指尺颁之天下,其长短、阔狭之数,以今尺计定。'"

　　按:今考大观四年四月十一日,翰林学士张阁等奏乞颁指尺于天下;四月二十四日,给事中蔡薿又上《乞颁指尺于天下札子》;四月二十五日,议礼局上札子云"奉圣旨,依奏,令议礼局讨论,申尚书省";四月二十八日,尚书省进札子乞诏颁行,均见《政和五礼新仪》卷首。《宋会要·食货》四一之三一于大观四年四月二十四日蔡薿奏后,有"诏依,令议礼局讨论,申尚书省",未言时间,与《政和五礼新仪》卷首同,当为"四月二十五日"。据此,诏以所定乐指尺颁天下,乃在四月二十八日尚书省进札子乞诏颁行之后。其颁行时间似不在本年四月。《玉海》卷八:"政和元年五月六日,颁大晟乐尺(自七月朔旦行之),比官小尺短五分有奇。"载颁大晟乐尺的时间在政和元年五月六日,与《文献通考》所载不同。据《宋会要·食货》六九之六:"政和元年五月六日,尚书省言:'已造乐尺,颁赐在京侍从官以上及官司库务。外路诸司、州、府、军、监,欲令诸路转运司依样制造,降付管下诸州,遂(逐)州制造,分给属县。自今年七月一日为始,旧尺并毁弃。'从之。"则知政和元年五月六日之前,"已造乐尺颁赐在京侍从官以上及官司库务",似《文献通考》"大观四年诏以所定乐指尺颁之天下"之说,亦有根据。

又考"班(颁)乐尺"实经过了两个阶段。其一为"颁赐在京侍从官以上及官司库务",时间在大观四年四月二十八日尚书省进札子乞诏颁行之后;其二为"外路诸司、州、府、军、监,欲令诸路转运司依样制造,降付管下诸州,遂(逐)州制造,分给属县",在政和元年五月六日,而至政和元年七月一日诏"毁弃旧尺"时(详下),颁乐尺工作已告完成。因此,"颁乐尺"第一个阶段为"颁赐在京侍从官以上及官司库务",颁降范围仅局限于京城,时间在大观四年四月二十八日至政和元年五月六日之间,其颁行时间似不在本年四月。

二十八日丙申,议礼局乞崇奉感生帝、神州地祇皆用宫架、二舞。从之。

《宋史》卷一二九《乐志四》:"(大观)四年四月,议礼局言:'国家崇奉感生帝、神州地祇为大祠,以僖祖、太祖配侑,而有司行事,不设宫架、二舞,殊失所以尊祖、侑神作主之意。乞皆用宫架、二舞。'诏可。"

《宋会要·礼》一四之六五:"(大观四年四月二十八日,议礼局)又言:'……其感生帝、神州地祇,国家崇奉为大祠,以僖祖、大(太)宗配侑,而有司行事,不设宫架、二舞,殊失所以尊祖、侑神作主之意。伏请常祀感生帝、神州地祇,皆用宫架、二舞。庶几尊事神祇、祖宗名物皆称。'并从之。"

《长编纪事本末》卷一三三:"(大观四年,议礼局)又言:'感生帝、神州地祇,国家崇奉为大祠,以僖祖、大(太)宗配侑,而有司行事,不设宫架、二舞,殊失所以尊祖、侑神作主之意。乞皆用宫架、二舞。'并从之。"

按:《宋会要》、《长编纪事本末》云"太宗",《宋史》云"太祖",查《宋史·礼志三》:"惟太祖始造基业,躬受符命,配侑感帝,据理甚明。"《政和五礼新仪》卷八五《皇帝祭神州地祇仪上》:"设神州地祇、太宗皇帝位版于坛上。"知感生帝以"太祖"、神州地祇以"太宗"配侑,两者可并存。

又,《政和五礼新仪》载祀感生帝用大晟乐节次甚详,如:"大晟设登歌之乐于坛上,稍西,北向。设宫架于坛南内墙之外,立舞表于酂缀之间。……其后大司乐、大乐令席位于监察御史之东,协律郎位于其后。……大乐令乐虡之北,太官令于酌尊所,俱北向。协律郎位二,一于坛上乐虡之西,一于宫架之西北,俱东向。大司乐位于宫架之北,北向。……乐正帅工人二舞入就位。(登歌工人俟监察御史点阅讫,升卯阶,各就位。)……次引大司乐、大乐令、协律郎先入就午阶南席位,北向立。……协律郎跪,俯伏,举麾,兴,工鼓柷。宫架作《大安之乐》《帝临嘉至之舞》六成。偃麾,戛敔,乐止。(凡乐,皆协律郎跪,俯伏,举麾,兴,工鼓柷而后作,偃麾,戛敔而后止。)……次引初献诣盥洗位,宫架《保安之乐》作。(初献,升降、行止,皆作《保安之乐》)。……登歌乐作,诣感生帝神位前,北向立,乐止。登歌《光安之乐》作,初献搢笏跪。……次引初献诣僖祖皇帝位前,东向立,(酌献诣配位,准此。)奠币如上仪,(唯登歌作《皇安之乐》。)乐止。奉礼郎复位。初献将降坛,登歌乐作。降阶,乐止。宫架乐作,复位,乐止。……次引户部尚书诣卯阶之下,搢笏奉俎升坛,宫架《咸安之乐》作,诣感生帝神位前,北向跪。……登歌《嘉安之乐》作,执事者以爵授初献。……初献再拜。次诣僖祖皇帝神位前,酌献并如上仪,(唯登歌作《肃安之乐》。)乐止。太官令复诣正位酌尊所太祝复位。初献将降坛,登歌乐作。降阶,乐止,宫架乐作。复位,乐止。文舞退,武舞进,宫架《正安之乐》作。舞者立定,乐止。次引亚献诣盥洗位,北向立,搢笏,洗爵,拭爵,以授执事者。执笏升坛,诣正位酌尊所西向立,宫架作《文安之乐》《神保锡羡之舞》,执事者以爵授亚献。……登歌《肃安之乐》作。卒撤,乐止。……送神,宫架《普安之乐》作,一成止。"(卷四六《祀感生帝仪(有司行事)》)知有司行事亦设宫架、二舞矣。同书卷八八《祭神州地祇仪(有司行事)》阙,其乐舞情况俟考。

六月,诏国子生罢习二舞,愿习大晟雅乐者听。

《宋史》卷一二九《乐志四》:"(大观四年)六月,诏:'近选国子生教习二舞,以备祠祀先圣,本《周官》教国子之制。然士子肄业上庠,颇闻耻于乐舞与乐工为伍,坐作、进退,盖今古异时,致于古虽有其迹,施于今未适其宜。其罢习二舞,愿习雅乐者听。'"

《宋会要·乐》三之二六:"(大观二年八月)十一日,臣僚上言:'……近选国子生教习文、武二舞,以备词(祠)祀先圣。未及施行,有诏令罢。以为士子肄业上庠,颇闻耻习乐舞,与乐工为伍,坐作扰杂,从事于伎艺之末。'"

按:《宋史·乐志四》载国子生罢习二舞诏在大观四年六月,《宋会要·乐》三之二六"近选国子生教习文武二舞"云云,即是节述大观四年六月诏书内容,而反在"大观二年","大观二年"为《宋会要》辑校者误加,当为"政和二年"之误(详下)。

又,此诏《宋大诏令集》及《全宋文》均失收,可据辑补。

八月一日丁卯,赵佶亲制《大晟乐记》。

赵佶《大晟乐记》:"天地一气,分而为五行,发而为五声,列而为五事。五事形而播于五声,五声作而达于五行,五行应而合于一气,一气合则天地太和。此乐所以与天地同流也。乐出虚而寓于形器度数,幽足以通鬼神,大足以动天地,其以此欤?尧之乐曰《大章》,舜之乐曰《大韶》,禹曰《大夏》,汤曰《大濩》,文王曰《巨业》,武王曰《大武》,成王曰《勺》。自《勺》而降无闻焉。盖自周衰,变风、变雅作,而桑间、濮上之音胜,雅正熄灭。循沿以至秦、汉,时君之德凉薄,厌多就寡,不能考正。以及隋、唐、五季,千载之间,虽有作者,率流于末俗,溺于习尚,无复仿佛。朕嗣令绪,若稽先王,荐享郊宫,会朝路寝。审律吕之音,则弇郁焦急而哀思;察宫架之器,则参差大小而不齐;制作之由,则循周世宗、王朴之旧。稽世宗之世,则当天下分裂、干戈相寻之际,盖乱世之音也。《传》曰:'治定制礼,功成作乐。'又曰:'礼乐百年而后兴。'祖宗积德累功,休养生息,承平百五十年,论功则功成,言时则时至,可以有为矣。在艺祖时,常诏和岘;在仁宗时,常诏李照、阮逸;在神考时,常诏范镇、刘几。然老师俗儒,末学昧陋,不达其原,曾不足以奉承万一。以迄于今,朕仰继先烈,推而明之。盖古之作乐者,事与时并,名与功偕,制作各不同。故文王作周,大勋未集,则《巨业》之声不可行于武、成之后。武王嗣武,卒其功伐,则《大武》之声,不可施于太平君子持盈守成之日。周虽旧邦,乐名三易,朕承累圣之谋,述而作之,有在乎是。然奋乎百世之下,以追千古之绪,遗风余烈,莫有存者,夙夜以思。赖天之灵,祖宗之休,李良之弟子出于卒伍之贱,献黄帝、后夔正声、中声之法,宋成公之《英》、《茎》,出于受命之邦,得其制作范模之度,协于朕志。于是斥先儒累黍之惑,近取诸身,以指为寸,以寸生尺,以尺定律,而乐出焉。爰命有司,庀徒鸠工,一年审音,二年制器,三年乐成,而金、石、丝、竹、匏、土、革、木之器备。以崇宁四年八月庚寅,按奏于崇政殿庭。八音克谐,不相夺伦。越九月朔,百僚朝大庆殿称庆。乐九成,羽物为之应,有鹤十只飞鸣其上,乃赐名曰《大晟》,置府建官以司掌之。明年冬,备三献九奏,奉祠鼎鼐,复有双鹤来仪。自后乐作则鹤至,形影之相,召于以荐坛,庙和万邦,与天下共之。乃按习于宫掖,教之国子,用之太学、辟雍,颁之三京、四辅以及藩府焉。及亲笔手诏,布告中外,以成先帝之志,不其美欤? 孟子曰:'今乐犹古乐。'盖感人以声,则无古今之异,四夷之乐,先王所不废也。虽乐不同,而声岂有二? 朕将以十二律分七均,备八十四调,播之于今乐,被之四海,达于万民,协同轨、同文、同声之意。古今参用,永为一代之制,继周《勺》之后,革百王之陋,以遗万世,贻厥子孙,永保用享。大观庚寅八月一日,宣和殿记。"

按:以上据《全宋文》所载,云辑自正德《大名府志》卷一〇,又见《宋朝事实》卷一四、《长编纪事本末》卷一三五、康熙《元城县志》卷六。[1]但仍有异文,如"《巨业》",《宋朝事实》作"《虞业》",《长编纪事本末》作"《簴业》";"宋成公",据李幼平考证,当为"宋公戌"之误[2];题"御记新乐大晟记",据《宋史·乐志四》:"(大观四年)八月,帝亲制《大晟乐记》。"《宋会要·乐》五之二一:"(大观)四年八月一日,御制《大晟乐记》。"《皇宋十朝纲要》卷一七:"(大观四年)八月丁卯(一日),御制《大晟乐记》。"《玉海》卷一〇五:"(大观)四年八月一日,御制《大晟乐记》。"《宋朝事实》卷一四、《长编纪事本末》卷一三五,均载《大晟乐记》原文,时间为"大观四年八月丁卯(一日)"。均为《大晟乐记》,似不可仅据正德《大名府志》即作《御记新乐大晟记》。

又,《御制律吕正义后编》卷八五《乐制考八·宋一》:"(大观三年)帝亲裁《大晟乐记》。命刘昺编修《乐书》,为八论,又为图十二,凡为书二十卷。"则云赵佶亲制《大晟乐记》在"大观三年",未知何据。当误,可据诸史校正。

以《大晟乐记》勒金石立于大晟府。

《政和五礼新仪》卷首:"本局札子:'……臣等契勘比年以来所颁御

---

[1] 曾枣庄等主编:《全宋文》,第166册,第373—375页。
[2] 李幼平:《大晟钟与宋代黄钟标准音高研究》,第25—27页。

制，皆勒金石，以垂永久。若恢崇学校之诏，载于辟雍；宾典八行之训，刻之大（太）学；新学（乐）之记，立之大晟。……取进止。'政和元年三月奏。"

按："新学之记"当为"新乐之记"笔误，即"御制《大晟乐记》"。"皆勒金石"、"立之大晟"云云，知《大晟乐记》曾勒金石立于大晟府。议礼局札子"政和元年三月奏"，知《大晟乐记》勒石立于大晟府在此之前。

赐《大晟乐记》于天下，约在此时稍后。

傅察《拟谢赐〈大晟乐府记〉并〈古钟颂〉表》："作乐崇德，远追三代之音；肆笔成书，下陋百王之制。载颂宸翰，申饬使人。俾预获于荣观，用仰宣于睿旨。（中谢。）窃以自昔承平之治，必颁雅颂之声。将易俗而移风，故审音而知政。逮周、秦散亡之后，盖历世以无闻；繇祖宗积累以来，至今日而后备。恭惟皇帝陛下，道由天纵，学本生知。坐兴百世之功，独运无方之智。以身为度，靡容高下之差；用律和声，遂协始终之序。阴阳并应，日月增辉。追兹千载之传，自我一王之法；爰即清闲之燕，深明述作之源。焕若丹青，倬同云汉。闳侈巨衍，不特为靡丽之辞；深润温纯，将以追典谟之训。岂期绥赉，弗间孱愚。此盖伏遇皇帝陛下，盛德及人，至仁与下宠。夫近弼锡以英词，拜命鞠躬，隐若《咸池》之奏；开缄烂目，恍同广乐之欢。"（《忠肃集》卷上）

按："夫近弼锡以英词"云云，即《大晟乐府记》，当即赵佶"御制《大晟乐记》"。

十一日丁丑，以官徒廪给繁厚，省大晟府乐令一员、监官二员。

《宋史》卷一六四《职官志四》："大观四年，以官徒廪给繁厚，省乐令一员，监官二员，吏禄并视太常格。"

《文献通考》卷五五《职官九》："大观四年，以官徒廪给繁厚，【省】①乐令一员、监官二员，吏禄并视太常格。"

《宋会要·职官》二二之二六："大观四年八月十一日，诏：'大晟官徒廪

———

①　按："省"字原脱，点校本《文献通考》据《宋史·职官志四》及《宋会要·职官》二二之二六补（第3册，第1635页）。可从。

给繁厚,未适其中。自今省乐令一员、监官二员,吏禄并视太常格。'"

《皇宋十朝纲要》卷一七:"(大观四年八月戊寅)省太常、大晟、太学、辟雍等职事官二十余员。"

按:《全宋文》据《宋会要·职官》二二之二六收作《省减大晟官员吏禄诏(大观四年八月十一日)》,文字同。[1]

凌景埏《宋魏汉津乐与大晟府》"大晟府之兴废"条:"大观四年八月十一日,乃诏省大乐令及监官。"又"乐府职官"条:"惟大观四省乐令一员,监官二员,是大观后已无大乐令,或大乐令初不仅一员也。"[2]云"大观后已无大乐令",乃非。考政和六年晁冲之任大乐令,政和七年韩极任大乐令,宣和元年八月田为罢为大乐令(详下)。然云"或大乐令初不仅一员",乃是。考慕容彦逢《朝散大夫徐申、奉议郎宋或可并大晟府乐令,宣德郎李邁、将仕郎吴叔贤可并大晟府协律郎制》(详上),制词作于崇宁五年九月,既徐申、宋或并为大晟府乐令,可知其设官之初当为二员,大观四年八月后方减为一员。诸书不明,均误为设官之初原为一员。

《皇宋十朝纲要》卷一七载在"八月戊寅",为八月十二日,与诏书相差一日。

十九日乙酉,令州县社稷、释奠、风雨雷师等六祀废宴乐。

《政和五礼新仪》卷首:"大观四年八月十九日,降下朝奉郎枢密院编修官陈元老札子:臣窃谓祀国之大事,必斋戒以奉。古之斋者,不饮酒,不茹荤,防其邪物,去其嗜欲,然后致一之精,通乎神明。《记》曰:'斋者,精明之至也,所以交于神明之道也。'今州县社稷、释奠、风雨雷师,岁凡六祀尔。祭祀疏,则于礼宜谨。然偏郡左邑,斋居之日,或将迎过位,有不废宴乐者。肃心不存,非事神福民之道。按诸祠散斋,惟不作乐,而宴饮之禁,未有明文。臣愚欲乞睿旨立法,俾遐逖之吏,知所祗畏。庶几仰副陛下严恭昭事之诚意。取进止。奉御笔,送议礼局。"

---

① 曾枣庄等主编:《全宋文》,第164册,第260–261页。

② 凌景埏:《宋魏汉津乐与大晟府》,凌景埏、谢伯阳校注:《诸宫调两种》附录,第271页,第273页。

闰八月三日己亥,令议礼局讨论景灵两宫可否用释教中元节"盂兰盆"仪制。

《政和五礼新仪》卷首:

　　大观四年【闰】八月初三日,被受御笔指挥下项:"士庶每岁中元节折竹为楼,纸作偶人,如僧居其侧,号曰盂兰盆。释子曰荐严亡者解脱地狱,往生天界,以供者听①,行于世俗可矣。景灵两宫,祖考灵游所在,不应俯狥流俗,曲信金狄不根,而设此物。纵复释教藏典具载此等(事),在先儒典籍有何据执? 并是日于帝后神御座上铺陈麻株练叶,以藉瓜花,不委逐项可与不可施之宗庙? 详议以闻。""佛乃西方得道之士,自汉明帝感梦之后,像教流于中国。以世之九卿视之。见今景灵两宫帝后忌辰,用释教设水陆斋会,盛陈帏幄,揭榜曰帝号。浴室僧从召请曰:'不违佛敕,来降道场。'以祖宗在天之灵,遽从佛敕之呼召,不亦渎侮之甚乎? 况胡佛可以称呼敕旨乎? 有何典常? 可检引条陈,实封进入。""犬之为物,在道教中谓之厌兽,人且罕食,而岁时祭祀,备于礼科,登于鼎俎,于典礼经据何如该载? 可检阅因依,详陈进入。"

　　本局札子奏:"奉御笔指挥,详议下项。盂兰盆,本梵语,译以华音,即救倒垂器也。释氏之说,以为大目犍连为其母堕饿鬼趣中,乃于僧自恣之日具饭,五果百味,置盆中,以供十方,而母得食。然则具饭以度苦趣,设器以救倒垂,行于世俗可也。景灵东西两殿,严事祖考,神灵在天,对越在下,奈何俯狥流俗,设盂兰盆之仪乎? 稽之先儒载籍,靡所拘执。至若麻株练叶,以藉瓜花,亦非经训,独出于疏钞。麻谷桑蒿,众草之论,及楚人五月五日记(祀)屈原之说,尤乖典礼,不可施用。景灵两宫帝后忌辰,

---

①　按:"者听",当从《长编纪事本末》卷一三三作"孝德"。

用释教设水陆斋供,而僧徒召请,有不违佛敕之呼。以祖宗而从佛敕,以胡佛而称敕旨,失礼畔经,不可以训。求之典常,所宜刊正。今景灵官所用水陆仪式,除功德名位崇宁五年已奉睿旨编类成用(册)外,【而其】间应用词语,臣等以谓亦宜如金箓斋仪,令逐一供具。明诏所属,选官一册(引者按:"一册"坏字,当作"再")行看详。凡涉僭紊,悉行删正,庶于行用无误。太庙亲祠,虽具犬牲,【然六牲】之荐,盖亦未备。矧犬为厌兽,人犹弗食,而载之鼎俎,以享神明,岂事死如事生之意乎? 臣等以为宗庙之祭,宜如六牲之不具马、鸡,四豆之弗荐雁醢之义,去犬牲不用。更乞特降睿旨施行,取进止。"闰八月十三日,奉圣旨:"第一、第三项依所议并罢,第二项令礼部取索【词语】,册(删)润闻奏。"

《长编纪事本末》卷一三三:

(大观四年)闰八月己亥(三日),诏付议礼局:"士庶每岁中元节折竹为楼,纸作偶人,如僧居其侧,号曰'盂兰盆'。释子曰荐严亡者解脱地狱,往生天界,以供孝德,行于世俗可矣。景灵宫祖考灵游所在,不应俯徇流俗,曲信金狄不根而设此物。纵复释教藏典具载此事,在先儒典籍有何据执? 并是月于帝后神御坐上铺陈麻枲练叶,以藉瓜花,不委逐项可与不可施之宗庙? 详议以闻。"又诏:"佛乃西方得道之士,自汉明帝感梦之后,像教流于中国。以世之九卿视之。见今景灵两宫帝后忌辰,用释教设水陆斋会,盛陈帏幄,揭榜曰帝号。浴室僧从召请曰:'不违佛敕,来降道场。'以祖宗在天之灵,遽从佛敕之呼召,不亦渎侮之甚乎? 况胡佛可以称呼敕旨乎? 有何典常? 可检引条陈,实封进入。"又诏:"犬之为物,在道教中谓之厌兽,人且弗食,而岁时祭祀,备于礼科,登于鼎俎,于典礼经据如何该载?"本局言:"盂兰盆,本梵语,译以华音,即救倒垂器也。释氏之设(说),以为大目犍连为其母堕饿鬼趣中,乃于僧自□(恣)之日具饭,五果百味,置盆中,以供十方,而母得食。然则具饭以度苦趣,设器以救倒垂,行于世俗可也。景灵东西两宫,严事祖考,神灵在天,对越在下,奈何俯徇流俗,设盂兰盆之仪乎? 至若麻株练叶,以籍瓜花,亦非经训,独出于疏钞。麻谷桑薷,众草之论,及楚人五月五日祀屈原之说,尤垂(乖)典礼,不可施用。景灵两宫帝后忌辰,用释教设水陆斋供,而僧徒召请,有不违佛敕之呼。以祖宗而从佛敕,以胡佛而称敕旨,失礼畔经,不可不(以)训,求之典常,所宜刊正。今景灵宫所用水陆仪式,除功德名位崇宁五年已奉睿旨编类成册外,而其间应用词语,臣等以谓亦宜如金箓斋仪,令逐一供具。明诏所属,选官再行看详。凡涉僭窃,悉行删正,庶于行用无误。太庙祀祠,虽具犬牲,然六牲之荐,盖亦未备。矧犬为厌兽,人犹弗食,而载之鼎俎,以享神明,岂事死如事生之意乎? 臣等以为宗庙之祭,宜如六牲之不具马、鸡,四豆之弗荐雁醢之义,去犬牲不用。"并从之。仍令礼部取索词语,删润闻奏。

按:《全宋文》收作《令议礼局议景灵两宫帝可否用释教仪制御笔》①。然云据《政和五礼新仪》卷首、《长编纪事本末》卷一三三,实仅依《政和五礼新仪》卷首而未作校对。又将三道御笔误归入一道,而取名为《令议礼局议景灵两宫帝可否用释教仪制御笔》。其实,第三道御笔"犬之为物"云云,并未涉及"释教仪制"。当据《长编纪事本末》卷一三三,仍作三道"御笔"并分别命名为是。《皇宋十朝纲要》卷一七:"(大观四年闰八月)己亥(三日),罢景灵宫中元节设盂兰盆、麻株练叶。又诏礼部删润帝后辰忌(忌辰)②水陆斋词语。太庙去犬牲。"即作三道"御笔"。

又,点校本《长编拾补》卷二九亦据《长编纪事本末》卷一三三辑录。然误字较多,如"遽从佛敕之呼召"之"遽",误作"据";"不(下)委逐项"之"不",云据《长编纪事本末》卷一三三校作"下"③。然据《长编纪事本末》卷一三三,则原字本作"不",知为误校。

---

① 曾枣庄等主编:《全宋文》,第164册,第259—260页。
② 按:"辰忌",当从《政和五礼新仪》卷首、《长编纪事本末》卷一三三作"忌辰"。
③ 顾吉辰点校:《长编拾补》卷二九,第989页,第999页。

"御笔"付议礼局时间,《政和五礼新仪》卷首作"大观四年八月初三日",《长编纪事本末》卷一三三作"(大观四年)闰八月己亥(三日)"。然据《政和五礼新仪》卷首"大观四年八月初三日"之前,尚有"大观四年八月六日,尚书省札子"云云,又有"大观四年八月十九日,降下朝奉郎枢密院编修官陈元老札子"云云,又《政和五礼新仪》卷首"本局札子奏'奉御笔指挥'"云云之后,紧接"闰八月十三日,奉圣旨'第一、第三项依所议并罢'"云云,时间较为清晰。疑当从《长编纪事本末》卷一三三作"(大观四年)闰八月己亥(三日)"。又,点校本《皇宋十朝纲要》卷一七:"(大观四年闰八月)己亥(三日),罢景灵宫中元节设盂兰盆、麻株练叶。"校勘记:"己亥,《长编纪事本末》卷一三三同,《东都事略》卷一〇作'己酉'。依干支顺序,该条纪事当上移至'丁酉'与'己未'纪事条之间。"[1]似嫌武断,可商榷。

《全宋文》据《政和五礼新仪》卷首收作《答议礼局议帝后忌辰释教礼御笔(大观四年八月十三日)》:"第一、第三项依所议并罢,第二项令礼部取索册润闻奏。"[2]今查《政和五礼新仪》卷首原文:"闰八月十三日,奉圣旨:'第一、第三项依所议并罢,第二项令礼部取索,册润闻奏。'"知为"闰八月十三日"而非"八月十三日"。又查《长编纪事本末》卷一三三"(大观四年)闰八月己亥,诏付议礼局"之后,有"并从之。仍令礼部取索词语,删润闻奏",即此"御笔"。知《政和五礼新仪》卷首原文"取索"后误脱"词语"二字,又"册润"当作"删润"。可据校正。

九月二十三日戊子,秋分夕月,用大晟乐。

《宋史》卷一三三《乐志八》载《大观秋分夕月四首》:

> 降神,《高安》　至阴之精,亏而复盈。轮高仙桂,阶应祥荚。玉兔影孤,金茎露溢。其驾星车,顾于兹夕。
>
> 奠玉币　玉钩初弯,冰盘乍圆。扇掩秋后,乌飞枝边。精凝蟾蜍,辉光婵娟。歆于明祀,弭芳节焉。
>
> 酌献　名稽汉仪,歌参唐宗。往于卿少,乘秋气中。周天而行,如姊之崇。可飞霞佩,下瑠璃宫。
>
> 送神　四扉大开,五云车立。霓裾娣从,风翿童执。摇曳胥

---

① 燕永成校正:《皇宋十朝纲要校正》卷一七,第498页。
② 曾枣庄等主编:《全宋文》,第164册,第264页。

来，锵洋爰集。歆我严禋，西面以揖。

按：《政和五礼新仪》卷六二《夕月仪(有司行事)》："太常寺预于隔季，以秋分夕月关太史局。""大乐令在乐虡之北，太官令于酌尊所俱北向。……《高安之乐》作，六成止。……次引初献官诣盥洗位，《正安之乐》作。(初献、升降、行止，皆作《正安之乐》。)至洗位，北向立，搢笏盥手执笏升坛，诣夜明神位前，北向立，乐止。《嘉安之乐》作，搢笏跪，次引奉礼郎搢笏，西向跪，执事者以玉币授奉礼郎。……升坛，《丰安之乐》作。……《嘉安之乐》作，执事者以爵授初献。……《文安之乐》作，执事以爵授亚献。……送神，《理安之乐》作，一成止。"《宋史·乐志八》"夕月三首"："奠玉币、酌献，《嘉安》。"又"夕月十首"："奠玉币，《嘉安》"、"酌献，《嘉安》"、"送神，《理安》"。据此，《宋史·乐志八》脱乐曲名，可据校补为："奠玉币，《嘉安》"、"酌献，《嘉安》"、"送神，《理安》"。

又，《大观秋分夕月四首》不知作于大观何年，附此俟考。

十月二十四日己未，诏议皇后册仪并用乐节次。

《宋会要·礼》五三之七："(大观四年)十二月十八日，议礼局奉御笔：'据所奏皇后受册仪制，颇未详备。比览《开元礼》'[类释]嘉礼'册命皇后，于皇后殿张幄位，设宫架乐，进重翟，诸卫屯门列仗之类，其礼详尽。宜精加讨论，重别议定。'本局看详：'……'从之。又按：《开元》、《开宝礼》，皇后受册及内外命妇班贺，皆于受册之殿，陈宫架，用女工，升降行止，并以乐节。乞定乐名，别撰乐章及修皇后谒景灵宫仪注。'诏付议礼局。"

《政和五礼新仪》卷首："大观四年十月二十四日，奉御笔：'据所奏皇后受册仪制，颇未详备。比览《开元礼》'类释嘉礼'册命皇后，于皇后殿设幄位，展宫架奏乐，进重翟，诸卫屯门外列仗之类，其礼详尽。今可于非六寝之殿，为皇后受册殿。(谓如延福宫、穆清殿是也。)内进重翟、诸卫屯门更不施行外。其设宫架奏乐等，宜精加讨论，子细比类，参酌古今，随宜增，重别仪(议)定礼制，【条】画开具进入。'本局札子：'……皇后受册及内外命妇班贺，《开元》、《开宝礼》皆于受册之殿，陈宫架，用女工人，升降止行，并以乐。近仪不用。伏乞定皇后受册及内外命妇班贺乐名，仍乞别撰乐章。……'大观四年十一月十一日，崇政殿进呈，奉圣旨并依奏，付议礼局。"

　　按:《全宋文》据《政和五礼新仪》卷首收作《议定皇后受册仪制御笔(大观四年十月二十四日)》,认为"仪"当为"议"之误,"画"前误脱"条"字。①今考《宋会要·礼》五三之七录有相似文字,作"宜精加讨论,重别定议",知"仪"确为"议"之误,可从。

　　《宋大诏令集》卷一九有《立郑皇后制》(大观四年十月二日),《全宋文》据《宋会要·礼》五三之六收有《立郑贵妃为皇后制(大观四年十月二十一日)》②。《长编拾补》卷二九:"(大观四年)冬十月,立贵妃郑氏为皇后。……《编年备要》:后有异宠,上多赏以词章,天下歌之。"

十一月十一日乙亥,议礼局上册皇后仪范节目,定皇后受册及内外命妇班贺,陈设宫架,用女工,升降止行并以乐节,乞定乐名并别撰乐章。

　　《宋史》卷一一一《礼志十四》:"大观四年,册贵妃郑氏为皇后,议礼局复位仪注:临轩册使,皇帝御文德殿,服通天冠、绛纱袍,百官朝服,陈黄麾细仗,依古用宫架。册使出殿门,依近仪不乘辂。权以穆清殿为受册殿。其日,皇后服袆衣,其奉册宝授皇后,皆用内侍。受册讫,皇后上表谢皇帝,内外命妇立班称贺。群臣入殿贺皇帝,于东门内上笺贺皇后。其上礼仪注,乞依进马(止)条令施行。其会群臣及皇后会外命妇仪注,并依《开元》、《开宝礼》。受册之殿陈宫架,用女工,升降止行,并以乐节,而别定乐名、乐章。"

　　《宋会要·礼》五三之七:"(大观四年十二月十八日)本局看详:'临轩册使,皇帝御文德殿,服通天冠、绛纱袍,群臣并朝服,陈黄麾细仗,依古用宫架。册使出殿门,依近议(仪)不乘辂。权以穆清殿为受册殿。其日,皇后服袆衣,其奉册宝授皇后,皆用内侍。受册讫,皇后上表谢皇帝,内外命妇立班称贺。群臣入殿贺皇帝,于内东门上笺贺皇后。其上礼仪注,乞依进马(止)条令施行。其会群臣及皇后会外命妇班贺(引者按:原文"班贺"旁有"仪注"二字),并乞遵用《开元》、《【开】宝礼》。'从之。'又按《开元》、

---

① 曾枣庄等主编:《全宋文》,第164册,第274页。
② 曾枣庄等主编:《全宋文》,第164册,第273页。

《【开】宝礼》，皇后受册及内外命妇班贺，皆于受册之殿，陈宫架，用女工，升降行止，并以乐节。乞定乐名，别撰乐章及修皇后谒景灵宫仪注。'诏付议礼局。"

《政和五礼新仪》卷首："本局札子：臣等准尚书札子：奉圣旨：中书省会议礼局讲究册仪范以闻。本局今具仪范节目，画一下项。如可施用，即具看详进纳。候得旨修立仪注，取进止。一、临轩命使，《开元》《开宝礼》皆御露寝。今乞依近行仪注，皇帝御文德殿。一、临轩命使，历代皆服衮冕。今乞依近行仪注，皇帝服通天冠、绛纱袍，群臣并朝服。一、临轩命使，《开元》《开宝礼》所司陈黄盖细仗。一、临轩命使，乞依古用宫架。一、册使，《开元》《开宝礼》并于发册殿门外乘辂。近仪不用，今乞更不乘辂。一、奉册宝授皇后，其执事人历代不同，近仪皆用内侍，今乞遵用。一、皇后受册，《开元》《开宝礼》并别有受册殿。近仪止于穆清殿为受册殿。一、皇后受册服，历代并用袆衣。今乞遵用。一、皇后受册及内外命妇班贺，《开元》《开宝礼》皆于受册之殿，陈宫架，用女工人，升降止行，并以乐。近仪不用。伏乞定皇后受册及内外命妇班贺乐名，仍乞别撰乐章。一、皇后受册，《开元》《开宝礼》内外命妇并列班称贺。伏乞遵用。【一】、皇后受册，《开元》《开宝礼》群臣诣受册殿称贺。伏乞近仪于东门内上笺。一、皇后受册，《开元》《开宝礼》皆上表谢皇帝。今乞遵用。一、皇后受册，《开元》《开宝礼》皇后乘重翟见太庙。今参酌，乞修立皇后谒景灵宫仪注。一、册皇后，近仪群臣或入殿称贺，或止于东上阁门拜表。今乞群臣入殿称贺。一、册皇后，历代群臣皆有上礼仪注。今乞进止降令施行。一、册皇后，《开元》《开宝礼》有会群臣仪注。今乞遵用。一、皇后受册，《开元》《开宝礼》内命妇贺讫，次引外命妇称贺，有会外妇仪注。今乞遵用。大观四年十一月十一日，崇政殿进呈。奉圣旨：'并依奏，付议礼局。'"

《长编纪事本末》卷一三三："（大观四年十一月）乙亥，议礼局言：'皇后受册用《开元》《开宝礼》，参以近仪修定。是日，有司陈黄麾细仗，设宫架。皇帝服通天冠、绛纱袍，临轩命使，群臣皆朝服。皇后服袆衣，受册于穆清殿,以内侍受册宝,内外命妇班贺,群臣于内东门上笺称贺。皇后表谢,群臣入贺如仪。乞修立祇谒景灵宫仪注及制乐章。'从之。"(《长编拾补》卷二九同)

按:《长编拾补》卷二九引《长编纪事本末》卷一三三,文字同,而误脱"临轩"二字,点校本"皇后表谢群臣,入贺如仪"[1],亦误。又,"议礼局言"云云,《政和五礼新仪》卷首、《长编纪事本末》卷一三三均作"大观四年十一月十一日乙亥",《宋会要·礼》五三之七则作"大观四年十二月十八日",考十二月三日诏定皇后册仪用乐节次、曲名,十二月二十一日许别撰乐章(详下),故当从《政和五礼新仪》、《长编纪事本末》作"大观四年十一月十一日"。

又,《宋史·乐志六》"中宫册礼":"崇宁中,乃陈宫架,用女工,皇后升降行止,并以乐为节。""崇宁中"云云,误,当为"大观中"。据《宋会要·礼》五三之七:"(大观四年)十二月十八日,议礼局奉御笔:'……比览《开元礼》'[类释]嘉礼'册命皇后,于皇后殿张幄位,设宫架乐……其礼详尽。宜精加讨论,重别议定。'本局看详:'……皇后受册及内外命妇班贺,皆于受册之殿,陈宫架,用女工,升降止行,并以乐节。'"《宋史·礼志十四》:"大观四年,册贵妃郑氏为皇后,议礼局复位仪注:……依古用宫架。……其日,皇后服袆衣,其奉册宝授皇后,皆用内侍。……受册之殿陈宫架,用女工,升降止行,并以乐节,而别定乐名、乐章。"《政和五礼新仪》卷一八七《册皇后仪一》"陈设"条:"大晟展宫架之乐于殿庭横街之南;协律郎举麾位于宫架西北,东向;大司乐押乐位于宫架之北,北向。"卷一八八《册皇后仪二》"皇后受内外命妇贺"条:"归阁,《泰安之乐》作。至阁,乐止。女工人退,会外命妇如别仪。"则大观四年十一月拟定皇后册仪,确已陈设宫架并用女工,均不在"崇宁中"而在"大观中"。

十二月三日丁酉,诏定皇后册仪用乐节次、曲名;二十一日乙卯,御笔许别撰乐章,至本月底已撰成"《乐章》一册"。

《政和五礼新仪》卷首:"大观四年十二月初三日,内降指挥:'皇后用二月一日受册,曲名可依下项:出阁,《神(坤)安曲》;升座,《和安曲》;降殿,迎册宝,《承安曲》;册宝入殿,《宜安曲》;受册宝,《成安曲》;命妇入门,《咸安曲》;命妇称贺,《惠安曲》;降座,《徽安曲》;归阁,《泰安曲》。'本局札子:'臣等准本局承受内客省使贾祥奉宣圣旨:"皇后受册、捧册宝、升殿作

---

① 顾吉辰点校:《长编拾补》卷二九,第992页。

《至安之曲》。"欲望圣慈许令修撰乐章,添入今来所用仪注。取进止。'大观四年十二月二十一日,奉御笔,依奏。"

　　按:十二月三日诏定皇后册仪用乐节次、曲名,御笔许别撰乐章在十二月二十一日。议礼局札子添入"皇后受册、捧册宝、升殿作《至安之曲》"及乞许令修撰乐章,当在十二月三日至二十一日之间。《政和五礼新仪》卷首:"本局札子:'……撰次到《皇后册仪礼注》四册、《目录》一册、《乐章》一册、《章服图》二册,并前所上《皇后册礼仪范看详》七册、《目录》一册……'大观四年十二月,奉御笔:'依此颁降施行。'"《乐章》一册"云云,当在大观四年十二月二十一日之后至三十日间已撰成"《乐章》一册"。

　　又,《政和五礼新仪》卷一八八《册皇后仪二》"皇后受册"条:"皇后首饰、袆衣,司言引上宫,上宫引皇后出。典乐举麾,《坤安之乐》作。……册宝初入门,《宜安之乐》作。……皇后初行,《承安之乐》作。……皇后初受册宝,《成安之乐》作。"又同上"皇后受内外命妇贺"条:"皇后初行,《和(咸)安之乐》作。……班首初行,典乐举麾,《惠安之乐》作。……班首初入门,《咸安之乐》作。……皇后降座,《徵(徽)安之乐》作,入东房,乐止。归阁,《泰安之乐》作。"载用乐仪制甚详,可参考。

郑居中奏册皇后仪用乐节次、曲名"许令修撰乐章"。

　　袁桷《跋郑太宰奏撰乐章》:"故事,圜丘、明堂、孟享宿斋之夕,六宫起居奉表,必委学士。翼日,复命它学士作宣答词。车驾还宫,始贺庆成及锡赉,亦皆学士所为。词臣书诏填委,盖不止是也。自元祐以后,罢合祭仪,文悉倍旧规,国用不足,二蔡之徒悉遵王安石熙、丰理财之法,史官书之,未尝不慨叹也。郑皇后三为妃嫔,始正后位,实大观四年之十月。今观太宰郑公奏撰乐章之文,在十二月,实此年也。郑相世居开封,三开茅社,虽繇椒掖之贵,而其子孙殆有能以诗书自显。都承公兴裔,详习刑政,今世所行大理格目,实自公始。蝉联官簿,见于周文忠公所为墓碑。四世孙出示手敕,足以见一时文物之美。噫!翩翩不富之戒,又何其速也?延祐三年五月甲子,史官袁桷书。"(《清容居士集》卷四七)

　　按据《政和五礼新仪》卷首、《长编纪事本末》卷一三三、《长编拾补》卷二九,议礼局请"定乐名,别撰乐章"在大观四年十一月乙亥,袁桷《跋郑太宰奏撰乐章》"今观太宰郑公奏撰乐章之文,在十二月"云云,乃指议礼局大观四年十二月二十一日之前请"圣慈许令修撰乐章"。《宋史·徽宗本纪二》:"(大观四年)冬十月丁酉,立贵妃郑氏为皇后。郑居中罢(知枢密院事)。"据《宋史·宰辅表三》,郑居中前为知枢密院事而非太宰,大观四年十月因郑氏为皇后而罢。当在本年十二月别有所奏"令修撰乐章"。

二十八日壬戌,议礼局编修《礼书》了毕,周邦彦等推恩各展两官。

《宋会要·职官》五之二二:"(大观四年)十二月二十八日,诏:'议礼局编修《礼书》了毕,详议官白时中、姚祐、汪澥、蔡薿、宇文粹中,承受【官】贾详(祥),检讨官周邦彦、胡伸、张邦光、孙元宾、李邦彦、王俣、张淙(潀)、丁彬、郭昭(熙),杂务官段处信,兼管杂务赵彦通,各展两官。内选人及三考,依条改合入官,仍展一官;不及三考,比拟循资,并与堂除差遣一次,仍依旧在局。经修书官详议官刘正夫、薛昂、张阁、强渊明、俞桌、慕容彦逢、刘焕、沈锡、何昌言、林摅,检阅文字【官】张子谅、李师明各转一官。余专(转)官资、减磨勘、支给有差。内有碍正法改展不行者,并依制回授有官资有服亲属。'"

按:《全宋文》据《宋会要·职官》五之二二收有《议礼局编修礼书了毕推恩诏(大观四年十二月二十八日)》[①]。

本月蜡祭,用大晟乐。

《宋史》卷一三七《乐志十二》载《大观蜡祭二首》:

> 东郊,亚终献,《庆安》　震乘春阳,仁司生殖。锡我岁丰,襄我民力。谁其尸之,宗子先啬。亿万斯年,怀神罔极。
>
> 南郊,升降,《穆安》　穆如熏风,敷舒文藻。气蒸消除,丰于黍稻。神之听之,钟鼓咸考。于万斯年,惟皇之报。

按:《政和五礼新仪》载蜡祭用大晟乐节次甚详,如:"以季冬腊前一日,蜡祭东方西方百神。""大晟设登歌之乐于坛上稍南,北向。……大乐令在乐簴之北,太官令在酌尊所,俱北向。……《熙安之乐》作,六成止。……次引初献官诣盥洗位,《肃安之乐》作。(凡初献、

---

① 曾枣庄等主编:《全宋文》,第164册,第281页。

升降、行止,皆作《肃安之乐》。)至洗位北向立,搢笏,盥手帨手,执笏升坛诣大明(夜明)神位前,北向立,乐止。《钦安之乐》作,搢笏跪。……次引兵部、工部郎中,诣卯阶下搢笏奉俎,(兵部奉羊,工部奉豕。)升坛,《承安之乐》作。……《禔安之乐》作,执事者以爵授初献。……《庆安之乐》作,执事者以爵授亚献。……送神,《宣安之乐》作,一成止。"(卷六六《蜡东方西方百神仪(有司行事)》)又:"以季冬腊前一日,蜡南北方百神。""大晟设登歌之乐于坛上稍南,北向。……大乐令于乐簴之北,太官令于酌导所,俱北向。……次乐正帅工人升卯阶,各入就位。……《简安之乐》作,三成止。……次引初献诣盥洗位,《穆安之乐》作。(凡初献、行止,皆作《穆安之乐》。)至洗位,北向立。搢笏,盥手执笏,升诣神农氏位前,北向立,乐止。《吉安之乐》作,搢笏跪。……《禔安之乐》作,执事者以爵授初献。……《曼安之乐》作,职事者以爵授亚献。……送神,《代安之乐》作,一成止。"(卷六七《蜡南方北方百神仪》)可参考。

奉安旃檀瑞像,用教坊乐。

《铁围山丛谈》卷五:"大观间,鲁公因奏请:'愿以侧殿之瑞像,复之如正寝。'诏曰可,特命将作监李(名犯中兴御讳。)、内臣石煮主之。故事,奉安必太史择时日,教坊集声乐,有司具礼仪,奉彩舆而安置之焉。及乐大作,彩舆者兴转至朵殿,将上,入正寝,则朵殿横梁低下,不可度瑞像舆。又奉安时且迫,众为愕惧。李监者,恃其才,笑曰:'此非难也。'亟召搭材工云集,命支撑诸栋梁,尽断以过像。适经营间,则主事者大呼曰:'勿锯势,若可度矣!'万众亟回顾,则见瑞像如人胁肩俯,彩舆乃得行,遂达正寝。于是上下鼓舞,骇叹所未曾见,往往至泣下。因即具奏。当是时,祐陵意向寖以属道家流事,颇不肯之。又素闻慈圣光献曹后曾礼像,而于足下尝度线。且故事,奉安则翌日天子必幸之。昧爽,上自以一番纸付小珰曰:'汝持此从乘舆后。'至是,上既焚香立俟,近辅拜竟,乃临视,取小珰所持纸,命左右从足下度之,则略无纤碍。于是左右侍从凡百十咸失声,曰:'过矣!'上为之再拜。盖自神州陆沉,即不知旃檀瑞像今在不也。"

政和元年(1111)辛卯

二月九日壬寅，册皇后郑氏，用大晟乐。

《宋会要·礼》五三之七、八："政和元年二月九日，早一刻，开内门。文武百官、未升朝官由右掖门，宗室及诸司使、副至殿直，由东华门、左掖门入。赴朝堂内外幕次，换朝服，(未升朝官公服。)赴殿庭立班，俟皇帝赴文德殿西阁。皇后册宝降出，由东正(上)阁门至文德殿庭权直(置)。侍中奏中严外办，承旨索扇。皇帝服通天冠、绛纱袍以出，乐作。即御座，乐止，扇开。太尉、司徒入门，奏《正安之乐》。乐作，至位，乐止。在位官皆再拜。侍中宣制曰：'册贵妃郑氏为皇后，命公等持节展礼。'宣讫，太尉、司徒再拜，侍中退。门下侍郎以节授太尉讫，次中书令取册授太尉讫，兴，置于案，举案退。册文曰：'(略)。'……太尉、中书令、中书侍郎复本班，在位官皆再拜。太尉押册，司徒押宝，出文德殿门。礼仪使奏礼毕，皇帝降坐，承旨索扇，乐作。入东房，乐止。所司承旨放仗，在位官皆再拜讫，退归幕次。俟太尉、司徒诣文德殿庭复命讫，文武百僚常服，赴东上阁门拜表贺皇帝，内东门司进笺贺皇太后。"

按：《政和五礼新仪》载《册皇后仪》用大晟乐甚详(卷一八七、卷一八八)，仅"皇后受册"及"皇后受内外命妇贺"，即有《坤安》、《宜安》、《承安》、《成安》、《咸安》、《徽(徽)安》、《泰安》，可补史传。又据"司乐展宫架之乐于殿庭"、"典乐帅女工人，先入就位"、"乐止，女工人退"(同上卷一八八)云云，知此次皇后受册及用乐确已用宫架之乐及女乐工。与《宋史·乐志六》"中宫册礼"条"崇宁(大观)中，乃陈宫架，用女工，皇后升降行止，并以乐为节"吻合。

其用大晟乐节次，详见《政和五礼新仪》卷一八七《嘉礼·册皇后仪一》"陈设"条："大晟展宫架之乐于殿庭横街之南；协律郎举麾位于宫架西北，东向；大司乐押乐位于宫架之北，北向。"又同上"临轩发册"条："其日质明，辟文德殿门，文武百僚及应行事官入就次，服朝服。大乐正帅乐工先入就位，协律郎入就举麾位，大司乐入就押乐位。……皇帝服通天冠、绛纱袍，帘卷。大乐正令撞黄钟之钟，右五钟皆应。殿上鸣鞭，禁卫、诸班亲从自赞常起居。皇帝出阁乘辇,协律郎跪,俯伏举麾,兴,工鼓柷,奏《乾安之乐》。(凡乐,皆协律郎举麾,工鼓柷而后作。偃麾,戛敔而后止。)……殿下鸣鞭。戛敔,乐止。……册使、副初入门,《正安之乐》作。至位,乐止,立定。……《正安之乐》作,捧册宝官捧举,由中道出文德殿东偏门,乐止。……帘降,鸣鞭。大乐正令撞蕤宾之钟,左五钟应之。协律郎跪俯伏,举麾,兴,工鼓柷,奏《乾安之乐》。皇帝降座,乘辇,入自东房。内使又赞扇,扇开。戛敔,乐止。礼直官、通事舍人引左辅版奏解严,所司承旨放仗,应在位官俱再拜讫,以次出。"又皇后受册及用乐情况,详见《政和五礼新仪》卷一八八《册皇后仪二》"皇后受册"条:"司乐展宫架之乐于殿庭,设麾于殿上西阶之西,东向。……质帅乐(典乐帅)女工人,先入就位。典乐升就举麾位。……典乐举麾,《坤安之乐》作。(凡乐,皆典乐举麾,上(工)鼓柷而后作,偃麾,戛敔而后止。)皇后出自西房,至殿上中间,南向立定,乐止。……又内侍进诣册使前,东向跪受册,以授内谒者监。册使退,复位。又副使以宝授内侍,如上仪讫。内谒者监及管勾内臣等,持册宝入殿门,内侍从之,以次入诣殿庭。置册宝于西阶之西,东向位。册宝初入门,《宜安之乐》作。至位,乐止。内侍赞引皇后降自东阶,至庭中,北向位。皇后初行,《承安之乐》作,至位,乐止。……皇后初受册宝,《成安之乐》作。受讫,乐止。又内侍赞再拜,皇后再拜,表谢如别仪。"又同上"皇后受内外命妇贺"条:"皇后受册表谢讫,内侍跪奏礼毕。司言引尚官,尚官引皇后,升皇后座。皇后初行,《和(咸)安之乐》作,即座南向。司宝奉宝至于庭前,乐止。司宾引内命妇陪列位者,以次进就北向位。班首初行,典乐举麾,《惠安之乐》作。至位,乐止。司赞曰再拜,典赞承传,内命妇皆再拜。司宾引班首诣西阶升,乐作。至阶,乐止。进当皇后座前,北向,躬致词称赞。降自阶,乐作。至位,乐止。司赞曰再拜,典赞承传,内命妇等皆再拜。司舍前承,令降自西阶,诣内命妇前,西北东向。称令旨,内命妇等以下皆再拜。宣令旨讫,司赞曰再拜,典赞承传,在位者皆再拜。司宾以次引内命妇还宫。班首初行,乐作。出门,乐止。内侍引外命妇出次至殿门,司宝引诣东向位。班首初入门,《咸安之乐》作。至位,乐止,立定。司赞曰再拜,典赞承传,外命妇皆再拜讫。司宾引班首进升阶,奏贺,复位,再拜,乐作。至位,乐止。及宣令再拜等,皆如内命妇之仪讫。司宾引外命妇以次出。班首初行,乐作。出门,乐止。内侍诣皇后前,跪奏,称礼毕,俯伏,兴。皇后降座,《徽(徽)安之乐》作,入东房,乐止。归阁,《泰安之乐》作。至阁,乐止,女工人退。会外命妇如别仪。"按:"质帅乐",据下文"典乐升就举麾位"、"典乐举麾,《坤安之乐》作",当为"典乐帅"之笔误。又,"《和安之乐》",《政和五礼新仪》卷首:"命妇入门,《咸安曲》",《宋史·乐志十四》作"外命妇入门,《咸安》";又"《徽安之乐》",《政和五礼新仪》卷首:"降座,《徽安曲》。"《宋史·乐十四》作"徽安"。《宋史·乐六》"中宫册礼":"皇后降坐,用《徽安》。"又"司乐展宫架之乐于殿庭"、"典乐帅女工人,先入就位"、"乐止,女工人退"云云,知此次皇后受册及用乐确已用宫架之乐及女乐工。与《宋史·乐志六》"中宫册礼"条"崇宁(大观)中,乃陈宫架,用女工,皇后升降行止,并以乐为节"吻合。

诏试大晟乐于枢密院。

《石门文字禅》卷二一《合妙斋记》:"无尽居士真拜之明年,大晟乐成,诏试于西府,余适在焉。无尽曰:'声起于日,而律起于辰,四十有一而阳数全,三十有六而阴气备。如黄钟之律九寸而为宫,增之毫厘,减之杪忽,则其音不应宫。苟适其和,是谓之雅。熟视其理,盖大遍无外,细入无间。'余曰:'诸佛众生日用,无以异于此……'余涉世多艰,困于忧患,后三年,华发海外,翩然来归,依资国寺,乞食故人而老焉。晨香夕灯,经行晏坐,翛然静住,索尔虚闲,追绎大晟乐之和雅,而庶几善用其心,以合本妙之意也。遂以名其斋曰合妙,又为之记。政和四年二十五日书。"

按:"无尽居士"即张商英。《宋宰辅编年录》卷一二:"(张商英)平生学浮屠法,号无尽居士。"《郡斋读书志》卷三上:"《无尽居士注素书》一卷。右皇朝张商英注。"《两宋名贤小集》卷一〇六:"张商英,字天觉,号无尽居士。"考"真拜之明年"则当在政和元年。《宋宰辅编年录》卷一二"政和元年":"(张)商英自大观四年六月拜相,至是年(政和元年)八月罢,入相逾年。(《拜罢录》)""大晟乐成,诏试于西府"云云,即在是年。又,"西府"为枢密院,考《宋史·张商英传》,张商英无知枢密院履历。且洪觉范大观初"始在峡州,以医刘养娘识张天觉(商英)。大观四年八月,觉范入京,而天觉已为右揆。因乞得祠部一道为僧。又因叔彭几在郭天信家作门客,遂识天信。因往来于张、郭二公之门"(《能改斋漫录》卷一二),故"诏试于西府,余适在焉"云云,当在政和元年。然大晟乐成于崇宁四年,非政和元年。此云"大晟乐成"云云,疑有讹误。附此俟考。

五月六日丁卯,尚书省乞颁大晟乐尺于外路诸司、州、府、军、监及属县。从之。

《宋会要·食货》六九之六:"政和元年五月六日,尚书省言:'已造乐尺,颁赐在京侍从官以上及官司库务。外路诸司、州、府、军、监,欲令诸路转运司依样制造,降付管下诸州,遂(逐)州制造,分给属县。自今年七月一日为始,旧尺并毁弃。'从之。"

《文献通考》卷一三三《乐考六》:"政和元年,诏:'诸路转运司以所颁乐尺制给诸州,州制以给属县。自今年七月为始,毁弃旧尺。'"

《玉海》卷八:"政和元年五月六日,颁大晟乐尺(自七月朔旦行之),比官小尺短五分有奇。"

按:此诏《宋大诏令集》及《全宋文》均失收,可据辑补。

本月,增皇子冠仪,用大晟乐。

《宋史》卷一一五《礼志十八》:"其日质明,皇帝通天冠、绛纱袍,御文德殿。皇子自东房出,内侍二人夹侍,王府官从,《恭安之乐》作,即席南向坐,乐止。掌冠者进折上巾,北向跪冠,《修安之乐》作,赞冠者进,北面跪正冠。皇子兴,内侍跪进服讫,乐止。掌冠者揖皇子复坐,以爵跪进,祝曰:'酒醴和旨,笾豆静嘉。授尔元服,兄弟具来。永言保之,降福孔皆。'皇子揖笏,跪受爵,《翼安之乐》作,饮讫,太官令进馔讫。再加七梁冠,《进安之乐》作。掌冠者进爵,祝曰:'宾赞既成,肴核惟旅。申加厥服,礼仪有序。允观尔成,承天之祐。'皇子跪受爵,《辅安之乐》作,太官奉馔。三加九旒冕,《广安之乐》作。掌冠者进爵,祝曰:'旨酒嘉栗,甘荐令芳。三加尔服,眉寿无疆。永承天休,俾炽而昌。'皇子跪受爵,《贤安之乐》作,太官奉馔,馔撤。皇子降,易朝服,立横阶南,北向位,掌冠者字之曰:'岁日云吉,威仪孔时。昭告厥字,君子攸宜。顺尔成德,永受保之。奉敕字某。'皇子再拜,舞蹈,又再拜,奏圣躬万福,又再拜。左辅宣敕戒,曰:'好礼乐善,服儒讲艺。蕃我王室,友于兄弟。不溢不骄,惟以守之。'皇子再拜,进前俯伏,跪称:'臣虽不敏,敢不祗奉!'俯伏,兴,复位,再拜,出。殿上侍立官并降,复位,再拜,放仗。明日,百僚诣东上阁门贺。"

《政和五礼新仪》卷首:"本局札子:'臣等今具皇子冠礼仪,合奏禀事如后……一、冠用乐。臣等看详,古者诸侯冠必以乐。《开元》、《开宝》惟太子加元服有乐,而亲王冠礼则无之。今修立皇子冠仪,乞增用乐'","正(政)和元年五月,奉御笔指挥下项:'……可依《仪礼》冠用乐,依所奏用大晟乐,余依议。'"

按:《政和五礼新仪》卷一八二《皇子冠仪》载用乐仪制甚详,可比勘:"大晟展宫架之乐于殿庭横街之南,设协律郎举麾位于宫架西北,东向。大司乐押乐位于宫架之前,北向。……大乐正帅乐工先入,就位;协律郎入就举麾位,大司乐入就押乐位;典仪帅赞者先入,就位。……皇帝服通天冠、绛纱袍,帘卷。大乐正令撞黄钟之钟,左五钟皆应。殿上鸣鞭,禁卫、诸班亲从自赞常起居。皇帝出西阁门,乘辇。协律郎跪,俯伏,举麾,兴,(凡乐,皆协律郎举麾,工鼓柷而后作;偃麾,戛敔而后止。)工鼓柷,奏《乾安之乐》。……掌冠者初入门,《抵(祇)安之乐》作;至位,乐止,立定。……皇子初行,《恭安之乐》作,即席南向坐,乐止。……进皇子席前,北向跪冠,《修好(安)之乐》作;掌冠者兴席南,北面立……皇子搢笏,跪受爵,《翼安之乐》作。……进皇子席前,北向跪冠,《进安之乐》作。掌冠者兴席南,北面立。……皇子搢笏,跪受爵,《辅安之乐》作,饮讫,奠爵,执笏。……进皇子席前,北向跪冠,《庆安之乐》作。掌冠者兴席南,北面立。……皇子搢笏,跪受爵,《贤安之乐》作。饮讫,奠爵,执笏。……礼直官、太常博士引礼仪使诣御座前,俯伏,跪奏:'礼仪使具官臣某言:礼毕!'……大乐正令撞蕤宾之钟,右五钟皆应,《乾安之乐》作。皇帝降座,入东房,内侍又赞扇,扇开,乐止。"考《抵安之乐》,《宋史·乐志十四》"宝祐二年皇子冠"作"宾赞入门,《祇安》";《修好之乐》,《宋史·礼志十八》作《修安之乐》,当从《宋史》校正。又《新仪》《庆安之乐》,《宋史·礼志十八》作《广安之乐》。

另,《宋史·礼志十八》祝辞,《政和五礼新仪》卷一八二《皇子冠仪》亦有异文。如"宾赞既成……承天之祜",《新仪》作"宾赞既戒……承天之祐";又"友于兄弟",《新仪》作"交于兄弟"。又《玉海》卷八二亦录,作"承天之祜",祝辞同《宋史·礼志十八》。

又,"御笔"云云,《宋大诏令集》及《全宋文》均失收,可据辑补。

七月一日壬戌,诏用大晟乐尺,毁弃旧尺。

《宋会要·食货》六九之六:"政和元年五月六日,尚书省言:'已造乐尺……自今年七月一日为始,旧尺并毁弃。'从之。"

《文献通考》卷一三三《乐考六》:"政和元年,诏:'诸路转运司以所颁乐尺……自今年七月为始,毁弃旧尺。'"

《玉海》卷八:"政和元年五月六日,颁大晟乐尺。(自七月朔旦行之。)"

按:此诏《宋大诏令集》及《全宋文》均失收,可据辑补。

八月左右，彭几罢协律郎。

《宋会要·职官》六八之二四："（政和元年十月）二十二日，责太中大夫、知邓州张商英为崇信军节度副使，衡州安置。责昭化军节度副使、单州安置郭天信授昭化军行军节度司马，新州安置。以开封府狱成，尝令余员（负）、彭九（几）、僧德洪往来交结，臣僚再论列，故有是责。"

《长编纪事本末》卷一三一："（政和元年十月）辛亥，太中大夫、知邓州张商英责授崇信军节度副使，衡州安置。昭化军节度副使、单州安置郭天信责授昭化军节度行军司马，新州安置。以开封府狱成，商英、天信尝令余负、僧德洪、彭□（几）往来交结，臣僚再论列，故有是责。"

《宋史》卷三五一《张商英传》："商英因僧德洪、客彭几，与（郭天信）语言往来。事觉，鞠于开封府。"

按：张商英倒台后，"张党"都遭贬谪，如郭天信"斥死"（《宋史·郭天信传》），唐庚"窜之惠州"（《宋史·张商英传》），吴时"降通判鼎州"（《宋史·吴时传》），洪觉范"刺配朱崖军牢"（《能改斋漫录》卷一二），而唯彭几无载，或为史籍失载。但彭几因此被逐，不任协律郎，则可肯定。其离开大晟府，可能在张商英罢相的政和元年八月（《宋史·宰辅表三》）左右。

时兴道教，徽宗亲制步虚乐章，调其音声。约在此时前后。

《长编纪事本末》卷一二七："蔡絛《史补·道家者流篇》：'政和初，上有疾逾百日，稍康复后，一夕，梦有人召上……及寤，作记良悉。尝遣使示鲁公，鲁公时犹谪居于杭也。始大修宫观于禁中，即旧奉天神所在玉清和阳宫玉虚殿，羽人以岁时入内讲斋醮事。亲制步虚乐章，调其音声焉。而道家遂谓上为赤明阳和天帝。'"

按：《史补》即蔡絛所著《国史后补》。蔡京政和二年复相，"政和初"、"犹谪居于杭"云云，当在政和元年。

宗子习大晟乐舞，约在本年前后。

孙觌《宋故左中奉大夫直龙图阁赵公墓志铭》："政和初，以胄子习乐舞，试廷中，进忠训郎，授京畿监牧司准备差使。"（《鸿庆居士集》卷三八）

按："胄子"本指王室及公卿嫡长子。《尚书注疏》卷二："帝曰：夔，命汝典乐，教胄子。"

孔氏传:"胄,长也,谓元子以下至卿大夫子弟。"宋泛指入宗学之"宗子"。周必大《筠州乐善书院记》:"舜命夔典乐,首教胄子。周大司乐治学政,专合国之子弟。是时公卿大夫,多出宗姓,崇德象贤,率于此乎取之。本朝至道元年,以近属繁衍,初置学官,于是教授之名立。迨咸平迄祥符,南宫、北宅,复置侍教,十岁已上,并令肄业。治平初,增小学教授十有二员,此命名分职大略也。……熙宁、元祐,并敕诸院立小学,八岁至十四者岁检举焉。……南渡以来,杭、越首置诸王宫大小学教授,西外、南外并立宗学。"(《文忠集》卷六〇)陈傅良《赐进士出身宣教郎赵善防系濮安懿王近属更转一官》:"而问诸宗人,则于濮园为近。抑可嘉已!申命一官,以劝胄子。"(《止斋先生文集》卷一三)可据为证。

《宋会要·帝系》五之二五、《九朝编年备要》卷二八均载政和四年四月九日"御崇政殿按宗子习大乐",各转官授官。此云"以胄子习乐舞","试廷中,进忠训郎",与之吻合;唯时间为"政和初",则集部联书之体也,实"习乐舞"在"政和初",而"进忠训郎"则在政和四年。"政和初"为宋人记时习惯,未必为政和元年。

考大观元年(1107)五月以后大晟乐已颁于"宗学",不应习乐舞迟至政和元年(1111),或大观元年颁乐时,尚未选宗子习乐,至此方有习乐之举。

政和二年(1112)壬辰

二月二十七日甲寅,诏亲祀耤田,依养老礼奏大晟乐。

《政和五礼新仪》卷首:"本局札子:'臣等契勘《开宝通礼》,皇帝亲祠,出明德门,(即今宣德门。)乐备而不作。及祀事毕,车驾还宫,鼓吹振作。至明德门内,大乐令始奏《采茨之曲》。若养老等礼,即出入并奏乐。盖缘礼令,凡斋戒不作乐。所以亲祠养老,体制不同。今来朝会、耕耤,更不亲享先农,即与养老诸礼无异。欲乞车驾诣耤田,行耕耤之礼,及还宫,并依养老礼奏乐。如蒙俞允,乞批降付本局施行,取进止。'政和二年二月二十七日,奉御笔,依养老例奏乐。"

《长编纪事本末》卷一三三:"(政和)二年二月甲寅(二十七日),议礼局言:'耕耤礼毕还宫,依养老例奏乐。'从之。"(《长编拾补》卷三一同)

按:《政和五礼新仪》卷一二七《皇帝耕籍仪》所述仪制甚详,然略于叙用乐细节。考"耕耤礼毕还宫,依养老例奏乐"云云,今查《政和五礼新仪》卷一九七《皇帝养老于太学仪》载用乐仪制甚详。《宋史·礼志十七》"养老于太学"条,亦载用大晟乐节次,即依《政和五礼新仪》删节而成。

《政和五礼新仪》卷一九七《皇帝养老于太学仪》"陈设"条:"大晟陈登歌之乐于堂上前楹间,稍南,北向。设宫架乐于庭中,立舞表于酂缀之间。设典乐位于宫架之北,大乐令位于登歌乐虡之北。协律郎位二,一于堂上前楹间,近西稍南;一于宫架之西北,俱东向。""车驾诣太学"条:"大晟陈宫架之乐于宣德门外,稍南,北向。所司陈法驾卤簿于宣德门外。……大乐正令撞黄钟之钟,右五钟皆应。协律郎跪,俯伏,举麾,兴,工鼓柷,宫架奏《采茨之乐》。(凡乐,皆协律郎举麾,兴,工鼓柷而后作,偃麾,戛敔而后止。)车驾动,称警跸。……车驾动,称警跸。乐止,鼓吹振作。法驾卤簿前导诣太学。""养老"条:"皇帝既谒至圣文宣王毕。大乐正帅工人、二舞人立于庭。……皇帝将出,太乐正令撞黄钟之钟,右五钟皆应。协律郎跪,俯伏,举麾,兴,宫架《乾安之乐》作。皇帝即御座,南向,乐止。三老入门,宫架《和安之乐》作。……太常博士揖进三老在前,五更在后,仍杖夹扶如初,宫架《和安之乐》作。……典仪赞各就坐,赞者承传。宫架《尊安之乐》作,三老、五更以下俱就坐。……大乐正引工人升，登歌奏《惠安之乐》，三终。史臣执笔，录三老所论善言善行事终。宫架作《申安之乐》《献言成福之舞》，既毕，文舞退，作《受成告功之舞》。既毕，三老以下降筵。……三老、五更降阶至堂下，宫架《和安之乐》作。出门，乐止。"

《宋史·礼志十七》"养老于太学"条："大乐正令撞黄钟之钟，右五钟皆应。协律郎跪，俯伏，举麾，兴，宫架《乾安之乐》作，皇帝即御坐，乐止。……三老、五更入门，宫架《和安之乐》作……博士揖进三老在前，五更在后，仍杖夹扶，宫架《和安之乐》作，至西阶下，乐止。……典仪赞各就坐，赞者承传，宫架《尊安之乐》作，三老、五更就坐。……大乐正引工人升，登歌奏《惠安之乐》，三终。史臣既录三老所论善言、善行，宫架作《申安之乐》《宪言成福之舞》，毕。文舞退，作《受成告功之舞》，毕，三老以下降筵……三老、五更降阶至堂下，宫架《和安之乐》作，出门，乐止。"

亲祀耤田既依养老礼奏大晟乐，则用乐亦为《乾安之乐》《和安之乐》《尊安之乐》、《惠安之乐》《申安之乐》，二舞《宪言成福之舞》《受成告功之舞》。又，《新仪》"《献言成福之舞》"，《宋史·礼志十七》作"《宪言成福之舞》"。

本月，改大朝会仪常朝仪太乐令为大晟府，《盛德升闻》为《天下化成之舞》，《天下大定》为《四夷来王之舞》。

《宋史》卷一一六《礼志十九》"大朝会仪常朝仪"："其后，徽宗以元日受八宝及定命宝，冬至日受元圭，皆于大庆殿行朝贺礼。《新仪》成，改《元丰仪》太尉为上公，侍中为左辅，中书令为右弼，太乐令为大晟府，《盛德升闻》为《天下化成之舞》，《天下大定》为《四夷来王之舞》。"

《政和五礼新仪》卷一三八《大庆殿元正冬至大朝会仪下》："太官令行群官酒，群臣搢笏受酒，宫架作《正安之乐》，文舞入，立宫架北，觞行一周，（凡酒巡周，并太官令奏。）宫架奏《天下化成之舞》，三成止，出。殿中监进皇帝第三爵酒，群臣立于席后，登歌奏《某曲》，饮讫，乐止。殿中监受爵，舍人曰：'就座。'群臣皆坐。太官令行群臣酒，宫架作《正安之乐》，武舞入，觞行一周，乐止。尚食、典御、奉御进食，置御座前。太官设群臣食，宫架奏《四夷来王之舞》，三成止，出。"

《政和五礼新仪》卷一四九《蕃国主来朝仪下》："大（太）官令行群官酒，群官搢笏受酒。宫架作《正安之乐》，文舞入，立宫架北。觞行一周，

（凡酒巡同（周），并大（太）官令奏。）乐止。尚食、典御、奉御进食，置御座前。大（太）官令设群官食。（凡食偏（遍），并大官令奏。）宫架奏《天下化成之舞》，三成止，出。殿中监进皇帝第三爵酒，群官立于席后。登歌作《某乐》，饮讫，乐止。殿中监受虚爵，舍人曰：'就坐。'群官皆坐。大（太）官令行群官酒，宫架作《正安之乐》，武舞入，觞行一周，乐止。尚食、典御、奉御进食，置御座前。大（太）官令设群官食。宫架奏《四夷来王之舞》三成止，出。"

按：徽宗"受八宝"在大观元年十二月，"受元圭"在政和二年十一月二十五日戊寅（《宋史·徽宗本纪三》，《宋史·礼志五》）。

《政和五礼新仪》颁于政和三年四月。《九朝编年备要》卷二八："（政和三年夏四月）颁《五礼新仪》。"《通鉴续编》卷一一："（政和三年夏四月）班《五礼新仪》。"然考其议大朝会仪则早在政和二年二月。《政和五礼新仪》卷首："本局札子：……今来朝会、耕耤，更不亲享先农，即与养老诸礼无异。……乞批降付本局施行，取进止。政和二年二月二十七日，奉御笔，依养老例奏乐。"《九朝编年备要》卷二八："（政和二年）九月，改官名，以太宰易左、右仆射。"知徽宗政和二年十一月戊寅日"受元圭"并于大庆殿行朝贺礼时，即已用"新仪"。其改《盛德升闻》为《天下化成之舞》，《天下大定》为《四夷来王之舞》必在政和二年二月。

又，《盛德升闻》、《天下大定之舞》原为元丰元年元正、冬至大朝会所用二舞。《宋史·礼志十九》："神宗，诏龙图阁直学士、史馆修撰宋敏求等详定《正殿御殿仪注》。敏求遂上《朝会仪》二篇，《令式》四十篇。诏颁行之。其制……太官令行酒，搢笏，受酒。宫县作《正安之乐》，文舞入，立宫架北。觞行一周，凡行酒讫，并太官令奏巡周，乐止。尚食进食升阶，以次置御坐前，又设群官食讫，太官令奏食遍。太乐丞引《盛德升闻之舞》入，作三变止，出。……又行酒、作乐、进食，如上仪。太乐丞引《天下大定之舞》，作三变止，出。"《文献通考·王礼考三》："元丰元年，诏右谏议大夫宋敏求、权御史中丞蔡确、枢密副使承旨张诚一、直舍院、同判太常寺李清臣详定《正旦御殿仪注》。敏求等遂上《朝会仪》二篇，《令式》四十卷，诏颁行。《元正、冬至大朝会仪注》：……又诏群官食，太官令奏作《盛德升闻之舞》，曲舞作三成止，出。……又设群官食。太官令奏酒周巡，食遍，如前仪。作《天下大定之舞》，曲舞作三成止，出。"而至政和二年二月方改入《政和五礼新仪》，颁于政和三年四月。

又，《政和五礼新仪》所载《大庆殿元正冬至大朝会仪下》"登歌奏《某曲》"、《蕃国主来朝仪下》"登歌作《某乐》"云云，据《宋史·礼志十九》："殿中监进第三爵，群官立席后，登歌作《瑞木成文之曲》，饮讫，乐止。殿中丞受虚爵，舍人曰：'就坐。'群官皆坐。"《文献通考·

王礼考三》："殿中监进皇帝第三爵酒,群官立于席后。登歌作《嘉禾之曲》,饮讫,乐止。殿中监受虚爵,舍人就坐,群官皆坐。"或作《瑞木成文之曲》,或作《嘉禾之曲》。当为临时抽换,附此俟考。

诏春分亲祠高禖,配位作《承安之乐》。

《宋史》卷一〇三《礼志六》:"《政和新仪》:春分祀高禖仪,以简狄、姜嫄从祀,皇帝亲祠,并如祈谷上帝仪。惟配位作《承安之乐》,而增简狄、姜嫄位牛羊豕各一。"

《文献通考》卷八五《郊社考十八》:"徽宗政和二年,诏:'春分祀高禖青帝,以帝伏牺氏、高辛氏配,简狄、姜嫄从祀。'"

按:据《政和五礼新仪》卷五一《皇帝祀高禖仪上》:"前期,降御札,以来年春分日祀高禖。太常寺具时日散告。"知政和二年诏春分亲祠高禖,而于政和三年春分日方行事。祀高禖用大晟乐节次,《政和五礼新仪》有详载,如:"大晟陈登歌之乐于坛上稍南,北向;设宫架于坛南内壝之外,立舞表于酂缀之间。……协律郎位二,一于坛下乐虡之西北,一于宫架之西北,俱东向。大乐令位于登歌乐虡之北,大司乐位于宫架之北,良酝令位于酌尊所,俱北向。"(卷五一)"乐正帅工人、二舞以次入,与执尊罍篚幂者各就位。……协律郎跪,俯伏,举麾,(凡行事、执事,取物、奠物,皆跪,俯伏,兴。)工鼓柷,宫架《仪安之乐》作。(皇帝升降、行止,皆作《仪安之乐》。)至午阶版位,西向立。偃麾,戛敔,乐止。(凡乐,皆协律郎跪,俯伏,举麾,兴。工鼓柷而后作,偃麾,戛敔而后止。)……宫架作《景安之乐》、《帝临降康之舞》六成,止。"(卷五二)"太官令引入正门,宫架《丰安之乐》作。……前导皇帝升坛,宫架乐作。至午阶,乐止。升自午阶,登歌乐作。至坛上,乐止。登歌《歆安之乐》作……有司奠册于青帝神位前。礼仪使前导皇帝诣帝伏牺氏,次诣帝高辛氏神位前,酌献,并如上仪。(惟登歌作《承安之乐》。)……文舞退,武舞进,宫架《容安之乐》作。舞者立定,乐止。……宫架作《隆安之乐》,《神保锡羡之舞》。……前导皇帝诣饮福位,将至位,乐止。宫架《禧安之乐》作,皇帝至饮福位……撤俎,登歌《成安之乐》作。卒撤,乐止。……送神,宫架《景安之乐》作,一成止。"(卷五三)可参考。

四月八日甲午,赐宴于内苑,蔡京作《太清楼记》,仙韶院女乐击鞠、鼓琴、擘阮,合乐妙舞。

《长编纪事本末》卷一三一:"(政和二年四月)甲午(八日),燕宰执、亲王于太清楼,上亲为之记。(【原注】其略见《御制》。)蔡京上《(太清楼)记》曰:'政和二年三月八日,皇帝制诏,臣京宥过省愆,复官就第,命四方馆使、荣州防御使童师敏赍诏召赴阙。……于是饮至于郊。曲宴于垂拱殿,被褉于西池……'……诏以是月八日开后苑,宴太清楼……"

《长编拾补》卷三一:"(政和二年四月)甲午(八日),燕宰执、亲王于太清楼,上亲为之记。……【案】《续宋编年资治通鉴》:四月,燕蔡京内苑。《十朝纲要》:甲午,燕宰执、亲王于太清楼,上亲为之记。《通鉴续编》:京自杭赴召,帝宴之于内苑太清楼。京为《楼记》以进,备言宫室服玩之盛。《九朝编年备要》:夏四月,燕蔡京内苑。……又出嫔女鼓琴、玩(阮)、舞……"

《皇宋十朝纲要》卷一七:"(政和二年四月)甲午(八日),燕宰执、亲王于太清楼,上亲为之记。"

《通鉴续编》卷一一:"(政和二年)二月,诏蔡京复以太师致仕,赐第京师。夏四月,复行方田。蔡京至自杭州,帝宴之于太清楼。(京自杭赴召,帝宴之于内苑太清楼。京为《楼记》以进,备言宫室服玩之盛。)"

《鸡肋编》卷中:"蔡京《太清楼特宴记》云:政和二年三月,皇帝制诏,臣京宥官省愆,复官就第。诏以是月八日开后苑宴太清楼,召臣执中、臣俣、臣偲、臣京、臣绅、臣居厚、臣正夫、臣蒙、臣洵仁、臣居中、臣洵武、臣俅、臣贯于崇政殿。赐坐,命宫人击踘。……日午,谒者引执中已下入。女童乐四百,靴袍玉带,列排场。下宫人珠笼巾,玉束带,秉扇、拂、壶、巾、剑、钺,持香球,拥御床以次立。酒三行,上顾谓群臣曰:'承平无事,君臣同乐,宜略去苛礼,饮食起居,当自便无间。'已而群臣尽醉。"

《挥麈余话》卷一:"祐陵癸巳岁,蔡元长自钱塘趣召,再拜。诏特锡燕于太清楼,极承平一时之盛。元长作《记》以进,云:政和二年三月,皇帝制诏:臣京宥过省愆,复官就第。命四方馆使、荣州防御使臣童师敏赍诏召赴阙,臣京顿首辞。继被御札手诏,责以大义,惶怖上道。于是饮至于郊,曲燕于垂拱殿,被褉于西池。宠大恩隆,念无以称。上曰:'朕考周宣王之诗:吉甫燕喜,既多受祉。来归自镐,我行永久。饮御诸友,炰鳖脍鲤。其可不如古者?'诏以是月八日开后苑太清楼,命内客省使、保大军节度观察留后、带御器械臣谭稹,同知入内内侍省事臣杨戬,内客省使、保康军节度观察留后、带御器械臣贾祥,引进使、晋州管内观察使、勾当内东门司臣梁师成等伍人,总领其事。西上阁门使、忠州刺史、尚药局典御臣邓忠仁等一十三人,掌典内谒者职。有司请办具上,帝弗用。前三日,幸太清,相视其所,曰:'于此设次,于此陈器皿,于此置尊罍,于此膳羞,于此乐舞。'……教坊请具乐奏,上弗用,曰:'后庭女乐,肇自先帝,隶业天臣未之享,其陈于庭。'上曰:'不可以燕乐废政。'是日,视事垂拱殿。退,召臣何执中、臣蔡京、臣郑绅、臣吴居厚、臣刘正夫、正(臣)侯蒙、臣邓洵仁、臣郑居中、臣邓洵武、臣高俅、臣童贯崇政殿,阅弓马所子弟武伎,引强如格,各命以官。遂赐坐,命宫人击鞠。臣何执中等辞,请立侍。上曰:'坐。'乃坐。于是驰马举仗,翻手覆手,丸素如缀。又引满驰射,妙绝一时,赐赉有差。乃由景福殿西序入苑门,就次以憩。……日午,谒者引执中以下入。女童乐四百,靴袍玉带,列排场,肃然无敢謦咳者。宫人珠笼巾,玉束带,秉扇、拂、壶、巾、剑、钺、持香球,拥御床以次立,亦无敢离行失次。皇子嘉王楷起居,升殿,侧侍,进趋庄重,俨若成人。臣执中等前贺曰:'皇子侍燕,宗社之庆。'乐作,节奏如仪,声和而绎。上顾谓群臣:'君臣同乐,宜略去苛礼,饮食起坐,当自便无间。'执事者以宝器进,上量满酌以赐,命皇子宣劝,群臣惶恐饮醨。又取惠山泉、建溪毫盏烹新贡太平嘉瑞斗茶饮之。上曰:'日未晡,可命乐。'殿上笙簧、琵琶、箜篌、方响、筝、箫登陛合奏,宫娥妙舞,进御酒。上执爵命掌樽者注群臣酒,曰:'可共饮此杯。'群臣俯伏谢。上又曰:'可观。'群臣凭陛以观,又顿首谢。又命宫娥抚琴、擘阮,已而群臣尽醉。"

按:"嫔女"、"宫人"、"女童"、"宫娥"云云,均指仙韶院女乐,详见下文。

赐女乐二八于蔡京,约在此时前后。

《铁围山丛谈》卷三:"政和初,上赍鲁公以女乐二八。蒋公曰:'唐李晟、马燧用武夫要宠私。晋魏绛实陪卿以和戎得金石,今公出大儒,盖自周公制礼作乐,方致太平,不应下同此辈。宜塞其渐,愿公力辞焉。'鲁公大喜之,然不克用。及政和末,伯氏既连姻戚里,后大辟第,开和路,作复道,以通宫禁。"

按:"女乐"云云,亦指仙韶院女乐,详见下文。人臣赐以内廷女乐,恩宠出于异数,两宋唯独蔡京有之。

二十四日庚戌,因礼部言取旨,诏赐贡士闻喜宴于辟雍,用大晟雅乐,罢琼林苑宴。

《宋史》卷一二九《乐志四》:"政和二年,赐贡士'闻喜宴'于辟雍,仍用雅乐,罢'琼林苑宴'。……诏皆从之。"

《宋会要·崇儒》一之三:"政和二年四月庚戌,礼部言:'大观三年贡士,并宗子上舍与进士同释褐,就琼林苑赐宴。今合取旨。'诏:'宴就辟雍,仍用雅乐,差知举蔡薿押宴。'"

按:礼部言在政和二年四月二十四日庚戌,诏云云,当在此时稍后。凌景埏《年表》:"(政和二年)赐贡士闻喜宴于辟雍,用雅乐。"[1]未系月份。当从《宋史·乐志四》。李幼平《编年》:"(政和二年)'赐宴辟雍贡士鹿鸣闻喜宴,悉用大晟乐。'【4】//【3】【10】/"【4】"为《文献通考》,【3】"为《宋史》,【10】"为凌景埏《宋魏汉津乐与大晟府》[2]。查《文献通考·乐考三》:"又诏春秋释奠、赐宴辟雍、贡士鹿鸣、闻喜宴,悉用《大晟乐》。屏去倡优淫哇之声,仍令选国子生教习乐舞。"未记年月。今考《宋会要·崇儒》一之三,知在政和二年四月。

其用大晟乐节次,见于《宋史·礼志十七》、《政和五礼新仪》卷二〇三《辟雍赐闻喜宴仪》。如:"赐贡士宴,名曰'闻喜宴'。《政和新仪》:押宴官以下及释褐贡士班首初入门,《正安之乐》作,至庭中望阙位立,乐止。预宴官就位,再拜讫。押宴官西向立,中使宣曰'有敕',在位者皆再拜讫。中使宣曰'赐卿等闻喜宴',在位者皆再拜,搢笏,舞蹈,又再拜。次引押宴官稍前谢坐再拜,在位者皆再拜。若赐敕书,即引贡士班首稍前,中使宣曰'有敕',贡士再拜。中使宣曰'赐卿等敕书',班首稍前,搢笏,跪,中使授敕书讫,少退,班首以敕书加笏上,俯伏,兴,归位,再拜,在位者皆再拜。凡预宴官,分东西升阶就坐,贡士以齿。酒初行,《宾兴贤能之乐》作,饮讫,食毕,乐止。酒再行,《于乐辟雍之乐》作。酒三行,《乐育

①　凌景埏:《宋魏汉津乐与大晟府》"年表"条,凌景埏、谢伯阳校注:《诸宫调两种》附录,第282页。

②　李幼平:《宋(金)代编钟及新乐议制编年》,《大晟钟与宋代黄钟标准音高研究》,第153页,第143—144页。

人材之乐》作。酒四行,《乐且有仪之乐》作。酒五行,《正安之乐》作。再坐,酒行,乐作,节次如上仪。皆饮讫,食毕,乐止。押宴官以下俱兴,就次,赐花有差。少顷,戴花毕,次引押宴官以下并释褐贡士诣庭中望阙位立定,谢花再拜,复升就坐,酒行,乐作,饮讫,食毕,乐止。酒四行讫,退。次日,预宴官及释褐贡士入谢如常仪。"(《宋史·礼志十七》)"其日,押宴官以下及释褐贡士,并赴辟雍就次。诸司排当备,押宴官以下及释褐贡士班首初入门,《正安之乐》作。至庭中望阙位立定,乐止。与宴官就位,再拜讫。(押宴官西向立。)中使诣班首前稍东,西向立。中使宣曰:'有敕。'在位者皆再拜讫,中使宣曰:'赐卿等闻喜宴。'在位皆再拜,搢笏,舞蹈,又再拜。次引押宴官稍前,谢坐,再拜,在位者皆再拜。(若赐敕书,即引贡士班首稍前立定,中使诣班首前,西向立,宣曰:'有敕。'贡士再拜。中使宣曰:'赐卿等敕书。'班首稍前,搢笏,跪。中使授敕书讫,少退。班首执笏,以敕书加于笏上,俯伏,兴,归位,再拜。在位者皆再拜。)与宴官分东西升阶就座。酒初行,《宾兴贤能之乐》作。饮讫,食毕,乐止。酒再行,《于乐辟雍之乐》作。酒三行,《乐育人材之乐》作。酒四行,《乐且有仪之乐》作。酒五行,《正安之乐》作。(再座,酒行,乐作,节次并如上仪,唯不作《正安之乐》。)皆饮讫,食毕,乐止。押宴官以下俱兴,就次,赐花有差。少顷,戴花讫,次引押宴官以下并释褐贡士,诣庭中望阙位,立定,谢花,再拜,分东西升阶就座。酒行,乐作。讫,食毕,乐止。酒四行,讫,退。次日,与宴官及释褐贡士入谢,如常仪。"(《政和五礼新仪》卷二〇三《辟雍赐闻喜宴仪》)

又,考闻喜宴即琼林宴。《宋会要·选举》二之一八:"旧制,御试进士已唱第毕,赐闻喜宴于琼林院(苑)。舍法行,改赐于辟雍。宣和间复置科举,而琼林之宴亦因以复焉。"据《宋会要·崇儒》一之三、《宋史·乐志四》,知大观三年"并宗子上舍与进士同释褐,就琼林苑赐宴"名为琼林宴,而至政和二年四月二十四日庚戌则已罢琼林宴,其赐闻喜宴地点乃在辟雍,而非琼林苑。知自政和二年四月二十四日庚戌因废科举而"舍法行","赐及第进士宴于琼林苑"之闻喜宴与"赐宴辟雍"合一。原"赐宴辟雍"之"宴"自此取代琼林宴而冒闻喜宴之名了。

又,《宋会要·崇儒》一之三所载诏书,《宋大诏令集》及《全宋文》均失收,可据辑补。

七月,原大晟府典乐刘诜卒,特赠龙图阁直学士。

《宋会要·仪制》一一之一三:"太中大夫、太常少卿刘诜,政和二年七月,特赠龙图阁直学士,以尝造燕乐故也。"

按:政和二年七月刘诜卒于官,官职为太中大夫、太常少卿。"尝造燕乐"云云,指其任大晟府典乐期间,曾上"徵调",故特赠龙图阁直学士。

盛永升为大晟府制造官，考正徵、角二声为燕乐。

沈与求《朝请大夫盛公行状》："（政和二年）方朝廷考正徵、角二声为燕乐，以厘革郑、卫淫哇之习。公上所著《乐书》数万言，论辨古乐，所以析用中、正之法甚悉。上嘉用之。改仪曹，兼大晟府制造官。三年，司勋奏公曩摄邑苏之常熟，捕获盗铸金钱，法应赏，由是累迁朝请郎。九月，燕乐成，上命辅臣覆视，唯公所制精妙一时，特恩迁朝奉大夫。逾月，赐服三品，皆异数也。四年，营奉明达皇后寝园，与有劳，迁朝散大夫，俄得请知秀州。五年，公犹待次乡郡，以大晟奏功，还（迁）朝请大夫。"（《龟溪集》卷一二）

按："考正徵、角二声为燕乐"的时间，当始于大观二年。时刘诜以"今燕乐之音失于高急，曲调之词至于鄙俚"，而上徵声，任典乐负责"[徵招]、[角招]"制作（《宋史·刘诜传》），使大晟府同教坊依"新增徵、角二谱"按习（《宋会要·乐》五之二○，《宋史·乐志四》，《宋史纪事本末》卷五）。盛永升为大晟府制造官，"考正徵、角二声为燕乐"，乃续刘诜而作。详见拙著《大晟府及其乐词通考》，兹不赘述。

置大晟府制造所，约在此时前后。

《宋史》卷一二九《乐志四》："（宣和）二年八月，罢大晟府制造所并协律官。"

《宋史》卷一六一《职官志一》："宣和二年，诏与大晟府制造所、协声律官并罢。"

《宋会要·职官》二二之二六："（宣和二年）八月十五日，诏罢大晟府制造所。"

《宋会要·职官》五之二三《礼制局》："宣和二年，诏与大晟府制造所、协声律官并罢。"

《九朝编年备要》卷二八："（宣和）二年，礼制局及大晟府制造所、协声律官并罢。"

沈与求《朝请大夫盛公行状》："政和二年……改仪曹，兼大晟府制造官。……三年九月，燕乐成，上命辅臣覆视，唯公所制精妙一时，特恩迁朝

奉大夫。逾月,赐服三品,皆异数也。"(《龟溪集》卷一二)

　　按:有关大晟府制造所的记载,见于多种史料。但诸史均载大晟府制造所的罢废年代,但始设于何时则乏明载。今据《朝请大夫盛公行状》,知盛永升任大晟府制造官在政和二年至三年间。由此可证,大晟府制造所至迟在政和二年即已设立。又,制造官原属制造大乐局,大观三年八月二十三日制造大乐局罢局后,原从制造大乐局分流出的职官如制造官、杂务官、主管文字等,都纷纷转入了大晟府门下。大晟府下辖机构大晟府制造所的设立,或许在此之后不久。详见拙著《大晟府及其乐词通考》,兹不赘述。

八月十一日戊子,臣僚请减罢太学、辟雍乐工教习。

　　《宋会要·乐》三之二六:"(大观二年八月)十一日,臣僚上言:'大观之初,有诏,令大晟府乐工教习太学、辟雍诸生,每月习学三日。其已习者曰登歌,逐色名数十有八;其未习者曰宫架,逐色名数三十。近选国子生教习文、武二舞,以备词(祠)祀先圣。未及施行,有诏令罢。以为士子肄业上庠,颇闻耻习乐舞,与乐工为伍,坐作扰杂,从事于伎艺之末。臣愚以谓即罢二舞,无由更习宫架;若止习登歌,即非全乐,似乎无所用之。所有乐工教习诸生去处,如合减罢,伏望更赐详酌施行。'"

　　《宋史》卷一〇五《礼志八》:"(政和)五年,太常等言:'兖州邹县孟子庙,诏以乐正子配享。公孙丑以下从祀,皆拟定其封爵……'大晟乐成,诏下国子学选诸生肄习。上丁释奠奏于堂上,以祀先圣。"

　　按:凌景埏《年表》:"(大观二年)八月十一日戊子,臣僚请减罢大(太)学辟雍乐工教习。"未言所据,考其附录:"本文征引,除加注外,均见《宋史·乐志》。"[1]今查《宋史·乐志》未有此段,实为《宋会要·乐》三之二六(详上)。李幼平《编年》从之云:"(大观二年)八月,臣僚请减罢太学辟雍乐工教习。"[2]未录"十一日戊子"数字。

　　今查《宋会要》原文只有"十一日,臣僚上言"云云,"大观二年八月"当为《宋会要》辑校者误加。考《宋史·乐志四》:"(大观四年)六月,诏:'近选国子生教习二舞,以备祠祀先圣,

---

　　① 凌景埏:《宋魏汉津乐与大晟府》,凌景埏、谢伯阳校注:《诸宫调两种》附录,第281页,第286页。

　　② 李幼平:《宋(金)代编钟及新乐议制编年》,《大晟钟与宋代黄钟标准音高研究》附录,第152页。

本《周官》教国子之制。然士子肄业上庠，颇闻耻于乐舞与乐工为伍，坐作、进退，盖今古异时，致于古虽有其迹，施于今未适其宜。其罢习二舞，愿习雅乐者听。'"知《宋会要·乐》三之二六"近选国子生教习文武二舞，以备词（祠）祀先圣。……以为士子肄业上庠，颇闻耻习乐舞，与乐工为伍，坐作扰杂，从事于伎艺之末"，即是节述大观四年六月诏书内容，所谓"未及施行，有诏令罢"，所指"罢习二舞"之"诏令"，即指此。又，《宋史·礼志八》将"大晟乐成，诏下国子学选诸生肄习。上丁释奠奏于堂上，以祀先圣"系于"政和五年"之后。陈东《少阳集》卷六附录《行状（弟南）》："政和三年，朝廷大作雅乐，命太学生五百人习之，有司将按试于庭。或谓事竟，且次第推赏。时诸生及缙绅子弟，多以夤缘获与者，人人有德色。公时以斋长与焉。一日，辄诣长贰白，辞之。"则系于"政和三年"。据此可知，"诏下国子学选诸生肄习"云云，当在大观四年六月至政和三年之间。

今考《文献通考·乐考三》："又诏春秋释奠、赐宴辟雍、贡士鹿鸣、闻喜宴，悉用《大晟乐》，屏去倡优淫哇之声。仍令选国子生教习乐舞。"据《宋会要·崇儒》一之三，"赐宴辟雍、贡士鹿鸣、闻喜宴，悉用《大晟乐》"在政和二年四月。"仍令选国子生教习乐舞"云云，《文献通考》系此后，虽选国子习乐舞在大观四年六月之前已有成命，但因士子耻习而诏罢习舞、只习大晟雅乐，或此后又有"令选国子生教习乐舞"事，陈东《少阳集》"政和三年……命太学生五百人习之"云云，可为旁证。《宋大诏令集》卷一四九《两学习乐成辅臣案试御笔》（政和三年九月十八日）、《宋会要·乐》三之二六、二七、《宋会要·瑞异》一之二一、《宋史全文》卷一四所载政和三年"两学习乐成，辅臣案试"云云，亦可证。似《宋会要·乐》三之二六"大观二年"为"政和二年"之误。点校本《宋会要辑稿》补为"大观四年□月"[①]。疑非。

根据上述考证，知臣僚虽有减罢乐工教习诸生的上疏，但仍有习雅乐的太学生多达五百人，"辟雍"习雅乐的学生尚不包括在内。

十九日癸卯，诏量、权、衡以大晟乐尺为度。

《宋会要·食货》四一之三一："开封尹李孝偁等奏：'契勘度、量、权、衡，出于一体。旧条以积黍为数，修立成文。今来大晟乐尺，系以帝指为数。昨已奉圣旨颁行天下。其量、权、衡虽据大晟府称，皆出于度。缘至今未曾颁用。本所欲拟旧条修立，即度、量、权、衡不出于一；欲依乐尺修

---

① 按：点校本《宋会要辑稿·乐三》亦据《宋史·乐志四》"（大观四年）六月"云云，指此处旁批"大观二年八月"为误，而补为"大观四年□月"（第1册，第387页）。

立,又缘既未颁行,未敢立法。欲乞详酌,先将量、权、衡之式颁之天下,仍降付本所,以凭遵依,修立成条。'诏:'量、权、衡以大晟府尺为度,余依奏。'"

《宋会要·食货》六九之六、七:"(政和)二年八月十九日,工部尚书兼详定重修敕令、权开封尹李孝俦等奏:'契勘度、量、权、衡,出于一体。旧条以积黍为数,修立成文。今来大晟乐尺,系以帝指为数。昨已奉圣旨颁行天下。其量、权、衡虽据大晟府称,皆出于度。缘至今未曾颁用。本所欲拟旧条修立,即度、数(量)、权、衡不出于一;欲依乐尺修立,又缘既未颁行,未敢立法。欲乞详酌,先将量、权、衡之式颁之天下,仍降付本所,以凭遵依,修立成条。'诏:'量、权、衡以大晟府尺为度,余依奏。'"

《玉海》卷八:"政和二年八月,诏:'量、权、衡以大晟乐尺为度。'"

《文献通考》卷一三三《乐考六·度量衡》:"(政和)二年,臣僚上言:'请以大晟乐尺帝指为数,制量、权、衡式,颁之天下,仍厘正旧法。'"

按:《宋会要·食货》四一之三一只载"开封尹李孝俦等奏",而无时间;又"开封尹"因宋太宗尝任此官,后任者常加"权"字,此处疑有误脱。

此诏《宋大诏令集》及《全宋文》均失收,可据辑补。

二十四日戊申,太常寺言太社、太稷等并合用宫架乐舞。诏从之。

《宋史》卷一二九《乐志四》:"(政和二年)八月,太常言:'宗庙、太社、太稷并为大祠,今太社、太稷登歌而不设宫架乐舞,独为未备。请迎神、送神、诣罍洗、归复位、奉俎、退文舞、迎武舞、亚终献、望燎乐曲,并用宫架乐,设于北墉之北。'诏皆从之。"

《宋会要·礼》一四之六五、六六:"政和二年八月二十四日,太常寺言:'宗庙、太社、太稷并为大祠,今太社、太稷登歌而不设[宫架乐]舞,独为未备,宜用宫架。【切】缘迎神、送神乐曲,系两坛合奏。今用宫架乐舞,则迎神、送神、诣罍洗、归复位、捧俎、退文、迎武、亚终献、望燎乐曲,并合用宫架乐,设于北墉之北。'从之。"

《宋会要·礼》二三之二、三:"政和二年八月二十四日,太常寺言:'宗庙、太社、太稷并系【大祠】，【今】太社、太稷登歌而不设［宫架乐］舞，独为未备，宜用宫架。切缘太社、太稷迎神、送神乐曲，系两坛齐奏。今用宫架乐舞，则迎神、送神、诸（诣）盥洗、归复位、捧俎、退文、迎武、亚终献、望燎乐曲，并合用宫架乐，设于北墉之北。'从之。"

按：此前太社、太稷只有登歌而不设宫架乐舞，政和二年八月二十四日后，太社、太稷迎神、送神、诣盥洗、归复位、奉俎、退文舞、迎武舞、亚终献、望燎乐曲并用宫架乐。

本月，大晟府乐章令翰林学士、中书舍人改定，别作卷秩编载。合行拟定曲名、修撰乐章等，令学士、舍人、秘书省官改撰。

《政和五礼新仪》卷首："本局札子：'臣等契勘《五礼仪注》，见已编修成书。伏睹近降指挥大晟府乐章，已令翰林学士、中书舍人改定以闻。兼本局札：《仪注》内，有合行拟定曲名、制撰乐章等，虑合一就付翰林学士、中书舍人改撰。欲乞令大晟府先次拟定合用乐名，编入《仪注》内。合用册祝文等，秘书省已得指挥改撰。今来亲祠《仪注》内用册祝文等，亦虑合一就付秘省。候将来逐处改撰到乐章、册祝文等，即乞别作卷秩编载。取进止。'政和二年八月，奉御笔，依所奏。"

《政和五礼新仪》卷首："本局札子：观文殿学士、紫金光禄大夫、中太乙宫使兼侍读兼领郑居中札子：'臣伏睹近降御笔指挥，内《礼仪注》内有合行拟定曲名、修撰乐章等，并亲祠及其余《仪注》内合用祝文等，已令学士、舍人、秘书省官改撰外。臣契勘冬至、夏至宗祀、祫享大礼毕，群臣贺词，并宣答、宣劳将士，及九册命、贺词、宣答词、制文、答文、宾主请答词、皇帝御殿、三师、三公等贺词并宣答，皇后受内外命妇词并宣答，皇太子、皇子已下冠、婚六（大）礼词并宣答，臣等欲乞付本局，并令详议官分撰。庶协本制，不致乖错。取进止。'政和二年十一月三日，奉御笔依奏，令详议官撰进。"

按：大晟府先次拟定合用乐名（即曲名），乐章先由秘书省官制撰（详见宣和四年条考证）。合行拟定曲名、制撰乐章等，最后付翰林学士、中书舍人改撰。"逐处改撰到乐章……等，……别作卷秩编载"云云，《宋史·艺文志一》："刘昺《大晟乐书》二十卷，又《乐论》八卷，

《运谱四议》二十卷,《政和颁降乐曲乐章节次》一卷,《政和大晟乐府雅乐图》一卷。"其中有"《政和颁降乐曲乐章节次》一卷",或起因于政和二年的这次提议。详见拙著《大晟府及其乐词通考》,兹不赘述。

九月十三日丁卯,李孝俑乞依用大晟新尺纽定尺寸。

《宋会要·食货》四一之三一、三二:"(政和二年)九月十三日,工部尚书兼详定重修敕令、权开封尹李孝俑奏:'看详度、量、权、衡,出于一体。内度虽已得旨,颁大晟新尺行用,缘依政和元年四月十二日敕,应干长短、广狭之数,并无增损。其诸条内尺寸,止合依上条用大晟新尺纽定。(谓如帛长四十二尺,阔二尺五分为匹,以新尺计,长四十二尺七寸五分,阔二尺一寸三分厘之五为匹,即是一尺四分一厘三分厘之二为一尺。又如天武等杖五尺八分(寸),以新尺计,一(六)尺四分一厘三分厘之二之类。)如得允当,欲作申明,随敕行下。即不销逐条展计外,有度、量、权、衡,今候颁到新式,续具修定。'从之。"

《宋会要·食货》六九之七:"(政和二年)九月十三日,工部尚书兼详定重修〖权衡〗(引者按:原文衍"权衡"二字)敕令、权开封尹李孝俑奏:'看详度、量、权、衡,出于一体。内度虽已得旨,颁大晟新尺行用,缘依政和元年四月十二日敕,应干长短、广狭之数,并无增损。其诸条内尺寸,止合依上条用大晟新尺纽定。(谓如帛长四十二尺,阔二尺五分为匹。以新尺计,长四十二尺七寸五分,阔二尺一寸三分厘之五为匹,即是一尺四分一厘三分厘之二为一尺。又如天武等杖五尺八分(寸),以新尺计,一(六)尺四分一厘三分厘之二之类。)如得允当,欲作申明,随敕行下。即不销逐条展计外,有度、量、权、衡,今候颁到新式,续具修定。'从之。"

《文献通考》卷一三三《乐考六·度量衡》:"(政和)二年,臣僚上言:'请以大晟乐尺帝指为数,制量、权、衡式,颁之天下,仍厘正旧法。'又言:'新尺既颁,诸条内尺寸,宜以新尺纽定。(谓如帛长四十二尺,阔二尺五分为匹,以新尺计,【长】四十三尺七寸五分,阔二尺一寸三分厘之五为匹,即是一寸(尺)四分一厘三分厘之二为一尺。【又】如天武等杖五尺八寸,以新尺计,六尺四分一厘三分厘之二之类。)仍令民间旧有斗升秤尺,限半年首纳出限,许人告,断罪给赏。'"

本月,诏从刘焕言,州郡岁贡士鹿鸣宴许用大晟雅乐。

《宋史》卷一二九《乐志四》:"政和二年,赐贡士闻喜宴于辟雍,仍用雅乐,罢琼林苑宴。兵部侍郎刘焕言:'州郡岁贡士,例有宴设,名曰鹿鸣,乞于斯时许用雅乐,易去倡优淫哇之声。'八月,太常言:'宗庙、太社、太稷并为大祠……并用宫架乐,设于北墉之北。'诏皆从之。"

《文献通考》卷一三〇《乐考三·历代乐制》:"……又诏:'春秋释奠、赐宴辟雍、贡士鹿鸣【宴】、闻喜宴,悉用大晟乐,屏去倡优淫哇之声。仍令选国子生教习乐舞。'"

按:《宋史·乐志十四》有"政和鹿鸣宴五首",《文献通考·乐考十六》作"政和二年《鹿鸣燕》"。《玉海》卷一〇六:"政和二年九月二十五日,颁《鹿鸣宴乐章》五曲。"又据《宋会要·崇儒》一之三:"政和二年四月庚戌(二十四日),礼部言:'大观三年贡士,并宗子上舍与进士同释褐,就琼林苑赐宴。今合取旨。'诏:'宴就辟雍,仍用雅乐,差知举蔡薿押宴。'"知"刘焕言"云云,在政和二年四月至八月之间;又考知"太社、太稷迎神、送神、诣罍洗、归复位、奉俎、退文舞、迎武舞、亚终献、望燎乐曲并用宫架乐"在政和二年八月二十四日后,据此,知"诏皆从之"云云当在九月左右。

二十五日己卯,颁《鹿鸣宴乐章》五曲。

《宋史·乐志十四》载《政和鹿鸣宴五首》:"初酌酒,《正安》:'思乐泮水,承流辟雍。思皇多士,贲然来从。雝雝济济,四方攸同。登于天府,维王是崇。'再酌,《乐育人才》:'钟鼓皇皇,磬筦锵锵。登降维时,利用宾王。髦士攸宜,邦家之光。媚于天子,事举言扬。'三酌,《贤贤好德》:'呦鹿呦呦,载弁俅俅。烝然来思,旨酒思柔。之子言迈,泮涣尔游。于彼西雝,对扬王休。'四酌,《烝我髦士》:'首善京师,灼于四方。烝我髦士,金玉其相。饮酒乐曲,吹笙鼓簧。勉戒徒御,观国之光。'五酌,《利用宾王》:'遐不作人,天下喜乐。何以况之,鸢飞鱼跃。既劝之驾,献酬交错。利用宾王,縻以好爵。'"

《文献通考》卷一四三《乐考十六·乐歌》:"政和二年鹿鸣燕:第一《正安》,第二《乐育贤材》,第三《贤贤好德》,第四《烝我髦士》,第五《利用宾王》。(各一章八句。)"

《玉海》卷一〇六:"政和二年九月二十五日,颁《鹿鸣宴乐章》五曲。(《乐育人材》、《贤贤好德》、《烝我髦士》、《利用宾王》。)"

按:诸史曲名虽有异同,然均作"政和二年"。《宋史》作《乐育人才》,《玉海》作《乐育人材》,《文献通考》作《乐育贤材》。考《宋史·礼志十七》:"押宴官以下及释褐贡士班首初入门,《正安之乐》作。……酒三行,《乐育人材之乐》作。"《政和五礼新仪》卷二〇三《辟雍赐闻喜宴仪》:"押宴官以下及释褐贡士班首初入门,《正安之乐》作。……酒三行,《乐育人材之乐》作。"或当以《乐育人材》为正。然鹿鸣宴与闻喜宴不同,其曲名亦当不同,仅此二曲偶合,有待详考。

又颁《唐乡饮乐章》十七、《大射乐章》四。

《玉海》卷一〇六:"政和二年九月二十五日,颁《鹿鸣宴乐章》五曲、《唐乡饮乐章》十七、《大射乐章》四。"

按:徽宗制大晟乐,亦播之"诗乐"。今考政和二年九月二十五日所颁《唐乡饮乐章》十七",时称"古乐"(《政和五礼新仪》卷首,《长编纪事本末》卷一三三)。政和年间颁行的所谓"《唐乡饮乐章》十七",或许即是"《风雅十二诗谱》"。又,《宋史·礼志十七》"唐贞观所颁礼,惟明州独存,淳化中会例行之"云云,考《宋史·乐志十四》有"淳化乡饮酒三十三章",《文献通考·乐考十六》作《乡饮酒三十四章》,小注:"淳化三年两制分撰。"《玉海》卷一〇六:"淳化三年正月七日,诏有司讲求乡饮酒故事,将议举行。命学士承旨苏易简等,依古乐章作《鹿鸣》、《南陔》、《嘉鱼》、《崇丘》、《关雎》、《鹊巢》之诗。后不果行。"王应麟自注:"所撰乐章凡三十四章,《鹿鸣》六,《南陔》二,《嘉鱼》八,《崇丘》二,《关雎》十,《鹊巢》六。"今按《宋史·乐志十四》有"淳化乡饮酒三十三章",为:"《鹿鸣》六章,章八句;《南陔》二章,章八句;《嘉鱼》八章,章四句;《崇邱》二章,章八句;《关雎》十章,章四句;《鹊巢》六章,章四句。"实为"三十四章",与《玉海》卷一〇六所载同,乃为翰林学士承旨苏易简等依古乐章所作。这次"乡饮酒"似没有进行,只是留下一些仿古式乐章而已。详见拙著《大晟府及其乐词通考》,兹不赘述。

又考"《大射乐章》四"云云,今不存。"政和宴射仪"用大晟乐节次,见于《政和五礼新仪》卷一九八《皇帝宴射仪》、《宋史·礼志十七》,文繁不录。

十二月二十三日丙午，宴辅臣于延福宫，奏大晟乐，翔鹤屡至。

《宋史》卷一四八《仪卫志六》："政和二年，延福宫宴辅臣，有群鹤自西北来，盘旋于睿谟殿上，及奏大晟乐，而翔鹤屡至，诏制瑞鹤旗。"

《宋会要·舆服》三之二："政和六年十二月，诏制瑞鹤旗。先是……又政和二年，延福宫燕辅臣，有群鹤自西北来，盘旋于睿谟殿。徽宗又奏大晟乐，而翔鹤屡至。因加此旗。"

《宋会要·瑞异》一之二三："（政和六年十一月）三十日，诏制瑞鹤旗。先是……又政和二年，延福宫燕辅臣，有群鹤自西北来，盘旋于睿谟殿上。又奏大晟乐，而翔鹤屡至。因加此旗。"

《宋史全文》卷一四："又政和二年，延福宫燕辅臣，有群鹤自西北来，盘旋于睿谟殿上。又奏大晟乐，而翔鹤屡至。因诏加此旗。"

按：中华书局《宋史·仪卫志六》点校本校勘记云："据《宋会要·舆服》三之一至二、《宋会要·瑞异》一之二三，此是政和六年事。"[1]乃误。考《宋会要·舆服》三之二、《宋会要·瑞异》一之二三、《宋史·仪卫志六》、《宋史全文》卷一四明载"政和二年，延福宫燕辅臣"，又据《宋史·徽宗本纪三》："（政和二年十二月）丙午，燕辅臣于延福宫。"知为政和二年十二月二十三日丙午。

刘昺任大晟府提举官，约始于本年。

《宋史》卷一二九《乐志四》："（政和六年）诏：'《大晟》雅乐，顷岁已命儒臣著乐书，独宴乐未有纪述。其令大晟府编集八十四调并图谱，令刘昺撰以为《宴乐新书》。'"

《宋会要·乐》三之二六："（政和三年）六月二十八日，中书省言：'大晟府新燕乐进讫。'诏：'提举官刘炳特转两官，内一官转行，一官回授有服亲属；杨戬落通仕大夫，除正任观察留后；黄冕阶官上转一官；马贲等五人各转行两官；王昭等三人各转一官，减一年磨勘；张苑转一官。'"

《宋会要·乐》四之一："（政和六年）闰正月九日，臣僚言：'《大晟》雅乐，顷岁已命儒臣著《乐书》，独燕乐未有纪述。乞考古声器所起，断以方

① 中华书局点校本《宋史》，第11册，第3474页。

今制作之原,各附以图,为《燕乐新书》。'诏大晟府编集燕乐八十四调并图谱,令刘昺撰文。《刘昺传》旧名刘炳,后赐今名。"

《玉海》卷一〇五:"(政和)六年闰正月九日,大晟府编集燕乐八十四调并图谱,令刘炳撰文。"

按:据诸葛忆兵考证:"政和二年,蔡京再度执政,即召刘昺为户部尚书。大约就在这一年,刘昺兼任大晟府提举。于是,刘昺荐周邦彦自代,未得许可。""刘昺兼任大晟府提举,直到政和三年末或四年初。"① 云刘昺任大晟府提举始于政和二年,极确。但说其政和三年末或四年初不再兼任此官,似可商榷(详后)。

薛瑞生认为刘昺提举大晟府在大观二年,云:"其(刘昺)提举大晟府,当在任翰林学士至户部尚书时,因此时始进入侍从官之列。故上引《宋会要》始有'提举官刘昺特转两官'之载。《忠惠集》卷四《户部尚书刘炳(昺)磨勘制》即曰:'……'所谓'不尔私也',其实欲盖弥彰,刘昺之遽登要路可知。大观二年六月,昺因不葬祖母及父母为臣僚所劾,落工部尚书知陈州,后又勒停,继其提举大晟府者为杨戬。""大观年间,提举大晟府者为刘昺。"②

其实,薛先生"上引《宋会要》始有'提举官刘昺特转两官'之载"云云,即其书上引《宋会要·乐三》之二七载:'(大观二年)六月二十八日,中书言大晟府新燕乐进讫,诏提举官刘炳特转两官。'"③ 考《宋会要·乐》此处系年乃为'政和三年'之误(详下),故云刘昺提举大晟府在大观二年亦有问题。查翟汝文《户部尚书刘炳(昺)磨勘制》,乃作于政和三年而非大观二年,因大观二年刘昺为"工部尚书"而非"户部尚书"。《宋会要·职官》六八之一六:"(大观二年)六月二十八日,工部尚书刘昺为显谟阁直学士、知陈州。"又翟汝文先后两次为中书舍人,第一次在大观二年,第二次在政和三年正月至十一月④。但大观二年翟汝文上任未几,即遭弹劾罢任而出知襄州(《忠惠集》附录《孙繁重刊翟氏公巽埋铭》,《宋史·翟汝文传》),故知此"制"作于政和三年而非大观二年。"制"文中"试之晟乐,考协律度,中声以和"云云,正指刘昺提举大晟府以大晟乐"中声"播于燕乐之事。

又,考刘昺乃以户部尚书兼任大晟府提举官,在政和二年五月以后。因蔡京第三次"入相",召刘昺为户部尚书,由废黜中还故班。《宋史·刘昺传》:"京再辅政,召为户部尚书。昺尝为京画策,排郑居中,故京力援昺,由废黜中还故班。御史中丞俞㮚发其奸利

---

① 诸葛忆兵:《徽宗词坛研究》,第9页。
② 薛瑞生:《周邦彦别传》,第499–500页,第502页。
③ 薛瑞生:《周邦彦别传》,第483页。
④ 李之亮:《宋代京朝官通考》,第2册,第94页。

事,京徙槀他官。"按此云"京再辅政,召为户部尚书",乃误。据《宋史·宰辅表三》:"(政和二年)五月己巳,蔡京落致仕,依前太师,三日一至都堂治事。十一月辛巳,进封鲁国公。"此为蔡京第三次入相,而非"京再辅政"。蔡京第三次入相时,召刘昺为户部尚书。李之亮系刘昺为户部尚书始于政和二年。①

---

① 李之亮:《宋代京朝官通考》,第3册,第241页。

政和三年(1113)癸巳

正月一日甲寅,诏州郡改鹿鸣宴为乡饮酒,有古乐处,令用古乐。

《宋史》卷一一四《礼志十七》:"政和礼局定饮酒祭降之节,与举酒作乐器用之属,并参用辟雍宴贡士仪。其有古乐处,令用古乐。"

《政和五礼新仪》卷首:"本局札子:'臣等谨按,先儒议乡饮酒礼有四,《周礼》,卿大夫,三年大比,兴贤者、能者、乡老及卿(乡)大夫帅其吏,与其众寡,以宾礼礼之,谓之乡饮酒,一也;党正,国索鬼神而祭祀,则以礼属民而饮酒于序,以正齿位,谓之乡饮酒,二也;州长,春秋习射于序,先行乡饮酒,三也;乡饮酒义,又有卿(乡)大夫、士饮国中贤者,用乡饮酒,四也。后世腊蜡百神、春秋习射、序宾饮酒之仪,不行于乡国,惟今州郡贡士之日设鹿鸣宴,正古者宾兴贤能,行乡饮酒之遗礼也。窃详古者乡饮酒仪,立宾主、僎、介,则与今之礼不同。其器以笾豆尊俎,则与今之器不同。宾坐于西北,介坐于西南,主人坐于东南,僎坐于东北,则与今之位不同。主人献宾,宾酢主人,主人酬宾,次主人献介,介酢主人,次主人献众宾,则与今之仪不同。今欲因今之宜,参酌循立,每岁惟于州、军贡士之日,以礼饮酒,以知州、军事为主人,学事司所在,以提举学事为主人,其次本州官以下为主,党当贡者与州之群老为众宾,亦古者谋宾、养老之意也。当贡生与州老,序位以齿,亦古者正齿位之意也。是日也,会凡学之士及武士习射,亦古者习射于序之意也。其余降登之节,与举酒作乐器用之类,并参照辟雍宴贡士仪,庶几可行于今,而不失稽古之意。兼契勘以鹿鸣燕,亦恐未当。伏望断自圣学,以幸天下,取进止。'贴黄:'如允所请,乞应州郡鹿鸣宴并改作乡饮酒礼。仍乞先次施行。'政和三年正月一日,谨奉御笔:'稽古者不必循其迹,州郡鹿鸣宴,乃古乡饮之意,可止改鹿鸣之名。有古乐处,令用古乐。'"

《长编纪事本末》卷一三三:"(政和)三年正月甲寅朔,议礼局奏:'州郡贡士有鹿鸣燕，古者于宾兴贤能，行乡饮酒之遗礼，请易其名如古。'诏：
'稽古者不必循其迹。州郡鹿鸣燕，乃古乡饮酒之意，可止以鹿鸣为名。
有古乐处，令用古乐。'"（《长编拾补》卷三二同）

　　按：《政和五礼新仪》"可止改鹿鸣之名"，《长编纪事本末》《长编拾补》作"可止以鹿鸣
为名"，所述与此相反。今据《玉海》卷七三："政和三年正月，诏州郡鹿鸣宴改为乡饮酒。"
知"州郡鹿鸣宴"政和三年后已改作"乡饮酒"。《宋史·礼志十七》亦可印证。《长编纪事本
末》《长编拾补》作"可止以鹿鸣为名"，乃误。

　　祝尚书认为："鹿鸣宴由各州郡在解试后举行，徽宗曾改为'乡饮酒'。"[1]极是。《宋史礼
志辨证》："《宋志》载'州、军贡士之月，以礼饮酒'，'是月也'，而《政和五礼新仪》则为'每岁
惟于州、军贡士之日，以礼饮酒'，'是日也'，一为月，一为日。古者乡饮酒礼虽甚为复杂，
然须'一日'之间完成，不可能长达'一月'，且要求将'州郡鹿鸣宴并改作乡饮酒礼'，亦是
'一日'之宴，故《宋志》'月'字当为'日'字之误。"[2]亦甚是。可从校正。

　　又，"御笔"、"诏"云云，《宋大诏令集》及《全宋文》均失收，可据辑补。《玉海》卷七三称
下诏于政和三年正月。

**二十九日壬午，颁行《政和五礼新仪》，以帝鼐为大祀，以宝鼎、牡鼎、苍鼎、
罡鼎、彤鼎、阜鼎、晶鼎、魁鼎为中祀。**

　　《宋史》卷九八《礼志一》："政和中，定《五礼新仪》，以荧惑、阳德观、帝
鼐、坊州朝献圣祖、应天府祀大火为大祀；雷神、历代帝王、宝鼎、牡鼎、苍
鼎、冈鼎、彤鼎、阜鼎、晶（晶）鼎、魁鼎、会应庙、庆成军祭后土为中祀；山林
川泽之属，州县祭社稷，祀风师、雨师、雷神为小祀。余悉如故。"

　　《政和五礼新仪》卷一《序例·辨祀》："昊天上帝〔上帝〕（引者按：原文
衍'上帝'二字）、（祈谷、雩祀、明堂。）感生帝、五方帝、高禖、皇地祇、神州
地祇、大社、大稷、朝日、夕月、荧惑、九宫贵神、太一宫、阳德观、帝鼐、太
庙、别庙、东蜡、西蜡、坊州朝献圣祖、应天府祀大火，右为大祀。岳镇、海
渎、先农、先蚕、风师、雨师、雷神、南蜡、北蜡、文宣王、武成王、历代帝王、

---

　　①　祝尚书：《宋代科举与文学》，第378页。
　　②　汤勤福、王志跃：《宋史礼志辨证》，第718—719页。

宝鼎、牡鼎、苍鼎、罡鼎、彤鼎、阜鼎、晶（晶）鼎、魁鼎、会应庙、庆成军祭后土，右为中祀。司中、司命、司民、司禄、司寒、灵星、寿星、马祖、先牧、马社、马步七祀、（司命、户灶、中溜、门厉行。）山林川泽之属，州县祭社稷、祀风师、雨师、雷神，右为小祀。凡祭祀之礼，天神曰祀，地祇曰祭，宗庙人鬼曰享，至圣文宣王、昭烈武成王曰释奠。"

《政和五礼新仪》卷一《序例·时日》："凡祀有常日者，立春日祀青帝，祀东太一宫，祭东方岳镇、海渎、牡鼎、祀司命户。立春后丑日，祀风师。孟春上辛日，祈谷，祀上帝，祀感生帝。孟春，朝献景灵宫。（九日十日。）孟春吉亥日，享先农。元日，释菜文宣王。仲春上丁日，释奠文宣王。上戊日，祭太社太稷，释奠武成王。春分，朝日，祀高禖，祭苍鼎，开冰，享司寒。季春吉巳日，享先蚕。立夏日，祀赤帝、荧惑，祀中太一宫，祀阳德观，祭南方岳镇、海渎、罡鼎，祀灶。立夏后申日，祀雨师、雷神。夏日至，祭皇地祇、彤鼎。季夏土王日，祀黄帝，祀中太一宫、帝萧，祭中岳、中镇，祀中溜。立秋日，祀白帝，祀西太一宫，祭西方岳镇、海渎、阜鼎，祀门厉。立秋后辰日，祭灵星。孟秋，朝献景灵宫。（十五日、十六日、十七日。）仲秋上丁日，释奠文宣王。上戊日，祭太社太稷，释奠武成王。上戊日，〖祭〗（引者按：原文衍'祭'字）祀寿星，祭晶鼎。立冬日，祀黑帝，祀中太一宫，祭北方岳镇、海渎、魁鼎祀行。立冬后亥日，祀司中、司命、司民、司禄。孟冬，朝献景灵宫。（十五日、十六日、十七日。）冬日至，祀昊天上帝，祭宝鼎。腊前一日，祭太社、太稷，蜡百神。腊日，享太庙、别庙。朔日，祭太庙、别庙，凡祀无常日。孟夏，雩祀上帝，朝献景灵宫。季秋，大享明堂，祀上帝。立冬后，祭神州地祇。四孟月，享太庙、别庙。孟冬，祫享太庙。（三年一祫。）仲春、仲秋，祀九宫贵神。（冬祀大礼年，遣官行事，以亲祀日。）太常卿荐献诸陵，祀会应庙，坊州朝献圣祖，庆成军祭后土，诸州享历代帝王。仲春，祀马祖。仲夏，祀享先牧。仲秋，祀马社。仲冬，祭马步，藏冰享司寒。季春、季秋，应天府祀大火。凡祀无常日者，并择日。太庙、别庙荐新，藏冰享司寒，不择日。每岁元日、冬至、寒食，各三日。上元并前后各一日。中元前一日、立春日、二月二日、春秋二社、上巳、重午、初伏、七夕、仲秋、望日、重阳、下元、腊朔望,各一日,并进献诸陵。"

按:以帝齍为大祀、以八鼎为中祀,其礼乐制度之确定乃在大观元年,不在政和三年(详上)。此盖为正式列入礼书,而又重复奏上。

《宋史·礼志一》:"(政和)三年,《五礼新仪》成。……而诏开封尹王革编类通行者,刊本给天下,使悉知礼意,其不奉行者论罪。"《玉海》卷六九《礼仪·礼制下》"政和五礼新仪"条:"《书目》:二百四十卷,郑居中等撰二百二十卷,御制序一卷,御笔指挥九卷,御制冠礼十卷,合二百四十卷。又目录六卷在外,政和三年正月二十九日壬午,颁行《五礼新仪》。先是,大观元年正月朔,诏讲求典礼。十三日,尚书省置议礼局。二年十一月十七日,《御制冠礼沿革》十一卷,付议礼局,余五礼令视此编次。四年二月九日戊寅,修成《大观新编礼书》吉礼二百三十一卷,祭服制度十六卷,祭服图一册。诏行之。政和元年三月六日,续编成宾、军等四礼四百九十七卷,诏颁行。于是郑居中等奏编成《政和五礼新仪》并序例总二百二十卷,目录六卷。"

《宋史·礼志一》中华书局点校本校勘记:"冈鼎,《五礼新仪》卷六九《祀八鼎仪》作'罡鼎',《宋会要·舆服》六之一四、《玉海》卷八八、《长编纪事本末》卷一二八记崇宁四年'制九鼎',都作'风鼎'。"[1]《宋史礼志辨证》:"另,'冈鼎',点校本认为有'风鼎'一说,可备参考。"[2]按作"风鼎"误。《政和五礼新仪》卷六九:"立夏日祀罡鼎。"《九朝编年备要》卷二七:"汉津议制鼎名以奠八方,曰苍,曰彤,曰晶(朂),曰宝,曰魁,曰阜,曰牡,曰冈凡八,而中曰帝鼎。《宋史·乐志十》载《祭九鼎十二首》:"立夏,冈鼎迎神,《凝安》。"

祀五方帝配位,登歌作《承安之乐》。

《文献通考》卷七八《郊社考十一·祀五帝(五时迎气)》:"政和三年,议礼局上《五礼新仪》,感生帝坛广四丈,高七尺……皇帝祀五方帝仪:皇帝服衮冕,祀黑帝,则服裘、被衮;配位,登歌作《承安之乐》。余并如祈谷祀上帝仪。"

按《政和五礼新仪》载"祀五方帝仪"用乐甚详,如:"大晟陈登歌之乐于坛上稍南北向,设宫架于坛南内壝之外,立舞表于鄩缀之间前。……监察御史位二:一于坛上乐虡之西北,一于宫架之西北,俱东向。大乐令位于登歌乐虡之北,大司乐位于宫架之北。"(卷四

---

① 中华书局点校本《宋史·礼志一》校勘记,第2432页。
② 汤勤福、王志跃:《宋史礼志辨证》,第62页。

七)"协律郎跪,俯伏,举麾,兴,(凡行礼、执事者取物、奠物,皆跪,俯伏,兴。)工鼓柷,宫架《仪安之乐》作。(皇帝升降、行止,皆作《仪安之乐》。)至午阶版位,西向立,偃麾,戛敔,乐止。(凡乐,皆协律郎跪,俯伏,举麾,兴,工鼓祝(柷)而后作,偃麾,敔戛而后止。)……宫架作《景安之乐》、《帝临降康之舞》六成止。……登歌《嘉安之乐》作,殿中监跪进镇圭,礼仪使奏请搢大圭,执镇圭,前导皇帝诣青帝神位前,北向立。"(卷四八)"太官令引入正门,宫架《丰安之乐》作。……至坛上,乐止。登歌《歆安之乐》作。……礼仪使前导皇帝诣帝太昊氏神位前,酌献并如上仪。(唯登歌作《承安之乐》。)……文舞退、武舞进,宫架《容安之乐》作。舞者立定,乐止。……宫架作《隆安之乐》、《神保锡羡之舞》,执事者以爵授亚献。……宫架《禧安之乐》作,皇帝至饮福位,北向立。……登歌《成安之乐》作。卒撤,乐止。……送神,宫架《景安之乐》作,一成止。"(卷四九)可参考。

四月二十九日庚戌,议礼局上亲祠登歌、亲祠宫架等礼乐制度。

《宋史》卷一二九《乐志四》:"(政和)三年四月,议礼局上亲祠登歌之制:(大朝会同。)'金钟一,在东;玉磬一,在西:俱北向。柷一,在金钟北,稍西;敔一,在玉磬北,稍东。搏拊二:一在柷北,一在敔北,东西相向。一弦、三弦、五弦、七弦、九弦琴各一,瑟四,在金钟之南,西上;玉磬之南亦如之,东上。又于午阶之东,(太庙则于泰阶之东,宗祀则于东阶之西,大朝会则于丹墀香案之东。)设篴二、篪一、巢笙二、和笙二,为一列,西上。(大朝会,和笙在篴南。)埙一,在篴南。(大朝会在篪南。)闰余匏一,第一,各在巢笙南。又于午阶之西,(太庙则于泰阶之西,宗祀则于西阶之东,大朝会则于丹墀香案之西。)设篴二、篪一、巢笙二、和笙二,为一列,东上。埙一,在篴南。七星匏一、九星匏一,在巢笙南。箫一,在九星匏西。钟、磬、柷、敔、搏拊、琴、瑟工各坐于坛上,(太庙、宗祀、大朝会则于殿上。)埙、篪、笙、篴、箫、匏工并立于午阶之东西。(太庙则于泰阶之东西,宗祀则于西阶之间,大朝会则于丹墀香案之东西。)乐正二人在钟、磬南,歌工四人在敔东,俱东西相向。执麾挟仗色掌事一名,在乐虡之西,东向。乐正紫公服,(大朝会服绛朝服,方心曲领、绯白大带、金铜革带、乌皮履。)乐工黑介帻,执麾人平巾帻:并绯绣鸾衫、白绢夹裤、抹带。(大朝会同。)'又上亲祠宫架之制:(景灵宫、宣德门、大朝会附。)'四方各设编钟三、编磬三。东方,编钟起北,编磬间之,东向。西方,编磬起北,编钟间之,西向。南方,编磬起西,编钟间之;北方,编钟起西,编磬间之:俱北向。设十二镈钟、特磬于编架内,各依月律。四方各镈钟三、特磬三。东方,镈钟起北,特磬间之,东向。西方,特磬起北,镈钟间之,西向。南方,特磬起西,镈钟间之;北方,镈钟起西,特磬间之:皆北向。(景灵宫、天兴殿镈钟、编钟、编磬如每岁大祠宫架陈设。)植建鼓、鼙鼓、应鼓于四隅,建鼓在中,鼙鼓在左,应鼓在右。设柷、敔于北架内:柷一,在道东;敔一,在道西。设瑟五十二,(朝会五十六。宣德门五十四。)列为四行:二行在柷东,二行在敔西。次,一弦琴七,左四右三。次,三弦琴一十有八;(宣德门二十。)次,五弦琴一十有八:(宣德门二十。)并分左右。次,七弦琴二十有三;次,九弦琴二十有三:并左各十有二,右各十有一。(宣德门七弦、九弦各二十五,并左十有三,右十有二。)次,巢笙二十有八,分左右。(宣德门三十二。)次,匏笙三,在巢笙之间,左二、右一。次,箫二十有八;(宣德门、大朝会三十。)次,竽二十;次,篪二十有八;(宣德门三十六。朝会篪三十三:左十有七,右十有六。)次,埙一十有八;(宣德门、朝会二十。)次,籥二十有八:并分左右。(宣德门籥三十六。朝会三十三:左十有七,右十有六。)雷鼓、雷鼗各一,在左;又雷鼓、雷鼗各一,在右:(地祇:灵鼓、灵鼗各二。太庙:路鼓、路鼗各二。大朝会晋鼓二。宣德门不设。)并在三弦、五弦琴之间,东西相向。晋鼓一,在匏笙间,少南北向。副乐正二人在柷、敔之前,北向。歌工三十有二,(宣德门四十。朝会三十有六。)次柷、敔,东西相向,列为四行,左右各二行。乐师四人,在歌工之南北,东西相向。运谱二人,在晋鼓之左右,北向。执麾挟仗色掌事一名,在乐虡之右,东向。副乐正同乐正服,(大朝会同乐正朝服。)乐师绯公服,运谱缘公服,(大朝会介帻、绛鞲衣、白绢抹带。)乐工执麾人并同登歌执麾人服。(朝会同。)'又上亲祠二舞之制:(大朝会同。)'文舞六十四人,执籥翟;武舞六十四人,执干戚:俱为八佾。文舞分立于表之左右,各四佾。引文舞二人,执纛在前,东西相向。舞色长二人,在执纛之前,分东西。(若武舞则在执旌之前。)引武舞,执旌二人,鼗二人,双铎二人,单铎二人,铙二人,持金錞四人,奏金錞二人,钲二人,相二人,雅二人,各立于宫架之东西,北向,北上。武舞在其后。舞色长幞头、抹额、紫绣袍。引二舞头及二舞郎,并紫平冕、皂绣鸾衫、金铜革带、乌皮履。(大朝会引文舞头及文舞郎并进贤冠,黄鸾衫、银褐裙、绿襦裆、革带、乌皮履;引武舞头及武舞郎并平巾帻。绯鸾衫、黄画甲身、紫襦裆、豹文大口袴、起梁带、乌皮鞾。)引武舞人,武弁、绯绣鸾衫、抹额、红锦臂韝、白绢绔、金铜革带、乌皮履。(大朝会同。)'又上大祠、中祠登歌之制:'编钟一,在东;编磬一,在西:俱北向。柷一,在编钟之北,稍西;敔一,在编磬之北,稍东。搏拊二:一在柷北,一在敔北,俱东西相向。一弦、三弦、五弦、七弦、九弦琴各一,瑟一,在编钟之南,西上。编磬之南亦如之,东上。坛下午阶之东,(太庙、别庙则于殿下泰阶之东,明堂、祠庙则于东阶之西。)设篪一、箎一、埙一,为一列,西上。和笙一,在篪南;巢笙一,在箎南;箫一,在埙南。午阶之西亦如之,东上。(太庙、别庙则于泰阶之西,明堂、祠庙则于西阶之东。)钟、磬、柷、敔、搏拊、琴、瑟工各坐于坛上,(明堂、太庙、别庙于殿上,祠庙于堂上。)埙、篪、笙、篪、箫工并立于午阶东西。(太庙、别庙于太阶之东西,明堂祠庙于两阶之间,若不用宫架,即登歌工人并坐。)乐正二人在钟、磬南,歌工四人在敔东,俱东西相向。执麾挟仗色掌事一名,在乐虡之西,东向。乐正公服,执麾挟仗色掌事平巾帻,乐工黑介帻,并绯绣鸾衫、白绢抹带。(三京、帅府等每岁祭社稷、祀风师、雨师、雷神、释奠文宣王,用登歌乐,陈设乐器,并同每岁大、中祠登歌。)'又上大祠宫架、二舞之制:'四方各设镈钟三,各依月律。编钟一,编磬一。北方,应钟起西,编钟次之,黄钟次之,编磬次之,大吕次之,皆北向。东方,太簇起北,编钟次之,夹钟次之,编磬次之,姑洗次之,皆东向。南方,仲吕起东,编钟次之,蕤宾次之,编磬次之,林钟次之,皆北向。西方,夷则起南,编钟次之,南吕次之,编磬次之,无射次之,皆西向。设十二特磬,各在镈钟之内。植建鼓、鞞鼓、应鼓于四隅。设柷、敔于北架内,柷在左,敔在右。雷鼓、雷鼗各二,(地祇以灵鼓、灵鼗,太庙、别庙以路鼓、路鼗。)分东西,在歌工之侧。瑟二,在柷东。次,一弦、三弦、五弦、七弦、九弦琴各二,各为一列。敔西亦如之。巢笙、箫、竽、箎、埙、篪各四,为四列,在雷鼓之后;(若地祇即在灵鼓后,太庙、别庙在路鼓后。)晋鼓一,在篸之后:俱北向。副乐正二人在柷、敔之北。歌工八人,左右各四,在柷、敔之南,东西相向。执麾挟仗色掌事一名,在宫架西,北向。副乐正本色公服,执麾挟仗色掌事及乐正(引者按:“乐正”当为“乐工”之误,考证详见下文)平巾帻,服同登歌乐工。(凡轩架之乐三面,其制去宫架之南面;判架之乐二面,其制,又去轩架之北面;特架之乐一面。)文武二舞并同亲祠,惟二舞郎并紫平冕、皂绣袍、银褐裙、白绢抹带,与亲祠稍异。’诏并颁行。”(《文献通考》卷一四〇《乐考十三·乐悬》略同)

按:《宋会要·乐》五之二一:“政和三年四月二十九日,议礼局上亲祠登歌之制。”知为“四月二十九日庚戌”所上。原文《宋会要》、《政和五礼新仪》均载,略有异文,可比勘。

《宋会要·乐》五之二一、二二、二三、二四:“政和三年四月二十九日,议礼局上亲祠登歌之制:‘金钟一,在东;玉磬一,在西:俱北向。柷一,在金钟北,稍西;敔一,在玉磬北,稍东。搏拊二:一在柷北,一在敔北,东西相向。一弦、三弦、五弦、七弦、九弦琴各一,瑟四,在金钟之南,西上;玉磬之南亦如之,东上。又于午阶之东,设笛二、篪一、巢笙二、和笙二,为一列,西上;埙一,在笛南。闰余匏一,箫一,各在巢笙南。又于午阶之西,设笛二、篪一、巢笙二、和笙二,为一列,东上;埙一,在笛南。七星匏一、九星匏一,在巢笙南。箫一,在九星匏西。钟、磬、柷、敔、搏拊、琴、瑟工各坐于坛上,埙、篪、笙、笛、箫、匏工并立于午阶之东西。乐正二人在钟、磬南,歌工四人在敔东,俱东西相向。执麾挟仗色掌事一各(名),在乐虡之西,东向。乐正紫公服,乐工【黑】介帻,执麾人平巾帻:并绯绣鸾衫、白绢夹袴、抹带。’又上亲祠宫架之制:‘四方各设编磬三、编钟三[①]。东方,编钟起北,编磬间之,东向。西方,编磬【起北,编钟间之,西向。南方,编磬起西,编

---

①　按:“编磬三、编钟三”,《宋史·乐志四》(以下省称《宋志》)、《政和五礼新仪》卷六(以下省称《新仪》)、《文献通考·乐考十三》(以下省称《通考》)作“编钟三、编磬三”。

钟间之;北方,编钟起西,编磬】①间之:俱北向。设十二钟镈②、特磬于编架内,各依月律。四方各镈钟三、特磬三。东方,镈钟起北,特磬间之,东向。西方,特磬起北,镈钟间之,西向。南方,特磬起西,镈钟间之;北方,镈钟起西,特磬间之:皆北向。植建鼓、鞞鼓、应鼓于四隅,建鼓在中,鞞鼓在左,应鼓在右。设柷、敔于北架内:柷一,在道东;敔一,在道西。设瑟五十二,列为四行:二行在柷东,二行在敔西。次,一弦琴七,左四右三。次,三弦琴一十有八;次,五弦琴一十有八,并分左右。次,七弦琴二十有三;次,九弦琴二十有三:并左各十有二,右各十有一。次,巢笙二十有八,分左右。次,匏笙三,在巢笙之间,左二、右一。次,箫二十有八;次,竽二十;次,篪二十有八;次,埙一十有八;【次,篪二十有八】③,并分左右。雷鼓、雷鼗各一,在左;又雷鼓、雷鼗各一,在右:(地祇:灵鼓、灵鼗各二。)并在三弦、五弦琴之间,东西相向。晋鼓一,在匏笙间,少南,北向。副乐正二人在柷、敔之前,北向。歌工三十有二,次柷、敔,东西相向,列为四行,左右各二行。乐师四人,在歌工之南北,东西相向。运谱二人,在晋鼓之左右,北向。执麾挟仗色掌事一名,在乐虡之右,东向。副乐正同乐正服,乐师绯公服,运谱绿公服,乐工、执麾人并同登歌执麾人服。'诏并颁行。同日,又上亲祠文、武二舞之制:'文舞六十四人,执籥翟;武舞六十四人,执干戚:俱为八佾。文舞分立于表之左右,各四佾。引文舞二人,执纛在前,东西相向。舞色长二人,在执纛之前,分东西。若④(武舞,则在执旌之前。)引武舞,执旌二人,鼗二人,双铎二人,单铎二人,铙二人,特(持)金錞四人,奏金錞二人,钲二人,相二人,雅二人,分立于宫架之东西,北向,北上,武舞在其后。舞色长幞头、抹额、紫绣袍。引二舞头及二舞郎,并紫平冕、皂绣鸾衫、金铜革带、乌皮履。【引】武舞人,武弁、绯绣鸾衫、抹额、红锦臂

---

① 按:"起北,编钟间之,西向。南方,编磬起西,编磬间之;北方,编钟起西,编磬",原脱,据《宋志》、《新仪》、《通考》补。

② 按:"钟镈",《宋志》、《新仪》、《通考》作"镈钟"。

③ 按:"次,篪二十有八",原脱,据《宋志》、《新仪》、《通考》补。

④ 按:《宋志》"若"字在小注中。

鞴、白绢绔、金铜革带、乌皮履。'诏颁行。同日，又上大、中祠登歌之制：
'编钟一，在东；编磬一，在西：俱北向。柷一，在编钟之北，稍西；敔一，在
编磬之北，稍东。搏拊二：一在柷北，一在敔北：俱东西相向。一弦、三弦、
五弦、七弦、九弦琴各一，瑟一，在编钟之南，西上。编磬之南亦如之，东
上。擅（坛）下午阶之东，设笛一、篪一、埙一，为一列，西上。和笙一，在笛
南；巢笙一，在篪南；箫一，在埙南。午阶之西亦如之，东上。钟、磬、柷、
敔、搏拊、琴、瑟工各坐于坛上，埙、篪、笛、笙、箫工①并立于午阶东西。乐
正二人在钟、磬南，歌工四人在敔东，俱东西相向。执麾挟仗色掌事一名，
在乐虡之西，东向。乐正公服，执麾挟仗色掌事平巾帻，乐工黑介帻，并绯
绣鸾衫、白绢抹带。'诏颁行。同日，又上大祠宫架、二舞之制：'四方各设
镈钟三，各依月律。编钟一，编磬一。北方，应钟起西，编钟次之，黄钟次
之，编磬次之，大吕次之，皆北向。东方，太簇起北，编钟次之，夹钟次之，
编磬次之，沽（姑）洗次之，皆东向。南方，仲吕起东，编钟次之，蕤宾次之，
编磬次之，林钟次之，皆北向。西方，夷则起南，编钟次之，南吕次之，编磬
次之，无射次之，皆西向。【设】十二特磬②，各在镈钟之内。植建鼓、鼙鼓、
应鼓于四隅。设柷、敔于北架内，柷在左，敔在右。雷鼓、雷鼗各二，（地祇
（祇）以灵鼓、灵鼗。）分东西，在歌工之南③。瑟二，在柷东。次一弦琴、次
三弦琴、次五弦琴、次七弦琴、次九弦琴各二④，各为一列。敔西亦如之。
巢笙、箫、竽、篪、埙、笛各四，为四列，在雷鼓之后；（若地祇（祇））即在灵鼓
后。）晋鼓一，在笛之后：俱北向。副乐正二人在敔、柷⑤之北。歌工八人，
左右各四，在柷、敔之南，东西相向。执麾挟仗色掌事一名，在宫架西北东

---

①　按："笛、笙、箫工"，《通考》同；《宋志》作"笙、篪、箫工"，《新仪》作"笙、箫、笛工"。
②　按："设"，原脱，据《宋志》《新仪》《通考》补。
③　按："在歌工之南"，《通考》同；《新仪》作"敔工之南"，《宋志》作"在歌工之侧"。
④　按："次一弦琴、次三弦琴、次五弦琴、次七弦琴、次九弦琴各二"，《新仪》同；《宋
志》《通考》作"次一弦、三弦、五弦、七弦、九弦琴各二"。
⑤　按："敔、柷"，《宋志》《新仪》《通考》均作"柷、敔"。

向[①]。副乐正本色公服,执麾挟仗色掌事及乐正(工)平巾帻,服同登歌乐正(工)[②]。(凡轩架之乐三面,其制,去宫架之南面;判架之乐二面,其制,去轩架之北面;特架之乐一面,其制阙[③]。)文武二舞并同亲祠,惟二舞郎并紫平冕、皂绣袍、银褐裙、白绢抹带,与亲祠稍异。'诏颁行。"

《政和五礼新仪》卷六《序例·亲祠登歌、亲祠宫架、大祠登歌、大祠宫架》:"亲祠登歌:(大朝会同。)'金钟一,在东;玉磬一,在西:俱北向。柷一,在金钟北,稍西;敔一,在玉磬北,稍东。抟(搏)拊二:一在柷北,一在敔北,东西相向。一弦、三弦、五弦、七弦、九弦琴各一,瑟四,在金钟之南,西上。玉磬之南亦如之,东上。又于午阶之东,(太庙则于泰阶之东,宗祀则于东阶之西,大朝会则于丹墀香案之东。)设笛二、篪二、巢笙二、和笙二,为一列,西上;(大朝会:和笙在笛南。)埙一,在笛南;(大朝会:在篪南。)闰余匏一、箫一,各在巢笙南。又于午阶之西,(太庙则于泰阶之西,宗祀则于西阶之东,大朝会则于丹墀香案之西。)设笛二、篪一、巢笙二、和笙二,为一列,东上;埙一,在笛南。七星匏一,【九星匏一】[④],在巢笙南。箫一,在九星匏西。钟、磬、柷、敔、搏拊、琴、瑟工各坐于坛上,(太庙、宗祀、大朝会则于殿上。)埙、篪、笙、笛、箫、匏工并立于午阶之东西。(太庙则于泰阶之东西,宗祀则于西阶之间,大朝会则于丹墀香案之东西。)乐正二

---

① 按:"在宫架西北东向",《宋志》、《通考》作"在宫架西,北向",《新仪》作"在宫架西,北东向"。

② 按:"执麾挟仗色掌事及乐正平巾帻,服同登歌乐正",《宋志》、《新仪》、《通考》均作"执麾挟仗色掌事及乐正平巾帻,服同登歌乐工"。今考"乐正紫公服"(大朝会服绛公服,方心曲领、绯白大带、金铜革带、乌皮履),副乐正同乐正服;"乐师绯公服,运谱绿公服"(大朝会介帻、绛鞲衣、白绢抹带);"执麾挟仗色掌事平巾帻,乐工黑介帻,并绯绣鸾衫、白绢抹带","乐工黑介帻、执麾人平巾帻,并绯绣鸾衫、白绢夹袴、抹带"(详上),则分为三等著服饰,乐正、副乐正一等,乐师、运谱一等,执麾挟仗色掌事(简称执麾人)与乐工又为一等。据此,"平巾帻"者乃为执麾挟仗色掌事及乐工一等,可证"乐正平巾帻"必为"乐工平巾帻"之误。而"执麾挟仗色掌事及乐工平巾帻","服同登歌乐工"乃是,"服同登歌乐正"则大误矣。可据校正。新读点校本《宋会要辑稿·乐五》(第1册,第419页),亦未能校正,可谓失之交臂矣。

③ 按:《宋志》、《新仪》、《通考》无"其制阙"三字。

④ 按:"九星匏一",原脱,据《宋志》、《新仪》、《通考》补。

人在钟磬南,歌工四人在敔东,俱东西向。执麾挟仗色掌事一名,在乐虡之西,东向。乐正紫公服,(大朝会服绛公服,方心曲领、绯白大带、金铜革带、马皮履。)乐正(工)【黑】介帻①,执麾人平巾帻:并绯绣鸾衫、白绢夹袴、抹带。(大朝会同。)' 亲祠宫架:(景灵宫、宣德门、大朝会附。)' 四方各设编钟三、编磬三。东方,编钟起北,编磬间之,东向。西方,编磬起北,编钟间之,西向。南方,编磬起两(西),编钟间之。北方,编钟起两(西),编磬间之:俱北向。设十二镈钟、特磬于编架内,各依月律。四方各镈钟三、特磬三。东方,镈钟起北,特磬间之,东向。西方,特磬起北,镈钟间之,西向。南方,特磬起西,镈钟间之;北方,镈钟起西,特磬间之:皆北向。(景灵宫、天兴殿镈钟、编钟、特磬、编磬如每岁大祠宫架陈设。)植建鼓、鞞鼓、应鼓于四隅,建鼓在中,鞞鼓在左,应鼓在右。设柷、敔于北架内:柷一,在道东;敔一,在道西。设瑟五十二,(朝会五十六。宣德门五十四。)列为四行:二行在柷东,二行在敔西。次,一弦琴七,左四右三。次,三弦琴一十有八;(宣德门二十。)【次,五弦琴一十有八,(宣德门二十。)】②:并分左右。次,七弦琴二十有三;次,九弦琴二十有三:并左各十有二,右各十有一,(宣德门七弦、九弦各二十五。)并左十有三,右十有二③。次,巢笙二十有八,分左右;(宣德门三十二。)次,匏笙三,在巢笙之间,左二、右一。次,箫二十有八;(宣德门、大朝会三十。)次,竽二十;次簛二十有八,(宣德门三十六,朝会簛三十三。)左十有七,右十有六④;次,埙一十有八;(宣德门、朝会二十。)次,笛二十有八,并分左右,(宣德门笛三十六,朝会笛三十三。)左十有七,右十有六⑤。雷鼓、雷鼗各一,在左;又雷鼗、雷鼓各一⑥,在

---

① 按:"乐正介帻",《宋志》《新仪》《通考》均作"乐工黑介帻",据改。
② 按:"次,五弦琴一十有八(宣德门二十)",原脱,据《宋志》《新仪》《通考》补。
③ 按:《宋志》《通考》"并左十有三,右十有二"为小注。
④ 按:《宋志》《通考》"左十有七,右十有六"为小注。
⑤ 按:《宋志》《通考》"左十有七,右十有六"为小注。
⑥ 按:"又雷鼗、雷鼓各一",《宋志》《会要》《通考》均作"又雷鼓、雷鼗各一"。

右。地祇(祇):灵鼓、【灵鼗】①各二。太庙:路鼗、路鼓各二②。(大朝会晋鼓二,宣德门不设。)并在三弦、五弦琴之间,东西相向。晋鼓一,在匏笙间,少南北向。副乐正二人在柷、敔之前,北向。敔(歌)工三十有二③,(宣德门四十,朝会三十有六。)次柷、敔,东西相向,列为四行,左右各二行。乐师四人,在敔(歌)工【之】南北④,东西相向。运谱二人,在晋鼓之左右,北向。执麾挟仗色掌事一名,在乐虡之右,东向。副乐正同乐正服,(大朝会同乐正朝服。)乐师绯公服,运谱绿公服,(大朝会介帻、绛鞲、白衣帽抹带。)乐正(工)、执麾人并同登歌执麾人服。(朝会同。)'【亲祠二舞(大朝会同)】⑤:'文舞六十四人,执籥翟;武舞六十四人,执干戚:俱为八佾。文舞分立于表之左右,各四佾。引文舞二人,执纛在前,东西相向。舞【色长二人,在执纛之前,分东西。(若武舞则在执旌之前。)引武舞】⑥,执旌二人,鼗二人,双铎二人,单铎二人,铙二人,持金镯四人,奏金镯二人,镯二人⑦,相二人,雅二人,分立于宫架之东西,北向,北上。武舞在其后。舞色长幞头、抹额紫绣袍。引二舞头及二舞郎,并紫平冕、皂绣鸾衫、金铜革带、乌皮履。(大朝会引文舞头及文舞郎并进贤冠、黄鸾衫、银褐裙、绿(衣盍)裆、革带;乌皮履引武舞头及武舞郎并平巾【帻】⑧、绯鸾衫、黄画甲身、紫褶裆、豹文大口袴、起梁带、乌皮鞾。)引武舞人,武弁、绯绣鸾衫、抹额、红锦臂鞲、白绢袴、金铜革带、乌皮履。(大朝会同。)'大祠登歌:(中祠同。)'编钟一,在东;编磬一,在西:俱北向。柷一,在编钟之北,稍西;敔一,在编琴(磬)之北,稍东。搏拊二:一在柷北,一在敔北:俱东西相向。一弦、三弦、

---

① 按:"灵鼗",原脱,据《宋志》《会要》《通考》补。

② 按:《宋志》《会要》《通考》,"地祇:灵鼓各二。太庙:路鼗、路鼓各二"为小注。

③ 按:"敔工三十有二",《宋志》《会要》《通考》均作"歌工三十有二"。

④ 按:"在敔工南北",《宋志》《会要》《通考》均作"在歌工【之】南北",据改、补。

⑤ 按:"亲祠二舞(大朝会同)",原脱,据《宋志》《通考》补。

⑥ 按:"色长二人,在执纛之前,分东西。(若武舞则在执旌之前。)引武舞",原脱,据《宋志》《会要》《通考》补。

⑦ 按:"镯二人",《宋志》《会要》《通考》均作"钲二人"。据《乐书》卷一一一,"钲"即金镯。

⑧ 按:"帻",原脱,据《宋志》《通考》补。

五弦、七弦、九弦琴各一，瑟一，在【编钟之南，西上】①，编磬之南亦如之，东上。列于②午阶之东，（太庙、别庙则于殿下泰阶之东，明堂、祠庙则于东阶之西。）设笛一、篪一、埙一，为一列，西上。和笙一，在笛南；巢笙一，在篪南；箫一，在埙南。午阶之西亦如之，东上。（太庙、别庙则于泰阶之西，明堂、祠庙则于西阶之东。）钟、磬、柷、敔、抟拊、琴、瑟工各立于坛上，（明堂、太庙、别庙于殿上，祠庙于堂上。）埙、篪、笙、箫、笛工③并立于午阶东西。（太庙、别庙则于泰阶之东西，明堂、祠庙于两阶之间，若不用宫架，即登歌工人并坐。）乐正二人在钟、磬南，歌工四人在敔东，俱东西相向。执麾挟仗色掌事一名，在乐虡之西，东向。乐正公服，执麾挟仗色掌事平巾帻，乐正黑介帻，并绯绣鸾衫、白绢抹带。'大祠宫架、【二舞之制】④：'四方各设镈钟三，各依月律。【编钟一】⑤，编磬一。北方，应钟起西，编钟次之，黄钟次之，编磬次之，大吕次之，皆北向。东方，太簇起北，编钟次之，夹钟次之，编磬次之，姑洗次之，皆东向。南方，仲吕起东，编钟次之，蕤宾次之，编磬次之，林钟次之，皆南向。西方，夷则起南，编钟次之，南吕次之，编磬次之，无射次之，皆西向。设十二特磬，各在镈钟之内。植建鼓、鼙鼓、应鼓于四隅，设柷、敔于北架内，柷在左，【敔在】⑥右。雷鼓、雷鼗各二，（地祇（祇）以灵鼓、灵鼗，太庙、别庙以路鼓、路鼗。）分东西。【在】敔工之南⑦。瑟二，在柷东。次，一弦琴、次三弦琴、次五弦琴、次七弦琴、次九弦琴各二，各为一列。敔西亦如之。巢笙、箫、竽、篪、埙、笛各四，为四列，在雷鼓之后；（若地祇即在灵鼓后，太庙、别庙在路鼓后。）晋鼓一，在笛之后：俱北向。副乐正二人在柷敔之北。歌工八人，左右各四，在柷敔之〖东〗南，

①　按："编钟之南，西上"，原脱，据《宋志》《会要》《通考》补。
②　按："列于"，《宋志》《通考》均作"坛下"。
③　按："笙、箫、笛工"，《宋志》作"笙、篴、箫工"，《会要》《通考》作"笛、笙、箫工"。
④　按："大祠宫架"，《宋志》《会要》《通考》均作"又上大祠宫架、二舞之制"，据补。
⑤　按："编钟一"，原脱，据《宋志》《会要》《通考》补。
⑥　按："敔在"，原脱，据《宋志》《会要》《通考》补。
⑦　按："敔工之南"，《宋志》作"在歌工之侧"，《会要》《通考》作"在歌工之南"，据补"在"字。

【东】西【相】向①。执麾挟仗色掌事一名,在宫架西,北〖东〗向②。副乐正本色公服,执麾挟仗色掌事及乐正平巾帻,服同登歌乐工。'〖文舞六十四人,执籥翟;武舞六十四人,执干戚,俱为八佾。文舞分立于表之左右,各四佾。引文舞二人,执纛在前,东西相向。舞色长二人,在执纛之前,分东西。(若武舞,则在执旌之前。)引武舞,执旌二人,鼗二人,双铎二人,单铎二人,铙二人,持金镯四人,奏金铮二人,钲二人,相二人,雅二人,分立于宫架之东西,北向,北上。武舞在其后。舞色长幞头,抹额、紫绣袍。引文舞、武舞头、文郎、武郎并紫平冕、皂绣袍、银褐裙、白绢抹带、金铜革带、乌皮履。引武舞乐工,武弁、绯绣抹额、鸾衫红锦臂鞲、白绢抹带、金铜革带、乌皮履。〗③三京、司(帅)府等,每岁祭社稷,祀风师、雨师、雷神,释奠文宣王,用登歌乐,陈设乐器并同,每岁大、中祀登歌乐。凡轩架之乐三面,其制,去宫架之南面;判架之乐二面,其制,去轩架之北面;特架之乐一面。"

按:《宋会要·乐》五之二一、二二、二三、二四、《政和五礼新仪》卷六《序例·亲祠登歌、亲祠宫架、大祠登歌、大祠宫架》所录,略有异文及脱误,可据《宋史·乐志四》《文献通考·乐考十三》校补。

又,凌景埏《年表》:"(大观四年)四月,议礼局请大祠用宫架二舞,诏可。"未言所据。据其附录:"本文征引,除加注外,均见《宋史·乐志》。"④今查《宋史·乐志四》原文,乃作"政和三年四月",知凌氏作"大观四年四月"有误。

然亦有作"政和二年"者。《文献通考》卷一四五:"徽宗政和二年,议礼局上亲祠二舞之制(详见《乐悬门》)。"当误。

---

① 按:"在柷敔之东南,西向",《宋志》《会要》《通考》作"在柷、敔之南,东西相向",据校补。

② 按:"在宫架西,北东向",《会要》同;《宋志》《通考》作"在宫架西,北向"。

③ 按:"文舞六十四人……"段与上文"亲祠二舞之制"重出,乃原礼书撰写体例,非衍文;《宋志》《会要》《通考》均省此段,作"文武二舞并同亲祠,惟二舞郎并紫平冕、皂绣袍、银褐裙、白绢抹带,与亲祠稍异"。

④ 凌景埏:《宋魏汉津乐与大晟府》,凌景埏、谢伯阳校注:《诸宫调两种》附录,第281页,第286页。

又定三京、帅府等每岁祭社稷、祀风师、雨师、雷神、释奠文宣王用乐制度。

《宋史》卷一二九《乐志四》:"(政和三年四月,议礼局)又上大祠、中祠登歌之制:……(三京、帅府等每岁祭社稷,祀风师、雨师、雷神,释奠文宣王,用登歌乐,陈设乐器并同,每岁大、中祠登歌。)"

《政和五礼新仪》卷六《序例·亲祠登歌、亲祠宫架、大祠登歌、大祠宫架》:"三京、司(帅)府等,每岁祭社稷,祀风师、雨师、雷神、释奠文宣王,用登歌乐,陈设乐器并同,每岁大、中祀登歌乐。凡轩架之乐三面,其制,去宫架之南面;判架之乐二面,其制,去轩架之北面;特架之乐一面。"

《文献通考》卷一四〇《乐考十三》:"(徽宗政和三年四月,议礼局)又上大祠、中祠登歌之制:……(三京、师府等每岁祭社稷、祀风师、雨师、雷神、释奠文宣王,用登歌乐,陈设乐器并同每岁大中祠登歌乐。)"

按:据《宋会要·乐》五之二二、二三,知定三京、帅府等用乐制度在政和三年四月二十九日。

同日,议礼局又上大驾、法驾等及皇后、皇太子、皇太子妃、王公、一品、二品、三品与相应命妇卤簿之制,叙大晟府前后部鼓吹及乐人服饰制度甚详。

《政和五礼新仪》卷一三"(大驾)中道卤簿"条:"次大晟府前部鼓吹:令二人,次府史四人,各为一列,分左右。次管辖指挥使一名,次抦鼓、金钲各十二,为四重,鼓在左,钲在右。(部内抦鼓、金钲各分左右。)帅兵官八人领,为一列,在抦鼓、金钲重内行。次大鼓一百二十,为十重,帅兵官二十人领,在大鼓车内行。次长鸣一百二十,为十二重,帅兵官六人领,每二人领四重,各在前重内行。次铙鼓十二,为二重,帅兵官四人领,在铙鼓内行。次歌工,次拱辰管,次箫,次笳,各二十四,各为二重。次大横吹一百二十,为十重,帅兵官十人领,每二人领二重,各在前一重内行。(小鼓行次准此。)次节鼓二,次笛、箫,次觱篥,次笳,次桃皮觱篥各二十四,各二重。次抦鼓、金钲各十二,为二重,帅兵官四人领。次小鼓一百二十,为十重。次中鸣一百二十,为十二重,帅兵官八人领,每二人领三重,各在前一重内行。次羽葆鼓十二，为二重，帅兵官四人领，各在鼓内行。次歌工，次拱辰管，次箫，次笳，各二十四，各为二重。部内鼓吹令本色服，府史幞头、绿罗宽衫、黄绢半臂，管辖指挥使平巾帻、紫绣宝相花袍、锦螣蛇、白抹带，帅兵官，并执抈鼓、金钲、拱辰管、箫、笳、节鼓、笛、觱篥、笳、桃皮鼓二，服平巾帻、绯对鸾衫、大口袴、白抹带。执抈鼓、金钲人，加锦螣蛇。执长鸣、中鸣、大鼓、小鼓，同第三引执大鼓、长鸣服；执铙、大横吹人，同第二引执大横吹服。执羽葆鼓人，青绣苣文抹额、生色袍、抹带袴。次太史令一员，次书令使一人，并骑。次相风乌一，舆士四人。次交龙钲一，在左；交龙鼓一，在右。"

《政和五礼新仪》卷一四"大驾中道"条："次大晟府后部鼓吹：丞二人，次典事四人，次管押指挥使一名。次羽葆鼓十二，为二重，帅兵官四人领，在鼓内行。（下除小横吹外，并为二重。）次歌工，次拱辰管，次箫，次笳，各二十四。帅兵官二人领，在笳前一重内行。次铙鼓十二，帅兵官四人领，在铙鼓内行。次歌工，次箫，次笳，各二十四。次小横吹一百二十，为十重，帅兵官八人领，第一、第四、第七、第十重各二人，在横吹内行。次笛，次箫，次觱篥，次笳，次桃皮觱篥各二十四。丞本品服，典事同前部府史服，其余并同前部人服饰。"

按：《政和五礼新仪》所载《卤簿》大驾"六引"（卷一三）、法驾"三引"（卷一六）及"中道卤簿"（卷一七）亦详，文繁不引。又，《文献通考·王礼考十三》、《宋史·仪卫志四》亦载，作"政和大驾卤簿"、"政和大驾外仗"，与《政和五礼新仪》略同。据《宋会要·舆服》五之二〇："徽宗政和三年四月二十九日，议礼局上皇后卤簿之制。"同上五之二四："徽宗政和三年四月二十九日，议礼局上王公卤簿【之】制。"同上五之二七："徽宗政和三年四月二十九日，议礼局上皇太子卤簿之制。"《玉海》卷八〇："政和三年四月二十九日，议礼局上皇太子卤簿之制，又上皇后、皇太子妃、王公、一品、二品、三品卤簿之制。"知"政和大驾卤簿"等均为政和三年四月二十九日议礼局所上。

又，同日议礼局上皇后卤簿之制（《文献通考·王礼考十四》、《宋史·仪卫志五》、《玉海》卷八〇），其大晟府鼓吹及乐人服饰制度，见《政和五礼新仪》卷一八《皇后卤簿》："……前后部鼓吹，金钲、抈鼓、大鼓、长鸣、中鸣、铙吹、羽葆鼓、【吹】（引者按："吹"字疑为衍文）节鼓，御马并减大驾之半。（鼓吹二人等，服饰并同大驾部内鼓吹二人。皇子卤簿准此。）"亦见《文献通考·王礼考十四》、《宋史·仪卫志五》。

又，同日议礼局上皇太子卤簿之制(《文献通考·王礼考十四》、《宋史·仪卫志五》、《玉海》卷八〇)，其大晟府鼓吹及乐人服饰制度，见《政和五礼新仪》卷一九《皇太子卤簿》："……次正道前部鼓吹：府史二人，领鼓吹并骑；次抓鼓二在左，金钲二在右。(以下抓鼓、金钲，并分左右。)执抓鼓、金钲各一人。(以下鼓吹，准此。)夹二人。(以下抓鼓、金钲、夹人，准此。)帅兵官人二。次大鼓三十六，横行。(长鸣以下，准此。)帅兵官八人。次长鸣三十六，帅兵官二人，次铙吹一部，铙鼓二，执各一人，夹二人。(后部铙、节鼓，准此。)箫、笳各六，帅兵官二人；次金抓鼓、金钲各二，帅兵官二人；次小鼓三十六，帅兵官四人；次中鸣三十六，帅兵官二人，以上并骑。……次铙吹一部，铙鼓二，箫、笳各六，帅兵官六人。次横吹一部，横吹十，节鼓一，笛、箫、觱篥五，帅兵官二人，并骑。次管辖指挥使二人，检校铙吹等。"亦见《文献通考·王礼考十四》、《宋史·仪卫志五》。

又，同日议礼局上皇太子妃卤簿之制(《宋史·仪卫志五》、《玉海》卷八〇)，其大晟府鼓吹及乐人服饰制度，见《政和五礼新仪》卷一九《皇太子妃卤簿》，亦见《文献通考·王礼考十四》、《宋史·仪卫志五》。

又，同日议礼局上王公卤簿之制(《玉海》卷八〇《宣和重修卤簿图记》)，其大晟府鼓吹及乐人服饰制度，见《政和五礼新仪》卷二〇《王公卤簿》："中道清道二人，分左右，次犦矟一，骑。次大晟府前部鼓吹：令一员，在左；职掌一人，在右；次局长一人，在左；院官一人，在右；次抓鼓一，在左；金钲一，在右。(以下抓鼓、金钲分左右，准此。)次大鼓一十八，次长鸣一十八，并分左右。次抓鼓、金钲各一。次引乐官二人。次小鼓一十。次中鸣一十，在小鼓外。次麾、幢各一，并分左右。次节一，夹矟二，分节左右。(以上并骑。)诞马三，分左右。(每疋控马各二人，一品以下控马人准此。)革车一，乘驾，赤马四，驾士二十五人，伞扇十，分左右行于车前方。伞二，朱团扇四，分左右，夹方伞曲盖二，为一列。次大角八。次后部鼓吹：丞一员，在左；录事一人，在右；次铙鼓一，次箫四，次笳四，次大横吹六，并分左右。次节鼓一，次夹色二。(以觱篥充，以下准此。)次笛，次箫，次觱篥，次笳各四，并分左右。……鼓吹令、丞本品服，职掌紫罗宽衫，局长绯罗宽衫，院官、录事绿罗宽衫，引乐官绿隔职宽衫。执抓鼓、金钲、节鼓、夹色、笛、箫、笳、觱篥人，并平巾帻、绯绣鸾衫、白绢袴、抹额。(执抓鼓、金钲人加锦螣蛇。)大鼓、长鸣、小鼓、中鸣服，黄绣雷(雪)花袍、抹额、【抹】带袴；铙鼓，大横吹，服绣绯绣莒文袍、抹额、抹带袴。"亦见《文献通考·王礼考十四》、《宋史·仪卫志五》。

又，议礼局上一品卤簿、二品卤簿、三品卤簿之制，其大晟府鼓吹及乐人服饰制度，见《政和五礼新仪》卷二〇《一品卤簿(命妇同)》："中道清道四人，次犦矟一。次大晟府前部鼓吹：令一员，职掌一人，次局长一人，院官一人，次挝鼓、金钲各一，次大鼓一十六，次长鸣一十六，次麾、幢各一。……次大角八。（命妇属车六，驾黄牛十八，驾士五十九人，行大角前。二品、三品准此。）次后部：员分左右，次铙鼓一，次箫四，次笳四，次大横吹四，次节鼓一，次笛四，次箫四，次觱篥四，次笳四。"同上《二品卤簿（命妇同）》："中道清道二人，次幰弩一。次大晟府前部鼓吹：令一员，职掌一人，次局长一人，院官一人，次挝鼓、金钲各一，次大鼓一十四。次麾、幢各一，次节一，夹稍二，次诞马四，次革车一，乘驾赤马四，驾士二十五人。散扇四，方伞二，朱团扇二，曲盖二。次大角八。次后部鼓吹：丞一员，次录事一人，引乐官一人，次铙鼓一，次箫二，次笳二，次大横吹四，次笛二，次箫二，次觱篥二，次笳二。"同上《三品卤簿（命妇同）》："……仗内行列服饰，并同一品卤簿。凡王公以下应给卤簿者，有司各以令式排列如仪。"亦见《文献通考·王礼考十四》《宋史·仪卫志五》。按《宋史·仪卫志五》："王公以下卤簿……一品卤簿（命妇同。）……二品卤簿（命妇同。）……三品卤簿（命妇同。）……以上皆政和所定也。"《玉海》卷八〇《宣和重修卤簿图记》："政和三年四月二十九日，议礼局上皇太子卤簿之制，又上皇后、皇太子妃、王公、一品、二品、三品卤簿之制。"

闰四月十一日辛酉，上崇恩太后谥曰"昭怀"，用大晟乐。

《宋史》卷一三四《乐志九》载《上册宝十三首》：

册宝入门，《隆安》 威仪皇止，庶尹在庭。爰举徽章，通观厥成。勒崇扬休，写之琼瑛。迄于万祀，发闻惟馨。

册宝升殿，《崇安》 有犹有言，顺承天则。聿崇号名，再扬典册。朱英宝函，左右翼翼。千秋万岁，保兹无极。

迎神，《歆安》

黄钟宫 笾豆大房，牺尊将将。馨香既登，明灵迪尝。其乐伊何？吹笙鼓簧。灵来燕娭，降福无疆。

大吕角二奏 吉蠲惟时，礼仪既备。奉璋峨峨，群公在位。神之格思，永锡尔类。展彼令德，于焉来暨。

太簇徵二奏 雍雍在宫，翼翼在庭。显相休嘉，肃雍和鸣。神嗜饮食，明德惟馨。绥我思成，式燕以宁。

应钟羽二奏　牺牲既成,笾豆有楚。摐金击石,式歌且舞。追怀懿德,令闻令仪。灵兮来格,是享是宜。

罍洗,《嘉安》　嘉肴旨酒,洁粢丰盛。既盥而往,以我齐明。有孚颙若,黍稷非馨。神之格思,享于克诚。

升降,《熙安》　佩玉锵锵,其来雝雝。陟降孔时,步武有容。恪兹祀事,神罔时恫。绥我邦家,福禄来崇。

酌献,《明安》　旨酒嘉栗,有飶其香。衎我淑灵,歆此令芳。德贻彤管,号正椒房。神具醉止,降福穰穰。

退文舞、进武舞,《昭安》　籥翟既陈,干戚斯扬。进旅退旅,一弛一张。其仪不忒,容服有光。以宴以娭,德音不忘。

亚、终献,《和安》　望高六宫,位应四星。辅佐君子,警戒相成。袆衣褒崇,琛册追荣。于以奠之,有椒其馨。

撤豆,《成安》　濯濯其英,殖殖其庭。有来群工,赉我思成。嘉肴既将,旨酒既清。雍撤不迟,福禄来宁。

送神,《歆安》　礼仪既备,神保聿归。洋洋在上,不可度思。神之来兮,肸蠁之随。神之去兮,休嘉是贻。

按:《上册宝十三首》,紧接于《宋史·乐志九》载《崇恩太后升祔十四首》之后,当为政和三年闰四月十一日辛酉上崇恩太后谥曰"昭怀"所用。《宋史·徽宗本纪三》:"(政和三年二月)辛卯,崇恩太后暴崩。""闰(四)月辛酉,上崇恩太后谥曰昭怀。"《宋史·礼志二十六》:"哲宗皇后刘氏,政和三年二月九日崩。诏:'崇恩太后合行礼仪,可依钦成皇后及开宝皇后故事,参酌裁定。'闰四月,上谥曰'昭怀皇后'。五月,葬永泰陵,祔神主于哲宗庙室。"《宋史·徽宗本纪三》:"(政和三年二月)辛卯,崇恩太后暴崩。""闰【四】月辛酉,上崇恩太后谥曰昭怀。""(五月)丙午,葬昭怀皇后于永泰陵。……六月癸亥,祔昭怀皇后神主于太庙。"

考元符皇后崇宁二年二月甲寅进为崇恩太后。《宋史·钱遹传》:"崇宁初,召为都官员外郎、殿中侍御史。……迁侍御史,阅两月,进中丞。……遂与殿中侍御史石豫、左膚言:'元祐皇后得罪先朝……'……遹、豫遂言:'元符皇后名位未正。'乃册为崇恩太后。"又《宋史·徽宗本纪一》:"(崇宁元年十月)甲戌,以御史钱遹、石豫、左膚及辅臣蔡京、许将、温益、赵挺之、张商英等言,罢元祐皇后之号,复居瑶华宫。""(崇宁二年二月)甲寅,进元符皇后为太后,宫名崇恩。""(五月)丙午,册元符皇后刘氏为太后。"

五月二十九日戊申,徽宗御崇政殿亲按大晟燕乐。

《宋史》卷一二九《乐志四》:"(政和三年)五月,帝御崇政殿,亲按宴乐,召侍从以上侍立。诏曰:'《大晟之乐》已荐之郊庙,而未施于宴飨。比诏有司,以《大晟乐》播之教坊,试于殿庭,五声既具,无恖懘焦急之声,嘉与天下共之,可以所进乐颁之天下,其旧乐悉禁。'于是令尚书省立法,新徵、角二调曲谱已经按试者,并令大晟府刊行,后续有谱,依此。其宫、商、羽调曲谱自从旧。新乐器五声、八音方全。埙、篪、匏笙、石磬之类已经按试者,大晟府画图疏说颁行,教坊、钧容直、开封府各颁降二副。开封府用所颁乐器,明示依式造粥,教坊、钧容直及中外不得违。今辄高下其声,或别为他声,或移改增损乐器,旧来淫哇之声,如打断、哨笛、呀鼓、十般舞、小鼓腔、小笛之类与其曲名,悉行禁止,违者与听者,悉坐罪。"

《文献通考》卷一三〇《乐考三·历代乐制》:"(政和三年)五月,诏曰:'大晟之乐,已荐之郊庙,而未施于燕飨。比诏有司,以《大晟乐》播之教坊,试于庭殿,五声既具,无怗懘噍急之声,嘉与天下共之。可以所进乐,颁之天下,其旧乐悉禁。'于是令尚书省立法,新徵、角二调曲谱已经按试者,并令大晟府刊行。后续有谱,依此。其宫、商、羽调曲谱自从旧。新乐器五声、八音方全,埙、篪、匏笙、石磬之类已经按试者,大晟府画图疏说颁行。教坊、均(钧)容直、开封府各颁降二副。开封府用所颁乐器,明示依式造鬻,教坊、均(钧)容直及中外不得违。今乐敢高下其声,或别为他声,或移改增损乐器。旧来淫哇之声,如打断、哨笛、砑鼓、十般舞、小鼓腔、小笛之类,与其曲名,悉行禁止。违之者与听之者,悉坐罪。"

按:此非全为本月之事。"亲按宴乐"在五月二十九日,"诏颁天下"则在三十日。《玉海》卷一〇五:"政和三年五月二十九日,御崇政殿按燕乐。三十日,诏颁之天下。"《宋大诏令集》卷一四九载《行大晟新乐御笔手诏》,亦作"政和三年五月三十日",《长编纪事本末》卷一三五作"(政和三年)五月己酉";而"于是令尚书省立法……违者与听者悉坐罪"云云,则在本年八月(《宋会要·乐》三之二六)。又五月三十日"诏颁天下"后,其实还只在教坊、钧容直、开封府"各颁降二副",真正"诏颁天下"的时间在八月二十三日(详下)。

时颇有议大晟燕乐"徵调"之非者。

《独醒杂志》卷一:"蔡元长尝论荐毛友龙召对。上问曰:'龙者君之象,卿何以得而友之?'友龙不能对,遂不称旨。退语元长,元长曰:'是不难对。何不曰:"尧舜在上,臣愿与夔龙为友?"'他日再荐之,复召对。上问大晟乐,友龙曰:'讹。'上不谕其何谓也。已而元长入见,上以问答语之。对曰:'江南人唤和为讹,友龙谓大晟乐主和尔。'上颔之。友龙乃得美除。"

按:李幼武《宋名臣言行录·别集》上卷四记载颇详:"(刘)炳方自拱州道见京,教京尽除(郑)居中等党。法度不问是非,一切皆复。得召为户书,京方得倚为腹心。……炳与其弟焕、蒋猷、翟汝文、蔡靖、毛友十数人,皆居中所逐者,相继召用。"毛友龙"召对"当在政和三年。

《避暑录话》卷上:"崇宁初,大乐阙徵调,有献议请补者,并以命教坊燕乐同为之。大使丁仙现云:'音已久亡,非乐工所能为,不可以意妄增,徒为后人笑。'蔡鲁公亦不喜。塞授之尝语予云:见元长屡使度曲,皆辞不能。遂使以次乐工为之。逾旬,献数曲,即今《黄河清》之类。而终声不谐,末音寄杀他调。鲁公本不通声律,但果于必为。大喜,亟召众工,按试尚书省庭,使仙现在旁听之。乐阕,有得色。问仙现:'何如?'仙现徐前,环顾坐中曰:'曲甚好,只是落韵。'坐客不觉失笑。"

《拙轩词话》:"崇宁中,大乐阙徵调,议者请补之。丁仙现曰:'音久亡,非乐工所能为,不可以妄意增。'蔡鲁公使次乐工为之,末音寄杀他调。召乐工按试尚书省庭,仙现曰:'曲甚好,只是落韵。'"(又见《张氏拙轩集》卷五《跋揀词》)

《云麓漫钞》卷一二:"宣和间,作乐求徵声不得,尝创为燕乐,曰《黄河清曲》。其声杂,故当时有'落韵'之诮。"

按:诸书载徵调曲谱的创制时间在"崇宁初"、"崇宁中"、"宣和间",偶有误,实均在政和三年。

又,《避暑录话》、《拙轩词话》载丁仙现崇宁初议"徵调"云云,当误,崇宁中所议当为"鼎乐"。考大晟府造"徵调"为燕乐,乃在大观、政和年间(详见上文),其时丁仙现已致仕,而教坊使乃为雷中庆（《铁围山丛谈》卷六，《东京梦华录》卷九），非丁仙现甚明。

《铁围山丛谈》卷二："乐曲凡有谓之均，谓之韵。均也者，宫、徵、商、羽、角、合、变徵为之，此七均也。变徵，或云殆始于周。如战国时，燕太子丹遣庆轲于易水之上，作变徵之音，是周已有之矣。韵也者，凡调各有韵，犹诗律有平仄之属，此韵也。律吕、阴阳，旋相为宫，则凡八十有四，是为八十四调。然自魏晋后至隋唐，已失徵、角二调之均韵矣。孟轲氏亦言'为我作君臣相说之乐'，盖《徵招》、《角招》是也。疑春秋时徵、角已亡，使不亡，何特言创作之哉？唐开元时，有若《望瀛》法曲者，传于今，实黄钟之宫。夫黄钟之宫调，是为黄钟宫之均韵。可尔奏之，乃幺用中吕，视黄钟则为徵。既无徵调之正，乃独于黄钟宫调间用中吕管（宫），方得见徵音之意而已。及政和间作燕乐，求徵、角调二均韵，亦不可得。有独以黄钟宫调均韵中为曲，而但以林钟律卒之。是黄钟视林钟为徵，虽号徵调，然自是黄钟宫之均韵，非犹有黄钟以林钟为徵之均韵也。（雁里本'犹'字作'独'）此犹多方以求之，稍近于理。自余凡谓之徵、角调，是又在二者外，甚谬悠矣。然二调之均韵，几千载竟不能得。徵、角其终云古之乐，备八音……至政和诏加讨论焉，乃作《徵招》、《角招》，而补八音。……盖自政和始。"[①]

姜夔《徵招》序："《徵招》、《角招》者，政和间大晟府尝制数十曲，音节驳矣。予尝考唐田畸《声律要诀》云：'徵与二变之调，咸非流美'，故自古少徵调曲也。徵为去母调，如黄钟之徵，以黄钟为母，不用黄钟乃谐，故隋唐旧谱不用母声。琴家无媒调，商调之类皆徵也，亦皆具母弦而不用。其说详于予所作《琴书》。然黄钟以林钟为徵，住声于林钟，若不用黄钟声，便自成林钟宫矣。故大晟府徵调兼母声，一句似黄钟均，一句似林钟均，所以当时有'落韵'之讥。予尝使人吹而听之，寄君声于臣、民、事、物之中，清者高而亢，浊者下而遗，万宝常所谓'宫离而不附者'是已。"

---

①　蔡絛撰，冯惠民、沈锡麟点校：《铁围山丛谈》卷二，第23—24页。按："庆轲"、"非犹有"、"谬悠"，《全宋笔记》本同（李国强整理本，第3编，第9册，第167—168页），文渊阁《四库全书》本作"荆轲"、"非独有"、"缪悠"（第1037册，第567—568页）。

《朱子语类》卷九二："问：温公论本朝乐无徵音，如何？曰：其中不能无徵音，只是无徵调。如首以徵音起，而末复以徵音合杀者，是徵调也。徵调失其传久矣，徽宗令人作之。作不成，只能以徵音起，而不能以徵音终。如今俗乐，亦只有宫、商、羽三调而已。""又问：向见一《乐书》，温公言本朝无徵音。窃谓五音如四时代谢，不可缺一。若无徵音，则本朝之乐，大段不成说话。曰：不特本朝，从来无那徵；不特徵无，角亦无之。然只是太常乐无，那宴乐依旧有。这个也只是无徵调、角调，不是无徵音、角音。如今人曲子，所谓[黄钟宫]、[大吕羽]，这便是调。谓如头一声是宫声，尾后一声亦是宫声，这便是宫调。若是其中按拍处，那五音依旧都用，不只是全用宫。如说无徵，便只是头声与尾声不是徵。这却不知是如何？其中有个甚么欠缺处？所以做那徵不成。徽宗尝令人硬去做，然后来做得成，却只是头一声是徵，尾后一声依旧不是，依旧走了，不知是如何？平日也不曾去理会，这须是乐家辨得声音底，方理会得。但是这个别是一项，未消得理会。""俗乐中无徵声，盖没安排处。及无黄钟等四浊声。"

三十日己酉，降《行大晟新乐御笔手诏》，议颁大晟燕乐于天下，并禁旧乐。仍令尚书省措置，立法行下。

《宋大诏令集》卷一四九《行大晟新乐御笔手诏》（政和三年五月三十日）："乐废久矣！历世之君，千有余载，莫之能兴，以迄于今，去古既远。循沿五季之旧，诚非治世之音。祖宗肇造之始，实未遑暇。百年后兴，盖【在今日】。自崇宁之初，纳汉津之说，成《大晟之乐》。荐之郊庙，而未施于宴飨。夫今乐犹古乐也，【知乐者】知其情而已。循声以知音，循音以知乐，循乐以知政。所通在政，所同在音，而无古今之异。比诏有司，以《大晟乐》播之教坊，按试于庭，五声既具，八音始全，无愀懘焦急之声，有纯厚皦绎之美。朕奉承圣绪，立政造事，昭功继志，一纪于兹。乃者元（玄）圭告成，今则雅乐大备。功成作乐，于是始信。荷天之休，宗庙顾諟。追三代之盛，成一代之制。以遗万世，嘉与天下共之，可以所进乐并颁天下，其旧乐悉行禁止。仍令尚书省措置，立法行下。故兹诏示，想宜知悉。"

按：《全宋文》即据《宋大诏令集》辑录①。今查《宋朝事实》卷一四所录"御笔手诏"，知《宋大诏令集》误脱"在今日"、"知乐者"六字。可据校补。又《宋朝事实》"御笔手诏"后多"牒奉敕"一道，当为尚书省敕牒，诸书不见录，弥足珍贵。

《宋朝事实》卷一四："政和三年五月，御笔手诏：'乐废久矣，历世之君，千有余岁，莫之能述。以迄于今，去古尤远。循沿五季之旧，非治世之音。祖宗肇造之始，每未遑暇。百年后兴，盖在今日。崇宁之初，纳汉津之说，成《大晟之乐》。荐之郊庙，而未施行于燕飨。夫今乐犹古乐也，知乐者知其情而已。循声以知音，循音以知乐，循乐以知政。所通在政，所同在音，而无古今之异。比诏有司，以《大晟乐》播之教坊，按试于庭，五声既具，八音始全，无怨滞（浊懑）焦急之声，有纯厚皦绎之美。朕奉承圣谟，立政造事，昭功继志，一纪于兹。乃者玄圭告成，今则雅乐大备。功成而作，于是始信。荷天之休，宗庙遂谋。追三代之盛，成一代之制。以遗万世，嘉与天下共之，可以所进乐并颁行天下，旧乐悉行禁止。仍令尚书省措置，立法行下。故兹诏示，想宜知悉。'牒奉敕：'依已得指挥，并大晟府既颁降，候颁行日，禁止旧乐。'"

按：龚延明《宋代官制辞典》："牒奉敕：尚书省奉中书、门下省所过敕命后，出牒布于外，称'牒奉敕'。""尚书省敕牒：即尚书省'牒奉敕'。"②据考，手诏须经中书省"录黄"、门下省"书读、省、审"，经给事中书"读"、中书舍人书"行"，签书毕，方将录黄送尚书省③。据此，知《行大晟新乐御笔手诏》于政和三年五月三十日颁降后，尚须经繁复手续方降于尚书省，故推知尚书省"牒奉敕"当远在《手诏》颁降之后。据下文考证，"牒奉敕"的颁行实在政和三年八月二十三日(详下)。

《长编纪事本末》卷一三五："政和三年五月己酉(三十日)，手诏：'崇宁之初，纳汉津之说，成《大晟之乐》。荐之郊庙，而未施行于燕享。今乐犹古乐也，比诏有司，以《大晟乐》播之教坊，按试于庭，五声既具，无浊懑焦急之声，嘉与天下共之。可以所进乐颁之天下，其旧乐悉行禁止。仍令尚书省措置立法。'"

---

① 曾枣庄等主编：《全宋文》，第165册，第49—50页。
② 龚延明：《宋代官制辞典》，第623页。
③ 龚延明：《宋代官制辞典》，第655页。

　　《长编拾补》卷三二:"政和三年五月己酉(三十日),手诏:'崇宁之初,纳魏汉津之说,成《大晟之乐》。荐之郊庙,而未施于燕享。夫今乐犹古乐也。比诏有司,以《大晟乐》播之教坊,按试于庭,五声既具,无恗懘焦急之声,嘉与天下共之。可以所进乐颁之天下,其旧乐悉禁。仍令尚书省措置立法。'(【案】《乐志》:徽宗锐意制作,以文太平,蔡京主魏汉津之说,破先儒累黍之非,用夏禹以身为度之文,以帝指为律度,铸帝鼎(箫)、景钟。乐成,赐名大晟,谓之'雅乐'。政和三年五月,帝御崇政殿,亲按燕乐,召侍从以上等侍立,手诏云云。)"

　　按:《古今合璧事类备要·外集》卷一〇《音乐门·乐》:"徽宗政和三年,诏:'比诏有司,以大晟乐播之教坊,按试于庭。五声既具,八音始全。无恗懘焦急之声,有纯厚曒绎之美。可以所进乐,并颁天下,其旧乐悉行禁止。'"当为节录。《宋史·乐志四》:"(政和三年五月)诏曰:'《大晟之乐》已荐之郊庙……可以所进乐颁之天下,其旧乐悉禁。'"乃为"联书体"撮录,无准确时间。据《长编纪事本末》卷一三五:"政和三年五月己酉,手诏:'……可以所进乐颁之天下……'"《玉海》卷一〇五:"政和三年五月二十九日,御崇政殿按燕乐。三十日,诏颁之天下。"《宋史·徽宗本纪三》:"(政和三年五月)己酉(三十日),班新燕乐。"知诏颁大晟燕乐于天下的准确时间在政和三年五月三十日。

　　《东都事略》卷一一:"(政和三年五月)己酉,以大晟乐班之天下,其旧乐悉禁。"

　　《皇宋十朝纲要》卷一七:"(政和三年五月)己酉,手诏颁大晟乐于天下,旧乐并禁。"

　　按:政和三年五月己酉颁降者实为大晟燕乐,笼统云"大晟乐",乃误。《皇宋十朝纲要》卷一七:"(大观元年五月)甲午,诏大晟府颁新乐于天下。"《玉海》卷一〇五:"大观元年五月九日甲午,诏令大晟府颁新乐于天下。"亦与此相混。

韩驹上《请扫荡陋器以习大晟乐疏》,约在此时稍后。

　　《历代名臣奏议》卷一二八《礼乐》:"高宗时,布衣韩驹上疏曰:乐坏久矣,昔汉有制氏者独能纪其铿锵而已。是时去周未几,而士大夫已制氏之不如,然尚有一宿工以传先王器,自是先王之器匿不复见,士不得闻铿锵,况能识其义乎?既不能识其义,又何知其成也?且自先王之时,民已不胜其自欲偷放之心,然自淫其声者矣,未有乱其器者也。其为淫声,盖亦由乎笾、磬、琴、瑟之中出焉,尚且有禁。后世乃始增为弹筝、击缶、吹竽、擿鼓之戏,始乱乐之器矣。其萌芽时,或自闾里,或自夷狄,至其寖弊,则邦国亦用焉。又其为器,愈陋而愈工,愈工而愈滥,斯民之不复古,意在斯乎?永言前载,每用愤叹,岂图今日亲逢《韶》、《濩》之作?夫其目厌乎陋器,耳熟乎哇声,骤而示之正乐,广大怡愉,高明博备,固已茫乎若一游虞庭而入阙里也。昔之记者,以为牙、旷之属,能使鸟鱼下上。始徒以为虚语,乃今验其然耳。矧今之乐本明天子自兴神物以为之制,岂但牙、旷之所为哉?士虽耳剽目浅,比之鸟鱼亦灵甚矣,玩而习之,将必有成于乐者,顾非愚之所能也。虽然,摄衣勾指,受业君子之途,亦得议其略矣。夫子有言:'知之不如好之,好之不如乐之。'孟子亦言:'乐则生,生则乌可已?'古之乐,其器朴,其声简,文侯以之而坐寐,而仲尼以之辍肉者,意必有朴而文,简而微者焉。士与乎此,则其精微独得于心,见于外者不过手舞足蹈而已,其妙万物之学,岂可纸上语哉?此明天子之所造也,几于成矣,然犹未也。夫以颜子之贤,必不惑于郑声,而夫子使之放,惧其易以惑也。士安得人人如颜子?然而入宫则闻正乐,出宫则闻哇声,其能成也希矣,其能成而久又愈希矣。要使邱井、田野、宾婚、祷祀,率用是乐,向之陋器,一扫荡之,则士无所易惑,得以养心尽性,而极于道,徐出其学,为圣时之用,无不可者。愚终不足以与此。"

按:"高宗时,布衣韩驹上疏"云云,"高宗"当为"徽宗"之误。据《宋史·韩驹传》:"政和初,以献颂,补假将仕郎。"《古今事文类聚·遗集》卷六《召试特命》:"韩驹,字子苍,自布衣有诗名,前辈称许之。政和初,诣阙上书,召试中书,特命以官,除秘书省正字。言者论其进不繇科第,谪为笺库。"考韩驹"献颂"云云,当即此文。"今之乐本明天子自兴神物以为之制"云云,乃为徽宗"指律"而发;"率用是乐,向之陋器,一扫荡之"云云,则与政和三年八月推行大晟新乐而废弃旧乐器吻合(详见下文),韩驹此文当献于政和三年五月至八月之间。《全宋文》收录,题为《请扫荡陋器以习古乐疏》[①],亦误,当改题为《请扫荡陋器以习大晟乐疏》。

---

① 曾枣庄等主编:《全宋文》,第161册,第383—384页。

六月十四日癸亥,升祔崇恩太后神主于太庙,用大晟乐。

《宋史》卷一三四《乐志九》载《崇恩太后升祔十四首》:

入门,《显安》　倪天生德,作配元符。仪刑壸则,辅佐帝图。登崇庙祐,勒号璠玙。烝尝亿载,皇极之扶。

神主升殿,《显安》　曰嫔于京,天作之配。进贤审官,克勤其志。于穆清庙,本仁祖义。亿万斯年,神灵攸暨。

迎神,《兴安》四章

黄钟宫二奏　閟宫有侐,堂筵屹崇。灵徽匪遐,精诚感通。苾芳维时,登兹明祀。泠然云车,有来其驭。

大吕角二奏　羽旌风翔,翠蕤飘举。俨其音徽,登兹位处。笙镛始奏,合止柷敔。是享是宜,永求伊祜。

太簇徵二奏　枚枚閟宫,鼎俎肆陈。烝升明灵,登其嘉新。鼓钟既戒,旨酒既醇。攸介攸止,纯禧荐臻。

应钟羽二奏　旨酒嘉肴,于登于豆。是享是宜,乐既合奏。衍我懿德,执事温恭。灵兮允格,有翼其从。

盥洗,《嘉安》　列爵陈俎,芬芳和羹。拟金击石,洋洋和声。礼行伊始,我德惟明。既盥而往,于昭斯诚。

升降殿,《熙安》　笙箫纷如,陟彼庙庭。锵锵佩玉,怀兹先灵。神保聿止,音容杳冥。繁禧是介,万年惟宁。

酌献,《兹安》　雝雝玉佩,清酤惟良。粢盛具列,有飶其香。怀其徽范,德洽无疆。于兹燕止,降福穰穰。

亚献,《神安》　嫔于潜邸,爰正坤仪。《关雎》化被,思齐名垂。柔德益茂,家邦以熙。皇心追崇,永羞牲粢。

退文舞、进武舞,《昭安》　翩然干戚,扬庭陈阶。文以经纬,武以威怀。其张其弛,节与音谐。迄兹献孚,妥灵绥来。

终献,《仪安》　珩璜之贵,祎褕之尊。天作之合,内治慈温。元良钟庆,祉福乾坤。以享以祀,事亡如存。

撤豆,《成安》 锵洋纯绎,于论鼓钟。周旋陟降,齐庄肃容。维罍既旨,维笾伊丰。歌徹以雍,介福来崇。

送神,《兴安》 黍稷维馨,虡业充庭。既钦既戒,灵心是承。顾予烝尝,言从之迈。申锡无疆,是用大介。

按:"崇恩太后"为哲宗皇后刘氏,政和三年二月九日崩,葬于永泰陵在政和三年五月丙午,"升祔"则在六月十四日癸亥(《宋史·徽宗本纪三》,《宋史·礼志二十六》)。据《竹隐畸士集》卷一五《乐章》,"升降殿,《熙安》"、"酌献,《兹安》"、"亚献,《神安》"、"退文舞、进武舞,《昭安》"、"终献,《仪安》",知均当用蕤宾宫。又据《周礼·春官·宗伯下》,"人鬼"系统,其乐"黄钟为宫、大吕为角、太簇为徵、应钟为羽",共"九变",即"黄钟为宫三变、大吕为角二变、太簇为徵二变、应钟为羽二变"。据此,"迎神,《兴安》四章"之"黄钟宫二奏"误,当为"黄钟宫三奏"。

二十八日丁丑,大晟府新燕乐进讫,刘昺特转两官,杨戬除正任观察留后,马贲等五人各转行两官,王昭等三人各转一官,张苑转一官。

《宋会要·乐》三之二七:"(政和三年)六月二十八日,中书省言:'大晟府新燕乐进讫。'诏:'提举官刘炳特转两官,内一官转行,一官回授有服亲属;杨戬落通仕大夫,除正任观察留后;黄冕阶官上转一官;马贲等五人各转行两官;王昭等三人各转一官,减一年磨勘;张苑转一官。'"

按:此诏《宋大诏令集》及《全宋文》均失收,可据辑补。又,所奖励人员中,刘昺任大晟府提举官、杨戬任大晟府同提举官、马贲任大司乐。略考如下:

其一,刘昺任大晟府提举官。《忠惠集》卷四《户部尚书刘炳磨勘制》:"朕有信臣,能以经术备顾问,以文采参诏令典册。试之晟乐,考协律度,中声以和。用之理财,供亿不烦,民有艺极。朕知其才可用久矣。今有司以岁月会课,示朕不尔私也。夫用能越次而举,不以为重;论岁虽积日累劳,必应于法。祗服朕训,盖观尔成。"考《户部尚书刘炳磨勘制》乃作于政和三年而非大观二年,因大观二年刘昺为"工部尚书"而非"户部尚书";又"制"文中"试之晟乐,考协律度,中声以和"云云,正指刘昺提举大晟府"以雅乐中声播于燕乐"(详上)。薛瑞生云:"何以刘昺在政和二年入朝复故官之后,虽不再提举大晟府,但却仍然参与议乐。""大观年间,提举大晟府者为刘昺。"①乃因持刘昺提举大晟府系在大观二年之说,故认为其政和二年以后不再提举大晟府。今不取。又,刘昺政和二年任大晟府提举官后,政和三年、四年、五年、六年仍以侍从官身份兼大晟府提举官。史载:"(政和)六年闰正月九日,大晟府编集燕乐八十四调并图谱,令刘炳撰文。"(《玉海》卷一○五,《宋会要·乐》四之一,《宋史·乐志四》)《宋史·乐志三》:"其后十三年,帝一日忽梦人言:'乐成而凤凰不至乎! 盖非帝指也。'帝寤,大悔叹……于是再出中指寸付蔡京,密命刘昺试之。时昺终匿汉津初说,但以其前议为度,作一长笛上之。"按崇宁三年刘昺为大司乐主乐事,"其后十三年"当为政和七年,其时刘昺再以徽宗"中指寸""作一长笛上之",可见刘昺此时虽为他官,但仍兼管大晟府事。

其二,杨戬为大晟府同提举官。据《宋会要·礼》五之三:"(政和四年三月十五日)同提举大晟府杨戬奏。"《宋史·杨戬传》:"(杨戬)自崇宁后,日有宠,知入内内侍省。立明堂,铸鼎鼐,起大晟府、龙德宫,皆为提举。"《徽宗词坛研究》认为杨戬提举大晟府当在政和四年三月至六年九月末。②《周邦彦别传》云:"宋制,有一人同时提举数事者,但却无一事同时为数人提举者。""政和四年至六年,提举大晟府者为杨戬。"③此言甚确。然未明大晟府提举官可以同由"侍从及内省近侍官"担任的记载(《宋会要·职官》二二之二五,《宋史·职官志四》)。如果出现由"侍从及内省近侍官"共同"提举大晟府"的情况,则"提举大晟府"多由四品以上清要官担任,"同提举大晟府"乃由从五品以下内侍省宦官担任;既《宋会要·礼》五之三云杨戬"同提举大晟府",则其为副职无疑,不得谓"同提举大晟府"即"大晟府提举官"。又按"同提举"则屡见于史。宋代官制中,"同"为副职,多与正职共事。④故不得谓杨戬"同提举大晟府",则刘昺一定不在"提举大晟府"任。今既考定杨戬政和三年六月前至六年九月末"同提举大晟府",又考定刘昺政和二年至六年"提举大晟府",两者其实并存。不可就杨戬"同提举大晟府"时间而断刘昺"提举大晟府"之首尾时间。又,据《宋会要·乐》三之二六,杨戬政和三年六月二十八日因"大晟府新燕乐进讫"除正任观察留后,其职任仅次于"提举官刘炳",疑即任"同提举大晟府"。据此,知杨戬任"同提举大晟府",当在刘昺任"大晟府提举官"的政和二年至六年间。凌景埏云:"按:(杨)戬在大晟府先任他职,后为提举。盖政和三年六月,大晟府新燕乐成,诏赏刘昺及(杨)戬等,时(刘)昺为提

---

①　薛瑞生:《周邦彦别传》,第501页,第502页。
②　诸葛忆兵:《徽宗词坛研究》,第9—10页。
③　薛瑞生:《周邦彦别传》,第500页,第502页。
④　龚延明:《宋代官制辞典》,第173页,第233页。

举,(杨)戬必任他职也。"①所言极是。"他职"云云,即为"同提举大晟府"之职。

其三,马贲任大司乐始于本年,此前还曾充大晟府长贰之职。《忠惠集》卷三《马贲大司乐制》:"昔舜命夔典乐,百兽率舞,应于击拊。《周官》大司乐之职,致鬼神祇,爰及象物。呜呼!彼何以然哉?朕正律度,以谐中声。祈协古始,乃至大合于庭。休嘉震动,珍物时至。七政轨度,风雨咸若。朕方告成以荐上帝,声于《清庙》,以扬祖宗光烈。庶几追《韶》、《武》之盛。汝以好学博古有闻,典职惟旧,肆命汝为长,其为朕审音,以诏治忽,无俾细大有逾,汝亦休哉!"按《制》作于政和三年,文中"典职惟旧,肆命汝为长"云云,知马贲在政和三年正式任命为大司乐之前,还曾充大晟府长贰之职。据《宋会要·职官》五六之四四:"(政和六年)十一月二日,诏大司乐马贲秩视待制,班着依旧。"《宋史·魏汉津传》:"有马贲者,出(蔡)京之门,在大晟府十三年。方魏、刘、任、田异论时,依违其间,无所质正。"按"任、田异论时"指政和八年典乐任宗尧、田为议乐事(《宋史·乐志四》),前推十三年,当在崇宁四年,其时马贲任何职虽不可考,但马贲自政和三年任大司乐后,直到政和八年均在此任。

又,"王昭"疑即开封尹王诏(详下),黄冕、张苑官名俟考。

本月,晁端礼入大晟府,作《黄河清》、《寿星明》、《并蒂芙蓉》等徵调曲。

《铁围山丛谈》卷二:"又有晁次膺者,先在韩师朴丞相中秋坐上作听琵琶词,为世所重。又有一曲曰:'深院锁春风,悄无人,桃李自笑。'亦歌之。遂入大晟,亦为制撰。时燕乐初成,八音告备,因作《徵招》、《角招》,有曲名《黄河清》、《寿香明》,二者音调极韶美。次膺作一词曰:'晴景初升风细细。云疏天淡如洗。槛外凤凰双阙,葱葱佳气。朝罢香烟满袖,近臣报、天颜有喜。夜来连得封章,奏大河、彻底清泚。　君王寿与天齐,馨香动上穹,频降嘉瑞。大晟奏功,六乐初调角、徵。合殿春风乍转,万花覆、千官尽醉。内家别敕,重开宴、未央宫里。'时天下无问迩遐小大,虽伟男髫女,皆争气唱之。"

李昭玘《晁次膺墓志铭》:"政和癸巳,大晟乐既成,八音克谐,人神以和,嘉瑞继至。宜德能文之士,作为辞章,歌咏盛德,铺张宏休,以传无穷

---

① 凌景埏:《宋魏汉津乐与大晟府》,凌景埏、谢伯阳校注:《诸宫调两种》附录,第274—275页。

（略）。公相太师蔡鲁公,知公之才,以姓名闻上,诏乘驿赴阙(略)。入都门,士大夫闻公来者,相告曰:'晁次膺自此升矣!'(略)会禁中嘉莲生,分苞合跗,夐出天造,人意有不能形容者。公效乐府体,属辞以进,上览之称善。"(《乐静集》卷二八)

晁以道《宋故平恩府君晁公墓表》:"公乃被迅召入大晟府,奉旨作为一时瑞物之辞。乃还公承事郎、大晟府按协声律,咸曰:'彻乎其众望也。'盖公于语言酬酢之初,失师臣之微矣。是行也,不知公者谓公喜矣,知公者谓公耻之。"(《景迂生集》卷一九)

《能改斋漫录》卷一六:"政和癸巳,大晟乐成,嘉瑞既至。蔡元长以晁端礼次膺荐于徽宗,诏乘驿赴阙。次膺至都,会禁中嘉莲生,分苞合跗,夐出天造,人意有不能形容者。次膺效乐府体属辞以进,名《并蒂芙蓉》。上览之称善,除大晟府协律郎,不克受而卒。其辞云:'太液波澄,向鉴中照影,芙蓉同蒂。千柄绿荷深,并丹脸争媚。天心眷临圣日,殿宇分明敞嘉瑞。弄香嗅蕊。愿君王,寿与南山齐比。 池边屡回翠辇,拥群仙醉赏,凭栏凝思。蓂绿揽飞琼,共波上游戏。西风又看露下,更结双双新莲子。斗妆竞美。问鸳鸯、向谁留意?'"

《家世旧闻》卷下:"先君言:昭德晁氏多贤,自蔡京专国以来,皆安于外官,无通显者。有疏族,居济州,以(蔡)京荐,为大晟府协律郎,举族耻之。"

按:据《墓铭》、《墓表》可推知晁端礼入大晟府在政和三年六月。关于晁端礼任职大晟府时间,史料有明确记载,无需赘述。唯所任官职,则各持所是。或云"协律郎",《能改斋漫录》卷一六、《唐宋诸贤绝妙词选》卷七、《万姓统谱》卷三〇、《氏族大全》卷六、《御选历代诗余》卷一〇三、卷一一五、《清真先生遗事》[1]、《唐宋词鉴赏辞典》[2]晁端礼小传等皆主是说;或云"大晟府按协声律",《墓铭》、《墓表》、《徽宗词坛研究》[3]等主是说;或云"大晟府协律",《直斋书录解题》卷二一、《文献通考》卷二四六、《古今词话》[4]、《宋诗纪事》卷二五、《全

---

① 王国维:《清真先生遗事》,《王国维全集》第2册,第420页。
② 唐圭璋主编:《唐宋词鉴赏辞典》,第441页。
③ 诸葛忆兵:《徽宗词坛研究》,第17页。
④ 沈雄:《古今词话·词评》上卷,《词话丛编》本,第986页。

宋词》晁端礼小传①、《宋词三百首笺注》晁元礼小传②、《词集考》"闲斋琴趣外篇"解题③、《唐宋人词话》晁端礼小传④等主是说⑤;或云"制撰",唯《铁围山丛谈》卷二主是说。据考,晁端礼因"作为一时瑞物之辞"而得官按协声律,《丛谈》径以"制撰"名之,虽叙其事而实为"野史笔法",显得不够严谨。《墓铭》《墓表》只叙其事而略其官名,乃严格按照宋代职官叙复制度叙事,实为典型的"墓志笔法",其写实性不容怀疑。故晁端礼叙复后之官职,当为"承事郎、大晟府按协声律",而不为制撰文字。至于"协律郎"一职,乃见于丛抄之书《能改斋漫录》《唐宋诸贤绝妙词选》等,实野史小说所附会,不可据信。比较而言,《漫录》乃撮录《墓铭》而成,惟官名有异耳。按大晟府协律郎从八品,晁端礼元丰年间为正九品之推官,元祐后品秩乃升为从八品;按照宋代职官叙复制度,"八品、九品并于九品下叙"⑥。故晁端礼叙复后官品只能是从九品,而不可能是从八品。《漫录》云晁氏叙复后官职为大晟府协律郎,不合宋代职官叙复制度,乃撮录《墓铭》后所妄改。详见拙著《大晟府及其乐词通考》,兹不赘述。

又,《家世旧闻》所言昭德晁氏"有疏族,居济州"而"为大晟府协律郎"者,即指晁端礼而言,官名误为"协律郎",与《能改斋漫录》《绝妙词选》等同属传闻,当从《墓表》"大晟府按协声律";而曰"举族耻之",或言之过当,《墓铭》载"晁次膺自此升矣"云云,方为当时人之心态。此南宋人撰书好"润饰"之通病,不可信以为真也。

又,"燕乐初成,八音告备"在政和三年五月(《宋史·乐志四》),又据《墓铭》《墓表》,晁端礼卒于政和三年六月。知《唐宋诸贤绝妙词选》卷七"宣和间充大晟府协律郎"当误。又据考,大晟府"按月律进词"在政和六、七年间(详下),知晁氏所作"徵调"《黄河清》,不属于"依月用律"范围。《御选历代诗余》卷一一六、《钦定词谱》卷二六、《词苑丛谈》卷七引《铁围山丛谈》均作"宣和初,燕乐初成",乃误。

又有云晁氏作"徵调"《黄河清》于大观二年,并引《宋史·徽宗本纪二》"(大观元年)乾宁军同州黄河清"、"(大观二年)同州黄河清"、"(大观三年)陕州、同州黄河清",及《宋史·乐志四》大观二年"刘诜上徵声"为证,亦误。因"黄河清"见于《宋史》者非只大观年间,太平兴国三年八月、端拱元年春正月、雍熙四年、大中祥符三年十一月以及政和六年四月、宣和元年

① 唐圭璋:《全宋词》,第418页。
② 唐圭璋:《宋词三百首笺注》,第88页。
③ 饶宗颐:《词集考》,第67页。
④ 孙克强编:《唐宋人词话》,第296页。
⑤ 朱彝尊等:《词综》卷九"晁端礼"条既云"大晟府协律",又云"大晟府协律郎"。
⑥ 龚延明:《宋代官制辞典》,第654页。

等,均有记载(《宋史·太宗本纪一》,《宋史·太宗本纪二》,《宋史·魏咸信传》,《宋史·真宗本纪二》,《宋史·徽宗本纪三》,《宋史·徽宗本纪四》)。又"燕乐初成"在政和三年五月,"徵调曲"应成于此时。

凌景埏云:"晁端礼……入大晟府为制撰。"原注:"王国维《清真先生遗事》谓端礼后为协律郎,不知何所本?"①乃凌氏未检及《能改斋漫录》(卷一六)、《唐宋诸贤绝妙词选》(卷七)、《万姓统谱》(卷三〇)、《氏族大全》(卷六)、《御选历代诗余》(卷一〇三、卷一一五)诸书(均载晁端礼任"协律郎"事),而责王氏"不知何所本",其实不免误会。

七月十三日辛卯,因开封府习大晟燕乐精熟,王诏等转官。

《宋会要·乐》三之二七:"(政和三年)七月十三日,开封府尹王诏奏:'伏蒙颁降到新乐二副,臣今教习到本府衙前乐埙、篪、【匏】笙、石磬之类,于大晟府按试,并已精熟。臣等谨奉表称贺以闻。'诏王诏转一官,余各减二年磨勘,并改赐章服。"

按:《宋史·乐志四》作"埙、篪、匏笙、石磬",此处当脱"匏"字。又《宋会要·乐》三之二七原作"大观二年八月",误,当作"政和三年八月",考证详下。《宋会要·仪制》一〇之一八:"(政和)三年八月十日,中大夫、开封尹王诏言事。"《忠惠集》卷二《开封尹王诏除龙图阁直学士提举醴泉观制》,亦作"政和三年末制"。

"本府衙前乐"即开封府"衙前乐营",王诏奏"教习到本府衙前乐""于大晟府按试,并已精熟"云云,知此为大晟燕乐按试阶段,而开封府作为实验基地之一,本身即承担着示范作用。史载"教坊、钧容直、开封府各颁降二副。开封府用所颁乐器,明示依式造粥,教坊、钧容直及中外不得违"(《宋史·乐志四》,《文献通考·乐考三》),开封府于政和三年五月三十日以后开始教习大晟燕乐,政和三年七月十三日之前已教习成功,经过"大晟府按试"检验,"并已精熟",于是令天下州郡"依式造粥"(详下)。"式"云云,即指大晟燕乐乐器图样,起初由"大晟府画图疏说颁行"(《宋史·乐志四》,《文献通考·乐考三》),但在按试成功之后,却由开封府"明示依式造粥"。其实乐器图样还是由大晟府提供,开封府不过起着示范作用,另外还在推行新乐器方面起着一种管理性质的作用。大晟燕乐推行首先由大晟府提供乐器图样和徵、角二调曲谱,并申报礼部,礼部申报到尚书省,尚书省立法并下达到开封府,最后由开封府负责推行过程中的具体奖惩工作(详下)。因此,开封府"明示依

① 凌景埏:《宋魏汉津乐与大晟府》,凌景埏、谢伯阳校注:《诸宫调两种》附录,第278页,第292页。

式造粥"并非是指其侵夺了大晟府的权利,相反,正是大晟燕乐推行天下过程中的实际操作,是由"大晟府——礼部——尚书省——开封府"这种多种机构共管的模式决定的。

二十一日己亥,诏置礼制局。以户部尚书刘炳、中书舍人翟汝文为礼制局详议官,起居舍人陈邦光、国子司业曾开为同详议官。

《宋朝事实》卷三:"政和三年七月二十一日,奉御笔:'……比哀集三代鼎、彝、簠、簋、盘、匜、爵、豆之类,凡五百余,载之于《图》。考其制作而所尚之象,与今荐天地、享宗庙之器,无一有合。去古既远,礼失其传。夫祭以类而求之,其失若此,则岂能有格乎? 已诏有司,悉从改造。'"

《长编纪事本末》卷一三四:"政和三年七月己亥(二十一日),诏:'……比哀集三代鼎、彝、簠、簋、盘、匜、爵、豆之类,凡五百余器,载之于《图》。考其制而尚其象,与今荐天地、享宗庙之器,无一有合。去古既远,礼失其传矣。祭以类而求之,其失若此,其能有格乎?【已】诏有司,悉从改造。……可于编类御笔所置礼制局,讨论古今沿革,具画来上。朕将亲览,参酌其宜,蔽(《长编拾补》云:"【案】'蔽'字疑误。")自朕志,断之必行,革千古之陋,以成一代之典,庶几先王,垂法后世。'"(《长编拾补》卷三二同)

《玉海》卷六九《礼仪·礼制下》:"(政和三年)七月己亥(二十一日),诏:'比哀集三代鼎、彝、簠、簋、盘、匜、爵、豆之类五百余器,载于《图》。诏有司改造祭器,置礼制局讨论古今沿革,以成一代之典。'"

按:所谓"载之于《图》"之"《图》",即指《宣和殿博古图》。《玉海》卷五六《宣和殿博古图》:"(政和)三年六月庚申(十一日),因中丞王甫乞颁《宣和殿博古图》,令儒臣考古制度,遂诏讨论三代古器,改作俎、豆、笾、簠之属。"

又,《宋史·刘昺传》:"(蔡)京再辅政,召为户部尚书。……徽宗所储三代彝器,诏(刘)昺讨定。凡尊、爵、俎、豆、盘、匜之属,悉改以从古,而载所制器于祀仪。令太学诸生习肄雅乐。"考政和三年七月二十一日,诏置礼制局。九月五日,方以刘昺、翟汝文为礼制局详议官,陈邦光、曾开为同详议官。十月十四日,乃诏刘昺及礼制局仿古器以作郊庙禋祀之器,载于祀仪。

又，"礼制局"设立于政和三年七月二十一日，罢于宣和二年七月一日①。《长编纪事本末》卷一三四："（政和三年）九月癸未（五日），户部尚书刘炳、中书舍人翟汝文为礼制详议官，起居舍人陈邦光、国子司业曾开为同详议官。""案（政和）三年九月五日始命刘炳等为礼制详议官，然则置局当在三年七月。"《资治通鉴后编》卷九八："按（政和）三年九月五日始命刘昞等为礼制局详议官，然则置局当在三年七月。"

二十三日辛丑，大晟府按协声律晁端礼卒。

晁以道《宋故平恩府君晁公墓表》："公政和三年七月二十三日，以疾卒于昭德外第，实至京之逾月也。"（《景迂生集》卷一九）

李昭玘《晁次膺墓志铭》："政和癸巳，大晟乐既成。……未几，中喝感疾，更十数医不得愈。命下，除大晟府按协声律，奄奄不克受。贺者及门闻哭声，入吊而去。八月，载其丧归。"（《乐静集》卷二八）

按：李文郁《大事记》："（政和三年九月）晁端礼以蔡京荐，拜大晟府协律郎。（闻先生说）"②时间及官名皆误，考证详见拙著《大晟府及其乐词通考》，兹不赘述。

八月三日辛亥，礼部、太常寺奏上宝成宫祀黄帝等及魏汉津用乐节次。诏从之。

《宋史》卷一〇四《礼志七》："又诏：'以铸鼎之地作宝成宫，总屋七十一区。中置殿曰神灵，以祀黄帝。东庑殿曰成功，祀夏后氏。西庑殿曰持盈，祀周成王及周公、召公。后置堂曰昭应，祀唐李良及隐士嘉成侯魏汉津。'太常、礼部言：'每岁欲于大乐告成崇政殿元进乐日，秋八月二十七日举祀事，祀黄帝依感生帝、神州地祇为大祠，币用黄，乐用宫架，祝文依祀圣祖称"嗣皇帝臣名"。其成功、持盈二殿，礼用中祀，币各用白。昭应堂礼用小祀，并以素馔。'从之。"

《宋会要·礼》五一之二四："政和三年八月三日，礼部、太常寺言：'宝

---

①　龚延明：《宋代官制辞典》，第191页。

②　李文郁：《大晟府考略·大晟府大事记》，《词学季刊》第二卷第二号（1935年1月），第508号。

成宫特置为祠黄帝、夏后氏、周成王、周公旦、召公奭、唐李良及魏汉津。每岁欲于大乐告成崇政殿元进乐日,秋八月二十五日举祀事,祀黄帝依感生帝、神州地祇为大祠,币用黄,乐用宫架。祀(祝)文依祀圣祖称"嗣皇帝臣名"。其乐舞,迎神奏《宝安》,初献、升降、奠币奏《正安》,复位奏《肃安》,奉馔奏《嘉安》,酌献登歌奏《歆安》,亚、终献奏《文安》,撤馔登歌奏《丰安》,望燎奏《正安》。文舞曰《治安庆昌之舞》,武舞曰《丕显神功之舞》。其成功、持盈二殿,礼用中祀,币各用白。昭应堂,礼用小祀,并以素馔。'从之。"

《文献通考》卷九〇《郊社考二十三》:"大观三年,诏:'以铸鼎之地作宝成宫,总屋七十区。中置殿曰神灵,以祀黄帝。东庑殿曰成功,祀夏后氏。西庑殿曰持盈,祀周成王及周公旦、召公奭。后置堂曰昭应,祀唐李艮(良)及隐士嘉成侯魏汉津。'又诏:'每岁八月二十五日举祀事,祀黄帝,依感生帝、神州地祇为大祠,币用黄,乐用宫架。祝文依祀圣祖称"嗣皇帝臣名"。其成功、持盈二殿,礼用中祀,币各用白。昭应堂,礼用小祀,并以素馔。'"

《汴京遗迹志》卷八:"宝成宫。(大观三年,诏:'以铸鼎之地作宝成宫,总屋七十区,中置殿曰神灵,以祀黄帝。东庑殿曰成功,以祀夏后氏。西庑殿曰持盈,以祀周成王及周公旦、召公奭。后置堂曰昭应,以祀唐李良及隐士嘉成侯魏汉津。'诏:'每岁八月二十五日举祀事,祀黄帝为大祠,币用黄,乐用宫架。其成功、持盈二殿为中祠,币用白。昭应堂为小祠,并用素馔。')"

按:汤勤福、王志跃云:"《宋志》上述数段均无时间,故误。又,《宋志》作'秋八月二十七日',而《辑稿》、《通考》均载为'秋八月二十五日',《宋志》误。"[①]今考"大乐告成"在崇宁四年七月甲辰(《长编纪事本末》卷一二八)、"崇政殿元进乐日"在崇宁四年八月二十六日庚寅(《宋史·乐志四》、《长编纪事本末》卷一三五),《宋会要》、《文献通考》"八月二十五日"云云,亦难云为定论。《文献通考》"联书"此诏于大观三年,实为政和三年八月礼部、太常寺奏上之后(《文献通考》点校本此处未作校正)。

又,此二道诏书《宋大诏令集》、《全宋文》并失收。《文献通考》"每岁八月二十五日举祀事,祀黄帝为大祠,币用黄,乐用宫架"云云,颇与大观元年相似,盖相承也,乃非同一诏书

① 汤勤福、王志跃:《宋史礼志辨证》,第363页。

内容。因前为祀九成宫奉安九鼎,其中祀帝鼐为大祠,乐用宫架;八鼎皆为中祠,乐用登歌,享用素馔。此处祀黄帝为大祠,乐用宫架。其余成功、持盈或为中祠,或为小祠,并用素馔。魏汉津大观三年四月谥为嘉晟侯,获祀于宝成宫昭应堂(《宋会要·礼》五一之二四),用小祀礼乐。《汴京遗迹志》乃从《文献通考》移录,亦作二诏。

九日丁巳之前,大晟府燕乐拨归教坊,诸路习乐人就教坊习学。教坊隶大晟府,约在此时前后。

《宋史》卷一四二《乐志十七》:"(政和三年)八月,尚书省言:'大晟府宴乐已拨归教坊,所有诸府从来习学之人,元降指挥,令就大晟府教习,今当并就教坊习学。'从之。"

《宋会要·乐》三之二七:"(大观二年)八月九日,尚书省言:'大晟府燕乐已拨归教坊,所有诸路从来习学之人,元降指挥令就大晟府教习,今当并就教坊习学。'"

《宋会要·乐》五之三六:"(政和三年)八月,尚书省言:'大晟府宴乐已拨归教坊,所有诸府从来习学之人,元降指挥令就大晟府教习,今当并就教坊习学。'从之。"

《文献通考》卷一四六《乐考十九》:"政和三年,诏以大晟乐播之教坊,颁行天下。尚书省言:'大晟燕乐已拨归教坊,所有习学之人,元隶大晟府教习,今当并令就教坊习学。'从之。"

按:《宋会要·乐》三之二七当为"政和三年八月"之误(详下)。考教坊原隶宣徽院,元丰官制行隶太常寺,后隶大晟府(《宋史·乐志十七》,《宋会要·职官》二二之二五)。

教坊隶大晟府时间学界多有歧见。《宋代官制辞典》:"教坊……崇宁四年隶大晟府。"[1] 按教坊隶属大晟府不在崇宁四年。《宋史·乐志四》:"(大观)二年诏曰:'……刘诜所上徵声,可令大晟府同教坊依谱按习,仍增徵、角二谱,候习熟来上。'""(政和三年五月)新乐器……已经按试者,大晟府画图疏说颁行。教坊、钧容直、开封府各降二副。开封府……明示依式造粥,教坊、钧容直及中外不得违。"(亦见《宋会要·乐》五之二〇及三之二六、二七)可见,直到大观二年至政和三年五月,教坊仍不隶属大晟府。今考教坊隶属大晟府盖

---

[1]　龚延明:《宋代官制辞典》,第279页。

始于政和三年八月。可从用"律"与"制谱"两个方面加以考证。《宋史·乐志十七》:"(政和)四年正月,礼部奏:'教坊乐春或用商声,孟或用季律,甚失四时之序。乞以大晟府十二月所定声律,令教坊阅习。'"(《文献通考·乐考十九》略同)崇宁四年八月至政和四年正月,大晟府"置府建官"已近十年,而教坊尚未用"大晟律";乃在教坊隶大晟府四个多月后,礼部方将教坊所用之"律"加以纠正,故有以大晟律改造教坊声律事,此其一。又《宋史·乐志四》:"政和初,命大晟府改用大晟律,其声下唐乐已两律。……至于《徵招》、《角招》……其曲谱颇和美,故一时盛行于天下,然教坊乐工嫉之如雠。其后,蔡攸复与教坊用事乐工附会,又上唐谱徵、角二声,遂再命教坊制曲谱。"因政和初教坊尚不隶属大晟府,故大晟府"以雅乐中声播于宴乐",教坊乐工"嫉之如雠";但等到政和七年三月后蔡攸提举大晟府时,"教坊用事乐工"非但不加反对,反而与蔡攸一起"附会"上《唐谱徵、角二声》并制曲谱。因此时教坊隶属大晟府已达四年之久,无需对越出教坊"旧行一十七调"的《徵招》、《角招》加以排斥。此其二。详见拙著《大晟府及其乐词通考》,兹不赘述。

大晟府填腔而令教坊倚声歌之词事,当在教坊隶大晟府以后。

《能改斋漫录》卷一六:"政和中,一中贵人使越州回。得辞于古碑阴,无名无谱,亦不知何人作也。录以进。御命大晟府撰腔,因辞中语,赐名《鱼游春水》,云:'秦楼东风里。燕子还来寻旧垒。余寒初退,红日薄侵罗绮。嫩草才抽碧玉簪,媚柳轻窣黄金蕊。莺啭上林,鱼游春水。 几曲栏杆遍倚。又是一番新桃李。佳人应念归期。梅妆泪洗。风箫声绝无孤雁,目断清波沉双鲤。云山万重,寸心千里。'"

《苕溪渔隐丛话·后集》卷三九:"《复斋漫录》云:'政和中,一中贵人使越州回,得辞于古碑阴。无名无谱,不知何人作也。录以进,御命大晟府填腔。因词中语,赐名《鱼游春水》。云:秦楼东风里(略)。'《古今词话》云:'东都防河卒于汴河上掘地,得石刻,有词一阕,不题其目。臣僚进上,上喜其藻思绚丽,欲命其名,遂撷词中四字,名曰《鱼游春水》,令教坊倚声歌之。词凡九十四字,而风花莺燕、动植之物曲尽之,此唐人语也。后之状物写情,不及之矣。'二说不同,未详孰是。"

《能改斋漫录》卷一七:"王都尉有忆故人词,云:'烛影摇红,向夜阑。乍酒醒,心情懒。尊前谁为唱《阳关》。离恨天涯远。   无奈云沉雨散,凭栏杆、东风泪眼。海棠开后,燕子来时,黄昏庭院。'徽宗喜其词意,犹以不丰容宛转为恨,遂令大晟府别撰腔。周美成增损其辞,而以首句为名,谓之《烛影摇红》,云:'芳脸匀红,黛眉巧画宫妆浅。风流天付与精神,全在娇波眼。早是萦心可惯,向尊前、频频顾昐。几回相见。见了还休,争如不见。　　烛影摇红,夜阑饮散春宵短。当时谁会唱《阳关》。离恨天涯远。争奈云收雨散,凭栏杆、东风泪眼。海裳开后,燕子来时,黄昏深院。'"

按:《周邦彦别传》云:"《御选历代诗余》引《古今词话》云:'王都尉有《忆故人》词云:(词略)徽宗喜其词,而以首句为名,谓之《烛影摇红》。'《乐府雅词》、《词林纪事》以为美成作,《唐宋诸贤绝妙词选》、《草堂诗余》、《草堂诗余粹编》以为王铣作,题曰'春恨'。考《古今词话》作者为杨湜,南宋初年人,比《能改斋漫录》作者吴曾为早,意其后者盖抄于前者。而杨湜功力不殆,又好随意牵合,早为《苕溪渔隐丛话》作者胡仔所非,实不可信。况今已考定周邦彦根本未曾提举大晟府,徽宗'随(按:原文为"遂")令大晟府别撰腔',又与邦彦何干耶?"①因其考周邦彦"根本未曾提举大晟府"无确证(详下),今不取。姑从旧说。

十九日丁卯,诏明达懿文贵妃特追册明达皇后,用大晟乐。

《宋史》卷一三四《乐志九》载《上明达皇后册宝五首》:"迎神,《歆安》:'恭俭宜家,柔顺承天。德昭彤管,忧在进贤。宝册祎翟,追荣寿原。四时裸享,何千万年?'酌献,《明安》:'涓宫有严,广乐在庭。钟鼓筦磬,九变既成。缩茅以献,洁秬惟馨。灵游可想,来燕来宁。'退文舞、进武舞,《昭安》:'秉翟竣事,万舞拟金。总干挥戚,节以鼓音。礼容有炜,肸蠁来歆。淑灵是听,雅奏愔愔。'撤豆,《成安》:'登献罔愆,俎豆斯撤。神具醉止,礼终乐阕。御事既退,珊珊佩玦。介我繁祉,歆此蠲洁。'送神,《歆安》:'备成熙事,虚徐翠楹。神保聿归,云车凤征。鉴我休德,神交惚恍。留祉降祥,千秋是享。'"

《宋史》卷一四〇《乐志十五》载《政和三年追册明达皇后一首》:"来嫔初载,令德冠层城。柔范蔼徽声。熊罴梦应。芳兰郁、佳气拥雕楹。珠宫

---

① 薛瑞生:《周邦彦别传》,第506页。

缥缈泛蓬瀛。脱屣世缘轻。空余宝册光琼玖,千古仰鸿名。(《导引》)"

按:明达皇后刘氏为宋徽宗贵妃,政和三年七月薨,八月十九日追谥"明达皇后"(《宋会要·礼》一四之一三,《宋大诏令集》卷二〇《明达懿文贵妃特追册明达皇后制》,《文献通考·帝系考七》,《九朝编年备要》卷二八)。又据《竹隐畸士集》卷一五《乐章》,"酌献,《明安》","退文舞、进武舞,《昭安》",知均当用夷则宫。

二十三日辛未,依尚书省立法推行大晟燕乐,悉禁旧乐。诏令大晟府置图颁降。

《宋会要·乐》三之二六、二七:

〖大观二年八月,新乐成,诏令大晟府置图颁降:〗①

一、新乐颁降后,在京限两季,在外限三季,川、广、福建又展一季,其更(旧)乐更不得作。所有旧来乐器不合行用者,如委是前代古器免申纳外,余并纳所在官司逭讫申礼部,即限满用旧乐并听之者,并徒一年。旧乐器应纳不纳者,依此。

一、应教坊、钩镕(容)及中外,不依今乐,辄高下其声,或别为他声,或移改增损乐器者,徒二年。许人告,赏钱一百贯。

一、人户有造到新乐器,仰赴州呈验,用所颁乐按协一次,声同不异,即听行用。

一、诸路州军习乐人,如愿赴大成(晟)府按协习学,或赍乐器赴府开声,或愿收买者,并听从便。

一、旧来淫哇之声,如打断、哨笛、呀鼓、十舟(般)舞之类②,

---

① 新读点校本《宋会要辑稿·乐三》,云"大观二年八月,新乐成,诏令大晟府置图颁降"为原辑校者旁批,"可证此批谬误,今不取"(第1册,第388页)。甚是。今以虚中括号标示。

② 《能改斋漫录》卷一三《禁淫哇声》:"政和三年六月,尚书省言:'今来已降新乐,其旧来淫哇之声,如打断、哨笛、砑鼓、十般舞之类,悉行禁止。'"则作"政和三年六月",盖为尚书省申请立法之时间。据《宋会要·乐》三之二六、二七,知尚书省原申请"立法"项目中,无"小鼓腔、小笛"五字。徽宗诏令添入,当在本年八月。

悉行禁止。违者杖一百,听之者加二等,许人告,赏钱五十贯文。其淫哇曲名,令开封府便行取索,申尚书省审讫,颁下禁止。

一、天下如有善音律人,能翻乐谱广其声律,许以所撰谱申州。州为缴申礼部,令大晟府按协,可用听行用。其翻谱撰词人,大晟府看详。委是精熟,给券马,召赴府按试,申尚书省取旨。

一、应监司候乐到,举行督责,于限内出按。许以新颁乐与逐处所造乐,与逐州官按试。如声音不异,协比不差,具保明闻奏。其奉行如法,每路具三五州申尚书省,取旨推恩。如施行弛慢、违失,禁止旧乐不尽,仰按刻(劾)奏闻。

诏:"第七项十般舞字下,添入'小鼓腔、小笛'五字,赏钱改作一百贯。"

按:原文后接续有以下一段文字:"(大观二年八月,新乐成,诏令大晟府置图颁降:'一新乐颁降后……')六月二十八日,中书省言:'大晟府新燕乐进讫。'诏:'提举官刘炳特转两官……七月十三日,开封府尹王诏奏:'伏蒙颁降到新乐二副,臣今教习到本府衙前乐埙、篪、[匏]笙、石磬之类,于大晟府按试,并已精熟。臣等谨奉表称贺以闻。'诏王诏转一官,余各减二年磨勘,并改赐章服。八月九日,尚书省言:'大晟府燕乐已拨归教坊,所有诸路从来习学之人,元降指挥令就大晟府教习,今当并就教坊习学。'从之。二十三日,大晟府奏:'以雅乐中声播于燕乐,旧阙徵、角二调,及无土、石、匏三首(音),今乐并已增入。'……二十六日,诏:'燕乐新成,颁行内外。辅臣蔡京二子儵(鯈)、修(脩)可并除集贤院修撰,改提举宫观,京依转官例支赐;何执中进少师,郑居中转一官,各回授与五服内亲属,依转官例支赐;余深、刘正夫、侯蒙、薛昂各进官一等,依例加恩。'二十八日,诏平江府进士曹棐撰到徵调《尧(舜)韶新》曲,文理可采,特补将仕郎充大晟府制撰。九月九日,提举大晟府言:'诸州差到买新燕乐人例多村野……'从之。十八日,资政殿大学士、中太一宫使兼侍读邓洵武言:'陛下以大晟乐颁于太学、辟雍,使诸生肄业。伏望特行按试,其有训道之速,肄业之精者,优加奖劝,以励四方。'诏:'辅臣按试乞(讫)取旨。'诸生习乐,所服冠以弁,袍以素纱、皂缘,绅带,佩玉。'"(《宋会要·乐》三之二七、二八)

今考"大观二年",当为"政和三年"之误。凌景埏已先见其误,云:"逮政和三年五月二十九日帝御崇政殿按宴乐。翌日,诏颁之天下。诏曰:(略)。乃令尚书省立法,禁用旧乐及旧乐器,甚为严厉。禁令为:一、新乐颁降后……二、人户有造到新乐器……三、诸路州军习乐人……四、旧来淫哇之声……五、天下如有善音律人……"原注:"禁令见《宋会要稿》第七册卷二一六八二,《乐》三之二六下至二七上。(此节《宋会要稿》误署大观二年,应从《宋史》改正。)"①所言甚为确当。其书除误合"一、应教坊……"、"一、应监司候乐到……"入他条(本为七条禁令而误合为五条),其他如原注"后诏:'第七项十般舞字下,添入小鼓腔、小笛五字,赏钱改作一百贯。'按此为第四项,不知何以云第七?或《宋会要》所录禁令,尚有脱漏也"。②均为巨识灼见。今依凌氏说,再加考证,共得七证,以证成其说。

第一,禁"打断、哨笛、呀鼓、十舟(般)舞之类",乃在政和三年。《宋史·乐志四》:"(政和三年)五月,帝御崇政殿,亲按宴乐,召侍从以上侍立。诏曰:'……以《大晟乐》播之教坊……其旧乐悉禁。'于是令尚书省立法……旧来淫哇之声,如打断、哨笛、呀鼓、十般舞、小鼓腔、小笛之类与其曲名,悉行禁止,违者与听者悉坐罪。"《能改斋漫录》卷一三《禁淫哇声》:"政和三年六月,尚书省言:'今来已降新乐,其旧来淫哇之声,如打断、哨笛、砑鼓、十般舞之类,悉行禁止。'"《古今合璧事类备要·外集》卷一〇:"徽宗政和三年,诏:'比诏有司,以大晟乐播之教坊,按试于庭。五声既具,八音始全。无恶怎焦急之声,有纯厚曒绎之美。可以所进乐,并颁天下,其旧乐悉行禁止。'"禁止旧乐"打断、哨笛"等,均在"政和三年"而非"大观二年"。

第二,"七月十三日,开封府尹王诏奏"云云,亦当在政和三年。考王诏为开封府尹实在"政和三年"而不在"大观二年"。《宋会要·仪制》一〇之一八:"(政和)三年八月十日,中大夫、开封尹王诏言事。"《忠惠集》卷二《开封尹王诏除龙图阁直学士提举醴泉观制》,亦作"政和三年末制"。"大观二年"为"开封府尹"者实为宋乔年、李孝俦(《宋会要·刑法》六之二二,《宋会要·礼》三四之八)。

第三,"八月九日,尚书省言:'大晟府燕乐已拨归教坊'"云云,《宋会要·乐》五之三六、《文献通考》、《宋史》等均作"政和三年"。《宋会要·乐》五之三六:"(政和三年)八月,尚书省言:'大晟府宴乐已拨归教坊,所有诸府从来习学之人,元降指挥令就大晟府教习,今当并就教坊习学。'从之。"《文献通考·乐考十九》:"政和三年,诏以大晟乐播之教坊,颁行天下。尚书省言:'大晟燕乐已拨归教坊,所有习学之人,元隶大晟府教习,今当并令就教坊

---

① 凌景埏:《宋魏汉津乐与大晟府》,凌景埏、谢伯阳校注:《诸宫调两种》附录,第262–263页,第288页。

② 凌景埏:《宋魏汉津乐与大晟府》,凌景埏、谢伯阳校注:《诸宫调两种》附录,第288页。

习学.'从之."《宋史·乐志十七》:"(政和三年)八月,尚书省言:'大晟府宴乐已拨归教坊,所有诸府从来习学之人,元降指挥,令就大晟府教习,今当并就教坊习学.'从之."均作"政和三年"而非"大观二年".

第四,"二十三日,大晟府奏:'以雅乐中声播于燕乐'"云云,宋人史料均作"政和三年".《九朝编年备要》卷二八:"(政和三年)七月,颁新燕乐.此乐乃古徵、角招,君臣相悦之乐也.先是,并制匏笙、埙、篪,八声始备,诏颁焉."《宋史全文》卷一四:"(政和三年)八月辛未,太师、楚国公蔡京等言:'伏睹大晟府以雅乐中声播于燕乐,旧阙徵、角二调,及无土、石、匏三音.今乐并已增入.'"《玉海》卷一〇五:"(政和三年)八月,大晟府奏增入徵、角二调及土、石、匏三音,诏颁天下.《长编拾补》卷三二"政和三年七月己亥"条:"《十朝纲要》:'五月己酉,手诏颁《大晟乐》于天下,旧乐并禁.'《本纪》亦作'己酉颁新燕乐'.按'新燕乐'即《大晟乐》.《乐志》:'五月,降诏颁行.八月,大晟府以雅乐中声播于燕乐,旧阙徵、角二调,无土、木、匏三音,今乐并已增入.诏颁降天下.'"《宋史·乐志四》:"(政和三年五月)诏曰:'……以《大晟乐》播之教坊……其旧乐悉禁.'于是令尚书省立法……新乐器五声、八音方全.埙、篪、匏笙、石磬之类已经按试者,大晟府画图疏说颁行……"

第五,"二十六日,诏:'……辅臣蔡京二子儵(倏)、修(脩)可并除集贤院修撰'"云云,《宋大诏令集》、《古今合璧事类备要》、《宋史》等作"政和三年".据《宋大诏令集》卷一四九《太师鲁国公京讨论新乐褒谕御笔手诏》(政和三年八月二十六日):"徵、角二招,全乎五音.匏、土、革、木,备于八音.……京位极公师,赏延于嗣.已降诏旨二子直龙图阁儵、脩,可并除集贤院修撰."《古今合璧事类备要·外集》卷一〇:"徽宗政和三年,诏:'比诏有司,以大晟乐播之教坊……'……同上年(政和三年),诏:'声律之度,协彼中声.乃诏太师、鲁国公京讨论载籍,博求邃古,去焦急湫㵫之非,成啴厚纯和之美.庶几比隆三代,追配《韶》、《武》矣.'"《宋史·徽宗本纪三》:"(政和三年)八月甲戌,以燕乐成,进执政官一等."均作"政和三年".又《宋大诏令集》卷六四《何执中进少师依前太宰制》,《全宋文》据《宋史·徽宗本纪三》考出诏旨时间为"政和三年八月丙子"①,与蔡京等依例加恩为同一日.

第六,"二十八日,诏平江府进士曹棐"云云,《玉海》卷一〇五:"政和二年八月二十八日,曹棐撰徵调《舜韶新》曲,命为大晟府制撰."《宋会要·乐》五之二三:"(政和三年)七月二十八日,诏平江府进士曹棐撰到徵调《舜韶新》曲,文理可采,特补将仕郎充大晟乐府制撰."据《宋史·乐志四》,政和三年五月新徵、角二调曲谱才由大晟府刊行;又据

---

① 曾枣庄等主编:《全宋文》,第165册,第58页.

《升苏州为平江府手诏》(《宋会要·方域》六之二一)①及《宋史·徽宗本纪三》,苏州政和三年五月十七日方才升为"平江府";又据《宋史全文》卷一四、《宋史·乐志四》、《长编拾补》卷三二,大晟宴乐颁降天下的时间在政和三年八月二十三日。知曹棐撰徵调《舜韶新》曲应以政和三年八月二十八日为是。《古今合璧事类备要·外集》卷一一引铜阳居士《复雅歌词》:"政和二年,得玄圭。三年,圣旨:'平江府进士曹棐撰徵招调《舜韶新》慢曲,文理可采,特补将仕郎,充大晟乐府制撰。'"正作"政和三年",而不作"大观二年"。

第七,"十八日,资政殿大学士、中太一宫使兼侍读邓洵武言"云云,亦在"政和三年"。考邓洵武为"资政殿大学士、中太一宫使",在政和三年。《忠惠集》卷二《资政殿大学士中太一宫使兼侍读邓洵武除河南府兼西京留守制》(政和三年)。《宋史·职官志七》:"政和三年,资政殿大学士邓洵武言:'河南、应天、大名府,号陪京。乞依开封制,正尹、少尹名。'从之。"据此可证,邓洵武任"资政殿大学士、中太一宫使",当在政和三年。

又按原文载邓洵武《诸生习乐乞行按试奏》后,紧接有诏书二道。此二道诏书今存,时间均在"政和三年九月"。

其一,《宋大诏令集》卷一四九《两学习乐成辅臣案试御笔》(政和三年九月十八日):"以乐教士,先王之政,盖仁言不如仁声之入人深,乐乐此者也。土苟知乐乎此,则达性命之理矣。两学生如所习已成,辅臣案试讫取旨。"据此可知,"诏:'辅臣按试乞(讫)取旨。'"即为《两学习乐成辅臣案试御笔》,时间为"政和三年九月十八日"。知诏"辅臣按试乞(讫)取旨"云云,乃批答邓洵武之御笔,时间在"政和三年九月十八日"。

其二,《宋史·乐志四》:"(政和三年)九月,诏:'《大晟乐》颁于太学、辟雍,诸生习学。所服冠以弁,袍以素纱、皂缘,绅带,佩玉。'从刘昺制也。"据此可知,《宋会要·乐》三之二八所载"诸生习乐"云云,即为此诏,时间在"政和三年九月"。

根据以上七条考证,知《宋会要·乐》三之二六、二七、二八所载"大观二年八月,新乐"以下至"十八日,资政殿大学士、中太一宫使兼侍读邓洵武言"云云等诸项史事,均应在"政和三年"而非"大观二年"。②可据校正。

李幼平《编年》:"(大观二年八月)诏令新造乐器赴州按协新律,'声同不异者,即听行用。'[7]/ /""[7]"即"《宋会要辑稿》③。盖据《宋会要·乐》三之二六、二七:"大观二年

---

① 曾枣庄等主编:《全宋文》,第165册,第47页。

② 拙著此条在证成凌景埏氏之说后,又阅见点校本《宋会要辑稿·乐三》,亦证此处"大观二年"当为"政和三年"(第1册,第388页)。

③ 李幼平:《宋(金)代编钟及新乐议制编年》,《大晟钟与宋代黄钟标准音高研究》附录,第152页,第144页。

八月，新乐成，诏令大晟府置图颁降：……一、人户有造到新乐器，仰赴州呈验，用所颁乐按协一次，声同不异，即听行用。"今据上考，知为"政和三年八月"之误。

又，以上七条诏令，《宋大诏令集》失收。凌氏疑有"脱漏"，极是。今依凌氏细考诏"第七项十般舞"云云，原为诏令第五项。查《宋史·乐志四》："于是令尚书省立法，新徵、角二调曲谱已经按试者，并令大晟府刊行，后续有谱，依此。其宫、商、羽调曲谱自从旧。新乐器五声、八音方全。埙、箎、匏笙、石磬之类已经按试者，大晟府画图疏说颁行，教坊、钧容直、开封府各颁降二副。开封府用所颁乐器，明示依式造粥，教坊、钧容直及中外不得违。"一条关于新曲谱"刊行"，一条关于新乐器"造鬻"，诏令恰阙此二条，疑可辑补。

又，关于大晟燕乐颁降天下的时间，《宋史·徽宗本纪三》《宋史·乐志十七》《东都事略》卷一一、《长编纪事本末》卷一三五、《皇宋十朝纲要》卷一七、《宋大诏令集》卷一四九等均系于"政和三年五月己酉"；《九朝编年备要》卷二八则系于政和三年七月。《玉海》卷一〇五既载"（五月）三十日，诏颁之天下"，又载"八月，大晟府奏增入徵、角二调及土、石、匏三音，诏颁天下"，同书同卷而自相矛盾若此。面对如此混乱的史料系年，前贤亦有考证甄别。《长编拾补》卷三二"政和三年七月己亥"条："《续宋编年资治通鉴》：'秋七月，颁新燕乐。此乐乃古徵、角招，君臣相悦之乐也。先是，并制匏笙、埙、箎，八声始备，诏颁焉。'【案】《纪事本末》：'五月己酉，诏颁《大晟乐》。'《乐志》同。《十朝纲要》：'五月己酉，手诏颁《大晟乐》于天下，旧乐并禁。'《本纪》亦作'己酉颁新燕乐'。按'新燕乐'即《大晟乐》。《乐志》：'五月，降诏颁乐。八月，大晟府以雅乐中声播于燕乐，旧阙徵、角二调，无土、木、匏三音，今乐并增入。诏颁降天下。'据此，五月之诏，第议颁乐之法，至八月，以大晟府奏阙乐增入，始颁乐于天下。八月以前，新乐尚未备也。《续宋编年》作'七月颁新燕乐'，疑为传写误。"黄以周等在未及见《宋会要辑稿》的情况下，犹能做出如此准确的判断，实属难能可贵。今据《宋会要·乐》三之二六、二七所载"诏令大晟府置图颁降"、"悉禁旧乐"、"诸路州军习乐人"及"买乐器人"等，正作"八月"。又《宋史·乐志四》："（政和三年）八月，大晟府奏：'以雅乐中声播于宴乐，旧阙徵、角二调，及无土、石、匏三音，今乐并已增入。'诏颁降天下。"《宋会要·乐》三之二六："（政和三年八月）二十三日，大晟府奏：'以雅乐中声播于燕乐，旧阙徵、角二调，及无土、石、匏三首（音），今乐并已增入。崇政殿按试，八音克谐。'诏颁降天下。"《宋史全文》卷一四："（政和三年）八月辛未，太师、楚国公蔡京等言：'伏睹大晟府以雅乐中声播于燕乐，旧阙徵、角二调，及无土、石、匏三音。今乐并已增入，五声、八音于是始备。按试克谐，颁降天下。'上《表》称贺。"亦可印证。不过，《长编拾补》"八月以前，新乐尚未备也"的说法，也不完全准确。按上文所考"六月，大晟府新燕乐进讫，刘炳等转官；晁端礼作《黄河清》《寿星明》、《并蒂芙蓉》"、"七月,开封府大晟新乐精熟,王诏等转官"等,均可证"大晟府新燕乐"确实于政和三年五月完全造成。不过颁降天下是有次序的,即五月徽宗手诏颁乐,经中书省"录黄"、门下省"书读、省、审",至六月尚书省立法,八月徽宗审批再诏推行,乃严格按照宋代官僚制度行事。考《宋史·乐志四》、《宋会要·乐》三之二七、《宋史全文》卷一四等史料,知政和三年五月所谓"颁之天下",只是颁降教坊、钧容直、开封府等处而已。在京城各机构试用阶段结束后,方于本年八月推行于外路州府军监,即真正意义的"颁降天下"。

又,"旧乐悉禁"的时间,《宋史·乐志四》、《宋朝事实》卷一四、《东都事略》卷一一均云在"政和三年五月",误。《能改斋漫录》或作"政和初"①,亦不确;《宋史纪事本末》卷五系于大观三年五月,更误。"旧乐悉禁"的时间当与"颁降天下"同时,均为政和三年八月二十三日。

二十六日甲戌,以蔡京讨论大晟燕乐,降诏褒谕,京二子儵、絛并除集贤院修撰。

《宋大诏令集》卷一四九《太师鲁国公京讨论新乐褒谕御笔手诏》(政和三年八月二十六日):"朕遹追先志,增阐大猷。荷天之休,聿追嘉靖。仍赖师儒,同底于治。十有余年,大小毕举。矧夫作乐所以报功,探考情文,其敢后乎?于是躬律之度,叶彼中声。乃诏太师鲁国公京,讨论载籍,博求邃古,讨议垂成,中经沮止,荏苒十载,始克有成,悉有彝伦。徵、角二招,全乎五声。匏、土、革、木,备于八音。去焦急湫隘之非,成啴厚纯和之美。班治显设,庶几比隆三代,追配《韶》、《武》矣,朕甚嘉之。京启沃尽忠,献替无隐。致此君臣相悦之乐,复明于时。中外翕然,行之无斁。和气致祥,珍瑞丛出。万世所赖,时乃之功。京位极公师,赏延于嗣。已降诏旨二子直龙图阁儵、絛,可并除集贤院修撰。京宜降诏褒谕。"

按:《全宋文》据《宋大诏令集》卷一四九收作《太师鲁国公京讨论新乐褒谕御笔手诏》

---

① 《能改斋漫录》卷一《禁蕃曲毡笠》:"崇宁、大观已来,内外街市鼓笛、拍板名曰打断。至政和初,有旨立赏钱百五千,若用鼓板改作蕃曲子并著蕃服之类,并禁止、支赏。其后民间不废鼓板之戏,第改名《太平鼓》。"作"政和初"。

(政和三年八月二十六日)①。《古今合璧事类备要·外集》卷一〇:"同上年(政和三年),诏:'声律之度,协彼中声。乃诏太师鲁国公京讨论载籍,博求邃古,去焦急㵤懘之非,成啴厚纯和之美。庶几比隆三代,追配《韶》、《武》矣。'"乃为节录。

二十八日丙子,因大晟燕乐新成并颁行内外,蔡京二子儵、脩由除集贤院修撰改提举宫观,蔡京则依转官例支赐;何执中进少师,郑居中转一官,余深、刘正夫、侯蒙、薛昂各进官一等。

《宋史》卷二一《徽宗本纪三》:"(政和三年)八月甲戌(二十六日),以燕乐成,进执政官一等。丙子(二十八日),以何执中为少师。"

《宋会要·乐》三之二六、二七:"(大观二年八月)二十六日,诏:'燕乐新成,颁行内外。辅臣蔡京二子儵(儵)、修(脩),可并除集贤院修撰,改提举宫观,京依转官例支赐;何执中进少师,郑居中转一官,各回授与五服内亲属,依转官例支赐;余深、刘正夫、侯蒙、薛昂各进官一等,依例加恩。'"

《宋大诏令集》卷六四《何执中进少师依前太宰制》:"朕垂精励志,膺天地并贶之休;度律均钟,作君臣相悦之乐。式燕以衎,既和且平。岂惟饰喜以涤情,盖以移风而善俗。仍眷将明之助,式隆褒序之恩。爰诏大廷,诞扬显册。具官何执中,靖庄而迪哲,方重而秉彝。笃周畏之小心,韫经纶之大略。雍容道义,是惟旧学之良;密勿谋谟,蔚有嘉言之益。若股肱而成一体,若舟楫之济巨川,用底大宁,允资神告。朕稽参古训,协正新音,增徵、角之招,备瓠(匏)土之器。播诸远迩,革彼淫哇,庶尹允谐,万邦维庆。欲懋贤劳之绩,孰先寅亮之臣。其升冠于三孤,仍陪敦于多赋。并昭礼遇,式耸仪刑。于戏! 劝以九歌,方迓太平之盛;佑于一德,尚肩勿替之诚。往绥厥猷,以对光命。可特授少师,依前太宰、兼门下侍郎、加食邑一千户、食实封三百户,勋封如故。"

按:今据《宋会要·乐》三之二六、二七:"(大观二年八月)二十六日,诏:'燕乐新成,颁行内外。……何执中进少师。'"《何执中进少师依前太宰制》"度律均钟,作君臣相悦之乐"、"协正新音,增徵、角之招,备瓠(匏)土之器。播诸远迩,革彼淫哇"云云,内容吻合,知

---

① 曾枣庄等主编:《全宋文》,第165册,第57页。

何执中因大晟燕乐新成并颁行内外而推恩进少师。《全宋文》据《宋大诏令集》卷六四收作《何执中进少师依前太宰制》,并据《宋史·徽宗本纪三》考出诏旨时间为"政和三年八月丙子"[①],极是。但《全宋文》据《宋会要·乐》三之二八收作《燕乐新成蔡京等推恩诏(大观二年八月二十六日)》[②],则仍其误而未作校正。

又,考《太师鲁国公京讨论新乐褒谕御笔手诏》:"徵、角二招……京位极公师,赏延于嗣。已降诏旨二子直龙图阁儵、脩,可并除集贤院修撰。京宜降诏褒谕。""徵、角二招"即大晟燕乐,"已降诏旨二子直龙图阁儵、脩,可并除集贤院修撰"云云,未提及"改提举宫观"事,又"京宜降诏褒谕",也与"京依转官例支赐"不同。知《燕乐新成蔡京等推恩诏》,当在《太师鲁国公京讨论新乐褒谕御笔手诏》之后[③]。

诏平江府进士曹棐撰到徵调《舜韶新》,特补将仕郎,充大晟府制撰。

《宋会要·乐》三之二八:"(大观二年八月)二十八日,诏平江府进士曹棐撰到徵调《尧韶新》曲,文理可采,特补将仕郎,充大晟府制撰。"

《宋会要·乐》五之二四:"(政和三年)七月二十八日,诏平江府进士曹棐撰到徵调《舜韶新》曲,文理可采,特补将仕郎,充大晟东(乐)府制撰。"

鲖阳居士《复雅歌词》:"政和二年,得玄圭。三年,圣旨:'平江府进士曹棐撰徵招调《舜韶新》慢曲,文理可采,特补将仕郎,充大晟乐府制撰。'"(《古今合璧事类备要·外集》卷一一)

《玉海》卷一〇五:"政和二年八月二十八日,曹棐撰徵调《舜韶新》曲,命为大晟府制撰。"

按:关于曹棐撰徵调《舜韶新》曲的时间,《玉海》载在政和二年八月二十八日,《宋会要》载在政和三年七月二十八日。然据《宋史·乐志四》,政和三年五月新徵、角二调曲谱才由大晟府刊行;又据《宋会要·方域》六之二一《升苏州为平江府手诏》及《宋史·徽宗本纪三》,苏州政和三年五月十七日方升为"平江府";又大晟燕乐颁降天下在政和三年八月二十三日,且曹棐其时方为平江府进士,当是据大晟府刊行之新徵、角二调曲谱撰词,应以政

---

① 曾枣庄等主编:《全宋文》,第165册,第58页。

② 曾枣庄等主编:《全宋文》,第164册,第167页。

③ 按:《宋宰辅编年录》卷一二:"(政和二年四月)诏(蔡)儵提点万寿观,(蔡)脩提点醴泉观。"乃误,当依《宋会要·乐》三之二六、二七、《宋大诏令集》卷一四九作"政和三年八月。"

和三年八月二十八日为是。《全宋文》据《宋会要·乐》三之二八收作《曹棻撰到新曲补官诏（大观二年八月二十八日）》①，未明原本时间有误，故照录未校。

今考《宋会要·乐》三之二六、二七："(政和三年八月二十三日，尚书省立法)其翻谱撰词人，大晟府看详，委是精熟，给券马，召赴府按试，申尚书省取旨。"曹棻当属"翻谱撰词人"之一。从政和三年八月二十三日立法颁行，经大晟府"看详"后，"给券马"召赴大晟府"按试"合格，大晟府申报尚书省"取旨"，到八月二十八日即已获"圣旨"批准"特补将仕郎，充大晟乐府制撰"。以其手续繁琐程度而言，曹棻在政和三年八月二十八日获"特旨"充大晟乐府制撰，已是相当"神速"了。

凌景埏《年表》："同月(政和三年七月)二十八日丙午，诏补进士曹棻将士郎，充大晟东府制撰。"又："曹棻，平江府进士。政和三年棻进微调《尧韶》新曲。是岁七月【七〇】二十八日诏补将仕郎，充大晟府东府制撰【七一】。"原前注："《宋会要稿》一作八月。(卷二一八二，《乐》之二八上。)"后注："《宋会要稿》卷五四六五，《乐》五之二四下。"②凌氏引文"将仕郎"为"将士郎"，盖为传写之误或排印之误。又"大晟东府"、"大晟府东府"，或为传写之误，实当为"大晟乐府"；又《尧韶》新曲"当为《舜韶新》曲"。

约在此时前后，万俟咏亦为大晟府制撰。

《碧鸡漫志》卷二："崇宁间建大晟乐府，周美成作提举官，而制撰官又有七。万俟咏雅言，元祐诗赋科老手也。三舍法行，不复进取，放意歌酒，自称大梁词隐。每出一章，信宿喧传都下。政和初，招试补官，置大晟乐府制撰之职。"

《唐宋诸贤绝妙词选》卷七："(万俟咏)崇宁中充大晟府制撰，依月用律制词，故多应制。所作有《大声集》五卷，周美成为序。""晁次膺，宣和间充大晟府协律郎，与万俟雅言齐名，按月律进词。"

按：据上引《宋会要·乐》三之二六、二七"其翻谱撰词人"云云，万俟咏亦当属"翻谱撰词人"之一。关于万俟咏任大晟府制撰时间，宋人记载不一，明清以来学者亦众说纷歧。《词品》卷四、《古今词话·词评》上卷、《历代词话》卷六、《雨村词话》卷三、《词综》卷九、《御

---

① 曾枣庄等主编：《全宋文》，第164册，第169页。
② 凌景埏：《宋魏汉津乐与大晟府》，凌景埏、谢伯阳校注：《诸宫调两种》附录，第283页，第277—278页，第292页。

选历代诗余》卷一〇三、卷一一六、《钦定词谱》卷三一、《词学通论》、《宋词三百首笺注》"万俟咏"小传等,均云万俟咏"崇宁中"充大晟府制撰。《唐宋人词话》、《徽宗词坛研究》则作政和初,《古今词话·词评》上卷又作宣和间。盖多承宋人之说而未加细考。今考万俟咏任大晟府制撰当在政和三年,详见拙著《大晟府及其乐词通考》,兹不赘述。

"翻谱撰词人"江汉,亦在此时前后应诏,而任大晟府制撰。

《铁围山丛谈》卷二:"政和初,有江汉朝宗者,亦有声,献鲁公词曰:'升平无际。庆八载相业,君臣鱼水。镇抚风棱,调燮精神,合是圣朝房魏。凤山政好,还被画毂朱轮催起。按锦辔。映玉带金鱼,都人争指。丹陛。常注意。追念裕陵,元佐今无几。绣衮香浓,鼎槐风细。荣耀满门朱紫。四方具瞻师表,尽道一夔足矣。运化笔,又管领年年,烘春桃李。'两学盛讴,播诸海内。鲁公喜,为将上进呈,命之以官,为大晟府制撰。使遇祥瑞,时时作为歌曲焉。"

《要录》卷五三:"(绍兴二年四月)庚辰,朝奉郎江汉者,初以本乐府撰词曲,得官。宣和末,为明堂司令。至是,除通判郴州。言者以为不可,罢之。"

按:据上引《宋会要·乐》三之二六、二七"其翻谱撰词人"云云,江汉当属"翻谱撰词人"之一。关于江汉献蔡京词及任职大晟府时间,诸书皆从《铁围山丛谈》作"政和初"。考《铁围山丛谈》所载江汉《喜迁莺》乃"献鲁公(蔡京)词",当非献于"政和初",而在政和三年五月后。详见拙著《大晟府及其乐词通考》。

因大晟燕乐成,群臣上贺燕乐表。

翟汝文《贺燕乐成表》:"乐正《雅》、《颂》,聿求三代之遗声;幽赞神明,绪正八音之从律。燕享在御,均节告和。震是休嘉,应于击拊。窃以《咸》、《韶》既隐,郑、卫肆行。逮更俗乐之繁兴,无复先王之遗制。圣神有造,兆众与能。究观小大之夺伦,绍复古始之淳烈。告成《大武》,侔天地同和之休;嘉与庶工,作君臣相悦之乐。维时一德克享,俾尔好君何尤。笋簴在庭,工师咸列。谐金石于备奏,合匏土以成文。戎蛮纵观,父老叹息。吾王庶几无疾病,喜闻钟鼓之音;嘉宾孔昭以德音,用湛琴瑟之燕。

恭惟皇帝陛下,独参化育,丕冒范围。瑞命荐臻,嘉生繁祉。具播律吕,以绥神人。虽云数合而声谐,本始人和而气应。臣等粗窥制作,获遇殊尤。方诵恤民之深,乃冒和戎之赐。征季札观周乐之义,论次《国风》;慕考甫咏《商颂》之余,显扬君德。"(《忠惠集》卷五)

按:"嘉与庶工,作君臣相悦之乐"音乐,乃指大晟府徵、角二调而言。时翟汝文任中书舍人。

葛胜仲《贺燕乐表》:"名与功偕,肇建盛王之乐;政由俗革,通新治世之音。阅视燕朝,颁传寰宇。既备乃奏,永观厥成。窃以原乐之初,声相应故生变;语形而上,道可载而与俱。厥惟圣明,乃议述作。禹取身而为度,夔制律以和声。虽谐钧已格于三神,而燕乐尚循于五季。爰稽中正,尽革哇淫。增徵、角之招,而七律始全;陈土石之器,而八音初备。有始翕从纯之美,无细抑大陵之伤。盖和声既涤于奸声,则今乐遂同于古乐。恭惟皇帝陛下,道超器数,治极盈成。察龢于清浊之间,象事以始终之序。曰惟嘉飨,深厌溺音。立度出均,始达神明之德;登歌下管,遂同天地之和。顺气应之,治道备矣。臣等无裨政化,猥预荣怀。为《韶》九成,听铿锵而窃叹;大食三宥,愿保用于无穷。"(《丹阳集》卷一)

按:此《表》当作于政和三年八月以后。时葛胜仲任礼部员外郎,迁吏部员外郎。章倧《宋左宣奉大夫显谟阁待制致仕赠特进谥文康葛公行状》:"(政和)三年,复召为礼部员外郎。以预议元圭,转朝请郎。未几,迁吏部员外郎。"(《丹阳集》卷二四附录)

王安中《贺燕乐成表》:"臣某言:天地同和,丕应文明之运。君臣相悦,肇新安乐之音。盛冠古初,欢均远迩。(中谢。)窃以笙镛列于舜陛,无相夺伦;管磬设于周庭,既备乃奏。永观有作之圣,茂对非常之时。间出异人,赞绍尧之独智;前兴神物,告缵禹之成功。用能参六籍之传,自然起一代之乐。协于度数,燕及家邦。恭惟皇帝陛下,躬秩大猷,动遵先烈。四方其训,礼已合于乾亨;九叙惟歌,德更崇于豫顺。比中声之来上,即更坐以纵观。百兽率而凤凰仪,岂独娱于群后?万物育而星辰理,实兼佑于吾民。臣叨守近藩,侧闻庆事。清光在望,空驰魏阙之心;妙道难名,敢赋《咸池》之颂。臣无任。"(《初寮集》卷四)

按：此《表》当作于政和三年八月以后。"臣明守近藩，侧闻庆事"燕乐，据王安中《大名奏教成新乐表》："臣误叨居守，幸预承宣。"（《初寮集》卷四）乃代大名尹姚祐而上，时王安中监大名仓。详见《初寮集》卷二《予行为魏仓监门……》、《郡斋读书志》卷四下、《陶朱新录》、《挥麈余语》卷二、《清波杂志》卷六、《古今合璧事类备要·后集》卷四一、《文献通考·经籍考六十五》、《古今事文类聚·遗集》卷一五。

黄裳《贺燕乐表》："乐府更修，咸备八音之美；政庭按试，悉收万物之和。文以中声，颁于列郡。宣一人之睿意，通四海之欢心。（中贺。）窃以雅颂大成，圣神高致。盖非一日之能积，是必百年而后兴。累圣继承，历朝因革。郑、卫不作，观和有为。恭惟皇帝陛下，圣翼以能，法根于道。超则侔天，而渊默乎言意之表；俯则应世，而优游乎名数之间。泛歌天地之呈祥，兼播帝王之崇德。具五为而不欠，散六感以无淫。部下审音，已失远夷之器；堂中侑食，如临太古之庭。朝野感通，人神欣抃。"（《演山集》卷二八）

按："文以中声，颁于列郡"、"部下审音，已失远夷之器"云云，此《表》当作于政和三年八月以后朝廷赐大晟燕乐之时。时黄裳以龙图阁直学士、中大夫知福州。《淳熙三山志》卷二二："政和三年戊寅，张励移广州，黄裳以龙图阁直学士、中大夫知（福州）。"

廖刚《代谢赐燕乐表》："德盛而乐备，适兹百年之兴；器正则精中，用作万邦之式。自云天而肇锡，与民社以同欢。（中谢。）此盖皇帝陛下，道冒群生，仁敷率土。身度既调于钟、鼎，天和徐播于埙、篪。虽比八音，靡有慆懘焦急之患；肆颁列辟，曾无幽闲僻陋之殊。盖声音之道，政实与通；而中和之纪，情不能免。宜皆用之乡人邦国，岂独奏之宗庙朝廷？恩同雨露之均，化甚风雷之速。臣敢不钦承休命，深体至怀。俾淫哇之余，见睍而聿消；偕礼义之俗，闻《韶》而忘味。洋洋盈耳，尚惭季子之庶几；巍巍成功，徒颂周王之寿考。"（《高峰文集》卷四）

按：此《表》当作于政和三年八月以后朝廷赐大晟燕乐之时。

九月九日丁亥，提举大晟府乞令诸州卖乐器人并于乐器上各镌"大晟新律某人造"，如敢伪冒，立罪赏。

《宋会要·乐》三之二六、二七："（政和三年）九月九日，提举大晟府言：

'诸州差到买新燕乐人,例多村野。其卖乐人并各将旧格材,管作令(今)来新格乐器出卖。乞令卖乐器人并于乐器上各镌"大晟新律某人造",如敢伪冒,立罪赏,许人告。'从之。"

十八日丙申,诏从邓洵武奏请,以辅臣按试太学、辟雍所习大晟乐;其肄业之精者,优加奖劝。

《宋大诏令集》卷一四九《两学习乐成辅臣案试御笔》(政和三年九月十八日):"以乐教士,先王之政。盖仁言不如仁声之入人深也。乐乐此者也,士苟知乐乎此,则达性命之理矣!两学生如所习已成,辅臣案试讫取旨。"

《古今合璧事类备要·外集》卷一○:"徽宗政和三年御笔:'以乐教士,先王之政。盖仁言不如仁声之入人深也。乐乐此者也,士苟知乐乎此,则达性命之理矣!两学生按试【所习】已成,辅臣按试讫取旨。'"

《宋会要·乐》三之二八:"(大观二年九月)十八日,资政殿大学士、中太一宫使兼侍读邓洵武言:'陛下以大晟乐颁于太学、辟雍,使诸生肄业。伏望特行按试,其有训道之速,肄业之精者,优加奖劝,以励四方。'诏:'辅臣按试乞(讫)取旨。''诸生习乐,所服冠以弁,袍以素纱、皂缘,绅带,佩玉。'"

按:"诏:'辅臣按试乞(讫)取旨。'"即《两学习乐成辅臣案试御笔》,据上考,邓洵武为"资政殿大学士、中太一宫使",在政和三年。《全宋文》据《宋会要·乐》三之二八收作"邓洵武《诸生习乐乞行按试奏(大观二年十月十八日)》"[1],乃误。凌景埏《年表》:"同月(政和三年九月)十八日丙申,资政殿大学士中太一宫使兼侍读邓洵武奏请:以大晟乐按试太学辟雍诸生,从之。"[2]未言所据,考其附录,实为《宋会要·乐》三之二八,原文为"(大观二年九月)十八日"(详上),凌氏引文又校正为"(政和三年九月)十八日",极具卓识。然叙事则未尽确当。

---

① 曾枣庄等主编:《全宋文》,第125册,第240页。
② 凌景埏:《宋魏汉津乐与大晟府》,凌景埏、谢伯阳校注:《诸宫调两种》附录,第283页。

定太学、辟雍诸生习大晟乐服饰。

《宋史》卷一二九《乐志四》:"(政和三年)九月,诏:'《大晟乐》颁于太学、辟雍,诸生习学所服冠以弁,袍以素纱、皂缘,绅带,佩玉。'从刘昺制也。"

《宋会要·乐》三之二八:"(大观二年九月)十八日,资政殿大学士、中太一宫使兼侍读邓洵武言:'陛下以大晟乐颁于太学、辟雍,使诸生肄业(略)。'诏:'辅臣按试乞(讫)取旨。''诸生习乐所服冠以弁,袍以素纱、皂缘,绅带,佩玉。'"

《宋史纪事本末》卷五:"(政和三年)九月,诏:'大晟乐颁于太学、辟雍,诸生习学所服冠以弁,袍以素纱、皂缘,绅带,佩玉。'从刘昺制也。"

按:李文郁《大事记》:"(政和三年)九月,诏大晟乐颁于大学。"[1]乃从《宋史·乐志四》节编而添臆说。李幼平《编年》:"(政和三年九月)诏'大晟乐颁于太学辟雍诸生习学。'[3][6]//[7][10]/"其"[3]"为《宋史》,"[6]"为《宋史纪事本末》,"[7]"为《宋会要》,"[10]"为凌景埏《宋魏汉津乐与大晟府》。[2]今查《宋史·乐志四》原文(《宋史纪事本末》卷五盖移录《宋史》),实未云政和三年九月大晟乐才颁于太学、辟雍而使诸生习学,其重点在于规定诸生习乐之服饰。考《宋会要》原文,其颁乐、习乐与定诸生服饰时间均有先后,实为《宋史》所本,但因系年有误("大观二年"实为"政和三年"之误,详上考证),易致误会。今考大观四年六月即诏太学、辟雍诸生"愿习雅乐者听",则其颁降时间当在此前;又政和三年十月宰执已赴学按试两学生所习大晟雅乐(详下),则此时必以习乐初成。故可推知,"《大晟乐》颁于太学、辟雍,诸生习学"云云,当在政和三年九月以前。《少阳集》"政和三年,朝廷大作雅乐,命太学生五百人习之,有司将按试于庭"云云,亦为"联书体",非谓太学生至政和三年始习大晟乐也(考证详上)。又凌氏"以大晟乐按试太学辟雍诸生"云云(详上),并无上项内容,未知何以言据凌景埏《宋魏汉津乐与大晟府》。

又,此诏《宋大诏令集》及《全宋文》均失收,可据辑补。

---

① 李文郁:《大晟府考略·大晟府大事记》,《词学季刊》第二卷第二号(1935年1月),第508页。

② 李幼平:《宋(金)代编钟及新乐议制编年》,《大晟钟与宋代黄钟标准音高研究》附录,第153页,第143–144页。

本月，因大晟燕乐成，盛允升特恩迁朝奉大夫。

沈与求《朝请大夫盛公行状》："（政和三年）九月，燕乐成，上命辅臣覆视，唯公所制精妙一时，特恩迁朝奉大夫。逾月，赐服三品，皆异数也。"（《龟溪集》卷一二）

按：此条其他史料失载，弥足珍贵。

诏令大晟府置图颁降四时所禁之乐，亦在本月稍后。

《宋史》卷一二九《乐志四》："（政和三年九月）（刘）昺又上言曰：'五行之气，有生有克，四时之禁，不可不颁示天下。盛德在木，角声乃作，得羽而生，以徵为相；若用商则刑，用宫则战，故春禁宫、商。盛德在火，徵声乃作，得角而生，以宫为相；若用羽则刑，用商则战，故夏禁商、羽。盛德在土，宫声乃作，得徵而生，以商为相；若用角则刑，用羽则战，故季夏土王，宜禁角羽。盛德在金，商声乃作，得宫而生，以羽为相；若用徵则刑，用角则战，故秋禁徵、角。盛德在水，羽声乃作，得商而生，以角为相；若用宫则刑，用徵则战，故冬禁宫、徵。此三代之所共行，《月令》所载，深切著明者也。作乐本以导和，用失其宜，则反伤和气。夫淫哇殽杂，干犯四时之气久矣。陛下亲洒宸翰，发为诏旨，淫哇之声转为雅正，四时之禁，亦右所颁，协气则粹美，绎如以成。'诏令大晟府置图颁降。"

《宋史纪事本末》卷五："（政和三年九月）（刘）昺又上言曰：'五行之气，有生有克，四时之禁，不可不颁示天下。盛德在木，角声乃作，得羽而生，以徵为相；若用商则刑，用宫则战，故春禁宫、商。盛德在火，徵声乃作，得角而生，以宫为相；若用羽则刑，用商则战，故夏禁商、羽。盛德在土，宫声乃作，得徵而生，以商为相；若用角则刑，用羽则战，故季夏土王宜禁角、羽。盛德在金，商声乃作，得宫而生，以羽为相；若用徵则刑，用角则战，故秋禁徵、角。盛德在水，羽声乃作，得商而生，以角为相；若用宫则刑，用徵则战，故冬禁宫、徵。此三代之所共行，《月令》所载，深切著明者也。作乐本以导和，用失其宜，则反伤和气。夫淫哇涓杂，干犯四时之气久矣。陛下亲洒宸翰，发为诏旨，淫哇之声转为雅正，四时之禁，亦有所颁,协气则粹美,绎如以成。'诏令大晟府置图颁降。"

按:凌景埏《年表》:"(政和三年)刘昺请颁乐四时之禁,诏令大晟府置图,颁降天下。"① 未系月份,亦未言所据。当从《宋史·乐志四》撮录。李幼平《编年》:"(政和三年)刘昺请颁 乐四时之禁,诏令大晟府置图,颁降天下。【3】【10】/"'"【3】"为《宋史》,"【10】"为凌景埏《宋 魏汉津乐与大晟府》②。今查《宋史·乐志四》本文,乃在政和三年九月。

十月四日辛亥,宰执赴学按试两学生所习大晟雅乐。

《宋会要·瑞异》一之二一:"(政和三年)十月四日,大司成刘嗣明等 奏:'契勘今月初四日,宰执赴学按试大(太)学、国子生所习大晟雅乐。至 第二章,曲未终,有仙鹤四只自南来,盘旋飞舞宫架之上,徘徊欲下。众人 欢呼,遂由东而去。伏乞宣付史馆,以彰太平盛事。'"

《宋史全文》卷一四:"(政和三年)冬十月,刘恢言:'今月四日,宰执赴 学按试两学生所习大晟雅乐。至第二章,曲未终,有仙鹤四【只】自南来, 盘旋飞舞宫架之上,徘徊欲下。众人欢呼,遂由表北而去。乞宣付史馆。' 从之。"

《宋史》卷三五六《刘昺传》:"京再辅政,召为户部尚书。……令太学 诸生习肆雅乐。阅试日,昺与大司成刘嗣明,奏有鹤翔宫架之上。"

《少阳集》卷六附录《行状(弟南)》:"政和三年,朝廷大作雅乐,命太学 生五百人习之,有司将按试于庭。或谓事竟,且次第推赏。时诸生及缙绅 子弟,多以夤缘获与者,人人有德色。公时以斋长与焉。一日,辄诣长贰 白,辞之。长贰谓公曰:'乐成,且官矣! 人咸愿与而不可得,公何遽辞 焉?'曰:'宁有是事? 万一有之,吾何以侥幸进身耶?'同舍生力挽之,卒不 肯与,有识者高之。"

许翰《朝奉大夫充右文殿修撰孙公墓志铭》:"公讳宗鉴,字少魏……

---

① 凌景埏:《宋魏汉津乐与大晟府》,凌景埏、谢伯阳校注:《诸宫调两种》附录,第282 页。

② 李幼平:《宋(金)代编钟及新乐议制编年》,《大晟钟与宋代黄钟标准音高研究》, 第153页,第143—144页。

岁余,乃为武学博士,迁太学,改宣教郎。政和四年,雅乐始兴。大司成㯕公为乐教辟雍士,月余,士皆弦歌金石,和一庄整。有旨,大臣临阅,既奏于庭,群鹤来翔,小大虚耸。用是迁奉议郎,遂除荆湖北路提举学事。未行,改湖南转运判官。"(《襄陵文集》卷一一)

按:《襄陵文集》"政和四年"云云,当为"政和三年十月"之误。"鹤翔宫架之上"云云,乃为大司成刘嗣明所缘饰。

十四日辛酉,诏刘昺及礼制局仿古器以作郊庙禋祀之器,载于《祀仪》。

《宋史》卷三五六《刘昺传》:"(蔡)京再辅政,召为户部尚书。……徽宗所储三代彝器,诏(刘)昺讨定。凡尊、爵、俎、豆、盘、匜之属,悉改以从古,而载所制器于《祀仪》。令太学诸生习肄雅乐。"

《宋会要·礼》一四之六六:"(政和三年十月)十四日手诏:'先王制器,必尚其象,然后可以格神明,通天地。去古云远,久失其传,裒集三代盘、匜、罍、鼎,可[以]稽考取法,以作郊庙禋祀之器,焕然大备,无愧于古矣,可依所奏,载之《祀仪》。'先是,臣僚言:'陛下览观三代,一新祭器,肇造盘、匜,增备罍、鼎,及礼料容受之数,不无增损。欲乞报太常、光禄寺等处,修入《祀仪》。'故有是诏。"

《长编纪事本末》卷一三四:"(政和三年)十月辛酉(十四日)手诏:'先王制器,必尚其象,然后可以格神明,通天地。去古云远,久失其传,裒集三代盘、匜、罍、鼎,可以稽考取法,以作郊庙禋祀之器,焕然大备,无愧于古,可载之《祀仪》。'从刘炳之言也。"

按:政和三年七月二十一日,诏置礼制局。九月五日,方以刘昺、翟汝文为礼制局详议官,陈邦光、曾开为同详议官。十月十四日,乃诏刘昺及礼制局仿古器以作郊庙禋祀之器,载于《祀仪》。

《长编纪事本末》卷一三四:"政和三年七月己亥(二十一日),诏:'……比裒集三代鼎、彝、簠、簋、盘、匜、爵、豆之类,凡五百余器,载之于《图》。考其制而尚其象,与今荐天地、享宗庙之器,无一有合。去古既远,礼失其传矣。祭以类而求之,其失若此,其能有格乎? 诏有司悉从改造。……可于编类御笔所置礼制局,讨论古今沿革,具画来上。朕将亲览参酌其宜蔽,自朕志断之必行,革千古之陋,以成一代之典,庶几先王垂法后世。'"

《宋朝事实》卷三:"政和三年七月二十一日,奉御笔:'……比哀集三代鼎、彝、簠、簋、盘、匜、爵、豆之类,凡五百余,载之于《图》。考其制作而所尚之象,与今荐天地、享宗庙之器,无一有合。去古既远,礼失其传。夫祭以类而求之,其失若此,则岂能有格乎? 已诏有司,悉从改造。'"

《玉海》卷六九《礼仪·礼制下》:"(政和三年)七月己亥(二十一日),诏:'比哀集三代鼎、彝、簠、簋、盘、匜、爵、豆之类五百余器,载于《图》。诏有司改造祭器,置礼制局讨论古今沿革,以成一代之典。'"

按:所谓"载之于《图》"之"《图》",即指《宣和殿博古图》。《玉海》卷五六《宣和殿博古图》:"(政和)三年六月庚申(十一日),因中丞王甫乞颁《宣和殿博古图》,令儒臣考古制度,遂诏讨论三代古器,改作俎、豆、笾、筐之属。"

又,"礼制局"设立于政和三年七月二十一日,罢于宣和二年七月一日。[1]《长编纪事本末》卷一三四:"(政和三年)九月癸未(五日),户部尚书刘炳、中书舍人翟汝文为礼制详议官,起居舍人陈邦光、国子司业曾开为同详议官。""案(政和)三年九月五日始命刘炳等为礼制详议官,然则置局当在三年七月。"《资治通鉴后编》卷九八:"按(政和)三年九月五日始命刘昞等为礼制局详议官,然则置局当在三年七月。"

十八日乙丑,阅新乐器于崇政殿,出古器以示百官。

《宋史》卷二一《徽宗本纪三》:"(政和三年)冬十月乙丑,阅新乐器于崇政殿,出古器以示百官。"

《长编纪事本末》卷一三四:"(政和三年十月)乙丑,御崇政殿阅举制造礼器所之礼器,并出古器宣示百官。(【原注】《实录》但书:'御崇政殿,以古器宣示百官。'今以《诏旨》十六日所书增入。)"

翟汝文《省试进士策》:"主上睿知圣神,大兴制作,取声于《英》、《茎》之乐,考礼于夏、商之器。三代备物,靡不毕集,尝出示群臣矣。于斯时也,若辟雍,若明堂,以至九鼎、晟乐、圜丘、方泽,悉见全古,岂止讲读六艺为空文也

---

[1]　龚延明:《宋代官制辞典》,第191页。

哉? 将欲颁古器于天下,行今之礼,使学士大夫人人习见。"(《忠惠集》卷八)

按:《宋史·徽宗本纪三》"阅新乐器"云云,中华书局点校本校勘记据《长编纪事本末》卷一三四"乙丑,御崇政殿阅举制造礼器所之礼器,并出古器宣示百官",认为"乐器"疑是"礼器"之误[1]。

又,《省试进士策》为政和五年正月六日翟汝文以给事中同知贡举时以"制礼作乐"试礼部奏名进士题目。"尝出示群臣"、"将欲颁古器于天下"云云,即指政和三年十月徽宗"出古器以示百官"事,时翟汝文以中书舍人为礼制局详议官。

二十一日戊辰,诏冬祀大礼,以道士立于乐架左右。

《宋会要·礼》二八之一六:"(政和三年)十月二十一日,诏冬祀大礼,以道士百人执威仪前引,分列两序,立于坛下乐架左右。以玉虚殿道官以下及习学法事道士充,仍执御前降付道录院掌管威仪。今后准此。"

按:《宋史·徽宗本纪三》:"(政和三年十月)戊辰,诏冬祀大礼及朝景灵宫,并以道士百人执威仪前导。"《皇宋十朝纲要》卷一七:"(政和三年十月戊辰)诏冬祀大礼以道士百人执威仪前导。"《文献通考·郊社考五》:"政和三年冬十一月癸未,郊,上播大圭,执元圭,以道士百人执仪卫前导。"

本月,令文思院以大晟乐尺造新权衡度量。

《玉海》卷八:"(政和)三年十月,令文思院下界造新权、衡、度、量。"

十一月五日壬午之前,徽宗"御制"亲郊前一日朝飨太庙乐章一首。

《中兴礼书》卷一五《郊祀乐曲乐章一》:"皇帝诣仁宗室酌献,宫架奏无射宫《美成》之乐舞:'仁德如天,遍覆无偏。功济九有,恩函八埏。齐民寿康,朝野晏然。击壤歌谣,四十二年。'"并有乐谱:"无大南林,仲林黄无。姑仲姑太,仲太南林。南无黄太,无太仲林。姑大林仲,太仲林无。"

按:《中兴礼书》卷一五《郊祀乐曲乐章一》后,有绍兴二十八年七月五日礼部言:"今将郊祀大礼,前期朝飨太庙乐章,仁宗皇帝酌献《美成》之乐舞一首,太常寺省记得此一首系

---

① 中华书局点校本《宋史·徽宗本纪三》校勘记,第402页。

徽宗皇帝御制。"《宋史·乐志七》："(绍兴)二十八年,以臣僚有请改定,于是御制乐章十有三及徽宗元御制仁宗庙乐章一,共十有四篇。"

六日癸未,祀昊天上帝于圜丘,用大晟乐。帝出郊,有人物车马,空峙云端。

《宋史》卷一三二《乐志七》载《政和亲郊三首》："皇帝升降,《乾安》:'因山为高,爰陟其首。玉趾躩如,在帝左右。帝谓我王,予怀仁厚。眷言顾之,永绥九有。'配位酌献,《大宁》:'于穆文祖,妙道九德。默契灵心,肇基王迹。启佑后人,垂裕罔极。合食昭荐,孝思维则。''于皇顺祖,积德累祥。发源深厚,不耀其光。基天明命,厥厚克昌。是孝是享,申锡无疆。'"

《中兴礼书》卷一五："皇帝诣仁宗室酌献,宫架奏无射宫《美成》之乐舞:'仁德如天(略)。'"

《忠惠集》附录《孙繁重刊翟氏公巽埋铭》:"(政和三年)冬,祀圜丘,帝出郊。有人物车马,空峙云端,时谓天人相与,白日显行云。宰相蔡京请率百官庆贺,诏表非翟某莫能,昭明嘉祥,叙侈神贶,其俾视草。"

《文献通考》卷七二《郊社考五》:"政和三年冬十一月癸未,郊,上播大圭,执元圭,以道士百人执仪卫前导,蔡攸为执绥官。玉辂出南熏门,至玉津园。上忽曰:'玉津园东,若有楼殿重复,是何处也?'攸即奏:'见云间楼殿台阁,隐隐数重。既而审视,皆去地数十丈。'顷之,上又曰:'见人物否?'攸即奏:'若有道流童子持幡节,盖相继而出云间。衣服眉目,历历可识。'攸请付史馆,宰相蔡京率百僚称贺。"

《资治通鉴后编》卷九八《宋纪九十八》:"(政和三年十一月)癸未,祀圜丘,大赦天下,升端州为兴庆府。帝有事于南郊,蔡攸为执绥官。玉辂出南薰(熏)门,帝忽曰:'玉津园东若有楼台重复,是何处也?'攸即奏见云间楼殿台阁,隐隐数重。既而审视,皆去地数十丈。顷之,帝又曰:'见人物否?'攸即奏:'有道流童子持幡节盖,相继而出云间,衣服眉目,历历可识。'乙酉,遂以天神降诏告在位,作《天真降临示现记》。帝尝梦被召如在藩邸时,见老君坐殿上,仪卫如王者。谕帝曰:'汝以宿命,当兴吾教。'帝受命而出。梦觉,记其事。及是冬祀,王老志亦从帝在太庙小次中。老志曰:'陛下昔梦,尚记之乎? 时臣在帝旁也。'黎明,出南薰(熏)门,见天神降于空中。议者谓老志所为,道教之盛,自此始。"

按:《宋史·徽宗本纪三》:"(政和三年)十一月辛巳(四日),朝献景灵宫。壬午(五日),飨太庙……癸未(六日),祀昊天上帝于圜丘……乙酉(八日),以天神降,诏告在位,作《天真降临示现记》。"《宋会要·礼》二八之一六、一七:"(政和三年)十一月五日,帝躬上神宗皇帝、哲宗皇帝徽号、宝册于太庙。越翌日,祀昊天上帝于圜丘……九日,蔡京等言:'天神降格,实为大庆,乞宣付史馆,播告天下。仍乞许臣等称庆。'内出手诏曰:'(略)。'御制《天真降临示现记》曰:'……奠匏玉之爵,奏大晟之乐,以交神明,接三灵之欢……'"

又,据《竹隐畸士集》卷一五《乐章》:"冬祀圜坛,出入、大小次,《乾安之曲》(黄钟宫)。"知《政和亲郊三首》"皇帝升降,《乾安》"、"配位酌献,《大宁》",宫调当为黄钟宫。又据《中兴礼书》卷一五:"前期朝飨太庙乐章,仁宗皇帝酌献《美成》之乐舞一首,太常寺省记得此一首系徽宗皇帝御制。"《宋史·乐志七》:"御制乐章十有三及徽宗元御制仁宗庙乐章一。"知"无射宫《美成》之乐舞",乃为亲郊前一日朝飨太庙徽宗亲制乐章。

十二月七日甲寅,令礼官参定射仪,设大晟乐,以用于州郡贡士乡饮酒。

《宋史》卷一一四《礼志十七》:"既又以河北转运判官张孝纯之言:'《周官》以六艺教士,必射而后行。古者诸侯贡士,天子试诸射宫,请诏诸路州郡,每岁宴贡士于学,因讲射礼。'于是礼官参定射仪:乡饮酒前一日,本州于射亭东西序,量地之宜,设提举学事诸监司、知州、通判、州学教授、应赴乡饮酒官贡士幕次,本州兵马教谕备弓矢应用物,设乐。其日初筵,提举学事、知州军、通判帅应赴乡饮酒官贡士诣射亭,执弓矢,揖人射。乘矢若中,则守帖者举获唱获,执算者以算投壶毕,多算胜少算。射毕,赞者赞揖。酬酢如仪毕,揖退,饮如乡饮酒。"

按:"设乐"云云,即为大晟乐。《宋会要·崇儒》二之二五系于"政和四年九月十七日",《长编纪事本末》卷一二六、《皇宋十朝纲要》卷一七系于"政和三年十二月甲寅",《玉海》卷七三系于"政和五年五月二十六日"。

《宋会要·崇儒》二之二五:"(政和四年九月)十七日,新河北路转运判官张孝纯言:'古者诸侯贡士,天子必试之于射宫。凡燕飨之际,未尝不用射也。国家恢崇学校,又学置射圃,俾士人旬休讲射,特未闻用射于燕飨之际。欲望诏诸路州郡,每岁燕贡士于学,因讲射礼。'从之。"《长编纪事本末》卷一二六:"(政和三年)十二月甲寅,河北路转运判官张孝纯言:'《周官》以六艺教士,必射而后行。古者诸侯贡士,天子试之于射宫。乞诏诸路州郡,每岁宴贡士于学,因讲射礼。'从之。"《皇宋十朝纲要》卷一七:"(政和三年十二月)甲寅(七日),令州郡宴贡士于学,因讲射礼。"《玉海》卷七三:"(政和)五年五月二十六日,定贡士射仪。"

《宋史礼志辨证》:"《长编纪事本末》成书虽晚于《宋史》,但此段文字与《宋志》不同,显然另有所本,并非抄录《宋志》。十二月戊申朔,甲寅为七日,故疑《辑稿》'十七日'为'十二月七日'之误。"[1]今从之。

命访南岳祠宫,得《黄帝盐》《荔枝香》二谱,用以创制大晟燕乐,约在本年前后。

《寓简》卷八:"衡山南岳祠宫,旧多遗迹。徽宗政和间,新作燕乐,搜访古曲遗声。闻宫庙有唐时乐曲,自昔秘藏。诏使上之,得《黄帝盐》《荔枝香》二谱。《黄帝盐》本交趾来献,其声古朴,弃不用。而《荔枝香》音节韶美,遂入燕乐,施用此曲。"

按:任半塘认为《荔枝香》当为"《苏合香》"之误[2]。

---

① 汤勤福、王志跃:《宋史礼志辨证》,第719—720页。
② 任半塘:《教坊记笺订》,第122页。

政和四年(1114)甲午

正月四日辛巳,诏内命妇告身绫纸掌乐、管勾仙韶公事用云朵。

《宋会要·职官》一一之六七:"(政和)四年正月四日诏:'……内命妇告身绫纸:内宰、副用遍地云凤,宫正、尚宫、内史、郡夫人、治中用云朵凤,国夫人用遍地云鹤,宝林至掌乐、管勾仙韶公事用云朵。'"

按:此诏《宋大诏令集》《全宋文》失收,可据辑补。

十三日庚寅,臣僚言宴乐诸宫调多不正,乞以大晟府声律校定。从之。仍令秘书省撰词。

《宋史》卷一二九《乐志四》:"(政和)四年正月,大晟府言:'宴乐诸宫调多不正,如以无射为黄钟宫,以夹钟为中吕宫,以夷则为仙吕宫之类,又加越调、双调、大食、小食,皆俚俗所传,今依月律改定。'诏可。"

《宋史》卷一四二《乐志十七》:"政和间,诏以大晟雅乐施于燕飨……然当时乐府奏言:'乐之诸宫调多不正,皆俚俗所传。'"

《中兴四朝乐志》:"政和间,诏以大晟雅乐施于燕飨……然当时乐府奏言:'乐之诸宫调多不正,皆俚俗所传。'"(《文献通考》卷一四六《乐考十九》)

《宋史纪事本末》卷五:"(大观)四年春正月,大晟府言:'宴乐诸宫调多不正,如以无射为黄钟宫,以夹钟为中吕宫,以夷则为仙吕宫之类。又加越调、双调、大食、小食,皆俚俗所传。今依月改定。'诏可。"

《宋史》卷一四二《乐志十七》:"(政和)四年正月,礼部奏:'教坊乐春或用商声,孟或用季律,甚失四时之序。乞以大晟府十二月所定声律,令教坊阅习。'仍令秘书省撰词。"

《宋会要·乐》四之一:"大观四年正月十三日,礼部奏:'教坊乐春或用商声,孟或用季律,甚失四时之序。乞以大晟府十有二月所定声律,令教坊阅习。'从之。仍令秘书省撰词。"

《宋会要·乐》五之三六、三七："(政和)四年正月,礼部奏:'教坊乐春或用商声,孟或用季律,甚失四时之序。乞以大晟府十二月所定声律,令教坊阅习。'仍令秘书省撰词。"

按:《宋会要·乐》四之一:"大观四年正月十三日,礼部奏:'教坊乐春或用商声……'"《宋史纪事本末》卷五:"(大观)四年春正月,大晟府言:'宴乐诸宫调多不正……'诏可。""大观四年"云云,均当为"政和四年"之误。凌景埏云:"此节《宋会要稿》误署大观四年。按:大观五年改元政和,而此节四年下有五年、六年事项,决其必误也。兹参以《宋史·乐志》,改作政和。"①极是。

二月二十七日癸酉,行皇太子冠仪,用大晟乐。

《宋史》卷二一《徽宗本纪三》:"(政和四年二月)癸酉,长子桓冠。"

《玉海》卷八二:"政和四年二月二日,礼制局定皇长子冠礼。【二】十七日癸酉,行礼于文德殿。掌冠以礼部尚书,赞冠以鸿胪卿,列黄麾细仗于殿庭。皇太子初行,《钦安之乐》作。祝曰:'咨尔元子,肇冠于阼。筮日择宾,德成礼具。于万斯年,承天之祜。'乃冠折上巾,《顺安之乐》作。祝曰'爰即令辰,申加元服。崇学以齿,三善皆得。副予一人,受天百福。'乃冠远游冠,《懿安之乐》作。祝曰:'三加弥尊,国本以正。无疆惟休,有室大竞。懋昭厥德,保兹永命。'乃冠衮冕,《成安之乐》作。敕戒曰:'事亲以孝,接下以勤。远佞近义,禄贤使能。古训是式,大猷是经。'"

按:《靖康要录》卷一系于政和四年二月二十八日甲戌,与此相差一日。

又,行皇太子冠仪,用大晟乐节次,详《宋史·礼志十八》、《政和五礼新仪》卷一八〇:"大晟展宫架之乐于殿庭横街之南,设协律举麾位于宫架西北,东向。大司乐押乐位于宫架之前,北向。……大乐正帅乐工先入就位,协律郎入就举麾位,大司乐入就押乐位。……大乐正令撞黄钟之钟,右五钟皆应。殿上鸣鞭,禁卫、诸班亲从自赞常起居。皇帝出西阁,乘辇。协律郎俯伏,跪,举麾,兴。(凡乐,皆协律郎举麾,工鼓柷而后作,偃麾,戛敔而后止。)工鼓柷,奏《乾安之乐》。礼直官、太常博士引礼仪使前导,皇帝出自西房,内侍承旨索扇。扇合,皇帝降辇,即御座,帘卷。……礼直官、通事舍人、太常博士引掌冠、赞冠

① 凌景埏:《宋魏汉津乐与大晟府》,凌景埏、谢伯阳校注:《诸宫调两种》附录,第288页。

者初入门，《肃安之乐》作。……皇太子初行，《钦安之乐》作，即席西向坐，乐止。……乃跪冠，《顺安之乐》作。掌冠者兴，席南北面立。……乃跪冠，《懿安之乐》作。掌冠者兴，席南北面立。……乃跪冠，《成安之乐》作。掌冠者兴，席南北面立。……皇太子搢圭，跪，受爵，《正安之乐》作。……大乐正令撞蕤宾之钟，左五钟皆应，《乾安之乐》作。"（《政和五礼新仪》卷一八〇《皇太子冠仪上》）"大晟展宫架乐于横街南……大乐正令撞黄钟之钟，右五钟皆应。殿上鸣鞭，皇帝出西阁，乘辇。协律郎俯伏，跪，举麾，兴，工鼓柷，奏《乾安之乐》。……礼直官、通事舍人、太常博士引掌冠、赞冠者入门，《肃安之乐》作，至位，乐止。……次礼直官等引太子，内侍二人夹侍，东宫官后从，《钦安之乐》作，即席西向坐，乐止。……乃跪冠，《顺安之乐》作，掌冠者兴。……乃跪冠，《懿安之乐》作，掌冠者兴。……乃跪冠，《成安之乐》作，掌冠者兴。……太子搢圭，跪受爵，《正安之乐》作。……大乐正令撞蕤宾之钟，左五钟皆应，《乾安之乐》作，皇帝降坐。"（《宋史·礼志十八》）可参考。

三月左右，同提举大晟府杨戬奏差借宣效六军兵士发遣龙德宫役使。

《宋会要·礼》五之三："政和四年三月十五日，侍卫步军司奏：'提举龙德宫、直睿思殿、同提举大晟府杨戬奏："奉圣旨：'侍卫步军司可特差借宣效六军兵士二百人，带行见请诸般请给，日下发遣龙德宫役使，充本宫实占祇（祇）应，与免诸处差借、拣选、体量。向处有阙，依此差借。如有拘碍，特依今来指挥。'"'诏割移名粮，充龙德宫清卫阙额。"

按：政和四年三月十五日为"侍卫步军司奏"，杨戬奏差借宣效六军兵士发遣龙德宫役使当在此前。杨戬政和三年六月前至六年九月末"同提举大晟府"，详上。

朱维任典乐，约在此时前后。

《避暑录话》卷上："政和间，郎官有朱维者，亦善音律，而尤工吹笛。虽教坊亦推之，流传入禁中。蔡鲁公（京）尝同执政奏事及燕乐，将退。上皇曰：'亦闻朱维吹笛乎？'皆曰：'不闻。'乃喻旨召（朱）维试之，使教坊善工在旁按其声。鲁公（蔡京）与执政会尚书省大厅，遣人呼维甚急。（朱）维不知所以。既至，命坐于执政之末，尤皇恐不敢就位。乃喻上语，（朱）维再三辞。郑枢密达夫（居中）在坐，正色曰：'公不吹，当违制。'（朱）维不得已，以朝服勉为一曲。教坊乐工皆称善，遂除（朱）维为典乐。（朱）维为京西提刑,为予言之。"

    按:据《宋史·宰辅表三》,郑居中知枢密院事在政和三年正月至六年五月。又《宋会要·乐》四之一:"(政和)五年九月十六日,新差权知庐州朱维奏。"知朱维任典乐在政和三年正月至五年九月间。

四月一日丙午,徽宗御崇政殿按宗子所习大晟乐。

    《宋会要·帝系》五之二五:"(政和四年)四月一日,上御崇政殿按宗子习大乐,赐奖谕曰:'敕仲爰等:先王本人之情性,礼乐出乎法度。后世乐坏不作,而败礼者莫之能禁。比诏有司,颁乐宗学。其从也深,其入也易。而能改其所习,忘其贵骄,服我教养,以克有成。朕不愧于古矣!故兹亲札,其体至怀。'"

    《九朝编年备要》卷二八:"(政和四年)夏四月,阅雅乐。初阅宗子雅乐。有官者并迁秩,无官者二百八十人并与承信郎。"

    《长编拾补》卷三三:"《续宋编年资治通鉴》:(政和四年)夏四月,阅雅乐。初阅宗子(雅乐)。"

    按:《长编拾补》"《续宋编年资治通鉴》"云云,疑为"《九朝编年备要》"之误。又,《全宋文》据《宋会要·帝系》五之二五收作《奖谕仲爰等诏(政和四年四月一日)》,文字同。[①]

玉清和阳宫奉安圣像,用大晟乐舞。

    《宋会要·礼》五一之一四、一五:"玉清和阳宫奉安圣像:徽宗政和三年四月二十四日,以福宁殿东今上诞圣之地作玉清和阳宫。……四年,宫成,总屋一百四十二区。诏以四月一日奉安神(圣)像于逐殿,命太师蔡京充礼仪使,保静军节度观察留后杨戬充都大主管官。其日,设大祠礼料、素馔及道门威仪,赴大(太)清楼权奉安处。陈教坊、钧容【直】乐,【列】黄麾细仗于清阳门外。……大晟【府】陈登歌之乐于殿上前楹间,稍南,北向。设宫架乐于庭中,立舞表于酂缀之间。……设协律郎位【二】,一于堂上前

---

    ① 曾枣庄等主编:《全宋文》,第165册,第82页。

楹间稍西,一于宫架西北,俱东向。大乐令位于登歌乐虡北,大司乐位于宫架北,良酝令于酌尊所,俱北向。……乐工(正)师(帅)工人、二舞以次入。……皇帝执大圭,宫架乐作。至东阶下,乐止。升东阶,登歌乐作。至位,西向立,乐止。以俟时至,迁正位讫,礼仪使前奏:'有司谨具,请行事。'宫架乐作,六成止。皇帝再拜,在位官皆再拜。内侍奉盘匜,皇帝搢大圭,盥、帨,执大圭,登歌乐作。皇帝搢大圭,执元圭,诣神像前,北向跪,奠元圭于缫藉。执大圭,俯伏,兴。搢大圭,三上香。有司进币,皇帝受币,奠讫,执大圭,再拜,乐止。诣次位,上香、奠币并如上仪。皇帝还位,登歌乐作。至位,西向立,乐止。内侍奉盘匜,皇帝搢大圭,盥、帨,登歌乐作。奉爵官进爵,皇帝洗爵,拭爵,乐止。执大圭,登歌乐作。奉爵官[奉爵]诣尊所,良酝今(令)酌酒,皇帝诣神像前,北向,搢大圭,跪。奉爵官跪,以爵酒进,执爵,三奠酒,执大圭,乐止。……皇帝还位,登歌乐作。至位,西向立,乐止。送神,宫架〚止〛(引者按:"止"字衍文)【乐作】(引者按:"乐作"二字原脱,据补),一成止。皇帝将诣望燎位,登歌乐作。降自东阶,乐止。宫架乐作,至位,南向立,乐止。皇帝还位,礼直官曰:'可燎。'……皇帝还幄次,宫架乐作。释大圭,殿中监跪受以还有司,皇帝入幄次,乐止。"

八日癸丑,阅太学、辟雍雅乐。

《宋史》卷二一《徽宗本纪三》:"(政和四年夏四月)癸丑,阅太学、辟雍诸生雅乐。"

《九朝编年备要》卷二八:"(政和四年)夏四月,阅雅乐。……次阅太学、辟雍诸生雅乐。"

《长编拾补》卷三三:"《续宋编年资治通鉴》:(政和四年)夏四月,阅雅乐。……次阅太学、辟雍诸生雅乐,量与推恩。【案】《本纪》癸丑日。"

九日甲寅,因阅太学、辟雍诸生雅乐,诏大司成刘嗣明班序恩数可依直学士例,国子司业葛胜仲、太学博士孙宗鉴等并转一官,选人循两资,诸生量与推恩。

《宋会要·职官》二八之二〇:"(政和)四年四月九日,诏:'辟雍、太学按乐于庭,八音克谐。司成刘嗣明班序、恩数可依直学士例,司业以下并转一官,选人循两资,学生量与推恩。仍召两学生赴公相听宣示。'"

《长编拾补》卷三三:"《续宋编年资治通鉴》:(政和四年)夏四月,阅雅乐。初阅宗子,次阅太学、辟雍诸生雅乐,量与推恩。"

《九朝编年备要》卷二八:"(政和四年)夏四月,阅雅乐。初阅宗子雅乐。有官者并迁秩,无官者二百八十人并与承信郎。次阅太学、辟雍诸生雅乐,大司成以下并迁秩,诸生量与推恩。"

《丹阳集》卷二四附录《宋左宣奉大夫显谟阁待制致仕赠特进谥文康葛公行状》:"(政和)四年,擢国子司业。……朝廷命诸生习雅乐。乐成,上御崇政殿按试,大悦。学官皆增秩一列,转朝奉大夫。"

周麟之《葛文康公神道碑》:"文康葛公,自元符末以文章名天下,登朝历学校礼乐之任,至国子长贰。……擢国子司业。……诸生习雅乐。既成,上御崇政殿按试,大悦,谓辅臣曰:'士成于乐,可谓文物之盛,声调与工师不同。'手诏褒谕增秩。"(《海陵集》卷二三)

许翰《朝奉大夫充右文殿修撰孙公墓志铭》:"公讳宗鉴,字少魏。……政和四年,雅乐始兴。大司成檄公为乐教辟雍士,月余,士皆弦歌金石,和一庄整。有旨,大臣临阅,既奏于庭,群鹤来翔。"(《襄陵文集》卷一一)

《少阳集》卷六附录《行状(弟南)》:"政和三年,朝廷大作雅乐,命太学生五百人习之,有司将按试于庭。或谓事竟,且次第推赏。时诸生及缙绅子弟,多以夤缘获与者,人人有德色。公时以斋长与焉。一日,辄诣长贰白,辞之。长贰谓公曰:'乐成,且官矣!人咸愿与而不可得,公何遽辞焉?'曰:'宁有是事? 万一有之,吾何以侥幸进身耶?'同舍生力挽之,卒不肯与,有识者高之。"

按:《九朝编年备要》、《长编拾补》"初阅宗子,次阅太学、辟雍诸生雅乐",其实并非同一日。阅宗子乐在四月一日,阅太学、辟雍诸生雅乐四月八日。"大司成以下并迁秩"、"学官皆增秩一列"云云,即指大司成、国子司业等长贰官转官事;《陈东行状》"或谓事竟,且次第推赏"、"乐成,且官矣"云云,乃指"诸生量与推恩"事。时大司成刘嗣明"增秩一列",国子司业葛胜仲"转朝奉大夫",太学博士孙宗鉴(字少魏)"迁奉议郎",太学斋长陈东耻于"侥幸进身"而辞焉,有识者高之。

同日,按试宗室乐成。宗室有官者转一官,无官者与承信郎。

《宋会要·帝系》五之二五:"(政和四年四月)九日,手诏:'宗室乐成,昨日庭按,登歌击柎,八音克谐。朕甚嘉之!因阅名籍,无禄者百有余人,恻然兴叹。应昨日按试,有官者可并转一官,正任大将军及遥郡以上,回授有服亲;无官者可并与承信郎。仰宗正司申中书省施行。'"

孙觌《宋故左中奉大夫直龙图阁赵公墓志铭》:"政和初,以胄子习乐舞,试廷中,进忠训郎,授京畿监牧司准备差使。"(《鸿庆居士集》卷三八)

按:"宗室乐"成于政和四年四月一日。政和四年四月九日,因按试宗室乐成,有转官授官手诏。[①]《宋故左中奉大夫直龙图阁赵公墓志铭》"政和初"云云,乃为"联书体","试廷中"实在政和四年四月一日,"进忠训郎"则在政和四年四月九日以后。

二十三日戊辰,周焘奏成都府学所降大晟乐器并已习熟,诏诸路州、军学生所习雅乐,依成都府学例用于春秋释奠。"令天下州学生习《大晟乐》",当始于此时。

《宋会要·乐》四之一:"(政和四年)四月二十三日,成都府路转运副使周焘奏:'据成都府学申,本学所降大晟乐器两次经释奠使用,今未(来)在学诸生并已习熟。欲乞按试施行,仍乞今后府学春秋释奠,许用学生所习雅乐。'诏:'依奏。诸路州、军更有似此精熟去处,依此。'"

《群书考索·后集》卷三一:"政和四年四月戊辰(二十三日),诏:'诸路

---

①　按:《全宋文》收作《按试宗室乐成转官授官手诏(政和四年四月九日)》,第165册,第85页。

州、军学生习雅乐已精熟处,春秋释奠并许用。'从成都府路转运副使周焘奏请也。(《长编》)"

按:《宋会要》原文作"(大观四年)四月二十三日",误。《群书考索·后集》卷三一正作"政和四年四月"。《全宋文》据《宋会要·乐》四之一收作"周焘《成都府学释奠乞许用大晟雅乐奏(大观四年四月二十三日)》"①,亦误。又,李文郁《大事记》:"静安先生谓是年颁大晟乐于天下,想系误以政和四年为崇宁四年也。然不知别有他种根据否?"②考崇宁四年亦无"颁大晟乐于天下"事,王国维所指当为天下州学颁习大晟乐事。考详下。

关于"尝令天下州学生习《大晟乐》"的时间,宋人史料未有明确记载。《朱子语类》卷九一:"政和间,尝令天下州学生习《大晟乐》。"笼统说为"政和间"。然据《宋会要·乐》四之一"据成都府学申,本学所降大晟乐器两次经释奠使用"云云,知在"政和四年四月二十三日"之前,已前后"两次"在释奠中使用大晟乐器。考《宋史·礼志一》:"春秋二仲上丁,释奠文宣王。"《政和五礼新仪》卷一二一:"太常寺预于隔季,以仲春上丁(仲秋上丁)释奠至圣文宣王。……大晟设登歌之乐于殿上前楹间,稍南,北向。"《绍熙州县释奠仪图》:"按《礼》文:'上丁,释奠至圣文宣王。'上旬丁日也。"知"两次"释奠使用大晟乐器分别在政和三年八月"仲秋上丁"和政和四年二月"仲春上丁"。又《绍熙州县释奠仪图》前附《文公潭州牒州学备准指挥》:"又政和四年,臣僚上言:'窃以朝廷昌明圣学,风化远及海邦,以陶士类,尊道贵德,振古未闻。'"成都府学在政和三年八月"仲秋上丁"释奠中已第一次使用大晟乐器;而在政和四年四月二十三日,成都府路转运副使周焘奏言,因"在学诸生并已习熟",欲乞"今后府学春秋释奠,许用学生所习雅乐"(《宋会要·乐》四之一)。据此,知"令天下州学生习《大晟乐》"用于春秋释奠,当依成都府学例推广,形之于诏令当在"政和四年四月二十三日"之后。又据《东家杂记》卷上:"政和四年,承奉郎袭封衍圣公孔端友,乞'依诸路颁降大晟新乐,许内外族人及县学生咸使肄习,以备释奠家祭使用。'二十七日,奉圣旨,依所乞。"知在"政和四年"已有"县学生咸使肄习"大晟乐的奏言和诏旨,唯此道"诏旨"已佚,不可详考。

又,《政和五礼新仪》颁降天下在政和六年闰正月二十五日庚申(《长编纪事本末》卷一三三,《长编拾补》卷三五,《玉海》卷六九《礼仪·礼制下》),知政和四年诸路州、军学习《大晟乐》用于春秋释奠,尚未按《五礼新仪》行事。

---

① 曾枣庄等主编:《全宋文》,第129册,第277页。
② 李文郁:《大晟府考略·大晟府大事记》,《词学季刊》第二卷第二号(1935年1月),第508页—509页。

大名府奏教成新乐，约在此时前后。

王安中《大名奏教成新乐表》："臣某言：和乐象成，四达寰区之远。陪都享上，一新旬月之间。协气絪缊，群心恺悦。(中谢。)窃以道德出于声文之妙，教化行于燕飨之欢。八音克谐则庶绩熙，五者不乱则万邦乂。时惟圣作，实与政通。恭惟皇帝陛下，孝奏神明，智侔造化。以日就月将之学，致地平天成之功。铺张三灵之休，跨越百世之盛。身为度、声为律，得以自然；徵为事、角为民，按之大备。著于诏令，颁逮藩垣。潜滋动植之荣，丕变氂倪之听。臣误叨居守，幸预承宣。密邻首善之畿，仰体统同之意。尹人祗辟，曾无补于泰辰；易俗移风，共窃歌于淳烈。臣无任。"(《初寮集》卷四)

按：此王安中为大名府上《教成新乐表》。时王安中监大名仓(详上)。又"新乐"、"徵为事、角为民"云云，当为大晟燕乐。据《宋会要·乐》四之一："(政和四年)四月二十三日，成都府路转运副使周焘奏：'据成都府学申……'诏：'依奏。诸路州、军更有似此精熟去处，依此。'"王安中上《大名奏教成新乐表》，当作其后不久。此表当作于政和四年左右，乃代大名尹姚祐而上。

诸路府学、州学因赐大晟乐用于春秋释奠，纷纷上谢表。

李新《谢赐大晟乐表》："首自京师，丕著功成之作；用之邦国，滥叨拜赐之荣。里巷至于叹嗟，耳目未尝闻睹。人神胥悦，遐迩攸同。(中谢。)窃以微卢彭濮之人，古为远服；《英》、《茎》、《咸》、《濩》之乐，久失正声。惟上圣之应时，获异人而考古。调律于铸鼎之后，得器于受命之邦。坐格天神，念一夔而斯足；来仪羽鹤，知八音之克谐。宜郑、卫之淫销，故天地之和应。颁从内府，覃及远方。用于四时，大备禴祠蒸尝之荐；习以多士，日闻金、石、丝、竹之音。后无以加，昔未尝有。此盖皇帝陛下，知周万物，德冠百王。为律于身，作古自我。制穷高妙，岂特百年而后兴？本出虚无，宜其一奏而增叹。顾箫、管之具举，合笙、磬以同音。虽坤维之下州，分工师而肄业。导和有自，感遇非常。既作泮宫，又许鲁侯之用《雅》；不知肉味，偶同齐国之闻《韶》。"(《跨鳌集》卷一二)

按：此文前即《代兴元知府谢到任表》，知《谢赐大晟乐表》当作于兴元府。"习以多士，日闻金、石、丝、竹之音"，"虽坤维之下州，分工师而肄业"，"既作泮宫，又许鲁侯之用《雅》"云云，乃用于春秋释奠。此李新代兴元府所上《谢赐大晟乐表》，当作于政和四年左右。

李新《上王提学书》："某不敏，尝叹博士倚席，学舍为园……论议不正，而朝廷以三舍养士，日考月书，道隆德峻。芃芃棫朴，成薪樗之材；青青子衿，入俊造之板。虽三代宾兴之盛，不过如此。尝闻燕乐亡蕤宾，六律下太簇七均，不合于古，八音日夺其伦。今大司乐考中声而用，求子声而订，斲钟牛铎，尽入制作，仪凤舞兽，行书简编，虽《咸》《韶》《英》《茎》之妙，不过如此。又尝见列庭阙有夏之器，享帝微大烹之具。今草茅之士，能献至言，为时荐祥，与国增重，象三公而列足，通九牧而贡金。元羹呈味，龙文绚彩，虽禹时所铸，汾阴所得，不过如此。某宦学不进，僻在一邑，睹太平盛典，乃至算数譬喻所不能及，而才力短拙，不能作颂歌以形容，从事末路，风尘湮没，无可言者。恭惟阁下推贤乐善，见于精神之表。立教有方，育士有经。前日宾兴辟雍会校，独此一道得人为多。雅乐之作，收召和气，而此一道，惟吏与民，气平而声缓。登车揽辔，澄清蜀部，镇静不扰，犹一鼎之重。某既睹太平之盛典，又事太平之伟人。前日推行学制，过沐论荐，不为不遇也。去替无几，日月云迈，老大寸进，亦有动于中者。伏望终始提拔，令得循资。某岂直太平之幸民已哉？"（《跨鳌集》卷二〇）

按：《宋史·徽宗本纪二》："（崇宁四年十一月）丙辰，置诸路提举学事官。"又，李新于大观元年遇赦得官，"伏望终始提拔，令得循资"云云，则已得官数年。又"尝闻燕乐亡蕤宾……今大司乐考中声而用"云云，当在政和三年"以雅乐中声播于燕乐"期间。"前日宾兴辟雍会校，独此一道得人为多。雅乐之作，收召和气"云云，当在政和四年赐诸路府学、州学大晟乐前后。

傅察《代周文翰谢赐大晟乐表》："象成作乐，用锡予于庶邦；观德乡方，将训齐于多士。事高往牒，庆溢绵区。（中谢。）臣闻教艺于乡，寔前王之盛典。习舞于学，亦治世之宏规。故舜作乐以赐诸侯，而周设官以教国子。庶使遐迩之俗，习知道义之归。恭惟皇帝陛下，盛德难名，丰功莫拟。辟土疆于万里，播声教于百蛮。用律和声，究六经之妙旨；以身为度，考三代之遗音。孰窥述作之端，曲尽情文之善。乃分颁于侯服，俾肄习于儒官。敕上国之工师，训多方之俊造。钦承嘉惠，耸耀众观。将易俗以移风，因审音而知政。臣敢不布宣德意，敕厉邦人。损益更张，于以识圣神之治；铿锵节奏，非徒为歌舞之容。"（《忠肃集》卷上）

按："习舞于学，亦治世之宏规。故舜作乐以赐诸侯，而周设官以教国子"、"乃分颁于侯服，俾肄习于儒官。敕上国之工师，训多方之俊造"云云，令天下州学习《大晟乐》用于春秋释奠在政和四年左右，傅察《代周文翰谢赐大晟乐表》当作于此时。

时州府以置办"舞衣、乐器"之类为急。

李新《上漕使书》："一时之令，以添置公用为文，而其实制不急之物，如舞衣、乐器之类是也。"（《跨鳌集》卷二二）

按：此为上兴元府所属利州路转运使或副使而作，而成都府路转运副使周焘乃以"不急之物，如舞衣、乐器之类"为事，而侵提举学事使之权，李新《上漕使书》云云，或有所讽。

赐越州大晟乐以祭社稷及释奠。约在此时前后。

《会稽志》卷一："方政和间，颁大成（晟）乐于天下，祭社稷皆有乐。赞者请初献行礼，则《宁安之乐》作，八成止。引诣坛盥洗，则《正安之乐》作。诣神位前，则《嘉安之乐》作。送神，则《宁安之乐》复作，一成止。""今尚有遵行者。若释奠之制，则有六：一曰时日，（谓春秋上下日。）二曰斋戒，（谓散斋三日、致斋二日。）三曰陈设，（谓前三日设次，前一日坤阙之类。）四曰省馔，五曰行事，六曰乐。（请行事，《凝安之乐》作，三成止。诣罍洗，《门安之乐》作。诣文宣王神位前，《明安之乐》作。洗爵毕，再诣神位前，《成安之乐》作。）今尚不废，惟乐多阙矣。"

《浙江通志》卷四四引《嘉泰会稽志》："初，政和间，颁大晟乐祭社稷。"

按："颁大晟乐祭社稷"在政和二年八月，然政和三年八月大晟乐方颁降天下。越州以大晟乐祭社稷及释奠当在其后。

二十七日壬申,诏依孔端友乞许族人及县学生肄习大晟新乐,备释奠家祭用。

《东家杂记》卷上:"政和四年,承奉郎袭封衍圣公孔端友,乞'依诸路颁降大晟新乐,许内外族人及县学生咸使肄习,以备释奠家祭使用。'二十七日,奉圣旨,依所乞。""政和六年五月,差四十七代孙、宣教郎、监和剂西局门(孔)若谷,押赐大乐、礼器付本庙。"

《幸鲁盛典》卷三:"徽宗大观三年,更撰释奠乐章。四年,大晟府拟撰释奠十四章。衍圣公孔端友奏:'朝廷稽考三代制礼作乐,乞颁降大晟新乐,许内【外】族人及县学生咸使肄习。并乞降礼器,以备释奠及家祭使用。'乃遣孔子四十七代宣教郎若谷,押赐堂上正声大乐一副、礼器一副。罍一,洗一,勺全,幌巾二,篚全,尊壶二,龙勺羃各全,毛血盘一,象尊一,牺尊一,簠簋并盖,登瓦并盖,箱、篚并竹各一;铏鼎三,并盖;杓三箝十,□(罩)全,豆十,篚全,胙桉八,爵三,坫全。已上礼器也。祝一,椎全;敔一,籈全;编钟、编磬各一架,枸虡、崇牙、流苏等各全;搏拊、鼓、埙、篪、笛、箫、巢笙、和笙、一弦至九弦琴、瑟二,已上大乐也。天下节镇、州县学,皆赐堂上乐一副、正声乐曲十二章。春秋上丁释奠,则学生登歌作乐。"

《山东通志》卷一一之三:"政和元年,诏孔门弟子封爵及郡县犯先圣讳者,悉改正。四年,御书大成殿额,赐太学并曲阜孔子庙,仍颁其名于诸路州学。(从舒州司户孔若谷之请。)五年,大晟府拟撰释奠十四章,诏:'下国学选诸生肄习。上丁释奠,奏于堂上,以祀先圣。'六年五月,诏遣宣教郎孔若谷,颁赐堂上正声大乐一副、礼器一副于阙里。(礼器一副:罍一,洗一,勺全,悦巾二,篚全,尊壶二,龙勺、羃各全,毛血盘一,象尊一,牺尊一,簠簋并盖,登瓦并盖,箱、篚并竹各一;铏鼎三,并盖;杓三,箝十,罩全,豆十,篚全,胙案八,爵三,坫全。大乐一副:祝一,椎全;敔一,籈全;编钟、编磬各一架,枸簴、崇牙、流苏等各全;搏拊、鼓、籫(埙)、篪、笛、箫、巢笙、和笙、一弦至九弦琴、瑟二,是也。从衍圣公孔端友之请。)天下节镇、州县学,皆赐堂上乐一副、正声乐曲十二章。春秋上丁释奠,则学生登歌作乐。"

按：据《皇宋十朝纲要》卷一七："(政和四年正月)甲辰，兖州命官学生、道释及文宣王四十七代孙孔若谷等赴阙进表，请上登封东岳。"《东家杂记》卷上："政和四年，四十七代孙孔若谷、文林郎、舒州司户曹事(孔)若谷，乞依辟雍大成殿颁降殿额。二月初二日，奉圣旨，依所去乞，其牌令后苑造。御前生活所制造，蔡京书写。(竟不奉诏。今已窜逐。)"政和四年正月孔若谷赴阙进表，并乞依辟雍大成殿颁降殿额。故孔端友乞颁大晟新乐以备释奠家祭，亦当在政和年间而不在大观年间。《幸鲁盛典》系时有误，当从《东家杂记》作"政和四年"。

二十八日癸酉，诏夏祭以大晟乐工代宗子学生舞乐。

《宋会要·乐》四之一："(大观四年四月)二十八日，诏：'将来夏祭用宗子学生舞乐指挥更不施行，只用大晟乐工直，候冬祀始用。'"

《宋会要·乐》五之二四："(政和)四年四月二十八日，诏：'将来夏祭用宗子学生舞乐指挥更不施行，只用大晟乐工直，候冬祀始用。'"

按：《全宋文》两录此诏，一据《宋会要·乐》五之二四作"政和四年四月二十八日"，一据《宋会要·乐》四之一作"大观四年四月二十八日"[①]。凌景埏云："(政和四年四月)二十八日，诏：夏祭用宗子学生舞乐，指挥更不施行。只用大晟乐工直侯，冬祀始用。"[②]极是。但"候"引作"侯"，又断句不同，偶有小误。

五月十二日丙戌，首行夏祭皇地祇，用大晟乐。

《文献通考》卷七六《郊社考九》："(政和)四年五月丙戌夏至日，帝始亲祭地于方泽，以太祖皇帝配。……大晟【府】陈登歌之乐于坛上，稍北，南向；设宫架于坛北内壝之外，立舞表于酂缀之间。……殿中监跪进大圭，皇帝执以入。宫架《仪安之乐》作。至午陛，乐止。登歌乐作，至第二成版位，东向立，乐止。礼仪使奏：'有司谨具，请行事。'宫架作《宁安之乐》、《广生储祐之舞》，八成止。皇帝再拜，礼仪使奏：'请搢大圭，盥手。'登歌乐作，帨手讫，执大圭，至坛，乐止。登歌《嘉安之乐》作，殿中监进镇

---

① 曾枣庄等主编：《全宋文》，第165册，第86页；第164册，第246页。

② 凌景埏：《宋魏汉津乐与大晟府》，凌景埏、谢伯阳校注：《诸宫调两种》附录，第284页。

圭,皇帝搢大圭,执镇圭,诣皇地祇神位前,南向跪。奠镇圭于缫藉,执大圭,俯伏,兴,搢圭。礼仪使奏:'请受玉币。'奠讫,俯伏,兴,再拜,乐止。《恭安【之】乐》作,诣太祖皇帝神位前,西向奠圭、币,如前仪。礼仪使前导皇帝还版位,登歌乐作,至位,东向立,乐止。礼部、户部尚书以下奉馔俎,宫架《丰安之乐》作,奉奠讫,乐止。皇帝再诣罍洗,搢大圭,盥手,登歌乐作。帨手,洗爵,拭爵讫,执大圭至坛上,乐止。登歌《光安之乐》作,诣皇地祇神位前,搢大圭,跪执爵,祭酒,三奠爵讫,执圭,俯伏,兴,乐止。太祝读册,皇帝再拜讫,登歌《英安之乐》作。诣太祖皇帝神位前,如前仪。皇帝还版位,登歌乐作,至位,乐止。皇帝还小次,登歌乐作,殿中监跪受大圭,帘降,乐止。文舞退,武舞进,宫架《文安之乐》作。舞者立定,乐止。亚献,盥帨讫,作《隆安之乐》《厚载凝福之舞》。礼毕,乐止。终献行礼,如前仪。皇帝诣饮福位,登歌乐作,至位,乐止。《禧安之乐》作,皇帝再拜,搢圭,跪受爵,祭酒,三啐酒,奠爵,受俎、奠俎,受拑黍豆。既奠,再受爵,饮福讫,奠爵,执圭,俯伏,兴,再拜,乐止。皇帝还版位,如前仪。礼部、户部尚书撤俎豆,登歌《成安之乐》作,卒撤,乐止。礼部尚书等降复位,礼直官曰:'赐胙。'行事、陪祀官再拜,宫架《宁安之乐》作,一成止。皇帝诣望瘗位,登歌乐作,降自子陛,乐止。宫架乐作,至位,北向立,乐止。礼直官曰:'可瘗,举爟火,瘗半坎。'礼仪使跪奏:'礼毕。'宫架乐作,皇帝出中壝门。殿中监受大圭,皇帝至大次,乐止。有司奏解严,皇帝常服,乘大辇,还斋宫,鼓吹振作。皇帝升御座,百官称贺。皇帝降座,鸣鞭。殿上侍立官以次退,所司放仗还内,如常仪。"

　　按:《宋史·徽宗本纪三》:"(政和四年)五月丙戌,始祭地于方泽,以太祖配。"《宋史·礼志三》:"(政和)四年五月夏至,亲祭地于方泽。"据《忠惠集》卷五《贺夏祭礼成表》"舞《咸池》以合晟乐"云云,知夏祭皇地祇用大晟乐。

　　首行夏祭皇地祇用大晟乐节次,《政和五礼新仪》"皇帝祭皇地祇仪"所载更详,如:"大晟【府】陈登歌之乐于坛上稍南,北向;设宫架于坛南壝之外,立舞表于酂缀之间。……协律郎位二:一于坛上乐簴之西北,一于宫架之西北,俱东向。大乐令位于登歌乐簴之北,大司乐位于宫架之北。"(卷八〇)"大司乐入行乐架。……协律郎展视乐器……乐正帅工人、二舞次以入。……礼直官赞揖,先引大司乐以下入就位。……协律郎跪,俯伏,举麾,兴。

工鼓柷，宫架《仪安之乐》作。（皇帝升降、行止，皆作《仪安之乐》。）至午阶版位，西向立。偃麾，戞敔，乐止。（凡乐，皆协律郎跪，俯伏，举麾，兴，工鼓柷而后作，偃麾，戞敔而后止。）……宫架《宁安之乐》作，《广生储祐之舞》八成止。……至坛上，乐止。登歌《嘉安之乐》作。……礼仪使前导皇帝诣太祖皇帝神位前，东向奠币，并如上仪。（惟登歌作《恭安之乐》。）"（卷八一）"太官令入正门，宫架《丰安之乐》作。……登歌《光安之乐》作，吏部侍郎奉爵。……礼仪使前导皇帝诣太祖皇帝神位前，酌献并如上仪。（惟登歌作《英安之乐》。）……文舞退、武舞进，宫架《文安之乐》作。舞者立定，乐止。……宫架作《隆安之乐》、《厚载凝福之舞》，执事者以爵授亚献。……礼仪使奏请诣饮福位，帘卷，出次，宫架乐作。……将至位，乐止，宫架《禧安之乐》作。……户部尚书升坛，撤俎，登歌《成安之乐》作。卒撤，乐止。……送神，宫架《宁安之乐》作，一成止。"（卷八二）"大晟【府】设宫架于宣德门外，稍南。……车驾称警跸，鼓吹及诸军乐振作。……大乐正奏《采茨之乐》，入门，乐止。……大晟府设钲鼓于宫架之西，稍北，东向。……大乐正令撞黄钟之钟，右五钟皆应，《乾安之乐》作。……金鸡初立，大晟府击鼓。……大乐正令撞蕤宾之钟，左五钟皆应，《乾安之乐》作。"（卷八三）可参考。

六月之前，赐高丽大晟燕乐乐器167件、《曲谱》十册、《指诀图》十册及乐舞、词曲若干。

《高丽史》卷七〇《乐志一》："睿宗九年六月甲辰朔，安稷崇还自宋，徽宗诏曰：'乐与天地同源，百年而后兴，功成而后作。自先王之泽竭，礼废乐坏，由周迄今，莫之能述。朕嗣承累圣基绪，永惟盛德休烈，继志述事，告厥成功。乃诏有司，以身为度，铸鼎作乐，荐之天地宗庙，羽物时应。夫今之乐犹古之乐，朕所不废。以雅正之声，播之今乐，肇布天下，以和民志。卿保有外服，慕义来同，有使至止，愿闻新乐。嘉乃诚心，是用有锡。今因信使安稷崇回，俯赐卿新乐。'"

按：高丽睿宗九年即宋徽宗政和四年。《高丽史·乐志一》除载此诏书外，还有所赐大晟乐器，包括："铁方响五架，石方响五架，琵琶四面，五弦二面，双弦四面，筝四面，箜篌四座，觱篥二十管，笛二十管，篪二十管，箫十面，匏笙十攒，埙四十枚，大鼓一面，杖鼓二十面，拍板二串。"总共有乐器167件，另外还有《曲谱》十册，《指诀图》十册。这些乐器与徽宗天宁节所用，大体相似（《东京梦华录》卷九）。其中"埙"、"篪"、"匏笙"等，正是典型的大晟燕乐器。又，《高丽史·乐志二》所载"散词"共44首，政和年间赐"大晟燕乐"时传入的词曲，可确考者有晁端礼《黄河清(慢)》、赵企《感皇恩(令)》及无名氏《满朝欢(令)》"共献君王千万岁"、《清平乐》"真主玉历成康"、《还宫乐》"喜贺我皇"、《游月宫(令)》"当今圣主座龙楼"、《天下乐(令)》"寿星明久"等。又,《高丽史·乐志二》所载北宋七套大曲中,至少有《献仙桃》、《寿延长》、《五羊仙》、《莲花台》、《惜奴娇(曲破)》等五套大曲,可证明其作于徽宗政和四年赐高丽"大晟燕乐"之一。详见拙著《大晟府及其乐词通考》,兹不赘述。

本年词科以《代高丽谢赐燕乐表》为题,孙觌(仲益)、王志古均有作。

孙觌《代高丽王谢赐燕乐表》:"十行赐札,诞弥辽海之邦;万里同文,普听钧天之乐。俯惭虚受,中积愧怀。伏念臣锡壤三韩,袭封四郡。环居岛服,习闻夷靺之声;仰睇《云门》,实眩《咸池》之奏。方重华之上治,跻累洽之闳休。监二代以敷文,命一夔而制乐。登歌下管,天地同流;鼓瑟吹笙,君臣相说。加荑鹿苹之飨,辅成鱼藻之欢。有怀疏逖之臣,亦预分颁之数。玉帛万国,干舞已格于七旬;箫韶九成,肉味遽忘于三月。仰止柷将之赐,郁然食侑之光。骤此叨居,殆无前比。兹盖伏遇皇帝陛下,躬持慈宝,丕冒仁天。通道八蛮,坐致远人之悦;同符五帝,肇闻古乐之兴。出大晟之珍藏,作朝鲜之荣观。兜离一变,慈惠均欢。荡荡乎无能名,虽莫见宫墙之美;欣欣然有喜色,咸与闻管篪之音。稽首拜嘉,周邦来贺。臣敢不服膺睿奖,谨度遐方。仰九门之句传,徒起戴盆之望。与百兽而率舞,但深倾藿之心。"(《玉海》卷二〇三)

按:孙觌《代高丽王谢赐燕乐表》乃为政和四年甲午"词科"之命题。《玉海》卷二〇三:"《代高丽王谢赐燕乐》。"原注:"甲午。"《直斋书录解题》卷一八:"政和四年词科。《代高丽谢赐燕乐表》,脍炙人口。"知此表作于政和四年甲午。又《玉海》卷二〇三原注:"此《表》警句,全用经句,而复典丽。大凡词科四六,须间有此一两联,则易入人眼。王志古亦云:'《徵》、《角》并扬,庆君臣之相悦;埙、篪迭奏,与天地以同流。'事亦与孙仲益同。"知同年参加"词科"考试作《代高丽王谢赐燕乐表》的还有王志古等人;所谓"《徵》、《角》并扬"、"埙、篪迭奏",乃王志古《表》中之语,正指大晟燕乐而言。

试馆职策问以大晟乐为题,约在此时前后。

刘才邵《试馆职策问》:"圣人之作乐者,内则本之于情性,外则稽之于制度。咸有法象,岂苟然哉? 故声于五行,有自然之数;音于八风,有自然之位。文之以声,则为君、为臣、为民、为物、为事,贵于相成;播之以音,则动之、行之、咏之、宣之、赞之、节之,合而后和。所谓五者八者,岂可以阙一哉? 及考之载籍,所传乃或不然。大司乐分乐而序之,其间自圜钟为宫,终于应钟为羽,独不言为商。作君臣相悦之乐者,但取《徵韶》《角韶》,而不及余声。然则五声无乃不备乎? 夔所论乐,其见于器者,自琴、瑟以至于石,而不及于土。音皆主于和也,而《诗》言牖民而欲其和,何取于埙、篪二器而已? 然则八音其说不同,又如此也。"(《槠溪居士集》卷一〇)

　　按:"作君臣相悦之乐者,但取《徵韶》《角韶》""埙、篪二器"云云,均指大晟燕乐而言。

十一日甲寅,依礼制局厘正卤簿鼓吹仪仗饰物。

　　《宋史》卷一四五《仪卫志三》:"政和四年,礼制局言:'卤簿六引仪仗,信幡承以双龙,大角黑漆画龙,紫绣龙袋,长鸣、次鸣、大小横吹、五色衣幡、绯掌画交龙。按《乐令》,三品以上绯掌画蹲豹。盖唯乘舆器用,并饰以龙。今六引内系群臣卤簿,而旗物通画交龙,非便,合厘正。'"

　　《长编纪事本末》卷一三四:"(政和四年六月)甲寅,礼制局言:'卤簿六引仪仗,信幡承以双龙,大角黑漆画龙,紫绣龙袋,长鸣、次鸣、大小横吹、五色衣幡、绯常(掌)画交龙。案《乐令》,三品以上绯常(掌)画豹。盖惟乘舆器用,并饰以龙。今六引内系群臣卤簿,而旗物通画交龙,非便,合厘正。……'从之。"(《长编拾补》卷三三同)

十月十五日丙辰,潼川府(梓州)二顾相公祠画皆作伶官、弄臣像。李新叹为"野人丛社中物",与鲁璠重画。

　　李新《潼川二顾相公祠重画记》:"更大观岁号,某摄梓司寇。绾组二日,伏谒二顾祠。周览四阿,循墙而趋,粉垩图绘,皆作伶官、弄臣像。予叹曰:'兹野人丛社中物! 前史称顾公有儒者风,风马云车,其郁郁居此乎？’夕梦二吏召某造府。府潭而幽，兵卫祗肃。堂上有东西向而坐者，予问吏，吏曰：‘此二丞相也。’谒入，主人降阶以逆。某上西阶，先右足历阶。及席坐云，则坐其西向者曰：‘旦辱经临，君亦与我合，礼乐以俟君子。试与儒生鲁璠议之。’后数日，璠来，以所梦质之，相对怂怂若作寝语。璠抵掌曰：‘神哉灵哉！璠病此久矣。愿因以倡。’相与考唐冠服制度，参以《天圣令》文，凡节度、使相所得衙官、从吏，巾鞲、囊鞬、冕弁、袴褶，及功臣卤部（簿）鼓吹，行军铿铙，钟鸣枹鼓，革车诞马，分别队伍，启殿森次，命工师以笔墨从事。十日一士，五日一马，丹砂曾青，熠耀于庑。行者、俯者、植立者，若贯鱼字雁，无敢乱行者。如云屯月阵，俯听师律者。如三令五申，无一敢哗者。呜呼！二公以忠义死。自政和甲午，逆数至唐大顺凡二百二十年，而后得庙号。邦伯王公吉甫，一新宫宇，宫宇成而画，画成而祠事大备矣。风流有余，典刑具在，二公以享，将游歌而安乐之也。愿请疥瘠，宾以断伶官弄臣像，可乎？尝省郡牒，叩之父老，具言祠地正昔镜堂。公尝表杨景安为监军，以高祀、蔡然明、张希范为宾友，李孟宣、胡守章、唐友通为爪牙，雍容啸呼，置酒高会，雅歌投壶，想见一时胜快。镜堂春归，撷翠帐花，涪上女子弄丝吹竹，顾影婆娑，其乐无涯。镜堂秋归，凉飙洒衣，清露濡席，登高以赋，感候而悲，四座歔欷，涕泗注颐。送暑迎寒，一乐一悲。或借箸而筹，或举觞而画。酒酣气振，蔑视四境。今高台已为池，深池已为丘，歌舞窈窕之区，化为城市，永巷连櫺，民以为厩库。千秋百岁后，大率多若此，骨为土矣，为尘而扬矣。二公独以英风梗概，血食此土。梓人事二公如生，岁时食饮，不敢先其祖祢而先公。公非有实惠加梓人，而忠义所在，非特梓人能伶而尊事之也。鲁璠索记，予并书之，年月日记。”（《跨鳌集》卷一六）

　　按："更大观岁号，某摄梓司寇"云云，乃指李新大观元年遇赦，摄梓州司法参军。"自政和甲午"云云，则已政和四年矣。"野人丛社中物"、"涪上女子弄丝吹竹"云云，乃指潼川府（梓州）社火及官妓歌舞。

诏现任教授不得为人撰书启、简牍、乐语。

《能改斋漫录》卷一三《见任教授不得为人撰书、启、简、牍、乐语》:"政和四年,臣僚上言:'欲望应见任教授,不得为人撰书启、简牍、乐语之类,庶几日力有余,办举职事,以副陛下责任师儒之意。'奉圣旨依。尝闻陈莹中初任颍昌教官,时韩持国为守,开宴用乐语,左右以旧例,必教授为之。公因命陈,陈曰:'朝廷师儒之官,不当撰俳优之文。'公闻之,遂荐诸朝,不以为忤。"

《文献通考》卷四六《学校考七》:"吴氏《能改斋谩录》曰:'政和四年,臣僚上言:"欲望应见任教授,不得为人撰书启、简牍、乐语之类,庶几日力有余,办举职事,以副陛下责任师儒之意。"奉圣旨依。尝闻陈莹中初任颍昌教授官,时韩持国为守。开宴用乐语,左右以旧例,必教授为之。公因命陈,陈曰:"朝廷师儒之官,不当撰俳优之文。"持国遂荐诸朝,不以为忤。'"

俞文豹《吹剑录·外集》:"政和四年,臣僚奏:'教官不得为人撰书启、乐语之类。'陈了翁分教颍昌,太守韩持国令作开宴乐语。辞曰:'师儒之官,不当作俳优之文。'公器之,荐于朝。"

按:"陈了翁分教颍昌,太守韩持国令作开宴乐语"云云,或为误传。韩维(持国)守颍昌府在元祐五年庚午(1090)六月至七年壬申(1092)三月(《长编》卷四四三、卷四七一)。

又,旧例教授撰写州郡开宴用乐语,亦见于《宋史·邹浩传》。《宋史·邹浩传》:"邹浩,字志完,常州晋陵人。第进士,调杨州、颍昌府教授。吕公著、范纯仁为守,皆礼遇之。纯仁属撰乐语,浩辞。纯仁曰:'翰林学士亦为之。'浩曰:'翰林学士则可,祭酒、司业则不可。'纯仁敬谢。"

明达皇后神主祔别庙,用大晟乐。

《宋史》卷一四〇《乐志十五》载《神主祔别庙一首》:"柔容懿范,蚤岁蔼层闱。兰梦结芳时。秋风一夜惊罗幕,鸾扇影空回。荣追祎翟盛威仪。遗像掩瑶扉。春来只有芭蕉叶,依旧倚晴晖。(《导引》)"

按:此首紧接《宋史·乐志十五》"政和三年追册明达皇后一首"之后,当为明达皇后神主祔别庙鼓吹曲。《宋史·礼志十二》:"政和四年,有司言:'……今岁当祫,而明达皇后神主奉安陵祠,缘在城外。……今明达皇后追正典册,岁时荐享,并同诸后。宜就惠恭别庙,增建殿室,迎奉神主以祔。'又言:'明达神主祔谒日,于英宗室增设宣仁圣烈皇后、明达皇后二位,及遍祭七祀,配享功臣,并别庙祔享惠恭、明达二位。'"知明达皇后神主祔别庙鼓吹曲,当用于政和四年。

政和五年(1115)乙未

正月六日丁丑,以"制礼作乐"试礼部奏名进士。

翟汝文《省试进士策(一)》:"问:先王之法,隳于周季。漆书竹简,藏于屋壁,而学校废阙。音官瞽蒙,入于河海,而礼乐残坏。士无宾兴贤能而用非所养,更数百世莫之能起也。主上建辟雍,勃兴于去圣数千岁之后。乃者歆先圣之庙室,见诸生,召儒官,讲说先王之道。学校既复古矣,铸金象物作乐,荐见郊庙,以和神人。乐成礼备,未有盛于此时者也。士生斯世,闻之者犹足以兴起,况于羌冠进趋其间,得与于斯文者乎?古者春夏学干戈,秋冬学羽籥,凡国之俊选皆造焉。然则合舞习吹,皆儒者之所有事也。不宁唯是,始释奠则既衅器矣,而皮弁祭菜,所以严恭也。班序颠毛,而属饮于序,所以贵齿也。饮爵尚能,闲之以射,才者养不才者也。乞言合语,明贵贱,皆有事于天子,所以达尊也。出征受成,释旅献馘,尊德乐道之实也。今朝廷辟雍作人之盛,将使因其时而教之道艺礼乐,且以观诸生之文献,则夫登歌、舞籥、释菜之容,序齿、射侯、乡饮之别,与养老、受成、献馘之礼,使三代之文,率礼无违。二三子学古入官者也,其懋明之,以语有司。"(《忠惠集》卷八)①

翟汝文《省试进士策(三)》:"问:昔先王制器尚象,本以使民亲用,而非以难知为贵也。凡起居饮食,相与周旋乎是,而名之曰礼,谓其有文章黼黻,能即于人心,而民乃肯行之。三代制作,至周弥文,犹以为远于古。是故为礼必先以太羹玄酒,为乐必先以土鼓蒉桴,使民不忘古意,而其实为世所便利者不废也。若必曰唯古之用,则周何以损益云哉?主上睿知圣神,大兴制作,取声于《英》、《茎》之乐,考礼于夏、商之器。三代备物,靡不毕集,尝出示群臣矣。于斯时也,若辟雍,若明堂,以至九鼎、晟乐、圜

---

① 翟汝文:《忠惠集》卷八,《全宋文》收作《省试进士策(一)》,第149册,第216页。

丘、方泽,悉见全古,岂止讲读六艺为空文也哉? 将欲颁古器于天下,行今之礼,使学士大夫人人习见,如周人贵本之谓,去华就实,以渐复朴,庶有益乎! 诸君其以所闻诵之。"(《忠惠集》卷八)①

　　按:《宋会要·选举》一之四:"(政和五年正月六日)给事中、同修国史翟汝文同知贡举。"《宋史·徽宗本纪三》:"(政和五年三月)己卯,御集英殿策进士……癸巳,赐礼部奏名进士出身六百七十人。"考大观三年三月六日,诏以"制礼作乐"入试礼部奏名进士制策(《宋会要·选举》七之三二)。政和五年正月翟汝文知贡举,所撰《省试进士策》,即与大观三年三月六日《试礼部奏名进士制策》前后相承。

二月三日癸卯,诏从少府监言权依旧制造大晟新法斗、秤。

　　《宋会要·食货》四一之三三、三四:"(政和)五年二月三日,少府监言:'……又奉诏,限一月制造皇太子出阁合用秤,及赐食院制造斗、秤。续承降到大晟新法斗、秤,制造颁降间,承尚书省札付(子),权、衡、度、量权住制造。即无却行制造太府寺斗、秤之文,是致造作前项紧急生活应付未得。乞下院且依太府寺法制造。'诏:'并权依旧制造,余依。'"(《宋会要·食货》六九之九同)

　　按:政和三年十月二十一日,诏依大晟乐尺制造斗、秤、升、等子;政和四年九月二十六日,诏从文思院奏请自政和五年正月一日奉行大晟新法斗、秤,详见《宋会要·食货》四一之三二、三三、《宋会要·食货》六九之七、八,文繁不引。又,此诏《宋大诏令集》及《全宋文》均失收,可据辑补。

十五日乙卯,以太上老君诞日,徽宗于玉清和阳宫设道士登歌乐,行酌献礼,用《乾安》、《诚安》、《真安》、《钦安》、《乾安》乐。

　　《宋会要·礼》五一之一五、一六:"(政和)五年二月四日,诏:'二月十五日,太上老君诞日,于玉清和阳宫设道士登歌乐,皇帝行酌献之理(礼)。'其日早,皇帝入玉清和阳宫,归小次。俟设馔等毕,读祝道士诣殿

---

　　① 翟汝文:《忠惠集》卷八,《全宋文》收作《省试进士策(三)》,第149册,第217—218页。

庭，北向三礼，升诣香案之右，东向立。……前导皇帝服靴、袍，登东阶，登歌《乾安》乐作。诣殿上，西向褥位立定，乐止。降真，《诚安》乐作，一成止。奏请皇帝再拜讫，乐作。皇帝盥、帨，诣香案前褥位，北向三上香。执事者跪进币，皇帝跪受币，奠币，执事者受币，皇帝再拜讫，归褥位，乐止。少顷，《真安》乐作。皇帝盥、帨、爵讫，执事者受爵，赴酌尊所。摄太官令实爵，皇帝诣香案前褥位，北向立。执事者以爵坫跪进，皇帝跪受，执爵，三献酒，执事者受爵。皇帝俯伏，兴，少立。摄太祝东向读祝文讫，置于案。皇帝再拜讫，还褥位，西向立。送真，《钦安》乐作，一成止。皇帝诣望燎位，《乾安》乐作。至南向褥位，乐止。执事者取祝文、币帛，俟火燎半，奏：'礼毕。'皇帝还位。"

按：太上老君诞日玉清和阳宫所设尽管为"道士登歌乐"，但《乾安》、《诚安》、《真安》、《钦安》、《乾安》云云，仍为大晟乐。

四月，燕辅臣于宣和殿，仙韶院女童击丸。

《清波杂志》卷八："政和五年四月，燕辅臣于宣和殿。先御崇政殿，阅子弟五百余人驰射，挽强精锐，毕事赐坐。出宫人列于殿下，鸣鼓击柝，跃马飞射，藾柳枝，射绣球，击丸，据鞍开神臂弓，妙绝无伦。卫士皆有愧色。上曰：'虽非妇事，然女子能之，则天下岂无可教？'臣京等进曰：士能挽强，女能骑射。安不忘危，天下幸甚！见《从游宣和殿记》。"

按："宫人……击丸"，又作"宫人击踘"。《挥麈余话》卷一："政和二年三月……诏以是月八日开后苑太清楼……遂赐坐，命宫人击鞠。臣何执中等辞，请立侍。上曰：'坐。'乃坐。于是驰马举仗，翻手覆手，丸素如缀。又引满驰射，妙绝一时，赐赉有差。"《鸡肋编》卷中："蔡京《太清楼特宴记》云：政和二年三月……诏以是月八日开后苑宴太清楼……赐坐，命宫人击踘。"考"击丸"为马球，"击踘"乃足球，两者有异，此云"驰马举仗"云云，当以"击丸"为是。"击丸"、"击踘"皆为宋代"百戏"之一，当由仙韶院宫人表演。

又，"宫人"云云，皆为"妙法院女童"。《东京梦华录》卷七《驾登宝津楼诸军呈百戏》："有黄衣老兵，谓之'黄院子'，数辈执小绣龙旗前导，宫监马骑百余，谓之'妙法院女童'。皆妙龄翘楚，结束如男子，短顶头巾，各着杂色锦绣，捻金丝番段窄袍，红绿吊敦束带，莫非玉羁金勒，宝镫花鞯，艳色耀日，香风袭人，驰骤至楼前，团转数遭，轻帘鼓声，马上亦有呈骁艺者。中贵人许畋押队招呼成列,鼓声一齐掷身下马,一手执弓箭,揽缰子就地,如男子仪。拜舞山呼讫,复听鼓声,骗马而上。大抵禁庭如男子装者,便随男子礼起居。复驰骤团旋,分合阵子讫,分两阵,两两出阵,左右使马,直背射弓,使番枪或草棒交马野战,呈骁骑讫,引退。……续有黄院子引出宫监百余,亦如小打者,但加之珠翠装饰,玉带红靴,各跨小马,谓之'大打'。人人乘骑精熟,驰骤如神,雅态轻盈,妖姿绰约,人间但见其图画矣。呈讫。"所载"妙法院女童"呈百戏,乃仙韶院"宫人"外出表演之例。

五月,景钟告成,给事中兼礼制局详议官翟汝文撰《景钟铭》。

《忠惠集》卷一〇《景钟铭》:"维政和乙未五月甲子,景钟告成。皇帝以身为度,铸鼎生律。鼎九斛以应黄钟之数,仰为九鼎,复为景钟,众乐宗焉。以冬至之日,奏于郊丘,肆类上帝,取中声以迎气,至极九数,以召众阳。天为顾歆,罔有弗格。臣某考制撰德而作铭曰:于皇圣神,奋豫晟乐。律度自躬,惟圣有作。于论景钟,量鼎所容。有鸿其声,象帝显庸。帝荐郊丘,钟闻于天。绥我思成,孚佑历年。臣拜稽首,天子万寿。永底于成,式是金奏。"

按:凌景埏云:"翟汝文《忠惠集》卷一〇《景钟铭》:'维政和乙未五月甲子钟成。'则政和又铸景钟矣。按政和五年五月无甲子。"[1]

《宋史·乐志三》:"(崇宁三年)秋七月,景钟成。"《文献通考·乐考七》:"宋徽宗崇宁三年,作大晟乐,铸景钟成。"张康国《景钟铭·序》:"钟成于(崇宁三年)秋七月癸丑。"(《宋会要·乐》三之二四、二五,《宋会要·乐》五之二〇,《玉海》卷一〇九"崇宁景钟"条均同)翟汝文《景钟铭》作于政和五年(1115)五月,乃为给事中兼礼制局详议官时撰。《忠惠集》附录《孙繁重刊翟氏公巽埋铭》:"政和壬辰秋,复职知陈州。明年春正月,诏还西掖。……冬十一月,除给事中。……政和间,内外乂安,百揆时叙,诏儒臣修明典则,肇新宋礼,以训四方。除公礼制局详议官。明年,天锡帝篆,帝承天休,诏礼官革汉唐诸儒臆说之陋,宪三代稽古象物,昭德于彝器。凡祀圜丘,祭方泽,享祢宫及太室诸器,专命公监三代正轨,则制器铭功,以格神祇祖考。于是宋器大备,匹休商周。楚庭傩上,命公作《傩师逐疬词》四六韵语,凡三篇。辰受命,午即上。帝读之曰:'班、马才也。'"今考翟汝文除《景钟铭》外,尚

① 凌景埏:《宋魏汉津乐与大晟府》,凌景埏、谢伯阳校注:《诸宫调两种》附录,第289页。

有《政和洗铭》、《簠铭》、《鸡彝铭》、《豆铭》、《明堂牺尊彝识》、《圜丘牺尊彝识》、《山罍铭》（《忠惠集》卷一〇）等，均为"政和乙未"为给事中兼礼制局详议官时所撰。凌景埏"则政和又铸景钟矣"云云，是。

时大晟府提举官兼礼制局详议官刘昺及礼制局提举官梁师成，亦参与其事。

《忠惠集》卷一〇《簠铭》："帝承天休受簠，锡命臣炳、臣师成，范金孔肖，称祀于世室。臣某祗帝显命，识于簠曰：永宝用享（略）。"又："维政和乙未某月甲子，帝崇配昭考，肇称于总章，爰作嘉簠。皇天顾歆明德，俾帝万年有休。"

按：《东都事略》卷一二一："梁师成，开封人也。……宣和四年，进开府仪同三司，淮南节度使，又进少保。时中外大宁，徽宗留意礼乐、符瑞事，师成特以颖悟，善逢迎恩宠。徽宗凡有御笔号令，皆命主焉。"《长编拾补》卷四二："《续宋编年资治通鉴》：（宣和二年十月戊辰）梁师成累迁河东节度使，拜太尉。时上留意礼乐、符瑞事，（梁）师成善于奉迎，凡御笔、号令，皆（梁）师成主之。……《墨庄漫录》卷二：……（梁师成）所领职局至数十百。"《宋史·梁师成传》："时中外泰宁，徽宗留意礼文、符瑞之事，师成善逢迎，希恩宠。……凡御书、号令，皆出其手。……所领职局至数十百。"梁师成宣和间"领职局至数十百"、"礼乐、符瑞事……皆（梁）师成主之"，据考，梁师成提举大晟府在宣和三年至四年（详后）。今据《忠惠集》卷一〇《簠铭》，梁师成"主"礼乐事，当始于政和五年乙未。因其时刘昺为大晟府提举官，故疑梁师成或为礼制局提举官。

给事中兼礼制局详议官翟汝文撰《傩师逐疬词》四六韵语三篇，以用于议礼局所上大傩仪及州县傩仪。

《忠惠集》附录《孙繁重刊翟氏公巽埋铭》："（政和五年）楚庭傩上，命公作《傩师逐疬词》四六韵语，凡三篇。辰受命，午即上。帝读之曰：'班、马才也。'"

《政和五礼新仪》卷一六三《军礼·大傩仪》："前一日，所司奏闻。侲子选年十二以上，十五以下充，著假面，衣赤布袴褶，二十四人为一队，六人作一行，凡四队。执事者十二人，著赤帻，褠衣，执鞭。上人二人，其一著假面,黄金【四】目,蒙熊皮,元(玄)衣朱裳,右执戈,左扬楯。其一为唱帅,著假面,皮衣。执捧、鼓角各十,合为一队。队内有鼓吹令一员,太卜令一员,各监所部坐。巫帅二人。(令以下皆服手(平)巾帻,袷(袴)褶。)太祝一员。有司预备每门雄鸡及酒,陈于宫城正门、皇城诸门,磔禳设祭。执事者开瘗坎,各于皇城中门外之右,方深,取足容物。先一日之夕,傩者各赴集,所具器服,依次陈布以俟。其日未明,诸卫依时刻勒所部,屯门列仗,入陈于阶如常仪。鼓吹令帅傩者案于宫门外,内侍诣皇帝所御殿前,奏:'侲子备,请逐疫。'奏讫,出。命内侍伯六人,分引傩者于宫门,以次入,鼓噪以进,执戈扬楯。唱帅侲子和日(曰):'甲作食殎,胇胃食虎,雄伯食魅,腾简食不祥,览诸食咎,伯奇食梦,强梁、祖明共食磔死寄生,委随食观,错断食巨,穷奇、腾根共食蛊。'凡使一十二神,追恶鬼,曰:'赫汝躯,拉汝干,节解汝肉,抽汝肺肠。汝不急去,后者为粮。'周呼讫,前后鼓噪而出。诸队各取门,出郭而上(止)。初,傩者将出,太祝布神席,当中门南向。出讫,宰人帅执事者,副(副)牲旁(匈),磔之神席之西,藉以席〖地〗(引者按:'地'字疑为衍文),北首。执事酌酒,太祝受而奠之。祝史持版于座右,跪读祝文。读讫,兴,奠版于席,乃举牲并酒,瘗坎讫,退。(其内侍伯,导引出门外止。)"①又同上"州县傩仪"条:"方相氏州四人,县二人,俱执戈楯。(戈今用小戟。)唱帅州四人,县二人。(方相唱帅,并杖直充。)侲子选年十三以上,十五以下充。(帅府及上州六十人,中下州四十人,县二十人。)杖直八人,四人执鼓,四人执鞭。前夕,前所司帅领傩者宿于州府门外,(县亦如之。)未辨色,所司白长吏,请引傩者入。质明,执事者二人出门,各执青麾,引傩者鼓噪呼以进。方相氏执戈扬楯,唱帅侲子和日(曰):'甲作食殎,胇胃食虎,雄伯食魅,腾简食不祥,览诸食咎,伯奇食梦,强梁、祖明共食磔死寄生,委随食观,错断食巨,穷奇、腾根共食蛊。'凡使一十二神,追恶鬼曰:'赫汝躯,拉汝干,节解汝肉,抽汝肺肠。汝不急去,后者为粮。'周呼讫,执

---

① 按:"黄金目"、"令以下皆服手巾帻,袷褶"、"藉以席地,北首"、"副牲旁",《大唐开元礼》卷九〇《军礼·大傩》作"黄金四目"、"令已下皆服平巾帻,袴褶"、"副牲匈"、"藉以席,北首"。(《通典》卷一三三《礼九十三·开元礼纂类二十八·军二·大傩》同)

事者引之遍索诸室及门巷讫，执事者引出。所司接引，鼓噪出大门外。为分四部，各趋四城门，出郭外而止。初，傩者入，祝史五人，各帅执事者以酒脯，各诣州府门及城四门以俟。酒以爵，脯以笾。（县亦如之。）及开瘗坎于诸门之右，方深，取足容物。傩者将出，执事者酌酒脯于门右，祝史跪读祝文。读讫，兴，奠版于席，乃举酒脯，瘗于坎，退。"

按：议礼局上大傩仪及州县傩仪，在政和三年四月二十九日前后。给事中兼礼制局详议官翟汝文撰《傩师逐疫词》四六韵语三篇，以用于议礼局所上大傩仪及州县傩仪，则在政和五年。

时禁中呈大傩仪，并用皇城亲事官。教坊乐官装将军、符使、判官、钟馗、小妹、六丁、六甲、神兵、五方鬼使、灶君、土地、门神、户尉等神。其中教坊使孟景初装将军、教坊乐官南河炭装判官为最知名。

《东京梦华录》卷一〇《除夕》："至除日，禁中呈大傩仪，并用皇城亲事官。诸班直戴假面，绣画色衣，执金枪龙旗。教坊使孟景初身品魁伟，贯全副金镀铜甲，装将军。用镇殿将军二人，亦介胄装门神。教坊南河炭，丑恶魁肥，装判官。又装钟馗、小妹、土地、灶神之类，共千余人，自禁中驱祟出南薰门外转龙弯，谓之'埋祟'而罢。是夜，禁中爆竹、山呼，声闻于外。士庶之家，围炉团坐，达旦不寐，谓之'守岁'。"

《梦粱录》卷六《除夜》："禁中除夜呈大驱傩仪，并系皇城事诸班直，戴面具，著绣画杂色衣装，手执金戗、银戟、画木刀剑、五色龙凤、五色旗帜。以教乐所伶工装将军、符使、判官、钟馗、六丁、六甲、神兵、五方鬼使、灶君、土地、门神、户尉等神，自禁中动鼓吹，驱祟出东华门外，转龙池湾，谓之埋祟而散。"

按：教坊政和三年八月隶大晟府，其时教坊乐官亦为大晟府乐官。禁中呈大傩仪在除夕，因翟汝文撰《傩师逐疫词》，联书于此。南宋乾道后以"教乐所"代教坊，其伶工"装将军、符使、判官、钟馗、六丁、六甲、神兵、五方鬼使、灶君、土地、门神、户尉等神"，亦沿袭汴京之风。

时"静江诸军傩"名闻京师。

　　《岭外代答》卷七《桂林傩》："桂林傩队,自承平时名闻京师,曰'静江诸军傩'。而所在坊巷、村落,又自有百姓傩。严身之具甚饰,进退言语,咸有可观,视中州装队仗似优也。推其所以然,盖桂人善制戏面,佳者一直万钱,他州贵之如此,宜其闻矣。"

六月十六日甲寅,诏宗室按雅乐所得恩例特许回授亲侄。

　　《宋会要·帝系》五之二六:"(政和)五年六月十六日,诏:'宗庭按雅乐所得各转一官恩例,内宗室仲轩、仲轩系大将军止法,合行回授。特许与亲侄士僅、士稱(俩),合转小将军。亦系止法,特令转行,余人不许援例。'"

十九日丁巳,敕命翟汝文创修大晟乐章。

　　《忠惠集》卷七《辞免创修大晟乐章状》:"朝奉郎、新差权发遣提举京东西路常平等事范慎《札子》:'伏睹陛下执大象以抚域中,天人和同,幽明感格。比者奠九鼎,作晟乐,受玄圭,行冠礼,祀圜坛,祭方泽,莫不协气横流,珍祥沓至。天神降,地祇出,皆甚盛德事,旷古所未闻也。然未有显大之举,以荣天休,以彰美绩。愿诏儒官,制为乐章,以其类而荐之郊庙,俾英声茂实,传于无穷。天下幸甚。取进止。'六月十九日,奉圣旨,应乐章并差翟某重修。伏奉敕命,应乐章令臣重修者。承命震慑,不知所措。臣闻古者登歌在上,乃播八音,声依咏言,始协律吕。虽有《韶》、《濩》之作,必先《雅》、《颂》之正。所以《猗》、《那》、《长发》,光祀成汤;《清庙》、《我将》,周人用飨。其上推本有娀、姜嫄受命之始,其次备载大任、大姒作合之德。爰暨武丁、成宣,褒大其子孙;下及周召、山甫,显扬其佐命。所以圣君贤臣,勋德光明,更历千载,震耀如初。然则体大事重,未有如此,苟非其人,孰敢轻议?恭惟皇帝陛下,肇新晟乐,天地顾答,改作礼器,比隆商、周。宜得语言文学之臣,付以声诗郊庙之奏。荐功皇天,明诏万世,与大晟中音,合为一律。乃以臣愚无知,讨论是事,使蚊负山,气力几何?伏况臣尪残早衰，百体俱疾，心志丧失，动辄惊悸。重以姿性驽下，辞艺荒芜，虽力诵圣德，人臣所愿，而狂易妄作，未免累国。伏况今者侍从台阁，英俊如林，才能过臣，皆可就事。伏望改付能者，不至仰辜任使。"

《忠惠集》附录《孙繁重刊翟氏公巽埋铭》："明年（政和三年）春正月，诏还西掖。公以天子修明礼乐，比隆三代，王言非深厚尔雅，不足行远。乃师《盘》、《诰》，以敷辞令。震耀中外，明并日月。四方传诵，咨嗟太息。夏，除修《哲宗皇帝国史》。提举京畿常平范慎奏：'陛下执大象以抚域中，天人和同，幽明感格。奠九鼎，作晟乐，受玄圭，行冠礼，祀圜丘，祭方泽，协气横流，珍祥沓至。天神降，地祇出，皆甚盛德事，旷古所未闻也。然未有显大之举，以荣天休，以彰美绩。愿诏儒官，制为乐章，荐之郊庙，以传无穷。'奉旨委公修制。公奏：'古者登歌在上……陛下肇新晟乐，天地顾答，改作礼器，比隆商、周。宜得语言文学之臣，付以声诗郊庙之奏，荐功皇天，明诏万世。乃以臣愚讨论，是使蚊虻负山，气力几何？'不允。"

按：《辞免创修大晟乐章状》作"提举京东西路常平等事范慎"，《孙繁重刊翟氏公巽埋铭》作"提举京畿常平范慎"，《宋代路分长官通考》系范慎提举京畿常平于政和元年至三年①，乃误。今考范慎《札子》有"祭方泽，莫不协气横流"云云，"祭方泽"在政和四年五月十二日（详上），故其任"提举常平"当在其后。又考《忠肃集》卷二《湖南常平王本除京畿路提举常平制》（政和三年），《宋会要·食货》七之三六："（政和七年）七月六日，提点京畿刑狱公事王本奏：前任提举京畿常平日……"《宋代路分长官通考》系提举京畿常平于政和三年至五年为王本、政和五年至六年为凌唐佐、政和七年至宣和元年为吉观国②，则范慎当为"提举京东西路常平"而不可能"提举京畿常平"。今考《宋会要·职官》六八之三二："（政和四年十月）二十六日，京东西路提举常平吴仲贤特降一官。"《宋代路分长官通考》"提举京东西路常平"政和五年至宣和二年均阙③，知范慎"提举京东西路常平"在政和四年十月二十六日以后，或至政和五年仍在任。《孙繁重刊翟氏公巽埋铭》以政和三年翟汝文为中书舍人而作《辞免创修大晟乐章状》，亦小误，当为任给事中而辞免，时间在政和五年六月十九日之后。据《政和五礼新仪》卷首，政和二年八月，御笔令翰林学士、中书舍人改定大晟府乐

①　李之亮：《宋代路分长官通考》，下册，第1889—1890页。
②　李之亮：《宋代路分长官通考》，下册，第1890页。
③　李之亮：《宋代路分长官通考》，下册，第1918页。

章,并拟定曲名、制撰乐章等,皆付翰林学士、中书舍人改撰,并别作卷秩编载。因翟汝文作为给事中而非中书舍人,故有"伏况今者侍从台阁,英俊如林,才能过臣,皆可就事。伏望改付能者,不至仰辜任使"之推辞,以非其职责所在,但尽管上《辞免创修大晟乐章状》,但朝廷仍然不允。

大晟府拟撰释奠乐章十四首,诏下国子学选诸生肄习,以祀先圣。

《宋史》卷一三七《乐志十二》载《大晟府拟撰释奠十四首》:"迎神,《凝安》:黄钟为宫:'大哉宣圣,道德尊崇。维持王化,斯民是宗。典祀有常,精纯并隆。神其来格,于昭盛容。'大吕为角:'生而知之,有教无私。成均之祀,威仪孔时。维兹初丁,洁我盛粢。永适其道,万世之师。'太簇为徵:'巍巍堂堂,其道如天。清明之象,应物而然。时维上丁,备物荐诚。维新礼典,乐谐中声。'应钟为羽:'圣王生知,阐乃儒规。诗书文教,万世昭垂。良日惟丁,灵承不爽。揭此精虔,神其来享。'初献盥洗,《同安》:'右文兴化,宪古师今。明祀有典,吉日惟丁。丰牺在俎,雅奏在庭。周旋陟降,福祉是膺。'升殿,《同安》:'诞兴斯文,经天纬地。功加于民,暨千万世。笙镛和鸣,粢盛丰备。肃肃降登,歆兹秩祀。'奠币,《明安》:'自生民来,谁底其盛。惟王神明,度越前圣。粢币具成,礼容斯称。黍稷非馨,惟神之听。'奉俎,《丰安》:'道同乎天,人伦之至。有飨无穷,其兴万世。既洁斯牲,粢明醯旨。不懈以忱,神之来暨。'文宣王位酌献,《成安》:'大哉圣王,实天生德。作乐以崇,时祀无斁。清酤惟馨,嘉牲孔硕。荐羞神明,庶几昭格。'兖国公位酌献,《成安》:'庶几屡空,渊源深矣。亚圣宣猷,百世宜祀。吉蠲斯辰,昭陈尊簋。旨酒欣欣,神其来止。'邹国公位酌献,《成安》:'道之由兴,于皇宣圣。惟公之传,人知趋正。与享在堂,情文寔称。万年承休,假哉天命。'亚、终献,用《文安》:'百王宗师,生民物轨。瞻之洋洋,神其宁止。酌彼金罍,惟清且旨。登献惟三,于嘻成礼。'撤豆,《娱安》:'牺象在前,豆笾在列。以飨以荐,既芬既洁。礼成乐备,人和神悦。祭则受福,率遵无越。'送神,《凝安》:'有严学宫,四方来宗。恪恭祀事,威仪雍雍。歆兹惟馨,飙驭旋复。明禋斯毕,咸膺百福。'"

《宋史》卷一〇五《礼志八》："（政和三年）《新仪》成，以孟春元日释菜，仲春、仲秋上丁日释奠。……（五年）大晟乐成，诏下国子学选诸生肄习，上丁释奠，奏于堂上，以祀先圣。"

《文献通考》卷一四三《乐考十六·乐歌》载《文宣王庙》乐章："迎神《凝安》、初献升降《同安》、奠币《明安》、酌献《成安》（并一章八句）；兖国公位酌献《成安》、送神《凝安》；舒王位酌献《成安》（并一章八句）。"

按：汤勤福、王志跃认为："此条（引者按：即《宋史·礼志八》"（五年）大晟乐成"云云）承上系于政和五年，实有问题。《辑稿》所载无时间，整理者夹批'大观二年八月，新乐成，诏令大晟府置图颁降'，亦误也。《能改斋漫录》称'政和癸巳，大晟乐成'，癸巳为政和三年；《东家杂记》载于州县诸生肄习于政和四年，均误。大晟乐制成非政和间事。考《宋朝事实》……此说最为完整，时间亦十分清晰。《铁围山丛谈》载……此亦是明证。故上述数说时间均有误也。置大晟府，《独醒杂志》称'政和间，置大晟乐府，建立长属'，此虽未说政和何年，然与《能改斋漫录》、《东家杂记》所说一致，大概误解政和三年诏书'比诏有司'及《通考》'至政和时始制《大晟乐》，自谓古雅'等误，实误。而所谓'崇宁初'一语，或是由于《通考》'徽宗崇宁元年，诏置讲议局……'一段所导致。诏修成大晟乐时间并非置大晟府时间，乐成才置大晟府，时间当依《宋朝事实》崇宁四年。诏国子监生祭祀事，朱熹曾说：'政和间，尝令天下州学生习《大晟乐》……'显然，此是指习《大晟乐》事，而非制成《大晟乐》时间，故《宋志》将两者混淆，放在一起，实有误。"①考证不可谓不精审。但未明《大晟乐》实有雅乐与燕乐之分，大晟雅乐成于崇宁四年，而大晟燕乐则实成于政和三年。诸书所言均为大晟燕乐，《能改斋漫录》、《独醒杂志》所载晁端礼、晁冲之事均在政和三年及政和六年，《东家杂记》所载政和四年、《朱子语类》所载政和间云云，亦未尝误。今考国子学及天下州学生习《大晟乐》事，实较为复杂（详上）。《宋志》"大晟乐成，诏下国子学选诸生肄习"云云，亦非在崇宁四年。

今考《宋史·乐志十二》载《大晟府拟撰释奠十四章》缺"舒王位酌献《成安》（并一章八句）"。《政和五礼新仪》卷一二一《释奠文宣王仪》："次诣舒王位前奠币，并如上仪。"考《政和五礼新仪》颁于政和三年四月。《宋史·礼志八》："政和三年，诏封王安石舒王，配享；安石子雱临川伯，从祀。《新仪》成，以孟春元日释菜，仲春、仲秋上丁日释奠。"《宋史·徽宗本纪三》："（政和三年正月）癸酉，追封王安石为舒王，子雱为临川伯，配飨文宣王庙。"疑《大晟府拟撰释

────────────

① 汤勤福、王志跃：《宋史礼志辨证》，第384—385页。

奠十四章)原载有"舒王位酌献《成安》(并一章八句)",后为史官所删。据《山东通志》卷一一之三:"(政和)五年,大晟府拟撰释奠十四章,诏下国学,选诸生肄习。上丁释奠,奏于堂上,以祀先圣。"《宋史·礼志八》:"(政和五年)大晟乐成,诏下国子学选诸生肄习。上丁释奠,奏于堂上,以祀先圣。"《忠惠集》卷八《省试进士策》:"始释奠则既衅器矣,而皮弁祭菜,所以严恭也。……今朝廷辟雍作人之盛,将使因其时而教之。……则夫登歌、舞籥、释菜之容……率礼无违。"亦将"释奠"作为核心议题,也在政和五年正月。据此,《大晟府拟撰释奠十四章》当作于政和五年。

"释奠文宣王"用大晟乐节次,详见《政和五礼新仪》卷一二一《释奠文宣王仪》:"大晟设登歌之乐于殿上前楹间,稍南,北向。……次乐正帅工人升东阶,各入就位。……次引大乐令先入就殿下席位,北向立。……《凝安之乐》作,三成止。……次引初献诣盥洗位,《同安之乐》作。(凡初献、升降、行止,皆作《同安之乐》。)……升诣文宣王神位前,北向立,乐止。《明安之乐》作,搢笏跪。……先诣兖国公神位前……次诣邹国公神位,次诣舒王位前奠币,并如上仪。……《成安之乐》作,执事者以爵授初献。……《成安之乐》作,执事者以爵授亚献。……送神,《凝安之乐》作,一成止。"可参考。据《宋史·乐志十二》"大晟府拟撰释奠十四首":"奉俎,《丰安》。""撤豆,《娱安》。"《政和五礼新仪》疑脱"奉俎,《丰安》"、"撤豆,《娱安》"二曲。又据《宋史·乐志十二》"景祐祭文宣王庙六首",有:"饮福,《绥安》。"《大晟府拟撰释奠十四首》及《政和五礼新仪》均无"饮福,《绥安》",疑脱。

因事更定,增为乐章,凡三百八十有四。

《文献通考》卷一四三《乐考十六·乐歌》:"熙宁六年至政和五年,因事更定,增为乐章,凡三百八十有四。亲祠南郊,罢并侑之礼,其奠币之曲如左。其乐章除郊庙大祭,礼文别无沿革者,所改创词曲章句,更不具述。亲祔庙及熙宁以后更定之礼文,其乐章略具如左:'熙宁飨明堂二首:英宗奠币《诚安》,(一章四句。)酌献《德安》。(一章四句。)''飨太庙五首:英宗酌献《大安》,(一章八句。)送神《兴安》。(一章八句。)''禘祫、孟飨、腊飨:宗正卿升殿《正安》,(一章四句。)祫享仁宗《大和》,(一章八句。)英宗《大康》。(一章八句。)''上仁宗英宗徽号:册宝入门升殿《显安》。(一章八句。)''五方帝、九宫贵神、皇地祇等以下祭祀:亚、终献《文安》。(一章四句。)''祠高禖:亚、终献《文安》,升降《正安》。(各一章八句。)''望祭岳、镇、海、渎:东望,迎神《凝安》升降《同安》,奠玉币《明安》,酌献《成安》,送神《凝安》;（并一章八句。）南望,迎神、酌献、送神;中望,迎神、酌献、送神;西望,迎神、酌献、送神;北望,迎神、酌献、送神。(乐章章句并同东望,各有辞。)'‘司中司命:迎神《欣安》,升降《钦安》,奠币《容安》,酌献《雍安》,送神《欣安》。（并一章八句。)'‘风师:迎神《欣安》,升降《钦安》,酌献、亚献《雍安》,奠币《容安》,送神《欣安》。（并一章八句。)'‘雨师:迎神、升降、酌献、亚献、奠币、送神。(乐章章句并同风师,各有辞。)'‘先蚕:迎神《明安》,升降《翊安》,奠币《娱安》,酌献《美安》,亚、终献《惠安》,送神《禅安》。(并一章八句。)'‘五龙:迎神《禧安》,升降《雅安》,奠币《文安》,酌献《恺安》,亚、终献《嘉安》,送神《登安》。（并一章八句。)'‘武成王庙:初献、升降《同安》。(一章八句。)'‘蜡祭:东西郊,降神《熙安》,升降《肃安》,奠币《钦安》,捧俎《承安》,酌献《怿安》,亚、终献《庆安》,送神《宣安》,（并一章八句。)南北方,迎神《简安》,升降《穆安》,奠币《吉安》,酌献《禔安》,亚、终献《曼安》,送神《成安》。（并一章八句。)'‘皇帝上尊号:册宝入门《正安》。(一章八句。)'‘皇后册宝:出入《正安》,升座《乾安》,降座《乾安》。（并一章八句。)'‘正冬朝会:皇帝初举酒《庆云》,再举酒《嘉禾》,三举酒《灵芝》。(并一章八句。)'‘元符二年亲祀南郊:六变,夹钟宫三奏、黄钟角一奏、太簇徵一奏、姑洗羽一奏。'‘常祀皇地祇:八变,林钟宫二奏、太簇角二奏、姑洗徵二奏、南吕羽二奏。'‘感生帝:降神六变,夹钟宫三奏,《大安》。'‘五方帝:青帝,降神六变,夹钟宫三奏、黄钟角一奏、太簇徵一奏、姑洗羽一奏,《高安》;赤帝,降神六变,夹钟宫三奏,《高安》;黄帝,降神六变,夹钟宫三奏,《高安》;白帝,降神六变,夹钟宫三奏,《高安》;黑帝,降神六变,夹钟宫三奏,《高安》。'‘太庙朝飨:迎神九变,黄钟宫三奏、大吕角二奏、太簇徵二奏、应钟羽二奏,《兴安》。'‘常飨太庙:迎神九变,黄钟宫三奏、大吕角二奏、太簇徵二奏、应钟羽二奏,《兴安》。'‘亲祀明堂:降神六变,夹钟宫三奏、黄钟角一奏、太簇徵一奏、姑洗羽一奏,《诚安》。'‘景灵宫荐飨:降圣六变,夹钟宫三奏、黄钟角一奏、太簇徵一奏、姑洗羽一奏,《太安》。'‘神州地祇:迎神八变,林钟宫二奏,《宁安》。'‘太社、太稷:迎神八变,林钟宫二奏,《灵安》。'‘朝日:降神六变,夹钟宫三奏,《高安》。'‘夕月:降神六变,夹钟宫二奏,《高安》。(已上乐章并不详具。)''先农:迎神《凝安》,升降《同安》,奠币《明安》,酌献《成安》,送神《凝安》。(并一章八句。)''文宣王庙:迎神《凝安》,初献升降《同安》,奠币《明安》,酌献《成安》;(并一章八句。)兖国公位,酌献《成安》,送神《凝安》;舒王位,酌献《成安》。(并一章八句。)''武成王庙:迎神《凝安》,奠币《明安》,酌献《成安》;(并一章八句。)留侯位,酌献、送神《凝安》。(一章八句。)''高禖:降神六变,夹钟宫三奏,《高安》。''增上神宗徽号:宝册升殿《显安》。(一章八句。)''大朝会:皇帝初举酒《灵芝》,再举《寿星》,三举《甘露》。(各一章八句。)''哲宗受传国宝:命官改制乐章,凡三章。大朝会上寿用之,其一《永昌》,其二《神光》,其三《翔鹤》。(各一章八句。)''上太皇太后、皇太后、皇太妃册宝:皇帝升座《乾安》,皇帝降座《乾安》,太皇太后升座《坤安》、降座《坤安》,太尉等奉册宝出入门《正安》。(各一章八句。)''南郊礼成回仗御楼:《采茨》、(一章八句。)《乾安》。(二章章八句。)''大观三年制闻喜燕:状元以下入门《正安》,第一盏《宾兴贤能》,第二盏《于乐辟雍》,第三盏《乐育英材》,第四盏《乐且有仪》,第五盏《正安之曲》。(各一章八句。)''政和二年鹿鸣燕:第一《正安》,第二《乐育贤材》,第三《贤贤好德》,第四《悉我髦士》,第五《利用宾王》。(各一章八句。)''祭九鼎:帝鼐,降神《景安》,奉馔《丰安》,亚、终献《文安》;春分苍鼎,亚、终献《成安》;立夏罡鼎,迎神《凝安》,亚、终献《成安》;夏至彤鼎,酌献《成安》;立秋阜鼎,酌献《成安》;秋分晶鼎,亚、终献《成安》;立冬魁鼎,迎神《凝安》、酌献《成安》;冬至宝鼎,奠币《明安》。(并一章八句。)'"

按:据《文献通考·乐考十六》,知政和五年曾对神宗熙宁六年以来乐曲乐章作过增订和"改创",原共有384曲。但今载乐章并曲名共有168曲,另216曲则不见此目,当属于"更不具述"部分。又,《宋史·艺文志一》:"《政和颁降乐曲乐章节次》一卷。"编于政和年间,所谓"《政和颁降乐曲乐章节次》一卷"(《宋史·艺文志一》),当为此次增改而成。详见拙著《大晟府及其乐词通考》,兹不赘述。

九月十六日壬午，诏从朱维奏大晟雅乐乐器绘图并逐件谱释，及将合用乐章、谱并歌调，一起镂板颁行，及限外州乐工赴大晟府习学期限，委监司分诣按试。

《宋会要·乐》四之一：“（政和）五年九月十六日，新差权知庐州朱维奏：‘臣伏睹大晟府以雅乐颁（颂）降天下，州、军姑有其器而已，未必能作之。乞诏大晟府将合颁降雅乐，逐一图绘形制，逐件以谱释标记。（谓如编钟于逐钟，编磬于逐磬，埙、篪、笛于逐穴旁，笙、箫于逐管上，各标题黄、大、太、夹字之类。）不可谱释者，逐色后疏说如何考击。（谓如柷后则声说“凡乐初作，先以木槌于柷左右并柷底共击九下”，敔后则声说“凡乐止，以竹戞于敔背上划三遍”之类。）余器亦各开排疏说，及将合用乐章、谱并歌调，一处镂板行下。如外州乐工愿赴大晟府习学者亦听，仍每日量支与食钱，候精熟日发遣。仍乞川、广、福建限一年，余路限半年，习学限满，委监司分诣按试。每路具习学精熟及推行不如法者各三两处奏闻，以赏罚随之，则雅乐何患不行？’从之。”

按：“政和五年九月十六日”，《宋会要》原文只载“五年九月十六日”，《全宋文》辑录者添加为“大观五年九月”①。考“大观”无五年，系年有误，实为“政和五年九月十六日”。据考，朱维大观三年至政和元年知越州兼两浙提点刑狱，政和元年七月知兴仁府（《会稽续志》卷二），自然不可能于“大观五年九月”权知庐州。又据《避暑录话》，知朱维政和三年正月至五年九月之间为大晟府典乐。可知朱维“新差权知庐州”，当是因为大晟府典乐有功而升迁。

凌景埏云：“（政和）五年九月十六日，朱维奏请颁降《雅乐图》。”认为朱维奏请颁降即为“《雅乐图》”②。今考大晟府“《雅乐图》”凡有4种：一、“《政和大晟乐府雅乐图》一卷”；二、“《大晟府四时禁乐图》”；三、“《大晟府雅乐乐器谱释图》”；四、“《大晟府撰乐谱辞》”。详见拙著《大晟府及其乐词通考》，兹不赘述。朱维奏请颁降之“《雅乐图》”，当为“《大晟府雅乐乐器谱释图》”及“《大晟府撰乐谱辞》”两种，而非《宋史·艺文志一》所载“《政和大晟乐府雅乐图》一卷”。

---

①　曾枣庄等主编：《全宋文》，第149册，第265页。

②　凌景埏：《宋魏汉津乐与大晟府》，凌景埏、谢伯阳校注：《诸宫调两种》附录，第284页。

朱维乞以大晟乐并乐章行下岳、渎所在州县致祭。从之。

《明集礼》卷一四:"徽宗政和五年,用知庐州朱维言:'五岳四渎,庇福一方,生民受惠,宜不在风、雨、雷师之下,而祀不用乐。乞依社稷例,用大乐,仍撰合用乐章,行下岳、渎所在州县致祭。'从之。"

按:此条不见于宋人史料,附此俟考。

十月十日丙午,天宁节大宴,教坊伶官为优戏《为臣不易》讥讽何执中。

董弅《闲燕常谈》:"政和中,何执中为首台,广殖赀产,邸店之多,甲于京师。时有以旧印行吉观国所试《为君难》小经义,称为上皇御制者,人竞传诵。会大宴,伶官为优戏,相谓曰:'官家万儿之暇,何所为?'曰:'不过燕乐尔。'曰:'不然,亦如举子作文义。'问:'何以知之。'遂举《为君难》义诵一过。乃以手加额,北乡赞叹说:'圣意匪独俯同韦布之士,留神经术。仰见兢兢图治,不安持守之深意。天下幸甚!'又问宰相:'退朝之暇何所为?'曰:'亦作文义。'问:'何义?'曰:'《为臣不易》义。'乃批其颊曰:'日掠百二十贯房钱,犹自不易里。'盖俚语以'贫窭'为'不易'也。"(《说郛》卷三七)

按:"何执中为首台"云云,在大观三年六月至政和六年四月(《宋史·宰辅表三》)。"会大宴,伶官为优戏"云云,疑为天宁节大宴教坊伶官所为优戏,乃在十月十日。然亦未必为政和五年。姑附于此。

裴宗元任大晟府典乐。

《宋史》卷一二九《乐志四》:"(政和)七年二月,典乐裴宗元言。"

按:政和七年二月裴宗元任典乐已历数年。考裴宗元崇宁五年至大观元年左右任医学博士(《摛文堂集》卷五《儒林郎裴宗元可医学博士制》),政和三年闰四月在太医令任(《宋会要·职官》二二之三八),其任典乐当在太医令任满后补朱维缺。朱维于政和五年九月即离典乐任,裴宗元任典乐当始于此时。

强行父任大晟府杂务官。

曾协《右中散大夫提举台州崇道观强公行状》:"改承奉郎,除光禄寺丞兼大晟府杂务官。逾年,文宪公薨,除公通判杭州,年二十六。"(《云庄

集》卷五)

　　按:强行父绍兴二十七年卒,终年六十七岁,二十六岁当为政和六年,其为大晟府杂务官在前一年即政和五年。"逾年",则其任大晟府杂务官或至政和六年初。

政和六年(1116)丙申

闰正月九日甲辰,诏大晟府编集燕乐八十四调并图谱,令刘昺撰为《燕乐新书》。

《宋史》卷一二九《乐志四》:"(政和六年)诏:'《大晟》雅乐,顷岁已命儒臣著《乐书》,独宴乐未有纪述。其令大晟府编集八十四调并图谱,令刘昺撰以为《宴乐新书》。'"

《宋史》卷一四二《乐志十七》:"政和间,诏以大晟雅乐施于燕飨,御殿按试,补徵、角二调,播之教坊,颁之天下。然当时乐府奏言:'乐之诸宫调多不正,皆俚俗所传。'及命刘昺辑《燕乐新书》,亦惟以八十四调为宗,非复雅音。而曲燕昵狎,至有援'君臣相说之乐'以借口者。末俗渐靡之弊,愈不容言矣。"

《宋会要·乐》四之一:"(大观六年)闰正月九日,臣僚言:'《大晟》雅乐,顷岁已命儒臣著《乐书》,独燕乐未有纪述。乞考古声器所起,断以方今制作之原,各附以图,为《燕乐新书》。'诏:'大晟府编集燕乐八十四调并图谱,令刘昺撰文。'《刘昺传》旧名刘炳,后赐今名。"

《玉海》卷一〇五:"(政和)六年闰正月九日,大晟府编集燕乐八十四调并图谱,令刘炳撰文。"

按:《宋会要·乐》四之一原文作"(大观六年)闰正月九日","大观"无六年,当为"(政和六年)闰正月九日"之误。《玉海》卷一〇五、《宋史·乐志四》、《宋史·乐志十七》则作"(政和)六年闰正月九日"、"政和六年"、"政和间",可知"大观"乃为"政和"之误。

又,此诏《宋大诏令集》及《全宋文》均失收,可据辑补。

置"编修《燕乐书》所",约在此时稍后。

《宋会要·乐》四之一,云:"(政和八年)九月二十日,宣和殿大学士、上清宝箓宫使兼神霄玉清万寿宫副使兼侍读、编修蔡攸言:'昨奉诏:"教坊、钧容、衙前及天下州县燕乐旧行一十七调大小曲谱，声韵各有不同，令编修《燕乐书》所审按校定，依月律次序添入新补撰诸调曲谱，令有司颁降。"今揆以均度，正其过差，合于正声，悉皆谐协。将燕乐一十七调看详到大小曲三百二十三首，各依月律次序，谨以进呈。如得允当，欲望大晟府镂板颁行。'从之。"

《宋会要·职官》六九之四："（宣和元年八月）十八日，田为罢典乐，为大晟府乐令。以臣僚言，典乐在太常少卿之上，燕乐所制撰乃厘务官耳，太相辽绝，不宜躐如此。故有是命也。"

按："编修《燕乐书》所"即"燕乐所"，为"审按校定"燕乐曲谱"声韵"及"依月律次序"添入新曲谱的机构，设立时间似在政和四年正月稍后。今据《宋会要·乐》四之一、《玉海》卷一〇五、《宋史·乐志四》"大晟府编集燕乐八十四调并图谱，令刘昺撰文"云云，知"编修《燕乐书》所"置于政和六年闰正月之后。编修《燕乐书》所的工作性质主要是"讨论古音、审定古调"（《词源》卷下），另曾编撰"《燕乐新书》"、"蔡攸《燕乐》三十四册"等。此机构罢于宣和二年七月，详见拙著《大晟府及其乐词通考》，兹不赘述。

十二日戊申，以大晟律改造神宗玉磬，并造金钟，用于明堂。

《宋史》卷一二九《乐志四》："（政和）六年，诏：'先帝尝命儒臣肇造玉磬，藏之乐府，久不施用。其令略加磨礲，俾与律合。并造金钟，专用于明堂。'"

《宋会要·礼》二四之五八："政和六年闰正月十二日，大晟府言：'神宗皇帝尝命儒臣肇造玉磬，藏之乐府，允（久）不施用。乞令略加磨礲，俾与律合。并造金钟，专用于明堂，以荐在天之神。'从之。"

《长编纪事本末》卷一三五："（政和）六年闰正月戊申，大晟府奏：'神宗皇帝尝命儒臣肇造玉磬，藏之乐府。乞令略加磨礲，俾与律合。并造金钟，专用于明堂，以荐在天之神。'从之。"（《长编拾补》卷三五同）

《宋朝事实》卷一四："（政和）六年闰正月戊申，大晟府奏：'神宗皇帝尝命儒臣肇造玉磬，藏之乐府。乞令略加磨礲，俾与律合。并造金钟，专用于明堂，以荐在天之神。'从之。"

《玉海》卷一〇九"政和玉磬、金钟"条:"(政和)六年闰正月十二日。大晟府言:'神宗命儒臣肇造玉磬,藏之乐府,久不施用。宜略加磨砻,俾与律合。并造金钟,专用于明堂,以荐在天之神。'从之。"

> 按:《宋会要·乐》四之一:"(大观)六年正月十三日,大晟府言:'神宗皇帝尝命儒臣肇造玉磬,藏之乐府,久不施用。乞令略加磨砻,俾与律合。并造金钟,专用于明堂。'从之。"《玉海》卷一〇九"崇宁景钟"条:"大观六年正月,造金钟,专用于明堂。"查大观无"六年",当为政和六年之误,又"正月"当作"闰正月"。可据校正。

十八日癸丑,原大晟府制造官盛允升卒。

沈与求《朝请大夫盛公行状》:"(政和)五年,公犹待次乡郡,以大晟奏功,还(迁)朝请大夫。一日,忽语所亲曰:'始吾乞身强健,自谓终老里门。讵意及此?今而归,矧足以侈上恩,可但已耶?'因复请休于家,理别圃苕霅之上,幅巾藜杖,往来其间,澹乎若与世无营者。阅秘典,日数百纸,要以了达生死,人亦初未之知也。居数月,感疾,命诸子具秘器,上(卜)寿藏。既,乃曰:'后事豫矣,瞑目何憾?'即折简素所从游,告以逝日。至日,终于正寝。治命不乱,其悟解乃如此。实政和六年闰正月十八日也。"(《龟溪集》卷一二)

二十五日庚申,仿新乐颁《五礼新仪》,令州县募礼生肄业于官,使之推行民间。

《长编纪事本末》卷一三三:"(政和)六年闰正月庚申,太府寺丞王鼎奏:'《五礼新仪》既已成书,欲乞依仿新乐颁行之。仍许令州县召募礼生,肄业于官,使之推行民间,专以《新仪》从事。'从之。"

《长编拾补》卷三五:"(政和六年闰正月)庚申,太府寺丞王鼎奏:'《五礼新仪》既已成书,欲乞依仿新乐颁行之。仍许令州县召募礼生,肄业于官,使之推行民间,专以《新仪》从事。'从之。"

《玉海》卷六九:"(政和)六年闰正月,太府丞王鼎言:'《新仪》藏在有司,民未通晓。望依新乐颁行,令州县召礼生肄业,使之推行民间,并以

《新仪》从事。'二十五日,从之。"

　　按:《长编纪事本末》、《长编拾补》载"王鼎奏"在闰正月庚申(二十五日),《玉海》载"王鼎奏"在闰正月,诏旨"从之"在闰正月二十五日,所述时间不同。

　　又,政和四年诸路州军学生习《大晟乐》用于春秋释奠,尚未按《五礼新仪》行事(详上),故本年太府寺丞王鼎有奏言。《绍熙州县释奠仪图》前附《文公潭州牒州学备准指挥》:"一、元本陈设条内,著尊四、牺尊四,'著'当作'象'。今来颁降新本,已行改正。而政和年中颁降旧本,尚仍其旧。州县奉行,不无疑惑。""政和年中颁降旧本"云云,乃指政和六年闰正月后所颁降《五礼新仪》。

三月二十一日乙卯前后,王仔昔建议九鼎神器不可藏于外,诏纳鼎于大内。

　　《宋会要·舆服》六之一五、一六"鼎"条原注:"蔡絛云:政和六年,方士王仔昔献议,九鼎仪(宜)内之九重,不宜处于外也。一日,出御笔曰:'迁移神像大器,可令疾速安排。'"(《长编纪事本末》卷一二八、《长编拾补》卷三五同)

　　《长编纪事本末》卷一二七:"(政和六年)三月乙卯,冲隐处士王仔昔封通妙先生。【原注】《诏旨》,五年十月七日,初封冲隐处士。蔡絛云:……仔昔建议,九鼎神器,不可藏于外,于是诏纳鼎于大内。"(《长编拾补》卷三五同)

　　按:《宋会要·舆服》六之一五、一六"鼎"条小注:"蔡絛云:政和六年,方士王仔昔献议,九鼎仪(宜)内之九重,不宜处于外也。一日,出御笔曰:'迁移神像大器,可令疾速安排。'"《长编纪事本末》卷一二八:"【原注】蔡絛云:政和六年,方士王仔昔献议,九鼎宜内之九重,不宜处于外也。一日,出御笔曰:'迁移神像大器,可令疾速安排。'"均未言在三月。《铁围山丛谈》卷一:"又政和六年,用方士王仔昔建言,徙九鼎入于大内,作一阁而藏之。"卷五:"(王)仔昔建议,九鼎神器,不可藏于外,于是诏内鼎于大内。"亦未言在"三月",或在此前后。

四月九日壬申,刘昺除宣和殿学士提举醴泉观,依旧带东宫官。疑其本月已离大晟府提举官任。

　　《宋会要·职官》七之二四:"(政和)六年四月九日,刘炳除宣和殿学士、提举醴泉观,依旧带东宫官。"

　　按:疑刘昺离大晟府提举官任即在本月,接任者为杨戬。《宋会要·礼》五一之二三:"政和六年九月十三日,以奉安定(九)鼎,太师蔡京为礼仪使,提举官杨戬就充都大管干。"诸葛忆兵认为杨戬此时任大晟府提举官,甚确;又认为周邦彦政和六年十月至七年三月提举大晟府,在任时间大约有半年①,亦可从。

十三日丙子,新知遂宁府徐见可奏请春秋释奠州学生习大晟乐者,并依郊庙礼例给士服。其后知永兴军席旦亦有奏请。诏送礼制局详议。

　　《群书考索·后集》卷三一《士门·释奠》:"政和六年四月丙子,新知遂宁府徐见可奏:'乞春秋释奠于学,诸生并依郊庙礼例给士服。'诏送【礼】制局。(《诏旨》。)"

　　《宋史》卷一二九《乐志四》:"(政和七年)十一月,知永兴军席旦言:'太学、辟雍士人作乐,皆服士服,而外路诸生尚衣襕幞,望下有司考议,为图式以颁外郡。'"

　　按:《朱子语类》卷九一:"政和间,尝令天下州学生习大晟乐者,皆著衣裳如古之制,及漆纱帽,但无顶尔。及诸州得解,举首贡至京师,皆若此赴元日朝。"实在"政和七年十一月癸丑"。诸史时间皆不一。有言"政和七年十一月癸丑"为州郡奏请或礼制局奏请之日(《宋史·乐志四》,《长编纪事本末》卷一三四),据《皇宋十朝纲要》卷一七:"(政和七年十一月)癸丑,颁士服于诸路学官,凡释奠作乐,诸生皆服其服。"知"(政和七年)十一月"实为令天下州学生习大晟乐者服士服诏旨下达之日。又据《群书考索·后集》卷三一《士门·释奠》:"政和六年四月丙子,新知遂宁府徐见可奏:'乞春秋释奠于学,诸生并依郊庙礼例给士服。'诏送【礼】制局。(《诏旨》。)"《宋会要·礼》一四之七〇:"(政和七年)六月二十四日,诏:'天下州县,岁祭社稷、雷风雨师,及释奠文宣王,而冠服悉循其旧,形制诡异,在处不同。可令礼制局造样颁下转运司,令本司制造下诸州,州下县。庶衣服不二,以齐其民。疾速施行。'"《长编纪事本末》卷一三四:"(政和七年)十一月癸丑,礼制局奏:'乞颁士服于诸路学官,每州一副,令依样制造。凡作乐释奠,诸生皆服其服。'"知此前尚需经诸州奏请、礼制局详议、礼制局奏请等程序。据此,《宋史·乐志四》"(政和七年)十一月,知永兴军席旦言"云云,即政和六年四月始陆续奏请诸州之一,然时间误为下诏旨之日,疑为"(政和

――――――――――

　　① 诸葛忆兵:《周邦彦提举大晟府考》,《文学遗产》1997年第5期。

六年)十一月"之误。可据校正。

又，席旦"太学、辟雍士人作乐，皆服士服"云云，乃在政和三年九月定太学、辟雍诸生习大晟乐服饰(《宋史·乐志四》、《宋会要·乐》三之二八、《宋史纪事本末》卷五)。至此已经三年，而州郡诸生尚未定"习大晟乐服饰"，故州郡纷纷奏言云。

二十八日辛卯，蔡攸荐刘栋铸鼎牲以祀圣寿。徽宗依其说，命铸钟十二，号"景虚玉阳钟"。

《宋会要·礼》一四之七四："《续会要》：……(政和)六年四月二十八日，宣和殿学士蔡攸言：'贡士刘揀铸鼎牲以祀(祝)圣寿。乞降香山县奏告圣祖。'诏差蔡攸止就天兴殿。"

《长编纪事本末》卷一二七："《诏旨》，(政和六年)四月二十八日(刘栋)铸钟。""(政和)七年二月壬戌，棣州贡士刘栋奏：'伏蒙圣恩，以臣本州并提举司保举四行闻奏，特授将仕郎。臣昨忽遇九天益算韩真人，授以《景灵(虚)玉阳神应钟法》，仰祝圣寿。若臣苟官爵，即负师言。伏望特垂矜察，所有敕命，乞赐追寝。'诏依所乞，赐紫衣道服。"

《能改斋漫录》卷一二："林灵素建议，依仿宫、商、角、徵、羽，别定五声，制《神霄乐》。刘栋密奏：'臣、民、事、物，皆可有二。至于宫声，岂有二哉？'徽宗感悦，嘉其爱君，即除中散大夫、直龙图阁，栋辞不受。栋字守翁，棣州人。初以八行举，遇可韩司(君)丈人，授以《景虚玉阳钟法》。徽宗依其说，命铸钟十二，召九天。范金随律，月成一钟。排黄麾仗，奉安于宝箓宫。钟备成，授通直郎。"

按：《宋会要》、《皇宋十朝纲要》作"刘揀"，《长编纪事本末》一作"刘揀"、一作"刘栋"，《避暑录话》、《能改斋漫录》作"刘栋"。政和六年二月癸未十九日召赴阙，四月二十八日铸钟。政和七年二月壬戌所奏"臣昨忽遇九天益算韩真人，授以景灵(虚)玉阳神应钟法，仰祝圣寿"云云，正指政和六年四月二十八日铸钟事，然其钟名为"景灵(虚)玉阳神应钟"。

刘栋，字守翁，棣州人。初以八行举。政和六年二月十九日，召赴阙，特授将仕郎；四月二十八日铸钟，钟备成，授通直郎，管勾棣州韩君丈人观，系籍于道流。七年二月壬戌，赐紫衣道服。八年三月戊申，又召赴阙；因林灵素制《神霄乐》，而铸景虚玉阳神应钟了当，除中散大夫、直龙图阁；闰九月己未，封为守静先生，视中大夫。宣和二年，因林灵素败，令归棣州。

　　刘栋事迹详见《长编纪事本末》卷一二七、《皇宋十朝纲要》卷一八、《避暑录话》卷上及《长编拾补》卷三五、卷三六、卷三七、卷三八。如："（政和）六年二月癸未（十九日），诏：'访闻棣州土人刘栋，蔬食葆神，虚心契道，人之隐奥，洞然照知，处方书符，每有应验。可令敦遣赴尚书省审验外，于上清宝箓宫安下，仍给路费驿券递马，无令失所。'"（《长编纪事本末》卷一二七）"（政和六年二月）癸未，诏：'访闻棣州土人刘揀，蔬食葆神，虚心契道，人之隐奥，洞然照知，处方书符，每有应验。可令敦遣赴尚书省审验外，于上清宝箓宫安下，仍给路费驿券递马，无令失所。'"（《长编拾补》卷三五）"【原注】《诏旨》，六年二月十九日召赴阙，四月二十八日铸钟；八年三月戊申又召赴阙。蔡絛云：刘栋者，棣州人，亦儒士。自云尝遇仙人韩君者，与之丹曰：'剥取丹服，丹辄复如故。'政和中，以其丹上之。上曰：'汝师赐服而夺之，以慕长年，非朕所用意也。'还焉。（林）灵素乃谓：'仙人韩君者，乃韩君丈人也。韩君丈人，乃上帝之首相。虽不隶于神霄，而实佐帝君之治。'上乃命（刘）栋以官，为直龙图阁。又为作韩君丈人观于其乡郡，而使（刘）栋领之。仍系籍于道流，封先生。方神降及废释氏，（刘）栋亦预焉。然（刘）栋颇涉猎儒书，慕李泌之为人。晚为利所夺，不能自还。"（《长编纪事本末》卷一二七"政和七年二月壬戌"条）"（政和七年）二月壬戌，棣州贡士刘栋奏：'伏蒙圣恩，以臣本州并提举司保举四行闻奏，特授将仕郎。臣昨忽遇九天益算韩真人，授以《景灵（虚）玉阳神应钟法》，仰祝圣寿。若臣苟官爵，即负师言。伏望特垂矜察，所有敕命，乞赐追寝。'诏依所乞，赐紫衣道服。【原注】《诏旨》，六年二月十九日召赴阙，四月二十八日铸钟；八年三月戊申又召赴阙。蔡絛云：刘栋者，棣州人，亦儒士。自云尝遇仙人韩君者，与之丹曰：'剥取丹服，丹辄复如故。'政和中，以其丹上之。上曰：'汝师赐服而夺之，以慕长年，非朕所用意也。'还焉。（林）灵素乃谓：'仙人韩君者，乃韩君丈人也。韩君丈人，乃上帝之首相。虽不隶于神霄，而实佐帝君之治。'上乃命（刘）栋以官，为直龙图阁。又为作韩君丈人观于其乡郡，而使（刘）栋领之。仍系籍于道流，封先生。方神降及废释氏，（刘）栋亦预焉。然（刘）栋颇涉猎儒书，慕李泌之为人。晚为利所夺，不能自还也。"（《长编拾补》卷三六）"重和元年三月戊申，召刘栋赴阙。""闰九月己未，通直郎、管勾棣州韩君丈人观刘栋为守静先生，视中大夫。（刘）栋不受。"（《长编纪事本末》卷一二七）"（重和元年三月）戊申，召刘栋赴阙。【案】刘栋事已详政和七年二月壬戌。"（《长编拾补》卷三七）"（重和元年）闰九月己未，通直郎、管勾棣州韩君丈人观刘栋为守静先生，视中大夫。（刘）栋不受。"（《长编拾补》卷三八）"宣和间道术既行，四方矫伪之徒，乘间因人以进者相继，皆假古神仙为言，公卿从而和之者，信而不疑。……刘栋者，棣州人，尝为举子，言师韩君文（丈）。三人者，皆小有术动人。……栋为直龙图阁，宣和末，林灵素败，乞归。"（《避暑录

话》卷上）"（宣和二年八月癸未）逐林灵素归温州。……癸巳，令刘栋归棣州。"（《皇宋十朝纲要》卷一八）

以兵部尚书、礼制局详议官蒋猷，兼任管勾"景虚玉阳神应钟"详议官。时于礼制局设"局"，以铸景虚玉阳神应钟，有管勾详议官、管勾官、书篆官、制造官、杂务官、催促物料、造作受给等官。

《宋会要·乐》四之一、二："（政和）八年四月二十五日，诏：'礼制局所铸景虚玉阳神应钟了当，应副管干详议官、管干官、书篆官、制造官、杂务官、催促物料、造作受给各转行一官。应副管干七钟以上各减三年磨勘，应副管干六钟以下各减二年磨勘，人吏各转一官资，无官资人补进义副尉。'"

《宋会要·乐》五之二五："（政和）八年四月二十五日，诏：'礼制局所铸景虚玉阳神应钟了当，应副管干详议官、管干官、书篆官、制造官、杂务官、催促物料、造作受给各转行一官。应副管干七钟以上各减三年磨勘，应副管干六钟以下各减二年磨勘，人吏各转一官资，无官资人补进义副尉。'"

《长编纪事本末》卷一三四："（重和元年）四月丁丑，御笔：'礼制局铸景灵玉阳神应钟了当，应副管勾详议官、中大夫、兵部尚书蒋猷等推赏各有差。'（【原注】：'《诏旨》。景灵玉阳神应钟，当考与刘拣所铸如何。'）"（《长编拾补》卷三七同）

按：《长编拾补》卷三七："应副官勾详议官（【案】"勾"疑"同"字之误）。"校勘记云："应副官勾：'勾'下案语疑为'同'字之误，《长编纪事本末》卷一三四作'勾'，不作同。"①作"勾"是。原文"官勾"当为"管勾"之误。证以《宋会要·乐》四之一、二及《宋会要·乐》五之二五，均作"管干"。"管干"即"管勾"之避讳字。

五月二十八日辛酉，诏以九月朔躬诣和阳宫奉上玉皇册文，令有司撰定仪注、乐章。

《宋会要·礼》五一之一一："（政和六年）五月二十八日，诏：'已亲制玉

---

① 顾吉辰点校：《长编拾补》卷三七，第1189页。

皇册文,书于玉册。以九月朔躬诣和阳宫奉上,于本宫奉安……其仪注、乐章,令有司撰定。礼毕,次日称贺。'"

本月,诏遣宣教郎孔若谷,颁赐大晟府堂上正声大乐一副、礼器一副于阙里。天下节镇、州、县学,皆赐堂上乐一副,正声乐曲十二章。春秋上丁释奠,则令学生登歌作乐。

《东家杂记》卷上:"政和六年五月,差四十七代孙、宣教郎、监和剂西局门(孔)若谷,押赐大乐、礼器付本庙。"

《山东通志》卷一一之三:"(政和)六年五月,诏:'遣宣教郎孔若谷,颁赐堂上正声大乐一副、礼器一副于阙里。'(礼器一副:罍一,洗一,勺全,悦巾二,篚全,尊壶二,龙勺、幂各全,毛血盘一,象尊一,牺尊一,簠簋并盖,登瓦并盖,箱、筐并竹各一;铏鼎三,并盖;杓三,箈十,罩全,豆十,篚全,胙案八,爵三,坫全。大乐一副:柷一,椎全;敔一,籈全;编钟、编磬各一架,枸簴、崇牙、流苏等各全;搏拊、鼓、篔(埙)、篪、笛、箫、巢笙、和笙、一弦至九弦琴、瑟二,是也。从衍圣公孔端友之请。)天下节镇、州县学,皆赐堂上乐一副、正声乐曲十二章。春秋上丁释奠,则学生登歌作乐。"

《幸鲁盛典》卷三:"(大观四年)乃遣孔子四十七代宣教郎若谷,押赐堂上正声大乐一副、礼器一副。……柷一,椎全,敔一,籈全;编钟、编磬各一架,枸虞、崇牙、流苏等各全;搏拊、鼓、埙、篪、笛、箫、巢笙、和笙、一弦至九弦琴、瑟二,已上大乐也。天下节镇、州、县学,皆赐堂上乐一副,正声乐曲十二章。春秋上丁释奠,则学生登歌作乐。"

按:《幸鲁盛典》作"大观四年",乃误,考"天下节镇、州、县学"赐大晟乐及孔端友乞"依诸路颁降大晟新乐"均在政和四年,而正式诏"颁赐堂上正声大乐一副"则在政和六年五月,考证详上,此处从略。

六月三日乙丑之前,赐高丽"大晟雅乐"乐器428件、文舞、武舞等佾舞所用的各种仪物、麾幡、服饰、衣冠等若干。

《高丽史》卷七〇《乐志一》:"睿宗十一年六月,王字之还自宋。徽宗诏曰：'三代以还，礼废乐毁。朕若稽古，述而明之。百年而兴，乃作大晟。千载之下，聿追先王。此律谐音，遂致羽物。雅正之音，诞弥率土。以安宾客，以悦远人。逷惟尔邦，表兹东海。请命下吏，有使在庭。古之诸侯，教尊德盛，赏之以乐，肆颁轩簴，以作尔祉。夫移风易俗，莫若于此。往只厥命，御于邦国。虽疆殊壤绝，同底大和，不其美欤！今赐大晟雅乐。'"

按：睿宗十一年（即宋徽宗政和六年）赐高丽的大晟乐器包括："登歌乐器：'编钟，正声十六颗、中声十二颗；编磬，正声十六枚、中声十二枚；琴，一弦、三弦、五弦、七弦、九弦各二面；瑟，二面；篪，中、正声各二管；箎，中、正声各二管；箫，中、正声各二面；巢笙，中、正声各二攒；和笙，中、正声各二攒；埙，中、正声各二枚；搏拊二面；柷一、敔一。'轩架乐器：'编钟，九架，每架正声十六颗、中声十二颗；编磬九架，每架正声十六枚、中声十二枚；琴，一弦五面、三弦十三面、五弦十三面、七弦十六面、九弦十六面；瑟，四十二面；篪，中、正声各二十四管；箎，中、正声各二十四管；箫，中、正声各二十四面；巢笙，中、正声各二十一攒；竽笙，中、正声各十五攒；埙，中、正声各十四枚；晋鼓一面；立鼓二面；鼗鼓一面；应鼓一面；柷一、敔一。'佾舞：'鼗鼓二面、铙铃二柄、双头铎二柄、金錞二只、相鼓二面、金钲二面、雅鼓二面。'"（《高丽史·乐志一》）共有大晟乐器428件。除了赐高丽大晟乐器外，还有雅乐文舞、武舞等佾舞所用的各种仪物、麾幡、服饰、衣冠等（《高丽史·乐志一》）。详见拙著《大晟府及其乐词通考》，兹不赘述。

八月十六日丁丑，诏学校士能博通诗书礼乐者，置之上等。

《宋大诏令集》卷一五七《学校士能博通诗书礼乐置之上等御笔手诏》（政和六年八月十六日）："学校养士，以待士之自得于先王之学，非专于宾贡而已。士牵于宾贡，蔽于流俗故习，尚秦、汉、隋、唐，而不见尧、舜、三代。比阅时文，观其志趣，率浅陋卑近，无足取者。先王之遗文具在，读其书，论其世，可考而知。士不务此，而趋走逐末，则朕稽参成周，建立法度，何赖焉？其令太学、辟雍、提举学士（事）司，自今有能博通诗书礼乐，稽古明道，见天下之大全者，置之上等。其人材拔俗者，不待考选校定之数，具寔状以闻。朕将不次而用之。布告中外，咸使闻知。"

九月一日辛卯朔,上昊天玉皇上帝尊号之礼,用大晟乐。

《宋会要·礼》五一之一一、一二、一三:"(政和六年)九月朔日,黎明,
有司陈细仗于延福殿门外……皇帝行恭上昊天玉皇上帝尊号之礼。皇帝
服衮冕以出,殿中监跪进大圭,皇帝执圭,宫架乐作。至东阶下,乐止。升
自东阶,登歌乐作。至位,西向立,乐止。礼仪使奏请:'有司谨具,请行
事。'宫架乐作,文舞六成止。皇帝再拜,在位者皆再拜。册宝入门,宫架
乐作。中书侍郎前引册案,中书舍人捧册案,右弼后从;门下侍郎前引宝
案,给事中捧宝案,右(左)辅后从。至殿东阶下,乐止。登歌乐作,升自东
阶,权致(置)褥位,乐止。……右弼诣册案前,俯伏侧跪,读册文讫,中书
侍郎前引右弼押当,诣殿室奉安,登歌乐作。(每奉安册宝,并登歌乐作。
至奉安讫,乐止。)……皇帝诣香案前褥位,登歌乐作。……礼部、户部尚
书各奉俎豆,宫架乐作。奠讫,乐止。皇帝搢大圭,盥手、帨手,洗爵,拭爵
讫,执大圭,登歌乐作。诣昊天玉皇上帝香案前,搢大圭,执爵,祭酒三,执
圭,俯伏,兴,再拜讫,乐止。亚献,盥、帨讫,武舞,宫架乐作。行礼毕,乐
止。终献行礼如上仪。皇帝诣饮福位,登歌乐作。……送神,宫架乐作,
一成止。皇帝诣望燎位,南向立。礼直官曰:'可燎。'俟火燎半柴,礼仪使
奉(奏)礼毕。皇帝还御幄,宫架乐作。释大圭,入幄,乐止。"

按:《皇宋十朝纲要》卷一七:"(政和六年)九月辛卯朔,诣玉清和阳宫,奉上玉皇徽号
册宝。"《长编拾补》卷三五:"《续宋编年资治通鉴》:九月,诣和阳宫,上玉皇徽号。【案】《本
纪》:九月辛卯朔,诣玉清和阳宫,上太上开天执符御历含贞体道昊天玉皇上帝徽号册宝。"

**十三日癸卯,诏奉安九鼎,以蔡京为定鼎礼仪使,提举官杨戬就充都大管
勾。时从王仔昔献议,以本日纳九鼎于大内。因蔡京奏,改日定鼎。**

《宋会要·舆服》六之一五、一六"鼎"条:"政和六年九月癸卯,诏奉安
九鼎,以大(太)师蔡京为定鼎礼仪使,提举官杨戬就充都大管勾。"原注:
"蔡絛云:政和六年,方士王仔昔献议,九鼎仪(宜)内之九重,不宜处于外
也。一日,出御笔曰:'迁移神像大器,可令疾速安排。'既已施行,鲁公曰:
'何不祥邪?'乃奏改日定鼎。"

《宋会要·礼》五一之二三、二四"祭鼐鼎"条："政和六年九月十三日，以奉安定（九）鼎，诏差太师蔡京为礼仪使，提举官杨戩就充都大管干。二十八日，诏：'帝鼎（鼐）神像依选定十月十三日卯时，上车出城，宫门权行奉安。'"

《长编纪事本末》卷一二八："（政和六年）九月癸卯（十三日），诏：'奉安九鼎，特差太师蔡京为定鼎礼仪使，提举官杨戩就充都大管勾。'【原注】《诏旨》。蔡絛云：政和六年，方士王仔昔献议，九鼎宜内之九重，不宜处于外也。一日，出御笔曰：'迁移神像大器，可令疾速安排。'既已施行，鲁公曰：'何不祥邪？'乃奏改曰（日）定鼎。"（《长编拾补》卷三五同）

按：时从王仔昔献议，以九月十三日癸卯纳九鼎于大内。因蔡京奏，遂改为十月十三日卯时定鼎。《宋史全文》卷一四："（政和六年九月）癸卯，诏鼎阁奉安[九]鼎。"考九月尚未有"鼎阁"之名，此当为"联书"。

十月十日庚午，因天宁节大庆，大宴用乐比北宋诸代均较繁盛。

《东京梦华录》卷九"天宁节"条："初十日，天宁节。前一月，教坊集诸妓阅乐。初八日，枢密院率修武郎以上；初十日，尚书省宰执率宣教郎以上，并诣相国寺罢散祝圣斋筵，次赴尚书省都厅赐宴。"又同上"宰执、亲王、宗室、百官入内上寿"条：

> 十二日，宰执、亲王、宗室、百官入内上寿大起居。（摺笏舞蹈。）乐未作，集英殿山楼上教坊乐人，效百禽鸣，内外肃然，止闻半空和鸣，若鸾凤翔集。百官以下谢坐讫，宰执、禁从、亲王、宗室、观察使已上，并大辽、高丽、夏国使副，坐于殿上。诸卿少百官、诸国中节使人坐两廊。……教坊色长二人，在殿上栏干边，皆诨裹，宽紫袍，金带义栏襕，看盏、斟御酒。看盏者举其袖，唱引曰"绥御酒"，声绝，拂双袖于栏干而止。宰臣酒，则曰"绥酒"如前。教坊乐部列于山楼下彩棚中，皆裹长脚幞头，随逐部服紫、绯、绿三色宽衫，黄义襕，镀金凹面腰带。前列拍板，十串一

行。次一色画面琵琶,五十面。次列箜篌两座,箜篌高三尺许,形如半边木梳,黑漆镂花金装画,下有台座,张二十五弦,一人跪而交手擘之。以次高架大鼓二面,彩画花地金龙,击鼓人背结宽袖,别套黄窄袖,垂结带,金裹鼓棒,两手高举互击,宛若流星。后有羯鼓两座,如寻常番鼓子,置之小卓子上,两手皆执杖击之,杖鼓应焉。次列铁石方响,明金彩画架子,双垂流苏。次列箫、【匏】笙(引者按:"匏"字原脱,据补)、埙、篪、觱篥、龙笛之类。两旁对列杖鼓二百面。皆长脚幞头,紫绣抹额,背系紫宽衫,黄窄袖,结带、黄义襕。诸杂剧色皆诨裹,各服本色紫、绯、绿宽衫义襕,镀金带。自殿陛对立,直至乐棚。每遇舞者入场,则排立者叉手,举左右肩,动足应拍,一齐群舞,谓之"按曲子"。

第一盏御酒,歌板色一名,唱《中腔》一遍讫,先笙与箫、笛各一管和。又一遍,众乐齐举,独闻歌者之声。宰臣酒,乐部起《倾杯》;百官酒,《三台》舞旋,多是雷中庆。其余乐人,舞者诨裹、宽衫,唯中庆有官,故展裹。舞曲破《撷》前一遍,舞者入场。至《歇拍》,续一人入场,对舞数拍。前舞者退,独后舞者终其曲,谓之舞末。

第二盏御酒,歌板色唱如前。宰臣酒,慢曲子;百官酒,《三台》舞如前。

第三盏,左右军百戏入场,一时"呈拽"。所谓左右军,乃京师坊市两厢也,非诸军之军。百戏,乃上竿、跳索、倒立、折腰、弄碗、踢瓶、筋斗、擎戴之类,即不用狮豹、大旗、神鬼也。艺人或男或女,皆红巾彩服。殿前自有石镌柱窠。百戏入场,旋立其戏竿。

第四盏,如上仪。舞毕,发谭子。参军色执竹竿拂子,念致语口号,诸杂剧色打和。再作语,勾合大曲舞。

第五盏御酒,独弹琵琶。宰臣酒,独打方响。凡独奏乐,并乐人谢恩讫,上殿奏之。百官酒,乐部起《三台》舞如前,毕。参军色执竹竿子作语,勾小儿队舞。小儿各选年十二、三者二百余人,列四行,每行队头一名,四人簇拥,并小隐士帽,著绯、绿、紫青生色花衫,上领四契义襕,束带,各执花枝排定。先有四人,裹卷脚幞头、紫衫者,擎一彩殿子内金贴字牌,擂鼓而进,谓之"队名"。牌上有一联,谓如"九韶翔彩凤,八佾舞青鸾"之句。乐部举乐,小儿舞步进前,直叩殿陛。参军色作语,问小儿,班首近前,进口号,杂剧人皆打和毕,乐作,群舞,合唱,且舞且唱,又唱《破子》毕。小儿班首入进致语,勾杂剧入场,一场两段。是时教坊杂剧色:鳖膨刘乔、侯伯朝、孟景初、王颜喜而下,皆使、副也。内殿杂戏,为有使人预宴,不敢深作谐谑,惟用群队装其似像,市语谓之"拽串"。杂戏毕,参军色作语,放小儿队,又群舞《应天长》曲子出场。……驾兴,歇座,百官退出殿门,幕次。须臾,追班,起居,再坐。

第六盏御酒,笙起慢曲子。宰臣酒,慢曲子;百官酒,《三台》舞。左右军筑球,殿前旋立球门,约高三丈许,杂彩结络,留门一尺许。左军球头苏述,长脚幞头,红锦袄,余皆卷脚幞头,亦红锦袄十余人。右军球头孟宣,并十余人,皆青锦衣。乐部哨笛、杖鼓断送。左军先以球团转众,小筑数遭,有一对次球头小筑数下,待其端正,即供球与球头,打大胜过球门。右军承得球,复团转众,小筑数遭。次球头亦依前供球与球头,以大胜打过。或有即便复过者胜,胜者赐以银碗、锦彩,拜舞谢恩,以赐锦共披而拜也。不胜者球头吃鞭,仍加抹枪。

第七盏御酒,慢曲子,宰臣酒,皆慢曲子;百官酒,《三台》舞讫。参军色作语,勾女童队入场。女童皆选两军妙龄、容艳过人者四百余人。或戴花冠,或仙人髻、鸦霞之服,或卷曲花脚幞头,四契红黄生色销金锦绣之衣,结束不常,莫不一时新妆,曲尽其妙。杖子头四人,皆裹曲脚向后指天幞头,簪花,红黄宽袖衫义襕,执银裹头杖子,皆都城角者。当时乃陈奴哥、俎姐哥、李伴奴、双奴,余不足数。亦每名四人簇拥,多作仙童丫髻、仙裳,执花,舞步进前成列。或舞《采莲》,则殿前皆列莲花。槛曲亦进队名。参军色作语问队,杖子头者进口号,且舞且唱。乐部断送《采莲》讫,曲终复群舞。唱《中腔》毕,女童进致语,勾杂戏入场,亦一场两段讫。参军色作语,放女童队。又群唱曲子,舞步出场。比之小儿,节次增多矣。

第八盏御酒,歌板色一名,唱《踏歌》。宰臣酒,慢曲子;百官酒,《三台》舞,合曲破舞旋。

第九盏御酒,慢曲子宰臣酒,慢曲子;百官酒,《三台》舞。曲如前。左右军相扑。……驾兴。

……宴退,臣僚皆簪花归私第。呵引从人皆簪花,并破官钱。诸女童队出右掖门,少年豪俊争以宝具供送,饮食酒果迎接,各乘骏骑而归。或花冠,或作男子结束,自御街驰骤,竞逞华丽,观者如堵。省宴亦如此。

按:以上"天宁节"用乐节次,诸书多系于宣和元年。今据"宰执、禁从、亲王、宗室、观察使已上,并大辽、高丽、夏国使、副坐于殿上"云云,知是时宋与辽国外交尚融洽。据《宋史·徽宗本纪三》:"(重和元年二月)庚午,遣武义大夫马政由海道使女真,约夹攻辽。"知自重和元年(1118)始,宋辽关系即开始趋于紧张,而辽又受女真攻掠。又据上考,《东京梦华录》卷九"天宁节"所用"笙、埙、篪"等乐器,均为政和三年五月后方用于燕乐。知以上"天宁节"用乐节次,当在政和三年(1113)至重和元年(1118)之间。

又考"天宁节"在十月十日(详下)。又据《宋史·徽宗本纪三》:"(政和六年四月)丁丑,诏:'天宁诸节及壬戌日,杖以下罪听赎。'"据此可知,以上"天宁节"用乐节次,或许系于政和六年(1116)十月十日较允当。

又,乐器有匏笙、埙、篪,乃大晟燕乐特有乐器(《宋史·乐志四》、《宋史·乐志十七》),乐曲《中腔》、《踏歌》均为徽宗政和四年六月赐高丽之大晟府"徵调曲"(《宋史·乐志四》、《宋史·乐志十七》、《高丽史·乐志二》)。此次大宴仪所用"画面琵琶(五十面)"、"杖鼓(二百面)",及乐舞"小儿队二百余人"、"女童队四百余人",比《宋史·乐志十七》所载乐器及乐舞"小儿队七十二人"、"女弟子队一百五十三人",规模都要大,比北宋诸代均较繁盛。

王安中作《政和六年天宁节集英殿宴》教坊致语，工丽而切当。

《墨庄漫录》卷七："优词乐语，前辈以为文章余事，然鲜能得体。王安中履道《政和六年天宁节集英殿宴》作教坊致语，其诵圣德云：'盖五帝其臣莫及，自致太平；凡三代受命之符，毕彰殊应。'又云：'歌太平既醉之诗，赖一人之有庆；得久视长生之道，参万岁以成纯。'可谓妙语也。至放小儿队词云：'戢戢两髦，已对襄城之问；翩翩群舞，却从沂水之归。'放女童词云：'奏阆圃之云谣，已瞻天而献祝；曳广寒之霓袖，将偶月以言归。'益更工丽而切当矣。履道之掌内制，可谓称职。凡乐语不必典雅，惟语时近俳乃妙。王履道《天军节宴》小儿致语云：'五百里采五百里卫，外并有截之区；八千岁春八千岁秋，共上无疆之寿。'又正旦宴小儿致语云：'君子有酒多且旨，得尽群心；化国之日舒以长，对扬万寿。'……皆为得体……为人所脍炙也。"

按：王安中时为中书舍人，详见《宋史·王安中传》。

十三日癸酉，用王仔昔言，先定九鼎于幄殿。

《皇宋十朝纲要》卷一七："（政和六年十月甲戌）始用王仔昔言，先定九鼎于幄殿。己卯，奉安于天章阁。"

《宋史全文》卷一四："（政和六年）冬十月，定鼎礼仪使蔡京奏：'十三日，先定鼎于幄殿，有鹤飞翔其上。'"

《长编拾补》卷三五："（政和六年）十月己卯（十九日），天章阁奉安九鼎。【案】《十朝纲要》：用王仔昔言，先定九鼎于幄殿。己卯，奉安于天章阁。"

按：据《宋会要·礼》五一之二三、二四"祭鼐鼎"条："（政和六年九月）二十八日，诏：'帝鼎（鼐）神像依选定十月十三日卯时，上车出城，宫门权行奉安。'"知定鼎于幄殿在十月十三日癸酉卯时，而非十月十四日甲戌，《皇宋十朝纲要》《长编拾补》小误。

十九日己卯，奉安九鼎于天章阁西位"鼎阁"。定鼎礼仪使蔡京奏祥瑞，乞宣付史馆。

《宋史》卷一〇四《礼志七》："政和六年，用方士王仔昔议，定鼎阁于天章阁,自九成宫徙九鼎奉安之。"

《宋会要·礼》五一之二三、二四:"(政和六年)十月十九日,赴天章阁西位奉安(九鼎)。"(《宋会要·舆服》六之一五、一六、《皇宋十朝纲要》卷一七、《长编纪事本末》卷一二八、《长编拾补》卷三五同)

《宋史全文》卷一四:"(政和六年)冬十月,定鼎礼仪使蔡京奏:'十三日,先定鼎于崝殿,有鹤飞翔其上。至十八日,有白云排列如卧,在鼎上凝然不散。十九日,奉安之际,有云五色,见于日旁。又据太史局申,日月俱有青赤黄珥。伏乞宣付史馆。'"

《铁围山丛谈》卷一:"又政和六年,用方士王仔昔建言,徙九鼎于大内,作一阁而藏之。时鲁公(蔡京)为定鼎使。及帝鼐者行,亦有飞鹤之祥,云气如画卦之象。帝鼐后改曰'隆鼐'。既甚大,以万众曳之,然行觉不大用力。其去疾速,时人皆异之。"

按:《宋史·礼志七》"定鼎阁于天章阁"、《皇宋十朝纲要》卷一七"奉安于天章阁"、《长编拾补》卷三五"天章阁奉安九鼎"云云,小误,当为天章阁西另建一阁而藏之,初名为"鼎阁",后名为"圆象徽调阁"(《铁围山丛谈》卷一、《容斋三笔》卷一三)。

二十四日甲申,诏奉安长生大帝君神像于天章阁西位"鼎阁"。

《宋会要·礼》五一之二三、二四:"(政和六年十月)二十四日,诏:'诚感殿长生大【帝】君神像,可迁赴天章阁西位鼎阁奉安。'"

《皇宋十朝纲要》卷一七:"(政和六年十月)甲申,诏:'奉安长生大帝君神像于天章阁西位鼎阁。'"

《宋史全文》卷一四:"(政和六年十月)甲申(二十四日),诏:'诚感殿长生大帝君神像,可迁附天章阁西位鼎阁奉安。'"

二十八日戊子,蔡京上《表》贺九鼎成。

《宋会要·仪制》七之四:"(政和六年)十月二十八日,蔡京上《表》贺九鼎成。"

按:当为天章阁西位鼎阁奉安九鼎之后所撰,时蔡京为定鼎礼仪使。《表》今佚。

本月，周邦彦提举大晟府。

《宋史》卷四四四《周邦彦传》："周邦彦，字美成……入拜秘书监，进徽猷阁待制，提举大晟府。未几，知顺昌府，徙处州。卒，年六十六。赠宣奉大夫。邦彦好音乐，能自度曲，制乐府长短句，词韵清蔚，传于世。"

《东都事略》卷一一六："周邦彦，字美成……徙明州，召为秘书监，擢徽猷阁待制，提举大晟府。"

《直斋书录解题》卷一七："《清真集》二十四卷，徽猷阁待制钱塘周邦彦美成撰。……邦彦博文多能，尤长于长短句自度曲，其提举大晟府亦由此。"

《文献通考》卷二三七《经籍考六十四》："《清真集》二十四卷，陈氏曰：徽猷阁待制钱塘周邦彦美成撰。元丰七年，进《汴都赋》，自诸生为太学正。邦彦博文多能，尤长于长短句自度曲，其提举大晟府亦由此。"

《碧鸡漫志》卷二："崇宁间建大晟乐府，周美成作提举官。"

《唐宋诸贤绝妙词选》卷七："周美成，名邦彦。……徽庙时，提举大晟乐府，官至待制。"

《锦绣万花谷·续集》卷二六："周邦彦，字美成……召为秘书监，擢徽猷阁待制，提举大晟府。"

《名贤氏族言行类稿》卷三一："周邦彦，字美成……召为秘书监，擢徽猷阁待制，提举大晟府。"

《说郛》卷三五下："清真名邦彦，字美成，徽宗时为待制，提举大晟乐府。"

按：关于周邦彦提举大晟府，王国维《清真先生遗事》、陈思《周邦彦年谱》、凌景埏《宋魏汉津乐与大晟府》均有考证。王国维《清真先生遗事》持"政和六年"说、陈思《周邦彦年谱》持"宣和四年"说、佚夫《中国文学研究》持"崇宁四年"说[①]，凌景埏认为在"政和六年十月至重和元年十二月"，"乐府职官"条："政和六年入为秘书监，后进徽猷阁待制提举大晟府。重和元年，出知真定府。……王国维先生著有《清真先生遗事》，考述甚详"，又"年表"条："（政和六年十月）入为秘书监，进徽猷阁待制，提举大晟府。（原注：王国维《清真先生遗

---

①　诸葛忆兵：《周邦彦提举大晟府考》，《文学遗产》1997年第5期。

事·年表》)……(重和元年十二月),出知真定府。"①诸葛忆兵认为周邦彦政和六年十月至七年三月提举大晟府,在任时间大约有半年②,可从。前辈学者有疑周邦彦未曾提举大晟府者③,因举证尚未能推翻宋人文献所录,今不取。姑依旧说。

野史或载周邦彦为"大晟乐正"、"大晟乐府待制"、"大晟令"。《贵耳集》卷下:"道君大喜,(周邦彦)复召为大晟乐正,后官至大晟乐府待制。"《宝真斋法书赞》卷二一:"右宣和大晟令、徽猷阁待制清真周公邦彦,字美成,《友议帖》真迹一卷。"均误,详见王国维《清真先生遗事》相关考证。

分命儒臣以崇宁、大观、政和珍瑞名数作颂诗,协新律以荐郊庙。

《宋史》卷一二九《乐志四》:"(政和六年)十月,臣僚乞以崇宁、大观、政和所得珍瑞名数,分命儒臣作为颂诗,协以新律,荐之郊庙,以告成功。诏送礼制局。"

《鸿庆居士集》卷三四《宋故左承议郎、权发遣和州军州事傅公墓志铭》:"余政和间,蒙恩校中秘书。而傅公冲益亦以编修《九域图志》寓直省中……天子辑瑞应,兴礼乐,以文太平。搜揽天下儒先宿学,一时髦俊知名之士,列于儒官学省,以待任使。"

按:考孙觌政和六、七年间为校书郎。所谓"辑瑞应,兴礼乐,以文太平。搜揽天下儒先宿学……以待任使"云云,与"以崇宁、大观、政和所得珍瑞名数,分命儒臣作为颂诗,协以新律"云云相合。可知孙觌、傅冲益等,均为"作为颂诗,协以新律"的人员。

万俟咏请以盛德大业及祥瑞事迹制词实谱,有旨依月用律,月进一曲。

《碧鸡漫志》卷二:"崇宁间建大晟乐府,周美成作提举官,而制撰官又有七。万俟咏雅言……政和初,招试补官,置大晟乐府制撰之职。新广八十四调,患谱弗传,雅言请以盛德大业及祥瑞事迹制词实谱。有旨依月用

---

① 凌景埏:《宋魏汉津乐与大晟府》,凌景埏、谢伯阳校注:《诸宫调两种》附录,第275页,第284—285页。

② 诸葛忆兵:《周邦彦提举大晟府考》,《文学遗产》1997年第5期。

③ 详见薛瑞生、孙虹《周邦彦事迹新证》(《清真集校注》,第64—65页)、薛瑞生《周邦彦别传》(第479—506页)。

律,月进一曲,自此新谱稍传。时田为不伐亦供职大乐,众谓乐府得人云。"

《唐宋诸贤绝妙词选》卷七:"(万俟咏)崇宁中充大晟府制撰,依月用律制词,故多应制。所作有《大声集》五卷,周美成为序。""晁次膺,宣和间充大晟府协律郎,与万俟雅言齐名,按月律进词。"

《词源》卷下:"迄于崇宁,立大晟府,命周美成诸人讨论古音,审定古调。……而美成诸人又复增演慢曲、引、近,或移宫换羽,为三犯、四犯之曲,按月律为之,其曲遂繁。"

按:《周邦彦别传》云:"'依月用律,月进一曲'的是蔡攸,更与(周)邦彦毫无瓜葛。"[1]未知何据。据上考,蔡攸实未曾"依月用律,月进一曲"而作小词。今考宋人史料,只载万俟咏、周邦彦、晁端礼诸人"依月用律制词"或"按月律为之",但因时间划分过早,故亦有纰漏。按大晟府依"月律"改定燕乐既在政和四年正月后,则大晟府"依月律"撰燕乐词时间当不早于政和四年。今据相关史料,考得大晟府"依月律"撰燕乐词时段乃在政和六年十月至宣和二年二月,历时三年有余。周邦彦、万俟咏都在大晟府,与"依月用律"制词时间相合。晁端礼则政和三年七月已卒,故不可能"按月律进词"。周邦彦政和六年十月至七年三月入大晟府为提举官,其时虽值"按月律进词"时段,然查周邦彦所作词,大部分作于此时段之前。又据夏承焘考证,周邦彦词所用宫调之月份,与其词作所写月份不合,实际未尝"依月用律"[2]。现知大晟府词人中,"按月律进词"并有词例可考的只有万俟咏一人。《碧鸡漫志》《唐宋诸贤绝妙词选》等说万俟咏"依月用律制词"在"崇宁间"、"崇宁中"、"宣和间",均误。其时段乃在政和六年十月至宣和元年八月之间,因万俟咏宣和元年八月之前已不在大晟府任职(《宋会要·职官》四三之一〇二)。详见拙著《大晟府及其乐词通考》,兹不赘述。

晁冲之任大晟府大乐令。

《独醒杂志》卷四:"政和间,置大晟乐府,建立长属。时晁冲之叔用作《梅词》以见蔡攸。攸持以白其父曰:'今日于乐府中得一人。'元长览之,即除大晟丞。词中云:'无情燕子,怕春寒,常失佳期。惟有南来塞雁,年

---

① 薛瑞生:《周邦彦别传》,第503页。
② 夏承焘:《词律三义》,《夏承焘集》,第2册,第10页。

年长占开时。'以为燕雁与梅不相关而挽入用之,故见笔力。"

《苕溪渔隐丛话·前集》卷五九:"又端伯所编《乐府雅词》中,有《汉宫春·梅词》,云是李汉老作,非也,乃晁冲之叔用作。政和间,作此词献蔡攸。是时,朝廷方兴大晟府,蔡攸携此词呈其父,云:'今日于乐府中得一人。'京览其词,喜之,即除大晟府丞。今载其词曰:'潇洒江梅,向竹梢稀处,横两三枝。东君也不爱惜,雪压风欺。无情燕子,怕春寒、轻失佳期。惟是有、南来归雁,年年长见开时。 清浅小溪如练,问玉堂何似,茅舍疏篱。伤心故人去后,冷落新诗。微云淡月,对孤芳、分付他谁。空自倚,清香未减,风流不在人知。'此词中用玉堂事,乃唐人诗,云:'白玉堂前一树梅,今朝忽见数枝开。儿家门户重重闭,春色因何得入来。'或云玉堂乃翰苑之玉堂,非也。"(《诗话总龟·后集》卷三二引《苕溪渔隐》同)

按:王国维《清真先生遗事》[①]、凌景埏《宋魏汉津乐与大晟府》[②]、诸葛忆兵《徽宗词坛研究》[③]都云大晟府官制无丞,当为大乐令。可从。晁冲之任大乐令,最早也在政和六年五月后,政和七年春已离任。详见拙著《大晟府及其乐词通考》,兹不赘述。

曾繾任大晟府主簿。

汪藻《奉议郎知舒州曾君墓志铭》:"君讳繾,字符礼,世家建昌南丰。……年三十余,始举进士,中甲科,调主应天府虞城、明州鄞县簿,复陞陑。久之,当路有怜其才、悼其屈者,挽为大晟府主簿,非其好也。出提举两浙、河北、京东路盐香,改梓州路常平,皆不赴。除京畿提举学事,言者犹指君党家子,免之。得知太平州、提举两浙盐香,又皆不赴。选知高邮军,移(舒州)未期年,遭母充国夫人忧。归吴中,至毘陵卒,年四十一,官止奉议郎,时宣和五年四月五日也。"(《浮溪集》卷二七)

按:宣和五年曾繾卒时年四十一,中甲科之年"三十余"当在政和三年左右。又"出提

① 王国维:《清真先生遗事》,《王国维全集》,第2册,第419—420页。
② 凌景埏:《宋魏汉津乐与大晟府》,凌景埏、谢伯阳校注:《诸宫调两种》附录,第277页。
③ 诸葛忆兵:《徽宗词坛研究》,第9页。

举两浙盐香，皆不赴"、"得知太平州、提举两浙盐香，又皆不赴"云云，查《吴郡志》卷七："宣教郎曾纁，政和六年十一月二十五日到（提举两浙西路茶盐公事）任，七年罢任。""宣教郎曾纁，宣和元年九月二十日到（提举两浙西路茶盐公事）任。"知已到任，第一次提举两浙西路茶盐公事乃始于"政和六年十一月二十五日"。考其初仕虞城、鄞县两任主簿或任期均不久，"复陞陑。久之"，至少有一、二年，则其为"大晟府主簿"当在政和六年左右。

制撰文字江汉离开大晟府，任密州通判。

《浙江通志》卷一八一："江汉，字朝宗，常山人。博学能文，尤长歌行。倅密州时，秦桧为郡博士，掌笺表，汉每指摘窜定。后至行在，高宗欲用之，适桧为相，以祠禄遣归。"

《光绪常山县志》卷五三《江汉传》，云："江汉字朝宗，性卓荦，博学能文，尤长于诗。为密州通判时，秦桧为郡博士，掌笺表，汉每指摘窜定。高宗欲用之，适桧相，遂乞休归。"

按：江汉于政和三年五月后任制撰文字，至政和六、七年间已离开大晟府任密州通判。据《宋史·秦桧传》："（秦桧）登政和五年第，补密州教授。"又《宋宰辅编年录》卷一五："（翟）汝文，字公巽。尝知密州，秦桧为州学教授，汝文荐其才。"按翟汝文知密州在政和七年（《宋史·翟汝文传》《宋会要·兵》一二之二〇），江汉"倅密州"略早于翟汝文，当在政和六、七年间。因翟汝文上任后不久即荐秦桧应制举，中词学兼茂科。详见拙著《大晟府及其乐词通考》，兹不赘述。

十一月二日辛卯，诏大司乐马贲秩视待制。

《宋会要·职官》五六之四四："（政和六年）十一月二日，诏：'大司乐马贲秩视待制，班着依旧。'"

《宋史》卷四六二《魏汉津传》："有马贲者，出（蔡）京之门，在大晟府十三年，方魏、刘、任、田异论时，依违其间，无所质正。"

按：据翟汝文《马贲大司乐制》（《忠惠集》卷三），考翟氏第二次为中书舍人在政和三年正月至十一月，马贲任大司乐，当始于政和三年，至此时已任大司乐三年。又，"任、田异论时"指和八年典乐任宗尧、田为议乐事（《宋史·乐志四》），前推十三年，当在崇宁四年，此时马贲任典乐。马贲自政和三年始，直到政和八年均在大司乐任。

五日甲午,诏改九鼎名。

《宋史》卷一〇四《礼志七》:"(政和六年)又诏改帝鼐为隆鼐,正南彤鼎为明鼎,西南阜鼎为顺鼎,正西晶鼎为蕴鼎,西北魁鼎为健鼎,正北宝鼎如旧,东北牡鼎为絪鼎,正东苍鼎为育鼎,东南冈鼎为洁鼎。鼎角(阁)为圜象徽调之阁。阁上神像,左周鼎星君,中帝席星君,右大角星君;阁下鼎鼐神像,各守逐鼎布列,亦用仔昔议也。"

《宋会要·礼》五一之二三、二四"祭鼐鼎"条:"(政和六年)十一月三日,诏:'帝鼐改为隆鼐,正南彤鼎为明鼎,西南阜鼎为顺鼎,正西晶鼎为蕴鼎,西北魁鼎为健鼎,正北宝鼎依旧,东北壮(牡)鼎为絪鼎,正东苍鼎为育鼎,东南冈鼎为洁鼎。鼎阁为圜象徽调之阁。阁上神像,左周鼎星君,中帝席星君,右大角星君。阁下鼎鼐神像,各守逐鼎排列。'"

《宋会要·舆服》六之一六:"(政和六年)十一月甲午,诏:'帝鼐改为隆鼐,正南彤鼎为明鼎,西南阜鼎为顺鼎,正西晶鼎为蕴鼎,西北魁鼎为健鼎,正北宝鼎依旧,东北牝(牡)鼎为絪鼎,正东苍鼎为育鼎,东南风(冈)鼎为洁鼎。鼎阁为圜象徽调之阁。阁上神像,左周鼎星君,中帝席星君,右大角星君。阁下鼎鼐神像,各守逐鼎排列。'用方士王仔昔建议也。"

《长编纪事本末》卷一二八:"(政和六年)十一月甲午(五日),诏:'帝鼐改为隆鼐,正南彤鼎为明鼎,西南阜鼎为顺鼎,正西晶鼎为蕴鼎,西北魁鼎为健鼎,正北宝鼎依旧,东北牡鼎为絪鼎,正东苍鼎为育鼎,东南风(冈)鼎为洁鼎。鼎阁为圆象徽调之阁。阁上神像,左周鼎星君,中帝席星君,右大角星君。阁下鼎鼐神像,各守逐鼎排列。'用方士王仔昔建议也。"(《长编拾补》卷三五同)

《宋史全文》卷一四:"(政和六年十一月)甲午(五日),诏:'帝鼐改为隆鼐,正南彤鼎为明鼎,西南阜鼎为顺鼎,正西晶(晶)鼎为蕴鼎,西北魁鼎为健鼎,正北宝鼎依旧,东北壮(牡)鼎为和(絪)鼎,正东苍鼎为育鼎,东南风(冈)鼎为洁鼎。鼎阁为圜象徽调之阁。'"

按:《宋会要·礼》五一之二三、二四"祭鼐鼎"条与《宋会要·舆服》六之一六"鼎"条略同,唯作"(政和六年)十一月三日"。考《长编纪事本末》卷一二八、《宋史全文》卷一四、《长编拾补》卷三五所载同，但均作"（政和六年）十一月甲午（五日）"，《皇宋十朝纲要》亦作"（政和六年十一月）甲午（五日）"，当以"五日"为正。

《全宋文》据《宋会要·礼》五一之二三、《长编纪事本末》卷一二八收作《改鼎名诏（政和六年十一月三日）》[1]，乃误。《长编拾补》校勘记："'圜'原作'圆'，据上引三书及《宋会要·舆服》六之一六、《玉海》卷八八改。"[2]据李正民《圆象徽调阁奉安隆鼏颂》（《大隐集》卷六）及《容斋三笔》卷一三，"圆"、"圜"通用，无需改动。

十二月二十日己卯，创公田所，以内侍杨戬主之，而以大晟乐尺打量。

《九朝编年备要》卷二八："（政和六年十二月）创公田所。政和初，始议增税民，已不能支。未几，后苑作使臣杜公才献言：'汝州有地，可为稻田。'乃置稻田务，主以内侍杨戬，皆按契券，而以乐尺打量，其赢则拘入官，而又并河东北三路，皆括之。"

《长编拾补》卷三五："《续宋编年资治通鉴》：（政和六年十二月己卯）创公田所，以内侍杨戬主之。皆按民契券，而以乐尺打量……"

按："乐尺"指大晟乐尺，详见"政和二年九月十三日李孝俦乞依用大晟新尺纽定尺寸"条。

二十六日乙酉，驾诣鼎阁奉安隆鼏等神像。

《宋史》卷一〇四《礼志七》："（政和六年）驾诣鼎阁奉安神像。"

《宋会要·礼》五一之二三、二四："（政和六年）十二月二十六日，驾诣鼎阁奉安隆鼏等神像。"

李正民《圆象徽调阁奉安隆鼏颂》："臣窃惟皇帝陛下，永熙洽之运，绍扬先烈，制礼作乐，百度修举，朝廷清明，海宇康乂。乃政和纪元之六年，奉安隆鼏于圆象徽调阁，诚治世之盛举也。惟兹宝鼎，实国重器，自禹而降，其制弗传。圣上深发独智，与神为谋，不贰不疑，自我作古。而隆鼏居中，独为重镇，管摄八方九州之气，可以孚享上帝，卜世卜年，永永无极。

---

① 曾枣庄等主编：《全宋文》，第165册，第188—189页。点校本《宋会要辑稿·礼五一》亦作"十一月三日"（第3册，第1905页），未正其误。

② 顾吉辰点校：《长编拾补》卷三五，第1137页。

而内阁之建,深严靖密,实为神器秘藏之地,于皇休哉！真有宋亿万年无穷之伟观也！是宜播之声诗,以昭著盛德。臣愚不自揆,谨拜手稽首而献颂曰:宋受天命,维亿万世。重熙累洽,既安既治。圣主嗣兴,诞扬丕矩。建法立制,自我作古。与神为谋,乃作宝鼎。气歆浮云,光吐金景。惟兹隆疈,屹然中峙。八方既奠,九州是理。上应列宿,下镇地纪。为国之宝,自今其始。龙鸾光润,神物所扶。陈列于外,匪安匪居。广内之严,云阁之秘。邃在西清,中藏神器。圆象徽调,华榜昭揭。层建巍峩,修梁巀嶪。奠厥攸居,天所保之。卜世卜年,永永如斯。于惟古初,一统天地。取象三才,黄帝是继。禹平水土,贡金九牧。成周之隆,定于郏鄏。一变而九,取数斯备。圣人铸之,孚享上帝。寥寥千载,人孰敢议。圣不有作,器焉能制。置诸内阁,粹宁四方。细缊其色,炜煌其光。天子万年,受天之祜。庆流本支,泽周率土。薄海内外,莫敢予侮。小臣作颂,以继吉甫。"(《大隐集》卷六)

按:李正民政和七年以迪功郎试词学兼茂科,除秘书省正字,见《全宋文》"李正民小传"①。《圆象徽调阁奉安隆疈颂》当作于政和七年初。

二十七日丙戌,车驾复诣鼎阁行香,百官陪位,仍以其日为休务假。

《宋史》卷一〇四《礼志七》:"(政和六年)驾诣鼎阁奉安神像,明日复诣阁行香,百僚陪位。"

《宋会要·礼》五一之二三、二四:"(政和六年)十二月二十六日,驾诣鼎阁奉安隆疈等神像。翌日,车驾诣阁烧香,百官陪位,仍以其日为休务假。"

① 曾枣庄等主编:《全宋文》,第163册,第1页。

政和七年(1117)丁酉

正月二日辛卯,祀感生帝,用大晟乐。

《宋史》卷一三二《乐志七》载《乾德以后祀感生帝十首》:"撤豆,《肃安》:(以下二首政和中制。)'奉承明祀,惟羊惟牛。卬盛于豆,备陈庶羞。钟鼓喤喤,神具醉止。其撤嘉笾,永绥福祉。'送神,《普安》:'既临下土,复归于天。神之报贶,受福无边。'"

按:《宋史·乐志七》"乾德以后祀感生帝十首",于"撤豆,《肃安》"原注:"以下二首(即"撤豆,《肃安》"、"送神,《普安》"),政和中制。"知此二首乃政和年间所撰。不知作于政和何年,附此俟考。又,《宋史·礼志一》:"正月上辛又祀感生帝。"《政和五礼新仪》卷四六《祀感生帝仪(有司行事)》载用大晟乐节次甚详,可参考。

二十一日庚子,诏鼎、鼐共置一阁,令有司参定礼乐制度。未几,诏从太常寺、大晟府言,隆鼐宫架乐,仍旧列于殿庭,八鼎登歌乐虡并于殿上前楹之间,逐鼎各用乐章。

《宋会要·礼》五一之二三、二四:"(政和)七年正月二十一日,手诏:'隆鼐、八鼎,旧九成宫逐时换水,用礼制大乐祭告。隆鼐、八鼎,各有殿阁。内隆鼐系大祠,于阁下安设宫架;余八鼎系中祠,于殿上安设登歌。今鼎、鼐共置一阁,令尚书省下有司参定。'太常寺、大晟府言:'每岁祠祭鼎鼐,随时更律,各用章曲节奏。今参酌宫架乐,仍旧列于殿庭。其登歌乐虡,欲并于殿上前楹之间,北向安设,逐鼎各用乐章。'从之。"

按:《全宋文》据《宋会要·礼》五一之二三收作《安置隆鼐八鼎事手诏(政和七年正月二十一日)》①。

---

① 曾枣庄等主编:《全宋文》,第165册,第203页。

二十七日丙辰,依礼制局奏,大驾六引驾士服,各随其辂之色。时大驾六引并未改大司乐为礼部尚书。

《长编纪事本末》卷一三四:"(政和七年正月)丙辰,礼制局奏:'昨讨论大驾六引……已经冬祀施用。唯驾士之服,各随其辂之色,则六引驾士之服,当亦如之……'从之。"

《长编拾补》卷三五:"(政和七年正月)丙辰,礼制局奏:'昨讨论大驾六引(【案】《宋史·舆服志》:详定官蔡攸言:六引,开封令乘轺车居前,开封牧、大司乐、司徒、御史大夫、兵部尚书乘革车次之。揆古则不合,骇今则有戾。司徒,三公论道之官,车徒非其所任,户部主之可也。奉常掌礼,乐典乐,皆专于一事。礼乐之容,非其所兼,礼部总之宜也。请改司徒用户部尚书,改大司乐用礼部尚书,其僚佐仪制视兵部尚书。御史大夫,位亚三少,秩从二品,又尊于六尚书。其行,宜以兵部次令、牧、礼部、户部又次之,终以御史大夫。)……已经冬祀施用。唯驾士之服,各随其辂之色,则六引驾士之服,当亦如之……'从之。"

按:《长编拾补》认为"昨讨论大驾六引",即"《宋史·舆服志》:详定官蔡攸言"云云,乃误。据《文献通考·王礼考十三》:"(宣和初)详定官蔡攸等又言:'六引:开封令,乘轺车;开封牧、大司乐、司徒、御史大夫、兵部尚书,乘革车次之。……揆古则不合,骇今则有戾。……司徒,三公论道之官,车徒非其所任,户部主之可也。奉常掌礼,司乐典乐,皆专于一事。礼乐之容,非其所兼,礼部总之宜也。请改司徒用户部尚书,改大司乐用礼部尚书。(其僚佐仪制,视兵部尚书。)御史大夫位亚三少,秩从三品,又尊于六尚书。其行宜以兵部次令、牧、礼部、户部又次之,终以御史大夫,则先后之序正矣。'"知其为宣和年间所言,蔡攸等并改修《卤簿图》三十三卷(详下)。

其实,"昨讨论大驾六引"云云,当指政和三年四月议礼局所上"大驾六引"卤簿之制。《政和五礼新仪》卷一三《序例·卤簿》"六引"条:"第一引:开封令……第二引:开封牧……第三引:大司乐……第四引:少傅……第五引:御史大夫……第六引:兵部尚书……"(《文献通考·王礼考十三》、《宋史·仪卫志四》与《政和五礼新仪》略同)据《宋会要·舆服》五之二〇、五之二一、二二、五之二四、五之二五、五之二七,知均为政和三年四月二十九日议礼局所上(详上)。故可确考《长编纪事本末》"昨讨论大驾六引"云云,当指政和三年四月议礼局所上"大驾六引"卤簿之制。《长编拾补》引"《宋史·舆服志》:详定官蔡攸言"(即"(宣和初)详定官蔡攸等"所言)以笺补,颇为失当。

二月十一日己巳,高丽乞习教雅乐声律及大晟府撰乐谱辞;诏许教习,仍赐乐谱。

《宋史》卷一二九《乐志四》:"(政和七年二月)中书省言:'高丽,赐雅乐,乞习教声律、大晟府撰乐谱辞。'诏许教习,仍赐乐谱。"

《宋会要·礼》六二之五二:"政和七年二月,赐高丽雅乐及乐谱。"

《玉海》卷一〇五:"(政和)七年二月十一日,赐高丽雅乐,大晟府撰乐府谱辞,乃赐乐谱。"

按:政和六年(睿宗十一年)六月即已赐高丽大晟雅乐,本年又赐雅乐,当误。考上引《高丽史·乐志一》前附赐乐诏书及后附大晟雅乐乐器428件清单,知政和六年六月除赐高丽大晟乐器外,还有雅乐文舞、武舞等佾舞所用的各种仪物、麾幡、服饰、衣冠等。据载,政和六年八月己卯,高丽睿宗特意下诏:"今大宋皇帝,特赐《大晟乐》文、武舞,宜先荐宗庙,以及宴享。"十月戊辰,亲阅大晟乐于乾德殿。癸酉,亲裸太庙,荐大晟乐(《高丽史·乐志一》)。知这套乐器本年已经使用,可知政和六年六月已赐高丽雅乐。政和七年二月高丽所乞不过是"习教声律"及"大晟府撰乐谱辞"而已。可证《宋史》、《宋会要》、《玉海》所载"政和七年二月,赐高丽雅乐及乐谱"、"(政和)七年二月十一日,赐高丽雅乐"云云,当为疏误。

据《高丽史·乐志一》载高丽"乞习教声律"时言:"宋朝唯寄衣冠、乐器,本朝不知肄习。承旨徐温入宋,私习舞仪而传教之。其进退疏数之节,无所凭依,似不可尽信。"知政和六年宋朝所赐大晟雅乐即文、武舞"衣冠、乐器",高丽"不知肄习",故又请求"习教",即请宋派专人持乐谱赴高丽教习。而这也得到了徽宗的同意,故"诏许教习,仍赐乐谱"。今考《宋史·乐志四》,所谓"乞习教声律、大晟府撰乐谱辞",所指究竟为何?据上考,知政和六年六月赐高丽大晟雅乐,当包括乐器、器乐谱及雅乐乐章谱三个部分。乐器、器乐谱已用于政和六年十月"亲裸太庙",不存在演奏方面的问题。唯独"大晟府撰乐谱辞",则属乐章谱范围,有演唱方面的困难,故而向宋廷请求教习。可推知政和七年二月所赐主要侧重于为"习教"而撰成的"大晟府撰乐府谱辞",或许只是一些合用乐章的"谱并歌调"及"谱释"文字(《宋会要·乐》四之一)而已。今存于朝鲜《世宗庄宪大王实录》卷一三七《元朝林宇大成乐谱》,所收乐谱内容与政和五年《大晟府拟撰释奠十四首》(《宋史·乐志十二》)相同。其乐章配有律吕谱,如迎神《凝安》(黄钟为宫)"大哉宣圣",乐谱为"黄南林姑"①。据考证,高丽朝文庙雅乐的渊源即宋朝大晟府释奠十四首乐章谱②。"大晟府撰乐(府)谱辞",当即这种配有律吕谱的雅乐乐章。关于《宋史·乐志四》所载政和七年二月"高丽,赐雅乐,乞习教声律、大晟府撰乐谱辞"的原因,迟凤芝的解释是"大概是开始时传习未精,因此到政和七年,又要求'习教声律'","宋朝徽宗对高丽赐大晟雅乐之后,仍然有对前来的使者教习声律、传授乐谱的记载。估计高丽的雅乐就是通过这样不断取经、学习的方式而逐步走向完善的"③。所见极是。据此,知"大晟府撰乐(府)谱辞"乃政和六年六月连同雅乐乐器一道赐予高丽,因高丽乐师不知如何演奏,故"乞习教声律";至政和七年二月,宋廷特诏"许教习,仍赐乐谱"(《宋史·乐志四》)。

又,他书或以"请赐大晟雅乐,及请赐燕乐"的时间联书,或以本年所赐为"大晟燕乐",均误。《宣和奉使高丽国图经》卷四〇《乐律》:"比年入贡,又请赐大晟雅乐,及请赐燕乐,诏皆从之。"所谓"比年入贡,又请赐大晟雅乐,及请赐燕乐",据《高丽史·乐志一》,赐为"大晟燕乐"在政和四年,赐"大晟雅乐"在政和六年,知"请赐大晟雅乐,及请赐燕乐"的时间并不相同,《宣和奉使高丽图经》联书并颠倒前后时间,乃误。

《宋史·高丽传》:"政和中,升其使为国信,礼在夏国上,与辽人皆隶枢密院,改引伴押伴官为接送馆伴。赐以《大晟燕乐》、笾豆、簠簋、尊罍等器,至宴使者于睿谟殿中。"(《文献通考·四裔考二》同)宋赐高丽"大晟燕乐"在政和四年,而"赐以……笾豆、簠簋、尊罍等器"则在政和七年三月(《宋史·徽宗本纪三》,《宋会要·礼》六二之五二)。知《文献通考》、《宋史·高丽传》"赐以《大晟燕乐》、笾豆、簠簋、尊罍等器"联书,亦为小误。

本月,典乐裴宗元乞按习《诗》乐。

《宋史》卷一二九《乐志四》:"(政和)七年二月,典乐裴宗元言:'乞按习《虞书·赓载之歌》,夏《五子之歌》,商之《那》,周之《关雎》、《麟趾》、《驺虞》、《鹊巢》、《鹿鸣》、《文王》、《清庙》之诗。'诏可。"

按:政和二年九月二十五日,颁《唐乡饮乐章》十七、《大射乐章》四(《玉海》卷一〇六),

---

① 参见迟凤芝《朝鲜文庙雅乐的传承与变迁》第四章所附《文庙雅乐谱》,及文后附录二《文庙雅乐谱》,上海音乐学院博士学位论文,2009年油印本,第55—56页,第169—198页。

② 迟凤芝:《朝鲜文庙雅乐的传承与变迁》,第36页。

③ 迟凤芝:《朝鲜文庙雅乐的传承与变迁》,第25页,第34页。

或许即是《风雅十二诗谱》。徽宗制大晟乐，亦播之"诗乐"，裴宗元所云乐曲名目，与所谓"唐开元《风雅十二诗谱》"中，只有《关雎》、《鹊巢》、《鹿鸣》三曲与之吻合。其余上古及夏、商、周之曲，则大大超出《风雅十二诗谱》的范围，当非同一系统的曲谱。考大晟府典乐裴宗元所谓"乞按习"云云诸曲，当是大晟府依古诗新填写曲谱，乃正宗的大晟曲谱。这套曲谱绍熙、庆元年间尚存。详见拙著《大晟府及其乐词通考》，兹不赘述。

吴时任典乐，约始于本月。

《宋史》卷三四七《吴时传》："迁太仆少卿。张商英罢相，言者指（吴）时为党，出知耀州。又降通判鼎州，未赴。提举河东常平，岁饥，发公粟以振民。童贯经略北方，每访以边事，辄不答。还，为大晟典乐，擢中书舍人、给事中。"

按：《宋史》本传未言吴时任大晟府典乐在何时。据考，吴时任典乐约在政和七年二月后至六月后。详见拙著《大晟府及其乐词通考》，兹不赘述。

三月一日己丑，诏从礼制局言，武舞以戚配干，宫架乐去十二镈钟。止设一大钟为钟、一小钟为镈、一大磬为特磬，以为众声所依。

《宋史》卷一二九《乐志四》："（政和七年）三月，议礼局言：'先王之制，舞有小大：文舞之大，用羽、籥；文舞之小，则有羽无籥，谓之羽舞。武舞之大，用干、戚；武舞之小，则有干无戚，谓之干舞。武舞又有戈舞焉，而戈不用于大舞。近世武舞以戈配干，未尝用戚。乞武舞以戚配干，置戈不用。庶协古制。'又言：'伶州鸠曰："大钧有镈无钟，鸣其细也；细钧有钟无镈，昭其大也。"然则钟，大器也；镈，小钟也。以宫、商为钧，则谓之大钧，其声大，故用镈以鸣其细，而不用钟；以角、徵、羽为钧，则谓之小钧。其声细，故用钟以昭其大，而不用镈。然后细大不逾，声应相保，和平出焉。是镈、钟两器，其用不同，故周人各立其官。后世之镈钟，非特不分大小，又混为一器，复于乐架编钟、编磬之外，设镈钟十二，配十二辰，皆非是。盖镈钟犹之特磬，与编钟、编磬相须为用者也。编钟、编磬，其阳声六，以应律；其阴声六，以应吕。既应十二辰矣，复为镈钟十二以配之，则于义重复。乞宫架乐去十二镈钟，止设一大钟为钟、一小钟为镈、一大磬为特磬，以为众声所依。'诏可。"

《宋会要·乐》五之二四、二五:"(政和)七年三月一日,议礼局奏:'先王之制,乐舞文则用羽、籥,武则用干、戚,而又有小大焉。《周官》乐师"教国子小舞",则舞有小大可知矣。文舞之大,用羽、籥;文舞之小,则有羽无籥,谓之羽舞。武舞之大,用干、戚;武舞之小,则有干无戚,谓之干舞。《礼记·文王世子》曰:"春夏学干戈,秋冬学羽籥。"又曰:"小学正学干,籥师学戈。"则武舞又有戈舞焉,而戈不用于大舞。近世武舞以戈配干,未尝用戚。乞武舞以戚配干,置戈不用,庶协古制。'又奏:'考《周礼·春官》有钟师、镈师,《国语》伶州鸠曰:"大钧有镈无钟,鸣其细也;细钧有钟无镈,昭其大也。"然则钟,大器也;镈,小钟也。以宫、商为钧,则谓之大钧,其声大,故用镈以鸣其细,而不用钟;以角、徵、羽为钧,则谓之小钧,其声细,故用钟以昭其大,而不用镈。然后细大不逾,声应相保,和平出焉。是镈、钟两器,其用不同,故周人各立其官。后世之镈钟,非特不分小大,又混为一器,复于乐架编钟、编磬之外,设镈钟十二,配十二辰,皆非是。盖镈钟犹之特磬,与编钟、编磬相须为用者也。编钟、编磬,其阳声六,以应律;其阴声六,以应吕。既应十二辰矣,复为镈钟十二以配之,则于义重复。乞宫架乐去十二镈钟,止设一大钟为钟、一小钟为镈、一大磬为特磬,以为众声所依。'从之。"

按:《文献通考·乐考四》所载略同,唯作"大观间",乃误。又,"议礼局"大观元年正月十三日于尚书省置局,政和三年四月罢局,六月结局[1]。政和七年已无"议礼局",必为"礼制局"之误。据《宋代官制辞典》,"礼制局"政和三年七月二十一日置于编类御笔所,宣和二年七月一日罢局[2]。又据《宋史·乐志四》下文"(政和七年)四月十八日,礼制局言:'尊祖配天者……'"云云,亦可证此处必为"礼制局"而非"议礼局"无疑。《宋史·乐志四》与《宋会要·乐》五之二四、二五,文字略有异,《宋史·乐志四》误脱"其阴声六,以应"六字,点校本已补[3];又如"非特不分大小",误,当从《宋会要》作"非特不分小大"。

---

① 龚延明:《宋代官制辞典》,第191页。
② 龚延明:《宋代官制辞典》,第191页。
③ 中华书局点校本《宋史》,第9册,第3020页。

同日，诏从礼制局奏，令儒臣讨论撰述铙歌曲，以"大晟律"改定鼓吹乐。

《宋史》卷一四〇《乐志十五·鼓吹上》："政和七年三月，议礼局言：'古者铙歌、鼓吹曲，各异其名，以纪功烈。今所设鼓吹，唯备警卫而已，未有铙歌之曲，非所以彰休德扬伟绩也。乞诏儒臣讨论撰述，因事命名，审协声律，播之鼓吹，俾工师习之。凡王师大献，则令鼓吹具奏，以耸群听。'从之。"

《宋会要·舆服》三之二〇："徽宗政和七年三月一日，议礼局奏曰：'古者王师克捷必奏恺，所以耀武事，旌勋伐。昔黄帝涿鹿有功，命岐伯作恺乐，以劝士讽敌，故其曲有《灵夔竞（吼）》、《雕鹗争》、《石坠崖》、《壮士怒》之名。《周官》："王师大献，则令奏恺乐。"《乐师》："凡军大献，则教恺歌。"汉有《朱鹭》等十八曲。魏、晋而下，莫不沿尚，皆谓铙歌鼓吹曲，各赐（易）其名，以纪功烈。今所设鼓吹，惟备警卫而已，未有铙歌之曲，非所以彰休德而扬伟绩也。乞诏儒臣讨论撰述，因事命名，审协声律，播之鼓吹，俾工师习之。凡王师大献，则令鼓吹具奏，以耸群听。'从之。"

《文献通考》卷一四七《乐考二十·鼓吹》："徽宗政和七年，议礼局奏曰：'古者王师克捷必奏凯，所以耀武事，旌勋伐。黄帝涿鹿有功，命岐伯作凯乐，以劝士讽敌，故其曲有《灵夔吼》①、《雕鹗争》、《石坠崖》、《壮士怒》之名。《周官》："王师大献，则令奏凯乐。"《乐师》："凡军大献，则教凯歌。"汉有《朱鹭》等十八曲，魏、晋而下，莫不沿存，尚②皆谓铙歌鼓吹曲，各易其名，以纪功烈。今所设鼓吹，唯备警卫而已，未有铙歌之曲，非所以彰休德而扬伟绩也。乞诏儒臣讨论撰述，因事命名，审协声律，播之鼓吹，俾工师习之。凡王师大献，则令鼓吹具奏，以耸群听。'从之。"

---

　　① 　点校本《文献通考》校勘记："按上文陈氏《乐书》引《律书乐图》有'灵夔吼'。元本、慎本、冯本及《宋会要·舆服》三之二〇作'灵夔竞作'。"（第7册，第4436页）按：文渊阁《四库全书》本《文献通考》作"灵夔吼"。《宋会要·舆服》三之二〇作"灵夔竞"而非"灵夔竞作"（第2册，第1791页）。

　　② 　点校本《文献通考》校勘记："'莫不沿尚'，'尚'原作'存'，据《宋会要·舆服》三之二〇改。"（第7册，第4436页）按：文渊阁《四库全书》本亦作"存"，原文"莫不沿存，尚皆谓铙歌鼓吹曲"，疑"存"字为衍文，该句当作"莫不沿尚，皆谓铙歌鼓吹曲"。

《玉海》卷一〇六："政和七年三月一日,议礼局言:'鼓吹惟备警卫,未有铙歌之曲,请诏儒臣撰述。凡王师大献具奏,以耸群听。'诏可。"

按:"议礼局"当为"礼制局"之误(详上)。又"审协声律,播之鼓吹"云云,实以"大晟律"改定鼓吹乐。又据姜夔《圣宋铙歌鼓吹曲十四首》序:"政和七年,臣工以请,上诏制用。中更否扰,声文罔传。"[①]知"铙歌曲"在政和七年实已撰成并施用。此套乐章的数量为十四首,然至南宋即已失传。又"中更否扰"云云,疑遭蔡攸等辈非废。

二十一日己酉,以奉上皇地祇徽号,差官奏告天地、宗庙、社稷、宫观,乃降霤。

《宋会要·礼》一四之七四:"《续会要》……(政和)七年三月二十一日,以奉上皇地祇徽号,差官奏告天地、宗庙、社稷、宫观,乃降霤。"

按:帝霤用于乐钟较为罕见,前贤认为帝霤即景钟者,此或为一证。但史载帝亲祀方用景钟,此为差官,非亲祀;又此用帝霤亦未明言用为乐钟,则帝霤非景钟甚明。

本月,周邦彦罢大晟府提举官,出知真定府。

《东都事略》卷一一六:"周邦彦……提举大晟府。未几,知真定,改顺昌府。"

《锦绣万花谷·续集》卷二六:"周邦彦……提举大晟府。未几,知真定,改顺昌府。"

《名贤氏族言行类稿》卷三一:"周邦彦……提举大晟府。未几,知真定,改顺昌府。"

按:诸葛忆兵认为周邦彦罢大晟府提举官在政和七年三月[②],可从。

蔡攸任大晟府提举官,亦在本月。

《宋史》卷一二九《乐志四》:"蔡攸方提举大晟府,不喜佗人预乐。"

《文献通考》卷一三一《乐考四·历代制造律吕》:"时(蔡)京子(蔡)攸

①　夏承焘:《姜白石词编年笺校》,第107页。
②　诸葛忆兵:《周邦彦提举大晟府考》,《文学遗产》1997年第5期。

提举大晟府,又奏田为为典乐。"

《九朝编年备要》卷二七:"初,(蔡)京令其子(蔡)攸提举大晟府,而父子自为异论,各引晓乐音之士。"

按:据诸葛忆兵考证,周邦彦政和六年十月至七年三月提举大晟府,蔡攸提举大晟府为政和七年三月至宣和初①,可从。《周邦彦别传》云:"至如蔡攸则议乐不绝直至大晟罢府。""政和七年直至宣和二年罢大晟府,提举大晟府者为蔡攸。"②则认为蔡攸提举大晟府"直至大晟罢府"。考"大晟罢府"在宣和七年十二月而不在宣和二年(详下),查今存宋人史料,蔡攸议乐最早见于"政和末",最晚见于"宣和元年",并未"直至大晟罢府"。且宣和二年至四年,梁师成亦曾提举大晟府(详下),知诸葛忆兵考蔡攸提举大晟府为政和七年三月至宣和初,乃得其实。

置大晟府修制大乐局。

《宋会要·乐》四之二:"重和元年十二月十九日,诏:'太、少二音,调燮岁运,使之适平,不行于世迨数百年。近命官讨论定律,镕范既成,不假刊削,自合宫音,太、少、正声,相与为一。已降指挥,置登歌、宫架,用于明堂。所有乐局检阅文字官三员,各转一官;差充修制大乐局管干官、手分、楷书、书奏、书写人、通引官、定声、都作头共十五人,各转一官资,无官资人候有官日收使;工匠等共七十四人,共支绢三百匹,等第支散。'"

按:"修制大乐局"乃蔡攸提举大晟府后而设立的机构,"修制"云云,乃是针对旧有大晟乐进行改造修正而言(《宋史·乐志四》、《文献通考·乐考四》、《九朝编年备要》卷二七)。"乐局检阅文字官"、"差充修制大乐局管干官"云云,均为"修制大乐局"官员。修制大乐局设立于政和七年三月后(详下),罢于重和元年十二月,历时仅一年零九个月左右。详见拙著《大晟府及其乐词通考》,兹不赘述。

宋暎任大晟府修制大乐管勾文字,即"乐局检阅文字官"。

《文忠集》卷三一《徽猷阁待制宋公暎墓志铭》:"政和四年,别以门荫为将仕郎,调孟州刑掾,改河北籴便司干当公事,选充大晟府修制大乐管

① 诸葛忆兵:《周邦彦提举大晟府考》,《文学遗产》1997年第5期。
② 薛瑞生:《周邦彦别传》,第501页,第502页。

干文字。以生母令人崔氏心丧去官。服除,用前衔便赏,改宣教郎、为河北转运司干当公事、提举洛口交装催促纲运。擢尚书司门员外郎,出为蔡河拨发。宣和元年冬,徽宗召对,称旨,命知宿州。"

按:以宋暎"服除"三十个月计,到宣和元年九月已"改宣教郎、为河北转运司干当公事、提举洛口交装催促纲运。擢尚书司门员外郎,出为蔡河拨发","冬,徽宗召对",故推算出宋暎为"大晟府修制大乐管干文字"当在政和七年三月后。前此或后此一个月,则难以吻合宋暎"服除"前后仕历。据此,知"修制大乐局"当置于政和七年三月后。"修制大乐局"为蔡攸提举大晟府之产物,这与诸葛忆兵考蔡攸提举大晟府在政和七年三月,亦相吻合。"修制大乐局"又简称"乐局",宋暎为"大晟府修制大乐管干文字"即任"乐局检阅文字官"。

田为任大晟府修制大乐局管勾官。

《宋会要·职官》六九之四:"(宣和元年八月)十八日,田为罢典乐,为大晟府乐令。以臣僚言,典乐在太常少卿之上,燕乐所制撰乃厘务官耳,太相辽绝,不冒躐如此。故有是命也。"

《宋史》卷三五六《张朴传》:"起复修制大乐局管勾官田为大晟府典乐。(张)朴论(田)为贪滥不法,物论勿齿,且典乐在太常少卿之上,修制冗官,不当超逾,乃罢为乐令。"

按:田为任"修制大乐局管勾官"当在政和七年三月后。本年六月后,田为又被蔡攸奏为典乐(详下),仍兼"修制大乐局管勾官"。

阎政为后苑造作所监官,负责大晟府修制大乐局乐器制造工作。

《襄陵文集》卷二《阎政制》:"凡乐道在朝廷,而器使在有司。董夫制作,必有所属。尔久以敏强,总提庶工,乐事告成,宜有褒励。兵团使指,是惟异恩。往祇厥官,懋承宠渥。"

按:制文作于宣和元年,"总提庶工"云云,原疑为修制大乐局提举官。据《宋会要·乐》四之二,修制大乐局设检阅文字官、管干官、通引官等,未载"提举官"。今考大晟府乐器制造,多以宦官提举。崇宁三年铸九鼎,则以杨戬提举制造大乐局;此次修制大乐,又以阎政提举。崇宁三年铸九鼎实施机构为"后苑造作所"下辖之"镈作"和"乐器作"(详上);此次修制大乐,亦当如此。《宋会要·仪制》七之四:"(政和八年)十月十八日,以黄钟太声钟一镈而成，即与君声相合。镳造时，有黄云若华盖状。蔡京以下拜表贺。"《宋会要·瑞异》一之二三："政和八年十月十八日，以黄钟大（太）声一镳而成，即与君声相合。镳造时，有云若华盖状。蔡京以下拜表贺。"铸造"黄钟太声钟"时，"一镳而成"云云，均当为"后苑造作所"下辖之"镳作"和"乐器作"协作而成。所谓"乐道在朝廷，而器使在有司"，前者指"大晟府修制大乐局"，为外廷机构；后者则当指"后苑造作所"下辖之"镳作"和"乐器作"，为内廷机构。据此，可推知阎政当为"后苑造作所"的监官之一，负责此次修制大乐的乐器制造工作。时提举后苑造作所者为巨珰杨戬、梁师成辈，皆建节钺（节度使，从二品）；阎政因此次"总提庶工"有劳，而破格提拔（"异恩"）为"兵团使指"（团练使，从五品），则其品秩如景祐间李随负责"造作处"制造乐器近似（《宋史·乐志一》，《宋会要·乐》一之二、三），或亦不过"内殿崇班"（政和新定阶官为"修武郎"，正八品）、"内东头供奉官"（政和新定阶官为"供奉官"，从八品）、"内西头供奉官"（政和新定阶官为"左侍禁"，从八品）一类的中等宦官。

韩极任大乐令。

《竹隐畸士集》卷一七《韩公行状》："公讳粹彦，字师美，姓韩氏……诏甫下，而有司以公不起闻矣，命以批诏付其家。时（政和）八年正月二十九日也，年五十有四。……子男十四人：……极，朝奉郎，大晟府乐令。……方政和八年十月初一日，朝请大夫行尚书度支员外郎赵某状。"

按：韩极政和八年正月已任大乐令有日，其始任当在政和七年春，为补晁冲之大乐令缺者。详见拙著《大晟府及其乐词通考》，兹不赘述。

刘昺任按协声律。

胡寅《缴刘昺复秘阁修撰》："臣谨按：刘昺服事蔡攸，以叨官爵，天下共知。其所历差遣，则为大晟府按协声律，则为提举道箓院管干文字，而非士大夫之所肯为也。其所转官，则缘按乐精熟，及修道箓院与管干明节皇后园陵，而非年劳之所当得也。其所赐带，则因撰《祥应记》，而非品职之所当赐也。其所被谴，则以臣寮论其谄事蔡攸、交结童贯而贬降，则以臣寮论其诡计秘谋，附会奸恶而褫职。至于勒停废弃，不与士齿，而非过误、不幸、情可矜宥之人比也。今已累缘恩赦，尽还官秩，食祠宫之禄，侥幸甚矣。乃敢陈状诉求复职，无耻之心，未尝悛改。

若使参华中秘,与论撰之列,则名儒硕学,寓处其间者,心将谓何? 臣恐非劝惩之道也。伏望圣慈,别降指挥,所有录黄,臣未敢书行。"(《斐然集》卷一五)

《要录》卷九:"(刘)倗宣、政间以大晟府、道箓院属官,迁徽猷阁待制。"

《独醒杂志》卷九:"刘宽夫倗,丞相沆之孙也。崇、观中为次对,靖、炎间废罢。尝得旨叙复秘阁修撰。臣僚论列,以为'其所历差遣,则为大晟府按协声律及提举道箓院管干文字。其所转官,则缘按乐精熟及修道箓院与管干明节皇后园陵。其所赐带,则因撰祥应记。其所被谴,则以臣僚论其交结附会。'宽夫由是终身不复职名。"

　　按:刘倗为按协声律在蔡攸提举大晟府后,即政和七年三月后至宣和初。详见拙著《大晟府及其乐词通考》,兹不赘述。

四月十八日丙子,许明堂用礼天神六变之乐,其宫架赤素,用雷鼓、雷鼗,及创置明堂大乐宫架。

《宋史》卷一二九《乐志四》:"(政和七年)四月,礼制局言:'尊祖配天者,郊祀也;严父配天者,明堂也。所以来天神而礼之,其义一也。则明堂宜同郊祀,用礼天神六变之乐,其宫架赤紫,用雷鼓、雷鼗。又圜丘、方泽,各有大乐宫架,自来明堂就用大庆殿大朝会宫架。今明堂肇建,欲行创置。'"

《宋会要·乐》五之二四、二五:"(政和七年)四月十八日,礼制局言:'尊祖配天者,郊祀也;严父配帝者,明堂也。郊祀以远人而尊,故尊祖以配天;明堂以近人而亲,故严父以配帝。所以来天神而礼之,其义一也。则明堂宜同郊祀,用礼天神六变之乐。'从之。"

《宋会要·礼》二四之六二、六三:"(政和七年四月十八日,礼制局)又言:'《周官·大司乐》:"分乐而序之,以祭以享以祀。"冬日至,于地上之圜丘奏之,若乐六变,则天神皆降。夏日至,于泽中之方丘奏之,若乐八变,则地示皆出。于宗庙之中奏之,若乐九变,则人鬼可得而礼。盖天神、地示、宗庙，以声类求之，其用乐各异焉。又按《孝经》称："郊祀后稷以配天，宗祀文王于明堂，以配上帝。"盖尊祖配天者，郊祀也；严父配帝者，明堂也。郊祀以远人而尊，故尊祖以配天；明堂以近人而亲，故严父以配帝。虽尊祖以天道事之，严父以人道事之，然配天与配上帝，所以求天神而礼之，其义一也。则明堂宜同郊祀，用礼天神六变之乐，以天帝为尊焉。故《易》之《豫》以作乐崇德，必曰"荐之上帝以配祖考"也。若宗祀配上帝，而用宗庙九变之乐，所以礼神者，非其义矣。……所以享上帝者，皆因象类。则宗祀大享，用【礼】天神六变之乐，荐之上帝以配烈考，于礼为宜矣。今明堂大乐，欲乞宫架赤素，用雷鼓、雷鼗。'又言：'圜丘、方泽，各有大乐宫架，自来宗祀明堂，就用大庆殿大朝会宫架。今明堂肇建，合行创置。'"

按：《宋史·乐志四》"严父配天"，乃误，宜从《宋会要·乐》五之二四、二五及《宋会要·礼》二四之六二作"严父配帝"。又"宫架赤紫"，亦误，当从《宋会要·礼》二四之六三作"宫架赤素"。《宋会要·礼》二四之六四、六五载，政和七年八月十七日，诏罢明堂素队雅乐。亦可印证，可据校改。

五月之前，徽宗再出中指寸，密命刘昺再试，以动人观听，遂止。

《宋史》卷一二八《乐志三》："其后十三年，帝一日忽梦人言：'乐成而凤凰不至乎！盖非帝指也。'帝寤，大悔叹，谓：'崇宁初作乐，请吾指寸，而内侍黄经臣执谓"帝指不可示外人"，但引吾手略比度之，曰："此是也。"盖非人所知。今神告朕如此，且奈何？'于是再出中指寸付蔡京，密命刘昺试之。时昺终匿汉津初说，但以其前议为度，作一长笛上之。帝指寸既长于旧，而长笛殆不可易，以动人观听，于是遂止。盖京之子（蔡）絛云。"

按：以"帝指"造乐在崇宁三年二月，十三年后即政和七年。徽宗出"指寸"命刘昺再造新乐当在本年初，昺作长笛止之则在五月知河南府之前。又，徽宗"再出中指寸付蔡京，密命刘昺试之"云云，疑为任宗尧非议刘昺八寸七分管，而复议用魏汉津九寸管所致。考刘昺、任宗尧均为蔡京党羽，而任宗尧非毁刘昺，乃因不满刘昺改窜魏汉津乐（《宋史·乐志四》、《文献通考·乐考四》）。任宗尧，魏汉津之学生也，详见下文考证。

又，《宋史·魏汉津传》："颁其《乐书》天下。而京之客刘昺主乐事，论太、少之说为非，将议改作。既而以乐成久,易之恐动观听,遂止。"此处以"易之恐动观听"为刘昺欲取代魏汉津"太、少之说"所铸九鼎,实误。按"论太、少之说为非"其时间也当在崇宁三年(1104)二月铸九鼎时,此事《宋史·魏汉津传》亦有记载:"有马贲者,出(蔡)京之门,在大晟府十三年,方魏、刘、任、田异论时,依违其间,无所质正。""魏、刘异论"即在崇宁三年(1104)二月。不过,刘昺最终还是用"中声"理论取代了魏汉津"太、少之说"而铸成九鼎。所谓"将议改作。既而以乐成久,易之恐动观听,遂止"云云,亦错把政和七年(1117)帝再出中指寸密命刘昺再试而"以动人观听,于是遂止"之事,当成刘昺欲取代魏汉津"太、少之说"。详见拙著《大晟府及其乐词通考》,兹不赘述。

六月二十四日辛巳,诏州县岁祭社稷、雷风雨师及释奠文宣王冠服,令礼制局造样颁下。

《宋会要·礼》一四之七〇:"(政和七年)六月二十四日,诏:'天下州县,岁祭社稷、雷风雨师,及释奠文宣王,而冠服悉循其旧,形制诡异,在处不同。可令礼制局造样颁下转运司,令本司制造下诸州,州下县。庶衣服不二,以齐其民。疾速施行。'"

按:《全宋文》据《宋会要·礼》一四之七〇收作《州县岁祭社稷雷风雨师等冠服令礼制局造样颁下诏(政和七年六月二十四日)》,又"以齐其民"原作"以以齐其民",据文意删"以"字[①],极是。

明堂成,议欲为布政调燮事,乃召任宗尧为典乐,毁刘昺八寸七分管而用魏汉津九寸管。时蔡攸又奏田为任典乐,宗尧愤之。

《宋史》卷一二九《乐志四》:"蔡攸之弟蔡絛曰:及政和末,明堂成,议欲为布政调燮事,乃召武臣前知宪州任宗尧,换朝奉大夫为大晟府典乐。宗尧至,则言太、少之说本出于古人,虽王朴犹知之,而刘昺不用,乃自创黄钟为两律。黄钟,君也,不宜有两。蔡攸方提举大晟府,不喜佗人预乐。有士人田为者,善琵琶,无行,攸乃奏为大晟府典乐,遂不用中声八寸七分管,而但用九寸管。又为一律,长尺有八寸,曰太声;一律长四寸有

---

① 曾枣庄等主编:《全宋文》,第165册,第219页。

半，曰少声：是为三黄钟律矣。律与容盛又不翅数倍。黄钟既四寸有半，则圜钟几不及二寸。诸品大小皆随律，盖但以器大者为太，小者为少。乐始成，试之于政事堂，执政心知其非，然不敢言，因用之于明堂布政，望鹤愈不至。"

《文献通考》卷一三一《乐考四·历代制造律吕》："政和末，蔡京引沈宗尧为太晟府典乐，宗尧复申汉津太、少之议。时京子攸提举大晟府，又奏田为为典乐。宗尧愤之，令乐工断黄钟管二，一倍之，一半之，绐为曰：'此太、少律也。'为信之，以白攸。攸因执以为是，遂不用刘炳中声八寸七分管，而止用九寸管。又为一律长尺，有八寸，曰太声；一律长四寸有半，曰少声。乃有三黄钟律云。"

《九朝编年备要》卷二七："初，京令其子攸提举大晟府，而父子自为异论，各引晓乐音之士。朝奉大夫任宗尧，京客也；进士田为，攸客也，并为典乐。大晟乐旧用中、正声，若每月初气即用中声，正气即用正声。为谓：'中声非是，当去中声，于正声中分大、小二音。'宗尧谓：'六律为大，六吕为小。'为谓：'非是，盖律吕各有大小。'攸主为之说以奏于上。重和秋，遂诏乐止用正声，已颁中声乐并纳礼制局改正。为既无所传授，乐遂大坏。始成，试于政事堂，执政心知其非，然不敢言。既遂用之于明堂，而其声益散矣。"

按："任宗尧"，《文献通考·乐考四》作"沈宗尧"，《铁围山丛谈》卷四、《三朝北盟会编》卷一六、《九朝编年备要》卷二七、《宋史·乐志四》均作"任宗尧"。当以"任宗尧"为是。

任宗尧，魏汉津弟子。大观末，随人使高丽。政和年间，以武臣而知宪州。政和末，以"布政调燮事"，换文资朝奉大夫而任典乐（《宋史·魏汉津传》《宋史·乐志四》《九朝编年备要》卷二七，《文献通考·乐考四》《铁围山丛谈》卷四）。据考，任宗尧始为典乐在政和七年六月后至九月之前。详见拙著《大晟府及其乐词通考》，兹不赘述。

《周邦彦别传》云："依《乐志》，则田为与任宗尧之进退均在政和末，依《丛谈》，则任宗尧于大观末即坠海而逝，同为攸言，却抵牾如此。"[①]则未免误读了"《丛谈》"。今考《铁围山丛谈》卷四："任宗尧者，字子高。名家子，仕至典乐，后改服武弁，终赠观察使。宗尧多艺

————————

①　薛瑞生：《周邦彦别传》，第504页。

能,洞晓天官、律吕,盖其传授于魏汉津先生。宗尧始仕宦时,即喜功名。大观末,从尚书王宁、中书舍人张邦昌使高丽,为上节【使】人。至四明则放洋而去。不十日,四明忽传副使舶坏,众为痛之。始时宗尧将登舟,则寄所赉玩好琴书于相识故人家而迈,及是传也,其故人者嗟恻。一旦有女奴忽暴病不省,遂为宗尧音,诉其故人曰:'某所以涉鲸波万里,本希尺寸赏。不谓遽持千金之躯,而葬于鱼鳖之腹。故人念我乎? 某所寓三琴,实平生所爱赏。甲可归之我家,乙亦奇古,当奉故人,下者可与某。'凡所寓书画箧笥中百物,历历分区,不遗一毫发。其故人大骇,为奠哭。久之,女奴始苏。翌日,则四明一郡皆传,谓使者舟坏信矣。其后使人自高丽归,上下一无恙。故人者得见宗尧,欢喜窃笑,独异于常。宗尧始疑而询焉,方道其事,始知为黠鬼所侮。吾亲见宗尧言之。"[①]明载任宗尧"舶坏"事乃"为黠鬼所侮",属一时误传,后皆"自高丽归"。

时林灵素建议,依仿宫、商、角、徵、羽,别定五声,制神霄乐。议造"太极飞云洞劫"等神霄九鼎。

《皇宋十朝纲要》卷一八:"(重和元年二月癸丑朔)先是,上用方士之说,作神霄九鼎,皆赐名。御笔:'差道士三百人,赴礼制局制造所迎导鼎,奉安于上清宝箓宫。'"

《玉海》卷八八:"政和七年,又铸神霄九鼎。明年成,寘于上清宝箓宫神霄殿,遂为十八鼎。"

《能改斋漫录》卷一二:"林灵素建议,依仿宫、商、角、徵、羽,别定五声,制《神霄乐》。刘栋密奏:'臣、民、事、物,皆可有二。至于宫声,岂有二哉?'徽宗感悦,嘉其爱君,即除中散大夫、直龙图阁,栋辞不受。栋字守翁,棣州人。初以八行举,遇可韩司(君)丈人,授以《景虚玉阳钟法》。徽宗依其说,命铸钟十二,召九天。范金随律,月成一钟。排黄麾仗,奉安于宝箓宫。钟备成,授通直郎。灵素又建议筑郁罗萧台,高一百五十尺以祭天。栋言:'圆坛事天,古今通制。高八十一尺,数之极也。岂可别筑台以

---

① 蔡絛撰,冯惠民、沈锡麟点校:《铁围山丛谈》卷四,第66页。按:"为上节人",冯惠民、沈锡麟点校本(第66页)及李国强整理本(第3编,第9册,第208页)均录"知不足斋本"原校,注:"张本'节'下有'使'字。"又,"其后戒归使人自高丽",冯惠民、沈锡麟校云,《小史》、《说郛》、《说库》诸本均作"其后使人自高丽归"(第81页)。

祭,数又加倍哉？徒劳人渎神,恐非天意。'遂已。"

《容斋三笔》卷一三:"(政和)七年,又铸神霄九鼎。一曰太极飞云洞劫之鼎,二曰苍壶祀天贮醇之鼎,三曰山岳五神之鼎,四曰精明洞渊之鼎,五曰天地阴阳之鼎,六曰混沌之鼎,七曰浮光洞天之鼎,八曰灵光晃曜鍊神之鼎,九曰苍龟火蛇虫鱼金轮之鼎。明年鼎成,寘于上清宝箓宫神霄殿。"

按:"上用方士之说,作神霄九鼎"云云,即用林灵素之说,造神霄九鼎以制神霄乐。《长编纪事本末》卷一二七:"蔡絛《史补》:'政和七年,有林灵素出。'"(政和七年)二月甲子,诏通真先生林灵素于道箓宫宣谕青华帝君降临事。……辛未,御笔:'天下天宁万寿观改作神霄玉清万寿宫。'……五月癸卯,改玉清和阳宫为神霄宫。"又,《宋史全文》卷一四:"朱胜非云:……至政和八年,又用方士之说,作神霄九鼎。"考本年七月已诏礼制局制造所造"太极飞云洞劫"等九鼎(详下)。知林灵素议制神霄乐当在本年七月之前。

七月二十八日甲寅,诏季秋大享明堂,登歌并用道士。

《宋会要·礼》二四之六四:"(政和七年)七月二十八日,诏季秋大享明堂,登歌并用道士。"

《皇宋十朝纲要》卷一七:"(政和七年)七月甲寅,诏季秋大享明堂,登歌并用道士。"

本月,诏礼制局制造所造"太极飞云洞劫"等神霄九鼎。

《宋会要·舆服》六之一六、一七:"先是,(政和)七年七月,诏:'礼制【局】制造所造太极飞云洞劫之鼎(鼐),苍壶(壶)祀天贮醇酒之鼎,山岳五神之鼎,精明洞渊之鼎,天地阴阳之鼎,混沌之鼎,浮光洞天之鼎,灵光晃耀铼神之鼎,苍龟火蛇虫鱼金轮之鼎。'"(《宋史全文》卷一四同)

《宋会要·礼》五一之二四"祭鼐鼎"条:"先是,(政和)七年七月,诏:'礼制【局】制造所铸造太极飞云洞劫之鼐,苍壶祀天贮醇酒之鼎,山岳五神之鼎,精明洞渊之鼎,天地阴阳之鼎,混沌之鼎,浮光洞天之鼎,灵光晃耀铼神之鼎,苍龟火蛇虫鱼金轮之鼎。'"(《长编纪事本末》卷一二八、《长

编拾补》卷三五、《容斋三笔》卷一三同）

　　按：《全宋文》据《宋会要·礼》五一之二四收作《令礼制制造所铸蕭鼎诏（政和七年七月）》①，当脱"局"字。《宋会要·舆服》六之一六、一七"鼎"条："重和元年二月辛卯（酉），御笔：'左右街道录院差威仪道士三百人，赴礼制局制造所，迎导神霄飞云鼎（蕭），赴上清宝篆宫神霄殿奉安。'"《宋会要·礼》五一之二三、二四"祭蕭鼎"条："奉安神霄飞云蕭：政和八年二月，诏：'左右街道录院差威仪道士二百人，于今月十日赴礼制〔局〕制造所，迎导神霄飞云蕭〔鼎〕（引者按："鼎"字疑为衍文），赴上清宝录（篆）宫神霄殿奉安。'"《长编纪事本末》卷一二八："重和元年二月辛酉，御笔：'左右街道录院差威仪道士三百人，赴礼制局制造所迎导神霄飞云鼎（蕭），赴上清宝篆宫神霄殿奉安。'"《长编拾补》卷三五："重和元年二月辛酉，御笔：'左右街道录院差威仪道士三百人，赴礼制局制造所迎导神霄飞云鼎（蕭），赴上清宝篆宫神霄殿奉安。'"《长编纪事本末》卷一三四："（宣和二年）八月癸未（十五日），诏礼制局制造所等官并罢。"均作"礼制局制造所"。《九朝编年备要》卷二八："（宣和）二年，礼制局及大晟府制造所、协声律官并罢。"所罢亦有"礼制局及大晟府制造所"。

八月十二日丁卯，御制宗祀明堂及亲祠五室奠币、酌献乐曲九章，其余饮福等三章令学士院撰。

　　《宋会要·礼》二四之六四、六五："（政和七年）八月十二日，内出御制宗祀明堂及亲祠五室奠币、酌献乐曲九章，其余饮福等三章，令学士院撰进。"

　　《玉海》卷一○六："政和七年八月十二日，御制宗祀明堂及亲祠五室奠币、酌献乐曲九章，其饮福等三章，令学士院撰。"

十七日壬申，诏于明堂习仪，余按严更警场、雅乐阅素队并罢。

　　《宋会要·礼》二四之六五："（政和七年八月）十七日，诏以二十四日于明堂习仪，余按严更警场、雅乐阅素队并罢。"

---

　　①　曾枣庄等主编：《全宋文》，第165册，第224页。

二十六日辛巳，诏明堂《佑文化俗之舞》改作《宁亲昭事之舞》，《威功睿德之舞》改作《日靖四方之舞》。

《宋会要·礼》二四之六六：“（政和七年八月）二十六日，诏：‘明堂行礼并依《五礼新仪》外，其礼制局议定所降指挥并礼例，有合添入《新仪》者，令太常寺修定。’太常寺言：‘……奠玉币《右（佑）文化俗之舞》，今改作《宁亲昭事之舞》；进熟《威功睿德之舞》，今改作《日靖四方之舞》。……’并从之。”

《玉海》卷一○七：“（政和）七年八月二十六日，太常言：‘奠玉币《右（佑）文化俗之舞》改作《宁亲昭事之舞》；进熟《威功睿德之舞》改作《日靖四方之舞》。今明堂舞用旧名，《书》言：“舞干羽。”则先干而后羽，《乐记》言：“干戚、羽旄谓之乐。”则先干戚而后羽旄。《郊特牲》、《明堂位》、《祭统》，皆先《大武》而后《大夏》，《诗·简兮》先万舞而后籥翟。汉乐先《武德》而后《文始》，唐乐亦先《七德》而后《九功》。然则古人之舞，皆先武而后文。盖曰平难常在于先，守成常在于后。乐舞象事，故观舞容知其德。’”

十月一日乙卯朔，徽宗御明堂平朔左个，乐律随月右旋。

《宋史》卷一二九《乐志四》：“（政和七年）十月，皇帝御明堂平朔左个，始以天运政治颁于天下。是月也，凡乐之声，以应钟为宫、南吕为商、林钟为角、仲吕为闰徵、姑洗为徵、太簇为羽、黄钟为闰宫。既而中书省言：‘五声、六律、十二管还相为宫，若以左旋取之，如十月以应钟为宫，则南吕为商、林钟为角、仲吕为闰徵、姑洗为徵、太簇为羽、黄钟为闰宫；若以右旋七均之法，如十月以应钟为宫，则当用大吕为商、夹钟为角、仲吕为闰徵、蕤宾为徵、夷则为羽、无射为闰宫。明堂颁朔，用左旋取之，非是。欲以本月律为宫，右旋取七均之法。’从之。仍改正诏书行下。自是而后，乐律随月右旋：仲冬之月，皇帝御明堂，南面以朝百辟，退坐于平朔，授民时。乐以黄钟为宫、太簇为商、姑洗为角、蕤宾为闰徵、林钟为徵、南吕为羽、应钟为闰宫。调以羽，使气适平。季冬之月，御明堂平朔右个。乐以大吕为宫、夹钟为商、仲吕为角、林钟为闰徵、夷则为徵、无射为羽、黄钟为闰宫。客气少阴火,调以羽,尚羽而抑徵。孟春之月,御明堂青阳左个。乐以太簇为宫、姑洗为商、蕤宾为角、夷则为闰徵、南吕为徵、应钟为羽、大吕为闰宫。客气少阳相火,与岁运同,火气太过,调宜羽,致其和。仲春之月,御明堂青阳。乐以夹钟为宫、仲吕为商、林钟为角、南吕为闰徵、无射为徵、黄钟为羽、太簇为闰宫。调以羽。季春之月,御明堂青阳右个。乐以姑洗为宫、蕤宾为商、夷则为角、无射为闰徵、应钟为徵、大吕为羽、夹钟为闰宫。客气阳明,尚徵以抑金。孟夏之月,御明堂左个。乐以仲吕为宫、林钟为商、南吕为角、应钟为闰徵、黄钟为徵、太簇为羽、姑洗为闰宫。调宜尚徵。仲夏之月,御明堂。乐以蕤宾为宫、夷则为商、无射为角、黄钟为闰徵、大吕为徵、夹钟为羽、仲吕为闰宫。客气寒水,调宜尚宫以抑之。季夏之月,御明堂右个。乐以林钟为宫、南吕为商、应钟为角、大吕为闰徵、太簇为徵、姑洗为羽、蕤宾为闰宫。调宜尚宫,以致其和。孟秋之月,御明堂总章左个。乐以夷则为宫、无射为商、黄钟为角、太簇为闰徵、夹钟为徵、仲吕为羽、林钟为闰宫。调宜尚商。仲秋之月,御明堂总章乐。以南吕为宫、应钟为商、大吕为角、夹钟为闰徵、姑洗为徵、蕤宾为羽、夷则为闰宫。调宜尚商。季秋之月,御明堂总章右个。乐以无射为宫、黄钟为商、太簇为角、姑洗为闰徵、仲吕为徵、林钟为羽、南吕为闰宫。调宜尚羽,以致其平。闰月,御明堂,阖左扉。乐以其月之律。"

按:《宋史·徽宗本纪三》:"(政和七年)十月乙卯朔,初御明堂,班朔布政。"《文献通考·郊社考七》:"其月(政和七年十月),皇帝御明堂平朔左个,颁天运政治及八年戊戌岁运历数于天下。百官常服立明堂下,乘舆自内殿出,负扆坐于明堂,大晟乐作,百官朝于堂下,大臣升阶,进呈所颁布时令。左右丞一员,跪请付外施行。宰相承制可之,左右丞乃下,授颁政官。颁政官受而读之讫,出,阁门奏礼毕。皇帝降御座,百官乃退,自是以为常。"

凌景埏云:"(政和七年)四月,议礼局请:以本月律为宫,右旋,取七均之法。从之。"[①]时间及申请机构均误。议礼局罢于政和三年七月(详上),政和七年四月自然无所谓"议礼局"。据《宋史·乐志四》"(政和七年十月)既而中书省言:'……欲以本月律为宫,右旋取七

---

① 凌景埏:《宋魏汉津乐与大晟府》,凌景埏、谢伯阳校注:《诸宫调两种》附录,第285页。

均之法。'从之"云云，知当为"政和七年十月，中书省请"而非"政和七年四月议礼局请"。

十日甲子，铸"太极飞云洞劫"等神霄九鼎。

《宋会要·舆服》六之一六、一七"鼎"条："先是，（政和）七年七月，诏：'礼制【局】制造所［铸］造太极飞云洞劫之鼎（鼐），苍壶（壸）祀天贮醇酒之鼎，山岳五神之鼎，精明洞渊之鼎，天地阴阳之鼎，混沌之鼎，浮光洞天之鼎，灵光晃耀铼神之鼎，苍龟火蛇虫鱼金轮之鼎。'自十月十日始铸，至是奉安。"

《宋会要·礼》五一之二三、二四"祭鼐鼎"条："先是，（政和）七年七月，诏：'礼制【局】制造所铸造太极飞云洞劫之鼐，苍壶祀天贮醇酒之鼎，山岳五神之鼎，精明洞渊之鼎，天地阴阳之鼎，混沌之鼎，浮光洞天之鼎，灵光晃耀铼神之鼎，苍龟火蛇虫鱼金轮之鼎。'自十月十日始铸，至是（政和八年二月）奉安。"（《长编纪事本末》卷一二八、《长编拾补》卷三五、《容斋三笔》卷一三同）

《皇宋十朝纲要》卷一八："（重和元年二月癸丑朔）先是，上用方士之说，作神霄九鼎，皆赐名。御笔：'差道士三百人，赴礼制局制造所迎导鼎，奉安于上清宝箓宫。'"

十一月二十九日癸丑，令天下州学生习大晟乐者，皆服士服。

《宋史》卷一二九《乐志四》："（政和七年）十一月，知永兴军席旦言：'太学、辟雍士人作乐，皆服士服，而外路诸生尚衣襕幞，望下有司考议，为图式以颁外郡。'"

《长编纪事本末》卷一三四："（政和七年）十一月癸丑，礼制局奏：'乞颁士服于诸路学官，每州一副，令依样制造。凡作乐释奠，诸生皆服其服。'"

《皇宋十朝纲要》卷一七："（政和七年十一月）癸丑，颁士服于诸路学官，凡释奠作乐，诸生皆服其服。"

《朱子语类》卷九一："政和间，尝令天下州学生习大晟乐者，皆著衣裳如古之制，及漆纱帽，但无顶尔。及诸州得解，举首贡至京师，皆若此赴元日朝。""籍溪云：士服著白罗衫、青缘，有裙有佩。绍兴间，韩勉之知某州，于信州绘样来制士服,正如此。某后来看祖宗《实录》,乃是教大晟乐时士人所服,方知出处。今朝廷所颁绯衫,乃有司之服也。"

《古今合璧事类备要·外集》卷三五《服饰门》"大晟乐":"藉(籍)溪云:士服著白罗衫,青裸,有裙有佩。绍兴间,韩勉之知某州,于信州会样来,制士服正如此。某后来看祖宗《实录》,乃是教大晟乐时士人所服,方知出处。(《朱[子]语录》)"

按:诸州奏请始于政和六年四月,礼制局详议并奏请又在其后,而至"政和七年十一月癸丑"诏旨下达,诸史多误时间为一,考证详见前文。"政和七年十一月癸丑"为下诏旨之日,《宋史·乐志四》"知永兴军席旦言"云云,时间当误。又考政和七年六月二十四日诏释奠文宣王冠服令礼制局造样颁下诸州县(《宋会要·礼》一四之七〇),不当又在政和七年十一月奏"外路诸生尚衣襕幞,望下有司考议,为图式以颁外郡",故《宋史·乐志四》"知永兴军席旦言"云云,疑为"(政和六年)十一月"之误。可据校正。

十二月二十九日壬午,以"大晟律"改定鼓吹乐告成,诏改《六州》为《崇明祀》、《十二时》为《称吉礼》、《导引》为《熙事备成》。

《宋史》卷一四〇《乐志十五·鼓吹上》:"(政和七年)十二月,诏《六州》改名《崇明祀》、《十二时》改名《称吉礼》、《导引》改名《熙事备成》。六引内者,设而不作。"

《宋会要·舆服》三之二〇:"(政和七年)十二月二十九日,诏:'《六州》改名《崇明祀》、《十二时》改名《称吉礼》、《导引》改名《熙事备成》,六引内者,备而不足(作)。大礼:车驾宿斋所止,夜设警场,用一千二百七十五人;奏严,用金钲、大角、大鼓,乐用大小横吹、筚篥、箫、笳、笛,歌《六州》、《十二时》,每更三奏之。"

《文献通考》卷一四七《乐考二十》"鼓吹":"(政和七年)十二月,诏:'《六州》改名《崇明祀》、《十二时》改名《称告(吉)礼》①、《导引》改名《熙事

① 点校本《文献通考》校勘记:"'时'字原脱,'吉'字原作'告',据《宋会要·舆服》三之二〇补改。"(第7册,第4436页)按:文渊阁《四库全书》本亦有"时"字。《玉海》卷一〇六、《宋史·乐志十五·鼓吹上》均为《称吉礼》。

备成》，六引内者，备而不作。大礼：车驾宿斋所止，夜设警场，用一千二百七十五人；奏严，用金钲、大角、大鼓，角（乐）用大小横吹、觱篥、箫、笳、笛①，歌《六州》《十二时》，每更二（三）奏之②。'"

《玉海》卷一〇六："（政和七年）十二月，改《六州》为《崇明祀》《十二时》为《称吉礼》《导引》为《熙事备成》。崇宁四年置大晟府总之。"

姜夔《圣宋铙歌鼓吹曲十四首》序："唐亡，铙部有柳宗元作十二篇，亦弃弗录。神宋受命，帝绩皇烈，光耀震动，而逸典未举。乃政和七年，臣工以请上诏制用，中更否扰，声文罔传。中兴文儒，荐有拟述，不丽于乐，厥谊不昭。……臣又惟宋因唐度，古曲坠逸，鼓吹所录，惟存三篇，谱文乖讹，因事制辞，曰《导引曲》《十二时》《六州歌头》，皆用羽调，音节悲促。而登封岱宗、郊祀天地、见庙耕耤、帝后册宝、发引升祔，五礼殊情，乐不异曲，义理未究。"③

按：政和七年三月一日，礼制局请"审协声律，播之鼓吹"，乃以"大晟律"改定鼓吹乐，又乞"因事命名"（详上）。十二月二十九日，改定工作完成。

---

① 点校本《文献通考》作"奏严，用金钲、大角；大鼓乐，用大小横吹、觱篥、箫、笳、笛。"（第7册，第4431页）校勘记："'大鼓乐'，'乐'原作'角'，据《宋会要·舆服》三之二〇改。"（第7册，第4436页）按：《宋史·乐志十五·鼓吹上》点校本作"奏严，用金钲、大角、大鼓，乐用大小横吹、觱篥、箫、笳、笛"（第10册，第3302页）。标点乃是，可从。

② 点校本《文献通考》原作"歌《六州》《十二时》，每更二奏之"。按：《宋史·乐志十五·鼓吹上》点校本作"歌《六州》《十二时》，每更三奏之"（第10册，第3302页）。《文献通考·乐考二十》"鼓吹"："本朝鼓吹止有四曲，《十二时》《导引》《降仙台》并《六州》为四。每大礼宿斋，或行幸遇夜，每更三奏，名为警场。"均作"每更三奏"。

③ 夏承焘：《姜白石词编年笺校》，第107页。

政和八年重和元年(1118)戊戌

二月九日辛酉,因林灵素制神霄乐成,手诏左右街道录院差威仪道士三百人,赴礼制局制造所,迎导神霄飞云鼐,赴上清宝箓宫神霄殿奉安。

《宋会要·舆服》六之一六、一七:"重和元年二月辛卯(酉),御笔:'左右街道录院差威仪道士三百人,赴礼制局制造所,迎导神霄飞云鼎(鼐),赴上清宝箓宫神霄殿奉安。'先是……自(政和七年)十月十日始铸,至是奉安。"

《宋会要·礼》五一之二三、二四"祭鼐鼎"条:"奉安神霄飞云鼐:政和八年二月,诏:'左右街道录院差威仪道士二百人,于今月十日赴礼制[局]制造所,迎导神霄飞云鼐〖鼎〗,赴上清宝录(箓)宫神霄殿奉安。'先是……自(政和七年)十月十日始铸,至是奉安。"

《长编纪事本末》卷一二八:"重和元年二月辛酉(九日),御笔:'左右街道录院差威仪道士三百人,赴礼制局制造所迎导神霄飞云鼎(鼐),赴上清宝箓宫神霄殿奉安。'先是……自(政和七年)十月十日始铸,至是奉安。"(《长编拾补》卷三五同)

《皇宋十朝纲要》卷一八:"(重和元年二月癸丑朔)先是,上用方士之说,作神霄九鼎,皆赐名。御笔:'差道士三百人,赴礼制局制造所迎导鼎,奉安于上清宝箓宫。'"

《玉海》卷八八:"政和七年,又铸神霄九鼎。明年成,寘于上清宝箓宫神霄殿,遂为十八鼎。"

《容斋三笔》卷一三:"(政和)七年,又铸神霄九鼎。……明年鼎成,寘于上清宝箓宫神霄殿。"

按:《宋会要·礼》作"政和八年二月",《长编纪事本末》、《长编拾补》作"重和元年二月辛酉"。《全宋文》据《宋会要·礼》五一之二四、《长编纪事本末》卷一二八收作《选差道士迎导神霄飞云鼐鼎奉安诏(政和八年二月辛酉)》,并据《长编纪事本末》校《宋会要·礼》五一之二四"二百人"作"三百人"①，极是。又据上引"太极飞云洞劫之萧"云云(《宋会要·舆服》六之一六、一七，《宋会要·礼》五一之二三、二四)，知此即为"神霄飞云萧"，乃为林灵素神霄乐之萧也。"鼎"疑为衍文，可据校正。

政和八年十一月才改元重和元年，重和元年只有十一月、十二月两个月；重和二年只有正月，二月即改元为宣和元年。然史书于本年或称"政和八年"，或称"重和元年"，均可。

四月二十五日丁丑，铸景虚玉阳神应钟成，应副官员各推恩转官。此依刘栋《景虚玉阳神应钟法》而铸，疑即用于林灵素之神霄乐。

《宋会要·乐》四之一、二："(政和)八年四月二十五日，诏：'礼制局所铸景虚玉阳神应钟了当，应副管干详议官、管干官、书篆官、制造官、杂务官、催促物料、造作受给各转行一官。应副管干七钟以上各减三年磨勘，应副管干六钟以下各减二年磨勘，人吏各转一官资，无官资人补进义副尉。'"

《宋会要·乐》五之二五："(政和)八年四月二十五日，诏：'礼制局所铸景虚玉阳神应钟了当，应副管干详议官、管干官、书篆官、制造官、杂务官、催促物料、造作受给各转行一官。应副管干七钟以上各减三年磨勘，应副管干六钟以下各减二年磨勘，人吏各转一官资，无官资人补进义副尉。'"

《长编纪事本末》卷一三四："(重和元年)四月丁丑，御笔：'礼制局铸景灵(虚)玉阳神应钟了当，应副管勾详议官、中大夫、兵部尚书蒋猷等推赏各有差。'"原注："《诏旨》。景灵玉阳神应钟，当考与刘拣所铸如何。"(《长编拾补》卷三七同)

按：《长编拾补》卷三七："【案】政和七年二月壬戌，(刘)栋奏：'臣昨忽遇九天益算韩真人授以《景灵玉阳神应钟法》，仰祝圣寿。'《诏旨》，六年二月十九日召赴阙，四月二十八日铸钟；八年三月戊申又召赴阙。吴曾《能改斋漫录》卷一二：'林灵素建议……制神霄乐。刘栋密奏：(略)授以《景灵玉阳钟法》。徽宗依其说，命铸钟十二，召九天。范金随律，月成一钟。排黄麾仗，奉安于宝箓宫。钟备成，授通直郎。……'《宋史·蒋猷传》，政和四年，迁兵部尚书，兼礼制局详议官。七年，改工部、吏部尚书，以徽猷阁直学士知婺州。明年，请祠归。又《挥麈后录》载，强渊明《景钟颂》为宣和元年八月丁丑诏作景钟，二十五日钟成。

---

① 曾枣庄等主编：《全宋文》，第165册，第261页。

与此年月异。"考"强渊明《景钟颂》为宣和元年八月丁丑诏作景钟"云云,乃为蔡攸以"太正少"三黄钟律修制大晟乐所铸之景钟,与此刘栋为道教神霄乐之景虚玉阳神应钟完全不同,《长编拾补》混为一谈,实误,详见下文考证。又,据《长编拾补》卷三七考证,《长编纪事本末》所谓"兵部尚书蒋猷等推赏有差"云云,与时间不合,《宋会要》亦不载。

五月前后,太学生葛庶幾充大晟府制撰。

《襄陵文集》卷一《太学生充大晟府制撰葛庶幾补迪功郎制》:"尔以太学诸生,业文游艺,隶职乐府,词采可观。既阅岁时,当蒙差录。登于初秩,往励修能。可。"

按:《襄陵文集》同时稍后有《潼川路提刑蒲卣修城转官制》、《中书舍人梅执礼神霄宫进书转一官制》(卷一)、《工部侍郎柳庭俊妻封硕人制》(卷二)等制文,据《宋会要·刑法》三之七一、《宋会要·选举》一之一五、《宋会要·职官》六九之三,乃作于宣和元年至二年。据此,知《太学生充大晟府制撰葛庶幾补迪功郎制》作于宣和元年左右。时葛庶幾已任"大晟府制撰"一年,其始任当在重和元年五月左右。

六月二十八日己卯,原大晟府提举官刘昺坐妖讪,长流琼州。

《宋史》卷三五六《刘昺传》:"加宣和殿学士知河南府,积官金紫光禄大夫。与王寀交通,事败,开封尹盛章议以死。刑部尚书范致虚为请,乃长流琼州,死,年五十七。"

《宋会要·刑法》六之二三:"(政和)八年六月二十八日,诏曰:'……刘昺出入禁闼,腹心之臣;王寀儒馆通籍,勋阀之后。而议论交通,踪迹往复,诗歌酬唱,辞所连逮者三十人。悖逆不道,谤讪妖讹,载籍所未尝有,人臣所不忍闻。(姚)立之、(王)大年、(王)寀诛止其身,家属悉原;(刘)昺特贷死,长流海外,又听其子随逐。……故兹诏示,可出榜朝堂,布告在位,咸使闻之。'"

《皇宋十朝纲要》卷一八:"(重和元年六月)己卯,朝奉大夫前知峡州王寀、资政殿学士刘昺,坐酬倡诗歌,谤讪悖道(逆),妖讹不道,诏寀伏诛,昺长流琼州。"

《九朝编年备要》卷二八:"(重和元年)六月,王寀、刘昺坐妖讪诛窜。

诏:'朝奉大夫前知峡州王寀、资政殿学士刘昺,酬倡诗歌,悖逆妖讹不道。寀伏诛,刘昺长流琼州。'"

《挥麈后录》卷三:"王寀,辅道,枢密韶之子。……上令逮捕辅道与所言客姚坦之、王大年,以其事下开封。使者至,辅道自谓无它,亦不以介意。语家人曰:'辩数乃置,无以为念也。'至狱中,刻木皆出纸求书,且谓辅道曰:'昔苏学士坐系乌台时,卫狱吏实某等之父祖。苏学士既出后,每恨不从其乞翰墨也。'辅道喜,作歌行以赠之,处之甚怡。然而盛章以炳之故,得以甘心矣。因上言词语,有连及炳者,乞并治之。上曰:'炳从臣也,有罪,未宜草草。'炳既闻上语,不疑其它。一日,上幸宝箓驻跸斋宫,从官皆在焉。炳越班面奏帝外曰:'臣猥以无状,待罪迩列。适有中伤者,非陛下保全,已齑粉矣。'再拜而退。炳既谢已,举首,始见章在侧,注目瞪视,惶骇失措,深以为悔。翌日,章以急速请对,因言:'寀与炳腹心,诽谤事验明白,今对众越次,上以欺罔陛下,下以营惑群臣,祸将有不胜言者。幸陛下裁之。'上始怒,是日有旨,内侍省不得收接刘炳文字。炳犹未知之,以谓事平矣,故不复防闲。章既归,遣开封府司录孟彦弼携捕吏窦鉴等数人,即讯炳于家。炳因服出见。分宾主而坐,词气慷慨,无服辞。彦弼既见其不屈,欲归。而窦鉴者语彦弼曰:'尚书几间得寀一纸字,足以成案矣。'遂乱抽架上书,适有炳著撰稿草,翻之至底,见炳和辅道诗,尚未成,首云:'白水之年大道盛,扫除荆棘奉高真。'诗意谓辅道尝有嫉恶之意;时尚道,目上为高真尔。鉴得之,以为奇货,归以授章。章命其子并释以进云:'"白水",谓来年庚子寀举事之时。炳指寀为"高真",不知以何人为"荆棘"? 将真陛下于何地? 岂非所谓大逆不道乎?'但以此坐辅道与客,皆极刑。炳以官高,得弗诛,削籍窜海外。焕责授团练副使,黄州安置。凡王、刘亲属,等第斥谪之。"

按:关于"王寀、刘昺坐妖讹诛窜"的时间,各家均有不同意见:(1)薛瑞生、孙虹云刘昺在政和七年六月"坐罪"流配[①]。(2)《长编纪事本末》卷一二九:"(政和七年十二月)是月,宣

---

① 　薛瑞生、孙虹:《清真事迹新证》,《清真集校注》,第64—65页。

德郎、管勾太平观陈瓛自江州移南康军居住。【原注】瓛始自通州徙江州,杜门不出谒,而来者不拒。逾年,或有旨不许出城……阅数日,方知王寀得罪,而谗者以谓来居王寀之乡,因以危言陷瓛。赖上察之,止令于南康居住云。"则"王寀得罪"在"陈瓛自江州移南康军居住"前,即在"政和七年十二月"前。(3)《长编拾补》卷三七引《续宋编年资治通鉴》、《九朝编年备要》、《十朝纲要》刘昺"事败"议罪分别在重和元年二月、重和元年六月、重和元年六月己卯,并"据以改归"重和元年六月甲戌。今考"王寀得罪"在"政和七年十二月"前,然刘昺未立即获罪,刘昺"获罪"在重和元年六月二十八日己卯。详见拙著《大晟府及其乐词通考》,兹不赘述。

七月二十四日甲辰,诏民庶社火不得辄造红黄罗伞扇。

《宋会要·刑法》二之七一:"(政和)八年七月二十四日,诏:'访闻川陕民庶因飨神祇,引拽簇社多红黄罗为伞扇,僭越无度,理当禁止。可检会近降不许装饰神鬼队仗指挥,内添入民庶社火不得辄造红黄【罗】伞扇及彩绘以为祀神之物。(纸绢同。)犯者以违制论,所属常切觉察。'"

按:《全宋文》据《宋会要·刑法》二之七一收作《民庶社火禁辄造红黄伞扇等诏(政和八年七月二十四日)》[1]。

八月二十一日辛未,从蔡攸奏,诏明堂废中声乐,止用正声,刊谬著于《乐书》;其已颁中声乐,并令纳礼制局改正。在京限一月,外路限一季。

《宋史》卷一二九《乐志四》:"(政和)八年八月,宣和殿大学士蔡攸言:'九月二日,皇帝躬祀明堂,合用大乐。按《乐书》:"正声得正气则用之,中声得中气则用之。"自八月二十八日,已得秋分中气,大飨之日当用中声乐。今看详古之神瞽考中声以定律,中声谓黄钟也。黄钟即中声,非别有一中气之中声也。考阅前古,初无中、正两乐。若以一黄钟为正声,又以一黄钟为中声,则黄钟君声,不当有二。况帝指起律,均法一定,大吕居黄钟之次,阴吕也,臣声也。今减黄钟三分,则入大吕律矣,易其名为黄钟中

---

① 曾枣庄等主编:《全宋文》,第165册,第285页。按:"川陕",点校本《宋会要辑稿·刑法二》认为当作"川峡"(第14册,第8322页)。疑是,附此俟考。

声，不唯纷更帝律，又以阴吕臣声僭窃黄钟之名。若依《乐书》"正声得正气则用之，中声得中气则用之"，是冬至祀天，夏至祭地，常不用正声而用中声也。以黄钟为正声，易大吕为中声之黄钟，是帝律所起，黄钟常不用而大吕常用也。抑阳扶阴，退律进吕，为害斯大，无甚于此。今来宗祀明堂，缘八月中气未过，而用中声乐南吕为宫，则本律正声皆不得预。欲乞废中声之乐，一遵帝律，止用正声协和天人，刊正讹谬，著于《乐书》。'诏可。攸又乞取已颁中声乐在天下者。"

《九朝编年备要》卷二七："大晟乐旧用中、正声，若每月初气即用中声，正气即用正声。为谓：'中声非是，当去中声，于正声中分大、小二音。'宗尧谓：'六律为大，六吕为小。'为谓：'非是，盖律吕各有大小。'攸主（田）为之说以奏于上。……（田）为既无所传授，乐遂大坏。始成，试于政事堂，执政心知其非，然不敢言。既遂用之于明堂，而其声益散矣。"（《宋史·乐志四》、《文献通考·乐考四》略同）

按：《皇宋十朝纲要》卷一八："（重和元年八月）辛未，御笔：'明堂废中声之乐，止用正声。其已颁中声乐，并令纳礼制局改正。'"《九朝编年备要》卷二七："重和秋，遂诏：'乐止用正声，已颁中声乐，并纳礼制局改正。'"《宋会要·乐》四之一："（政和八年四月）二十六日，攸又奏：'所有已颁中声乐，欲乞令逐处，在京限一月，外路限一季，并行送纳。'从之。"考蔡攸政和七年三月任大晟府提举官（详上），疑本年四月即上奏废中声乐，而至八月诏从之。

九月二十日己亥，诏从蔡攸奏，依月律编成《燕乐》曲谱三十四册，共含燕乐一十七调三百二十三只曲谱，由大晟府镂板颁行。

《宋会要·乐》四之一、二："（政和八年）九月二十日，宣和殿大学士、上清宝箓宫使兼神霄玉清万寿宫副使兼侍读、编修蔡攸言：'昨奉诏："教坊、均（钧）容、衙前及天下州县燕乐旧行一十七调大小曲谱，声韵各有不同。令编修《燕乐书》所审按校定，依月律次序添入新补撰诸调曲谱，令有司颁降。"今揆以均度，正其过差，合于正声，悉皆谐协。将燕乐一十七调看详到大小曲三百二十三首，各依月律次序，谨以进呈，如得允当，欲望大晟府镂板颁行。'从之。"

按:此即《宋史·艺文志一》所载"蔡攸《燕乐》三十四册"。今考"蔡攸《燕乐》三十四册"乃大晟府"讨论古音,审定古调"而成的一套"燕乐总谱",此书完工于政和八年九月二十日之前。时任"燕乐所制撰"的田为承担了"审按校定"的主要工作(详下),但因由蔡攸挂名主编,故命名为"蔡攸《燕乐》",共有"三十四册",包含"一十七调"323只曲谱。详见拙著《大晟府及其乐词通考》,兹不赘述。

上《唐谱徵、角二声》,再命教坊制曲谱。成《黄钟徵、角调》二卷四十五曲,并命教坊习学。

《宋史》卷一二九《乐志四》:"(蔡)绦又曰:'宴乐本杂用唐声调,乐器多夷部,亦唐律。徵、角二调,其均自隋、唐间已亡。政和初,命大晟府改用大晟律,其声下唐乐已两律。然刘昺止用所谓中声八寸七分管为之,又作匏、笙、埙、篪,皆入夷部。至于《徵招》、《角招》,终不得其本均,大率皆假之以见徵音。然其曲谱颇和美,故一时盛行于天下,然教坊乐工嫉之如雠。其后,蔡攸复与教坊用事乐工附会,又上《唐谱徵、角二声》,遂再命教坊制曲谱,既成,亦不克行而止。然政和《徵招》、《角招》遂传于世矣。'"

《玉海》卷七:"《政和黄钟徵、角调》:《书目》:二卷,政和中御制,依《唐谱》修定,《黄钟徵、角二调》总四十五曲,命教坊习学。大晟乐以指为寸,以寸生尺,以尺定律。"

《玉海》卷二八:"《书目》:……《黄钟徵、角调》二卷,政和中御制,依《唐谱》修定,《黄钟徵、角二调》总四十五曲,命教坊习学。"

按:《玉海》"依《唐谱》修定"云云,与《宋史·乐志四》"又上《唐谱徵、角二声》"吻合,知"《黄钟徵、角调》二卷"、"《政和黄钟徵、角调》"、"《黄钟徵、角二调》"即蔡攸《唐谱徵、角二声》,共有二卷45只曲谱。所谓"政和中御制",乃托名徽宗所撰,实为"蔡攸复与教坊用事乐工附会"而成。其制成时间或在"蔡攸《燕乐》三十四册"前后。

大晟府典乐田为兼任燕乐所制撰及修制大乐局管勾官,负责"修制"燕乐及雅乐。

《宋会要·职官》六九之四:"(宣和元年八月)十八日,田为罢典乐,为大晟府乐令。以臣僚言,典乐在太常少卿之上,燕乐所制撰乃厘务官耳,太相辽绝,不冒躐如此。故有是命也。"

《宋史》卷三五六《张朴传》:"起复修制大乐局管勾官田为大晟府典乐。(张)朴论(田)为贪滥不法,物论勿齿,且典乐在太常少卿之上,修制冗官,不当超逾,乃罢为乐令。"

按:《宋史·乐志四》《文献通考·乐考四》载田为第一次任典乐在"政和末",据考,实在政和七年六月后(详上)。时田为以典乐兼任"燕乐所制撰"及"修制大乐局管勾官"。"燕乐所"即"编修《燕乐书》所"之简称,工作性质为"审按校定,依月律次序添入新补撰诸调曲谱",即俗谓"讨论古音,审定古调",当由田为承担主要工作。又"修制大乐局管勾官"负责"修制"大晟雅乐,亦由田为兼任(详上)。

凌景埏云:"乃奏(田)为为典乐。"原注:"王国维《清真先生遗事》考清真交游,谓:'田为初为制撰官,后为典乐、大司乐。'原注:'田为见《宋史·乐志》,《方技魏汉津传》。'按:《乐志》《魏传》不云官制撰及大司乐。王先生其别有所本耶?"①今查《宋史·乐志》及《魏传》确未载田为任制撰官事,实为《宋会要·职官》六九之四。"燕乐所制撰"亦即制撰官。王氏未及见《宋会要》而依野史论定,凌氏检《宋会要》亦未仔细,故不及"燕乐所制撰"事。

十月十八日丙申,黄钟太声钟一铸而成,蔡京以下拜表贺。

《宋会要·仪制》七之四:"(政和八年)十月十八日,以黄钟太声钟一镐而成,即与君声相合。镐造时,有黄云若华盖状。蔡京以下拜表贺。"

《宋会要·瑞异》一之二三:"政和八年十月十八日,以黄钟大(太)声一镐而成,即与君声相合。镐造时,有云若华盖状。蔡京以下拜表贺。"

按:"黄钟太声钟"即为蔡攸"修制大乐"而铸。《康熙字典》:"镐,《集韵》:洗野切,音寫,范金也。"(详上)

田为制玉磬约在此时前后。

吴则礼《田不伐玉磬歌》:"田侯玉磬何瑰奇,吴子见之俄朵颐。宣王石鼓气忽丧,摩挲篆刻还嗟咨。作止休论惟柷、敔,曾窥两阶舞干羽。常临罍洗荐清庙,获迓天球亲簠簋。缅怀戛击良匪遥,少师汝曹疑可招。老

---

① 凌景埏:《宋魏汉津乐与大晟府》,凌景埏、谢伯阳校注《诸宫调两种》附录,第276页,第292页。

儒讵复知肉味,惝怳便欲闻箫韶。正声初淫器益讹,九州渐渐婴兵戈。鬼神愤惋莫得秘,直恐世上遭诋诃。田侯悯我形影孤,明眼常云绝代无。是事宁殊袧衣底,启齿须逢袒臂胡。即今陛下圣且仁,律吕从来恶夺伦。克谐八音有夔在,独惊尧颡如高辛。人间讵睹荆山璞,砥砆难言合雕琢。凭君持入古银台,似说太常修雅乐。"(《北湖集》卷二)

按:时田为以典乐兼任"修制大乐局管勾官",负责"修制"大晟雅乐,其制玉磬约在此时前后。

十二月二日己卯,诏九鼎复旧名。

《宋会要·礼》五一之二三、二四:"重和元年十二月二日,手诏:'九鼎新名,乃狂人妄有改革,皆无稽据,宜复旧名。圜象徽调阁仍旧。'"

《宋会要·舆服》六之一六、一七"鼎"条:"(重和元年)十年(二)月己卯,诏:'九鼎新名,乃狂人妄有改革,皆无稽据,宜复旧名。圜象徽调阁仍旧。'狂人,指王仔昔也。"(《长编纪事本末》卷一二八同)

《长编纪事本末》卷一二七:"(重和元年)十二月己卯,诏:'九鼎新名,乃狂人妄有改革,皆无稽据,宜复旧名。圜象徽调阁仍旧。'狂人,指王仔昔也。【原注】:……宣和元年十二月二日,乃复九鼎旧名,指王仔为狂人。"(《长编拾补》卷三八同)

《容斋三笔》卷一三:"(政和八年)继又诏罢九鼎新名,悉复其旧。"

按:"重和元年十二月二日"为"己卯"。《长编纪事本末》、《长编拾补》"宣和元年十二月二日"云云,当为"重和元年十二月二日"之笔误,可据校正。

十九日丙申,太、少二音镕范既成,置登歌、宫架用于明堂,修制大乐局罢局。

《宋会要·乐》四之二:"重和元年十二月十九日,诏:'太、少二音,调燮岁运,使之适平,不行于世迨数百年。近命官讨论定律,镕范既成,不假刊削,自合宫音,太、少、正声,相与为一。已降指挥,置登歌、宫架,用于明堂。所有乐局检阅文字官三员,各转一官;差充修制大乐局管干官、手分、楷书、书奏、书写人、通引官、定声、都作头共十五人,各转一官资,无官资人候有官日收使。工匠等共七十四人,共支绢三百匹,等第支散。'"

按:《全宋文》据《宋会要·乐》四之二收作《酬奖乐局官吏诏(重和元年十二月十九日)》[1]。

又,所谓"太、少二音"、"镕范既成",乃指以"太、少二音"重新铸钟,上引"(政和八年)十月十八日,以黄钟太声钟一铸而成",即以"太音(声)""镕范既成"的"黄钟太声钟"。据此,当有"黄钟少声钟"的铸造,史料失载。

---

[1] 曾枣庄等主编:《全宋文》,第165册,第316页。

重和二年宣和元年(1119)己亥

三月四日庚戌,蔡京等进安州所得商六鼎。

《宋史》卷二二《徽宗本纪四》:"(宣和元年)三月庚戌,蔡京等进安州所得商六鼎。"

《宋会要·仪制》七之四:"宣和元年三月四日,蔡京等上表称贺安州获商鼎六。"

《皇宋十朝纲要》卷一八:"(宣和元年)三月庚戌,安州孝感县获古鼎六。"

十九日乙丑,制造太、少、正声籥,颁降施行。

《宋史》卷一二九《乐志四》:"宣和元年四月,攸上书:奉诏制造太、少二音登歌宫架,用于明堂,渐见就绪,乞报大晟府者凡八条:……其三,太、正、少籥三等。谨按《周官》籥章之职,龡以迎寒暑。王安石曰:'籥,三孔,律吕于是乎生,而其器不行于世久矣。近得古籥,尝以颁行。'今如《尔雅》所载,制造太、正、少三等,用为乐本,设于众管之前。"

《宋会要·乐》四之二:"宣和元年三月十九日,淮康军节度使蔡攸奏:'谨按《周官》设籥师、籥章之职,掌舞羽龡籥,以奉祭飨,以迎寒暑,盖律吕于是乎生。而《钟鼓》之诗"以雅以南,以籥不僭",则众乐又待是为之节也。窃见大晟制籥,只为舞器,执而不龡。方今大晟乐备之时,独此为阙。今据百姓张重杨、教坊乐工张从宝赍到古籥一管,自陈世习其艺。按之以声,悉协钧(均)律。臣考《尔雅》:"大籥为产,其中为仲,其小为箹。"考之制造太、少、正声,籥之律吕咸备,乞颁降施行。'从之。"

《玉海》卷一一〇:"(宣和)元年三月十九日,乐工张从宝上古籥一管,自陈世习其艺,按之以声,悉协音律大、少正声,律吕咸备,乞颁行。从之。"

按：大晟籥分成"太、正、少籥三等"，号称"宣和籥"，其制造时间乃在宣和元年。据《宋史·乐志五》："宣和添用籥色，未及颁降州郡。"知"宣和籥"虽施行于朝廷大乐，但未及颁降州郡。

又，此时修制大乐局业已罢局，其乐器制造工作当由大晟府制造所承担。考礼制局亦有铸造乐器之事(《宋会要·乐》四之一，《宋会要·乐》五之二五)。《九朝编年备要》卷二七："重和秋，遂诏乐止用正声，已颁中声乐，并纳礼制局改正。(田)为既无所传授，乐遂大坏。"当为辅助大晟府制造所铸造乐器而非合并为一也。

四月，废四清声钟及一、三、七、九弦琴，罢搏、拊二器，造太正少三等籥、太正少三等笙篪及太正少三等埙篪箫，改七星匏、九星匏为七管匏、九管匏。

《宋史》卷一二九《乐志四》："宣和元年四月，(蔡)攸上书：'奉诏制造太、少二音登歌宫架，用于明堂，渐见就绪，乞报大晟府者凡八条：一，太、正、少钟三等。旧制，编钟、编磬各一十六枚，应钟之外，增黄钟、大吕、太簇、夹钟四清声。今既分太、少，则四清声不当兼用，止以十二律正声各为一架。其二，太、正、少琴三等。旧制，一、三、五、七、九弦凡五等。今来讨论，并依《律书》所载，止用五弦，弦大者为宫而居中央，君也。商张右傍，其余大小相次，不失其序，以为太、正、少之制，而十二律举无遗音。其一、三、五、七、九弦，太、少乐内更不制造。其三，太、正、少籥三等。谨按《周官》籥章之职，龡以迎寒暑。王安石曰："籥，三孔，律吕于是乎生，而其器不行于世久矣。近得古籥，尝以颁行。"今如《尔雅》所载，制造太、正、少三等，用为乐本，设于众管之前。其四，太、正、少箎、埙、篪、箫各三等。旧制，箫一十六管，如钟磬之制，有四清声。今既分太、少，其四清声亦不合兼用，止用十二管。其五，大晟匏有三色：一曰七星，二曰九星，三曰闰余，莫见古制。匏备八音，不可阙数，今已各分太、正、少三等，而闰余尤无经见，唯《大晟乐书》称"匏造十三簧者，以象闰余。十者，土之成数；三者，木之生数：木得土而能生也。"故独用黄钟一清声。黄钟清声无应闰之理，今去闰余一匏，止用两色，仍改避七星、九星之名，止曰七管、九管。其六，旧制有巢笙、竽笙、和笙。巢笙自黄钟而下十九管，非古制度。其竽笙、和笙并以正律林钟为宫，三笙合奏，曲用两调，和笙奏黄钟曲，则巢笙奏林钟曲以应之,宫、徵相杂。器本宴乐,今依钟磬法,裁十二管以应十二律,为太、正、少三等,其旧笙更不用。其七,柷、敔、晋鼓、镈钟、特磬,虽无太、少,系作止和乐,合行备设。其八,登歌宫架有搏拊二器,按《虞书》"戛击鸣球,搏拊琴瑟。"王安石解曰:"或戛或击,或搏或拊。"与《虞书》所载乖戾。今欲乞罢而不用。'诏悉从之。"

《文献通考》卷一三七《乐考十》:"大晟乐府尝罢一、三、七、九,惟存五弦,谓其得五音之正,最优于诸琴也。今复俱用。"

按:《宋史·乐志四》"止用五弦"、"以为太、正、少之制,而十二律举无遗音"云云,知"五弦"亦依"太、正、少之制"造为三等。"其一、三、五、七、九弦,太、少乐内更不制造",似不包括"五弦"在内。疑"五"字为衍文。《文献通考·乐考十》"大晟乐府尝罢一、三、七、九,惟存五弦"云云,亦可印证。

太、少、正声乐器实于重和元年十二月十九日之前已造成,宣和元年四月蔡攸上书目的,乃重新于音乐政策上加以确定,以付诸使用。宣和大乐在实际使用过程中,效果不佳(《宋史·乐志四》、《九朝编年备要》卷二七),疑未尝推行于天下州郡。

对太宗、仁宗以来琴谱加以审校证定,变"阁谱"为"宣和谱"。约在此时前后。

袁桷《琴述赠黄依然》:"自渡江来,谱之可考者曰阁谱,曰江西谱。阁谱由宋太宗时渐废,至皇祐间复入秘阁。今世所藏金石图画之精善,咸谓阁本。盖皆昔时秘阁所庋,而琴有阁谱,亦此义也。方阁谱行时,别谱存于世良多。至大晟乐府证定,益以阁谱为贵,别谱复不得入,其学寖绝。绍兴时,非入阁本者不得待诏。私相传习,媚熟整雅,非有亡蹙偾遽之意,而兢兢然国小而弱,百余年间,盖可见矣。曰江西者,由阁而加详焉。其声繁以杀,其按抑也,皆别为义。"(《清容居士集》卷四四)

袁桷《示罗道士》:"北有完颜夫人谱,实宋太宗阁谱。余幼尝学之,其声数以繁。完颜谱独声缓,差异而裹声良同。"(《清容居士集》卷四四)

袁桷《题徐天民草书》:"问谱所从来,乃出韩忠献家。盖通南北所传,皆阁谱、宣和谱。北为完颜谱,南为御前祗应谱,今紫霞前谱是也。"(《清容居士集》卷四九)

按:据以上史料记载,知"阁谱"原为太宗时所编,后渐湮废;仁宗皇祐间,复增订入秘阁,号"阁谱";徽宗时,又经"大晟乐府证定",演变为"宣和谱"。惟袁桷对"阁谱"之命名,时有不同界定,或直接名"宋太宗阁谱",或云"至大晟乐府证定,益以阁谱为贵",或云"盖通南北所传,皆阁谱、宣和谱",易滋疑窦。盖"阁谱"之得名,实因真宗设"龙图阁"以储太宗琴谱、阮谱等而来(《玉海》卷二八《圣文御集》),非因仁宗"皇祐间复入秘阁"而命名。"阁谱"既经仁宗朝"重加详校",又经徽宗朝"大晟乐府证定",则不宜命名为"宋太宗阁谱",当以最后校订朝代命名。袁桷所称"阁谱、宣和谱"是也。"阁谱"何时经"大晟乐府证定"而演变为"宣和谱",疑亦在政和末、宣和初,或与蔡攸提举大晟府有关,详上引蔡攸改制琴乐事。关于"阁谱"(或称"宣和谱")卷数、曲目,亦因原书失传,不可详考。详见拙著《大晟府及其乐词通考》,兹不赘述。

五月八日癸丑,颁《郡县官饮食宴乐措置立法诏》。

《宋会要·刑法》二之七五:"(宣和元年五月八日)诏:'郡县官公务之暇,饮食宴乐,未为深罪。若沉酣不节,因而废事,则失职生弊。可详臣僚所奏,措置立法,将上取旨施行。'"

按:《全宋文》据《宋会要·刑法》二之七五收作《郡县官饮食宴乐措置立法诏》(宣和元年五月八日)[①]。

七月十一日乙卯,观大晟乐。

《皇宋十朝纲要》卷一八:"(宣和元年七月)乙卯,观大晟乐。"

按:政和末,蔡攸乞以太、少、正三声黄钟律修制大晟乐,废刘昺中声乐;宣和元年四月,又废四清声钟及一、三、七、九弦琴,罢搏、柎二器,造太正少三等籥、太正少三等笙篴及太正少三等埙篪箫,改七星匏、九星匏为七管匏、九管匏。疑至宣和元年七月,蔡攸修制大晟乐已告成,故有徽宗"观大晟乐"之举。

八月三日丁丑,诏大晟复铸景钟。

《挥麈录·后录》卷三:"宣和元年八月丁丑,皇帝诏大晟作景钟。"

《长编拾补》卷三七:"又《挥麈后录》载,强渊明《景钟颂》为宣和元年

---

① 曾枣庄等主编:《全宋文》,第165册,第338页。

八月丁丑诏作景钟。"

《宋诗纪事》卷二九:"宣和元年八月丁丑,皇帝诏大晟作景钟。"

按:所谓"宣和元年八月"作景钟者,不见于它书。《御制律吕正义后编》卷八七:"按《玉海》云:'宣和元年三月十九日,乐工张从宝上古籥一管,自陈世习其艺。按之以声,悉协音律太、少正声,律吕咸备,乞颁行。从之。'又按是年复铸景钟,附录于此。《挥麈后录》:'宣和元年八月丁丑,皇帝诏大晟作景钟。是月二十五日,钟成。皇帝以身为度,以度起律,以律审声,以声制钟,以钟出乐,而乐宗焉。于以祀天地,享鬼神,朝万国,罔不用乂,在廷之臣,再拜稽首上颂。"明明天子,以身为度。有景者钟,众乐所怙。于昭于天,乃眷斯顾。扬于大廷(庭),罔不时序。亿万斯年,受天之祜。"此翰林学士承旨强渊明之文也。'"云"复铸景钟",或有所据。《长编拾补》疑此"景钟"为刘栋所铸"景灵玉阳神应钟",乃误。刘栋所铸为神霄乐之乐钟,共有钟十二枚(详上),宣和元年八月二十五日铸成之"景钟",实非道教音乐,乃为蔡攸所改造之大晟乐。

"宣和元年八月"所作景钟,或许与蔡攸以太、少、正三声黄钟律修制大晟乐有关,然"黄钟太声钟"铸成于政和八年十月十八日(《宋会要·仪制》七之四,《宋会要·瑞异》一之二三),而非宣和元年八月二十五日。此"景钟"当非"黄钟太声钟",而为依修制大晟乐新律所铸。

十八日壬辰,田为罢典乐,为大晟府乐令。

《宋会要·职官》六九之四:"(宣和元年八月)十八日,田为罢典乐,为大晟府乐令。"

《宋史》卷三五六《张朴传》:"起复修制大乐局管勾官田为大晟府典乐,朴论为贪滥不法,物论勿齿,且典乐在太常少卿之上,修制冗官,不当超逾,乃罢为乐令。"

二十五日己亥,大晟景钟铸成,强渊明为作《景钟颂》。

《挥麈录·后录》卷三:"宣和元年八月丁丑,皇帝诏大晟作景钟。是月二十五日,钟成。皇帝以身为度,以度起律,以律审声,以声制钟,以钟出乐,而乐宗焉。于以祀天地,享鬼神,朝万国,罔不用乂,在廷之臣,再拜稽首上颂。'明明天子,以身为度。有景者钟,众乐所怙。于昭于天,乃眷斯顾。扬于大庭,罔不时序。亿万斯年,受天之祐。'此翰林学士承旨强渊明之文也。偶获斯本,谨录于右。"

《御制律吕正义后编》卷八七:"又按是年复铸景钟,附录于此。《挥麈后录》:'宣和元年八月丁丑,皇帝诏大晟作景钟。是月二十五日,钟成。皇帝以身为度,以度起律,以律审声,以声制钟,以钟出乐,而乐宗焉。于以祀天地,享鬼神,朝万国,罔不用乂,在廷之臣,再拜稽首上颂。"明明天子……受天之祐。"此翰林学士承旨强渊明之文也。'"

《宋诗纪事》卷二九:"宣和元年八月丁丑,皇帝诏大晟作景钟。是月二十五日,钟成。"

《长编拾补》卷三七:"又《挥麈后录》载,强渊明《景钟颂》为宣和元年八月丁丑诏作景钟,二十五日钟成。"

蔡攸等改修《卤簿图》三十三卷,大驾六引改大司乐用礼部尚书。

《文献通考》卷一一八《王礼考十三·乘舆车旗卤簿》:"宣和初,蔡攸等改修《卤簿图》,凡人物器服,尽从古制,饰以丹采,三十有三卷。今列政和所上,而附以宣和沿革之制。详定官蔡攸等又言:'六引:开封令,乘辂车;开封牧、大司乐、司徒、御史大夫、兵部尚书,乘革车次之。……然以前为尊,则大司乐不当次令、牧。以后为尊,则兵部尚书不当继御史大夫。此先后之序未正也。……奉常掌礼,司乐典乐,皆专于一事。礼乐之容,非其所兼,礼部总之宜也。请改司徒用户部尚书,改大司乐用礼部尚书。'"

按:蔡攸等改修《卤簿图》共有三十三卷,原书已佚。《玉海》卷八〇《宣和重修卤簿图记》:"《书目》:三十五卷。初,王钦若三卷,宋绶十卷,宣和别为一书,益号详备。三十三卷,《目录》二卷。《志》:三驾之制,详见于政和礼局所上,迄宣和而大备。先是,政和七年二月九日,兵部尚书蒋猷言:'陛下稽古制礼,大辂之乘,元戎之旗,六引之名,与车导驾之官,与服革而新之多矣。宜命有司,取《天圣图记》考正。'诏改修。宣和元年,书成。凡人物器服,尽从古制。饰以丹采,三十有三卷,《目录》二卷。绍兴三年十月,静江守臣许中上《宣和重修卤簿记》。"述《宣和重修卤簿图记》撰修原委甚详,可参考。

其具体改制情况,详见《文献通考·王礼考十三》,如:"宣和引队改天武都指挥使,押队改天武指挥使。……宣和检校改左右卫大将军,雷公、电母旗去父母二字。……宣和改为元武队,改真武旗为元武,又去仙童龟蛇旗,改都尉为虎翼都指挥使。""宣和改都尉为捧日都指挥使。……宣和改金吾为天武都头。……宣和改校尉为使臣。"(《文献通考·王礼考十三》)文繁不录。《宋史·仪卫志四·政和大驾卤簿(并宣和增减小驾附)》文字同,唯"宣和统军改军将"作"宣和统军改将军","宣和增引宝职掌二人,香案职掌六人,援卫传喝亲从一百人,奉宝辇官每宝二十八人,节级一人,奉宝一十二人,抬香案、行马执烛笼各四人,持席褥、油衣共三人,香案、宝舆各九,烛笼三十六,碧栏之数同前"作"宣和增引职掌二人,香案职掌六人,援卫传喝亲从一百人,奉宝辇官每宝二十八人,节级一人,奉宝一十二人,舁香案、行马执烛笼各四人,持席褥、油衣共三人,香案、宝舆各九,烛笼二十六,碧襕之数同前","殳第一队减六十"作"殳义第一队减六十"。

依礼制局改卤簿大晟府鼓吹令、丞冠名。

《宋史》卷一四八《仪卫志六》:"宣和元年,礼制局言:'鼓吹令、丞冠,又名"袴褶冠"。今卤簿既除袴褶,冠名不当仍旧,请依旧记如《三礼图》"委貌冠"制。'从之。"

《御定渊鉴类函》卷三七〇《服饰部一》:"《宋史·志》曰:徽宗宣和元年,礼制局言:'鼓吹令、丞冠,又名袴褶冠。今卤簿既除袴褶,冠名不当仍旧,请依旧记如《三礼图》"委貌冠"制。'从之。"

按:"卤簿除袴褶"在元丰六年。《长编》卷三三九:"(元丰六年九月庚午)礼部言:'枢密院都承旨张诚一言:"伏见朝服法物库,有太常协律郎、太乐丞新给'袴褶冠'。今检诸《书》、《志》,惟袴褶之制,未详所起。……及阅《卤簿记》,止有鼓吹令、丞冠,注:'漆皮为之,有两耳,镂花。形如《三礼图》"委貌冠"。'今俗谓之'袴褶冠',收载库籍,即无所据。乞下礼官考正。"乃下太常寺。于是太常寺言:'袴褶乃是从戎之服,以此名冠,尤无所据。协律郎当押乐,太常卿遇祠祭朝会,各以本品朝祭服从事。兼太乐令、丞,今止服本品冠服,其袴褶并合不用。'从之。"然元丰六年冠名仍为"袴褶冠"之俗称,故宣和元年礼制局请依旧如《三礼图》"委貌冠"制。

九月十二日乙卯,曲宴保和新殿,过玉真轩,蔡京等请见安妃,仙韶院女乐作《兰陵王》、《扬州散》古调。

《长编纪事本末》卷一三一:"(宣和元年)九月乙卯,曲宴保和新殿,过玉真轩,蔡京等请见安妃,许之。京作《记》以进,其词略曰:玉真轩在保和殿西南庑,即安妃妆阁。命使传旨曰:'雅燕酒酣添逸兴,玉真轩内见安妃。'且诏臣赓补成篇,臣即题曰:'燕和新殿丽秋晖,诏许尘凡到绮闱。'……"

《皇朝编年纲目备要》卷二八:"(宣和元年)九月,燕蔡京保和新殿。(蔡京等请见安妃,许之。京作《记》以进,略曰:皇帝召臣京、臣黼、臣俣、臣偲、臣楷、臣贯、臣仲忽、臣熙载、臣攸燕保和新殿,臣儵、臣翛、臣絛、臣行、臣徽、臣术侍赐食文字库。……顷之,就坐,女童作乐。坐间香圆、荔子、黄橙、金柑相间布列前后。命邓文诰剖橙分赐。酒五行,少休,诏至玉真轩。轩在保和殿西南庑,即安妃妆阁。……臣因进曰:'礼无不报。'于是持瓶注酒,授使以进。再坐,撤女童,命羯鼓,御侍奏细乐,作《兰陵王》、《扬州教水调》,劝酬交错。……)"

《长编拾补》卷四〇:"(宣和元年)九月乙卯,曲宴保和新殿,过玉真轩,蔡京等请见安妃……《九朝编年备要》:九月,燕蔡京保和新殿,蔡京等请见安妃,许之。京作《记》以进,略曰:……顷之,就坐,女童作乐。坐间香圆、荔子、黄橙、金柑相间布列前后。命邓文诰剖橙分赐。酒五行,少休,诏至玉真轩。轩在保和殿西南庑,即安妃妆阁。……臣因进曰:'礼无不报。'于是持瓶注酒,授使以进。再坐,撤女童,命羯鼓,御侍奏细乐,作《兰陵王扬州教水调》,劝酬交错……"

《挥麈余话》卷一:"蔡元长所述《太清楼特燕记》,既列于前,又得《保和殿曲燕》、《延福宫曲燕》二记。今复载于左方:宣和元年九月十二日,皇帝诏臣蔡京、臣王黼、臣越王俣、臣燕王似、臣嘉王楷、臣童贯、臣嗣濮王仲忽、臣冯熙载、臣蔡攸燕保和殿,臣蔡儵、臣蔡翛、臣蔡絛东曲水,朝于玉华殿。上步西曲水,循酌醲架,至太宁阁。登层峦、琳霄、骞凤、垂云亭,景物如前,林木蔽荫如胜。始至保和殿,三楹,楹七十架,两挟阁无彩绘饰侈,落成于八月。而高竹崇桧,已森然翁郁。中楹置御榻,东西二间列宝玩与古鼎彝器玉。左挟阁曰妙有,设古今儒书、史子楮墨,右曰日宣,道家金柜玉笈之书与神霄诸天隐文。上步前行,稽古阁有宣王石鼓。历邃古、尚古、鉴古、作古、传古、博古、秘古诸阁,藏祖宗训谟与夏、商、周尊彝鼎鬲爵斝卣敦盘盂，汉、晋、隋、唐书画，多不知识骇见。上亲指示，为言其概。因指阁内：'此藏卿表章字札无遗者。'命开柜，柜有朱隔，隔内置小匣，匣内覆以缯绮，得臣所书撰《淑妃刘氏制》。臣进曰：'札恶文鄙，不谓袭藏如此。'念无以称报，顿首谢。抵玉林轩，过宣和殿、列岫轩、天真阁。凝德殿之东，崇石峭壁高百丈，林壑茂密，倍于昔见。过翠翘、燕阁诸处，赐茶全真殿。上亲御击注汤，出乳花盈面。臣等惶恐，前曰：'陛下略君臣夷等，为臣下烹调，震悸惶怖，岂敢啜？'顿首拜。上曰：'可少休。'乃出瑶林殿，中使冯皓传旨，留题殿壁，喻臣笔墨已具。乃题曰：'琼瑶错落密成林，桧竹交加午有阴。恩许尘凡时纵步，不知身在五云深。'顷之，就坐，女童乐作。坐间赐荔子、黄橙、金柑，相间布列前后。命邓文浩剖橙分赐。酒五行，再休许。至玉真轩，轩在保和西南庑，即安妃妆阁。命使传旨曰：'雅燕酒酣添逸兴，玉真轩内看安妃。'诏臣赓补成篇，臣即题曰：'保和新殿丽秋辉，诏许尘凡到绮闱。'方是时，人自谓得见妃矣。既而但画像挂西垣。臣即以谢，奏曰：'玉真轩槛暖如春，只见丹青未有人。月里常娥终有恨，鉴中姑射未应真。'须臾，中使召臣至玉华阁。上手持诗曰：'因卿有诗，况姻家，自当见。'臣曰：'顷缘葭莩，已得拜望，故敢以诗请。'上大笑。妃素妆，无珠玉饰，绰约若仙子。臣前进，再拜叙谢，妃答拜。臣又拜，妃命左右掖起。上手持大觥酌酒，命妃曰：'可劝太师。'臣奏曰：'礼无不报，不审酬酢可否？'于是持瓶注酒，授使以进。再坐，撤女童，去羯鼓，御侍奏细乐，作《兰陵王》、《扬州散》古调，酬劝交错。上顾群臣曰：'桂子三秋七里香。'七里香，桂子名也。臣楷顷许对曰：'麦云九夏两歧秀。'臣攸曰：'鸡舌五年千岁枣。'臣曰：'菊英九日万龄黄。'乃赓载歌曰：'君臣燕衎升平际，属句论文乐未央。'臣奏曰：'陛下乐与人同，不间高卑，日且暮，久勤圣躬，不敢安。'上曰：'不醉无归。'更劝迭进，酒行无算。上忽忆《绍圣春宴口号》二句，问曰：'卿所作否？余句云何？'臣曰：'臣所进诗，岁久不记。'上曰：'是时以疾告假，哲宗召至宣和西阁，问所告假者，对曰："臣有负薪之疾，不果预需云之燕。"哲宗曰："蔡承旨有佳句曰：'红蜡青烟寒食后，翠华黄屋太微间。'不可不赴。"上曰："臣敢不力疾遵奉！"是日，待漏东华，哲宗已遣使询来否。语罢，命郝随持杯以劝，凡三酬，大醉，免谢扶出。因沉吟曰："记上下句有曰集英班者。"继而曰："牙牌晓奏集英班，日照云龙下九关。红蜡青烟寒食后，翠华黄屋太微间。"继又曰："三春乐奏三春曲，万岁声连万岁山。欲识君臣同乐意，天威咫尺不违颜。"臣顿首谢曰：'臣操笔注思，于今二十年。陛下语及，方省仿佛，然不记一字。陛下藩邸已知臣，盖非今日。岂胜荣幸？'再拜谢。上轮指曰：'二十四年矣。'左右皆大惊，非圣人孰与夫此！臣又谢曰：'臣被知藩邸，受眷绍圣，两朝遭遇。臣驽下衰老，无毫发称报。'上曰：'屡见哲宗道卿，但为章惇辈沮忌，不及用。朕时年八岁，垂髫侍侧。一日，哲宗疑虑，默若有所思，问曰："大臣以谓不当绍述，朕深疑之。"奏曰："臣闻子绍父业，不当问人。何疑之有？"哲宗骇曰："是儿有大志如此。"由是刘挚、吕大防相继斥逐，绍述自此始。'臣奏曰：'陛下曲燕御酒，乐欣交通，而追时惟哲宗付托与绍述之始，孝友笃于诚心，非臣之幸，社稷天下之幸！'因再拜贺，黼扆下皆再拜。上又曰：'尝记合食与卿否？'臣谢曰：'是时大礼禁严，厨饔不得入。贸食端邸，蒙陛下赐之。臣被遇自兹，终身不敢忘。'又曰：'崇政殿试，卿在西幕详定时，因入持扇求书，得二诗，皆杜甫所作。诗曰："户外昭容紫袖垂，双瞻御座引朝仪。香飘合殿春风转，花覆千官淑景移。"又："五夜漏声催晓箭，九重春色醉仙桃。旌旗日暖龙蛇动，宫殿风微燕雀高。"'臣曰：'崇宁初蒙宣谕扇犹在？'上曰：'今尚在也。'臣曰：'自古人臣遭遇，或以一能一技见知当时，名显后世。臣章句片言，二十年前已蒙收录。崇宁以来，被遇若此。君臣千载，盖非一日。君之施厚，臣之报丰。臣无尺寸孤负恩纪，但知感涕。'上曰：'卿可以安矣。'臣又奏曰：'乐奏缤纷，酒觞交错。方事燕饮，上及继述，下及故老。若朋友相与衔杯酒，接殷勤之欢，道旧论新，顾臣何足以当？臣请序其事，以示后世，知今日燕乐，非酒食而已。'夜漏已二鼓五筹，众前奏丐罢，始退。十三日，臣京序。"

《说郛》卷一一四《保和殿曲宴记(宋蔡京)》："宣和元年九月十二日，皇帝召臣蔡京……宴保和殿，由东曲水朝于玉华殿。……顷之，就坐，女童作乐。坐间赐荔子、黄橙、金柑相间，布列前后。命邓文浩剖拨分赐。

酒五行,始休许,至玉真轩。……于是特瓶注酒,授使以进。再坐,撤去童女、羯鼓,御侍奏细乐,作《兰陵王》《扬州散》,酬劝交错。……十三日,臣京序。"

按:《挥麈余话》卷一:"御侍奏细乐,作《兰陵王》《扬州散》古调。"《说郛》卷一一四:"御侍奏细乐,作《兰陵王》《扬州散》。"点校本《皇朝编年纲目备要》卷二八作:"御侍奏细乐,作《兰陵王》《扬州教水调》。"[①]点校本《长编拾补》卷四○作:"御侍奏细乐,作《兰陵王扬州教水调》。"[②]任半塘《教坊记笺订》认为《扬州教》当为《扬州散》之误,而《扬州散》即《广陵散》[③]。据《碧鸡漫志》卷四:"《兰陵王》,《北齐史》及《隋唐嘉话》称:齐文襄之子长恭,封兰陵王。与周师战,尝著假面对敌,击周师金墉城下,勇冠三军。武士共歌谣之,曰《兰陵王入阵曲》。今《越调·兰陵王》,凡三段二十四拍,或曰遗声也。此曲声犯正宫,管色用大凡字、大一字、勾字,故亦名《大犯》。又有《大石调·兰陵王慢》,殊非旧曲。周、齐之际,未有前后十六拍慢曲子耳。"[④]考《兰陵王》为大晟府政和八年前依"大晟律"校定过的燕乐曲调,可视为大晟府"新调"(详见拙著《大晟府及其乐词通考》)。《大石调·兰陵王慢》"殊非旧曲",乃是;《越调·兰陵王》"或曰遗声也"云云,其实亦为误传。既"此曲声犯正宫,管色用大凡字、大一字、勾字,故亦名《大犯》",亦当为大晟府"新调"。而"御侍奏细乐,作《兰陵王》"云云,则当为"《越调·兰陵王》"而非"《大石调·兰陵王慢》",徽宗号此曲为古曲而已。然《扬州散》即《广陵散》,则为"古调"矣。据此,作"古调"是,"水调"乃非。又,"女童"、"童女"、"御侍"云云,均指仙韶院女乐而言(详下)。

蔡攸或涂青红,优杂侏儒,多道市井淫媟谑浪之语以蛊帝心。约在此时前后。

《九朝编年备要》卷二八:"(宣和元年九月)蔡攸加开府。攸进见无时,便辟趋走,或涂青红,优杂侏儒,多道市井淫媟谑浪之语以蛊上心。妻朱氏出入禁中,子行领殿中监,宠信倾其父京矣。"

《长编拾补》卷四○:"《九朝编年备要》:(宣和元年九月)蔡攸加开

---

① 许沛藻等点校:《皇朝编年纲目备要》卷二八,第729页。
② 顾吉辰点校:《长编拾补》卷四○,第1152页。
③ 任半塘:《教坊记笺订》,第125页。
④ 王灼:《碧鸡漫志》卷四,《词话丛编》本,第1册,第103页;又见岳珍《碧鸡漫志校正》卷四,第89—90页。

府。仅进见无时，便辟趋走，或涂青红，优杂侏儒，多道市井淫媟谑浪之语以盅上心。妻朱氏出入禁中，子行领殿中监，宠信倾其父京矣。"

《齐东野语》卷二○："宣和间，徽宗与蔡仅辈在禁中，自为优戏。上作参军趋出，仅戏上曰：'陛下好个神宗皇帝！'上以杖鞭之云：'你也好个司马丞相！'是知公论在人心，有不容泯者如此。"

按：或又载为王黼。阙名《朝野遗纪》："王黼虽为相，然事徽考极亵。宫中使内人为市，黼为市令，若东昏之口。一日，上故责市令挞之取乐，黼窘，故曰：'告尧舜免一次。'上笑曰：'吾非唐虞，汝非稷契也。'一日，又与踊垣微行，黼以肩承帝趾，墙峻，微有不相接处。上曰：'耸上来，司马光。'黼应曰：'伸下来，神宗皇帝。'君臣相谑乃尔。"（陆楫《古今说海》卷八八《说略四·杂记四》）与《齐东野语》卷二○所载近似，然《九朝编年备要》卷二八、《长编拾补》卷四○均为蔡仅，"王黼"云云，疑当为"蔡仅"之误。

十一月之前，田为复为典乐。

《宋史》卷三五六《张朴传》："起复修制大乐局管勾官田为大晟府典乐，朴论为贪滥不法……乃罢为乐令。未几，复前命（大晟府典乐），（张）朴争不已，改秘书少监。蔡仅引为道史检讨官。"

按：田为本年八月由典乐罢为乐令，未几复大晟府典乐之职。考《四部丛刊》本《清波杂志》卷一一"大司乐田为"云云，其时间为"己亥冬"（详下），己亥即宣和元年。又据《宋史·徽宗四》、《长编拾补》卷四○，宣和元年十一月十三日乙卯南郊，可知田为复任典乐必在宣和元年十一月之前。田为"复前命"遭张朴激烈反对，张氏因此"改秘书少监"；又据《宋史·徽宗本纪四》、《长编拾补》卷四一、《续资治通鉴》卷九三，张朴改秘书少监在宣和元年十二月十二日。

十三日乙卯，祀南郊，田为临时代理大司乐之职。

《四部丛刊》本《清波杂志》卷一一："己亥冬，祀南郊。方登坛，乐作，使人推数小车，载火出于远林。左右争献言为异，指点哄然。大司乐田为押登坛歌，坛上大呼：'田为先见！'而上亦不责也。时所谓祥瑞，亦有类此者。"

按：此见于《清波杂志校注》卷一一①。文渊阁《四库全书》本《清波杂志》卷一一："己亥冬，祀南郊。方登坛，乐作，使人推数小车，载火出于远林。左右争献言，为先见，而上亦不责也。时所谓祥瑞，亦有类此者。"无"为异指点哄然大司乐田为押登坛歌，坛上大呼田"等20字，当为误脱，可据校补。又，史料只言田为任典乐与乐令事，未载任大司乐（《宋史·乐志四》，《宋会要·职官》六九之四，《宋史·张朴传》）。《四部丛刊》本《清波杂志》卷一一"大司乐田为"云云，乃指本年十一月十三日祀南郊事，田为当为临时代理大司乐之职。可知大司乐马贲本年十一月离任，由田为临时代理。

凌景埏云："乃奏（田）为为典乐。"原注："王国维《清真先生遗事》考清真交游，谓：'田为初为制撰官，后为典乐、大司乐。'……按：《乐志》、《魏传》不云官制撰及大司乐。王先生其别有所本耶？"②今查《宋史·乐志》及《魏传》确未有载田为任大司乐事，实为《清波杂志》善本有载（详上），王氏误记而凌氏亦未检及。

---

① 刘永翔：《清波杂志校注》卷一一，第473页。

② 凌景埏：《宋魏汉津乐与大晟府》，凌景埏、谢伯阳校注：《诸宫调两种》附录，第276页，第292页。

宣和二年(1120)庚子

二月六日丁丑,颁行依月律撰燕乐词八十四调。

《宋会要·乐》四之二:"(宣和)二年二月六日,大晟府奏:'燕乐依月律撰词八十四调,乞颁行。'从之。"

《玉海》卷一〇五:"(宣和)二年二月,依月律撰燕乐词八十四调。"

二十二日癸巳,从舒彦奏,诏州郡选使院与诸司贴书充大晟乐工,以备春秋祠祭社稷、风师、雨师与释奠宣圣,罢选厢卒充乐工。

《宋会要·礼》一四之七一、七二:"(宣和二年)二月二十二日[①],虞部郎中舒彦言:'恭惟陛下篡绍以来,摅发圣思,缉熙坠典,乃诏大晟颁降乐器于方国。于是薄海内外,始识明圣之述作,而闻《咸》、《韶》之音。然伏睹近者献议之臣,谓州郡行户下等为乐工,免行为不便,乃欲选厢卒充乐工。以谓厢卒,役兵也,又其间有出于配隶之余。夫州郡春秋祠祭社稷、风师、雨师与释奠宣圣,礼至重也,而乐工乃以黥卒为之,诚恐文不相称也。欲望诏州郡将使院与诸司贴书,籍其数,取其粗晓文礼者充乐工,从逐州公使库量与月给。惟三岁科场,许差誊录;余差使,悉听免。其应选而偷堕,不愿为乐工,与习而不能精者,罢之,不得为贴书,选以次者辅(补)之。于以事鬼神而召丰年,其与用厢卒为乐工,岂不有间哉?'【诏】'诸路州军,如有贴书可选差去处,许差,余依奏。'"

按:舒彦奏章及诏书,《宋大诏令集》及《全宋文》均失收,可辑补。

---

① 点校本《宋会要辑稿·礼一四》云:"按上条为五月,此条反为二月,疑有误。"(第2册,第780页)所疑有理。姑系于二月,仍俟再考。

五月,祭地于方泽,用大晟乐。

《竹隐畸士集》卷一五《乐章》:"夏祭方泽,太祖位奠币,《恭安之曲》(应钟宫):'于赫烈祖,受命作宋。俾我文孙,万年承统。陟配于郊,惟帝时克。吉蠲为饎,荐是筐实。'饮福,《禧安之曲》(应钟宫):'惟圣能飨,式礼莫愆。受贶之厘,神不以言。隆福无疆,实在兹酒。酌言举之,天子万寿。'"

按:此据《竹隐畸士集》卷一五《乐章》,题作《夏祭方泽,太祖位奠币,〈恭安之曲〉(应钟宫)》、《饮福,〈禧安之曲〉(应钟宫)》。据《政和五礼新仪》,祭皇地祇(即祭方泽),奠币,登歌作《恭安之乐》;饮福,宫架作《禧安之乐》(卷八一、卷八二)。据《宋史·徽宗本纪四》,宣和二年与五年曾两次"祭地于方泽"。赵鼎臣宣二、三年间任秘书少监,此曲当用于宣和二年五月。

七月十六日甲寅,罢大晟府按协声律及制撰文字。

《宋史》卷一二九《乐志四》:"(宣和)二年八月,罢大晟府制造所并协律官。"

《宋史》卷一六一《职官志一》"礼制局"条:"宣和二年,诏与大晟府制造所、协声律官并罢。"

《宋史》卷一六四《职官志四》:"宣和二年,诏以大晟府近岁添置【按协声律及制撰】,冗滥徼幸,罢,不复再置。"

《宋会要·职官》二二之二六:"宣和二年七月十六日,诏:'大晟府近岁添置按协声律及制撰,殊为冗滥,白身满岁即补迪功郎,侥幸为甚,可并罢。在任者依省罢法。'"

《皇宋十朝纲要》卷一八:"(宣和二年七月)甲寅,罢大晟府增置按协声律官。"

《九朝编年备要》卷二七:"(宣和)二年,礼制局及大晟府制造所、协声律官并罢。"

《文献通考》卷五五《职官考九》:"宣和二年,诏以大晟府近岁添置【按协声律及制撰】,冗滥徼幸,并罢。"

按：李文郁《大事记》："（宣和二年）八月，罢大晟府制造所并协律官。"[1]乃仅依《宋史·乐志四》立说。考"协律官"包括"协律郎"和"按协声律"两种，《宋史·乐志四》《宋史·职官志一》《皇宋十朝纲要》《九朝编年备要》笼统云"协律官"，乃误。考宣和二年八月至宣和末尚有现任"协律郎"可考。晁冲之《简江子之求茶》："故人新除协律郎，交游多在白玉堂。拣牙斗夸皆饮尝，幸为传声李太府，烦渠折简买头纲。"[2]"江子之"即江端本。"李太府"即太府少卿李著，宣和五年至六年任（《宋会要·职官》六九之一三、四三之四八）。《长编拾补》卷四〇载江端本通判温州在宣和元年十一月，蔡攸使江端本杀林灵素在宣和二年。江端本通判温州任满当在宣和四年十一月，离任后即授为大晟府协律郎。又《画继》卷三："任谊，字才仲，宋复古之甥也。尝为协律郎，后通判澧州。适丁乱离，钟贼反叛，为群盗所杀。"任谊为协律郎或在宣和末。可见，所罢职官的名称为"大晟府按协声律"、"大晟府制撰文字"，而非"协律官"。

又，《宋史·职官志四》《文献通考·职官考九》宣和二年"诏罢大晟府"云云，亦误，龚延明已有考正[3]。点校本《文献通考·职官考九》校勘记："《宋史》卷一六四《职官志四》同。按《宋会要·职官》二二之二六载宣和二年七月十六日诏：'大晟府近岁添置按协声律及制撰，殊为冗滥；白身满岁即补迪功郎，侥幸为甚，可并罢。在任者依省罢法。'据此，《通考》似应补'按协声律及制撰'七字。"[4]极是。《全宋文》据《宋会要·职官》二二之二六收作《罢大晟府按协声律及制撰诏（宣和二年七月十六日）》[5]，亦确。

凌景埏云："（宣和二年）七月十六日甲辰，诏罢协律及制撰官。"[6]则既用《宋会要·职官》二二之二六之说，又兼采《宋史·乐志四》之说，未明"协律"包括"协律郎"和"按协声律"两种，亦嫌笼统。

八月十五日癸未，诏罢大晟府制造所。

《宋史》卷一二九《乐志四》："（宣和）二年八月，罢大晟府制造所。"

---

① 李文郁：《大晟府考略·大晟府大事记》，《词学季刊》第二卷第二号（1935年1月），第511页。
② 傅璇琮等主编：《全宋诗》，第21册，第13877页。
③ 详见龚延明：《宋史·职官志补正（增订本）》，第262—263页。
④ 点校本《文献通考》，第3册，第1635页。
⑤ 曾枣庄等主编：《全宋文》，第166册，第18页。
⑥ 凌景埏：《宋魏汉津乐与大晟府》，凌景埏、谢伯阳校注：《诸宫调两种》附录，第285页。

《宋史》卷一六一《职官志一》"礼制局"条:"宣和二年,诏与大晟府制造所、协声律官并罢。"

《宋会要·职官》五之二三《礼制局》:"宣和二年,诏与大晟府制造所、协声律官并罢。"

《宋会要·职官》二二之二六:"(宣和二年)八月十五日,诏罢大晟府制造所。"

《长编纪事本末》卷一三四:"(宣和二年)八月癸未,诏礼制局制造所等官并罢。"

《九朝编年备要》卷二七:"(宣和)二年,礼制局及大晟府制造所、协声律官并罢。"

按:时王黼为相,尽纠蔡京所为,罢诸局及修书所凡五十八所。《宋史·徽宗本纪四》:"(宣和二年六月)甲午,罢礼制局并修书五十八所。"《皇宋十朝纲要》卷一八:"(宣和二年六月)甲午,御笔:并罢修书诸局五十八所官吏。诏礼制局制造所并归书画局。"《长编拾补》卷四一:"(宣和二年)八月癸未,诏礼制局制造【所】等官并罢。(《纪事本末》卷百三十四)【案】《宋史·本纪》:六月甲午,罢礼制局并修书五十八所。据此,则六月甲午但诏以结绝料钱物数,至是始罢之也。陈、薛《通鉴》:六月丁亥,罢礼制局及他局五十八所。尤与诸书日月不同。《容斋随笔》卷十三:……宣和初,王黼秉政,罢修书五十八所。……而(王)黼务悉矫蔡京所为,故一切罢之,官吏既散,文书皆为弃物矣。"查《长编纪事本末》卷一三四,"制造"后脱"所"字。所谓"诏礼制局制造所等官并罢",当包括"大晟府制造所"在内。

十八日丙戌,修订大晟府及诸路乐工朝会祠事日特支食钱制度。

《宋会要·职官》二二之二五、二六、二七《大晟府》:"(宣和二年八月)十八日,尚书省言:'奉诏在所及诸路乐工,旧制上系免行,后来增破请给,必为冗滥。可并依旧制。内在京乐工遇朝会祠事日,特与支给食钱,仍立定人额。本府检会旧来祠祭共四十三次,今来年中祠祭及明堂颁朔布政通计八十一次,并非泛应奉。在外教习食钱,见依本府格令外,今措置到朝会祠事日特支食钱下项:上、中、下乐工、舞师各一百文,色长二百文,副乐正、乐师共六人各三百文,乐正共二人各五百文。本府见管乐正(工)六百三十五人、舞师一百五十人,共计七百八十五人。今欲用见管七百八十五人立为定额,今后更不添人。其不足人乞依例借教坊乐人并守阙舞师,契勘破教习食钱,每年都计支六千四百六十一贯五百八十文。乐正年终每名共支钱四十贯文,副乐正年终每名共支钱一十贯二百文,乐师年终每名共支钱三贯九百文,运谱年终每名共支钱三贯九百文。乐正二人,每名每月料钱十贯文,米麦各一硕,春冬衣绢共一十匹,绵一十两,单罗公服一领,夹罗公服共二领;副乐正二人,每名每月料钱八贯文,米麦各一硕,春冬衣绢共七匹,绵八两,单公服一领,夹公服共二领;乐师四人,每名每月粮(料)钱六贯文,米一硕,麦五斗,春冬衣绢共六匹,单公服一领,夹公服共二领;运谱并色长共四十四人,每名每月料钱五贯文,米一硕,麦五斗,春冬衣绢共四匹,单罗公服一领,夹罗公服共二领;上工一百六十人,每名每月料钱四贯文,米一硕,春冬衣绢二匹;中工一百五十八人,每名每月料钱三贯文,米一硕,春冬衣绢共二匹;下工并舞师共四百十九人,每名每月料钱二贯文,米一硕,春冬衣绢共二匹。以上都计钱五万四千二百八贯三百二十文。检承崇宁五年十一月敕令,诸乐工教习日支食钱,后稍精熟免日教。遇大礼、大朝会前一月、大祠前半月、中祠前十日、小祠前五日教习,各前期在家习学,止赴大寺协律厅草按一日,并台官按乐一日。'诏:'教习、草、按乐日分,并依未置府以前旧制。遇依旧制合破按乐日分,并特依崇宁五年十一月条支破食钱。'"

梁师成为大晟府提举官,约始于本年。

　　《浮溪集》卷二七《徽猷阁待制致仕蒋公墓志铭》:"(蒋瑎)除光禄卿。居亡何,擢大司乐。时用魏汉津乐,以中贵人梁师成兼领。师成挟恩怙权,人莫敢忤。会欲增舞佾而三倍之,公显斥其非。且乐工募市人,猥冗,非所以奉天地宗庙,请一切沙汰。从之。师成怒不主己,语有侵公者。公曰:'一代礼文,当质之《经》。'师成曰:'仆不读书,愚抵此。'公不为动,而深衔之,日求所以伤公。久之,无所得。"

　　《长编拾补》卷四二:"《续宋编年资治通鉴》:(宣和二年十月戊辰)梁师成累迁河东节度使,拜太尉。时上留意礼乐、符瑞事,(梁)师成善于奉迎,凡御笔、号令,皆(梁)师成主之。……《墨庄漫录》卷二:……(梁师成)所领职局至数十百。"

《东都事略》卷一二一:"梁师成,开封人也。……宣和四年,进开府仪同三司,淮南节度使,又进少保。时中外大宁,徽宗留意礼乐、符瑞事,师成特以颖悟,善逢迎恩宠。徽宗凡有御笔号令,皆命主焉。"

按:梁师成宣和间"领职局至数十百"、"礼乐、符瑞事……皆(梁)师成主之",故疑大晟府亦由其提举。今据《徽猷阁待制致仕蒋公墓志铭》"时用魏汉津乐,以中贵人梁师成兼领"云云,知梁师成确为大晟府提举官矣(考证详下)。其任职或始于宣和二年末,乃接蔡攸任。《长编拾补》系于宣和二年十月戊辰,《东都事略》系于宣和四年。详见拙著《大晟府及其乐词通考》,兹不赘述。

十二月癸巳,召宰执、亲王等曲宴于延福宫,仙韶院执乐。

《挥麈余话》卷一:"蔡元长所述《太清楼特燕记》,既列于前,又得《保和殿曲燕》、《延福宫曲燕》二记。今复载于左方:……《延福宫曲宴记》:宣和二年十二月癸巳,召宰执、亲王等曲宴于延福宫。特召学士承旨臣李邦彦、学士臣宇文粹中与,示异恩也。是日,初御睿谟殿,设席如外廷赐宴之礼。然器用殽品,瑰奇精致,非常宴比。仙韶执乐,和音曼声,合变争节,亦非教坊工人所能仿佛。上遣殿中监蔡行谕旨曰:'此中不同外廷,无弹奏之仪,但饮食自如。食味果实有余者,自可携归。'酒五行,以碧玉盏宣谕。(侍宴诸臣云:'前此曲宴早坐,未尝宣劝,今出异数。')少憩于殿门之东庑。晚,召赴景龙门,观灯玉华阁。飞升金碧绚耀,疑在云霄间。设衢樽钧乐于下,都人熙熙,且醉且戏,继以歌诵,示天下与民同乐之恩,侈太平之盛事。次诣穆清殿,后入崆峒洞天,过霓桥,至会宁殿,有八阁东西对列,曰琴、棋、书、画、茶、丹、经、香。臣等熟视之,自崆峒入,至八阁,所陈之物,左右上下皆琉璃也,映彻焜煌,心目俱夺。阁前再坐,小案玉斝,珍异如海陆羞鼎,又与睿谟不同。酒三行,甚速,起诣殿侧纵观。上谓保和殿学士蔡絛曰:'引二翰苑子细看,一一说与。'谆谕再三。次诣成平殿,凤烛龙灯,灿然如画,奇伟万状,不可名言。上命近侍取茶具,亲手注汤击拂。少顷，白乳浮盏面，如疏星澹月，顾诸臣曰：'此自布茶。'饮毕，皆顿首谢。既而命坐，酒行无算。复出宫人合曲，妙舞蹁跹，态有余妍。凡目创见，上谕臣邦彦、臣粹中曰：'此尽是嫔御。自来翰林不曾与此集，自卿等始。'又曰：'《翰林志》谁修？'太宰王黼奏云：'承旨李邦彦。'上顾臣邦彦曰：'好，《翰林志》可以尽载此事，此卿等荣遇。'臣邦彦谢不敏。琼瑶玉舟，宣劝非一。上每亲临视使醹，复顾臣某曰：'李承旨善饮。'仍数被特劝，夜分而罢。臣仰惟陛下加惠亲贤，共享太平。肆念词臣，许陪鼎席宗工之末，周于待遇，略去常仪，臣邦彦、粹中首膺异数，亲承玉音，俾编载荣遇，以侈北门之盛。盖陛下崇儒右文，表异鳌禁，用示眷瞩之意，诚千载幸会也。窃伏惟念一介微臣，粤自布衣，叨膺识擢，凡所蒙被，度越伦辈。曾微毫忽以助山岳。兹侍燕衎，咫尺威颜，独误睿奖，至官而不名，岂臣糜捐所能称塞？臣切观文武之盛，始于忧勤，而逸乐继之。《鹿鸣》之燕群臣嘉宾，得尽其心。故《天保》之报，永永无极。臣虽幺陋，敢忘归美之义？辄扬盛迹，备载于篇。使视草之臣，知圣主曲宴内务，自臣等始。谨录进呈，伏取进止。"

《说郛》卷一一四《延福宫曲宴记（宋李邦彦）》："宣和二年十二月癸巳，召宰执、亲王等曲宴于延福宫，特召学士承旨臣李邦彦、学士承旨宇文粹中，以示异恩也。是日，初御睿谟殿，设席如外廷。赐宴之礼，然器用骰品，瑰奇精致，非常宴比。仙韶执乐，和音曼声，合变应节，亦非教坊工人所能仿佛。上遣殿中监察行谕旨曰：'此中不同外廷，无弹奏之地。但饮食自如，食味果实，自当携归。'酒五行，以碧玉盏宣谕侍宴诸臣，云：'前此曲宴早坐，未尝宣劝。今出异数。'少憩于殿门之东庑，晚召赴景龙门，观灯玉华阁。飞陛金碧绚耀，隔在云霄间。设衢尊钧乐于下，都人熙熙，且醉且戏，继以歌颂，示天子与民同乐之意，侈太平之盛事。次诣穆清殿，后入崆峒洞天，过霓桥，至会宁殿。有八阁东西对列，曰琴、棋、书、画、茶、丹、经、香。臣等熟视之，自崆峒入至八阁，所陈之物，左右上下皆琉璃也，映彻焜煌，心目俱夺。阁前再坐，小案玉斝，珍异如海陆羞脯，又与睿谟不同。酒三行，甚速，起诣殿侧纵观。上诣保和殿，谓学士蔡條曰：'引二翰苑子细看,一一说与。'谆语再三。次诣成平殿,凤竹龙灯,灿然如昼,奇伟万状,不可名言。上命近侍取茶具,亲手注汤击沸。少顷,白乳浮盏面,如疏星淡月,顾诸臣曰:'此自烹茶。'饮毕,皆顿首谢。既而命坐,酒行无算。复出宫人合曲,妙舞蹁跹,态有余妍。凡目创见,上谕臣邦彦、臣粹中曰:'此尽是嫔御。自来翰林不曾与此集,自卿等始。'又曰:'《翰林志》可以尽载此事。'臣等荣遇,臣邦彦谢不敏,琼瑶玉舟,宣劝非一。上每亲临视使醙,复顾臣某曰:'李承旨善饮。'仍数被特旨进饮,夜分而罢。"

按:《挥塵余话》卷一以《延福宫曲宴记》为蔡京(元长)所作,《说郛》卷一一四则云李邦彦作。当为李邦彦。又,"仙韶执乐"、"复出宫人合曲"、"此尽是嫔御"云云,均指仙韶院而言。其执乐"非教坊工人所能仿佛",可为技艺之高者,全聚于宫中女乐矣。"设衢樽钧乐于下"云云,"钧乐"指钧容直,为北宋军乐,上元观灯等节日与教坊共献乐艺于露台、街衢。又,大晟府设立后,仙韶院所奏之曲和词也受到大晟乐的影响。宗徽宗《宫词》:"大晟重均律吕全,乐章谐协尽成编。宫中嫔御皆能按,欲显仪刑内治先。""乐章重制协升平,德冠宫闱万古名。嫔御尽能歌此曲,竞随钟鼓度新声。"晁端礼《鹧鸪天·升平词》:"乐章近与中声合,一片仙韶特地新。"可据佐证。

普州守山东人王平,自言得[夷则商·霓裳羽衣]谱,曲十一段,刻板流传。

《碧鸡漫志》卷三:"宣和初,普府守山东人王平,词学华赡,自言得[夷则商·霓裳羽衣]谱,取陈鸿、白乐天《长恨歌传》并乐天寄元微之《霓裳羽衣曲歌》,又杂取唐人小诗长句,及明皇太真事,终以微之《连昌宫词》,补缀成曲,刻板流传。曲十一段,起第四遍、第五遍、第六遍、正攧、入破、虚催、衮、实催、衮、歇拍、杀衮,音律节奏,与白氏歌注大异。则知唐曲,今世决不复见,亦可恨也。"①

《说郛》卷一九上《碧鸡漫志(王灼)》:"宣和初,普州守山东人王平,词学华赡,自言得《夷则商·霓裳羽衣》谱,取陈鸿、白乐天《长恨歌传》并乐天寄元微之《霓裳羽衣曲歌》,又杂取唐人小诗长句及明皇太真事,终以微之《连昌宫词》,补缀成曲,刻板流传。曲十二段,起第四遍、第五遍、第六遍、

---

① 王灼:《碧鸡漫志》卷三,《词话丛编》本,第1册,第98页。

攧、入破、虚催、衮、实催、衮、歇拍、杀衮，音律节奏，与白氏歌注大异。则知唐曲，今世决不复见，亦可恨也。"

按：岳珍《碧鸡漫志校正》认为"普府守"当作"普州守"，又认为"曲十一段"、"曲十二段"云云，有唐曲与宋曲之别[①]。乃是，今从之。据考，王平所谓"自言得[夷则商·霓裳羽衣]谱"，实为伪造，伪造时间在政和四年以后至宣和初，详见拙著《大晟府及其乐词通考》，兹不赘述。

---

① 　岳珍：《碧鸡漫志校正》，第71—72页。

宣和三年(1121)辛丑

正旦朝会,用大晟乐。

《竹隐畸士集》卷一五《乐章》:"大朝群臣,第一盏《正安》:'开岁发春,锡兹纯嘏。皇膺受之,惠及臣下。有俶兹觞,咸拜稽首。熏兮乐胥,如此春酒。'"

按:据《竹隐畸士集》卷一五《乐章》,题作《正旦大朝群臣,第一盏〈正安之曲〉》。考赵鼎臣宣和二年至三年底任秘书少监(《陵阳集》卷二《送赵承之秘监出守南阳》,《北山集》卷七《诗送赵承之秘监鼎臣安抚邓州三首》,《唐宋诸贤绝妙词选》卷五;考详拙著《大晟府及其乐词通考》,下同,不再注明),此曲用于宣和三年初。

《政和五礼新仪》载正旦朝会,用大晟乐节次甚详,如:"皇帝服通天冠、绛纱袍,帘卷。大乐正令撞黄钟之钟,右五钟皆应。内侍承旨索扇,扇合。殿上鸣鞭,皇帝御舆出东阁。协律郎跪,俯伏举麾,兴,工鼓柷。宫架奏《乾安之乐》,皇帝出自东房,降舆,即御座,南向,帘卷。内侍又赞:'扇开。'殿下鸣鞭,戛敔,乐止,炉烟升。……皇帝举第一爵,宫架作《和安之乐》,饮讫,乐止。上公受虚爵讫,虚跪,兴。降榻,以爵授殿中监讫,执笏引降阶班首以下,复北向位立定。典仪曰:'拜赞者承传,在位官皆再拜。'播笏,舞蹈,又拜。(宗室、遥郡刺史及武功大夫以下,并伎术官,并退门外赐酒。)礼直官、舍人引左辅自东阶升进御榻前,俯伏跪奏,称:'左辅具官臣某言:请延公王等升殿。'俯伏,兴,降阶,复位。次引左辅诣御榻前,躬取旨,西向称有制。典仪曰:'拜赞者承传,在位官皆再拜。'宣曰:'延公王等升殿。'左辅退。典仪曰:'拜赞者承传,在位官皆再拜。'播笏,舞蹈,又拜。礼直官、舍人引公王以下升殿,两廊群臣并立于席后。殿中监升榻诣御座,东西向。进皇帝第二爵酒,(第三、第四爵进酒,并如上仪。上进酒,舍人、臣僚起,立席后。进酒讫,赞就座。)登歌奏《某曲》,(元正、冬至上寿,登歌曲名乐章,并每年命词臣取岁中所有祥瑞撰。第二、第三、第四爵并同。)饮讫,乐止。殿中监受虚爵,殿上群臣就横行位,不升殿者于席后立。舍人曰:'各赐酒。'舍人曰:'拜赞者承传,上下群臣皆再拜,随拜三称万岁。'舍人曰:'就座。'群臣皆坐。太官令行群官酒,群臣播笏受酒,宫架作《正安之乐》,文舞入,立宫架北,觞行一周。(凡酒巡周,并太官令奏。)宫架奏《天下化成之舞》,三成止,出。殿中监进皇帝第三爵酒,群臣立于席后,登歌奏《某曲》,饮讫,乐止。殿中监受爵,舍人曰:'就座。'群臣皆坐。

太官令行群臣酒，宫架作《正安之乐》，武舞入，觞行一周，乐止。尚食、典御、奉御进食，置御座前。太官设群臣食，宫架奏《四夷来王之舞》，三成止，出。殿中监进皇帝第四爵酒，登歌奏《某曲》。太官令行群臣酒，并如第二爵之仪，觞行一周，乐止。舍人曰：'可起。'群臣皆立于席后。礼直官、舍人引左辅诣御榻前，俯伏，跪奏，称：'左辅具官臣某言。'礼毕，俯伏，兴。群臣俱降，复位，立定。典仪曰：'拜赞者承传，在位官皆再拜。'搢笏，舞蹈，又再拜，讫，分东西序立。内侍承旨索扇，扇合，帘降，鸣鞭。大乐正令撞蕤宾之钟，左五钟皆应，协律郎俯伏，跪，举麾，兴。工鼓柷，奏《乾安之乐》。皇帝降座，御舆入自东房，还东阁，侍卫如来仪。内侍又赞：'扇开。'戛敔，乐止。……再拜退，次大晟府乐工退。"（《政和五礼新仪》卷一三八《大庆殿元正、冬至大朝会仪下》）可参考。

享先农，用大晟乐。

《竹隐畸士集》卷一五《乐章》：

迎神《凝安之曲》（姑洗宫）　厥初生民，茹毛饮血。神实甚之，俾康稼穑。维孟之春，土膏脉起。祇以荐神，神其顾止。

升降坛，《同安之曲》（太簇宫）　陟彼坛矣，如或临之。神斯假斯，载降不迟。有斋其容，有棣其仪。匪躬之瘴，神实在兹。

奠币，《明安之曲》（太簇宫）　噫嘻田祖，粒我烝民。匪今斯今，利泽则均。何以事神，惟牲用币。余忱是将，而寓诸筐。

酌献，《成安之曲》（太簇宫）　我稷我黍，自彼中田。为耒为耜，神则使然。锡我士民，福既多有。何以娱之，跪荐兹酒。

送神，《凝安之曲》（姑洗宫）　惟风其马，翩然来下。惟云其车，勿兮去余。其来不勤，其去欣欣。畀我丰年，其稼如云。

按：《竹隐畸士集》卷一五《乐章》原题作《祭先农》。据《宋史·礼志一》："立春后……亥日享先农。"《政和五礼新仪》卷一："孟春吉亥日，享先农。"考赵鼎臣宣和二年至三年底任秘书少监，此套乐章当用于宣和三年。

二月，祭五龙，用大晟乐。

《竹隐畸士集》卷一五《乐章》：

迎神《禧安之曲》（姑洗宫）　惟皇建国，宅是浚都。百神受职，靡功弗图。啸雨呼云，伟此神物。贲然来思，飨我嘉栗。

升降堂，《雅安之曲》（南吕宫）　我酒惟旨，我乐惟谐。既升于堂，复降于阶。匪伊勤斯，维神之假。其安其徐，嗜此饮食。

奠币，《文安之曲》（南吕宫）　神之至矣，会言嘉矣。币惟礼矣，实此筐矣。窅兮幽幽，谁则测之。皇祀之恤，其必格之。

酌献，《恺安之曲》（南吕宫）　日吉时良，神兮满堂。荐我桂酒，酌我椒浆。喑呜为云，咄嗟为雨。天子是承，介予稷黍。

送神，《登安之曲》（姑洗宫）　灵兮连蜷，匆兮蛇蜒。或升于霄，或降于渊。食于帝都，锡号有崇。其钦其承，咸祇（祗）厥功。

按：《竹隐畸士集》卷一五《乐章》原题作《祭会应庙》，据《宋史·礼志一》："仲春祭五龙。"《政和五礼新仪》卷七七："以仲春择日祭会应庙。""祀会应庙仪"即"祭五龙"，乃在"仲春"。又，赵鼎臣宣和二年至三年底任秘书少监，此套乐章当用于宣和三年二月。

《政和五礼新仪》卷七七《祀会应庙仪》载用大晟乐节次甚详，如："大晟设登歌之乐于堂上前楹间，稍南北向。……大乐令于乐簴北，太官令于酌尊所，俱北向。……次乐正帅工人升东阶，各入就位。……《禧安之乐》作，三成止。……次引初献诣盥洗位，《雅安之乐》作。（凡初献、升降、行止，皆作《雅安之乐》。）至位，北向立，搢笏，盥帨手，执笏，诣广仁王神位前北向立，乐止。《乂（文）安之乐》作，搢笏跪。……《恺安之乐》作，执事者以爵授初献。……《嘉安之乐》作，执事者以爵授亚献。……送神，《登安之乐》作，一成止。"可参考。

四月，以方腊平，处州赐大晟乐。约在此时前后。

张扩《代处州谢赐大晟乐表》："臣某言：比及羽旄，肇新百度。将以蠲枕，下逮诸侯。与闻铿锵之音，咸中舞蹈之节。（中谢。）窃以乐由天作，初不自于人为。声与政通，或可观于治道。虽本之情性而无伪，亦参诸律吕以成文。断自圣神，炳然制作。恩从御府，惠遍藩方。眷此小邦，顷遭强敌。政新音之未嗣，宜众器之申颁。兹盖伏遇皇帝陛下，尧仁如天，舜功协帝。干羽之舞，可格有苗之顽；《咸池》之音，不愧洞庭之奏。达之天下，示以人和。臣叨领郡符，获亲圣制。食肉而忘其味，喜甚闻《韶》；无德以加于民，赏惭进律。"（《东窗集》卷一四）

按："眷此小邦，顷遭强敌"云云，或指宣和二年方腊起义而言。《宋史·徽宗本纪四》："（宣和三年二月）是月，方腊陷处州。""（四月）庚寅，……擒方腊于青溪。"《长编拾补》卷四三："（宣和三年二月）乙未，方腊陷处州。""（四月）庚寅，……生禽（擒）方腊。"张扩崇宁五年进士，此《表》乃代处州守所写，时疑为处州幕僚。

六月土王日，祭中岳嵩山于河南府界，用大晟乐。

《竹隐畸士集》卷一五《乐章》：

迎神，《凝安之曲》（姑洗宫）　节彼崇山，宅田之中。储祉炳灵，为皇屏墉。协德之符，用望以秩。羓其来思，维时之吉。

酌献，《成安之曲》（南吕宫）　彼高维嵩，有峻其霍。奠于并汾，宅是河洛。跂于望之，于荐有格。匪祝之私，旸雨时若。

送神，《凝安之曲》（姑洗宫）　假之愉愉，去之徐徐。川祇前马，谷灵后车。言还言归，眷我无射。福此京师，及彼邦国。

按：《竹隐畸士集》卷一五《乐章》原题作《中望》。据《政和五礼新仪》卷一《序例·时日》："季夏土王日……祭中岳。"卷九六《诸州祭岳、镇、海、渎仪》："土王日，祭中岳嵩山于河南府界。"考赵鼎宣和二年至三年底任秘书少监，此套乐章当用于宣和三年六月。

《政和五礼新仪》卷九五《祭五方岳、镇、海、渎仪》载用大晟乐节次甚详，如："大晟设登歌之乐于坛上稍南，北向。……大乐令于乐虡西北，太官令于酌尊所，俱北向。……次乐正帅工人升卯阶，各入就位。……《凝安之乐》作，三成止。……次引初献诣盥洗位，《同安之乐》作。（凡初献升降、行止，皆作《同安之乐》。）……《明安之乐》作，搢笏跪。……《成安之乐》作，执事者以爵授初献。……《成安之乐》作，次诣镇、海、渎酌尊所，酌献并如上仪，乐止。……《成安之乐》作，执事者以爵授亚献。……送神，《凝安之乐》作，一成止。"可比勘。

八月秋分,祭晶鼎,用大晟乐。

《竹隐畸士集》卷一五《乐章》:

迎神《凝安之曲》(南吕宫) 帝缵禹功,以作宝镇。屹然皇威,万国时训。日兖之方,神司其职。既分而中,维荐用格。

升降殿,《同安之曲》(南吕宫) 有将维馨,有假维诚。蹡蹡其降,栗栗其升。神锡余休,惠然肯留。敢不肃祗(祇),荐此庶羞。

奠币,《明安之曲》(南吕宫) 嘉荐惟时,精意式孚。沼沚之毛,其可虚拘。明禋而求,又实以筐。虽仪之多,物不敢废。

酌献,《成安之曲》(南吕宫) 秋既分矣,物落其华。剥枣登禾,穰穰满家。神奠其方,穀我士女。敢不吉蠲,以荐稷黍。

亚、终献,《成安之曲》(南吕宫) 既荐清酤,神乐且湛。尚其飨之,于再而三。我之媚神,夫岂其已。鼓瑟歙笙,神具醉止。

送神,《凝安之曲》(南吕宫) 神既飨矣,浩其莫留。乘彼圚阊,燕于蓰收。奸妖播奔,魑魅执囚。维皇之将,百禄是逌。

按:《竹隐畸士集》卷一五《乐章》原题作《祭晶鼎》。考《政和五礼新仪》卷六九:"太常寺预于隔季,以立春日祀牡鼎于九成宫,关太史局。(春分日祀苍鼎,立夏日祀罡鼎,夏至日祀彤鼎,立秋日祀皁鼎,秋分日祀晶鼎,立冬日祀魁鼎,冬至日祀宝鼎,准此。)"并载乐章节次甚详,如:"大晟设登歌之乐于殿前。……大乐令于乐簴前,太官令于酌尊所,俱随神位所向。……次乐正帅登歌工人升殿,各入就位。……次引大乐令先入,就殿下席位立。赞者曰再拜,大乐令再拜。……《凝安之乐》作,三成止。……次引初献诣盥洗位,《同安之乐》作。(凡初献、升降、行止,皆作《同安之乐》。)至位立,将笏,盥手,帨手,执笏,诣牡鼎神位前立,乐止。《明安之乐》作,搢笏,跪。……《成安之乐》作,执事者以爵授初献。……《成安之乐》作,执事者以爵授亚献。……次引终献,诣洗升殿,行礼,并如亚献之仪。……送神,《凝安之乐》作,一成止。"(《政和五礼新仪》卷六九《祀八鼎仪》)可参看。

又,赵鼎宣和二年至三年底任秘书少监,此套乐章当用于宣和三年八月。

九月十日辛未,大飨明堂,用大晟乐。

《竹隐畸士集》卷一五《乐章》:"降神《诚安之曲》(夹钟宫):'于昭明堂,惟圣时制。我卜元辰,以祀上帝。曰我昭考,既侑飨之。云车在天,跂予望之。'撒豆,《肃雍显相之曲》(大吕宫):'嘉荐飨矣,不愆于仪。撒兹豆笾,我不敢迟。帝之居歆,岂以其物。于单厥心,肆用有格。'"

按:《竹隐畸士集》卷一五《乐章》原题作《秋飨明堂》。据《宋史·徽宗本纪四》:"(宣和三年九月)辛未,大飨明堂。"又,赵鼎臣宣和二年至三年底任秘书少监,此套乐章当用于宣和三年。

立冬日,祀五方帝,用大晟乐。

《竹隐畸士集》卷一五《乐章》:

降神《高安之曲》
(夹钟宫)　帝厘天工,宅坎之维。阴翕而藏,实颛其机。迄成岁功,用荐明祀。我维忱斯,神其飨止。
曲同前(黄钟角)　皇天平分,以运四时。盛德在水,神则司之。黍稷惟馨,笾豆有践。维天盖高,神降无远。
曲同前(太簇徵)　旆兮缤纷,黮兮如云。有北之神,孰不骏奔。从帝之车,来即于坛。噬其肯留,式燕以安。
曲同前(姑洗羽)　既博我牲,又丰我盛。我酌惟醹,我肴既馨。周旋执事,靡不钦承。神其来歆,以孚我诚。
酌献,《祐安之曲》(南吕羽)　物成于冬,惟帝之庸。寒之时若,厥庸允博。以我精纯,荐是苾芳。其麻我民,裕此蓄藏。
送神,《理安之曲》(夹钟宫)　神之徕止,肃然余喜。神旋言归,邑余之思。沛乎天游,我不敢留。时节来临,以为民休。

按:《竹隐畸士集》卷一五《乐章》原题作《祀黑帝》。考《政和五礼新仪》卷五〇《祀五方帝仪(有司行事)》:"黑帝以立冬为祀日。"并载用大晟乐节次甚详,如:"大晟设登歌之乐于坛上稍南,北向。……大乐令在乐虡之北,太官令在酌尊所,俱北向。……《高安之乐》作,六成止。……次引初献诣盥洗位，《正安之乐》作。(初献、升降、行止，皆作《正安之乐》。)……《嘉安之乐》作，搢笏跪。……《丰安之乐》作，诣青帝神位前。……《僖安之乐》作，执事者以爵授初献。……《文安之乐》作，执事者以爵授亚献。……送神，《高安之乐》作，一成止。"据此，《竹隐畸士集》"送神，《理安之曲》"，当为"送神，《高安之曲》"。可参考比勘。

又，赵鼎臣宣和二、三年间任秘书少监，此套乐章当用于宣和三年祀黑帝仪。

十月八日己亥，祀司中、司命、司民、司禄，用大晟乐。

《竹隐畸士集》卷一五《乐章》：

> 迎神《兴安之曲》(姑洗宫)　文昌煌煌，不(丕)显其光。惟神彪列，以介福祥。物成于冬，礼报其本。我殽既将，神降其敏。
>
> 升降坛，《钦安之曲》(南吕宫)　甫盥而升，其志兢兢。厥降以趋，其色愉愉。一降一登，岂曰瘅止。钦以事神，庶几燕喜。
>
> 奠币，《容安之曲》(南吕宫)　戒期惟先，诹日既良。神徕况予，肃如有光。仪以物将，物以诚显。我交匪纾，肆用有荐。
>
> 酌献，《雍安之曲》(南吕宫)　于昭于天，有粲其职。厥临孔威，于鉴靡忒。坎其击鼓，酌此嘉觞。神毋我违，降以福祥。
>
> 送神，《欣安之曲》(姑洗宫)　车隐雷兮，阊阖开兮。升泰阶兮，神归徕兮。神归康只，弭节遑只。降福穰只，佑我皇只。

按：《竹隐畸士集》卷一五《乐章》原题作《祠司中、司命、司民、司禄》。据《宋史·礼志一》："立冬后亥日，祀司中、司命、司人、司禄。"《政和五礼新仪》卷一："立冬后亥日，祀司中、司命、司民、司禄。"考《政和五礼新仪》卷七八《祀司中、司命、司民、司禄仪》载用大晟乐节次甚详："大晟设登歌之乐于司中坛上稍南，北向。……大乐令位于乐簴北，太官令于酌尊所，俱北向。……《欣安之乐》作，三成止。……次引献官诣盥洗位，《钦安之乐》作。(凡献官升降、行止，皆作《钦安之乐》。)……《雍安之乐》作，执事者以爵授献官。……送神，《欣安之乐》作，一成止。"据此，《竹隐畸士集》"迎神，《兴安之曲》"，当为"迎神，《欣安之曲》"。可参考比勘。

又，赵鼎臣宣和二年至三年底任秘书少监，此套乐章当用于宣和三年十月。

本月，祭神州地祇，用大晟乐。

《竹隐畸士集》卷一五《乐章》：

迎神《宁安之曲》

（林钟宫）　于铄神州，以乂万国。厥壤五千，惟祇是职。时和年丰，匪神孰依。我烹羊牛，神母我违。

曲同前（太簇角）　至哉坤元，福此神州。博厚其德，以为民休。维月之阳，祇（祇）荐芬芳。神其吐诸，有苾其香。

曲同前（姑洗徵）　有充斯牲，有丰斯盛。穆将愉之，其纯其精。载坤惟舆，行地斯马。有风肃然，神兮来舍。

曲同前（南吕羽）　昆仑之南，幅员既长。神持载之，俾民用康。于豆于笿，亦有牲俎。飨以御神，欣其来许。

盥洗，《正安之曲》（太簇宫）（舆归版位、望瘗通用）　载谋载惟，穀旦于差。自豆徂笾，靡不静嘉。酌言飨之，敢不洁清。克咸厥恭，熙事备成。

捧俎，《丰安之曲》（太簇宫）　牲也硕之，鼎也涤之。于俎斯登，神也食之。我蕲神飨，宣惟斋明。神允予歆，岂伊割烹。

神州地祇位，酌献，《嘉安之曲》（应钟宫）　厥民蚩蚩，食土之毛。爰报其德，其敢弗昭。酌我清酤，荐我嘉玉。我祖侑之，绥予祉福。

退文迎武，《威安之曲》（太簇宫）　有奕其舞，文德既崇。乾威系兴，昭此武功。至阴肃肃，不怒而威。我仪厥成，神其宴娱。

撤豆，《和安之曲》（应钟宫）　羞之芬芬，酌之熏熏。舞之蹲蹲，飨之欣欣。神莫予违，维志用竭。既顾而歆，其敢弗撤。

送神，《宁安之曲》（林钟宫）　霓旌舒舒，式旋其驱。百神骏奔，万灵翼趋。我宁神归，神介予祉。原隰畇畇，黍稷薿薿。

按:《竹隐畸士集》卷一五《乐章》原题作《祭神州地祇》。据《宋史·礼志一》:"孟冬祭神州地祇。"考《政和五礼新仪》载祭神州地祇用大晟乐节次甚详,如:"大晟陈登歌之乐于坛上稍南,北向;设宫乐于坛南内壝之外,立舞表于酂缀之间。……协律郎位二:一于坛上乐簴之西北,一于宫架之西,俱东向。大乐令位于登歌乐簴之北,大司乐位于宫架之北。"(卷八五《皇帝祭神州地祇仪上》)"协律郎跪,俯伏,举麾,兴。(凡行礼,执事者取物、奠物,皆跪,俯伏,兴。)工鼓柷,宫架《仪安之乐》作。(皇帝升降、行止,皆作《仪安之乐》。)至午阶版位西向立,偃麾,戛敔,乐止。……宫架作《宁安之乐》、《广生储祐之舞》八成止。……登歌《禧安之乐》作,殿中监跪进镇圭。……礼仪使前导皇帝诣太宗皇帝神位前,东向奠币,并如上仪。(惟登歌作《化安之乐》。)"(卷八六《皇帝祭神州地祇仪中》)"太官令引入门,宫架《丰安之乐》作。……登歌《充安之乐》作,吏部侍郎奉爵诣正位酌尊所,西向立。……礼仪使前导皇帝诣太宗皇帝神位前,酌献并如上仪。(惟登歌作《韶安之乐》。)……皇帝入小次,帘降,乐止。文舞退、武舞进,宫架《仪安之乐》作。舞者立定,乐止。……宫架作《隆安之乐》、《厚载凝福之舞》,执事者以爵授亚献。……宫架《禧安之乐》作,皇帝至饮福位,北向立。……撤俎,(笾豆俎各一,俱少移故处。)登歌《成安之乐》作。卒撤,乐止。……送神,宫架《宁安之乐》作,一成止。"(卷八七《皇帝祭神州地祇仪下》)乃为"皇帝祭神州地祇仪",《竹隐畸士集》所载当用《政和五礼新仪》卷八八《祭神州地祇仪(有司行事)》,此套仪制已阙佚。

又,赵鼎臣宣和二年至三年底任秘书少监,此套乐章当用于宣和三年十月。

蒋琯任大司乐,时梁师成为大晟府提举官。

《要录》卷一一八:"(蒋)琯,之奇子,中进士第,事徽宗为大司乐。"

《浮溪集》卷二七《徽猷阁待制致仕蒋公墓志铭》:"(蒋琯)除光禄卿。居亡何,擢大司乐。时用魏汉津乐,以中贵人梁师成兼领。师成挟恩怙权,人莫敢忤。会欲增舞佾而三倍之,公显斥其非。且乐工募市人,猥冗,非所以奉天地宗庙,请一切沙汰。从之。师成怒不主己,语有侵公者。公曰:'一代礼文,当质之《经》。'师成曰:'仆不读书,愚抵此。'公不为动,而深衔之,日求所以伤公。久之,无所得。"

《万姓统谱》卷八六《蒋琯传》:"徽宗擢为大司乐,与梁司(师)成议乐舞不合。(蒋)琯曰:'一代礼典,当质《经》。'不顾而去。燕云初复,廷臣议上尊号。琯曰:'裕陵却徽号,为万世法。奈何故说以亏盛德?'卒止之。"

按："时用魏汉津乐，以中贵人梁师成兼领"（《徽猷阁待制致仕蒋公墓志铭》）云云，所谓"兼领"，实指梁师成为大晟府提举官而言。《宋史·职官志一》："（崇宁元年七月）都省置讲议司，以宰相蔡京提举。……宣和六年，又于尚书省置讲议司。十二月，命太师致仕蔡京兼领。"可证"兼领"即"提举"。据考，梁师成以提举秘书省兼领大晟府，始于宣和二年底（详上），蒋瑎任大司乐在宣和三年至四年。据《宋会要·职官》一八之二一、《宋会要·选举》三三之三八、《斐然集》卷二六《右朝奉大夫集英殿修撰翁公神道碑》、《晦庵先生朱文公文集》卷九一《司农寺丞翁君墓碣铭》，翁彦深为秘书少监在宣和三年至四年[1]，其时梁师成提举秘书省，其"兼领"大晟府当在此时。据此可知，蒋瑎任大司乐当与宣和三年至四年梁师成提举秘书省同时，故得以与之争辩礼乐事。关于蒋瑎任大司乐的时段，还可据其任光禄卿时间而考定。据考，蒋瑎"除光禄卿"在宣和三年，"居亡何，擢大司乐"，即在宣和三年除光禄卿后不久就兼任大司乐。详见拙著《大晟府及其乐词通考》，兹不赘述。

冬至朝会，用大晟乐。

《竹隐畸士集》卷一五《乐章》："公卿入门，《正安》：'帝乘新阳，受福无疆。有千有林，执贽捧觞。造廷无哗，同寅有庄。纷如葵倾，列此雁行。'"

按：《竹隐畸士集》卷一五《乐章》原题作《冬至大朝会》。考《政和五礼新仪》卷一三八《大庆殿元正、冬至大朝会仪下》载冬至朝会用大晟乐节次甚详（见上文所引），可参考。

又，赵鼎臣宣和二年至三年底任秘书少监，此曲作于宣和二年底。

---

① 李之亮：《宋代京朝官通考》，第4册，357页。

宣和四年(1122)壬寅

六月九日丙申,臣僚言岁所用乐章儒馆分领,多失义类。旋诏尚书省选官改定。

《宋会要·乐》四之二:"(宣和)四年六月九日,臣僚上言:'一岁之间,凡一百一十八祀,作乐者六十二,所司(用)乐章总五百六十九首。当时儒馆分领,概以与之,未尝择而授也。故其所作,多有失义类者。'诏令尚书省措置,选官改定。除赵永裔已罢馆职外,余并送吏部,与合入差遣。"

《宋会要·乐》五之二五、二六:"宣和四年六月九日,臣僚上言:'一岁之间,凡一百一十八祀,作乐者六十二,所用乐章总五百六十九首。当时儒馆分领,概以与之,未尝择而授也。故其所作,多有失义类者。'诏令尚书省措置,选官改定。除赵永裔已罢馆职外,余并送吏部与合入差遣。"

《玉海》卷一〇五:"宣和四年,臣僚言:'一岁凡一百一十八祀,作乐者六十二,所用乐章五百六十九。'"

《能改斋漫录》卷一四《选官改定方泽〈仪安〉等曲》:"宣和四年,校书郎韩迪撰方泽《仪安之曲》,著作佐郎吴次宾撰社稷《安宁之曲》,校书郎艾晟撰感生帝《大安之曲》,校书郎赵永裔撰帝鼐《景安之曲》,正字李舜由撰充国公《成安之曲》。臣寮上言曰:'谨按《尔雅》曰:"卉者,盖揔草之名也。"今方泽《仪安之曲》,乃曰:"蔽芾之棠,合并为一。遐方来归,兹卉是式。"然则谓木为卉,可乎?《诗》曰:"为絺为绤。"盖精者为絺,粗者为绤。今社稷《宁安之曲》,乃曰:"求福生民,表功社稷。曰舞以帗,曰冕以绤。"然则古有絺冕也,若以为絺,则字为失律矣。《感生帝》之诗有曰"为赤熛怒"者,帝神名也。祭之辄斥其名,何耶?《帝鼐》之诗有曰"祀彼显相"者,群臣相其祀事也。谓之"祀彼显相"者,又何人耶?甚者乐不用中声久矣,而其诗犹曰"于论中声",岂不悖乎?'奉圣旨:'令尚书省措置,选官改定。元撰方泽《仪安》等曲官,除赵永裔已罢馆职外,余并送吏部,与合入差遣。'其后艾晟进《状》辨正：'系道经《灵宝经》云："南方赤灵帝君，名同浮极炎，字赤熛怒"，唐《开元礼·立夏祀赤帝祝文》"敢昭告于赤帝赤熛怒"'等事。恭奉圣旨：'前降送吏部指挥，与改正，别与差遣。'"①

　　按："甚者乐不用中声久矣，而其诗犹曰'于论中声'"云云，诏废大晟中声乐在政和八年八月（详上）。"臣僚"云云，当指韩驹。《宋史·韩驹传》："韩驹，字子苍，仙井监人。少有文称，政和初，以献颂，补假将仕郎，召试舍人院，赐进士出身。除秘书省正字。寻坐为苏氏学，谪监华州蒲城县市易务，知洪州分宁县，召为著作郎，校正御前文籍。驹言：'国家祠事岁一百十有八，用乐者六十有二。旧撰乐章辞多抵牾。'于是召三馆士分撰，亲祠明堂、圆坛、方泽等乐曲五十余章，多驹所作。宣和五年，除秘书少监。六年，迁中书舍人兼修国史。"据此，韩驹所云"旧撰乐章辞多抵牾"，乃指韩迪、吴次宾、艾晟、赵永裔、李舜由"有失义类"，故尚书省选官改定。《宋史》本传所谓"亲祠明堂、圆坛、方泽等乐曲五十余章，多驹所作"，知尚书省所选改定祭祀乐章之"官"，即为韩驹。

　　伍晓蔓《江西宗派研究》："宣和二年（1120），韩驹还朝为著作郎，校正御前文籍，得到施展自己才能的舞台。经他提议，徽宗诏三馆学士分撰亲祠、明堂、圆坛、方泽等乐曲五十余章，大多数曲辞皆韩驹所作，对国家礼乐之事有所补益，也反映了韩驹宏富的文学才能。宣和五年（1123），韩驹除秘书少监。六年，迁中书舍人兼修国史。"②认为韩驹作"亲祠明堂、圆坛、方泽等乐曲五十余章"在宣和二年。今据《宋会要·乐》四之二、《玉海》卷一〇五考知在宣和四年。

十月，丰城县民得古钟大小九具，令乐工敲击并绘图以闻。

　　《宋史》卷一二九《乐志四》："（宣和）四年十月，洪州奏丰城县民锄地得古钟，大小九具，状制奇异，各有篆文。验之《考工记》，其制正与古合。令乐工击之，其声中律之无射。绘图以闻。"

　　《宋会要·乐》四之二："（宣和四年）十月二十一日，洪州奏：'据管下丰城县申：大顺乡人户范亮国锄地掘得古钟，大小九具，状貌奇异，与今时式样不同，各有篆文。验之《考工记》，其制正与古合。寻令乐工敲击，其声

---

①　吴曾：《能改斋漫录》卷一四《选官改定方泽〈仪安〉等曲》，第5编，第4册，第131页。按："《安宁之曲》"，当为"《宁安之曲》"。

②　伍晓蔓：《江西宗派研究》，四川大学2004年博士学位论文，第252页。

中律之无射。绘画图状申纳。'诏令申发投进。"

《玉海》卷一○九:"宣和四年十月二十二日,洪州丰城县得古钟九。俱有篆文,其声中无射。诏令投进。"

按:《宋会要》作"(宣和四年)十月二十一日",《玉海》作"宣和四年十月二十二日",时间略有不同。

李文信云:"宣和四年,洪州奏说丰城县农民锄地掘得古钟,大小九具,形制奇异,钟上各有篆文,用《考工记》验证,制度与古代相合,使乐师试奏,音韵也合乎乐律,遂命画图保存。当时刘诜作大晟府典乐官,对音乐很有研究,徽宗特将自己内府收藏的两口古乐钟交出,供他试奏研究。"[①]考刘诜为典乐在大观二年,且于政和二年已卒,何能又于宣和四年为典乐试奏古乐钟? 盖其深于考古,而于乐史多不经意,遂有牵合之处,非偶失于疏误也。

十一月十三日戊辰,朝献景灵宫,用大晟乐。

《竹隐畸士集》卷一五《乐章》:"奉香币,《灵安》(大吕宫)》我躬我飨,以我齐明。肃乎俨然,如闻其声。有度斯筐,明德惟馨。猗欤格思,绥我思成。"

按:《竹隐畸士集》卷一五《乐章》原题作《景灵宫》。据《宋史·徽宗本纪四》,宣和元年十一月癸丑及四年十一月戊辰,两次"朝献景灵宫"。赵鼎臣宣和二年至三年底任秘书少监,此曲当为宣和三年预作,而用于宣和四年。

《政和五礼新仪》载朝献景灵宫用大晟乐节次甚详,如:"大晟陈登歌之乐于殿上前楹间,稍南北向;设宫架于庭中立舞表于鄭缀之间。……又设协律郎位二:一于殿上前楹之间稍西,一于宫架西北,俱东向。大乐令于登歌乐虡北,大司乐位于宫架北。……车驾动称警跸,不鸣鼓吹,卤簿前导诣景灵宫。(冬祀、夏祀大礼,则用大驾卤簿。宗祀祫享大礼,则用法驾卤簿。)……协律郎跪,俯伏,举麾,兴。(凡行事,执事者取物、奠物,皆跪,俯伏,兴。)工鼓祝(柷),宫架《乾安之乐》作。(皇帝升降、行止,皆奏《乾安之乐》。)……宫架作《太安之乐》、《发祥流庆之舞》,六成止。……登歌《灵安之乐》作,殿中监跪进镇圭。……礼仪使奏请受玉币,皇帝受币讫……乐止。……太官令引入正门,宫架《吉安之乐》作。……登歌《禧安之乐》作,吏部侍郎奉爵诣酌尊所,东向立。……礼仪使前导皇帝还版位,登歌乐作。至版位,西向立,乐止。文舞退、武舞进,宫架《正安之乐》作,舞者立定,乐止。……宫架作《冲安

---

① 李文信:《上京款大晟南吕编钟》,《文物》1963年第5期。

之乐》，《降真观德之舞》，执事者以爵授亚献。……又登歌《报安之乐》作，皇帝至饮福位，北向立。……户部尚书升殿，撤俎，(笾豆及俎各一，俱少移故处。)登歌《吉安之乐》作。……送神，宫架《太安之乐》作，一成止。"(卷一一三《皇帝亲祠前期朝献景灵宫仪》)《竹隐畸士集》"奉香币，《灵安》(大吕宫)》"，与《皇帝亲祠前期朝献景灵宫仪》"奉玉币"条"登歌《灵安之乐》作"同。

十四日己巳，祫太庙，用大晟乐。

《竹隐畸士集》卷一五《乐章》："酌献，僖祖室《基命之曲》(无射宫)：'宋之初基，受命于天。皇矣我祖，有开必先。奕奕清庙，是祫是宜。顾予蒸尝，曾孙思之。'亚、终献，《正安之曲》(无射宫)：'维皇蒸蒸，先祖是承。有虔辟公，来相来登。声以五均，献以三成。如式如几，戬谷是膺。'"

按：《竹隐畸士集》卷一五《乐章》原题作《太庙》。据《政和五礼新仪》卷一〇四：僖祖室"宫架作《基命之乐》"，亚、终献"宫架作《正安之乐》、《武功之舞》"。又据《宋史·徽宗本纪四》，宣和元年十一月甲寅、四年十一月己巳曾两次"祫太庙"。赵鼎臣宣和二年至三年底任秘书少监，上辑曲当为宣和三年所预作，而用于宣和四年。

《政和五礼新仪》载祫太庙用大晟乐节次甚详，如："大晟陈登歌之乐于殿前楹间，稍南北向；设宫架于庭中立舞表于酂缀之间。……北上协律郎二：一于殿上前楹间，一于宫架西北，俱东向。大乐令于登歌乐虡北，大司乐于宫架北。"(卷一〇二《皇帝时享太庙仪上》)"车驾动，称警跸，不鸣鼓吹，大驾卤簿前导。……协律郎跪，俯伏，举麾，兴。(凡行事，执事者取物、奠物，皆跪，俯伏，兴。)工鼓柷，宫架《乾安之乐》作。(皇帝升降、行止，皆奏《乾安之乐》。)至阼阶下，偃麾，戛敔，乐止。(凡乐作，皆协律郎跪，俯伏，举麾，兴。工鼓柷而后作，偃麾，戛敔而止。)……宫架作《兴安之乐》、《文德之舞》九成止。"(卷一〇三《皇帝时享太庙仪中》)"太官令引入正门，宫架《丰安之乐》作。……前导皇帝诣僖祖室，乐止。宫架作《基命之乐》。(翼祖室《大顺之乐》，宣祖室《天元之乐》，太祖室《皇武之乐》，太宗室《大定之乐》，真宗室《熙文之乐》，仁宗室《美成之乐》，英宗室《治隆之乐》，神宗室《大明之乐》，哲宗室《重光之乐》。)文乐作。……文舞退、武舞进，宫架《正安之乐》作。舞者立定，乐止。……宫架作《正安之乐》、《武功之舞》，执事者以爵授亚献。……登歌《禧安之乐》作，皇帝诣饮福位，西向立。……登歌《丰安之乐》作。卒撤，乐止。……送神，宫架《兴安之乐》作，一成止。……大晟设宫架于宣德门外稍南。……车驾动，称警跸，鼓吹及诸军乐振作。……大乐正令奏《采茨之乐》。入门，乐止。"(卷一〇四《皇帝时享太庙仪下》)可参考。

十五日庚午，祀昊天上帝于圜丘。因光复燕山府及涿、易八州，南郊大礼乐舞规模空前盛大。蒋璯离大司乐任当在此前。

《浮溪集》卷二七《徽猷阁待制致仕蒋公墓志铭》："……擢大司乐。时用魏汉津乐，以中贵人梁师成兼领。师成挟恩怙权，人莫敢忤。会欲增舞佾而三倍之。公显斥其非，且乐工募市人，猥冗非所以奉天地宗庙，请一切沙汰从之。师成怒不主己，语有侵公者。公曰：'一代礼文，当质之《经》。'师成曰：'仆不读书，愚抵此。'公不为动，而深衔之……会收复燕云，群臣上尊号。或谓庶官之长当为群臣先，公曰：'裕陵尝却徽称，为万世法，上躬行之，是也，奈何纵谀以亏盛德乎？'"

《万姓统谱》卷八六《蒋璯传》："徽宗擢为大司乐，与梁司成议乐舞不合。(蒋)璯曰：'一代礼典，当质《经》。'不顾而去。燕云初复，廷臣议上尊号。璯曰：'裕陵却徽号，为万世法。奈何故说以亏盛德？'卒止之。"

《竹隐畸士集》卷一五《乐章》："出入、大小次，《乾安》(黄钟宫)：'穆穆皇皇，天子之光。肃肃雍，毖祀之容。有夙其兴，匪居则宁。彼锵斯何，玉佩之鸣。'"

按：考《宋史·徽宗本纪四》："(宣和四年)冬十月庚寅，改燕京为燕山府，涿、易八州并赐名。癸巳，刘延庆与郭药师等统兵出雄州。戊戌，曲赦所复州县。己亥，耶律淳妻萧氏上表称臣纳款。癸丑，以蔡攸为少傅、判燕山府。十一月丙辰朔，行新玺。戊辰，朝献景灵宫。己巳，飨太庙。庚午，祀昊天上帝于圜丘，赦天下。"可知梁师成"欲增舞佾而三倍之"、"怒不主己"及蒋璯"与梁司(师)成议乐舞不合……不顾而去"云云，当在宣和四年十一月南郊之前，二人正因宣和四年的光复燕山府及涿、易八州的特大国庆，而在即将来临的南郊大礼准备使用何种规模的乐舞上，产生了严重的分歧。又据《宋会要·崇儒》六之一二："(宣和)五年正月十七日，大司乐毕完言：'为装成神宗皇帝御笔石本二轴投进，乞宣付秘阁收藏。'从之。"知毕完宣和五年正月之前，已经在大司乐任有一段时间，毕完任大司乐当在宣和四年[①]。据此可知，蒋璯宣和四年已离大司乐任。详见拙著《大晟府及其乐词通

① 按：《徽宗词坛研究》以"毕完言"为人名(第15页)。依《宋会要》断句疑为"大司乐毕完言：'为装成……'"，则人名似为"毕完"，"言"似为"奏言"之意。点校本《宋会要辑稿·崇儒六》标点为"大司乐毕完言：'为装成……'"(第5册，第2868页)，疑是。因无他证，附此俟考。

考》，兹不赘述。

《竹隐畸士集》卷一五《乐章》原题作《冬祀圜坛》。考赵鼎臣宣和二、三年间任秘书少监，此曲当预作于其时而用于宣和四年。

又据《宋会要·职官》二二之二五《大晟府》记载，在籍大晟府乐工785人、教坊乐工416人，人数已经相当庞大；遇南郊大礼，还要临时"募市人"（雇用瓦子、勾栏等处的民间艺人）充数。梁师成为了追求场面侈大，"欲增舞佾而三倍之"，这样就不可避免地要扩大乐工人数。这都是因光复燕山府及涿、易八州，才使得此次南郊大礼乐舞规模空前盛大。尽管具体数目难以考证，但把它称之为两宋历史上最大规模的乐舞表演，恐怕也并不过分。有关南郊用大晟乐节次，《政和五礼新仪》（卷六、卷二五、卷二六、卷二七、卷二八）、《东京梦华录》卷一〇、《宋会要·乐》五之二一、《文献通考·乐考十三》均有详细记载。如《政和五礼新仪》载祀昊天上帝用大晟乐节次："大晟陈登歌之乐于坛上，稍南北向，设宫架于坛南内壝之外，立舞衣于鄪缀之间。……协律郎二，一于坛上乐虡西北，一于宫架西北，俱东向。大乐令于乐虡北，大司乐于宫架北。"（卷二五《皇帝祀昊天上帝仪一》）"车驾动，称警跸，不鸣鼓吹，大驾卤簿前诣青城。……乐正帅工人、二舞以次入。……前导皇帝入自正门。（侍卫不应入者，止于门外。）协律郎俯伏，举麾，兴。（凡行礼，执事者取物、奠物，皆跪、俯伏、兴。）工鼓柷，宫架《乾安之乐》作。（皇帝升降、行止，皆作《乾安之乐》。）至午阶版位，西向立。偃麾，戛敔，乐止。（凡乐，皆协律郎跪，俯伏，举麾，兴。工鼓柷而后作，偃麾、【戛敔】而后止。）……宫架作《景安之乐》，《文德之舞》六成。……登歌《嘉安之乐》作，殿中监跪进镇圭。……礼仪使前导皇帝诣太祖皇帝神位前，东向奠币，并如上仪。（惟登歌作《广安之乐》。）"（卷二六《皇帝祀昊天上帝仪二》）"太官令引入正门，宫架《丰安之乐》作。……登歌《僖安之乐》作，吏部侍郎奉爵诣正位酌尊所，西向立。……礼仪使前导皇帝诣太祖皇帝神位前，酌〔南〕（引者按：原文衍"南"字）献并如上仪。（将登歌作《彰安之乐》。）……文舞退、武舞进，宫架《正安之乐》作。舞者立定，乐止。……宫架作《正安之乐》、《武功之舞》，执事者以爵授亚献。……宫架《禧安之乐》作，皇帝至饮福位，北向立。……登歌《熙安之乐》作，卒撤，乐止。……送神，宫架《景安之乐》作，一成止。……皇帝常服、乘舆，还青城，侍卫如常仪，鼓吹振作。"（卷二七《皇帝祀昊天上帝仪三》）"大晟设宫架于宣德门外，稍南。……车驾动，称警跸鼓吹，及诸军乐振作。……大乐正令奏《采茨之乐》，入门，乐止。……大晟府设鼓一，于宫架之西北，稍东上。……大乐正令撞黄钟之钟，右五钟皆应，《乾安之乐》作。……大晟府击鼓。每击鼓，投一杖。囚集，鼓声止。……大乐正令撞蕤宾之钟，左五钟皆应，《乾安之乐》作。帘降，皇帝降座，还御幄，乐止。"（卷二八《皇帝祀昊天上帝仪四》）可参考。

又,《东京梦华录》所载祀昊天上帝用大晟乐及乐器、乐艺情况更为详细,如:"三更驾诣郊坛行礼,有三重壝墙。驾出青城,南行曲尺西去约一里许,乃坛也。入外壝东门,至第二壝里,面南设一大幕次,谓之'大次'。更换祭服,平天冠二十四旒,青衮龙服,中单朱舄,纯玉佩。二中贵扶侍行至坛前。坛下又有一小幕殿,谓之'小次',内有御座。台高三层,七十二级。坛面方圆三丈许,有四踏道。正南曰午阶,东曰卯阶,西曰酉阶,北曰子阶。坛上设二黄褥,位北面南,曰'昊天上帝',东南面曰'太祖皇帝'。惟两矮案上设礼料。有登歌道士十余人,列钟、磬二架,余歌色及琴、瑟之类,三五执事人而已。坛前设宫架乐,前列编钟、玉磬。其架有如常乐,方响增其高大。编钟形稍楄,上下两层,挂之架,两角缀以流苏。玉磬状如曲尺,系其曲尖处,亦架之,上下两层挂之。次列数架大鼓,或三或五,用木穿贯,立于架座上。又有大钟曰景钟,曰节鼓。有琴而长者,如筝而大者,截竹如箫管,两头存节而横吹者。有土烧成如圆弹而开窍者,如笙而大者,如箫而增其管者。有歌者,其声清亮,非郑、卫之比。宫架前立两竿,乐工皆裹介帻如笼巾,绯宽衫,勒帛。二舞者,顶紫色冠,上有一横板,皂服,朱裙履。乐作,初则文舞,皆手执一紫囊,盛一笛管结带。武舞,一手执短稍,一手执小牌,比文舞加数人。击铜铙响环,又击如铜灶突者。又两人共携一铜瓮就地击者。舞者如击刺,如乘云,如分手,皆舞容矣。乐作,先击柷,以木为之,如方壶,画山水之状。每奏乐击之,内外共九下。乐止,则击敔,如伏虎,脊上如锯齿。一曲终,以破竹刮之。礼直官奏请驾登坛,前导官皆躬身,侧引至坛止。惟大礼使登之,先正北一位拜,跪酒。殿中监东向一拜,进爵盏;再拜,兴,复诣正东一位。才登坛,而宫架声止,则坛上乐作。降坛,则宫架乐复作。武舞上,复归小次。亚献、终献上,亦如前仪。当时燕越王为亚、终献也。第二次登坛,乐作如初,跪酒毕,中书舍人读册,左右两人举册而跪读。降坛,复归小次,亚、终献如前。再登坛,进玉爵盏,皇帝饮福矣。亚、终献毕,降坛,驾小次前立,则坛上礼料币帛玉册,由西阶而下。南壝门外,去坛百余步,有燎炉,高丈许。诸物上台,一人点唱入炉焚之。坛三层,回踏道之间,有十二龛,祭十二宫神。内壝外祭百星。执事与陪祠官皆面北立班。宫架乐罢,鼓吹未作,外内数十万众肃然,惟闻轻风环佩之声。一赞者喝曰:'赞,一拜。'皆拜,礼毕。"(卷一○"驾诣郊坛行礼"条)"驾自小次祭服还大次,惟近侍橡烛二百余条,列成围子。至大次,更服衮冕,登大安辇。辇如玉辂而大,无轮,四垂大带。辇官服色,亦如挟路者。才升辇,教坊在外壝东门排列,钩容直先奏乐,一甲士舞一曲破讫,教坊进口号,乐作,诸军队伍鼓吹皆动,声震天地。回青城,天色未晓,百官常服入贺,赐茶酒毕,而法驾仪仗铁骑,鼓吹入南薰门。御路数十里之间,起居幕次,贵家看棚,华彩鳞砌,略无空闲去处。"(同上"郊毕驾回"条)"车驾登宣德楼,楼前立大旗数口。内一口大者,与宣德楼齐,谓之'盖天旗'。旗立御路中心不动。次一口稍小,随驾立，谓之'次黄龙'。青城、太庙，随逐立之，俗亦呼为'盖天旗'。亦设宫架，乐作。须臾，击柝之声，旋立鸡竿，约高十数。丈竿尖有一大木盘，上有金鸡，口衔红幡子，书'皇帝万岁'字。盘底有彩索四条垂下，有四红巾者争先缘索而上，捷得金鸡红幡，则山呼谢恩讫。楼上以红绵索通门下一彩楼上，有金凤衔赦而下，至彩楼上，而通事舍人得赦宣读。开封府、大理寺排列罪人在楼前，罪人皆绯缝黄布衫，狱吏皆簪花鲜洁。闻鼓声，疏枷放去，各山呼谢恩讫。楼下钧容直乐作，杂剧舞旋，御龙直装神鬼，斫真刀倬刀。楼上百官赐茶酒，诸班直呈拽马队，六军归营。至日晡时，礼毕。"（同上"下赦"条）

　　考《东京梦华录·自序》："仆从先人宦游南北，崇宁癸未到京师，卜居于州西金梁桥西夹道之南。渐次长立，正当辇毂之下，太平日久，人物繁阜。……仆数十年烂赏迭游，莫知厌足。一旦兵火，靖康丙午之明年，出京南来，避地江左。"所谓"仆数十年烂赏迭游"，从崇宁二年癸未（1103）至靖康二年丁未（1127），在京师共有二十四、五年时间。孟元老崇宁二年至京师时方为儿童，后"渐次长立"则当在十年（即政和三年）以后。又据《东京梦华录》卷九载大宴仪所用乐器："……次列铁、石方响，明金彩画架子，双垂流苏。次列箫、【匏】笙、埙、篪、觱篥、龙笛之类，两旁对列杖鼓二百面。""埙、篪"乃为政和三年后方才颁行（《宋史·乐志四》），为典型的大晟府"燕乐八音"乐器。又，《东京梦华录》卷一〇"驾诣郊坛行礼"条"有登歌道士十余人"云云，《宋会要·礼》二八之一六，政和三年十月二十一日，诏冬祀大礼，以道士立于乐架左右。可见，《东京梦华录》卷一〇"驾诣郊坛行礼"条所载当为政和三年至宣和七年间的南郊用乐节次。考徽宗亲祀南郊8次（《玉海》卷九三《宋朝亲郊》），其中政、宣时期亲祀南郊5次，分别是政和三年、政和六年、宣和元年、宣和四年、宣和七年。《东京梦华录》卷一〇"驾诣郊坛行礼"条未必就是宣和四年南郊用乐节次，附此以见一斑。

任道（大晟府二舞色长）、陆诚（大晟府乐师）、刘希颜（大晟府乐正）、田仲（大晟府运谱），均有可能为此次南郊大礼乐舞之乐人。

　　《宋史》卷一三〇《乐志五》："（绍兴十年，太常）丞周执羔言：'大乐兼用文、武二舞，今殿前司将下任道，系前大晟府二舞色长，深知舞仪，宜令赴寺教习。'"

　　《中兴礼书》卷一二："（绍兴十三年七月十九日）户部言：'今有昨大晟府乐师陆诚，乞拘收充分诣乐正。'"

　　《大金集礼》卷三八："天德二年四月二十三日呈禀：……本寺虽有亡

宋乐正刘希颜、运谱田仲等二人,自令、丞以下,并不蒙设置。"

按:据《宋会要·职官》二二之二五《大晟府》:"(宣和二年八月)十八日,尚书省言:'……今措置到朝会、祠事日特支食钱下项:……乐正年终每名共支钱四十贯文,副乐正年终每名共支钱一十贯二百文,乐师年终每名共支钱三贯九百文,运谱年终每名共支钱三贯九百文。……运谱并色长共四十四人,每名每月料钱五贯文,米一硕,麦五斗,春冬衣绢共四匹,单罗公服一领,夹罗公服共二领;上工一百六十人,每名每月料钱四贯文,米一硕,春冬衣绢二匹;中工一百五十八人,每名每月料钱三贯文,米一硕,春冬衣绢共二匹;下工并舞师共四百一十九人,每名每月料钱二贯文……'"可知"乐正、乐师、运谱、色长"等均为大晟府乐官。刘希颜作为大晟府"乐正",陆诚作为"大晟府乐师",田仲作为大晟府"运谱",任道作为"大晟府二舞色长",尽管任职具体时间无法确考,但依据其活动年代在北宋末及南宋初(或金初)考察,他们均有可能参加了宣和四年十一月庚午的南郊大礼乐舞表演活动。

时吏员以点检文字、祗应准备为名,及伶官、伎艺、待诏之属,因事增置,禄费尤多。许景衡上疏省罢,约在此时前后。

胡寅《资政殿学士许公墓志铭(代文定作)》:"公讳景衡,字少伊……燕山之役,童贯为大帅,公力论不当用,且列其罪数十条。又疏谭积罪大罚轻,时论韪之。燕山役不已,诛求益甚。公上疏论:'财不足,当节用;民已困,当厚恤之。元丰左藏库月支约三十六万缗,今费一百二十万,非旧制者可减。营缮诸役、花石纲运,非旧制者可罢。凡吏员以点检文字、祗应准备为名,及伶官、伎艺、待诏之属,因事增置,禄费尤多,与夫无名之功赏,非常之赐予,侥幸之请求,宜一切省绝。……'"(《斐然集》卷二六)

按:"燕山之役"在宣和四年,十月庚寅,改燕京为燕山府,涿、易八州并赐名。癸巳,刘延庆与郭药师等统兵出雄州。戊戌,曲赦所复州县(《宋史·徽宗本纪四》)。许景衡上疏省罢伶官、伎艺、待诏之属,约在此时前后。

曹组为"睿思殿应制"。时已罢大晟府制撰文字官,又设此官应奉。

曹元宠《点绛唇·咏御射》:"秋劲风高,暗知斗力添弓面。靶分筈干。月到天心满。 白羽流星,飞上黄金碗。胡沙雁。云边惊散。压尽天山箭。"(《乐府雅词》卷下)

　　周紫芝《书曾处州〈雅词〉后》其一："宣和间，四海清平，朝廷无事。上皇一日置金碗于便殿，命群臣皆射，中者得之。矢数十发，不能中。固陵一矢，辄贯其足。群臣欢呼，咸谓天纵之圣又多能。已而又命赋词，词先成者赐之。曹组先进，乃得碗。当时盛传此曲，今二十年，复见于是集，感叹久之。其词云：'秋劲风高（词略）。'"（《太仓稊米集》卷六七）

　　朱彝尊《群雅集序》："徽宗以《大晟》名乐，时则有若周邦彦、曹组、辛次膺、万俟雅言，皆明于宫调，无相夺伦者也。"（《曝书亭集》卷四〇）

　　按：《宋史·曹勋传》："父组，宣和中，以阁门宣赞舍人为睿思殿应制，以占对开敏得幸。"《直斋书录解题》卷一七："（曹组）盖宣和三年始登第。郊礼，进《祥光赋》。有旨换武阶，兼阁职。诏中书召试，仍给事殿中，未几而卒。"《挥麈后录》卷二："又命睿思殿应制李质、曹组各为赋以进。质云：'宣和四年，岁在壬寅，夏五月朔，艮岳告成……'曹组云：'臣伏蒙圣慈宣示李质所进《艮岳赋》，特命臣继作。'"考"郊礼"在宣和四年十一月（详上），即"以阁门宣赞舍人为睿思殿应制"之时。据此，曹组《点绛唇·咏御射》当作于宣和四、五年间。《乐府雅词》成于绍兴十六年（1146），前推二十年，乃为宣和七年（1125）。"今二十年"云云，当举成数。

　　曹组少游太学，凡六举，蹭蹬不遇。宣和中，为梁师成小史，荐为睿思殿应制。《直斋书录解题》卷一七："《箕颍集》二十卷，颍昌曹组元宠撰。组本与兄纬有声太学，亦能诗文，而以滑稽下俚之词行于世得名，良可惜也。"《文献通考·经籍考六十五》："《箕颍集》二十卷。陈氏曰：颍昌曹组元宠撰。组本与兄纬有声太学，亦能诗文，而以滑稽下俚之词行于世得名，良可惜也。"《名贤氏族言行类稿》卷一九："曹组，字符宠，元象弟也。少游庠校，有声，著《铁砚篇》以自见。凡六举，蹭蹬不遇。宣和中，徽宗皇帝亲洒宸翰以赐……而尊组间滑稽之词人喜传诵，至于诗文敏妙，世罕知之。（《百家诗选》）""亳人曹元宠，善为谑词。所著《红窗迥》者百余篇，雅为时人传颂。宣和初，召入宫，见于玉华阁。徽宗顾曰：'汝是曹组耶？'即以《回波词》对曰：'只臣便是曹组，会道闲言长语。写字不及杨球，爱钱过于张补。'帝大笑。球、补皆当时供奉者，因以讥之。（见《容轩随笔》）"今据"郊礼，进《祥光赋》，有旨换武阶，兼阁职。诏中书召试，仍给事殿中"（《直斋书录解题》卷一七，《文献通考·经籍考六十五》）云云，"郊礼"在宣和四年十一月，则宣和四年十一月后方"有旨换武阶"，又"集中有《谢及第启》，自叙云：'叨预诸生，竟叨右列。'则未第之前，已在西班，未知何以也"（《直斋书录解题》卷一七，《文献通考·经籍考六十五》），知其宣和中为梁师成小史，而被荐为睿思殿应制。

宣和五年(1123)癸卯

正月十七日辛未,大司乐毕完装成神宗御笔石本二轴,乞宣付秘阁收藏。

《宋会要·崇儒》六之一二:"(宣和)五年正月十七日,大司乐毕完言:'为装成神宗皇帝御笔石本二轴投进,乞宣付秘阁收藏。'从之。"

按:据上考,宣和四年十一月南郊之前,或许就是在十月至十一月间,大晟府提举官梁师成与大司乐蒋瑎因"议乐舞不合",蒋瑎离任,而改任毕完为大司乐。毕完始任大司乐当在宣和四年十月至十一月间。

四月九日庚子,因收复全燕,大晟府典乐冯舒除待制,转一官。

《三朝北盟会编》卷一八:"(宣和五年四月)九日庚子,收复全燕,一行官吏将士推恩……大晟府典乐、提举秘书省道录院主管文字、宣抚使司勾当公事冯舒与除待制,更转一官。"

按:典乐从五品,待制从四品,"大晟府典乐冯舒除待制,更转一官",知其任典乐时间至少已有一年以上。

江端本任大晟府协律郎。

晁冲之《简江子之求茶》:"政和密云不作团,小夸寸许苍龙蟠。金花绛囊如截玉,绿面彷佛松溪寒。人间此品那可得,三年闻有终未识。老夫于此百不忙,饱食但苦夏日长。北窗无风睡不解,齿颊苦涩思清凉。故人新除协律郎,交游多在白玉堂。拣牙斗夸皆饮尝,幸为传声李太府,烦渠折简买头纲。"[①]

按:"江子之"即江端本。"李太府"即太府少卿李著,宣和五年至六年任(《宋会要·职官》六九之一三及四二之四八)。《长编拾补》卷四〇载江端本通判温州在宣和元年十一月,蔡攸使江端本杀林灵素在宣和二年。江端本通判温州任满当在宣和四年十一月,离任后不久即授为大晟府协律郎。

---

① 傅璇琮等主编:《全宋诗》,第21册,第13877页。

宣和六年（1124）甲辰

正月十三日壬戌之后，诏州县辄抑勒人户充乐人、百戏、社火者杖一百。

《宋会要·刑法》二之八九："（宣和）六年正月十三日，秦凤路经略安抚使郭思奏：'访闻管下州县将人户籍充乐人、百戏人，寻常筵会接送，一例有追呼之扰。乞降指挥，除圣节开启外，截日改正。'礼部状称：'将人户籍充乐人、百战（戏）人，勒令阅习百戏、社火，寻常筵会接送追呼等，即未有禁约条法。看详除圣节开启并传宣抚问之类外，并合立法禁止。'诏州县辄抑勒人户充乐人、百戏、社火者杖一百。"

按：诏令在郭思奏言及礼部状之后不久，当在宣和六年正月十三日壬戌之后。又，此诏《宋大诏令集》及《全宋文》均失收，可辑补。

二十三日壬申，大晟府典乐兼国史院编修官刘国瑞充贡举点检试卷官。

《宋会要·选举》二〇之三："（宣和）六年正月二十三日……承议郎、大晟府典乐兼国史院编修官刘国瑞……充贡举点检试卷官。"

《宋会要·职官》六九之一六："（宣和六年）十二月四日……大晟府典乐刘谷瑞送吏部……以言者论……谷瑞贪鄙冒进故也。"

按："刘国瑞""刘谷瑞"当为一人，其任大晟府典乐当在宣和五年至六年十二月。

三月十九日丁卯，创辰火祭，用大晟乐。

许景衡《三月十九日同亨仲按乐大晟》："闻道莺花满上林，寻芳谁更畏霖霆。鸣鸠乳燕春欲晚，去马来牛泥自深。出火星坛方肇祀，联镳乐府按新音。溶溶九陌皆流水，撩动平生江海心。"原注："辰火旧无祭，今创举。"（《横塘集》卷四）

按：《宋史·许景衡传》："宣和六年，召为监察御史，迁殿中侍御史。"许景衡宣和六年迁殿中侍御史，其为监察御史当在宣和五年至六年。《三月十九日同亨仲按乐大晟》当作于宣和六年三月。又据《政和五礼新仪》卷七四《应天府祀大火仪(阙)》,盖大观至政和元年创"祀大火仪",而至宣和六年方行。《宋史·乐志十一》载《出火祀大辰十二首》"大辰位奠玉币,《嘉安》:维莫之春,五阳发舒。"又据《宋会要·礼》四之一三,作"季春出火祀大辰"。

闰三月二十九日丙午之后,诏禁诸色人因祠赛社会执引利刃,如以竹木为器、镴纸等裹贴为刃者不限。

《宋会要·刑法》二之九〇:"(宣和六年闰三月)二十九日,中书省、尚书省言:'勘会诸色人因祀(祠)赛、社会之类,聚众执引利刃,从来官司不行止绝。其利刃之具虽非兵仗,亦当禁止。'诏:'应诸色人因祠赛、社会之类,执引利刃,虽非兵仗,其罪赏并依执引兵仗法。仍仰州县每季检举条制,出榜禁止。如以竹木为器、镴纸等裹贴为刃者,不在禁限。'"

按:《全宋文》据《宋会要·刑法》二之九〇收作《禁祠赛社会等执引利刃诏(宣和六年闰三月二十九日)》[①]。中书省、尚书省言在宣和六年闰三月二十九日,诏令当在其后。

七月三日戊寅,御笔禁民庶、倡优以五岳等宫施于首饰。

《皇宋十朝纲要》卷一八:"(宣和六年七月)戊寅(三日),御笔:非授篆人不得服星文冠裳,禁民庶、倡优以五岳等宫施于首饰。"

潘景任大晟府典乐。

洪适《潘景直秘阁致仕制》:"大夫七十而请老,古之制也。近人耽禄,乃钟鸣漏尽而不知止。吁,可叹哉! 具官某,学道洗心,声中其实。鲞入京都,垂上华辙。晟府典乐,禄臣司光,皆当时之遴选。退休林壑,亦既有年。遗荣抽簪,无玷终始。中秘之直,非贤弗居。光尔桑榆,用迎寿暇。"(《盘洲文集》卷二二)

按:洪适隆兴二年四月以太常少卿兼权直院,九月除中书舍人,闰十一月兼直院,乾道元年五月除翰林学士,六月除签书枢密院事(《宋史·洪适传》)。《潘景直秘阁致仕制》编于"内制",当为翰林学士时。潘景时年七十,生年当在绍圣三年丙子,至乾道元年乙酉整七十岁。其为"晟府典乐"至早也当在宣和间。姑附于此。

---

① 曾枣庄等主编:《全宋文》,第166册,第170页。

宣和七年(1125)乙巳

六月十八日戊午,手诏钱端礼除大晟府乐令,替范寅恭阙。吏部奏已差张玮任大晟府乐令。

《宋会要·职官》三之一一、一二:"(宣和)七年六月十八日,御笔:'直秘开(阁)钱端义已除符宝郎,改除光禄少卿,便令供职。管勾崇福宫钱端礼除大晟府乐令,替范寅恭,通理年满阙。'吏部供到:'范寅恭已差张玮。'臣僚上言:'恭览……'奉圣旨:'钱端义等具因依告示,见在省、府、寺、监不应诏旨之人。令中书省取索闻(開)①具取旨。'"

按:御笔手诏本拟钱端礼替范寅恭为大晟府乐令,但因已差张玮,故未任命。而仍旧差张玮替范寅恭为大晟府乐令。

任谊为大晟府协律郎。

《画继》卷三:"任谊,字才仲,宋复古之甥也。尝为协律郎,后通判澧州。适丁乱离,钟贼反叛,为群盗所杀。"

按:任谊为协律郎或在宣和末。

江汉为明堂司令,约在此时前后。

《要录》卷五三:"(绍兴二年四月)庚辰,朝奉郎江汉者,初以本乐府撰词曲,得官。宣和末,为明堂司令。至是除通判郴州。言者以为不可,罢之。"

按:《皇宋十朝纲要》卷一八:"(宣和二年七月辛酉)诏改明堂颁事为司常,颁朔为司令,其颁政不置。"

---

① 点校本《宋会要辑稿·职官三》云:"'闻':似当作'開'。"(第5册,第3029页)当是,今从之。

罢大晟府内臣寄资，约在本年十二月。

《三朝北盟会编》卷二一四："（绍兴十五年十月）观文殿学士、祈请国信使宇文虚中死于金国。《行状》曰……（宣和七年）十一月，除大学士、河北河东路宣谕使。……上命公就草诏。公奏言：'臣未得旨，昨晚已草就，候进呈。'上令展读。公又列出宫人斥乘舆、服御物，罢应奉司，罢西城所，罢六尚局，罢大晟府内臣寄资等十余事于所草诏。上览之曰：'一一可便施行，今日不吝改过。'公再拜泣下。令下，人心大悦，乃宣和七年罪己诏也。"

按：此不见于其他史料，考罢大晟府在本年十二月二十二日，疑罢大晟府内臣寄资在本年十二月。

十二月二十二日己未，罢大晟府及教乐所、教坊额外人。

《宋史》卷一二九《乐志四》："（宣和）七年十二月，金人败盟，分兵两道入。诏革弊事，废诸局，于是大晟府及教乐所、教坊额外人并罢。"

《宋史》卷二二《徽宗本纪四》："（宣和七年十二月）己未，下诏罪己，令中外直言极谏、郡邑率师勤王，募草泽异才有能出奇计及使疆外者。罢道官，罢大晟府、行幸局西城及诸局，所管缗钱尽付有司。"

《宋史》卷一七九《食货志下一》："（宣和七年）十二月，诏曰：'……罢大晟府，罢教乐所，罢教坊额外人。'"

《宋会要·职官》二二之二七："（宣和）七年十二月二十二日，诏罢大晟府及教乐所。"

《皇宋十朝纲要》卷一八："（宣和七年十二月）己未，降诏罪己。令天下方镇、郡邑守令各率师募众勤王。罢道官及大晟府、行幸局、西城及诸局所管缗钱，尽付有司。"

《长编纪事本末》卷一四六："（宣和七年）十二月己未，诏曰：'……罢大晟府，罢教乐所，罢教坊额外人。'……诏，宇文虚中所草也。【原注】《实录》、《诏旨》并于二十二日己未载。此诏封氏《编年》系之二十一日戊午，今不取。）"（《长编拾补》卷五一同）

按：诸史作"（宣和七年）十二月己未，诏"，或作"（宣和七年十二月）二十一日戊午，下《罪己求直言诏》"，或在"（宣和七年十二月）己未，诏"之后。《三朝北盟会编》卷二五："（宣和七年十二月）二十一日戊午，下《罪己求直言诏》，诏曰：'……罢大晟府，罢教乐所，罢教坊额外人。'"《宋史纪事本末》卷一三："（宣和七年十二月）己未，诏天下勤王。……（宇文）虚中又请出宫人，罢道官及大晟府、行幸局暨诸局务。"

又，陈梦家云："政和三年开始演习，四月'又上亲祠宫架之制，四方各设编钟三，编磬三……设十二镈钟、特磬于编架内，各依月律，四方各镈钟三、特磬三。'以上见《宋史·乐志》。政和三年五月三十'行大晟新乐'，其御笔手诏见《宋大诏令集》卷一四九。政和七年十二月，因金军南侵，罢大晟府，见《宋史·徽宗本纪》。新乐的施用以至罢府只有五年。"①乃误。李文信云："计从崇宁四年大晟乐制成，到靖康二年景钟大乐被掠走，在北宋宫廷前后使用大晟编钟约二十二年，是和徽宗二十五年帝祚相始终的。"②所言甚是。

关于罢大晟府的时间，学者多有误为宣和二年者。《宋史·职官志四》："宣和二年，诏以大晟府近岁添置，冗滥徼幸，罢，不复再置。"（《文献通考》卷五五《职官考九》同）乃非。龚延明已有考正（详上）。《文献通考·职官考九》校勘记亦认为"大晟府近岁添置"后，"似应补'按协声律及制撰'七字"（详上）。极是。《宋史新编》卷三七《职官》："崇宁又置大晟府……宣和二年罢。"王国维《清真先生遗事》："宣和二年罢大晟府。"③凌景埏辨云："《宋史新编》（卷三七《职官》）以宣和二年罢大晟府。王国维《清真先生遗事年表》乐府罢废在二年。皆误以罢制造所之年，为罢大晟府也。"④李文郁《大事记》先此文已辨王氏之误云："王静安先生《清真先生年表》以宣和二年罢大晟府。按《宋史·乐志》，是年所罢者乃大晟府制造所与协律官。大晟府至宣和七年十二月始罢。《徽宗本纪》云：（宣和）七年十二月，罢大晟府。"⑤但前辈仍有认为"大晟罢府"在宣和二年。《周邦彦别传》："政和七年直至宣和二年罢大晟府，提举大晟府者为蔡攸。"⑥或承王国维《清真先生遗事》之旧。以上皆因正史《宋史·职官志》误书，学者稍不留意，便易承其旧讹而不觉。由此愈知年谱之学为可贵也。

---

①　陈梦家：《宋大晟编钟考述》，《文物》1964年第2期。

②　李文信：《上京款大晟南吕编钟》，《文物》1963年第5期。

③　王国维：《清真先生遗事》，《王国维全集》第2册，第419–420页。

④　凌景埏：《宋魏汉津乐与大晟府》，凌景埏、谢伯阳校注：《诸宫调两种》附录，第290页。

⑤　李文郁：《大晟府考略·大晟府大事记》，《词学季刊》第二卷第二号（1935年1月），第511页。

⑥　薛瑞生：《周邦彦别传》，第502页。

参考书目

（唐）孔颖达等：《尚书注疏》，《十三经注疏》阮刻本。

（唐）萧嵩等：《大唐开元礼》，文渊阁《四库全书》本。

（宋）陈旸：《乐书》，文渊阁《四库全书》本。

（宋）郑居中等：《政和五礼新仪》，文渊阁《四库全书》本。

（清）徐松辑：《中兴礼书》，上海古籍出版社2000年《续修四库全书》影印本。

（宋）朱熹：《绍熙州县释奠仪图》，《丛书集成初编》本。

（金）无名氏：《大金集礼》，《丛书集成初编》本。

（明）徐一夔等：《明集礼》，文渊阁《四库全书》本。

（清）允禄、张照等编撰，玄烨批：《御制律吕正义后编》，文渊阁《四库全书》本。

（汉）许慎撰，（清）段玉裁注：《说文解字注》，中华书局2013年影印本。

（清）陈廷敬等：《康熙字典》，天津古籍出版社1995年影印本。

（唐）魏徵：《隋书》，浙江古籍出版社1998年影印百衲本。

（唐）杜佑：《通典》，王文锦等点校，中华书局1988年版。

（清）徐松：《宋会要辑稿》，中华书局1957年影印本。

（清）徐松辑，陈智超整理：《宋会要辑稿·补编》，全国图书馆文献缩微复制中心1988年版。

（清）徐松：《宋会要辑稿》，刘琳、刁忠民、舒大刚、尹波等点校，上海古籍出版社2014年版。

（宋）李焘：《续资治通鉴长编》，上海师范大学古籍研究所、华东师范大学古籍研究所点校，中华书局2004年版。

（清）黄以周、王诒寿、冯一梅等：《续资治通鉴长编拾补》，上海古籍出版社2000年《续修四库全书》本。

（清）黄以周、王诒寿、冯一梅等：《续资治通鉴长编拾补》，顾吉辰点校，中华书局2004年版。

（宋）杨仲良：《皇宋通鉴长编纪事本末》，上海古籍出版社2000年《续修四库全书》本。

（宋）李心传：《建炎以来系年要录》，胡坤点校，中华书局2014年版。

（宋）王稱：《东都事略》，文渊阁《四库全书》本。

（宋）李攸：《宋朝事实》，《丛书集成初编》本。

（宋）徐梦莘：《三朝北盟会编》，上海古籍出版社1987年版。

（宋）李埴撰，燕永成校正：《皇宋十朝纲要校正》，中华书局2013年版。

（宋）陈均：《九朝编年备要》，文渊阁《四库全书》本。

（宋）陈均：《皇朝编年纲目备要》，许沛藻、金圆、顾吉辰、孙菊园点校，中华书局2006年版。

（宋）徐自明：《宋宰辅编年录》，王瑞来校补，中华书局1986年版。

（宋）无名氏：《宋大诏令集》，中华书局1962年校勘本。

（宋）王应麟：《玉海》，文渊阁《四库全书》本。

（宋）无名氏：《宋史全文》，汪圣铎点校，中华书局2016年版。

（元）马端临：《文献通考》，中华书局1986年影印本。

（元）马端临：《文献通考》，上海师范大学古籍研究所、华东师范大学古籍研究所点校，中华书局2011年版。

（元）马端临：《文献通考》，文渊阁《四库全书》本。

（元）脱脱等：《宋史》，浙江古籍出版社1998年影印百衲本。

（元）脱脱等：《宋史》，中华书局1985年点校本。

（元）脱脱等：《宋史》附录《考证》，文渊阁《四库全书》本。

（元）陈桱：《通鉴续编》，文渊阁《四库全书》本。

（明）冯琦、陈邦瞻：《宋史纪事本末》，文渊阁《四库全书》本。

（明）柯维骐：《宋史新编》，上海古籍出版社2000年《续修四库全书》

本。

（清）徐乾学：《资治通鉴后编》，文渊阁《四库全书》本。

（清）毕沅：《续资治通鉴》，上海古籍出版社2000年《续修四库全书》本。

［朝鲜］郑麟趾等：《高丽史》，孙晓主编、王林等校勘，西南师范大学出版社、人民出版社2014年标点校勘本。

［朝鲜］成伣等：《乐学轨范》，文化艺术出版社2013年影印本。

（清）傅恒等撰，玄烨批：《御批历代通鉴辑览》，文渊阁《四库全书》本。

（明）商辂等撰，（清）玄烨批：《御批续资治通鉴纲目》，文渊阁《四库全书》本。

（宋）梁克家：《淳熙三山志》，《宋元方志丛刊》影印本，中华书局1990年版。

（宋）施宿：《会稽志》，《宋元方志丛刊》影印本，中华书局1990年版。

（宋）张淏：《会稽续志》，《宋元方志丛刊》影印本，中华书局1990年版。

（宋）范成大：《吴郡志》，《宋元方志丛刊》影印本，中华书局1990年版。

（宋）史能之：《咸淳重修毗陵志》，上海古籍出版社2000年《续修四库全书》本。

（元）袁桷：《延祐四明志》，《宋元方志丛刊》本，中华书局1990年版。

（清）和珅等：《大清一统志》，文渊阁《四库全书》本。

（清）嵇曾筠等：《浙江通志》，商务印书馆影印光绪二十五年刊本。

（清）杜诏、蒋继轼、郎作霖等：《山东通志》，文渊阁《四库全书》本。

（明）李濂：《汴京遗迹志》，文渊阁《四库全书》本。

（明）曹学佺：《蜀中广记》，文渊阁《四库全书》本。

（元）无名氏：《氏族大全》，文渊阁《四库全书》本。

（明）凌迪知：《万姓统谱》，文渊阁《四库全书》本。

（清）孔疏圻等：《幸鲁盛典》，文渊阁《四库全书》本。

(清)许伯政:《全史日至源流》,文渊阁《四库全书》本。

(清)李清馥:《闽中理学渊源考》,文渊阁《四库全书》本。

(宋)郑樵:《通志》,中华书局1987年版。

(清)弘历:《钦定续通典》,文渊阁《四库全书》本。

(清)弘历:《钦定续通志》,文渊阁《四库全书》本。

(宋)晁公武:《昭德先生郡斋读书志》,《四部丛刊三编》本。

(宋)陈振孙:《直斋书录解题》,《丛书集成初编》本。

(清)永瑢、纪昀、陆锡熊等:《四库全书总目》,中华书局1965年版。

(明)解缙等:《永乐大典》,中华书局1986年影印本。

(宋)章定:《名贤氏族言行类稿》,文渊阁《四库全书》本。

(宋)谢维新:《古今合璧事类备要》,文渊阁《四库全书》本。

(宋)章如愚:《群书考索》,书目文献出版社1992年影印本。

(宋)杜大珪:《名臣碑传琬琰之集》,文渊阁《四库全书》本。

(宋)魏齐贤、叶棻:《五百家播芳大全文粹》,文渊阁《四库全书》本。

(宋)无名氏:《锦绣万花谷》,文渊阁《四库全书》本。

(元)富大用:《古今事文类聚·遗集》,文渊阁《四库全书》本。

(元)陶宗仪:《说郛》,文渊阁《四库全书》本。

(明)杨士奇等:《历代名臣奏议》,文渊阁《四库全书》本。

(明)黄宗羲:《明文海》,文渊阁《四库全书》本。

(明)程敏政编:《新安文献志》,文渊阁《四库全书》本。

(清)厉鹗撰,钱钟书补订:《宋诗纪事补订》,生活·读书·新知三联书店2005年版。

傅璇琮、倪其心、孙钦善等主编:《全宋诗》,北京大学出版社1991年版。

曾枣庄、刘琳主编:《全宋文》,上海辞书出版社、安徽教育出版社2006年版。

(宋)曾慥:《乐府雅词》,上海古籍出版社2004年版。

(宋)黄昇:《唐宋诸贤绝妙词选》,上海古籍出版社2004年版。

（宋）陈思编，（元）陈世隆补：《两宋名贤小集》，文渊阁《四库全书》本。

（宋）周密著、查为仁、厉鹗笺：《绝妙好词笺》，中国书店2014年影印本。

（清）朱彝尊：《词综》，上海古籍出版社2014年版。

（清）王奕清等：《钦定词谱》，中国书店1983年影印本。

（清）沈辰垣等：《御选历代诗余》，浙江古籍出版社1998年影印本。

唐圭璋编：《全宋词》，中华书局1965年版。

唐圭璋、王兆鹏、邓子勉等校点：《唐宋人选唐宋词》，上海古籍出版社2004年版。

（宋）宋祁：《景文集》，文渊阁《四库全书》本。

（宋）周邦彦著，孙虹校注、薛瑞生订补：《清真集校注》，中华书局2002年版。

（宋）沈与求：《龟溪集》，文渊阁《四库全书》本。

（宋）曾协：《云庄集》，文渊阁《四库全书》本。

（宋）韩驹：《陵阳集》，文渊阁《四库全书》本。

（宋）许翰：《襄陵文集》，文渊阁《四库全书》本。

（宋）傅察：《忠肃集》，文渊阁《四库全书》本。

（宋）慕容彦逢：《摘文堂集》，文渊阁《四库全书》本。

（宋）杨时：《龟山集》，文渊阁《四库全书》本。

（宋）黄裳：《演山集》，文渊阁《四库全书》本。

（宋）晁以道：《景迂生集》，文渊阁《四库全书》本。

（宋）李昭玘：《乐静集》，文渊阁《四库全书》本。

（宋）王安中：《初寮集》，文渊阁《四库全书》本。

（宋）华镇：《云溪居士集》，文渊阁《四库全书》本。

（宋）翟汝文：《忠惠集》，文渊阁《四库全书》本。

（宋）李新：《跨鳌集》，文渊阁《四库全书》本。

（宋）张扩：《东窗集》，文渊阁《四库全书》本。

（宋）李复：《潏水集》，文渊阁《四库全书》本。

（宋）赵鼎臣：《竹隐畸士集》，文渊阁《四库全书》本。

（宋）许景衡：《横塘集》，文渊阁《四库全书》本。

（宋）李正民：《大隐集》，文渊阁《四库全书》本。

（宋）汪藻：《浮溪集》，《四部丛刊初编》本。

（宋）程俱：《北山集》，文渊阁《四库全书》本。

（宋）葛胜仲：《丹阳集》，文渊阁《四库全书》本。

（宋）周紫芝：《太仓稊米集》，文渊阁《四库全书》本。

（宋）孙觌：《鸿庆居士集》，文渊阁《四库全书》本。

（宋）陈东：《少阳集》，文渊阁《四库全书》本。

（宋）廖刚：《高峰文集》，文渊阁《四库全书》本。

（宋）刘才邵：《檆溪居士集》，文渊阁《四库全书》本。

（宋）吴则礼：《北湖集》，文渊阁《四库全书》本。

（宋）释惠洪著，[日]释廓门贯彻注：《注石门文字禅》，张伯伟、郭醒、童岭、卞东波点校，中华书局2012年版。

（宋）刘跂：《学易集》，文渊阁《四库全书》本。

（宋）曹勋：《松隐集》，文渊阁《四库全书》本。

（宋）洪适：《盘洲文集》，文渊阁《四库全书》本。

（宋）胡寅：《斐然集》，文渊阁《四库全书》本。

（宋）周必大：《文忠集》，文渊阁《四库全书》本。

（宋）朱熹：《晦庵先生朱文公文集》，《四部丛刊初编》本。

（宋）陈傅良：《止斋先生文集》，《四部丛刊初编》本。

（宋）楼钥：《攻媿集》，《四部丛刊初编》本。

（宋）姜夔：《白石道人歌曲》，《四部丛刊初编》本。

夏承焘：《姜白石词编年笺校》，上海古籍出版社1981年版。

（宋）高斯得：《耻堂存稿》，文渊阁《四库全书》本。

（宋）唐士耻：《灵岩集》，文渊阁《四库全书》本。

（宋）黄震：《黄氏日抄》，文渊阁《四库全书》本。

（宋）张侃：《张氏拙轩集》，文渊阁《四库全书》本。

（宋）王应麟：《四明文献集》，张骁飞点校，中华书局2010年版。

（元）袁桷：《清容居士集》，《四部丛刊初编》本。

（元）吴莱：《渊颖集》，文渊阁《四库全书》本。

（宋）叶梦得：《避暑录话》，徐时仪整理，《全宋笔记》本，大象出版社2013年版。

（宋）庄绰：《鸡肋编》，萧鲁阳点校，中华书局1983年版。

（宋）朱彧：《萍洲可谈》，李伟国点校，中华书局2007年版。

（宋）蔡絛：《铁围山丛谈》，冯惠民、沈锡麟点校，中华书局1983年版。

（宋）蔡絛：《铁围山丛谈》，李国强整理，《全宋笔记》本，大象出版社2008年版。

（宋）蔡絛：《铁围山丛谈》，文渊阁《四库全书》本。

（宋）王黼：《重修宣和博古图》，牧东整理，广陵书社2010年版。

（宋）徐兢：《宣和奉使高丽国图经》，虞云国、孙旭整理，《全宋笔记》本，大象出版社2008年版。

（宋）彭□：《墨客挥犀》，孔凡礼整理，《全宋笔记》本，大象出版社2008年版。

（宋）黄伯思：《东观余论》，陈金林整理，《全宋笔记》本，大象出版社2008年版。

（宋）孔传：《东家杂记》，朱凯、姜汉椿整理，《全宋笔记》本，大象出版社2008年版。

（宋）张邦基：《墨庄漫录》，孔凡礼点校，中华书局2002年版。

（宋）孟元老：《东京梦华录》，周峰点校，文化艺术出版社1998年版。

（宋）孟元老撰，伊永文笺注：《东京梦华录笺注》，中华书局2007年版。

（宋）张知甫：《可书》，孔凡礼点校，中华书局2002年版。

（宋）阮阅：《诗话总龟》，人民文学出版社1987年版。

（宋）吕大临：《续考古图》，文渊阁《四库全书》本。

（宋）吴曾：《能改斋漫录》，刘宇整理，《全宋笔记》本，大象出版社2008

年版。

（宋）吴曾：《能改斋漫录》，文渊阁《四库全书》本。

（宋）邓椿：《画继》，《丛书集成初编》本。

（宋）胡仔：《苕溪渔隐丛话》，人民文学出版社1987年版。

（宋）马纯：《陶朱新录》，文渊阁《四库全书》本。

（宋）沈作喆：《寓简》，俞钢、萧光伟整理，《全宋笔记》本，大象出版社2008年版。

（宋）洪迈：《容斋随笔》，孔凡礼整理，《全宋笔记》本，大象出版社2012年版。

（宋）罗泌：《路史》，文渊阁《四库全书》本。

（宋）曾敏行：《独醒杂志》，朱杰人整理，《全宋笔记》本，大象出版社2008年版。

（宋）程大昌：《演繁露》，许沛藻、刘宇整理，《全宋笔记》本，大象出版社2008年版。

（宋）陆游：《家世旧闻》，孔凡礼点校，中华书局1993年版。

（宋）周去非撰，杨武泉校注：《岭外代答校注》，中华书局1999年版。

（宋）周煇撰，刘永翔校注：《清波杂志校注》，中华书局1994年版。

（宋）周煇：《清波杂志》，文渊阁《四库全书》本。

（宋）王明清：《挥麈录》，燕永成整理，《全宋笔记》本，大象出版社2013年版。

（宋）张端义：《贵耳集》，《丛书集成初编》本。

（宋）岳珂：《宝真斋法书赞》，文渊阁《四库全书》本。

（宋）赵彦卫：《云麓漫钞》，傅根清点校，中华书局1996年版。

（宋）赵升：《朝野类要》，王瑞来点校，中华书局2007年版。

（宋）黎靖德编：《朱子语类》，王星贤点校，中华书局1994年版。

（宋）王应麟：《困学纪闻》，《四部丛刊三编》本。

（宋）吴自牧：《梦粱录》，周峰点校，文化艺术出版社1998年版。

（宋）周密：《齐东野语》，张茂鹏点校，中华书局1983年版。

（宋）周密：《武林旧事》，周峰点校，文化艺术出版社1998年版。

（元）姚桐寿：《乐郊私语》，《丛书集成》初编本。

（明）陆楫：《古今说海》，文渊阁《四库全书》本。

（清）孙承泽：《春明梦余录》，文渊阁《四库全书》本。

（清）潘永因：《宋稗类抄》，文渊阁《四库全书》本。

（宋）王灼：《碧鸡漫志》，《词话丛编》本，中华书局1986年版。

（宋）王灼撰，岳珍校正：《碧鸡漫志校正》，巴蜀书社2000年版。

（宋）张侃：《拙轩词话》，《词话丛编》本，中华书局1986年版。

（宋）张炎：《词源》，《词话丛编》本，中华书局1986年版。

（明）杨慎：《词品》，《词话丛编》本，中华书局1986年版。

（清）徐釚：《词苑丛谈》，人民文学出版社1988年版。

（清）沈雄：《古今词话》，《词话丛编》本，中华书局1986年版。

（清）王奕清等：《历代词话》，《词话丛编》本，中华书局1986年版。

（清）李调元：《雨村词话》，《词话丛编》本，中华书局1986年版。

王国维：《王国维全集》，浙江教育出版社、广东教育出版社2009年版。

吴梅：《词学通论》，华东师范大学出版社1996年版。

夏承焘：《夏承焘集》，浙江古籍出版社、浙江教育出版社1997年版。

上彊村民重编、唐圭璋笺注：《宋词三百首笺注》，上海古籍出版社1996年版。

唐圭璋：《词话丛编》，中华书局1986年版。

唐圭璋主编：《唐宋词鉴赏辞典》，江苏古籍出版社1986年版。

任半塘：《教坊记笺订》，中华书局2012年版。

饶宗颐：《词集考》，中华书局1992年版。

李文郁：《大晟府考略》，《词学季刊》第二卷第二号（1935年1月），国家图书馆出版社2015年版。

凌景埏：《宋魏汉津乐与大晟府》，凌景埏、谢伯阳校注《诸宫调两种》附录，齐鲁书社1988年版。

谢桃坊:《宋词辨》,上海古籍出版社1999年版。

诸葛忆兵:《徽宗词坛研究》,北京出版社2001年版。

薛瑞生:《周邦彦别传》,三秦出版社2008年版。

孙克强编:《唐宋人词话》,河南文艺出版社1999年版。

祝尚书:《宋代科举与文学》,中华书局2008年版。

龚延明:《宋代官制辞典》,中华书局1997年版。

龚延明:《宋史·职官志补正》(增订本),中华书局2009年版。

汤勤福、王志跃:《宋史礼志辨证》,上海三联书店2011年版。

李之亮:《宋代京朝官通考》,巴蜀书社2003年版。

李之亮:《宋代路分长官通考》,巴蜀书社2003年版。

杨荫浏:《中国音乐史纲》,万叶书店1953年版。

李幼平:《大晟钟与宋代黄钟标准音高研究》,上海音乐学院出版社2004年版。

中国艺术研究院音乐研究所编:《中国音乐词典》,人民音乐出版社1985年版。

伍晓蔓:《江西宗派研究》,四川大学博士学位论文,2004年油印本。

王菲菲:《论南宋音乐文化的世俗化特征及其历史定位》,上海音乐学院博士学位论文,2006年油印本。

迟凤芝:《朝鲜文庙雅乐的传承与变迁》,上海音乐学院博士学位论文,2009年油印本。

李文信:《上京款大晟南吕编钟》,《文物》1963年第5期。

陈梦家:《宋大晟编钟考述》,《文物》1964年第2期。

苗建华:《陈旸〈乐书〉成书年代考》,《音乐研究》1992年第3期。

诸葛忆兵:《周邦彦提举大晟府考》,《文学遗产》1997年第5期。

项阳:《轮值轮训制——中国传统音乐主脉传承之所在》,《中国音乐学》2001年第2期。

赵晓涛、刘尊明:《"教坊丁大使"考释》,《学术研究》2002年第9期。

后　记

　　本书为国家社会科学基金(12BZW032)、教育部人文社会科学研究规划基金(11YJA751093)及浙江省哲学社会科学规划后期资助项目(11HQZW04)阶段性成果。在写作《大晟府及其乐词通考》一书的过程中,深感史料系年工作的重要性。宋人史料丛杂,在涉及乐史时更笼罩着一层神秘的面纱。因党争而涂改史料,或随意编撰以致矛盾百出,甚至是刻意伪造以掩人耳目,这些情况在宋人原始史料中,经过反复研读和考证都可以发现。

　　辨史之不易,天下贤哲引为畏途,稍不留意,便易为宋人所欺;一些问题经反复辩难仍难得到解决,也与宋人的随意编撰和有意涂改史料有关。有感于此,觉得《年谱》之作实迫在眉睫。如这一基础性工作有了眉目,便可给大晟乐府研究的进一步深入,提供一点可靠的史料依据,也可以避免在引用大晟乐府史料方面的一些失误。

　　拙稿写作历经五春秋,其中甘苦自知,感谢业师陆坚教授的培养之恩。又,内子潘福秀女士时时给予我鼓励和帮助,使我得以超脱凡俗,全力从事于《年谱》的写作。但考证工作如牛毛茧丝,吃力而不讨好,故《年谱》之作粗成而疏误亦当不少,仍需有待于日后的不断补正。

　　此书得以出版,还要感谢国家社会科学基金、教育部人文社科研究规划基金及浙江省哲社规划后期资助项目的诸位匿名评审先生,以及国家、教育部及浙江省社会科学发展规划领导小组的诸位先生,感谢他们的公正评审和辛勤劳动,使我获得社科基金项目的资助,从而使拙著有充足的经费得以出版面世。此外,还要感谢浙江大学出版社副社长黄宝忠先生、责任编辑宋旭华先生,以及副总编辑张琛女士、编辑包灵灵女士,感谢他们对拙著出版的鼎力支持和精心的编校工作。最后祝所有关心、支持拙著出版的前辈、同仁、同事及工作人员身体健康,并竭诚欢迎广大读者对拙著的不足给予批评指正。

2015年9月28日于嘉兴学院

图书在版编目(CIP)数据

大晟乐府年谱汇考/张春义著. —杭州:浙江大
学出版社,2016.6
ISBN 978 - 7 - 308 - 15963 - 0

Ⅰ.①大… Ⅱ.①张… Ⅲ.①宋词－诗歌史－史料
Ⅳ.①I207.209

中国版本图书馆 CIP 数据核字(2016)第 146868 号

大晟乐府年谱汇考

张春义 著

责任编辑	宋旭华	
责任校对	胡 畔	
封面设计	续设计	
出版发行	浙江大学出版社	
	(杭州市天目山路 148 号 邮政编码 310007)	
	(网址:http://www.zjupress.com)	
印 刷	浙江海虹彩色印务有限公司	
开 本	710mm×1000mm 1/16	
印 张	26.5	
字 数	451 千字	
版 印 次	2016 年 6 月第 1 版 2016 年 6 月第 1 次印刷	
书 号	ISBN 978 - 7 - 308 - 15963 - 0	
定 价	88.00 元	

浙江大学出版社发行中心邮购电话(0571)88925591;http://zjdxcbs.tmall.